とある魔術の禁書目録《インデックス》外典書庫 2

鎌池和馬

イラスト／はいむらきよたか、冬川 基

カバーイラスト／

原画:長谷川眞也　監修:冷水由紀絵　仕上げ:J.C.STAFF

学園都市第三位の超能力者（レベル5）、
『超電磁砲（レールガン）』の異名を持つ少女
御坂美琴（みさか・みこと）
学園都市、常盤台中学の生徒。
大能力（レベル4）の空間移動能力者
白井黒子（しらい・くろこ）
学芸都市 編
007

能力実演旅行編
295
レッサー
魔術結社予備軍『新たなる光』の構成員

柵川中学に通う無能力者（レベル0）。
生粋のトラブルメーカー
佐天涙子（さてん・るいこ）
コールドゲーム
689
学園都市の
風紀委員（ジャッジメント）。
情報処理に長けている
初春飾利（ういはる・かざり）

とある魔術の禁書目録《インデックス》外典書庫

2

鎌池和馬

デザイン・渡邊宏一（2725 Inc.）

学芸都市編

第一話

スカッとした夏日だった。

抽象的な表現である上、曖昧《あいまい》な擬音語《ぎおんご》まで用いてしまって申し訳ないのだが、一面の青空を見上げる御坂美琴《みさかみこと》が真っ先に思い浮かべた感想はそんな簡単なものだった。肌を焼く強烈な陽射《ひざ》しと、湿度の低いスッキリした空気に、サンダル越しに足の裏へ伝わる柔らかい砂の感触。風に乗って流れてくるのは、波のぶつかる音と潮の匂いだった。

海だ。

カリフォルニアの海なのだ。

(んー……。飛行機だのリニアモーターカーだの色々乗り継いできたから、解放感もいっぱいだなぁ)

思わず両手を上に伸ばしてぐっと背筋を反らす美琴《みこと》は、黒を基調に曲線的な白いラインの走った、シャチみたいな模様の競泳水着を着込んでいる。背中が大きく開き、H形のバンドで固定する方式の水着の正体は、常盤台中学《ときわだいちゅうがく》能力測定用指定水泳着。オリンピック水泳選手なら目の色を変えそうなほど様々な最先端技術が詰め込まれた一着なのだが、実は美琴《みこと》、この水着はあんまり好きではない。あまりにも高性能すぎて、時折本当に何も着ていないように感じられる事があるからだ。

（だぁー、ちくしょう。学校関係のイベントだから仕方なく持って来たのに、実は水着は自由だったなんてなぁ。ちゃんとパンフ読んどきゃ良かった……）

と、そんなこんなで皮膚の方が『あれ？　今着てる？』という疑問を発し、美琴《みこと》は本日何度目かのぶるっとした身震い。胸の辺りの布を引っ張ったり尻の辺りを指先でなぞりつつ、大丈夫大丈夫、これはボディペイントじゃない、と彼女は意味のない確認行為を繰り返す。

その時だった。

「みっ、御坂《みさか》さーん……」

遠くの方から細く情けない少女の声が飛んできた。美琴《みこと》がそちらに目を向けると、初春飾利《ういはるかざり》がこちらへ走ってくる所だった。コルクらしきサンダルが細かい砂をザクザク鳴らす。頭に大量の花飾りをつけた少女は、それが何らかのアイデンティティーなのか、水着の方も薄いピンク色を基調とした、花柄のワンピースだった。思いっきり健全な一品である。

特に露出も多くない水着なのだが、初春《ういはる》自身はあんまり気に入っていないのか、彼女は顔全体が真っ赤だし目元に涙っぽいものが浮かびかけているし、体を隠そうとしているのか自分の上半身に両手を這《は》わせたりしている。……ひょっとすると、妙にオドオドしているのは外国人がいっぱいの場所に慣れていないのもあるかもしれないが。

初春《ういはる》は周りの目を気にしながらこう言った。

「はぁあー……。御坂《みさか》さんの水着はシャープで羨《うらや》ましいです。私のはなんか、野暮《やぼ》ったいというか間に合わせというか……」

「いやぁ、そうでもないんだけどね」

学校指定の水着なんて着てる自爆組は珍しいし、と美琴《みこと》は美琴《みこと》でどんよりムード。そんな様子に気づかないのか、初春《ういはる》は自分の水着の胸元に目を落としながら、

「まさか、こんな抽選に選ばれるなんて思わなくって。水着を選んでいる時間も予算もなかったから、ホントに売れ残っているものを摑《つか》んでくるしかなかったんですよー……」

はぁー、ぶはー……と二人してため息状態。

そんな時、彼女達の元へ新たな挑戦者が乱入。初春飾利《ういはるかざり》のクラスメイト、佐天涙子《さてんるいこ》だ。いつもは超能力者《レベル5》の肩よりちょっと長い程度の黒い髪に、一輪だけ花飾りをつけた、活発な少女。いつもは超能力者の御坂美琴《みさかみこと》や大能力者《レベル4》の白井黒子《しらいくろこ》などに押されがちなのだが……、

「やっほーう、御坂《みさか》さーん、初春《ういはる》も待っちゃったーん？」

「ッ⁉」

「ッ⁉」

笑顔全開で片手を振りながら近づいてくるのは、まさに脱・地味少女。控え目な体を赤系の三角ビキニに包んだ佐天《さてん》は、ナットクいかない水着の二人組からすれば、まさに夏満喫《なつまんきつ》ガール。しかもちょっと凝った店で選んできたものなのか、ビキニの胸元がファスナー状になっていて、フロントホックのように金具一個で固定するように作られている。

わなわなと震える初春《ういはる》は、主に佐天《さてん》の胸元辺りを注目しつつ、

「なっ、そっ、それは、佐天《さてん》さん？　それは一体どういう不思議な……？」

「んふ？　ジップアップビキニと言うのだよ勉強したまえ初春君《ういはるくん》。ほらほら、なんか動くと胸

元がパチッと外れそうでデンジャラスだろー？」

「ぎゃああ‼　こっ怖い、同じ女として見ているだけでそれは怖いです佐天《さてん》さん‼」

「大丈夫だって。実はシリコンブラみたいなもんでさ、トップ全体がペタッと胸に貼り付いてんの。だからここが外れただけじゃポロリはないんだよん」

ぎゃーぎゃーと大騒ぎな初春《ういはる》と佐天《さてん》の友達コンビを眺めながら、御坂美琴《みさかみこと》は極めて真剣な眼差《まなざ》しになっていた。彼女は静かにこう思っていた。

「（……バスト自体の大きさはごまかしていないのに、外れそう、外れちゃうかも、という意識を向ける事によって、結果的におっぱいキャラの印象を強く与える……。なるほど、そういう戦い方もある訳か‼）」

と、やけにじっとりした視線を感じた佐天《さてん》は、キョトンとしたままこう尋ねた。

「あのー、どうかしたんですか御坂《みさか》さん？」

「おっふ⁉　な、何でもないわよ‼」

慌ててぶんぶんと首を横に振る美琴《みこと》。

佐天《さてん》は小首《かし》を傾げたが、あまり深くは言及しない。彼女は初春《ういはる》の水着をチラッと見て、

「そういや、初春《ういはる》ってオヤジ狙いのロリキャラ目指してるの？」

「うぶぅは⁉　なっ、何を、いきなり何を口走ってんですか佐天《さてん》さん‼　それは考えられる限り最悪の評価ですよ‼」

「だってー、初春《ういはる》の薄桃花柄ワンピースって、どう考えても可愛《かわい》い女の子だよ？　それも女の子から見た可愛《かわい》い女の子じゃなくって、汗と涙の筋肉祭りが頭の中で思い浮かべるような可愛《かわい》

い女の子だよ？」

「仕方がなかったんですよ!! 私だって本当はもっとシャープな水着を着てみたかったんです!! でもセール対象コーナーに残っていたのはこれしかなかったから!!」

うぎゃあああ!! と羞恥《しゅうち》の叫びを発《はっ》する初春《ういはる》。それを指差してケラケラと笑う佐天《さてん》。さらに、実は花柄のワンピースも可愛《かわい》くて良いかも、と思っていた美琴《みこと》が自分のセンスのズレみたいなものを自覚してどんよりしている。

と、そこで美琴《みこと》は気づいた。

「あれ？ 黒子《くろこ》のヤツはどうしたの？」

「ホテルの方でちょっと会いましたけど、時間かかるから先に行っててろって言ってましたよ」

初春《ういはる》が答えると、美琴《みこと》は眉をひそめた。

「一体何に時間をかける気なんだか。海で遊ぶっつーのに化粧でもしてくるつもりか？」

「日焼けとか気にする人なのかもしれないですよん。外に出る前に、建物の中でオイルは全部塗って完全装備しておきたいとか」

佐天《さてん》が適当に考えてそう言った時だった。

ざわっ!! という、得体の知れない悪寒《おかん》が三人を包む。

遠くの方が騒がしい。ざわざわという野次馬達《やじうまたち》の声を引き連れて、何者かがこちらへ近づいてくる。美琴《みこと》の額から浮き出た汗の玉が、鼻の横を伝って顎へと落ちる。初春《ういはる》の目がせわしなく左右に揺れる。佐天《さてん》の全身の毛穴がぶわっと開く。

なんか来る。

怪物がこちらへ接近してくる。

その時、純真な乙女達にはいくつかの選択肢があったはずだった。他人のふりをする、マッハで逃げる、海にざぶざぶ入ってしまう。しかし時間がなかった。彼女達は何を選ぶ事もできないまま、ただやってくる災厄《さいやく》に対して、覚悟も決めずに、そちらへ目を向けてしまった。

そこには、

説明不能の自主規制をまとった、肌の色しかない女が立っていた。

いびゃあああ⁉　という甲高い悲鳴は初春《ういはる》のものか。十分露出の多いジップアップビキニを着ているはずの佐天《さてん》が熱中症《ねっちゅうしょう》のようにクラリとよろめき、何故《なぜ》だか美琴《みこと》はタマネギをみじん切りにしたように目元が滲《にじ》んだ。彼女達だけではない。周囲からも英語で『なっ、なんじゃこらーっ‼』『ありえるのか……？　人類はあれを認める事ができるのか⁉』『あれが日本のSAMURAIか……』などなど。普通、露出の多い水着を着た女性を見れば、どう取《と》り繕《つくろ》おうが嬉《うれ》しいのが汗臭い野郎というものだが、野次馬達を包むのは『あれ……もうエロとかそんな次元じゃねえ……』という未知との遭遇《そうぐう》ムード。

人間の脳を混乱させるツインテールの女、白井《しらい》黒子《くろこ》は、顔だけは極めてあどけない笑顔で美《み》琴《こと》のみをロックオンすると、

「おっねえっさまーん。申し訳ありませんわね、少々準備に手間取ってしまって。ふふ、お姉様の前で情けない格好などできませんからね」

「やっ、やめろ!! 私の好《この》みみたいに語るな!! 外国まで来て何やってんのよ!? 前々から思っていたけど、今日確信を持った。アンタは絶対に頭がイカれてる!!」

「あらまぁ。水着なんて体の三点が隠れてりゃ十分ではありませんの?」

「……本当に、かろうじて隠れている感じですね……」

初春《ういはる》が絶望的な顔で呟《つぶや》くが、本当に何も意識していないのか、白井《しらい》は顔色一つ変えない。糸と点で構成されているのは、典型的なビキニの『外枠』だけを紐《ひも》で形作られた極悪水着。トップは三角形の紐《ひも》の中に、Yの字の紐《ひも》を伸ばした上で、三つに分けたゾーンの内、胸の『谷間』に近い内側のゾーンだけに布地を張ったもの。ボトムの方は逆三角の『外枠』の中に、三角形の『点』状の布を当てているだけ。後は『外枠』と『点』の間を細い紐《ひも》で繋《つな》げば出来上がりだ。飾りの紐《ひも》によって胸元にあるわずかな白い肉がムチッと押し出され、もうなんか縄で縛った感まで出てくる鼻血・ザ・スペシャル仕様だった。どちらかというと、自分の意志で着るというより、他人の意志で着せられるためのものと思えなくもない。

(……しっかし、これは……後ろの方はどうなってんだろ……?)

何となく、怖いもの見たさで白井《しらい》の背後に回ってみた佐天涙子《さてんるいこ》は、

「ううっ!? がはげほごほ!!」

「だっ、大丈夫ですか佐天《さてん》さん! 佐天《さてん》さんってば!!」

「み、見るな初春《ういはる》……。後ろも壮絶!! 中途半端にお尻の肉を持ち上げている分、一点に食い

込むTバックよりさらに突き抜けてる‼」

「うーん。単なるビキニの変種にすぎませんわよ？　結局、水着ってワンピースかツーピースの派生しかありませんものね。スリングショットも冷静に観察すれば大した事はありませんし。肌に直接貼り付ける素材もあるのだから、そろそろ革命を起こしてほしいというのが正直な感想ですわ」

「……アンタ、ボディペイントでも始める気か……」

美琴《みこと》はげっそりとした顔で呟《つぶや》く。おそらく佐天《さてん》のジップアップビキニと同じく、簡単に脱げない機構になっているのだろうが……ぶっちゃけ、これ以上脱げようが脱げまいが、現時点ですでにアウトである。

と、かろうじて立ち直った初春飾利《ういはるかざり》が、顔を真っ赤にしながらも、

「ま、まぁまぁ。言い争っても仕方ありません。旅の恥はかき捨てってヤツですよ」

「？？？　どの辺が恥ですの？」

「……ダメよ初春《ういはる》さん。こいつはすでに全部捨てっ放し。もうフォローできない……」

名門常盤台中学《ときわだいちゅうがく》のエースが珍しく泣き言を漏らす。白い砂浜で打ちひしがれる美琴《みこと》の横を、地元のアルバイトらしき金髪のお姉さんが（多分白井《しらい》の方を）チラチラ見ながら、うわーうわーと小さく呟《つぶや》きつつも、それでも何とかお仕事を続けている。

そのお姉さんはサンバイザーにスポーティなビキニという格好だった。ビーチバレー選手みたいな感じのお姉さんが両手で抱えているのは、白くて四角い大きな箱だ。アイスクリームでも売っているのかと思ったが、違う。ビーチバレー風金髪お姉さんは英語でこんな事を言って

いた。

「拳銃はこちらでお預かりしまーす。砂粒、海水、潮風などで自慢の相棒をダメにしたくないお客様。今なら大手八社の製品に関して、分解メンテナンスサービスも実施しておりまーす」

日本なら絶句しかねない台詞《セリフ》だが、こちらでは常識らしい。マッチョの黒人とかほっそりした奥様などが、黒光りするゴツい塊をアルバイトのお姉さんに手渡している。お姉さんの方はGPS機能とお客様情報を入力するチップを内蔵したゴムバンドを拳銃のグリップに巻きつけると、持っていた白い箱の中へとゴロゴロ入れていく。

わー、と絶句する佐天《さてん》。

白井《しらい》と初春《ういはる》は風紀委員《ジャッジメント》の訓練で少しだけ銃器に触れた事はあるようだが、それでも驚きと違和感は隠せないらしい。美琴《みこと》も呆《あき》れたようなため息をつきながら、こう呟《つぶや》いた。

「……来ちゃったわねぇ、アメリカに」

元はと言えば、広域社会見学《こういきしやかいけんがく》というのが全ての発端だった。

九月三日から一〇日までの一週間、日本の学園都市《がくえんとし》からランダムで選ばれた学生達が、世界各地へ遠征《えんせい》する勉強会のようなものだ。大体二〇人一組ぐらいのグループが、一つの都市へ向かう。反対に、世界各地から日本の学園都市へ子供達を招いたりもする。

　もっとも、世界各地に遠征すると謳《うた》いつつも、学園都市創設時に協力関係にあった間柄であるためか、まんべんなく各国へ派遣というよりは、アメリカの各都市にチラホラと、というパターンが多い。他の国と比べても、アメリカに派遣される学生の数はダントツだ。

「でも、佐天《さてん》さんとか御坂《みさか》さんとか、知り合いが一緒で助かりましたよー」

「ここって結構倍率高かったんでしょ。どこに行くか、どんな班になるかはランダムって話だったけど、確かにラッキーだったわよね」

　とはいえ、実質的にはほとんど修学旅行。簡単なレポートを提出する事を除けば基本的に遊ぶ以外にやる事のない、学生からすればパラダイスそのもののイベントである。

　今現在、美琴達《みことたち》四人の他にも日本の学生や数名の教師が同行しているはずなのだが、基本的に自由行動しかない広域社会見学では、誰がどこにいるのかあんまり良く分かっていない。一日の始まりと終わりにホテルで点呼があるぐらいである。

　ホテルで初めて集合した際、繋《つな》ぎ目《め》をリング状のパーツで留《と》めたビキニを着ている読心能力《サイコメトリー》の少女や、背中が大きく開いたワンピース型の水着を着ている空力使い《エアロハンド》の少女などがいたが、彼女達が今どこにいるのかは把握していない。それぐらい、自由に遊べる旅行なのだ。

「それにしても、やっぱりアメリカってスケールがデカいですよねー」

　佐天涙子《さてんるいこ》は一面の砂浜に目をやりながら、そんな事を言った。

「これが全部、たった一本のハリウッド映画を撮るために、人工的に作られたものだったなんて。学園都市なら絶対考えられませんよ。いや、技術はあるんでしょうけど、ウチは土地不足だから」

そう。

ここはカリフォルニアの沿岸から西側へ五〇キロほど離れた洋上に作られた、直径一〇キロ程度の、超巨大な人工島だ。基本的にこの辺りの海は水深何千メートルの世界なのだが、この辺りだけは水深二〇メートルぐらいの所まで、岩場がせり上がっているらしい。その上に多くの人工物を積み上げ、仕上げに大量の砂を乗っけて作られたのが、この人工島だ。

(ハワイの辺りも人工的に砂浜を作ったって話だったけど、もうそんなスケールじゃないわよね……)

そうやって作られた人工の島はいくつかのエリアに分けられていて、今、美琴《みこと》や佐天達《さてんたち》がいるのは、一番外側のエリアだ。砂浜の向こうは人工的な遠浅《とおあさ》で、その先は太平洋の外海一直線である。

島の名前は『学芸都市《がくげいとし》』。

娯楽と映画の大国に相応《ふさわ》しく、全てがアトラクションで埋め尽くされた空間だった。複数のジェットコースターが絡《から》み合《あ》うように空を走り、中心点のない不思議な観覧車が、オリンピックのマークのように互いの輪をくぐっている。ホテルの外観からゴミ箱の形一つに至るまで、全てが可愛《かわい》らしく計算されたテーマパーク。海と遊びの融合を意図するこの島の中では、基本的にホテルのベッド以外は全部水着で過ごせるというぐらいなのだから徹底している。

「映画の舞台ねぇ。佐天《さてん》さんはそれ観《み》たの?」

「ええと、残念ながら。公開自体は二〇年以上前のヤツですし、なんか色々あって日本じゃ上映されてないみたいなんですよ」

佐天《さてん》はあははと笑ってごまかし、

「確かSF系だったと思いますよ。近未来の地球を描くとか言って、ホントに五〇年後の動植物の環境を擬似的《ぎじてき》に作っちゃったとか。ほら、学芸都市の周りって生物ガードっていう目の細かい網みたいなのに覆われてて、互いの生き物が出入りできないように作られているんですって」

「ふうん」

美琴《みこと》は適当に水平線の方へ目をやって、

「それで、リニアモーターカーの海底トンネルでアメリカ本土と繋《つな》いでんのね。少しでも景観を統一するために」

「今でこそリニア技術に乗り換えていますけど、撮影当時は大変だったみたいですよ。片道で一時間以上かかってたみたいですし」

リニアモーターカーと言うと未来技術っぽく聞こえるかもしれないが、すでに中国の方では実用化されている。日本の学園都市であまり見ないのは、わざわざリニア技術で結ぶほどの長距離路線を必要としないためだ。

それより美琴《みこと》としては、透明な海底トンネルの中をたくさんのお魚を見ながらズァーッと進む景色の方が無駄にダイナミックで興味深かったりする。

「で、映画の撮影が終わってから、このまま捨てるのはもったいないからって話になって、人工島そのものを世界最大のテーマパークに作り替えてしまったとかいう話でしたわよね」

「そうね。分かったからとりあえず離れろ露出《ろしゅつ》バカ」

できるだけ他人でいたいエロ水着をむぎゅーっと遠くへ押しやる美琴《みこと》。

初春《ういはる》は頭の花飾りを風に揺らしつつ、

「確か、州の海洋環境保護条例で使わない施設を放《ほう》ったらかしにするのはアウトって話があったんですよ。で、こんな大きな施設を取り壊すのにどれだけお金がかかるか分からないって映画会社が怒っちゃったんですって」

ヤシの木を見上げながら、彼女は言う。

「そしたら、『なら逆に、今でも使ってる施設だよ』って事にしちゃえば良いじゃんとかって屁理屈《へりくつ》が出てきて、ちょうど映画会社主催のテーマパークの候補地を探していた時期だったから、それ持ってこいこっちでやる、とかいう結論が出ちゃったとかいう話らしいですけど」

しかし、その屁理屈《へりくつ》でこれだけ巨大なテーマパークができてしまうというのだから恐ろしい。

美琴《みこと》は頭上に目をやり、大空を縦断するジェットコースターを眺めながら息を吐いた。

と、そこへ、

「それは違うね！　野暮《やぼ》ったい花柄ワンピースを着ている生け花少女よ!!」

「はぐぅわ!?」

真後ろ方向から唐突《とうとつ》に赤の他人から水着のセンスを疑われ、地味にショックを受ける初春飾《ういはるかざ》利《り》。わざわざご丁寧に日本語で話しかけてくれた謎人物の正体は、金髪碧眼《きんぱつへきがん》のアメリカ人のお姉さんでばいんばいんだった。

年齢は一八歳ぐらいだろうか。色白の肌に青い瞳、そしてヘアバンドで雑に持ち上げられた、カラメルみたいな色の混じった長い金髪。機能性重視のツーピースの水着の上から映画会社の

ロゴの入ったTシャツを着ているだけなのだが、その盛り上がった膨らみが何とも、

「でっ、デカい!!⁉⁇　馬鹿じゃないのデカいよデカすぎるそこまで行くとなんか怖いっつっ
てんのよやんのかコラァ!!」

「み、御坂《みさか》さん大丈夫です！　別にあのおっぱいは人間を食べたりはしません!!」

佐天《さてん》は美琴《みこと》の両肩を掴《つか》み、腹に力を込めてこう叫ぶ。

「それとご安心を！　あたし、女の子のおっぱいを簡単に大きくしてくれる『巨乳御手《バストアッパー》』って
いうウワサに心当たりがあるんです一っ!!」

「おおおおおおおおおおおおおおおおおおおおおおおおおおおおおおおおおおおッ!!」

「まっ、待ってください御坂《みさか》さんに佐天《さてん》さんも！　それは絶対なんかマズいトラブルに巻き込
まれるに決まっています!!」

「……あのー、人の話を聞いてくれる？」

控え目に言われて、ハッ!!　と美琴《みこと》は我《われ》に返《かえ》る。

金髪碧眼《きんぱつへきがん》の爆乳はちょっとテンションの調節に苦労しながら、

「学芸都市の成り立ちには、もう少しだけ複雑な事情があるという事よ。もし良かったらこの
私が教えてあげようと言っているのよ成長過程の少女達!!」

ドスビスブスッ!!　と、いちいち人のコンプレックスを刺激する爆乳。キレればキレるほど
惨《みじ》めになる乳差に圧倒されつつ、美琴《みこと》はこめかみをわずかに震わせる。

「……っつーかアンタ、どちら様？」

「ハッ⁉　まさかさんざん勝手に解説をぶつけてきた挙げ句、じゃあ説明代一〇ドルねとか迫《せま》

ってくる商売の人では⁉」

佐天《さてん》が警戒心剝《む》き出《だ》しで割り込んできたが、それに対して爆乳はふふんと鼻を鳴らしながらこう答えた。

「私はこういう者ですどうぞよろしく、と名刺の一つも差し出したいけど、ここは海！　紙切れなんぞ持ってこれるか‼　という訳で、失礼を承知で口だけで自己紹介するね。ビバリー＝シースルー。これでも一応映画監督をやっているの」

ホントだろうか……？　と美琴《みこと》は思わず表情に出そうになる。見た目は一八歳かそこら。本当だとしたら、単なる天才少女とかそんな次元ではない。映画監督というのが具体的にどういうものか、プロの世界をイメージできない美琴《みこと》だが、何となくただの才能だけでなれるものでもないような気がする。

（まぁ、嘘《うそ》でも良《い》いか）

旅の恥はかき捨て。金や命に関わらない限りは、騙《だま》されてやるのも一興である。

一方で、映画監督を名乗る爆乳はニヤリと笑い、

「君らはあれね。学園都市からやってきた日本人とかいうヤツ」

「ありゃ。分かるんですか？」

佐天《さてん》がキョトンとした顔で質問すると、ビバリーは一度深く頷《うなず》き、それから白井黒子《しらいくろこ》の顔を指差して、

「いくらアメリカでも、あれはないよ。あんな極悪な水着を売っているのは学園都市ぐらいね」

「……アンタ、自由の国を超えちゃってるってさ……」

「何でもアメリカが一番と思ってもらっては困るという事ですわね」

ワースト方向の一番を争《あらそ》ってどうする、と美琴《みこと》はため息をつくが、当然のように白井《しらい》は気にしていない。

「で、何で映画監督さんがこんな所にいるの？」

「つまり、そういう事よ」

「？」

砂浜でいきなり胸を張られても、美琴《みこと》にはサッパリだ。はるか頭上を走り抜けるジェットコースターから聞こえるキャーという歓声が、ちょっと間抜けに聞こえる。

美琴《みこと》のポカンとした表情を受けて、金髪の爆乳はコホンと咳払《せきばら》いし、

「この学芸都市は、大手映画会社の手で作られたというのは知っているよね？　何のためか。答えは新しい撮影技術を模索《もさく》するため、という事よ。だから私みたいな関係者がいっぱい集まっている訳ね」

ビバリーは人差し指を軽く振りつつ、

「映画は娯楽よ。そして、アメリカ最強の外貨獲得手段でもあるの。単刀直入に言って、アメリカの国家予算の何％かを支えているほどだから。これぐらいのものを作ってしまうのも、まぁ不思議な話じゃないのよ」

「はー。流石《さすが》はハリウッド、砂漠に街を作っちゃう人の考え方ですねー」

初春《ういはる》は素直に感心したが、ビバリーはくっくっと笑う。

「ところが、アメリカの映画産業には一つの不安材料があるの。それが日本の学園都市」

「？」

「この国の娯楽大作というのは、結局ＣＧとＶＦＸの世界よ。中には作品性とか芸術性とか語る輩《やから》もいるけど、大ヒットを生み出すにはやはりある程度の派手さは必須となる訳。だから、ほら。世界最高の科学技術を誇る学園都市が全力で映画を作ってしまったりすると、ウチの作品が対照的にショボく見えてしまうの。ええと、新しい携帯電話が出てくると、古い機種が途《と》端《たん》にダサく見えたりするでしょう。別に今までの機種に悪い所はないのにね」

どういうジェスチャーなのか、ビバリーは人差し指をくるくる回した。

佐天《さてん》は首を傾《かし》げて、

「ホントにそうなのかな……？　あたし、映画って誰が出演してるかで決めちゃうんだけど」

「うん。だからそういう部署もあるよ。情報と財力で世界中の俳優を捜したり、誘ったり、契約状況を制御したりという芸能部署が。これも全部、日本の学園都市対策としてね」

ふわー、と初春《ういはる》がそのまんま驚きの声を上げる。

白井《しらい》は眉をひそめて、

「でも、学園都市ってそんなに映画産業に力を入れていましたかしら？」

「だから、本格的に参入されて一気に差をつけられる前に、何としてでも撮影技術の一点だけは学園都市に勝っておきたいのよ。すごいよー。映画会社も映画系投資ファンドも上院も下院も、みーんな目の色変えて」

ふふん、とビバリーは笑った。

自称映画監督の天才少女は言う。

「そんな訳で、私としても科学サイドの本場、日本の学園都市にちょっと触れてみたくてね。こうして声をかけたという事。何かしらの刺激が得られる事を願っててね。君達が観光中に何気なく使っている物でも、私達にとっては大きな価値がある場合も考えられるからね」

「……あの、無駄だと思うわよ。私らだって所詮ただの人間なんだから。別に宇宙人って訳じゃないし、そんな技術的異文化交流を期待されても困るってば」

美琴《みこと》はげんなりしながらそう答える。

しかし、ビバリーはキョトンとした顔で、白井《しらい》黒子《くろこ》のエロ水着を上から下まで眺めた後、

「……本当に？」

「いやあのごめん。お願いだからこれを参考にしないで」


と、そんな事を言っていた自称映画監督のビバリー＝シースルーだったのだが、

「って、あれ⁉　さっきの爆乳はどこ行ったのよ‼」

「なんか『ああ何故《なぜ》この局面で仕事が……』とか何とか言いながら、ふらふらとどこかへ行ってしまいましたわよ」

美琴《みこと》の疑問に、白井《しらい》もキョロキョロと辺りを見回しそう言った。

彼女の空間移動《テレポート》をフルに使えば捜《さが》し出《だ》す事もできるかもしれないが、そこまでこだわる必要も感じられない。

「案内するって自分で言ったのに。もしかして、仕事人間なんでしょうか」

初春《ういはる》が適当に言う。

一方、何か思い出しながら、佐天《さてん》はぼんやりした調子で呟《つぶや》いた。

「……すげーな学芸都市って。流石《さすが》は映画の街だ……」

「いやあれ、ホントに監督だったの？」

美琴《みこと》としては、実はあれ、テーマパークの係員……というか、アルバイトの演者だったんじゃないだろうか、と思い始めていた。そういう雰囲気込みで、映画の街というアトラクションを作っているのでは、と。

ところが、佐天《さてん》はキョトンとしたままこう言った。

「え？　あれ、本物のビバリー＝シースルーですよ。映画雑誌で見た事ある顔ですもん。ほら、去年のカンヌで絶賛されてた新人天才監督。ティーンエイジャーの女の子が並み居る強豪を薙《な》ぎ倒《たお》したってニュースにもなったじゃないですか」

ぶっふぅうううッ!?　と御坂美琴《みさかみこと》は思い切り吹いた。

「なっ、ちょ、待っ、だぁあーっ!!　もしかして『鉄橋は恋の合図』の人!?　それならそうと、ぐまァあああ!!　サーイーンーッ!?」

いくら叫んだところで、もはや爆乳は群衆《ぐんしゅう》の中に紛れて見つけられそうにない。美琴《みこと》の悲惨な叫び声だけが街に響いていく。

「ユーロ系の恋愛映画の超新星って扱いでしたけど、こっちに来てたんですねー。やっぱ派手な作品も撮ってみたいのかな？」

「……み、妙に冷静ね、佐天《さてん》さん」

「んー。あの人の映画は奇麗《きれい》なんですけど難しくって、ガキのあたしにゃ良く分かんないっすよ。御坂《みさか》さんって、ああいう主観的な恋愛映画がいけるクチなんですか？」

「べっ、べべべ別に？　そういうジャンルだけが好きって訳でもないわよ？」

顔を赤くした美琴《みこと》が顔の前でパタパタと片手を振ったその時だった。


ドッゴォ!!　という爆発音が、唐突に美琴《みこと》の鼓膜《こまく》を打った。


「ッ!!　……ッ!?」

いきなりの事に耳を押さえるのも忘れ、背中を叩《たた》かれたように驚く美琴《みこと》。音源のした後ろの方を振り返ると、陸地を直線的に切り抜いたような運河の上に、海賊船が浮かんでいた。その側面に取り付けられた砲台から、うっすらと煙が漂っている。

船首に足を乗せ、両手を上に挙げた船長らしきド派手なヒゲの大男が、英語でこう叫ぶ。

「テメェら雑魚《ざこ》どもを守ってやる義理はねえが、このまま見捨てんのも寝覚めが悪《わ》りぃ!!　ただ働きしてやるから死ぬまで感謝しやがれ!!」

それが有名な映画に出てきた名台詞《めいゼリフ》だと美琴《みこと》が気づいた直後、周囲にいた観客達が一斉に叫んだり拍手したり指笛を吹いたりした。その反応を見て、船長役の演者は満足そうに頷《うなず》く。

そして、さらに海賊船の砲台が連続的に火を噴《ふ》いた。

いつの間に現れたのか、美琴達《みことたち》のいる陸地を挟んだ反対側……砂浜の向こうに広がる海に浮かんでいた別の帆船も、応じるように砲を発射する。

ドンゴンドドン!!　と鼓膜どころか頭まで揺らすような轟音《ごうおん》に包まれる。

ようやく美琴《みこと》は両手で耳を押さえながら、すぐ近くにいる佐天《さてん》や白井《しらい》達《たち》に向かって叫ぶ。

「ちょ、何これ!!　まさかアトラクションショーの一つなの!?」

「おおおおおーっ!!　『海賊どものスカーレット』に出てくるスカル号とブロード号だーっ!!　やっぱ映画の街のアトラクションはこうでなくっちゃーっ!!」

と、何やら佐天《さてん》は美琴《みこと》の言葉は耳に入っていないようで、この轟音《ごうおん》の中、両手を上げてはしゃぎまくっている。

実際に海賊船からデカい砲弾が発射されているのではなく、空砲が鳴るのと同時に、相手の船にあらかじめ仕掛けてあった爆薬を起爆しているのだろう。それでも重厚な海賊船がバラバラに破壊されていく過程は確かにすごい。

……のだが、美琴《みこと》としては『自分でイベントを選んで参加する』のではなく『強制的にイベントに参加させられる』というやり方はやや不満である。

(やっぱり私は、もっと静かでゆったりした恋愛映画の方が合ってるかもなぁ……)

美琴《みこと》は少し首を傾《かし》げて、

「……それにしても、あの運河にしても、浜辺の方にしても、あんな所に船を浮かべられるような深さがあったかしら？　さっきまで普通にみんな泳いでいたような気がするけど」

「イベント前に客を立《た》ち退《の》かせた上で、海底が沈むか開くかする装置でも動かしたんじゃありませんの？　元々、ここはカリフォルニアから五〇キロ離れた海の真ん中ですもの。海中の岩場の上に作られた人工島とはいえ、足が届かない方がむしろ普通ですわよ」

そんなもんか、と美琴《みこと》は適当に納得する。

しばらくすると海賊船同士の戦いに決着はついたらしく、片方の船から乗組員達がダイブした後、船自体がぶくぶくと沈んでいく。船自体に潜水機能がついているのか、下り坂のレールが敷《し》いてあるのか、トリックの方は不明だ。そんな無粋な事など気にせず、テーマパークの常連客らしき人達が一斉に拍手を送っている。

と、今度は別の騒音が襲ってきた。

ギィイイイイ!! という甲高いエンジン音が美琴《みこと》の耳を打ったのだ。

車のものではない。

上空を一直線に突き抜け、陸側から海側へと飛んでいく音源の正体は、漆黒《しっこく》に染《そ》められた超音速ステルス戦闘機だ。

五機ワンセットで構成された編隊を指差し、佐天《さてん》が大雑把《おおざっぱ》に喜ぶ。

「ぐわーっ!『エイリアン戦争』に出てきたラヴィーゼ飛行隊だ!! やっぱアメリカってすげーっ!! ハリウッドの国はホントに銃とか兵器とか愛してやがるなーっ!!」

「いや、私はああいうのよりもっと人間の感情を繊細《せんさい》に扱う作風の方が……ごにょごにょ……」

美琴《みこと》は何やら呟《つぶや》いているが誰も反応していない。

初春《ういはる》は青空を見上げて、わー、と感心半分呆《あき》れ半分な声を出す。

「映画では F-22 をベースに、UFOと戦うために改良したって事になってましたけど、やっぱり本物なんですかね、白井《しらい》さん。一機一五〇億円以上するとかっていう話だったと思いますけど」

「どうせ映画仕様のデコレーションを施《ほどこ》して特殊な形にしてしまうんですもの。エンジンまわりの形から察するに、F-35辺りの兵装を外したアクロバット競技モデルではありませんの？」

それにしても、現役の戦闘機を何機も購入して、撮影用の改良を行い、実際に大空へ飛ばしているのだ。日本なら実現するしないどころか、会議に出る事すらないスケールだ。

「おーっ。なんかあっちの方で戦ってる‼」

佐天《さてん》が砂浜の向こうにある水平線の辺りを指差しながら大声を出す。

爆薬を使ったショーの一環だろうか、複数の戦闘機が鋭角な弧《こ》を描いてビュンビュン飛んでいる。曲線的な細い飛行機雲みたいなものは、模擬《もぎ》ミサイルの発射の軌跡か。他にも、機銃らしき発射光も見えた。ドババババ‼　とかいう複数の音の連続ではなく、ドジャーッ‼　という一つのまとまった音がここまで聞こえてくる。空砲にしてもただではない。随分と豪勢な演出である。

件《くだん》のラヴィーゼ飛行隊が何と戦っているかと言うと……、

「？　……何だろ、あれ？」

この中では一番詳《くわ》しそうな佐天《さてん》が、首をひねっていた。

その正体は海面にいた。全長五メートル前後の楕円形《だえんけい》の機体だった。楕円形《だえんけい》と言ってもラグビーボールのようなものではなく、木でできたカヌーの上に、逆さまにしたカヌーをぴったり合わせたような、かなり鋭角的なものだ。さらにボディ前方の左右から、大小二枚ずつの羽が生えた、トビウオのような変な機体。いや、機体は下向きの羽の先端の部分だけを海面につけ、水を蹴るように進んでいるところを見ると、アメンボといった方が近いのか？　とにかくトビウオのようなアメンボのような、そんな変な機体は水そのものに反発するように、猛烈《もうれつ》な速度で海を突き進む。あまりの速度に、トビウオが通った後に一歩遅れて、大量の海水が尾を引くように吹き飛ばされていった。

トビウオは細かいギザギザの軌道で空からの機銃の乱射を避けると、返す刀でミサイルらしきものを発射。白い飛行機雲のようなものが空を裂く。

「あんなの見た事ないなぁ。初春《ういはる》、あのトビウオって何の映画に出てきたヤツか知ってる？」

「い、いいえ」

「映画会社協賛のテーマパークだし、なんか情報公開前の新作のプロモかもしれないなー。ていうか、ショーの舞台が遠すぎるよー。……ハッ⁉　まさか有料で双眼鏡を貸し出しているとか、そういうセコい商売をしているんじゃ⁉」

佐天《さてん》はあちこちをキョロキョロ見回しながらそんな事を言う。

（……？）

一方で、美琴《みこと》はわずかに眉をひそめていた。隣にいる白井《しらい》を見ると、やはり彼女もほんの少しだけ、訝《いぶか》しげな表情になっている。

空中の戦闘機と、海上のトビウオのアトラクション。

一見するとそれだけの話なのだが、冷静に考えてみると、少しおかしい所がある。

そう、

（あのトビウオ……どうやってあんな速度を出しているのよ？）

戦闘機と互角に渡り合う船舶《せんぱく》なんて聞いた事がない。エアクッション船を含めても、世界最速の船舶は時速何百キロ前後が関の山なのだ。マッハ一……時速一二〇〇キロ以上で爆走するなど、普通に考えればまずありえない事だ。

一応、あのトビウオは純粋な船舶ではなく、海面から浮かんでいるようなのだが、それはそれで問題がある。海には波があり、海面は水平一直線ではない。あれだけの速度の中、常に揺れ動く海面の上で、機体の姿勢制御を完璧に行っているだけでも驚きだ。

「でも、やっぱりアメリカってスケールが違うなぁ。日本じゃたとえ海の上でも、あんな風にバカスカ爆発させたりできないでしょ」

佐天涙子《さてんるいこ》は、あれは爆薬を使ったショーだと考えているらしい。

辺りにいる他の観光客も、大体似たようなものだ。中には臨場感《りんじようかん》が足りないとかもっと派手にしろとか、そんな野次を飛ばして笑っている連中もいる。

しかし美琴《みこと》だけが、胸の中にわずかな疑問を抱いていた。

彼女は遠い水平線の辺りで繰り広げられる戦いを見ながら、わずかに思う。

（まさか……？）

バン！　ボン!!　と複数の爆発音が連続する。

例のカヌーを上下二つにくっつけて、前方左右に四枚の羽をくっつけたトビウオのような機体の横っ腹に、戦闘機のミサイルが突き刺さり、起爆したのだ。

バランスを崩したトビウオは勢い良く海水を引き裂いて、

「う、そ……ッ⁉」

美琴《みこと》の体が強張《こわば》ったその時だった。

制御を失ったトビウオは波打《なみう》ち際《ぎわ》に乗り上げると、そのまま砂浜に突っ込んできた。

学芸都市防空飛行隊、通称ラヴィーゼ飛行隊の五機は、海面から二〇〇メートル辺りの低い空域を、何度も鋭角的なカーブを切りながら飛び交っていた。

敵の名はミシュコアトル。

どこかの言葉で『雲海の蛇《ミシュコアトル》』とか呼ばれているらしき、四枚羽の敵は水の上を滑るような動きで最新鋭戦闘機の狙いから高速で逃れていく。

数はわずか二機。

にも拘《かかわ》らず、五機編成のラヴィーゼ飛行隊は未《いま》だに敵の機体へ掠《かす》り傷《きず》すら負《お》わせられない。

相当波が高いのに、『雲海の蛇《ミシュコアトル》』は四枚の羽を器用に動かし、それらの落差をゼロに保ったまま、さらに滑らかかつ素早い動きで、海の上を突き進む。

しかも信じられない事に、『雲海の蛇《ミシュコアトル》』は一般的な軍用艦艇《ぐんようかんてい》と違って、鋼板《こうばん》などは使われていない。カヌーを上下二つ合わせたように鋭角的な本体は樽《たる》のように木で作られていたし、他の部分にしても布や黒曜石《こくようせき》ばかり。金属部品が一つもないのだ。

現代兵器の常識を覆《くつがえ》すような木や布の塊は、しかし最新鋭戦闘機のロックから外れ、細かい横移動を織《お》り交《ま》ぜて、ギザギザした軌道を作り出す。

操縦桿《そうじゅうかん》を握るパイロットは思わず舌打ちした。

『ちょこまかと!!』

逃げ回る海上の『雲海の蛇《ミシュコアトル》』へ狙いを定め、機銃を掃射する。ミシンのように走る弾痕《だんこん》のラインは、しかし『雲海の蛇《ミシュコアトル》』にはわずかに届かず、海水だけを巻き上げていく。

ただし、機銃のラインから逃げようとするため、『雲海の蛇《ミシュコアトル》』は右側へ逃げざるを得なくなった。単調で分かりやすい動き。そこへ戦闘機の方はミサイルでロックする。風景に重ねた印が、ロック完了の表示へ切り替わる。

即座に発射。

機体から解き放たれたミサイルが、凄《すさ》まじい速度で海面へ襲いかかる。鋭角的な弧を描く爆発物は、『雲海の蛇《ミシュコアトル》』を巻き込む形で爆発、大量の海水を一気に巻き上げ、白いカーテンを作り出す。

『くそ、やったのか!?』

大量の白い水飛沫《みずしぶき》の向こうを覗《のぞ》こうとするも、戦闘機はその速度の関係で、あっという間にそのポイントを突き抜けてしまう。

その時だった。

『馬鹿野郎、上だ!!』

仲間からの無線に、ギョッとした表情になるパイロット。

真上に影が差したと思った時には、すでに四枚の羽を大きく広げた『雲海の蛇《ミシュコアトル》』が迫っていた。カヌー二つを上下に合わせたような本体に取り付けられた細かい穴が、銃口のようにパイロットの体を直《じか》に狙う。

(一瞬で……跳《と》んで回避したってのか⁉)

『野郎‼』

並の機体なら、なす術《すべ》もなくコックピットを撃ち抜かれていただろう。

だがとっさに、パイロットは操縦桿《そうじゅうかん》を握る手に力を込める。

グルン‼　と戦闘機が縦に回転した。

ウィリーのような、機首を真上へ持ち上げる特殊な挙動だ。

空気抵抗によって強烈なブレーキがかかる事を承知で、頭上の『雲海の蛇《ミシユコアトル》』へ強引に鼻先を向ける。機銃やミサイルの狙いを、強引に合わせたのだ。

二つの兵器の矛先が、互いに向く。

その睨《にら》み合《あ》いは、一秒にも満たない。

『ぐォおおおおおおおおおおおおおおおお……ッ‼』

パイロットは叫びながら、操縦桿《そうじゆうかん》についた機銃の引き金を引く。轟音《ごうおん》と共に『雲海の蛇《ミシユコアトル》』の前部で木片が散る。オレンジ色の火花が散る。しかし大破はしない。『雲海の蛇《ミシユコアトル》』の方も、その本体に開いた小さな穴からミサイルのようなものを発射した。

ドシュッ‼　という発射音を聞いた気がした。

一瞬だった。

白い飛行機雲のようなものを噴き出す鏃《やじり》に似た何かが、戦闘機に向かって放たれた。それは戦闘機の左の水平尾翼《すいへいびよく》に突き刺さると、鋼鉄の翼を容赦《ようしや》なくへし折り、青空へと吹き飛ばす。

パラシュートを使うんだ、と無線越《むせんご》しに叫ぶ同僚の言葉を聞いたが、パイロットが応じる事はなかった。

大破した戦闘機を横目で見るように、大ジャンプの浮力を失った『雲海の蛇《ミシュコアトル》』がようやく海上へと落下していく。

翼を失った戦闘機は木の葉のように回転する。

しかしそれは、尾翼《びよく》を砕《くだ》かれた事で制御を失《うしな》ったのではない。

パイロットの技量によって、落ちていく『雲海の蛇《ミシュコアトル》』を照準に捉《とら》えるための挙動だった。

『クソッたれが……』

大きく円を描く宙返りとは違い、ほとんど戦闘機の中心に串を刺してグルッと回したような動きだった。逆立ちのような体勢でピタリと機首を落下中の『雲海の蛇《ミシュコアトル》』へ突《つ》きつけたパイロットは、最後の力を操縦桿《そうじゅうかん》へ集中させる。

『やられっ放しで済ますと思ってんじゃねえぞ!!』

咆哮《ほうこう》と共に、空対空ミサイルが『雲海の蛇《ミシュコアトル》』へと襲いかかる。


凄《すさ》まじい速度で、トビウオが突っ込んできた。

美琴《みこと》の体が強張《こわば》った時には、すでにトビウオは波打《なみう》ち際《ぎわ》へ乗り上げ、砂浜に突撃していた。

大量の砂が巻き上げられ、トビウオはさらに進み、アスファルトの道路を切り裂き、火花を散らして、海水浴客用の個室シャワーへ激突した。

砕け散った壁の一部が、ヒュンヒュンと回転しながら空を舞う。長さ三メートル以上の巨大な瓦礫《がれき》が、観光客の頭上へ降《ふ》り注《そそ》ごうとして、

「ッ‼」

直後、美琴《みこと》の前髪がバチッ‼　と光を放った。

彼女の足元にあった白い砂が盛り上がる。いや、正確には砂に含まれる大量の砂鉄。それらは漆黒の剣と化すと、まるで蛇のような動きで数十メートルも空中を突き進み、落下してくる瓦礫《がれき》を容赦なく吹き飛ばす。

最初、観光客達はポカンとした表情を浮かべていた。

それから数瞬経《た》って、わあああああああ‼　という叫び声の連続が鼓膜を打った。

ただし、

「すっげーっ‼　やっぱり本場の学芸都市は違うなぁ‼」

「何あれ？　何の宣伝？　いつ公開なの⁉」

「わざわざ遠くでショーを始めたのは、こういうスリルを演出するためだったんだな」

「いやぁ、あんな所にも役者が交じっていたなんてなぁ。映画の街は本当に油断ならない」

「あの子誰、どこの子？　アジア系の『演者』って珍しいけど、もしかして新人のプロモとかじゃないよね？」

「っていうか、もー最低。口の中まで砂まみれなんですけどー」

次々と英語で放たれるのは、歓声。

それを耳にして、ただ美琴《みこと》一人だけがゾッとした悪寒《おかん》に包まれる。

（アンタら……何言ってんのよ……？）

もちろん美琴《みこと》はショーの役者などではない。今のは本当に、一歩間違えば大惨事になっていたはずだ。しかし彼らは気づかない。『映画の街』という特殊な空間の中では、どんなに不思議な事があっても、お化《ば》け屋敷《やしき》の延長線上みたいな感覚で処理されてしまう。

そこまで考えて、美琴《みこと》は唐突に嫌な想像をしてしまった。

もし仮に、今の瓦礫《がれき》を防がなかったとしたら、彼らは目の前の大惨事をどう処理しただろう？　自分のすぐ横で血まみれになった人が倒れたとして、それすらも『いやー。こんな所に役者が交じっていたなんて』『迫真の演技だなぁ。流石《さすが》はハリウッド技術の結晶。血糊《ちのり》だってすごいリアルじゃないか』とかいう風になったりしないだろうか。

もちろん、被害者と一緒に遊びに来た人は知っているだろう。これは演技じゃないと。本当に苦しんでいるのだと。しかしそれを誰が信じる？　『あそこで泣《な》き喚《わめ》いている人も含めて、みんな役者なんだろう』と思われたら、事件そのものが存在しない事になってしまう。さらに極論を言えば、泣《な》き喚《わめ》いている人がみんなの目の前で次のアトラクションの『死体役』になったら、それで全ての騒ぎが止まる。

アトラクション。

究極の平和ボケ。

目の前にあっても、誰もそれを真実と信じない世界。

まさか、この学芸都市は何かとてつもなく危険なものを潜《ひそ》ませているのか。

「……、」

その時だった。

美琴《みこと》の鼓膜に、ギギギギギ、という耳障《みみざわ》りな音が響いてきた。そちらを見ると、個室シャワーの建物に突っ込んで止まったはずのトビウオが、もぞもぞと震えるような動きで瓦礫《がれき》から顔を出したところだった。

こうして見ると、改めて異様な機体だというのが分かる。金属部品を使わず、樽《たる》のような木の本体と、布や黒曜石《こくようせき》などを使った四枚の羽。あんな素材で、どうやればあんな高機動性を引き出せるのか、美琴《みこと》の頭脳でも推測できない。

しかし、今はテクノロジーの議論をしている場合ではない。

問題なのは、あのトビウオが観光客達のど真ん中で再び動き出した事だ。

(ま、ずい……)

周りの観光客は危機感を全く抱いていない。わざわざ近くに寄って、携帯電話のカメラを向けているヤツまでいる。

トビウオの、カヌーを二つ上下にくっつけたような体が大きく動く。その本体に空《あ》いている穴が、銃口のように携帯電話を向けている観光客に向く。

先ほどの『ショー』の中では、そこからミサイルのようなものが発射されていたはずだ。

「この……野郎!!」

「おっ、お姉様!?」

白井《しらい》が止めるのも待たず、美琴《みこと》は砂を蹴ってトビウオに向かって勢い良く走る。前髪から青白い火花が散る。一〇億ボルトの雷撃《らいげき》の槍《やり》が、一直線にトビウオの脇腹に激突する。

ズバン‼　という轟音《ごうおん》が炸裂《さくれつ》した。

衝撃にトビウオのボディがわずかに横滑りし、その側面が若干焦《こ》げ付《つ》いた。

しかし止まらない。

トビウオの体が観光客から、美琴《みこと》の方へ向け直される。本体の穴から、ファシュッ‼　という奇妙な音が聞こえた。

「くそ、やっぱ実弾⁉」

ギョッと体を強張《こわば》らせる美琴《みこと》。

水蒸気の帯をまとい、高速で放《はな》たれたのはミサイルか。とっさに美琴《みこと》は向かってくるその一撃を雷撃《らいげき》の槍《やり》で撃ち落とし、

（細かい理屈は分かんないけど、水素系の推進剤ってトコかしら）

彼女は素早く足を動かし、さらにトビウオへ接近する。

（凝縮した水素を、空気中の酸素と混ぜて火を点《つ》ける。だから爆発後に水素と酸素が結びついて水になるから、水蒸気の帯がついてくるって訳か‼）

ここにきて余計なリスクは避けようと判断したのか、トビウオは走ってくる美琴《みこと》から遠ざかるように、四枚の羽を脚のように使って大きく後ろへ下がった。街路樹代《が》わりに植えられたヤシの木をメキメキとへし折りながら、トビウオは砂浜から内陸部へと逃げていく。速度はそれほどでもないが、昆虫のような挙動はそれだけで不気味さを与えてくる。

そうこうしている内に、トビウオは建物と建物の間へと潜り込んでいく。

「だぁくそ！　さっさと海に帰ってくれりゃ良《い》いものを‼」

美琴《みこと》は走りながら、自分のサンダルの踵《かかと》へ手を伸ばす。ストラップに留《と》められていた細長い塊を勢い良く引き抜く。まるで特殊部隊のナイフのように取り出されたのは、長さ一〇センチ程度のプラスチックでできた、拳銃のマガジンのようなもの。ただし入っているのはゲームセンターのコインだった。一種のコインホルダーである。

（っつーか、根本的に何なのよアレ⁉　人が入ってんの？　それともロボットみたいにプログラムで動くモンなの⁉）

トビウオは陸地で動く事を考慮して作られていないのか、水上にあった機敏な動きはない。木と布と黒曜石《こくようせき》でできた羽を自重で押《お》し潰《つぶ》しながら、カヌーを二つ上下に合わせたような本体を地面に擦《こす》り付《つ》けて移動している。

美琴《みこと》は手の中にあるコインホルダーを意識しながら、

（超電磁砲《レールガン》は……ッ‼）

彼女は電磁力を応用し、ゲームセンターのコインを音速の三倍で射出できる。それを使って一刻も早くトビウオの動きを止めるのが、被害を出さないための最良の手段となるのだが、

「ッ⁉」

親指を使ってコインホルダーからゲームセンターのコインを弾《はじ》き出《だ》そうとした美琴《みこと》の動きが、一瞬固まる。今までサンダルに挟《はさ》んでいたのが災《わざわ》いしたのか、コインホルダーのスプリングに砂が詰まってコインが出てこなくなったのだ。

（くそ、何でこんな時に……ッ⁉）

人工的に敷き詰められた白い砂の上には、無数のテントが設置され、一種の商店街のように

なっている。全部観光客向けのお土産屋《みやげや》さんだ。やはり状況を全く理解していないのか、水着を着た家族連れが、美琴《みこと》とトビウオを眺《なが》めて歓声を上げている。

そんな光景に美琴《みこと》が苦い顔になった時、トビウオが動いた。

ぐるん!! と。

唐突にカヌーを二つ上下に合わせた本体を高速で一八〇度回転させると、ボディ前方にある二対の羽の内、長い方の二枚羽を使って起き上がり、短い方の二枚羽を肉食獣の前脚のように使って、美琴《みこと》を押《お》し潰《つぶ》すように、いきなり覆《おお》い被《かぶ》さってきたのだ。

それは動物用のバネ仕《じ》掛《か》けの罠《わな》か、カマキリの捕食を思わせる素早さだった。

「しま……ッ⁉」

慌てて横へ跳ぼうとしたが、美琴《みこと》はそのままトビウオの真下へ。仰向《あおむ》けに転ばされ、二枚の短い羽に両手を固定されてしまう。

焼けた砂が背中一面に突き刺すような熱を伝えてくるが、今はそれどころではない。

カヌーを二つ合わせたような本体の下腹が見えた。先ほどまで鋭角的に見えたボディが、吊《つ》り天井《てんじよう》のように思えてくる。そのカヌーの下腹が四角く切り抜かれていた。

(何これ……コックピット⁉)

美琴《みこと》はギョッとしたが、今はそれより重要な事がある。

おそらくこの四角い穴は、緊急脱出用のハッチみたいなものなのだろう。本体の中に誰もいないのが分かる。自動操縦みたいなモードにしたまま、乗っていたパイロットは逃げ出したのだろう。

（くっそ‼　いつの間に⁉）

美琴《みこと》は歯噛《はが》みするが、その時、四角い脱出ハッチの向こうで、何かが点滅しているのが見えた。博識《はくしき》の美琴《みこと》でも読めない、どこの言葉かも不明な象形文字と、その下にある、四桁の数字の羅列《られつ》。象形文字の方はお手上げだが、数字の方はカウントダウンするように刻一刻と減っていくのが分かる。

美琴《みこと》の全身に嫌な予感が走る。

（まさか……自爆装置とかってんじゃないでしょうね⁉）

先ほど撃ち落とした、水素系の燃焼剤を使ったミサイルの存在が頭に浮かぶ。機体に残されたミサイルをこの場で全部爆発させるだけでも結構な被害は出るし、まして、自爆専用の液体水素でも搭載《とうさい》されているとしたら……。

「ちっくしょう！　冗談じゃないわよ‼」

美琴《みこと》は顔を真っ赤にするほど力を入れて両手を動かそうとするが、がっちりと固定されていて動かない。超電磁砲《レールガン》に使うコインホルダーも、押し倒された衝撃で少し離れた所へ転がっている。

巨大なトビウオに押し倒されたまま、美琴《みこと》は首だけを動かす。平和ボケした観光客は全く逃げる気がない。すげー、リアルに作られてるなー、とかいう間の抜けた声が耳についたし、一〇歳前後の女の子はトビウオに興味を示したのか、まるで機体に触れようとしているかのように小さな両手を伸ばして近づいてくるのが見える。

脱出用ハッチの向こうに見えるカウントダウンが本当に自爆装置のものなら、間もなくそれら全部が消えてなくなる。みんなで楽しい思い出を作るためにやってきた家族連れも、アイスクリームをせがむ小さな子供も、稼ぎ時で忙しく働いているお土産屋《みやげや》さんの店員も、それら全てが平等に、血の海に沈んでいく事になる。

そこまで考えて、美琴《みこと》はブチリという音を聞いた。

自分の歯が、唇を噛《か》んだ音だと気づくのに、数秒もの時間を必要とした。

「上等じゃない……」

両手は押さえつけられて動かない。超電磁砲《レールガン》に必要なコインホルダーも離れた所に落ちている。間もなく起動する自爆装置を前に何もできないはずの美琴《みこと》だが、そんなものは考慮《こうりよ》に入れない。学園都市の名門・常盤台中学《ときわだいちゆうがく》のエースをナメてはいけない。一つ二つの切り札を封じられた程度で潰《つぶ》れるお姉様ではないのだ。

ぶわっ!! という音が炸裂《さくれつ》した。

それは美琴《みこと》の周囲にある、白い砂浜から大量の砂鉄が蠢《うごめ》く音だった。

黒い粉末の塊は、トビウオを中心に、半径五メートル前後で噴き上がる。それは観光客を寄せ付けぬバリケードであると同時に、この場を逆転するための最後の鍵。膨大な量の砂鉄は美琴《みこと》の意志を受けて全方位からトビウオへ襲いかかると、その表面をコーティングするように、三六〇度隙間《すきま》なくピッタリと埋め尽くした。

(超電磁砲《レールガン》のコインが手元にないってんなら……)

美琴《みこと》は笑う。

その前髪から、高圧電流の存在を示す青白い火花が散る。

(アンタ自身が、この私の砲弾になりなさい!!)

ドバッ!! という轟音《ごうおん》が炸裂《さくれつ》した。

美琴《みこと》に覆《おお》い被《かぶ》さっていたはずの巨大なトビウオが、そのまま大空へ射出される。

全体を砂鉄にコーティングされたトビウオが、勢い良く吹き飛ばされた。もちろんコインと違って音速の三倍もの速度は出ないが、とりあえず今は問題ない。巨大なトビウオは砲弾のように斜め上方へ真《ま》っ直《す》ぐ飛んでいくと、高度二〇〇メートル辺りで重力に捕まった。大きく弧を描く野球の遠投のような軌跡を描いたトビウオは、観光街の一エリアを丸々またいでいき、遠い水平線の向こうへ消えていき、

そして、

全ての音を消し飛ばすような、大爆発が巻き起こった。

かなりの距離が離れていたにも拘《かかわ》らず、お土産屋《みやげや》さんのテントがいくつか崩れて砂浜に広がった。水着の観光客達は最初驚いたようだが、潰《つぶ》れたテントの中であたふたしている店員さんを指差して笑ったりしている。どこまで行っても、徹頭徹尾《てっとうてつび》、彼らにとっては刺激的に演出された、安全なショーに過ぎなかった。

(くそっ、あのトビウオに乗ってたヤツはどこ行った!?)

焼けるような砂浜から起き上がり、背中や尻についた白い砂をパンパンと払っていた美琴《みこと》は、そこでふと小さな女の子と目が合った。彼女は小さな親指を上げて、英語でこんな事を言った。

「お姉ちゃん、良い仕事《ぐっじょぶ》」

「……そりゃどうも」


ビバリー＝シースルーは双眼鏡を顔から離した。

彼女はゲストとして、この学芸都市にやってきている。だからこそ、ラヴィーゼ飛行隊や、あの変なトビウオみたいな機体が織り成すアトラクションショーのスケジュールなどは全く把《は》握《あく》していない。

しかし、そんな蚊帳《かや》の外にいるビバリーにも分かる事がある。

あの競泳水着の少女は、学芸都市側《アメリカ》のスタッフではない。

どういう経緯があったかは知らない。ともあれ、何らかの紆余《うよ》曲折《きょくせつ》があって、飛び入り参加でショーの舞台に上がってしまったらしいようだが……。

「は、はは」

ビバリーは乾いた笑みを浮かべていた。

双眼鏡を掴《つか》む手に、じっとりとした汗が浮かぶ。

「流石《さすが》は学園都市の能力者。こりゃあ、ＣＧだのＶＦＸ程度じゃ敵《かな》わないわ」

瞳に宿《やど》るのは焼けるような好奇心。

ゴクリと喉を鳴らしたビバリーは小さく舌を出して乾いた唇を舐《な》めながらこう言った。

「……何にしても、楽しそうなヤツに出会えて満足かな」

第二話

学芸都市《がくげいとし》。

カリフォルニアの沿岸から西へ五〇キロ進んだ洋上に作られた、世界最大級の巨大人工島。

とある映画撮影後、一種のテーマパークとして大改装されたこの学芸都市は、映画大国アメリカが、その外貨獲得価値を恒久的なものとするべく、日夜新たな撮影技術を研究・開発するための大型施設としても機能していた。

世界の第一線で活躍する映画関係者が生み出す娯楽の数々を、どこよりも早く導入、提供していく、刺激と幻想に溢《あふ》れたアトラクション集合体。

しかし御坂美琴《みさかみこと》は知る。

この街では、ありとあらゆる異常事態が『アトラクションショー』として処理されてしまう事。たとえ目の前で人が撃たれたとしても、『うわー、お客さんの中に役者が紛《まぎ》れているとは』『それにしても、演技と分かっていても痛々しい』『血糊《ちのり》もリアルだし、流石《さすが》は映画の国だな』程度で済まされてしまう事を。

死体を見ても驚かない空間。

その上これは、何らかの偶然で発生したものではない。

佐天涙子《さてんるいこ》は、

「すごーい！　御坂《みさか》さん、一体いつゲスト出演の交渉してたんですか!?」

本物の事件に巻き込まれた美琴《みこと》を見ても、ショーの一環としか考えなかった。

初春飾利《ういはるかざり》は、

「がっ、学園都市の能力って、そんな風に公開しちゃって良かったんでしたっけ？」

ちょっと心配していたが、心配する方向がほのぼのとズレていた。

白井黒子《しらいくろこ》は、

「……お姉様？」

わずかに訝《いぶか》しんだが、それでも事件や戦いとは無縁の所にいた。

そして、
御坂美琴《みさかみこと》は……、

「……どうなってんのよ……」

ポツリと、彼女は呟《つぶや》いた。

誰にも聞こえないであろう小さな声で、忌々《いまいま》しそうな感情を乗せて。

「……一体、この街で何が起きてんのよ……？」


ぶいーん。

「うあーああああああああああああああああああああ」

ふおーん。

「むぎゃーああああああああああああああああああああああ」

ぶしゃー。

「ふにゃーああああああああああああああああああああああ」

初春飾利《ういはるかざり》は一通りそんな声を出すと、ホテルの近くにズラリと並んだ個室シャワーの一つから出てきた。今日一日、日が暮れるまでずーっと海で遊んでいたはずだが、柔らかい肌についた潮水は全て洗い流されているし、それどころか、髪も皮膚も水着も、その全てが一滴の水滴すらついておらず、潮の匂いすら感じられない。

まるで買ってきたばかりのような布地を軽く引っ張って確かめていると、初春《ういはる》のクラスメイトである佐天涙子《さてんるいこ》が片手をぶんぶん振りながら接近してきた。

辺りも暗くなり、テーマパーク特有の極彩色のライトアップに照らされても、佐天《さてん》はいつも通りの佐天《さてん》だった。

「おーう初春《ういはる》。どうだった？　なんかぶおーんっていうのすごかったよねぇ!!」

「全身乾燥機でしたっけ？　それにしても、着ている水着ごと体を洗浄、乾燥させるなんて、ものすごく大雑把《おおざっぱ》な仕組みですよね……」

「まぁあれだよ。ホテルのベッド以外は基本、水着で過ごすじゃない？　そうなると、ホテルに入る前に汚れは落として欲しいってヤツなんだよ」

はぁー、ほぉー、と適当に感心する初春《ういはる》と佐天《さてん》。

彼女達の所属する学園都市は、よそと比べて科学技術が二、三〇年ほど進んでいる。しかし学園都市の立地そのものが東京西部であるため、海関連の技術に触れる機会はどうしても少なくなる。そういう研究は進んでいるのだろうが、それが学園都市の子供達にまでやってこないのだ。

　佐天《さてん》は自分の二の腕の辺りをすりすり擦《こす》りつつ、

「……でもさー、乾燥モード時に肌荒れを防ぐためのクリームは有料ですなんて、学芸都市も結構セコい商売してるよねー」

「あはは。確かに、テーマパーク自体は風景から小物までイメージ作りしているのに、こういう所でお金の話が出てくると、ちょっと現実に戻されてしまいますよね」

「あと風圧すごくて胸がポロンと出ちゃったよ」

「ぶっふおぅえ!?　さ、佐天《さてん》さん……？」

「いやー、急速乾燥スイッチ入れたのがまずかったのかね。一応、トップスはシリコンブラみたいに肌に貼りつく素材なんだけど……。あれ、普通のビキニなら吹っ飛び確定だと思うけど」

　生々しい話に初春《ういはる》は顔を真っ赤にするが、辺りに日本語を話せる人がいないからか、通り過ぎる外国人の観光客は特にこちらを変な目で見たりはしない。

　この場で最も気にしていない人間、佐天涙子《さてんるいこ》は初春《ういはる》の手を引っ張りつつ、

「おーし。そんじゃ御坂《みさか》さんと白井《しらい》さんを見つけて晩ご飯にしよう！」

「お昼の時も疑問でしたけど、何で料理のメニューがみんな映画のタイトルなんでしょうね」

「あのお店は、映画に登場したご飯をそのまま出すレストランなんだよ。だから作品を知らないと全く意味なし、お客さん置いてきぼり」

「……そうか。それで『エイリアン戦争』って頼んだら、歯磨き粉みたいな宇宙食のチューブが出てきちゃったんですね」

微妙に遠い目をする初春《ういはる》は、佐天《さてん》と一緒にホテルへ入る。

「そういえば、先生の点呼《てんこ》は済ませました？　朝と夕方に二回、一応チェックするって話だったけど」

「夕飯食べた後みたいだよ、点呼。ご飯どこで食べるかは完全に自由みたいだし。でもダサいよねー。こんなでかいホテルに整列して名前呼ばれるなんてさ。そういうのやられると、一気に学校行事の匂いが漂ってくるじゃん」

ホテルは部屋数八〇〇室を超える、巨大な高層ホテルだった。ピカピカに磨かれた白い大理石をメインに、所々で飴色《あめいろ》に輝いているのは、木製のアクセント。客の通るコースをなぞるように敷かれた赤い絨毯《じゅうたん》が、どっかの映画の宮殿みたいに延びている。

ロビーを行き来しているのは様々な人種の人達で、ここがアメリカだけでなく世界中から人気を集めているのが窺《うかが》えた。

「男どもの視線が気になるのかね、初春《ういはる》。熱い視線は万国共通だしなー」

「……注目されているのは間違いなく佐天《さてん》さんのビキニだと思いますけどね」

「ふっ。しかし実は変にもじもじと太股《ふともも》を擦《こす》らせている初春《ういはる》の方がエロかったりするのだよ」

「ひいぃ!?　そ、そんな事は……ッ!?」

大型旅客機がすっぽり収まってしまいそうなほど巨大な吹き抜けのロビーを歩く佐天《さてん》。その隣を歩く初春《ういはる》は、ふとクラスメイトにこんな質問をした。

「ところで、晩ご飯はどこで食べるんです？　なんかこのホテルだけでも、レストランってい
っぱいあるじゃないですか」
「うーん。なんか中華が食べたい気分かしらねー。まぁホテルマンにでも尋《たず》ねりゃ良《い》いじゃん、
美味《おい》しいお店はどこですかって」
「ありゃ、佐天《さてん》さんは英語ができる人なんですか？」
そう告げた初春《ういはる》の手には、防水加工の携帯電話が握られている。音声認識タイプの同時翻訳
アプリをダウンロードしたもので、日本語で話すと英語の音声が出てくる仕組みである。中一
教科書レベルの初春《ういはる》としては、このバッテリーが切れた時が命の尽《つ》きる時であるのだが、
「あっはっは。あたし達は同じ人間だよ？　別に言葉なんてフィーリングで十分じゃない。へ
イそこのボーイ！　チャイニーズのフードをイートしたいんだけどデリシャスなレストランは
どこプリーズ⁉」
「うぎゃあああ‼　ふっ、不安！　手探りにもほどがあります‼」
思わず顔を真っ青にする初春《ういはる》だが、意外にぶつ切りの単語と声の感情でニュアンスは伝わる
ものなのか、呼び止められたホテルのボーイは『あっちを曲がってそこに入って』と手を振り
ながら説明してくれた。
うむ、と佐天《さてん》は頷《うなず》き、
「激ウマ中華のお店はあるけど、すごく混むから時間をずらした方が良《い》いそうな。どうする初《うい》
春《はる》。お腹《なか》がすいてどうにもならんようなら他のお店にする？」
「……わ、私、もしかして、ものすごく垢抜《あかぬ》けない子なんじゃ……？」

気軽にチップを渡してボーイへ手を振る佐天《さてん》を眺め、地味に落ち込む初春《ういはる》。

とにかく美琴《みこと》と白井《しらい》を捜して今夜は激ウマ中華だ、という方向で話がまとまった時、タイミング良く美琴《みこと》がエレベーターホールの方からやってきた所だった。

ただし、
考えられる限り顔面を真っ赤にして、全力疾走で、

「うォおおおぎゃァあああああああああああああああああああッ!?」

「ちょ、な、みっ、御坂《みさか》さん!?」

初春《ういはる》が思わず名を呼ぶと、そのままどこかへ退場しかけていた美琴《みこと》が、ぐりん！　と首をこちらへ向けてくる。

しばしの沈黙。

やがて美琴《みこと》の目元にじんわりと透明な液体が浮かぶと、そのまま初春《ういはる》の元へと一直線。ぐがばぁ!!　と凄《すさ》まじい効果音と共に初春《ういはる》の胸に飛び込んでもう離さない。

「ふにゃあああ!?　な、なななな何ですか御坂《みさか》さん唐突に!?」

「こっ、怖かったぁ!!　怖かったよぉ!!」

ぶるぶるぶるぶるぶるーっ!!　と高速で振動する美琴《みこと》はよほど錯乱《さくらん》しているのか、初春《ういはる》の薄い胸元にぐりぐりと鼻先を押し付けたままそう叫ぶ。

佐天《さてん》は顎《あご》に片手を当てて、

「……もしや、最強無敵の常盤台中学《ときわだいちゆうがく》のエース様は、実はゴキブリが大の苦手だったとかいう、そういうキュートな展開かもしれないよ初春《ういはる》」

「違うの。そんな次元じゃないの!!」

　ぐばっ！　と、ようやく初春《ういはる》の胸から顔をどけた美琴《みこと》の手には、一冊の雑誌がある。

　どうやら水着のカタログ雑誌らしい。

「くっ、黒子《くろこ》の野郎がこんなの読んでて！　次はどれにしましょうかねとか呟《つぶや》いてて。何気《なにげ》なく覗《のぞ》き込《こ》んで、私、どうして良《い》いのか分からなくなっちゃって!!」

　どれどれと、初春《ういはる》と佐天《さてん》は適当な気持ちで美琴《みこと》から雑誌を受け取り、そして何の警戒《けいかい》もなく何気ない手つきでペラリとめくり、

　そして、未知との遭遇に激しく後悔した。


「うっ、うぎゃあああ!?　初春《ういはる》、ちょ、これ、何!?　かろうじてTバックぐらいは分かるけど、OとかVとか……えっ、I!?　Iってどうやって固定してんのよこれ!?」

「み、見てください佐天《さてん》さん。建前上はローレグとかって書いてありますけど、股下から股上まで五センチしかありません!!　なんていうか、その……ベルト？」

「ウォータリング素材……？　透明なビキニの中に色つきの液体を入れておくって……大丈夫なのかそれ!?　体の傾きで模様が変わるって書いてあるけど、ホントに見えないの!?」

「乱反射クリスタルビキニって……ようはモザイクですよ！　確かに形は誤魔化せるけど、色はそのまま出ているじゃないですか!?」

　むごいむごい何の罰ゲームだ!?　と顔を真っ青にする佐天《さてん》と初春《ういはる》。なんというか、もうお嫁

にいけない級のオトメの危機満載《まんさい》な品々に、ただただ圧倒される他ない状況だ。

常盤台中学《ときわだいちゅうがく》のエース、御坂美琴《みさかみこと》は珍しくめそめそしながら、

「みっ、水着って、一着とは限らない訳じゃない？　もしかしたら、黒子《くろこ》はまだまだとんでもない爆弾を隠し持っている可能性だってある訳じゃない？　わ、私、黒子《くろこ》が今日のあれ以上のインパクトで抱き着いてきたりとかしたら……どうしよう……って……」

確かに、こんなもんが隣を歩いていたり抱き着いてきたりしたら、それだけで佐天達《さてんたち》の方が恥ずかしくなる。あんな猥褻物少女《わいせつぶつしょうじょ》を野放《のばな》しにしておく訳にはいかない。

だが、具体的にどう動く？

表現の自由の権化《ごんげ》みたいなツインテールの怪物を封じるために有効な手などあるのか。

悩む三人がしばし沈黙した時、豪勢なディナーを終えたらしきどこぞのセレブな姉ちゃんが、彼女達の横を通り過ぎる。黒いワンピースに金糸を縫《ぬ》い込《こ》んだギラッギラの水着に、腰回りを覆《おお》うように巻かれたデカいパレオがゆらゆら揺れる。

わざとらしく腰を左右に振って歩くセレブの尻を見送り、乙女達は同時に頷《うなず》いた。

「それだ《パレオ》ぁ!!」

その瞬間、白井黒子《しらいくろこ》は例の水着のままベッドにゴロゴロと転がり、馬鹿デカいスーツケースの中身をごそごそと漁《あさ》っていた。

「……うーむ、単に露出《ろしゅつ》の多さだけが変化球ではないかもしれませんわね。こっちの、一見す

ると白いスクール水着だけど、水に入ると三点以外全部透《す》けるという方向も。あるいはこっちの、着たままの状態でも七種の変化が楽しめるあやとりヒモ水着というのも。うふふ、お姉様の目の前であやとりを始めた時の顔が見ものですわねぇ……」

もはや布部分が一ミリもなく、紐《ひも》を三つ編み状に結った極小の平面のみで隠す水着を手に、ぐふふと何やら企《たくら》んでいる白井《しらい》だったが、その時、彼女の部屋のドアの電子ロックが、キキービピーガガーブーッ!! と奇妙極まりない音を発した。

なんだなんだ？ と白井《しらい》がそちらへ首を向けた途端《とたん》に、ズバン!! と勢い良く開け放たれるドア。そして前髪から火花をバチバチ散らしている御坂美琴《みさかみこと》が突入開始。

それを見た白井《しらい》の瞳が、キラッキラーッ!! と星だらけになる。

「まっ！ まぁまぁお姉様ったら!? まさかこんなムード満点の好機にカギを壊して夜這《よば》いだなんてグゥオオオオッ!? あつっ、暑苦しい!? 何ですのこの大量の大風呂敷《おおぶろしき》は!?」

「それはパレオと言うものよ！ 用途は恥ずかしがり屋のデリケートゾーンを覆うためのもの！ アンタは全部が恥ずかしいから全部隠してやる!!」

「やっ、やめてやめて!! てるてる坊主《ぼうず》みたいになってますの！ っていうか、これ、もはやパレオと言うより小学校の頃の水泳のタオルではありま……もがもげもぐ……」

どったんばったん、という騒ぎを通路で聞いていた初春《ういはる》と佐天《さてん》の二人は、がちゃりとドアが開く音を聞いた。そちらを見ると、何だか妙にスッキリした美琴《みこと》の笑顔が。

「よーし、準備完了！　これで心おきなく晩ご飯を食べに行けるわね」

「？？？　白井《しらい》さんはどうなっちゃったんで……ひぃ⁉」

頭の先から足の裏まで全部が巨大な布で何重にも覆われ、何だかもっさりしたビッグフットみたいになった白井《しらい》黒子《くろこ》を見て、初春飾利《ういはるかざり》の肩がビクリと震える。


ホテル内にある、赤一色の中華料理店で晩ご飯を終えた後、美琴《みこと》、白井《しらい》、初春《ういはる》、佐天《さてん》の四人は他の生徒達と一緒に先生からの（佐天《さてん》いわく、ダサい学校行事の匂いがする）点呼を済ませ、再び四人で集まるとホテルのロビーへやって来ていた。休憩スペースにあるテーブルを陣取って、杏仁豆腐《あんにんどうふ》やアイスクリームなど、食後のデザートと共に適当にくつろいでいる。

何とかパレオの山から頭だけをズボッと突き出した白井《しらい》は、

「そういえば、昼間のビバリー＝シースルーの話ですけれど」

小さなスプーンを使ってミルクプリンを削り取り、そんな事を言う。

ビバリーとは、この学芸都市に滞在している映画監督の少女だ。

「どうやら、新しい撮影技術を研究・開発するための施設、というのは本当の事みたいですわね。世界中から画家、彫刻家、陶芸家、人形師、時計職人、浮世絵師《うきよえし》、その他色々な芸術家をここに招いているみたいですわよ」

「あん？　なんかハリウッド映画って感じじゃないわね。どっちかって言うと伝統工芸とかそっち方向じゃないの。何でまた、そういう人達ばっかり呼んでいるんだか」

美琴《みこと》は咥《くわ》えたスプーンを上下に動かしながらそんな事を言ったが、

「それはね!!」

「むぐっ!?」

突然聞こえた大声に、思わずスプーンを口から落とす美琴《みこと》。

振り返ると、件《くだん》の天才少女系映画監督がこちらへ歩いてくるところだった。

「っつかアンタ、仕事終わったの？」

「あんなのは手続き上の不具合みたいな感じだから、仕事とは呼べないよ」

ビバリーはしれっとした顔で『話を戻すけど』と言う。

「学芸都市……というか、アメリカ映画産業のライバル意識は科学サイドの最先端、日本の学園都市に向けられているのよ。『単なる科学の延長線上』にあるCGやVFX技術だけを磨いても勝てねーなこりゃと踏んでいるの。学園都市とは違う方向の伸び方を求められると、どうしても最先端とは程遠い、伝統系の芸術美術からヒントをもらうしかないという訳ね」

とはいえ、別に人形浄瑠璃《にんぎようじようるり》で映画を作ろう、とか、そういうダイレクトな考えではないらしい。伝統技術を一度完璧に分解した上で、最先端の映画に応用できるものはないかを調べ直し、奇麗《きれい》に組み込む事を旨《むね》とするそうだ。

「それに、一口に映画と言っても、大昔の恐竜から未来の巨大ロボットまで色んなものをテーマに扱うから。歴史系の資料としても使えるし、『こういう技術がこういう風に進化した』とイメージする事で未来の街を作る参考になったりするのよ」

初春《ういはる》は、へぇー、と日本人らしい感心の声を発すると、

「でも、みんな協力してくれるものなんですか？　陶芸家とかって、頑固親父《がんこおやじ》なイメージがあるんですけど」

「あはは。これがまー色々ありまして。あの手の芸術や工芸というのは、世界中どこでも後継者不足に陥《おちい》っているの。ホントにこのまま消えてしまう職人芸も珍しくない。それをハリウッドという大市場が大手を振って保護してくれると言うんだから、実は死ぬほど喜ばれたりしているのよ」

日本の下町工場とかもやって来ているのよ、とビバリーは言う。

学園都市が最先端科学を集めた街だというのなら、こちらは逆か。世界中にある伝統技術を片っ端からかき集めて形成された街なのだ。

へーほーと素直に感心する美琴《みこと》や初春《ういはる》。しかし佐天《さてん》はそういう裏話にあんまり興味がないようで、ビバリーの巨大な胸元に目をやりつつ隣の初春《ういはる》の脇腹を肘でつつき、

「(……時に初春《ういはる》。あの姉ちゃんは前人未到《ぜんじんみとう》の何カップに到達していると思う？　あたしゃ密《ひそ》かにGとかIとかまで行ってると思うんだが)」

「ぶげっふう⁉」

初春《ういはる》は思わずむせて頭の花びらが何枚か舞ったが、その時ビバリーはこう答えた。

「ん？　Lだけど」

「「「ッ⁉」」」

その瞬間、発展途上の乙女達を貫《つらぬ》いた衝撃は計り知れなかった。佐天《さてん》はこんな話を振った自分に後悔し、初春《ういはる》の頭の花はほとんどが抜け落ち、白井《しらい》の瞳が白目を剝《む》き、美琴《みこと》の背後には物理的に火花がバチバチと鳴った。

佐天《さてん》はしばらく動かなかったが、やがて自分の平坦《へいたん》な胸に両手を当て、

「……初春《ういはる》。確かバストのカップって二・五センチごとにレベルアップしていくのよね」

「え、ええ」

初春《ういはる》が頷《うなず》くと、佐天《さてん》は口の中で『えー、びー、しー、でぃー、いー、えふ、じー、えっち、あい、じぇい、けー、える』と呟《つぶや》きながら、胸に当てた両手を等間隔《とうかんかく》に少しずつ遠ざけていく。

やがて止まる手。

佐天《さてん》は自分の胸元を見下ろし、薄い胸板と掌《てのひら》の間にある絶望的な空間を確認し、

「遠ォい!!　あまりにも遥《はる》かなるこの距離を見て！　っていうか、これ、初春《ういはる》を抱きしめてるのと同じぐらいのパントマイムじゃないかねホレ!?」

「ひっひいい!?　わたっ、私の体が丸ごとおっぱいに埋もれる計算ですか!?」

錯乱気味の佐天《さてん》と、金切《かなき》り声《ごえ》を上げる初春《ういはる》。そんな少女達を見て、人生の勝者ビバリーは、あっはっはと笑ってこうフォローした。

「大丈夫。黙っていても体は勝手に育つものだし。大体、乳なんて所詮は単なる脂肪の塊《かたまり》よ」

「来たぜーッ!!　ブルジョワの勝ち組台詞《ゼリフ》!!　初春《ういはる》、サンオイルを持って来い！　今から意味もなく爆乳の全身をぬるっぬるにする!!　この負け知らずに涙の味を教えてやる!!」

あっはっはそんなんじゃビビらないってー、とビバリーはケラケラ笑っていたが、

ドン‼ と。

豪快な音が聞こえたと思ったら、そこにはビールジョッキか裁判官のハンマーのように、オイルのボトルの底をテーブルへ叩《たた》きつける御坂美琴《みさかみこと》が。

俯《うつむ》いて表情が見えない貧乳少女は、暗い影のオーラを全身にまとい、ほとんど唇を動かさずに告げる。

「おい、そこの女」

ドゴゴゴゴゴゴゴゴゴ、という嫌な効果音と共に、ゆっくりと顔を上げる美琴《みこと》。

彼女は肉食獣のような眼光で、真《ま》っ直《す》ぐにビバリーを見据《みす》えて、軍曹風にこう言った。

「時に、サンオイルは立派な凶器になる事を教えてやる」


全身テッカテカになったまま、ぐったりと肩を落として退場するビバリー＝シースルーの背中を御坂美琴《みさかみこと》は見送りつつ、佐天《さてん》と一緒にハイタッチし、どさくさに紛れて美琴《みこと》の肌にオイルを塗ったくろうとした白井黒子《しらいくろこ》をグーでぶっ飛ばし、初春《ういはる》から『あれ？ ビバリーさんにサインもらうんじゃありませんでしたっけ？』と指摘されて我に返った。

(だぁー……。つーか色々ありすぎだっつの)

流石《さすが》は海外旅行。イベント数が半端《はんぱ》ではない。

下手をすると夜を通して朝まで馬鹿騒ぎしかねないテンションを強引に押さえつけ、美琴《みこと》はホテルの自室へ戻る。バスルームに入ると、洗面所の蛇口をひねり、オイルでべっとべとになった手を洗う。

「ふぃー……」

寝室に戻り、ベッドに腰掛ける。

ガラスの向こうに広がるのは夏の夜。建物や道路に沿って様々な電飾が施《ほどこ》されているのは当たり前。遠くの方では大量の打ち上げ花火が大輪を咲かせているのが見えるし、夜の色を吸った黒い海をスクリーンにして、様々な映像が表示されては消えていく。

（光の海を泳ぐナイトスイムとかってパンフにはあったけど、流石《さすが》に今から泳ぐ気はしないわよね。昼にはしゃぎ過ぎたせいか、なんかちょっと眠いし）

思わず、そのままベッドにバタンと倒れたくなる美琴《みこと》だが、実行には移さない。

まだ、今日の内にやっておくべき事がある。

「……、」

今日の昼に起きた、戦闘機とトビウオの戦闘。

そして、何が起きてもアトラクションショーとして片付けられてしまう、奇妙な状況。

この街で一体何が起こっているかは不明だが、自分が止めなければトビウオの暴挙によって、おそらく死者が出ていただろう。そして少なくとも学芸都市側は、『アトラクションショー』という言葉を巧《たく》みに使って、事件そのものを『見えているのに存在しない』状況を作り出し、故意に隠しているのは確実だ。

（……とはいえ）

ここは日本の学園都市ではない。

下手に施設の機密に関わる事に探りを入れれば、情報保持という目的で射殺されても文句は言えない。まるで映画のような話だが、そもそもここが日本ではない……つまり、誰もが簡単に銃を手にする事のできる場所であるのを忘れてはならない。

「……、」

美琴《みこと》は少しだけ考えた。

そして、即座に頷《うなず》いた。

危機的状況を前にしても、ろくな避難誘導はおろか、警報すら発《はっ》しなかった学芸都市。こんな有様《ありさま》でのんびり遊んでいろと言われても、それは無理な相談だ。また戦闘機とトビウオの戦いに巻き込まれるかもしれない。今度は違う『アトラクションショー』が起こるかもしれない。その時、自分や他の人達が『やられ役』としてゲスト出演させられてしまうリスクだって、当然ゼロではない。

一度止められたからと言って、次も止められるとは限らないのだ。

「やるか」

寝室の片隅に目をやると、そこにはコンビニのATMのような機械があった。学芸都市は海と水のテーマパーク。その関係で紙幣を持ち歩くのが難しいこの街では、入園時に借りるICカードに適時電子マネーをチャージする仕組みを持つ。これによって、宿泊客はカード一枚とチップ用の小銭だけで、好きな施設を回る事ができる訳だ。

美琴《みこと》はICカードのチップ部分を親指で軽くグリグリ擦《こす》った。それから、チャージ用の読み取り機に押し当てる。ピッ、という音と共に、画面がお客様用の見やすくシンプルなものから、メンテナンススタッフ専用のそっけない機能的な表示に切り替わる。

　彼女の電気的な能力を応用したハッキングだ。

　もう一度ICチップを親指でなぞり、料金情報を元に戻してから、美琴《みこと》はタッチパネル式のモニタに表示されたキーボードへ指を走らせる。

　この街で繰り広げられるアトラクションの全貌《ぜんぼう》。

　それに関する情報が、学芸都市のコンピュータに記録されていないものかと、学芸都市専用のローカルなネットワークに侵入《しんにゅう》してみた訳だが、

「うわっ⁉　……っと、何だこりゃ」

　美琴《みこと》は画面を見て、思わず呻《うめ》き声《ごえ》をあげた。

　あまりにも難解なセキュリティが待ち構えていたとか、そんな話ではない。

　逆だ。

（わー、わー……。学園都市の科学技術は外に比べると二、三〇年は進んでいるって聞いてたけど。こんな旧式の言語でシステム組むなんて……なんつーか、石炭で動く自動車を見たような気分だわ……）

　あまりにも簡単すぎて思わず引っ掛け問題かと疑ってしまう美琴《みこと》。

　しかし、当然ながら学園都市で暮らす全ての学生がこんな事をできる訳ではない。美琴《みこと》が常盤台中学《ときわだいちゅうがく》に通うほどの才女である事に加え、学園都市全体で第三位、発電能力系では最強の超能力者《レベル5》である事も影響しているのだろう。

　ともあれ、今の美琴《みこと》にとって学芸都市のセキュリティは穴の空《あ》いたバケツどころの話ではな

い。木綿で作った布のバケツに水を注いでいるようなものだ。

そして、出てきた情報は『本物』だった。

海賊船の後にあった、戦闘機とトビウオのアトラクション。

あれはやはり『実戦』だったのだ。

(F-35をベースにした『エイリアン戦争』型の迎撃戦闘機が五〇機。こっちの装甲服とライフルは……『係員』用……？　そうか、あれもコスプレじゃなくて、本当にフル装備だったのか。レプリカどころか、全部実銃って事よね。戦車に、装甲車に……こっちのは、PAC3……って、これ核ミサイル迎撃用の地対空ミサイルじゃない！　一体どんな危機を想定して予算を組んでいるのよ⁉)

調べてみると、学芸都市にはそこらの在日米軍基地を凌《しの》ぐほどの戦力が結集しているのが分かる。しかしどうも、そこには軍隊特有の威圧感のようなものはない。まるで強大な敵が来る事が分かっているから、必死に戦力をかき集めたような、そんな切羽詰まった匂いがする。

敵。

この場合、単純な映画業界の産業スパイという訳ではないだろう。

だとすると、敵とは？

(……)

美琴《みこと》の脳裏に、昼間、海上を爆走していたトビウオの機体が浮かぶ。どう考えても、トビウオの動きは日本の学園都市の『外』にある普通の技術で何とかなるものではない。あれは一体何だったんだろうか？

だが、戦闘機と交戦していた謎の物体について色々調べてみても、あのトビウオに関する情報は得られなかった。何か特殊なセキュリティや暗号によって、情報に触れられないのではない。学芸都市が敵の情報を一切知らないという訳でもないはずだ。

寸断、という言葉が美琴《みこと》の脳裏をよぎる。

本当に重要な情報は、そもそもネットワークに接続していない。だからこそ、ネットを経由して情報を集めている美琴《みこと》には触れられない。そんなニュアンスだ。現に、システムの全体像を掴《つか》みかけていた美琴《みこと》は、『それだけ』ではシステムとして不十分というか、ジグソーパズルのピースがいくつか外れている事を自覚する。

(……これ以上は難しいか)

美琴《みこと》はスッパリと諦め、侵入時以上の丁寧さでシステムの深部から引き返す。ネットワークから一度離脱《ログアウト》して、痕跡《ログ》がないのを確認し、ＩＣカードのチャージ機械のモードをスタッフ用からお客様用へと切り替える。

「さて、と」

美琴《みこと》はチャージ機械から離れると、寝室の出口へ向かう。

『存在するはずなのに侵入できなかったコンピュータ』の位置情報は、すでに学芸都市の見取り図つきで把握《はあく》してある。

「ここから先は、物理的に探りを入れますか」

学芸都市は夜になっても光は絶《た》えない。様々なイルミネーションが建物を照らし、道に沿ってパレードが開催され、海やプールの水面にもレーザーを使って直接光のアートが描かれている。

しかしそれでも、完全に闇が払拭《ふっしょく》された訳ではない。

例えばホテルから遠く離れた所……学芸都市の内陸中心部にも、そんな闇が広がっている。

（……っと、ここか）

美琴《みこと》は砂浜の上を走る遊歩道からわずかに外れ、白い砂をさくさくと踏む。

彼女の目の前にあるのは、巨大な建造物だった。

敷地面積《しきちめんせき》はおよそ三キロ四方ほど。その中に大小無数の四角を組み合わせたような施設がある。中心部に一際《ひときわ》大きく聳《そび》えているのは、原寸大の大型ロケットの模型だった。

意図的にそうなっているのか、中央の大型ロケットのおかげで、まるで鋼鉄やコンクリートで作り上げたゴツい城のように見えなくもない。

施設の名前はラージランチャー。

この学芸都市は元々、SF映画を撮影するために作られたらしい。パンフレットによると、その映画の中で最も重要とされたのが、このロケット発射場・ラージランチャーだったようだ。

現在、学芸都市の様々な部署は『観光用』に内部を改装し、通り道や順路を用意しているのだが、この発射場だけは『名場面が生まれた場所』として、手を加えないで保存してほしいという嘆願書《たんがんしょ》が大勢のファンから寄せられたらしい。

様々な光源でライトアップされたラージランチャーの周囲には、それを眺めるための展望台や観覧車、高層ホテルなどが建てられている。客が入れない施設であるにも拘《かかわ》らず、莫大《ばくだい》な集客効果を生んでいる人気の場所だ。

美琴《みこと》がいるのは、そんな巨大施設の外壁……派手なライトアップの恩恵《おんけい》から外れ、かえって深い闇に包まれた、従業員の内部メンテナンス用の出入口だ。

一見何の変哲《へんてつ》もないドアに見えるが、それは外面だけ。

ここが、美琴《みこと》の知りたい謎の正体に繋《つな》がっているかもしれない『入口』である。

(……)

美琴《みこと》は思わず周囲に目をやり、人気《ひとけ》がない事を確認する。

それから、ゆっくりと音を立てずに外壁へ近づき、電子ロックの備わったドアへ手をかざす。

その時だった。

「あれー？　御坂《みさか》さん、そんなトコで何やってるんです？」

突然背後から聞こえた佐天涙子《さてんるいこ》の声に、ビックゥ!!　と肩どころか全身を震《ふる》わせる美琴《みこと》。何《な》故《ぜ》ならば、立入禁止ゾーンへの扉が今まさに開錠五秒前。電子ロックの画面表示はどこの国の言葉でもない文字化け状態で、割と言《い》い逃《のが》れはできない空気だったからだ。

ここはロケット発射場のセットを整備するために、今も従業員が出入りしているという話だったが、おそらく実際には、別の目的で使われているだろう事を美琴《みこと》は予想している。

こんな所に佐天《さてん》を連れていく訳にはいかない。

美琴《みこと》は慌てて笑顔を作り、わたわたと両手を動かしながら、

「その、ちょっとー、なんていうか？　ホテルのエアコンの空気って快適なんだけど均一すぎ

て時々体のリズムがおかしくなるからね、こうやってリアルな夜気に当たっておきたいなーなんて」

開錠完了《ピー》、という電子音が美琴《みこと》の背後のドアで鳴った。

彼女は無視して言った。

「ナチュラル嗜好《しこう》なんて所詮は幻想みたいなものでさ。科学的に分析できない事はないってのは分かってるんだけど、でもやっぱり心理効果ってヤツもあるっていうか？　本物のヤシの木なんてそうそうお目にかかれるモンでもないし、目に焼き付けておいても」

「それ、何ですか？　今ピーって鳴ったでしょ」

「…………………………………………、」

一発で佐天《さてん》に指摘され、美琴《みこと》は目を左右へ泳がせてしまう。

美琴《みこと》が何か言う前に、佐天《さてん》はハッと何かに気づくと、

「まっ、まさかそれは⁉」

「な、ちょ、え、これは、そうじゃなくてね……ッ‼」

「あれですね‼　学芸都市のどこかにあっていうアメリカが認定しているカジノでしょ‼」

はい？　と美琴《みこと》は目を点にしてしまう。

佐天《さてん》は構わず、デンジャラスな香りに酔うように、瞳をキラッキラに輝かせると、

「さっきビバリーさんにまた会って、そんな話を聞いたんですよ！　学芸都市って海水浴のできないシーズンはどうしてるんですかって尋ねたら、オトナの遊び場があるんだよって！　くっはーっ‼　カジノ！　日本じゃ絶対楽しめない金と欲望のエンターテイメント‼　海外行っ

たら一度は覗《のぞ》いてみたかったんですよねー。でもあれ、中学生でも入れるもんなのかな？」

　その瞬間。

　佐天涙子《さてんるいこ》の脳裏に浮かんでいたのは、ズラリと並ぶスロットマシンの口から機械が壊れたように吐き出される大量のコインと、黄金の海に呑《の》み込《こ》まれてニコニコ微笑《ほほえ》む水着の佐天《さてん》だった。タキシードやカクテルドレスのレディースアンドジェントルメン達が遠巻きにどよめき、左右からは赤黒バニーさんコンビによるキッスの洗礼《せんれい》が。がっはっはわっはっは、これぞラスベガス発アメリカンドリームであるぞよー、と彼女は幸福なビジョンに浸《ひた》って酔いに酔う。

　その瞬間。

　御坂美琴《みさかみこと》の脳裏に浮かんでいたのは、バカラのテーブルの前で最後のチップがディーラー側に呑《の》み込《こ》まれていくのを呆然《ぼうぜん》と眺める佐天《さてん》だった。身ぐるみ全部剝《は》いじまえ、金になりそうなものは全部没収しろ、いやいやあたしそもそも水着一丁なんですけど、じゃあとりあえずそこからじゃーっ！　彼女のトラブル体質を考えるに、その辺が妥当な展開か。……なんだかんだで、最終的には美琴《みこと》がカジノに乗り込んで、並み居る悪党どもへ手当たり次第に超電磁砲《レールガン》を撃ちまくるような展開になるに決まっている。

「さあ御坂《みさか》さん！　カジノはセレブだけのものとは言わせませんよ!!　ちょっと覗《のぞ》くだけ！　覗《のぞ》くだけですから!!」

「いっ、いや、そもそもそこはカジノじゃなくて……ッ!!」

「とうっ!!」

　佐天《さてん》は美琴《みこと》の言葉など聞きもせず、立入禁止ゾーンの扉を開けると、さっさとデンジャラスゾーンへ飛び込んでいってしまう。

(ばァああーッ⁉　本当にあの子はァあああああああああ‼)

美琴《みこと》は両手で頭を掻《か》きむしり、内心で絶叫しながら、とにかく闇に消えた佐天《さてん》を追う。従業員用の小さなドアの向こうにあるのは、狭くて短い通路のみ。劇場の舞台裏のようにケーブルが束ねてあったり工具が置いてあったりするだけで、明らかにカジノなんて楽しそうな娯楽施設に繋《つな》がっている訳がないのは一目瞭然《いちもくりようぜん》なのだが、

「おっ、おおおおおおおー……。やっぱりカジノって言ったらデンジャラスなものですもんねー。この飾り気のない荒《すさ》んだ感じが、何とも背徳的な雰囲気でいっぱいだぁー」

「アンタ、本物のカジノがどういうものか分かってないでしょ。っつか、そんなもんないってさっきから言ってんのに……」

美琴《みこと》はぐったりした調子で、何とか佐天《さてん》の背中に追い着く。

ここに来るまでに、すでに赤外線系を中心にいくつかのセンサーがあったのだが、美琴《みこと》は自分の電撃系能力を使ってかなり強引に『ごまかして』いた。痕跡《こんせき》は残らないとは思うが、そういう雑な方法は何となく不安だ。

(でもまぁ、そうでもしないと、すぐに銃器で武装した連中が押し寄せてくるだろうしなぁ。とにかくこのハチャメチャ娘に気をつけんと……っと、うわっ⁉)

笑顔の佐天《さてん》が思いっきり赤外線ゾーンへ突入しかけているのを見て、美琴《みこと》は慌てて佐天《さてん》の肩を掴《つか》んで引き止める。どうしてこんなにホイホイと危険な所へ進めるのか。ここまで行くと一種の才能よね、と美琴《みこと》は内心だけで付け加える。

「さっ、佐天《さてん》さん。ちょっとお話があるんだけど、よろしいかしら?」

「何ですかー早くカジノー。……って、もしや!? 会員制とかで一見《いちげん》さんお断りとか、そういう正真正銘の超セレブ空間ですか!? えー、御坂《みさか》さんのコネで何とか入れてもらえません?」

「だっ、だから違うの。ここはカジノなんかじゃないの。私はちょっとした用事があってここに来たんだけど、そんなに面白いもんでもないわよ」

「なーんだ。カジノじゃないんですか。じゃあ他に面白いトコないかなー?」

言いながら、佐天《さてん》はさっさと元来た道を引き返そうとする。

美琴《みこと》はガッ!! と再び佐天《さてん》の肩を摑《つか》んだ。

一時的にセンサー系は『ごまかして』いるものの、根本的な機能は消えていない。今、佐天《さてん》が引き返したら間違いなく、警報→集合→発砲の三段オチに決まっている。結局、セキュリティをどうこうできるのは美琴《みこと》だけであり、(そもそも、佐天《さてん》が帰る途中で別のドアを開けて迷子になる可能性すら否定できない)ここまで来た以上、佐天《さてん》にも一緒にいてもらうしかないのだ。

しかし、さて、どう説明したもんかな、と美琴《みこと》が悩んでいたところへ、

「……面白い事が始まろうとしているんですね?」

ニヤリ、と肩を摑《つか》まれた佐天《さてん》が嫌な笑みを浮かべた。

「新参者のあっしにゃあ詳しい事はよう分かりやしやせんが、何かとてつもなく面白い事が始まろうとしているんでございやすね?」

ダメだ、と美琴《みこと》は本気で思った。

WHEEL OF FORTUNE

どうやら常盤台中学《ときわだいちゅうがく》のエース様は、トラブル体質の人間とはとても相性が悪いらしい。

エリア51みたいだ、と美琴《みこと》は思った。

砂漠のど真ん中にある空軍基地。宇宙人のホルマリン漬けが保管されているだの、墜落したUFOの解析研究が今も行われているだの、様々なウワサが広まる軍の極秘施設。そんなものを思い浮かべてしまったのは、やはりアメリカに来たという意識があったからか。

短い通路を歩き、いくつものセキュリティを突破して（と言っても、実際に能力を使って作業したのは美琴《みこと》一人で、佐天《さてん》はてくてく歩いているだけだが）巨大な空間に辿《たど》り着《つ》いた美琴《みこと》は、目の前の光景を前に、思わずそんな与太話《よたばなし》をイメージする。

四角い空間だった。

鉄とコンクリートで構成された空間は、縦横《じゅうおう》に一・五キロ四方、高さも二〇メートル近くある。天井にはまるで学校の体育館のように複数の鉄骨が入り組んで強度を増し、複数の照明が均等に辺り一面を照らす。平面一直線のコンクリートの床から一〇メートルほど上方に、細い鋼鉄製の通路が縦横《じゅうおう》に走り回っていた。

佐天《さてん》は思わず辺りをキョロキョロと見回し、感心したような声を出した。

「すっげー。やっぱりアメリカ、建物一つ見ても日本とは全然スケールが違うよー」

「……、」

無邪気な反応を見せる佐天《さてん》の言葉が、いやに響く。

施設が丸っきり無人だったからだろうか。誰もいない体育館で大声を出すような感じだった。

恐ろしいほど広大な空間を前に、美琴《みこと》の顔が自然と強張《こわば》る。

どう考えても、ここは娯楽施設ではない。その舞台裏で、観光客を楽しませるために係員や従業員がせっせと準備を行うようなスペースでもない。

おそらくは、この学芸都市の核となるべき部分だ。

（しっかしまぁ、街の最大のランドマークがこんな事になってるなんて……。やっぱ、アメリカってのはスケールが違うわ……）

美琴《みこと》は改めて、この広大な四角い空間へ目をやった。

テレビでこんな番組を見た事がある。

早押しクイズです。ある物を工場で作っています。さてこれは一体何を作っている所でしょう？　答えは大型旅客機だったのだが、その時の映像にあった、巨大な機体の組み立て工場にも似ていた。

ただし、この広大なコンクリートの空間に保管されているのは、輪切り状になった飛行機の胴体《パーツ》などではない。


昼間、戦闘機と戦っていたトビウオだ。

全長五メートル前後の、木でできた鋭角的な本体。まるでカヌーを上下逆さまにして二つくっつけたような尖《とが》ったボディと、その前方左右についた、大小二対、四枚の羽。布や黒曜石《こくようせき》などを使っているものの、金属パーツが一つもない不思議なエアクッション機体。

研究用の資料か、蝶《ちょう》の標本《ひょうほん》のように鎮座《ちんざ》しているトビウオ。

ただし、ここにあるのは故障、いや、破壊されたものらしい。カヌーの真ん中辺りが大きく潰《つぶ》れ、全体的にくの字に折れ曲がっている。折れた羽の一本は、寄り添うように床の上に置いてあるだけだった。

「へぇー。これ、昼間のショーで使ってたヤツですよね。ここって演劇の道具部屋みたいなものなんですか？」

佐天《さてん》はそう言ったが、美琴《みこと》は頷《うなず》かなかった。

（……違う。これは昼間のヤツじゃない……）

美琴《みこと》と戦ったあのトビウオは、最後は自爆装置で木《こ》っ端微塵《ぱみじん》に吹き飛ばされたはずだ。外側からの力で強引にへし折られたこの機体とは、辻褄《つじつま》が合わない。

となると、

（一機だけじゃない、襲撃は今日だけじゃないって事……？）

改めて周囲を見回してみると、トビウオは他にもあった。まるでドラマの中で観《み》る、飛行機事故の後の死体安置所のようだ。体育館のように広い施設の中に、物言わぬ死体袋がズラリと並んでいる光景。それと同じように、壊れたトビウオが等間隔に安置されている。その数は、一〇〇や二〇〇程度では済まない。

一つ一つのスポットライトを浴びるトビウオは、一つとして同じ壊れ方をしたものはない。正面を潰されたもの、羽を全て砕かれたもの、真ん中から後ろがないもの、グシャグシャになったパーツ類を、とりあえずトビウオの形になるように床へ置いているもの……。どうやら、今まで撃墜してきたトビウオを全て集めて保管しているようで、激戦の歴史を暗《あん》に示しているようだった。

美琴《みこと》は砕かれたトビウオの一つに近づき、そこにビニールのタグのようなものが貼り付けられているのを発見する。アルファベットと数字の羅列。数字の方は何らかのコードだろう。日付らしいものの他に、完全にランダムな数列もある。数字については学芸都市が作った対応表を見ない限り、意味のない情報だ。アルファベットの方は、何らかの名前だろうか。Mから始まる長い単語だった。英語とは思えないし、フランス語やイタリア語でもない。まるでアルファベットを使わない文化圏の言葉を、強引にアルファベットに似たような発音文字で表現しているような、そんな無理な綴《つづ》りである。

「何だこれ？　ミ、ミシュ、ミシュカ、いや、ミシュコ、かな？」

美琴《みこと》は首をひねりながら、何とか読み取ろうとする。あまり長居をする訳にもいかないし、いっそ携帯電話のカメラで撮影して、後でゆっくり解読しようかとも思ったのだが、

「ミシュコアトル。中米の言葉で、『雲海の蛇』と言うらしいですよ」

唐突に聞こえた女性の声に、美琴《みこと》と佐天《さてん》は思わず振り返った。

一体いつからそこにいたのか、佇《たたず》んでいるのは学芸都市の『係員』だった。二〇代半ばぐらいの女性で、スポーティな競泳水着の上から、オレンジ色の救命胴衣を身に着けている。

ＩＤカードを首から下げているため、『係員』の名前はすぐに分かった。オリーブ＝ホリデイと書いてある。

美琴《みこと》は自分の頭にコツンとグーを当て、こんな事を言った。

「ええと、すみませーん。私達、ちょっと迷子になっちゃってー……」

「はは。とぼけているつもりですか。アルバイトの演者でも、もう少しまともな演技をします」

「チッ」

美琴《みこと》は暗《あん》に佐天《さてん》を庇《かば》うように一歩前へ出ながら、オリーブを睨《にら》みつける。

「まさか、これもヒーローショーに使う着ぐるみとかって言うんじゃないでしょうね？」

「そういうものはですね」

『係員』のオリーブはにっこりと笑って、首を横に振る。

「ショーとしてごまかすには、ごまかすなりの雰囲気作りというものが必要です。入口のゲートを設けて、入場料金をいただいて、『係員』の指示に従って誘導し、派手な効果音や映像効果と共に、お客様に広大な地下格納庫を公開する。そこまでやって、初めて『オオすごーい！　これはまたお金をかけたアトラクションのセットだなぁ』となる訳です。全ては汗と涙の努力の結果。そうそう簡単にできるだろうとは仰《おっしゃ》らないでくださいませ」

「……化けの皮が剝《は》がれたって自覚はある訳だ。正体不明の敵から狙われるだけの理由がここにあるって事は、もうごまかせないって」

置いてきぼりの佐天《さてん》を放って、美琴《みこと》はせせら笑うようにそう言った。

ええ、とオリーブ＝ホリデイはゆったりと頷《うなず》いて、

「やるしかなさそうですね」

「何ですって？」

「穏便《おんびん》には済ませられないという事ですよ」

ぞわっ!! という悪寒《おかん》が走る。

『係員』の笑顔を中心に、殺気という見えない感情が爆発的に広がっていく。事情を知らない楽観的な佐天《さてん》までもが、ようやく事の重大さに気づいたように、美琴《みこと》の背後でビクリと震えた。

緊張で体が強張《こわば》らないように気をつけながら、美琴《みこと》は言う。

「アンタらここで何やってんのよ。これだけのトビウオが回収されてるって事は、例のアトラクションは一回二回って訳でもないんでしょ」

対して、水着のオリーブ＝ホリデイは、ろくに武器も持たぬまま、威圧感だけで人を押し潰すように、ゆっくりと笑みを広げた。

「例えばの話をしましょうか。そう、今のあなた達にとても似たような境遇《きょうぐう》の女の子の話を」

「遠慮しておくわ」

美琴《みこと》は静かに断ち切り、こう言った。

「聞くに値しない、脇道に逸《そ》れた話を延々とされるのは嫌いなのよ」

そうしながらも、彼女の口調に忌々《いまいま》しそうなものが混じる。

戦闘機と『雲海の蛇《ミシユコアトル》』の戦闘がショーとして認識されるとしても、その戦闘に巻き込まれる形で生じる被害者や一緒に来た知り合いが消えてなくなる訳ではない。彼らが騒いで裁判沙汰《さいばんざた》

になれば、いくら何でもショーだったの一点張りでは済ませられない。にも拘《かかわ》らず、そういったトラブルは一切ない。何故《なぜ》か。おそらく想像もしたくないような事が、こいつらの手で行われているからだ。アトラクションという形で、みんなが見ている目の前で、堂々と連れ去られるような事態が。

「……、」

美琴《みこと》の前髪から肩にかけて、バヂィ!! と火花がアーチを描く。

それは目の前のオリーブに対する威嚇《いかく》、それだけではない。背後にいる佐天《さてん》に、この状況の危機感を少しでも伝えるためだ。

この戦闘に、佐天《さてん》を巻き込む訳にはいかない。

改めてそれを確認した上で、美琴《みこと》は告げる。

「……この私を相手にしようって言うんだから、それなりの武器《モノ》を用意しているんでしょうね」

学園都市の外の人間に、超能力者《レベル5》だの何だの言っても、その戦力は実感できないだろう。しかし、この『係員』が学芸都市を管理する側の人間なら、昼間に美琴《みこと》が『雲海の蛇《ミシュコアトル》』を撃破した事ぐらいは摑《つか》んでいるはずだ。

オリーブの格好は、浜辺のライフセーバーのようなものに近い。スポーティな競泳水着の上から、オレンジ色の救命胴衣をまとっているだけ。

（隠し持っているとすれば、救命胴衣の下か）

スペースを鑑《かんが》みるに、出てくるとしても拳銃程度が関の山。サブマシンガンでも少し苦しい程度だ。いや、たとえ拳銃にフルオート機能がついていようが、手榴弾《しゅりゅうだん》を投げ付けられようが、その程度ならどうとでも対処できると美琴《みこと》は踏んでいる。

女の手が救命胴衣の内側へ潜った瞬間に叩《たた》き潰《つぶ》す。

美琴《みこと》は静かに息を整え、オリーブの手の動きへ意識を集中させていたが、

「……あまり私をナメないでくださいね、このクソガキが」

『係員』の女がポツリと言った途端。

ただでさえ殺気立っていた空間が、さらに二回り、三回りも冷えた。対等の立場で殺気を放つ事すら許さない、ただ一方的に上から踏み潰す以外の展開は容認しない。そういう意図の込められた、暗く湿《しめ》った敵意が空気を濁《にご》す。

「そもそも、何故《なぜ》私がこの位置からあなた達に話しかけたと思いますか？　こんな身を隠す物が何もない、逃げ出すための出口も遠い、広大な空間のど真ん中で、あなた達と向き合っていると思っているんですか」

オリーブ＝ホリデイは笑っている。

笑ったまま、その細い手をゆるりと動かし、人差し指を口元に当てる。

まるで、わざわざ救命胴衣から手を遠ざけるように。

「それはですね、この位置、この距離、このタイミングが、すでに必殺の間合いであるからですよ。防ぐ必要もないし、逃げる必要もないんです。……ここは私達の根城。必要でしたら、

必要な物は全て揃《そろ》える事のできる場所。にも拘《かかわ》らず私が一人でこうして立っているという事は、つまりこの場を制するのに必要なものは、私という戦力に他ならないという事なのですよ」

それは、迷子になったお客様を案内する、施設の係員そのものだ。

ただし、
これから案内されるのは、死と鮮血にまみれた戦場のアトラクションである。

「……一応警告しておくけど。やめておいた方が身のためよ」

「『雲海の蛇《ミシユコアトル》』破壊時のデータは見ました」

カツン、と。

オリーブは、自らの余裕を証明するように、一歩前へ踏み出した。

「その上で、ここが必殺だと言っているのですよ。いい加減に自覚してくださいな。あなた達はすでにお客様ではなく、単なる外敵なのですからね」

美琴《みこと》とオリーブは静かに睨《にら》み合《あ》う。

背後からの音はない。佐天《さてん》は息を止めているのかもしれない。

(どう来る……?)

救命胴衣から飛び道具を取り出すか。それとも生身のまま高速で突っ込んでくるか。あるいは救命胴衣以外の場所……例えば髪の中や耳の穴にでも暗器を隠し持っているのか。

(どう動く……?)

あらゆる状況に対応できる万能の一手などない。どんな攻撃にも長所と短所は必ずある。つまり、目の前の敵の真意を読み違えれば深手を負うリスクが生じる。

殺意と殺意が正面から激突する。

全ての音が消える。

その時だった。

ピッ、という、本当に小さな電子音が聞こえた。

「……何ですか？」

人差し指を口元に当てたまま、オリーブは美琴《みこと》から視線を外さず、しかし美琴《みこと》以外の何者かに向けて声を放つ。

返事は、救命胴衣の肩の辺りにナイフのように収められた、小型の通信機から飛んできた。

『リーダー。我らが「経営陣」の重役達が、協議を終えました』

「方針は？」

『学園都市の第三位、超電磁砲《レールガン》には手を出すなと。超能力者《レベル5》クラスの人材を行方不明扱いで処分した場合、日本の学園都市側から「ＤＮＡマップを含む重要な軍事機密が漏洩《ろうえい》した危険がある」と判断され、技術、経済、情報、そして武力、それらを含めた多角的全面戦争に陥《おちい》るリスクが生じるため、との通達です』

「世界の警察が、聞いて呆《あき》れる判断ですね」

『まったくです』

通信機は即座にこう切り返した。

『無視しますか？』

「そうですね」

そこまで言って、オリーブはくすりと微笑《ほほえ》んだ。

思わず身構え、前髪から青白い火花を散らす美琴《みこと》だったが、

「やめておきましょう。独断で処分する事もできますが、コストの無駄遣《むだづか》いです。ここで得られる利益に対して被る損害《こうむ》が多いのでは、努力する意味がありません。わざわざ『経営陣』の怒りを買ってまで押し通すほどの価値もないようですし」

『では、そのように』

「ええ。後のお客様のご案内はこちらに任せてください」

ブツッ、というノイズと共に、通信が切れた。

オリーブは全身から放っていた殺気を消し、肩の力を抜いて、営業そのものの笑みを浮かべると、美琴《みこと》に向かって話しかけた。

「という訳で、そういう事らしいです」

「……どういう事よ？」

「見逃して差し上げると言っているのですよ。無理にでも戦いたいと仰《おつしや》るのでしたら、お客様にご満足いただけるようおもてなしするのが我々の役割である以上どちらかが死ぬまで続けてみせますけど、いかがいたしましょう？　二人一緒にいらっしゃったとしても、一分間も必要とは思いませんが」

必要以上に丁寧な言葉遣いは、嫌味ったらしく、暗にオリーブの怒りを示しているようだった。外部から水を差された事に対する、子供のような怒りだ。

「私達が、ここで起きた事をどこかに漏らしたら？」

「情報関連のエキスパートなどいくらでもいます。我々の国には、世界最大級の諜報機関《ちょうほうきかん》がある事を忘れていませんか？　そういった部門の活動範囲は学芸都市内部に留《とど》まりませんが、その上でやるというならどうぞご自由に。我々も誠心誠意おもてなしさせていただきますよ。プロと素人《しろうと》の差は歴然《れきぜん》です。どちらが勝つなど言うまでもないでしょう」

サラリと言われ、それが負け惜しみではなくただの事実である事に気づき、美琴《みこと》はふっと息を吐いた。対応マニュアルがきちんとしているという事は、逆に言えば向こうがなりふり構わず暗殺してくるとか、そういう暴走気味の展開にはならない事を意味している。

(秘密の片鱗《へんりん》に触れた人間を、敢《あ》えて見逃す。普通ならまず考えられない選択だけど、こいつらにはそれを貫くだけの根拠があるって訳か)

もちろん、この『係員』の言っている事は全て嘘《うそ》で、今夜にでもホテルの客室を襲撃される危険もある訳だが……、

(どのみち、問題はこいつ一人じゃない。ここで拘泥《こうでい》しても始まらない、か。下手にこいつを撃破して、連中を本気にさせるのもつまらないし。……動くにしても、もう少し情報が欲しいってのもある)

「ふふ。それで良《い》いのです」

オリーブはにっこりと微笑《ほほえ》んでこう言った。

「興《きょう》が醒《さ》めたわ」

「さて。それでは出口までご案内いたしましょう、お客様」

「……アンタ、本気で言ってんの？」

背後の佐天《さてん》がすっかり怯《おび》えている事に気づき、美琴《みこと》は呆《あき》れたように言った。

「いつ背中を刺されるか分からない相手に従《したが》って、得体の知れない施設を歩けですって？」

「誤解なきよう改めて忠告いたしますが、私はあくまでもこの施設の『係員』にすぎません。この学芸都市の規則と注意事項を厳守していただくための物理的な制約として、実力行使を許されているだけでありまして」

オリーブは道を譲るように一歩横へズレて、ゆらりと片手を水平に上げ、混雑する列の流れを調整するようなジェスチャーを見せながら、

「従って、こちらの注意と警告を受け入れ、当施設内で不要な危険行為に及ばない限り、我々『係員』一同は最大級の真心を込めたサービスをもって、お客様に胸躍る楽しい一時を演出させていただきたいと願っております」

ゾッとするほどの笑顔を見せて、しなやかな『係員』のエスコートが始まる。


眠る前にちょっと小腹のすいた初春飾利《ういはるかざり》が、ホテルのラウンジにいた背の高いウェイターさんに、携帯電話の翻訳機能を駆使して、良《い》いですか、注文、えーと、食べたい、紅茶と、サンドイッチ……と話しかけたところ、予想に反してものすごい量のサンドイッチを大皿でドガーン!! と持ってこられ、呆然《ぼうぜん》としていた時だった。

「初春《ういはる》ウイハルうーいーはーるーん!!」

「さっ、佐天《さてん》さん!?　うわあちょうど良かった、ちょっとこのサンドイッチの山をどうにかし

てください！　私一人じゃもう絶対食べられなくって!!」

「それどころではないっ!!　すごかった！　なんか色々口に出したら首をズバァァアとやられそうなんで説明できないけど、とにかく色々すごかった!!」

「どうしちゃったんですか、一体……？　わわわっ！　ヘルシーな野菜のサンドイッチだけ集中攻撃しないでください!!　まんべんなく！　私を重たいジューシーチキンサンド係にするのは禁止です禁止!!」

ガッガッガッ!!　と、ひたすらサンドイッチを頬張る佐天《さてん》は答えない。

？　と首を傾《かし》げる初春《ういはる》。

水着だらけの少女達の騒ぎに関係なく、学芸都市の夜は静かに更《ふ》けていく。

第三話

一夜明けて、青一色の空には再び真夏真っ白の太陽が。

カッ‼　と降り注ぐ陽射《ひざ》しを見ると、本当は今が九月である事を忘れそうになる。

ピンク色の花柄ワンピース水着をまとって、浜辺で爆裂シャイニング太陽を見上げていた初《うい》春飾利《はるかざり》は、ふとこんな声を聞いた。

「やーい初春《ういはる》。そんな所で黄昏《たそが》れていないで、さっさとこっち来んかいこの真夏少女」

「佐天《さてん》さんったら。真夏少女とか訳の分からない呼び方しないでくださいよー」

初春《ういはる》がそっちを見ると、業《ごう》を煮《に》やしたのか向こうから近づいてきた佐天涙子《さてんるいこ》は、

「うむ。昨日一日遊んだおかげで、すっかり日焼けしているようだにゃん。どれどれ、この匠《たくみ》、佐天《さてん》さんに日焼けの健康的ビフォーとアフターを見せてみたまえ」

「ちょっ、やっ⁉　水着の肩紐《かたひも》を引っ張らないでくださいよっ‼　真夏少女ってそういう意味だったんですか⁉」

初春《ういはる》は抗議するが、佐天《さてん》は初春《ういはる》の水着をびよーんと伸ばし、そこから見える乳白色《にゅうはくしょく》と小麦色のラインをじーっと眺めている。

「あたしは髪が長いから、ボケーッと突っ立っていると髪に隠れた部分が汚く残る訳よ。だか

ら強めの日焼け止めを使ったんだけど、なんか防御力が強すぎて真っ白でさー。これもこれでつまんないし、今日はどうすっかな。髪をアップにして、あたしもちょっと焼いてみようかなー」

「ちょ、ちょっと！　勝手に褐色《かっしょく》の所をペリペリ剥《む》かないで！　きっ、汚い！　かなりボロボロの仕上がりになっていますよ佐天《さてん》さん!!」

「大丈夫だ！　今日もいっぱい遊んでいっぱい焼き直せ!!」

がっはっはー、と佐天《さてん》が笑っていると、そこへ美琴《みこと》がやってきた。朝食は一緒に食べたのだが、一度ホテルで解散して、再び浜辺に集合する事になったのだ。

「おっすー。いやー悪いわね。ちょっとばっかし手間取っちゃって」

「あたしらは構いませんけど……ありゃ？　白井《しらい》さんは一緒じゃなかったんですか？」

「そうそう、それそれ。あいつのエロ水着があまりにも破壊力がデカすぎて困りものだったからさ、あいつの手荷物全部ひっくり返して、少しでも無難な水着を持ってないのか調べてやったのよ。そしたらやっぱりあったのよね、フツーの水着」

「とっ、という事は!?」

「そんな訳でぇ!!　生まれ変わってまっとうになった地味水着のご登場でぇーす!!」

ズバァ!!　と美琴《みこと》が腕を振ってあらぬ方向を指し示すと、そこには何ともつまらない表情を浮かべている白井黒子《しらいくろこ》が。着ている水着も、スクール水着と同程度の露出度《ろしゅつど》しかない、白っぽい色のワンピース型水着だった。何本か直線的なラインが引いてあるものの、むしろラインしかねえよ的な昨日のバカ水着に比べれば十分にまともな領域だ。

しかし、むしろ初春《ういはる》と佐天《さてん》は仰《の》け反《ぞ》った。

二人はまるでゲロでも吐きそうな顔で、

「にっ、似合わない!! なっ、何故《なぜ》でしょう。白井《しらい》さんがまともな水着を着ている事がここまで違和感を与えてくるものだとは……ッ!?」

「野暮《やぼ》ったいにもほどがある!! 商店街の安っぽい福袋に入っていそうな感じだなぁこりゃあ!?」

日本のSAMURAI白井黒子《しらいくろこ》はすっかり有名人になったらしく、周囲の外国人（男）からも『なんだ、今日は地味じゃねえか』『馬鹿野郎、あれが普通なんだ』『俺達の感覚まで引きずるとは、やはり日本の武士道とは恐ろしい』などとガッカリ的ざわめきが広がっている。

むぐぐぐ、と白井《しらい》は歯軋《はぎし》りし、

「だっ、だからこんなものは着たくなかったのに!! というか地味水着を着てガッカリされるなら、素直に派手な水着を着たって良いじゃありませんの!?」

頭から湯気を出して叫ぶ白井《しらい》だったが、美琴《みこと》は勝ち誇った笑顔だし初春《ういはる》と佐天《さてん》はドン引きだ。

そしてついに堪忍袋《かんにんぶくろ》の緒《お》が切れた白井黒子《しらいくろこ》は、最終兵器に手を伸ばす。

「どっせぇぇーい!! 秘密のスイッチオン!!」

「なっ!?」

「ま、まさかここから変形合体して究極のエロ水着に……ッ!? って、あれ?」

思わず身構《みがま》える三人だったが、別に白井《しらい》の水着はひとりでにスパスパ切れて肌だらけになったりはしない。

ただ、白い水着は外布と内布の二重構造になっていたらしく、外布に意図的に入っていた切り込みが操作され、結果的に内布の青い色彩が、白い水着に模様を描いていく。

直後、

「うっ、うぐっ⁉」

「な、え、ちょ、こ、これは……ッ‼」

「意味が分かんないけど、何故《なぜ》か白井《しらい》さんがとてつもなくセクシーに見える……ッ⁉」

ボン‼　と美琴《みこと》、初春《ういはる》、佐天《さてん》の三人の顔が真っ赤に染《そ》まる。そう、白井《しらい》の水着は相変わらずの野暮《やぼ》ったい、子供からおばあちゃんまでご安心な白のワンピースタイプ。野暮《やぼ》ったさ極《きわ》まりない白の一着は、露出なんてほとんどないガッカリ水着に他ならないはずだ。

なのに、

「ふっ。お姉様が悪いんですのよ？　この最終兵器だけは使いたくなかったのに、今日は無理矢理これを着ろと押し付けてくるから」

「ぐっ、ぐふぅ……その謎の水着の正体は、い、一体……？」

「これは学園都市の科学技術の粋《すい》を集め、三万八〇〇〇種の動物の求愛行動を参考に設計された、究極の一品ですわ。生物が生物として最もセクシーと感じるものを片っ端からかき集めた、老若男女《ろうにゃくなんにょ》どころか鳥獣魚虫まで問答無用で発情させる試作型セックスアピール水着ですのよオオおおおおおおおおおおおおおおッ‼」

「いや、ド派手な求愛行動って、オスの方が多くなかったっけ……？」

「ツッコミ封じの求愛ボンバーッ‼」

「むぎゃあああああああああああッ⁉」

ズバァーン‼　と求愛効果を発揮する水着を見て絶叫する美琴《みこと》。どうにか力が抜けるのを堪《こら》えていたが、どうも白井《しらい》が着ているのは単なるラインの視覚的効果だけではなく、内蔵された小型スピーカーや布地に織《お》り交ぜられたフェロモン芳香粒（電気散布式）まで使い、五感を多角的に攻めるような極悪水着らしい。五感対応型というのなら、おそらく舐《な》めれば求愛味、触れば求愛感触であるはず。いや、もはや得体の知れない超技術で第六感的求愛の領域にまで踏み込んでいるかもしれない。

という事は、

「あふん……。何だか着ているわたくしまでふらふらしてきましたわー……」

「ぐわあっ！　爆心地に立ってる馬鹿が一番デカいダメージを⁉　ちょ、こら、黒子《くろこ》！　せめてどこに停止スイッチあるのか教えてから倒れなさい‼　マジで浜辺に無尽蔵な求愛の嵐を巻き起こす気かアンタ⁉」

心なしか、美琴《みこと》の視界がぼわぼわぼわーんと薄いピンク色に染まるような幻覚まで見えてきた。この戦術級求愛爆弾をこれ以上放置したらお馬鹿ニュースとして報道されかねない。

「おっ、お姉様……」

「何よ黒子《くろこ》⁉　い、良《い》いからスイッチ！　さっさと機能を止めないと、無理矢理水着を引っ剝《ぺ》がしてでもこのほわほわ効果を叩《たた》き壊《こわ》すわよ‼」

「……、えへ」

「ちょ、ちょっと、ナニ笑ってんだアンタ。何でいきなり唇を真一文字に引き結んで黙秘モードになってんのよ⁉　良《い》いから早く‼　もう昨日のエロ水着でも何でも着て良いから、とにかくこの新世代のハイテク兵器をどうにかしろーっ‼」

結局、美琴《みこと》はぐったりしたまま黙秘を決め込んだ白井《しらい》の水着のあちこちを探り、何とか停止スイッチを発見して事なきを得た。

砂浜の佐天《さてん》は、重たいため息をつく。

（ものすごく幸せそうな顔だったなぁ。白井《しらい》さん……）

背中を蹴飛ばされてホテルへ帰って行った白井《しらい》黒子《くろこ》の表情を思い出す佐天《さてん》。もう未来水着の効果は消えたはずだが、何だかまだ頭の中をかき回されたみたいな変な感覚が少しだけ残っている。

「ういはるー。あたし、ちょっと喉《のど》が渇《かわ》いたからジュースでも買ってくるよ」

「そ、そうですか。私はもうちょっと体を休めたいので、その辺で寝っ転がって肌を焼いてますよー……」

初春《ういはる》のヘロヘロした返事を聞きながら、佐天《さてん》は人工的な浜辺から、煉瓦状《れんがじょう》の細い遊歩道へと歩いていく。

（それにしても……）

てくてく一人で歩きながら、佐天《さてん》は考え事をする。

（昨日のあれ、一体何だったんだろう？）

いつも能天気に見えるかもしれないが、いや実際に佐天涙子《さてんるいこ》は基本的に能天気なのだが、それでもやっぱり何も考えていない訳ではないのだ。学芸都市《がくげいとし》の中心部にあった格納庫のような空間と、壊されたトビウオみたいな機体。そして、そこで繰り広げられた美琴《みこと》と係員オリーブの応酬《おうしゅう》。どうやら彼女達の間では何らかの決着がついたようだが、一人置いてきぼりの佐天《さてん》には何が何だか分からないし、分からないままだとちっとも安心できない。

(ホテルに戻る途中で御坂《みさか》さんは『考えなしに揉《も》めても教師がやかましいし、他の学生にも迷惑かけるかもしれない。変なトラブル起こして広域社会見学が潰《つぶ》れちゃったらヤバいし、あんまり騒がないでおこう』みたいな事を言ってたけど……。御坂《みさか》さん、何のためにあそこに入ったんだろ?)

実を言うと、昨夜はちょっと寝不足だったのだ。馬鹿馬鹿しいと思われるかもしれないが、いつ窓ガラスがガシャーンと割れて、映画に出てくる黒一色の特殊部隊みたいなのがロープを使って突入してくるかと思うと気が気ではなかったのだ。

しかし、蓋《ふた》を開けてみれば何にもなし。

空は青いし海も青い。そして佐天涙子《さてんるいこ》は相変わらずの水着だった。

(御坂《みさか》さんもとりあえず静観って感じみたいだし……あたしみたいなのがあれこれ悩んでも何も進展しないのは分かってるんだけどなぁ)

はぁ、と息を吐きながら、佐天《さてん》はぐじぐじとした悩みをひとまず頭の片隅《かたすみ》へ追いやる。

この辺りのエリアの景観《けいかん》モデルはハワイかグアムなのか、海岸線に沿って緩《ゆる》やかなカーブを描く遊歩道に面して、背の高いヤシの木が街路樹のように植えられている。ちょっと歩くと、フルーツや牛乳をその場でジューサーに突っ込んでドリンクにしてくれる露店が見つかる。基本的にはキャンピングカーを改装したようなキッチンカーなのだが、砂浜を走る事も考えているためか、足回りがオフロードマシンのようにやたらとゴツい。

佐天《さてん》は英語と日本語と中国語で書かれたメニュー一覧に目をやりながら、

(やっぱ基本はバナナと牛乳のコンビネーションかなぁ。あ、でもバニラってのが別枠であるな。んん？　こっちのココナツってのはヤシの実だっけ。うちにも『ヤシの実サイダー』とかあった気がするけど、本場のヤシってどんな味がするんだろ……って、ぶっ⁉　素知《そし》らぬ顔でナタデココとか売ってる‼)

色々懐《なつ》かしい物も売っていたが、なんだかんだで『なんとなく南国っぽい』という極めてアバウトな理由から、ヤシの実のジュースを選択する佐天《さてん》。首に引っ掛けたICカードを使って清算すると、腕毛のものすごいワイルドなおっさんからカップを受け取る。

(さーてと。どんな味がするのかねー本物のヤシの実)

初春《ういはる》の待つ浜辺に帰る道すがら、ストローを使ってカップの中身をぐるぐるかき混《ま》ぜる。

その時だった。

ガサリ、と近くの茂《しげ》みが揺《ゆ》れた。遊歩道に等間隔で並ぶヤシの木とヤシの木の奥に、さらに短い間隔で植えてある背の低い木だ。道路、ヤシの木、低い木が、バームクーヘンみたいに走っている事になる。その地面に植わった緑色のアフロみたいな茂みが、佐天《さてん》の見ている前でガサガサモソモソと蠢《うごめ》いているのだ。

不思議なものを見た時の人間の反応は、大雑把《おおざつぱ》に考えて二種類だろう。

警戒《けいかい》して後ろへ下がるか、興味を持って前へ進むか。

佐天涙子《さてんるいこ》という少女は思いっきり後者だった。

（なっ、なに？　なになになになんだこれなんだなんなんだ？）

彼女は遊歩道から外れ、少し奥にある巨大なアフロ茂みをちょっと掻《か》き分《わ》けてみる。

直後、
アフロの中から小麦色の腕が二本、ニョッキィ!!　と突き出てきた。佐天《さてん》がリアクションを取るよりも早く、二本の腕は佐天《さてん》の腕と腰を摑《つか》むと、アフロの内側へと引きずり込んでいく。

「どわわわわひぁッ!?　ちくしょっ、テメ、ジュースが!?　結局本場のヤシの実がどんな味だったか分からないままじゃん!!」

バランスを崩《くず》してズシャーッ!!　と転んだ途端《とたん》にカップの中身が全て砂の上へ。大地に飲み干されていくヤシの実ジュースに、佐天《さてん》は思わずこんな事をした犯人の方を睨《にら》みつけてしまう。

しかし、それ以上の文句は言えなかった。

褐色の腕の持ち主は、何やら得体の知れない投げ技を使って、すでに転んでいる佐天《さてん》をさらに強引に投げ飛ばす。背中から砂浜に転がった佐天《さてん》の上へ、褐色の人物が馬乗りになった。太《ふと》股《もも》を使って佐天《さてん》の両腕の動きを固定し、さらに小麦色の腕を使って佐天《さてん》の口を容赦《ようしゃ》なく塞《ふさ》いだ。

「むがっ!?」

「……『係員』ではない。チッ、ただの観光客を巻き込んだか。ヤツらをぶちのめして衣服を奪う算段だったんだがな……」

どこかの国の言葉でボソッと呟《つぶや》いたのは、高校生ぐらいの歳《とし》の少女だった。肩まである黒い髪はウェーブがかかっていて、瞳の色も突き刺すように強い黒。褐色の肌は、引き締まったラインをより強調するように、太陽の下にさらされている。

褐色の少女は、佐天《さてん》の口に手を当てたまま、今度は日本語でこう言った。

「騒げば殺す」

それを聞いた佐天涙子《さてんるいこ》の反応はシンプルだった。


がぶり、と。

自分の口を塞ぐ褐色の掌《てのひら》に、佐天《さてん》は小さな口で噛《か》みついたのだ。


「ぐおっ!?」

褐色の少女はあまり女の子らしくない声を出すと、掌《てのひら》の痛みに思わず佐天《さてん》の口から手を離す。すると、馬乗りにされた佐天《さてん》は口を大きく開けて、

「だっ、誰かー助けてー強盗でーすって英語でなんて言うんだ!?　とっ、とにかくヘルプーっ!!　何だかとってもピンチでーす!!」

「ちょ、騒げば殺すと言っただろう!?　くそ、もう、口を潰《つぶ》……痛って!!　噛《か》むな噛《か》むな馬鹿野郎!!」

周囲をキョロキョロと見回しながら必死に佐天《さてん》の口を手で塞ごうとするものの、そのたびにトラバサミのように口で応戦されて手を焼く褐色の少女。二回、三回と噛《か》みつかれて流石《さすが》に頭にきたのか、少女は片手で白い砂を掴《つか》むと、それを叫び続ける佐天《さてん》の口へとねじ込んでいく。

「もがもがむぐーっ⁉」

「……だっ、黙らないと口の中をいっぱいにするぞ」

褐色の少女に言われて、ようやく黙る佐天《さてん》。

ガハゴホと咳《せ》き込《こ》んで砂を吐き出す佐天《さてん》だが、褐色の少女は馬乗りをやめない。

「うえっ、げふっ。い、一体、何なのよ。アンタ……？」

相変わらず馬乗りにされたまま、微妙に褐色の少女の太股《ふともも》辺りが蒸《む》れると思いつつも、佐天《さてん》は唖然《あぜん》として見上げてしまう。

「昨日、『雲海の蛇《ミシュコアトル》』がこの近くに突っ込んだだろう」

「？」

「科学の飛行機と戦っていた、我々の乗り物だ。昨日も浜辺に一機突っ込んだだろう。あれに乗っていた仲間を助けるためにやってきたは良《い》いが、私の使っていた一人乗りの偵察機は怪我《けが》人《にん》に貸してしまってな。おかげで今度は私が逃げられなくなった」

ややふてくされたように、ヤケクソ気味に、褐色の少女は言う。

ふんと顔を逸《そ》らすと、少女の耳についた羽飾りがふわりと揺れる。

（……だから、完璧に、意味不明だっつーの……）

訳が分からないまま、佐天《さてん》は馬乗り少女の顔を見上げ続けるしかない。

元々、この学芸都市は基本的にみんな水着で過ごすというふざけた空間だが、その学芸都市の中にあっても、褐色の少女の格好は浮いていた。と言っても、別に白井《しらい》黒子《くろこ》のエロ水着のように、極端に肌の露出が激しいのではない。

なんというか、インディアンとかの民族衣装っぽい服をまとっているのだ。それも演劇やコスプレに使われるテカテカ素材のものではなく、長年の付き合いで色が褪《あ》せたり染《し》みがついたりした、正真正銘の実用型の衣服である。

なんだかんだで、水着と言えば合成繊維だらけの科学テイスト。そういった中で、褐色の少女の民族衣装はとても目立って見えてしまうのだった。

「……くそ、方針を変えるか。おい、協力してもらうぞ」

褐色の少女は、佐天《さてん》を見下ろしたままそう言った。

「この格好のまま表を歩くと面倒な『係員』を呼び寄せる。だから、その、群衆の中に隠れるには、お前が着ているような水着が必要なんだ」

「何であたしが……」

「何なら、ここでお前が着ているものを奪っても良いんだぞ。お前を殺しておいた方が無難かもしれない」

褐色の少女はそっけない調子で言う。

どこまで本気なのか判断のつかない佐天《さてん》を放っておいて、少女はさらに続ける。

「私だって何も好《す》き好《この》んで一般人を殺害したいとは思わない。だが、もしもお前が協力を拒《こば》んだり、水着を買ってくると言ってそのまま逃走したり、『係員』の所へ駆け込んだりした場合は……。一応言っておくぞ。ろくでもない事になりたくなければ、素直に従《したが》っておく事だ」

「ぶー」

と、文字通りのブーイングを放った佐天《さてん》だったが、その時、彼女の喉元にヒヤリとしたものが押し付けられた。

褐色の少女の腕が伸びている。彼女は何かを握っているようだが、その物体は喉元にあるため、佐天《さてん》からでは全く見えない。

「黒曜石《こくようせき》のナイフは珍しいか？　しかし、これ一本あれば皮膚の剝離《はくり》から内臓の摘出《てきしゅつ》、骨についた筋肉や脂肪を削《そ》ぎ落《お》とす事まで、とりあえず一通り実行できるぞ。こいつは元々、人肉を捌《さば》くための刃物なのだからな」

「……マジ？」

「使われたくなかったら言う事を聞け。こいつは痛みなく切断するようには設計されていない。肉を切られるのは痛いぞ。分かるな？」

かくかくと首を縦に振る佐天《さてん》。

それを見て、ようやく褐色の少女は佐天《さてん》の上から、横へどいた。

佐天《さてん》は背中や尻についた砂を払いながら、内心ではムカッムカしている訳だが、

「くっそー……。分かったわよ、水着買ってくりゃ良《い》いんでしょ。で、スリーサイズは？」

「八四、五八、八一」

（ちくしょう。一個も勝ててない……）

「何を勝手にどんよりしている？　色にはこだわらないが、動きやすいものを選んできてくれ」

「へいへい」

アフロのような茂みを掻《か》き分《わ》けて遊歩道の方へ戻る佐天《さてん》は、

「そういや、アンタの名前って何だっけ？」

「ショチトルだ」

ふうん、と適当に返事をした佐天《さてん》は、そこでふと、

（ん？　カムフラージュ用の水着がないと、学芸都市の『係員』にバレちゃうって事は……今は大っぴらに表を歩けない？）

「ぐおおーっ!!　逃げるぜ逃げるぜ安全地帯まで猛ダッシュだギュ!?」

「そうすると思ったぞ馬鹿野郎!!」

再び褐色の手が伸びてきてアフロの中へ引きずり込まれる佐天涙子《さてんるいこ》。

ショチトルと名乗った少女は俯《うつむ》いたまま暗い笑みを浮かべ、こんな事を言った。

「……何か勘違いをしているようだが、水着があった方が観光客に紛《まぎ》れられる分『やりやすい』というだけで、その気になれば完全な隠密《おんみつ》として物陰から物陰へと移動しながら、逃げるお前を追う事もできる。ただ、色々とリスクを被《こうむ》るので、もっと安全な策を講じるとしよう」

「ふははそんな不穏な言葉を聞いてこのあたしが黙っているとふぐおっ!?」

佐天《さてん》の言葉が途切れたのは、ショチトルが懐《ふところ》から何かを取り出すと、それを佐天《さてん》の鼻の穴に突っ込んだからだ。ずずーっという嫌な感触が鼻の奥まで伝わってくる。

「ぐおおおおおおっ!?」

思わず自分の顔に手を当てた佐天《さてん》だが、謎の物体は鼻の中へ完全に埋没しているらしく、鼻の下の辺りをゴシゴシ擦《こす》っても感触らしい感触は全くない。この場で取り出すのは難しそうだ。

「乙女の鼻に何しやがる!!　っつか何入れた!?」

「説明して欲しいか？　こういうものだ」

ショチトルの手にあるのは、綿棒を半分ぐらいの長さに折ったような、変な棒だ。そして彼女はもう片方の手でボタンのようなものを押した。途端に、ジャゴッ!! という音と共に先端が小さなトゲだらけになった挙げ句、電動歯ブラシのように振動する変な棒。

「本来の用途は違うんだが、最近ではもっぱら拷問《ごうもん》の道具として大活躍している。鼻の粘膜《ねんまく》は敏感だぞ。丸ごと削り取られると大層痛いそうだ」

「……、」

さぁーっと血の気が引く佐天《さてん》に、ショチトルはこう言った。

「鼻に突っ込んだまま起動したら大変だな？　大変になりたくなかったら水着を買ってこい。おっと、無暗《むやみ》に引き抜こうとするなよ。こいつは遠隔操作でいつでも起動できるからな」


そんなこんなで、遠い異国の地でパシリにされてしまった佐天涙子《さてんるいこ》。

学芸都市内の大型ショッピングモールへやってきた彼女は、変な恨みを買わない内にさっさと安い水着を買って引き返すかー、とやる気ゼロでグニョグニョしていたのだが、

「水着売り場で何をやっているの」

「ん？　何だ、胡散臭《うさんくさ》い映画監督じゃないですか」

相変わらず爆乳なビバリー＝シースルーに、佐天《さてん》は適当に返事した。彼女はミーハーだが、興味のないジャンルの有名人にはあまりピンとこないのだ。

ビバリーは佐天《さてん》の赤ビキニをジロジロ見ながら、

「もう今着ているものには飽きてしまったとか？」

「ええっと、違いますよ」

下手に事情を話すとぶっ飛ばされそうなのでお茶を濁《にご》すしかない。

「知り合いの水着の紐《ひも》がブチッと千切れちゃったから、緊急処置であたしが出動してるんです。連れは今も茂みの中でぶるぶるしてますよ」

「ありゃま。それは可哀想《かわいそう》に」

「全然ですよ。もー、なんつーか傍若無人《ぼうじやくぶじん》の極みでさー。いっそ復讐《ふくしゆう》するためにド派手で涙が出てくるような悪趣味水着を選んでやろうと思ってんですけど」

「ふうん。ではこういうのはどう？」

「いや、それぐらいじゃ生ぬるいです。せめてこんぐらいは欲しいですね」

「いやいや、ではこっちのは？」

「いやいやいや、破壊力っていうのはこういうのを言うんですってば。だから……」

ショチトルの所属する『組織』は、中南米から様々な人員、既存の科学とは異なる技術が集まって形成されている。そして、『組織』は学芸都市と数年にわたって戦闘を続けている関係にあるのだ。

いわば敵陣ど真ん中に一人きりな褐色少女、ショチトルは、茂みの中に獣のように身を潜《ひそ》めていたが、実は相当気が滅入《めい》っていた。

別にこのアフロ状の茂みの陰から一歩も動けない訳ではない。事実、昨日からセキュリティの死角を縫うようにちょこちょこと移動している。……しかし、常に全方向へ注意を向けながら移動するというのは、相当に精神を削り取る。だからこそ、『係員』の衣服を奪うなり、水着を手に入れて観光客に紛れるなりした方が色々と『やりやすい』のだが……。

（……流石《さすが》は敵地中央。そう簡単に話は進まないか）

仲間の応援はいつ来るのか分からない、『係員』に見つかれば多勢に無勢は確実、先ほど水着を買わせに行った少女にしても、言葉では強気で押したが、実際に逃げられたら打つ手はない。そう、遠隔操作で少女に報復する事はできても、それではただの『共倒れ』なのだ。

おまけに身を隠す過程でショチトル自身も多少の傷を負っているし、丸一日、ほぼ何も食べていない。

孤立無援の中、ショチトルは手持ちの武器を確認する。

といっても、武器らしい武器はほとんどない。

元々、ショチトルは戦闘要員ではない。彼女の役割は海上に墜落したり、戦闘不能になった『雲海の蛇《ミシユコアトル》』からパイロットを回収したりする事である。

そのショチトルがこんな所までやってきたのは、前日に味方の『雲海の蛇《ミシユコアトル》』の一機が学芸都市の浜辺に突っ込んで、そこから脱出したパイロットが救難信号を送ってきたからだ。

一人乗りの偵察機を操っていたショチトルは当初、怪我人《けがにん》の居場所を確かめてから、救護要員に位置情報を送る手はずだった。しかしパイロットの傷は思ったよりもひどく、早急にショ

チトル達の『本拠地』へ連れ帰る必要があった。そこで、ショチトルは自分が移動に使ってい
た、主に偵察《ていさつ》に使う一人乗りの超小型機体を貸す事になったのだ。おかげで今度はショチトル
が救援待ちである。

「……、」

黒曜石《こくようせき》で作られたナイフに目を落として、ショチトルは小さく息を吐いた。いざ『係員』と
戦う事になれば、その時は覚悟を決めた方が良《い》いかもしれない、と彼女が改めて気を引き締め
たところで、

「うおーっす。待っていたかい子猫ちゃん、この佐天《さてん》さんが水着のお土産《みやげ》買ってきたよー……

ぐふっ⁉」

馬鹿が帰ってきたので口を塞いで茂みの中へ引きずり込む。

ショチトルは佐天《さてん》の腕から、忌々《いまいま》しい学芸都市のロゴが入ったビニール製の袋を奪い取る。

佐天《さてん》は唇を尖《とが》らせながら、

「おおい。さっきから色々と横柄《おうへい》じゃないかね」

「やかましいな」

「っつか、鼻に突っ込んだ例のアレをどうにかしてくれんかね」

「……まぁ、良《い》いだろう」

ショチトルが口の中で何かブツブツ言うと、佐天《さてん》は慌てて鼻を押さえた。おそらく鼻水でも
垂れたかと勘違いしたのだろう。しかし出てきたのは鼻水ではなく例の細い棒だ。

ショチトルはくだらなさそうな調子で、

「着替えるからあっちに行ってろ」

「へいへい。うふふ」

「何だ？　何を笑っている？」

「いえいえ何でも。ぐふふ」

再び茂みから遊歩道の方へ出ていく佐天《さてん》を不気味そうに眺めるショチトルは、やがて水着の入ったビニール袋の口を開けて、その中をごそごそと漁《あさ》る。

そして。


「終《お》わったかーい？」

佐天涙子《さてんるいこ》は緑色のアフロみたいな茂みの方へ、のんびりした声を放つ。

返事はない。ただしショチトルの体の震えを示すように、茂み全体がブルブルガサガサと小刻みに振動している。

佐天《さてん》は無視して、もう一回言った。

「終《お》わったかーい？　出てこねーとこっちから突撃するぞー」

「……ん、だ……」

ボソリ、という声が茂みの方から聞こえてきた。

佐天《さてん》が『はにゃ？』と超わざとらしく首を傾《かし》げた瞬間、

「なんッッッだコレはァあああああああああああああああああ!?」

ズバァ!! と緑色のアフロの中から二本の腕が飛び出すと、南の海の馬鹿デカいイソギンチャクのように佐天《さてん》が茂みの中へと呑《の》み込《こ》まれていく。

意外に小枝や葉っぱがチクチクして痛いんだこれ、と佐天《さてん》が閉口《へいこう》していると、茂みの向こうには仁王立《におうだ》ち状態のショチトルが。

その格好を見て、佐天涙子《さてんるいこ》は思わずプッと笑みをこぼす。

「あーあ……ホントに着ちゃったんだ。そのエロ水着……」

「自分で買ってきておいてその台詞《セリフ》か!? なんっだ！ これは！ と聞いているんだ!! アホ臭いにもほどがある！ 自分でレジに持っていく時、恥ずかしくなかったのか!?」

そう叫ぶショチトルが着ているのは、俗《ぞく》に言うビキニの水着だ。

ただし細い紐《ひも》全体に、数珠《じゅず》のように色とりどりのビーズが留《と》められていて、ビキニの布地もギラッギラのラメ仕様。胸を覆うカップ部分は布ではなく、赤青黄色のビーズを繋《つな》げた紐《ひも》のような物が、渦巻きのように際《きわ》どい部分だけを隠している感じなのだ。おかげでショチトルの下乳はほぼフルオープン状態である。

佐天《さてん》は片手を口に当て、プププと笑みを広げながら、

「むふ、それはジュエリービキニと言うのだよ勉強したまえショチトル君。ほれほれ、どことなくサンバ系の踊り子さんっぽく見えるだろう!?」

「ふっ、ふざ、ふざけりゅにゃ……ッ!!」

「だぁーほれほれ。あんまり動くとポロンと出ちゃうよ？ 私のジップアップビキニと違って、肌に貼《は》りつく素材とかも使っていないから思いっきり大公開されちゃうかもしんないし。……

それと海に入って泳ごうとするなよ。液体の抵抗力で全部外れちゃうから」

「水に入れない水着という時点で何か疑問に感じる事はないのか!!」

怒りと羞恥心《しゅうちしん》で顔を真っ赤にし、ふーふーと荒い息を吐くショチトル。どうやら今すぐ佐《さ》天《てん》に襲いかかりたいようだが、あまりにもジュエリービキニの『引っ掛かり』が危ういため、下手に暴れる事もできないらしい。

しばし中途半端に逃げ腰で両手を振り上げていたショチトルは、やがて形勢の不利を感じたのか、佐天《さてん》へ殴りかかるのは諦《あきら》めたようだ。

「……おい。ちょっと付き合え」

「えー？　もう水着は買ってやったじゃん」

「従わないと相打ち覚悟でお前の水着を毟《むし》り取《と》りに行くぞ。……二人で一緒に裸のままもつれ合いたいのか？」

低い声で言われてしまうと、迂闊《うかつ》な賭けには出られない佐天涙子《さてんるいこ》である。それに、もう一度変な棒を鼻に差し込まれるのもごめんだし。


という訳で、謎の褐色少女ショチトルに連れ回される形で学芸都市を歩く事になった佐天涙《さてんるい》子《こ》。ショチトルは特にどこかで買い物をしたいとか、絶叫マシンに乗りたいとか、そういう目的地があって歩いている訳ではないらしい。

ぶらぶらと浜辺やショッピングモールを進むショチトルは、ギリギリと歯を食いしばる。

「(……くそ。施設の一つでも吹き飛ばしたいのに、あまりにも目立ちすぎて破壊工作をするチャンスが全くない……ッ!!)」

着ているド派手な水着のせいか、どこにいても視線が集中していた。太陽の光を受けてキラッキラに輝く極彩色《ごくさいしき》のビーズが『光るものへ思わず目を向けてしまう』生物の構造上、ごくごく自然に男性諸君の目線をビキニの胸や腰へ引き寄せ、暑さと羞恥《しゅうち》によって褐色の肌に浮かぶ汗の珠《たま》が、単なるビーズとは異なる健康的かつ扇情的《せんじょうてき》な輝きを放つ。

「(……ま、まぁ、目的は一つではない。破壊工作が不可能なら、別の項目を優先させるだけ。実測で敵地の情報を補完《ほかん》しておくか。少しぐらいは収穫がないと、あまりの徒労感《とろうかん》に自殺したくなりそうだ)」

「さっきから何をブツブツ言ってんのよ」

「別に。いざとなったら顔を変えてしまえば良いと思っただけだ」

「?」

キョトンとした顔の佐天《さてん》にそれ以上答えず、スタスタと先を進む。

相変わらずどこに向かって歩いているか良く分からないまま連れ回される佐天《さてん》は、素人《しろうと》の一般人なりの考えとして、ショチトルは佐天《さてん》と一緒に歩く事で、一人であちこち探索するより目立たないだろうなぁと思っているんじゃないだろうか、と推測していた。

ただし、

(あは。ものすっごくド派手な水着を選んじゃったし、そもそもあたし、多分昨日の一件で『係員』って人達に思いっきりマークされているような……?)

だらだらだらだらだらだらだらだらー、と全身から嫌な汗を流し続ける佐天《さてん》に、ショチトルは気づいていないらしい。

人工的な運河で隔《へだ》てられたいくつかの人工島の内、大雑把に一エリアほどを歩き通すと、ふとショチトルはくびれた腰に両手を当てて、わずかに息を吐いた。

さんざん歩いたショチトル達が戻ってきたのは、佐天《さてん》がジュエリービキニの水着を買ってきたショッピングモールのすぐ近くだった。

「……まぁ、大体こんなものか」

「何が？」

「地下施設とはいえ、完璧にその痕跡《こんせき》を消す事はできないという話だ。ダクトの数と位置から、大雑把な施設のサイズは分かってきた。……こんなつまらん地下のために、今まで多くの仲間が傷を負ってきたという訳だ」

「……地下、施設……？」

「概《おおむ》ね、実戦とアトラクションの間に生まれる齟齬《そご》を埋めるための施設が用意されているんだろう。弾薬庫とかそういったものを一通りな」

ショチトルは忌々《いまいま》しそうに口を動かす。

「ただまぁ、本命の解析・研究を行っている施設本体は、ここではなさそうだ。やはり、街の中央にあるロケット発射場が怪しいな。……ふん、確かこの人工島は、深い海溝の真ん中に部分的に盛り上がった、水深二〇メートル程度の岩場の上に砂や人工物を積み上げて作られたはず。となると、シェルターとして必要な『深さ』を確保する事はできなかったのか。……そうだな。下手に掘り過ぎて、土台の岩場にデカい空洞を作って強度を弱くしたら、学芸都市全体が傾き、沈む恐れもあるからな」

「???」

「地中に作るシェルターは強力だが、『深さ』を確保できないのでは逆効果だ。施設そのものに攻撃が直撃しなくても、衝撃によって土砂崩れが起こるリスクが高まるだけだからな。……何より、この国が作ったバンカーバスターは、地中二、三〇メートル下にある基地をも爆破するらしい。それなら、一番重要な施設は、かえって地下には作らない方が、確かに安全だ」

「ショチトル、さっきから何を……?」

「深入りするなよ。分からないままで良《い》い」

その時、佐天涙子《さてんるいこ》の頭上の青空を、複数の白い飛行機雲が引き裂いていった。学芸都市のアクロバットショーを演出する、『エイリアン戦争』のラヴィーゼ飛行隊だ。陸地から海へ向かって一直線に突き進む複数の航空機を見上げて、佐天《さてん》は間の抜けた声を放つ。

「わー。今日もやってるんだ、あの爆薬アトラクション」

彼女達が立っているのは、浜辺からやや離れた内陸部だ。とはいえ、敷き詰められているのは全体的に白い砂。遊歩道や車両移動用の煉瓦《れんが》の道路や、ショッピングモールにホテルなどの建物が、きめ細かい砂の上にドカドカ建てられているのだ。

建物と建物の隙間から、はるか遠くに青い海が覗《のぞ》いている。

やがて、ショチトルはポツリと言った。

「やっと来たか」

「？」

佐天《さてん》が首を傾《かし》げた時、凄《すさ》まじい爆発音が耳を打った。単なるショーとは違う、まるでアクロバット飛行中に不慮《ふりょ》の事故が発生したような大音響。ビリビリと痛みを発する鼓膜に、思わず両手で耳を押さえた佐天《さてん》は、遠くの方で青空を汚すように立ち上る黒い煙を見つけた。

ボン!! という爆音と共に、何かがヒラヒラと飛んできた。空を見上げる限りは小さな欠片《かけら》のようだったが、実際に砂浜に突き刺さったそれは、全長二〇メートル強の巨大な戦闘機だ。しゅうしゅうと蒸気のような音を立てる物体の正体は、ラヴィーゼ飛行隊が操る機体で、パイロットは脱出した後なのか、コックピットを覆《おお》うガラスのキャノピーがなくなっていた。

「な、え、こ、これって……？」

佐天《さてん》が驚く暇もなかった。

アトラクションだと思う暇すらも。

今度は青空に、白いラインが何本も、何十本も引かれた。先ほどの飛行機雲にも似ているが、もっと細くて、鋭角的で、素早かった。まるで槍《やり》のような白い軌跡は、学芸都市のあちこちへ突き刺さると、容赦なく爆発し、建物の壁を破壊し、きめ細かい砂を掘り返し、被害と混乱を撒《ま》き散《ち》らしていく。

佐天《さてん》の間近に白い軌跡の一本が落下し、直撃しなかったにも拘《かかわ》らず、佐天《さてん》はその余波《よは》だけで熱い砂の上へ投げ出された。

ショチトルは静かに突っ立ったままだ。

眉一つ動かさず、ゆっくりと空を見上げた彼女は、やがてポツリとこう言った。

「遅かったな」

応じるように、動きがあった。

ドォ!! という轟音《ごうおん》と共に、ショチトルのすぐ隣辺りの砂浜が、下から持ち上げられるように爆発した。地中から飛び出したというよりは、地下施設の天井を突き破って現れたという感じだった。

その中から現れたのは、昨日アクロバットでラヴィーゼ飛行隊と戦っていたもの。全長五メートルぐらいのカヌーを逆さまにして、上下二つくっつけたような機体。ボディ前方の左右両側に、短い翼と長い翼をそれぞれ一対ずつ装着した、トビウオのような機体だ。

ショチトルはトビウオに向けて、佐天《さてん》よりも数倍親しげな調子でこう話しかけた。

佐天《さてん》の分からぬ国の言葉で。

「敵地の実測調査は無駄に終わったか。私の予測では、『本命』の解析・研究は地下のアトラクション準備施設ではなく、街の中央にあるロケット発射場で行われていると思っていたが」

『その予測は正解だ。ただし、一部の大型空調を共有していてな。そこを使って二つの施設の間を行き来できたんだ』

「という事は、踏み込んだんだな。首尾の方はどうだ?」

『とりあえず最低限の破壊目標の撃破には成功。それと、「例のもの」も回収した。しかし、敵本陣の内部構造は予想よりも頑強だ。個人的には、不快感の方が勝っている』

「欲張るなよ。そもそも水上戦用の『雲海の蛇《ミシュコアトル》』に乗ったまま、こんな内陸を移動している事が間違っている」

『誰のためだと思っている。道中、骨折でもしてお荷物状態になっているお前を拾えるかもしれないから、無理して乗り上げてきたんだよ』

プシューッ!!　と、炭酸飲料のプルタブを開けるような音が聞こえた。上下二つに合わせたようなカヌーの上側が、後部へスライドするように開放されていく。

鋭角的な本体の中に乗り込んでいたのは、ショチトルと同じく褐色の肌をした少女だ。歳《とし》はショチトルよりわずかに上。歳《とし》を取った大人からすれば佐天《さてん》もひっくるめて全員子供の一言で片付けられてしまう程度でしかないのだろうが、中学生の佐天《さてん》からすれば、年上である事を意識してしまうぐらいの差はある。

儀礼的な意味があるのか、あるいは機能的なパイロットスーツのつもりなのか、身にまとっているのは初めて会った時のショチトルと全く同じ民族衣装だった。

カヌーに乗った少女は、ショチトルを見て自分の後ろを差す。

「早く乗れ。無理して陸地を歩かせたせいで、四枚の羽はほぼ潰《つぶ》れている。今の性能では、何とか海上を進むのが精一杯だ」

言われ、ショチトルは素直にカヌーの方へと向かう。

「う、あ……」

佐天《さてん》はその背中を見て、思わず口を開いた。

流石《さすが》の佐天《さてん》でも、これが単なるアトラクションショーではない事ぐらいは理解できる。傍《はた》から爆発を見ているのではなく、そこに巻き込まれたのだから。そして、ショチトルは爆発の首謀者《しゅぼうしゃ》らしき人物の元へと進もうとしている。

何かを言おうとしたが、佐天《さてん》の口からは何も出なかった。

ショチトルの方も、一度も佐天《さてん》の方には振り返らなかった。

カヌーの後部にショチトルの小さな体が収まると、後部方向へスライドしていた上側のパーツが、再び元の位置へと戻って閉じた。木と布と黒曜石《こくようせき》で作られたトビウオは身震いするように小刻みに振動すると、佐天《さてん》から遠ざかるように、自重で潰《つぶ》れた四枚の羽を使って砂の上を歩き、そして立ち去っていく。

羽の潰《つぶ》れた『雲海の蛇《ミシユコアトル》』は、浜辺の波打《なみう》ち際《ぎわ》から海水に入ると、四枚羽の先端四点を使って機体を水面数センチの位置に浮かび上がらせ、本来通りの高速移動を開始する。

ショチトルの前方で『雲海の蛇《ミシユコアトル》』の舵《かじ》を握る少女・トチトリは、こちらを振り返らないまま言う。

「じゃあ、結局目立った怪我《けが》はしなかったんだな」

「単に連絡がつかなかっただけだ。まぁ、わざわざ回収に来てくれた事には感謝するがな」

「よくもまぁあんな所でじっとしていられたものだな」

「数年にわたる戦いを繰り広げた敵地の真ん中か。想像通り、つまらん場所だった」

ショチトルは退屈そうに息を吐き、

「……本部に戻ったらテクパトルのヤツがうるさそうだ」

「まぁ、あの上司も戦力が減るのを恐れているみたいだしな。本気で処罰《しよばつ》される可能性は少ないだろう」

トチトリはこちらに顔を向けないが、肩が震えているところを見ると、どうやら笑っているらしい。ショチトルはそんな同僚《どうりよう》の仕草《しぐさ》に呆《あき》れながらも、

「さっきも言っていたが、『例のもの』は回収できたんだな」

「まあね」

トチトリは振り向かないまま頷《うなず》き、傍《かたわ》らを指差した。

彼女のすぐ横に、無造作に置かれたものがある。ソフトボールぐらいの塊だ。メガネを拭くような柔らかい布で覆われているため外観は分からない。

ショチトルは思わず呟《つぶや》く。

「そうか。ついに我々の手に戻ったんだな……」

「だが、回収できたからと言って、すぐさま起動できる訳じゃない。組み立てや調整なんかでもう少し時間がかかるらしい。それでも、今までに比べれば大きく前進したがね」

「……『太陽の蛇《シウコアトル》』か」

ショチトルはポツリと呟《つぶや》くように言った。

わずかな沈黙。

やがて、舵《かじ》を操りながら再びトチトリが口を開く。

「良い子だったな」

「何が？」

「挙動不審の塊みたいなお前のために、わざわざ協力してくれたあの子だよ」

トチトリは真面目くさった口調で言う。

「最後の顔を見たか。頭の中は疑問だらけで、色々尋ねたい事はいっぱいで、それでもお前を傷つけないで質問するにはどうすれば良いのか悩んでいる顔だった。結局、時間切れで言葉が出てくる事はなかったが、間違いなく良い子だったよ。ふざけた街だが、外からはああいう人間も遊びに来ているようだ。それぐらいは認めてやれ」

「……、」

ショチトルからの返事はない。

トチトリもそれ以上は何も言わず、『雲海の蛇《ミシュコアトル》』を操って学芸都市の支配圏から離脱していく。

最後に、トチトリはふと思い出したように、

「ところでさ、ショチトル」

「何だ」

「そのド派手な水着、一体どういうつもりなんだ？　いくら敵地で群衆《ぐんしゅう》に紛れるためとはいえ、また随分《ずいぶん》と体を張ったものだ。まぁ、ウチの男どもには、良い手土産《いてみやげ》になるんじゃないか？」

「……学芸都市で、こんな感じの台詞《セリフ》を言った覚えがある」

ショチトルはそっけない口調で、こう告げた。

「何なら、お前が着ている物を奪ってやっても良いんだぞ、とな」

「……ッ!?」

させるかバカやかましい嫌なら一緒に対策考えろ、という少女達の叫び合いと共に、愉快な

破壊音が『雲海の蛇《ミシュコアトル》』の中から響く。

第四話

二日目の夜。

御坂美琴達《みさかみことたち》は、『夕飯の後に行われる予定の』先生からの点呼《てんこ》を敢《あ》えて待つと、夜も更《ふ》けてから、宿泊するホテルからわざわざ少し離れた所にあるレストランに足を運んでいた。全体的なグレードならホテルの方が上。お店の雰囲気もややごみごみしていて、広さもそんなに大きくないのだが、美琴達《みことたち》はわざわざここを選んでやってきた。

理由は単純。

ケーキビュッフェは乙女の戦場であり、女子中学生は今日も戦うツワモノどもだからだ。

「むふもぐがつがつ!! よっ、ようやくショートケーキ祭りを全制覇《ぜんせいは》です!! ようし！　この調子で次はチョコレートケーキ天国へ突入ですよーっ!!」

「だぁー、ほら初春《ういはる》さんゆっくり食べなさいって。それと、あっちの方からさらに追加の新作ショートケーキが運ばれてきているわよ」

「むぐーっ!?」

とにかく見た目のデコレーションが派手で高そうなケーキへ片っ端から襲いかかる初春飾利《ういはるかざり》と、フルーツ系のデザートを一切れ一切れ口に含む美琴《みこと》。実はボリュームのあるケーキよりも小さな欠片《かけら》のような果物デザートの方が数倍値段が高いのは内緒である。

と、そんな中で乙女達の戦いに参加できない者が一人。

ツインテールのエロ水着、白井黒子《しらいくろこ》である。

「……ぐぐぐ……。わ、わたくしは向こうの方で、無難《ぶなん》にサンドイッチでも食べてきますわ……」

「んー？　黒子《くろこ》、アンタまだダイエットとか気にしてんの？」

「まだ⁉　まだとはどういう事ですのお姉様！　それはまるで、もう努力をしたところでどうやっても手遅《ておく》れ的なニュアンスにも受け取れますわよ‼」

「いやー、そうじゃなくてさ」

美琴《みこと》は、花びらのように薄《うす》く切ったドラゴンフルーツを封じ込めた透明なゼリーに小さなスプーンを突《つ》き刺しつつ、

「学芸都市《がくげいとし》にいる間の一週間は、毎日三食ぜーんぶ外食なのよ？　寮の食事みたいに定規で測《はか》ったような栄養管理なんてされてる訳ないし、どう頑張ったって栄養偏《かたよ》るに決まってんじゃない」

「ふぎゃあああああああああああああああああああああああああああああああ⁉」

白井《しらい》エロ水着の絶叫に、ビュッフェエリアにいたお客様達が一斉に彼女の方へ振り返る。どうやら女の子の悲鳴は万国《ばんこく》共通《きょうつう》らしい。

しかし周りからの視線など気にも留《と》めない白井《しらい》は、何やら両手で頭を抱《かか》えてブツブツ呟《つぶや》いている。逃げ場のない状況でぐるぐると考え事をしていた彼女は、やがてハッと顔を上げると、

「そっ、そうですの！　あらかじめ思いっきり運動して、太ってしまう分だけ事前に痩《や》せておけば、ケーキを食べても結果的にプラマイゼロですの!!　そうと決まれば!!」

そりゃーっ!!　という掛け声と共に、ビュッフェエリアを飛び出してどこかへ走り去っていく白井《しらい》黒子《くろこ》。その素肌だらけの背中を見送りながら、初春《ういはる》は言う。

「あーあ……一度ビュッフェエリアから出ちゃったら、もう無料サービスは無効になっちゃうのに。またお金を払う気なんですかね」

「っていうか、あらかじめ思いっきり運動して、そのまま我慢していれば、さっさと努力目標に到達できるんじゃないの……？」

美琴《みこと》は呆《あき》れたように呟《つぶや》いたが、当然ながら夜の浜辺を爆走しているであろう白井《しらい》には届かない。

初春《ういはる》はしばらくの間、見た目はド派手だが実はそんなに高くもないチョコレートケーキをフォークで切り分けて口の中に放り込んでいたが、やがてポツリとこんな事を言った。

「佐天《さてん》さん、どうしちゃったんでしょうね」

「そういえば、あの子遊び疲れたから寝るって言ってたけど」

「うーん。あのお祭り好きの佐天《さてん》さんがそんなあっさりギブアップするとは思えないんですけど……」

佐天《さてん》の事を少し心配しているのか、初春《ういはる》の表情がわずかに曇《くも》る。

美琴《みこと》としては、佐天《さてん》が『係員』の連中にちょっかい出されたりしていないだろうか、と勘繰《かんぐ》ったりもしたくなるが、今のところ、『係員』の方も様子見しているらしい。

それは、あの壊れたトビウオが並べられていた区画で聞いた額面通り『超電磁砲《レールガン》』や佐天《さてん》を殺すつもりはないからか、あるいは『あの程度の機密《きみつ》ならまだ即刻《そっこく》「アトラクション」扱いしなくても問題のないレベル』だったのか。

「……それにしても、今日は一体何だったんでしょうね」

その言葉には、探《さぐ》るような、不満そうな、そんな感情が込められている。

「いくら客を驚かすためとはいえ、街中であんな抜き打ちのアトラクションをするなんて。事前に通達したら面白くならないのは分かるんですけど……。建物の壁にも演出用の爆薬が仕掛けてあったみたいですし、それにしてはちょっと客に対する安全チェックがずさんだと思います。怪我《けが》する人が出たらどうするんでしょう」

「……、」

美琴《みこと》はどう答えるべきか、少し迷う。

初春《ういはる》が言っているのは、今日の昼間に学芸都市のあちこちであった爆破事件だろう。例のトビウオみたいなのが集団でやってきて、学芸都市の建物やアトラクションに向けて数十発のミサイルのようなものを撃ったのだ。さらに他にも、複数の爆発が起きていたような気もする。

辺りの観光客の世間話に耳を傾ける限り、『アトラクション』自体は定期的に手を変え品を変え色々行《おこな》っているようだが、トビウオのショーはこれまでもちょくちょくあったようだ。

流石《さすが》に、勘の鋭い人はそろそろ危険な匂いに気づき始めている。

とはいえ大真面目な顔で危険を主張したところでその他九割を超《こ》す平和ボケした観光客達から鼻で笑われ、フィクションと現実を混同するなよ、そういう趣向のショーなんだからさ、という事でまとめられてしまう。

通常なら、まずありえないスケールの破壊。

しかしこの映画の街ではそのありえないスケールそのものが売り物にされている以上、人々は縮尺《しゆくしやく》の違いに気づいたところで、それを本当に異様な事態とまでは思わない。

当然ながら、御坂《みさか》美琴《こと》は『事態』には気づいている。

だから、ここで彼女が悩んでいるのは、初春《ういはる》の台詞《セリフ》に肯定するか否定するか、という事だった。

学芸都市は何かを隠している。

単に集客して利益を得るテーマパークではない。

それは外部から襲撃者を招《まね》いてしまうような事柄である。

ただ、闇雲に初春《ういはる》の不安を煽《あお》ったところで、より一層彼女を危険な位置へ追い込んでしまうリスクも否定はできない。昨日の夜、壊れたトビウオがたくさん並べてあった格納庫で出会った『係員』の対応を見るだけでも、その『リスク』は相当に大きなものだというのは想像できる。

(さて、初春《ういはる》さんにはどう答えるべきか……)

美琴《みこと》が思案していた、その時だった。

「おっねえっさまーん!!」

ズバーン!! と扉を大きく開け放ち、再びビュッフェエリアへカムバックしてきた白井《しらい》黒子《くろこ》がそんな大声を出した。

「うっ⁉　ち、ちょっと待ちなさいよアンタ！　そんな短時間でケーキ分の体重が減る訳ないでしょ！　アンタ早速飽《さっそくあ》きてギブアップしてるだけじゃ……ッ⁉」

「フリーハーッグ‼」

「ぐわーっ⁉　唐突に抱き着いてくんなこの馬鹿‼　あ、あれぇ、おかしいな……。水着の女にくっつかれているはずなのに、さっきっから肌の感触しかしないんだけど……？」

「ハグは無料で人の心を穏やかにするボランティアなのですわ。さあお姉様からもギューッと一発‼」

「この大馬鹿野郎‼　フリーハグはアンタみたいな性欲の塊がやるべきものじゃないのよ‼」

襲いかかるお肌祭りの肩と頬《ほお》を掴《つか》み、ぐいぐいと遠ざけようとする美琴《みこと》。

馬鹿の乱入のせいで何を考えていたのかすっかり忘れてしまった。

「は、あはは……」

初春飾利《ういはるかざり》はそんな二人から微妙に二歩ほど遠ざかり、巻き込まれないよう距離を調節しながら、巨大なモンブランを自分の皿に載せる。

ぎゃあぎゃあと喚《わめ》き続《つづ》ける常盤台中学《ときわだいちゅうがく》のお嬢様達を眺めながら、初春《ういはる》はふと思った。

表情を、ほんの少しだけ曇らせて。

（それにしても……佐天《さてん》さん、何があったんでしょうか……）

ベッドサイドに置かれたフロアランプの淡《あわ》い光が、佐天涙子《さてんるいこ》の頬《ほお》をオレンジ色に照らす。水着のままベッドの上に体を投げ出した彼女は、特に何をするでもなく、ただぼんやりと考え事をする。

昼間起きた事。

建物の爆発と、地中から現れたトビウオみたいな機体。

そして、ショチトルという少女。

(……、)

小さな布に包まれた尻を揺らすように、佐天《さてん》は寝返りを打つ。

淡い光を反射する黒い髪が、彼女の動きを追うようにベッドに広がる。

自分が昼間見たあの光景が、何らかのショーの一環だとは思えなかった。それは、まぁ、これだけスケールの大きなテーマパークだ。飛び入りで観客を参加させるショーだっていくつも開催されているだろう。だけど、今日この目で見た事に関しては、違う。通常、そういうショーは終了後にスタッフの一人でもやってきて『ありがとうございました』の一言ぐらいはあるものだと思うし……何よりも、いくら平和ボケして危機感の鈍った佐天《さてん》にも分かる。こめかみの辺りがピリピリくる不快感に、心臓を鷲摑《わしづか》みにされたような圧迫感。お化け屋敷《やしき》や絶叫マシンのように、あらかじめ設計された安全地帯から楽しむ危険ではない。正真正銘、死という名のリスクは眼前にまで迫っていたのだ。

だとすれば、

(……昨日、初春達《ういはるたち》と浜辺で見た、あのラヴィーゼ飛行隊とトビウオのショーはどうだったんだろう?)

まさかと思うが、あれも脚本通りの演劇ではなく、本物の戦闘だったとでも言うのだろうか。馬鹿馬鹿しいと一笑《いっしょう》に付《ふ》したいが、昨日見たトビウオと、今日見たトビウオは同じものだったような気がする。

佐天《さてん》は少し頭を働かせて、構図を考える。

学芸都市へやってくるトビウオと、それを止めるように戦うラヴィーゼ飛行隊。

そして今日、目の前で見た建物などの爆破。

それを考慮《こうりょ》すると、トビウオは悪の手先で、ラヴィーゼ飛行隊は魔の手からみんなを守る正義の味方……と判断するのが妥当《だとう》なようだ。

トビウオは悪。

すると、トビウオに乗って、去っていったショチトルは……？

「……、」

思考を断ち切るように、佐天《さてん》は瞳を閉じた。

出会いは最悪だったし、言われてみれば何度も『言う事聞かないと殺す』とか脅《おど》されていたような気もする。しかし何故《なぜ》だか、佐天《さてん》はその言葉に、それほど命の危機を感じていなかった。確かにトビウオが巻き起こした爆発はすごかったが、どうもショチトルの言葉は、ああいう直接的な破壊行為とは切り離され、どこか焦《あせ》っていたように感じられたのだ。まるで、そういう建前を通して、佐天《さてん》にお願い事をしているようだった。

あの褐色《かっしょく》の少女が、どうしても単なる悪人とは思えない。

いや、佐天涙子《さてんるいこ》にそんな人の内面を探る能力も経験もない。彼女は単純に、ショチトルとい

う少女が悪人であってほしくないと思っているだけだ。

「ショチトル……」

思わず呟《つぶや》く佐天《さてん》。

と、そこで彼女は目を開けた。

気づいたからだ。

(……あれ……。そういえば、確か昨日の昼にあった『ショー』の時は、あのトビウオを追い払うために、御坂《みさか》さんが戦っていたような……?)

そして、昨日の夜。

美琴《みこと》は学芸都市をウロウロして、佐天《さてん》と一緒に壊れたトビウオがいっぱい並べられた場所へと入っていた。詳しい事は聞かなかったが、今思えば、まるで何かを探っているかのように。

当然ながら、部外者の美琴《みこと》が学芸都市の手先であるはずはない。

わざわざ仮初《かりそめ》の『ショー』の演出に付き合ってやる義理はないだろうし、立入禁止エリアの鍵なんてもらっている訳がない。

となると、

(……御坂《みさか》さんは、何かを知っている)

そう思った瞬間、佐天涙子《さてんるいこ》はガバッ!!　とベッドから起き上がった。

もう夜も更《ふ》けているが、そんな事を気にしていられる余裕はない。

(聞かなくちゃ。御坂《みさか》さんは、この学芸都市の事も、あのトビウオの事も……それから、ショチトルの事情も知ってるかもしれない!!)

とっさに携帯電話を掴《つか》んだが、電源を切っているのか、相手には繋《つな》がらない。シャワーでも浴びているかもしれないし、最悪、もう遊び疲れて眠ってしまっている可能性もある。

佐天《さてん》は少しだけ気が引けたが、結局美琴《みこと》の部屋を直接訪ねる事にした。財布代わりのICカードを首に引っ掛けると、廊下へ繋《つな》がる客室のドアを開け放つ。

佐天涙子《さてんるいこ》の背中が、学芸都市の夜へと吸い込まれていく。

昨日の夜。

同じように部屋を飛び出し、死の寸前まで追い詰められた事をすっかり忘れて。

「いやー。なんだかんだで食べちゃったねぇ」

美琴《みこと》はミルクをたくさん注いだアイスティーを口に含みつつ、そんな事を言った。彼女達の宿泊するホテルにはたくさんの喫茶店やレストランがあり、美琴《みこと》が今くつろいでいるのは、三階の端の方にある、ちょっと入口の分かりにくい、こぢんまりとした喫茶店だった。元々ラストオーダーで店から締め出された人向けなのか、ホテルの付属にしては珍しく、朝の六時ぐらいまで開いている深夜営業の店だ。

立地か、時間か、そういう雰囲気を作るのに尽力しているせいか、客足は少なく、しかしそれはデメリットではなく、美点《びてん》として捉《とら》えられた。時計の針を見ていないと、時間の流れを忘れそうになるゆったりとした店構えが、何とも美琴《みこと》の好みである。

初春《ういはる》は冷たいココアの入ったカップを掴《つか》んだまま、あちこちをキョロキョロと見回す。

「ふぇえー……。御坂《みさか》さん、白井《しらい》さんも、学芸都市に来るのは初めてなんですよね。よく、こういうお店を一発で探し出せましたねー……」

「まぁ、使えるお店に共通する、いくつかのチェックポイントみたいなものがあるんですのよ。世界中の料理をいちいち全部食べてチェックなんてしていられないでしょう？　多少、場数《ばかず》を踏めばお店に入らなくてもランクが分かるようになりますわ」

「敢《あ》えて予想と違うお店に入って、新しい経験値を積むっていうのも面白いんだけどね」

白井《しらい》と美琴《みこと》はさも当然のように言うが、初春《ういはる》としては、うわーうわーと馬鹿みたいな感心をするしかない。そもそも『美味《おい》しいお店』ではなく『使えるお店』と表現している所が、すでにツーンとした孤高《ここう》のお嬢様スキル全開である。

「昨日、今日と海ばかりで遊んできましたし、そろそろ明日辺りから内陸にあるメカニカルエリアの絶叫マシンとか、そっちの方に挑戦してみましょうか？」

「向こうも面白そうなんですけれど、行列ができているのが気に食わないんですのよね。この炎天下で二時間待ちとか言われたら堪《たま》らないですわ」

「……っつーか、アンタの水着で絶叫マシンに乗ったら、全部風に乗って飛んで行っちゃったりしないのかしら……？」

想像するだに恐ろしい光景を思い浮かべて、ぶるっと身震いする美琴《みこと》。

初春《ういはる》はちょっとだけため息をついて、

「佐天《さてん》さんも、遊び疲れたからとにかく寝たいって言ってましたね。あのお祭り好きがあっさりダウンしてしまうなんて、もしかして、時差に体がついていかなかったんでしょうか。明日には元気になっていると良《い》いんですけど」

「そういやあの子、ご飯はどうしたんだろね。ルームサービスで済ませちゃったのかな」

「まぁ、何があったか存じませんけど、怪我《けが》や病気という訳でもあるまいし。それほど心配する必要はないんじゃありませんの？　本当に時差のせいなら体を慣らす以外にやる事ありませんし」

「うーん……。佐天《さてん》さん、大丈夫かな……」

首を傾《かし》げる初春《ういはる》。

彼女達はおしゃべりをしながら、隠れた名店の雰囲気を楽しんでいく。


「あれ？　いないのかな……。御坂《みさか》さん。御坂《みさか》さんってば！」

佐天涙子《さてんるいこ》は客室のドアを控え目《ひかめ》にノックしながらそう言った。マンションや学生寮と違ってインターフォンが存在しないため、向こうがシャワーを浴びていたり眠っていたりした場合、ノック程度では相手に届かないだろう。

かと言って、時間が時間であるために、まさか大声で名前を叫ぶ訳にもいかない。廊下こそ均一《きんいつ》な光に照らされているものの、周囲に人がいないせいか、それはどこか寒々《さむざむ》しい雰囲気をまとっていた。

（どうしよう……？）

いったん自分の部屋に戻って、美琴《みこと》の部屋の内線に電話をかけてみようか……とも考えたが、どうも佐天《さてん》の感覚だと、美琴《みこと》は部屋にいないような気がしてきた。

と、

「ん？　何をやっているの、こんな所で」

「ッ⁉」

突然真後ろから話しかけられて、佐天《さてん》はビクリと肩を震わせた。

そちらに振り返ると、金髪爆乳の天才少女系映画監督・ビバリー＝シースルーが立っていた。

彼女は、部屋のドアの前に佇《たたず》んでいる佐天《さてん》を見て首を傾《かし》げながら、

「……まさかと思うけど」

「な、何ですか？」

「部屋にキーを置いたままオートロックの扉を閉めてしまったとか、そういう展開？　だったら悩んでいても無駄だから、フロントへ行った方が良《い》いと思うよ」

「そんな恥ずかしい真似《まね》しませんよ……」

佐天《さてん》はぐったりしたまま、

「知り合いの部屋を訪ねたんですけど、寝ているのか部屋にいないのかって感じです」

「訪ねる、ね」

ビバリーは携帯電話の画面を見て、今の時間を確かめながら、

「……もしかして、時差ボケ？　それもそれでつまらない展開ってヤツだと思うけど」

「つか、ビバリーさんは何やってんですか？」

「んん？　とりあえず今日の仕事は終わったから、趣味と臨時収入のためにカジノへ行こうと

思っているところよ。学芸都市のカジノは州法の関係で、私の歳《とし》でも遊べるからね」

「……そういや、結局カジノってどこにあったんだろ？　あそこには変なガラクタしかなかったし……」

「？」

佐天《さてん》の独り言に、ビバリーはキョトンとしていたが、

「まぁ、明日が辛《つら》くなるから早めに寝ておいた方が無難よ。時差ボケというのは後からズドーンと響くものだからね」

「はぁ」

佐天《さてん》が適当に返事をすると、ビバリーはどこかへ立ち去った。彼女と一緒に行動すればカジノの場所が分かるはずなのだが、佐天《さてん》はそうしない。今はそれよりやるべき事がある。

(今すぐショチトルの事を知りたいのに……)

佐天《さてん》は行儀《ぎょうぎ》悪《わる》く親指の爪を噛《か》み、サンダルを履《は》いた足でトントンと床を叩《たた》く。美琴《みこと》の部屋の前をしばらくウロウロ回っていた佐天《さてん》は、やがてピタリと動きを止める。

(あの子が一体どこの組織に所属していて、どんな所からやってきたのかは分からない)

つまり、ストレートにショチトルの事を調べようとしても、材料が足りない。

(でも、おそらく、この学芸都市で起きている事は一つに繋《つな》がるはず。ラヴィーゼ飛行隊とトビウオが戦っているなら、彼らが『戦う理由』は共通のものじゃないとおかしい。となると……学芸都市の方を調べる事で、何でトビウオが襲ってくるのか、ショチトルはこの街で何をやっていたのかも分かってくるはず……)

そこまで考えると、佐天《さてん》は爪先を美琴《みこと》の部屋からよそへと向けた。

学芸都市を調べる。

最も怪しい場所には、心当たりがある。


いつまでも喫茶店でダラダラやっていたかったが、せっかく巨大なテーマパークに来ているのに、明日一日をベッドでグースカ眠って使《つか》い潰《つぶ》すのはもったいない。そんな訳で、今日のところはひとまず解散する運びとなった美琴《みこと》、初春《ういはる》、白井《しらい》の三人。

彼女達はエレベーターホールへ向かうため、三階喫茶店から吹き抜けとなっているロビーへ向かいつつ、

「でも、夜のテーマパークもライトアップされて奇麗《きれい》ですよねー。ほら、映写機を使って海面に直接映像を出しているんですよ。パンフには、幻想的に輝く光の海を泳いでみようとかって書いてありましたけど」

「そうかな。私はなんか、暗い海っていうと、ちょっと怖いイメージがあるけどなぁ」

「夜の海で遊ぶ場合は、腕輪を借りるみたいですわよ。溺《おぼ》れている人を目視《もくし》で確認するのが難しいから、いざという時はボタン一つで位置信号を発信できるようになっているんですって。あと、腕輪には五分間ぐらいの酸素カプセルが入っているんだとか」

そこまでやるなら救命胴衣でも貸し出せば良いのに、と美琴《みこと》は思わなくもないのだが、あのゴワゴワした救命胴衣をつけると動きづらかったり、見た目がダサかったりするので不評なの

だろうか、と適当に推測する。

「まぁ、パレードのある日を狙って、こっそりホテルから抜け出そうか。一応、引率《いんそつ》の先生には見つからないようにね」

「……今も見つかったら説教間違いなしの時間帯ですけれどね。あら初春《ういはる》、どうかしましたの？」

「い、いえ、何でも……」

初春《ういはる》は巨大な吹き抜けから下方を眺めていたが、白井《しらい》に言われて慌てて視線を戻す。彼女は心の中でわずかに首を傾《かし》げつつ、

（うーん、気のせいですよね……？）

自分に確認を取るように、声には出さずにそう思った。

吹き抜けの下、一階ロビーの出入口の辺りに、佐天涙子《さてんるいこ》が歩いているような気がしたのだ。


目的地はあそこしかない。

佐天涙子《さてんるいこ》は一直線に進む。目指す場所はホテルから離れた所にある、学芸都市の中心に聳《そび》えるランドマーク。ＳＦ映画撮影時にロケット発射場として使われた三キロ四方の巨大なセットだ。昨日の夜はカジノの入口と間違って、美琴《みこと》と一緒に入ってしまったのだが……。

「ん？　あれ……開かない？」

佐天《さてん》はドアノブを掴《つか》んだのだが、ガチャガチャと音が鳴るだけでほとんど動かない。確かに

ドアの横には電卓みたいな装置がくっついているのだが、昨日の時点では特に何もしなくても、ノブをひねっただけであっさり開いたはずなのに。

（どういう事なんだろう……？）

実は厳重なロックがかかっていて、それを美琴《みこと》が自分の能力を使ってこじ開けた……という事には気づかない民間人の佐天涙子《さてんるいこ》。ちなみに、仮にこのドアが開いたとしても、その先には大量のセンサーが待ち構えている事も全く考えが及んでいない。

ともあれ、今の佐天《さてん》に分かっているのは、以下の一点のみだ。

このドアは開かない。

となると、ここと違う、別の『入口』を探さなくてはならない訳になる。

（でも、そんな都合の良《い》いものが……、待てよ）

佐天《さてん》は頭を抱えかけて、そこで気づいた。

本当に同じ所に繋《つな》がっているかどうかは分からないが、少なくとも確実に、学芸都市の立入禁止ゾーンへ繋《つな》がる出入口を、佐天涙子《さてんるいこ》はもう一ヶ所知っている。

そうして、佐天《さてん》がやってきたのは、今日の昼にショチトルと別れた場所だった。

浜辺からわずかに離れた所にある、ショッピングモール近くの遊歩道。そして、あのトビウオみたいな機体が砂の中から飛び出してきた地点だ。

仮にトビウオが立入禁止ゾーンからやってきたのなら、そこには巨大な『入口』が口を開いているはずである。

「あった……」

佐天《さてん》は思わずポツリと呟《つぶや》いた。まるで殺人事件のようにkeep outと表記されたテープに囲まれた一角。ビニールシートに覆われた大規模な落とし穴みたいに、その『入口』は塞《ふさ》がれていた。

「……、」

佐天《さてん》は周囲を見回したが、見張りの『係員』らしき者はいない。彼女はkeep outのテープの下を潜り抜けると、ビニールシートの端を軽くめくってみる。

そこには道路工事に使う、畳よりも大きな鉄板が複数並べてあった。佐天《さてん》は鉄板の端を摑《つか》んでみたが、とても持ち上がるとは思えない。建設重機が必要なサイズだ。

(うーん、どうしよう……)

佐天《さてん》は鉄板を動かす事を諦め、何か使える物がないか探してみる。

と、その背中が、ドンと何かにぶつかった。

見れば、それは建物の壁に立てかけてあった、予備の鉄板だった。佐天《さてん》がぶつかった事でバランスを崩したのか、重たい鉄板の下端が砂の上を滑るように倒れていく。

「わわわっ⁉」

佐天《さてん》が横へ避ける。スライディングのように下端の方から迫ってきた鉄板は、砂浜に空いた穴を塞ぐために置いてあった別の鉄板とぶつかり、強引にずらしていく。

(おっ、隙間が……)

鉄板が動いた事で、どうにか人間一人が這《は》って入れるほどの大きさの隙間ができている。佐天《さてん》は腹這《はらば》いになり、隙間へ体を押し込んで中へ入る。

御坂美琴《みさかみこと》は自分の客室に帰ってきた。

今日一日、少しだけ注意深く周囲を観察してみたが、とりあえず『係員』達が余計なちょっかいを出してくる気配はなかった。盗聴などの可能性もおそらくゼロ。どうやら学芸都市の連中は、本当に美琴達《みことたち》が余計な行動に出ない限りは、わざわざ自分達から暴力的な手段に出るようなつもりはないらしい。

とはいえ、それは今後の行動次第。

美琴達《みことたち》が今よりもさらに厄介な損害を撒《ま》き散《ち》らす『敵』として認識されれば、学芸都市は本格的に美琴達《みことたち》を排除しようとするだろう。それは通り魔を装《よそお》った直接的な奇襲かもしれないし、海を利用した海難事故として処理されるようなものかもしれない。

(でも……)

今日の昼間も、ラヴィーゼ飛行隊の戦闘機と謎のトビウオの戦いは、観光客の鼻先で繰《く》り広《ひろ》げられた。しかも今回はトビウオの方が優勢だったらしく、学芸都市の複数の建物にミサイルのようなものが撃ち込まれるという事態にまで発展してしまった。

目立った死傷者は出なかったようだが、それだって結果論に過ぎない。

このまま放置しておいて良いはずはないのだが、

(調べるにしても、どうやって学芸都市の謎に近づくのか、っていう問題もあるわよね。ネットワーク経由では、回線に接続されていない機密情報には近づけないし……かと言って、直接的に施設に潜《もぐ》っても、また『係員』とぶつかるかもしれない)

流石《さすが》の美琴《みこと》でも、こんな都市クラスの巨大施設を丸ごと敵に回して大ゲンカ、というのは好ましい展開ではない。なおかつ、構図としては他国の機密エリアに勝手に侵入した美琴《みこと》が、それを止めにやってきた正規要員を片っ端から薙《な》ぎ払《はら》う、という事になってしまう。これでは誰がどう見てもテロリスト扱いだ。

トビウオが襲ってくるからと言って、『係員』が何かを隠しているからと言って、学芸都市が悪者であるとは限らない。むしろ、学芸都市には何らかの正当な理由があり、トビウオの方がそれを破壊しようとしているだけの可能性もある。

最悪、暴れるのは結構だが、仮に学芸都市に何の非もなかった場合は目も当てられない。物理的な手段に出るとしても、まずは善と悪を見極めておく必要がある。

(まぁ最悪、両方とも悪って可能性もある訳だけど)

美琴《みこと》一人では限界があるのかもしれない。

彼女は、日本の学園都市からやってきた他の少女達の事を考える。

(……空間移動《テレポート》の黒子《くろこ》と、情報戦の初春《ういはる》さん、か)

三次元的な制約を無視して自由に移動できる白井《しらい》の力を借りれば、壁や床や天井を無視して自在に建物へ潜り込む事ができる。『通路を通る者を前提としたセキュリティ』の死角を進む事も難しくはない。

そして風紀委員《ジャッジメント》として現役で活躍する初春《ういはる》と協力すれば、特にネットワーク関連から情報を探る効率は上がる。それに、初春《ういはる》に情報の調査を任せて、美琴《みこと》は周囲の警戒に集中する、という選択肢を選ぶ事もできるようになる。

確かに、彼女達の力を借りられれば力強いのだが、

(でも、それを頼むとあの子達も巻き込む羽目になる……)

そこが苦しい所だ。

美琴《みこと》としては、なるべくそういった展開は避けたいところである。

(さて、どう動くかな)

思案する美琴《みこと》は、まだ動かない。

今から一人で動くという方法は、昨日の夜にも試した。そしてその方法は、昨日の夜で失敗している。同じ失敗を安易に繰り返すほど、常盤台中学《ときわだいちゅうがく》のエースは短絡的思考《たんらくてきしこう》ではない。


清潔《せいけつ》な空間だった。

どこかの工場というよりは、SF映画に出てくる巨大宇宙船みたいな内装の通路を、佐天《さてん》は歩く。まだ体にはいっぱい砂がついていたが、ほとんど気にならなかった。それぐらいには、緊張しているのだ。

通路は縦横《じゅうおう》に入り組んでいたが、ある一定のルートだけ、壁や床がへこんでいたり、傷が

ついていた。おそらく、あのトビウオが強引に移動したせいだろう。佐天《さてん》はその後を辿《たど》るように進んでいく。

実を言うと、こんなに都合良く進むとは思っていなかった。

係員とか警備員《アンチスキル》とか、とにかく誰かの影が見えたら、発見される前にさっさと引き返そう……そういう風に考えていた。しかし実際に蓋《ふた》を開けてみると誰もいないようだし、おっかなびっくり歩いている内に、気がつけば入口から相当離れた奥の方まで踏み込んでいた。

所々に、思い出したように張《は》り巡《めぐ》らされたkeep outのテープを潜ったり進行方向を遮る形で張られた黒いシートを掻《か》き分《わ》けながら、佐天《さてん》は歩き続ける。

(今、どの辺にいるんだろう……?)

最初は地下を歩いているつもりだったが、上下の小さな階段を何度も何度も通ったり、直径二メートル以上の円形のダクトの中を潜ったりしている内に、高さが分からなくなってきた。

(なんか、内装の感じが違う。このダクト……別の建物に繋《つな》がってる?)

どうも今の自分は地下にある通路を経由して、地上にある大きな建物の中を歩いているらしい、という事だけが、かろうじて摑《つか》めている状態だ。

佐天《さてん》はとにかく先に進む。

学芸都市の謎を調べる、と息巻《いきま》いている佐天《さてん》だが、実は具体的に何を見つけるつもりなのかを全く考えていない。どこまで進めばゴールで、何を見つければ作戦成功なのかも分からないまま、リスキー極まりない調査はひたすら続く。

その時だった。

目の前の通路が途切れていた。四角く切り取られたトンネルの出口のようなものがある。佐天《さてん》がそちらに向かって走ると、視界が一気に開けた。

「ッ‼」

そこは昨日の夜、美琴《みこと》と一緒に来た場所だった。たくさんの壊れたトビウオが並べられた、巨大な格納庫のような場所だ。昨日入ってきた出入口とは違うが、キロ単位の広さを持つ施設だ。入口が一つきりである方がおかしい。

ただし、昨日とは違う点がある。

清潔感に包まれていたはずの格納庫は、徹底的に破壊されていた。大きな爆発が何度も起きたのだろう。床には半径一〇メートル前後の黒々とした焦《こ》げが枯《か》れた花のようにいくつも広がっていて、ただでさえ壊れていたトビウオ達が、消し炭やスクラップとなって、山積みにされていた。まるで巨大なホウキでゴミをかき集めたみたいだった。

破壊されているのは、保管されていたトビウオだけではない。この建物自体も大きく歪《ゆが》められていた。金属製の床板が破れたストッキングのように引き裂かれ、天井から降り注ぐ照明も、半分ぐらいが砕かれている。格納庫上部を走る鋼鉄製の通路も爆発によって大きくへし折られ、佐天《さてん》が今立っている場所のすぐ近くまで垂れ下がっていた。

（ショチトル……）

どんな理由があったとしても、これをやったのは、間違いなく彼女達だ。

あのトビウオが街を破壊したのだ。

それを思うと胸が締め付けられる佐天《さてん》だが、ここで止まる訳にはいかない。

崩れかけた鋼鉄製の通路が降り注いでこないかビクビクしながらも、彼女はスクラップとなったトビウオへと近づいていく。

ショチトル達が乗っていた機体。

昨日も、美琴《みこと》はこれを調べようとしていた。おそらくは、ラヴィーゼ飛行隊が撃墜した機体をここへ運び込んでいたのだろう。トビウオが学芸都市にとって『本物』の敵だとするなら、目的は単純。敵の事を調べるために。

「……、」

ただ、佐天《さてん》の前にあるのは、本当に単なるゴミの山だった。木と布と黒曜石《こくようせき》でできたトビウオを、巨大な歯車で一度全部噛《か》み砕《くだ》いた後、その残骸《ざんがい》を適当に積んだだけ。そんな印象しか与えてこない。

ショチトル達は、ここで何をしようとしていたのか。

昼間、佐天《さてん》の目の前で仲間と会話していたショチトルだが、どこの国のものか分からない言葉を使っていたため、その内容はヒントにならない。

(……このトビウオを壊すのが、ショチトル達の目的……？)

佐天《さてん》は少し考えたが、首を横に振った。違う。このトビウオ達は、ラヴィーゼ飛行隊と戦って撃墜されたものだ。つまり、戦っている最中に奪われてしまったものにすぎないのだから、そもそもこれが『戦いの始まり』となる事はない。

もっと大きな理由がある。

でも、その一番大きな理由は、ここを探るだけで分かるものなのだろうか。今日の昼間に見た爆発は、学芸都市のあちこちで起きていた気がする。もしかすると、この格納庫は『寄り道の一つ』にすぎず、本命は全然違う施設にあるのかもしれない。

（どうしよう……。ここをもう少し調べるか、それともよそに行ってみるか）

そう思った時、佐天《さてん》はふと違和感を覚えた。

原因は壁。

やはり大きな爆発によって、金属製の大きな壁はアルミホイルのようにベコベコとへこみ、所々に細い亀裂《きれつ》が走っていた。しかし、どこかおかしい。佐天《さてん》はトビウオの残骸《ざんがい》の山から、分厚い壁の方へと近寄っていく。改めて、顔を近づけて注意深く観察してみる。

違和感の正体はすぐに分かった。

この壁は、そもそも壁ではなかったのだ。

（これ……扉なんだ……）

大型旅客機の組み立て工場のように、壁一面が大きく横にスライドして開閉《かいへい》するように作られていた。あまりにもスケールが巨大であったために、佐天《さてん》はそれをずっと『壁』だと思い込んでいたのだ。いや、たとえスライドするとしても、それは『壁』と呼んでも間違いではないだろう。何しろ厚さだけで一メートル以上はありそうなのだから。

当然ながら、こんなに巨大な扉は佐天《さてん》の手では動かせない。

探せばどこかに開閉スイッチがあるかもしれないが、こんな大規模な装置を動かしたら、絶対に誰かがやってくる。

それでも、よほどこの格納庫で巻き起こった爆発は凄《すさ》まじかったのか、巨大な扉のあちこちは歪《ゆが》められていた。佐天《さてん》は扉に沿《そ》って走ると、やがてスライドする扉と扉の境目《さかいめ》を発見する。

予想通り、歪《ゆが》められた扉と扉の間に、わずかな隙間が開いてしまっていた。

隙間の大きさは縦が一メートル前後、横は一〇センチぐらいか。

体を通す事はできない。

佐天《さてん》は隙間から奥を覗《のぞ》き込《こ》む。

その先にあったのは赤っぽい色の光だった。やはり、扉の向こうには、さらに謎めいた空間が広がっている。大きな物体は置かれていない。広大な空間の一〇〇メートルぐらい先に、このスライド扉と同じような『壁』がある。どうやら消毒・殺菌などに使う二重扉のようなものらしい。本命の空間は、あの『壁』のさらに向こうに存在するのか。

(ああもう……もう少し……もう少しで、何かが分かるのに……ッ!!)

思わず扉の隙間に両手を突っ込むが、やはりそんなもので隙間は広がらない。

その時、
佐天涙子《さてんるいこ》は、見た。


「……………………………………………………………………………………………………、」


隙間の向こうの広がる、赤っぽい色の光に包まれた空間に、何かがあった。

色のついた照明のせいで見えづらくなっていたが、それは紙幣《しへい》ぐらいの大きさの、赤いラベルだった。隙間の近くにある床に一枚、それから改めて観察すると、床や壁、そしておそらく天井にも、ベッタベタと何十枚、何百枚と貼り付けてあるのが分かる。病的、神経質、過剰演出にも思えるほど入念に貼り付けられた赤いラベルに記《き》されているのは、短い英文だ。中学一年の教科書レベルの英語しか使えない佐天《さてん》でも、その警告じみた強い語気は十分に窺《うかが》えた。

細かい文法などは知らない。

とにかくそこには、こんな事が書かれていたのだ。


汚染注意。

全職員の立ち入りを禁じる。


佐天涙子《さてんるいこ》の呼吸が止まった。思わず口元に手をやり、隙間からふらふらと後ろへ下がる。それから、今まで何故《なぜ》係員や警備員《アンチスキル》といった人間と一度も出会わなかったのか、通路に張られたkeep outのテープや遮《さえぎ》るように張られた黒いシートは何のためのものだったのか、佐天《さてん》は大雑把に最悪の展開を思い浮かべる。

(なに、これ……)

ショチトル達が破壊しようとしているもの、そしてこの分厚い扉によって阻《はば》まれてしまったものの正体が、ほんのわずかに見えてしまった気がした。

(何なのよ、これ……ッ!!)

これはもう、佐天《さてん》一人の手に負える問題ではない。いや、そもそも一人でやってくるべきではなかったのだ。ホテルには、大能力者《レベル4》の白井黒子《しらいくろこ》や超能力者《レベル5》の御坂美琴《みさかみこと》がいる。初春飾利《ういはるかざり》にしたって、普段は頼りないけど、日本の学園都市の治安を司《つかさど》る組織、風紀委員《ジャッジメント》の一員だ。彼女達に相談した方が良《い》い。この危機は、昼間に起きた爆発の比ではない。死の恐怖が、佐天《さてん》の胸を正確に貫いている。

だが、佐天《さてん》の体は動かなかった。

一刻も早くここから離れなければならないのに、指一本動かせなかった。

彼女は自分の背中に、何らかの圧力を感じた。実際に何かが触れている訳ではない。風が吹いている訳でもない。一般的な五感とはかけ離れた、気配や予感といった曖昧《あいまい》なものが、佐天《さてん》涙子《るいこ》の心に強烈な危機感を叩《たた》きつけてくる。

「いけませんね」

しっとりとした、大人の女性の声が聞こえた。

まるで大企業の受付嬢のように丁寧な言葉遣《ことばづか》いなのに、それを聞いただけで、佐天《さてん》は心臓が止まるかと思った。

背後の女性は構わず続ける。

「一応、昨日もここでこう言わせていただいたはずですよ。穏便《おんびん》には済ませられない、といったような事を……」

昨日の時点では見えなかったもの。

御坂美琴《みさかみこと》には発見できず、佐天涙子《さてんるいこ》だけが発見してしまったもの。

それを前に、死刑宣告のように、女性は同情心すら言葉に乗せてそう告げた。

「……、」

その時、佐天涙子《さてんるいこ》は自分の表情が分からなかった。

自分自身の心の整理すらつけられないまま、佐天《さてん》はただ、運命という見えない巨大な腕に頭を摑《つか》まれたように、ゆっくりと、ゆっくりと背後を振り返る。

そこには……。

第五話

早朝の七時。

せっかくの休み（一応課外授業の一環《いっかん》だが、学生にとってはオール自由時間の半ゴールデンウィーク状態だ）なのだからゆっくり寝てれば良いじゃんと思う人もいるだろうが、バカンスだからこそ早く目が覚めてしまう、という現象もあるのだ。有り体《あてい》に言えば、一刻も早く、少しでも長く、遊びに行きたい訳である。

御坂美琴《みさかみこと》と白井黒子《しらいくろこ》がいるのは、ホテル三階の休憩所だ。

三階部分は、まだホテル入口のロビーから吹き抜けで繋《つな》がっている。その吹き抜けを囲むように展開される通路の四隅には、ちょっとしたソファとテーブル、マガジンラックを備えた休憩所がある訳だ。

美琴《みこと》はシャチのような競泳水着をまとったままソファに腰掛《こしか》け、ラックに収めてあった学芸都市のパンフレットをめくりつつ、

「……なんつーか、流石《さすが》に三日も経《た》つと豆腐とか焼き魚とか恋しくなってくるもんなのねー。今日の朝ご飯はどこにするか。和食のレストランとかってないのかしら……」

ブツブツ言いながら彼女が眺めているのは、ホテル内及び周辺にあるレストランの紹介ペー

ジだ。

一方、美琴《みこと》と同じソファで、彼女のすぐ近くにゴロンと寝転がっている白井黒子《しらいくろこ》（愛《いと》しのお姉様に膝枕《ひざまくら》をおねだりしてぶっ飛ばされた）は、

「……なんというか、流石《さすが》に三日もエロ水着を着ていると新鮮味が薄れてきますわね。これは、そう、二日目のカレーはより一層美味《おい》しいとか言っていたものが、三日目四日目と続いてゲロ吐きそうな顔になるようなものですの」

新たな刺激を求めるツインテールは、とりあえず暇潰《ひまつぶ》しに寝転がったままパンフレットに目を通す。

そこで不意に、白井黒子《しらいくろこ》の両目がビッガァァ!!　と閃光《せんこう》を放った。

「こっ、これだァァ!!」

「ンッ⁉」

ビクッと肩を震わせる美琴《みこと》。

白井《しらい》はガバッとソファから身を起こすと、美琴《みこと》の顔のすぐ前に広げたパンフレットを突きつける。

「これこれこれですのわたくしが追い求めていたものはまさにこれですのってばお姉様!!」

「ちょ、な、ばっ、ヌーディストビーチ⁉　何でそんなもんが学芸都市《がくげいとし》の端っこの方に存在してんのよ!!」

美琴《みこと》は顔を仰《の》け反《ぞ》らせ、少しでも卑猥《ひわい》な記事から遠ざかろうとする。

ヌーディストビーチというのはあれだ。水着を着ないで泳ぎ回るための海水浴場、有り体《あてい》に

言えば裸の王国である。

白井《しらい》は何故《なぜ》か瞳をキラキラ輝かせ、両手を顔の前でガッチリ組んで乙女モード。ピンクとホワイトで構成される心の花を咲《さ》き誇《ほこ》らせ、鬱陶《うっとう》しくなった白井《しらい》はこう言った。

「別段、水着が悪いという訳ではありませんの。ただ、時には別ベクトルからの刺激を欲《ほっ》するのが人間というもの!! そこへ行くと水着を派手にしたり地味にしたりといった小手先の方向転換ではなく、いっそ全部素《す》っ裸《ぱだか》になるというこの大胆な発想こそが明日の未来を切《き》り拓《ひら》くんですのよお姉様!!」

「私に同意を求めんな!! ハッ、そ、そうだ! いや、つーか、ヌーディストビーチ区画って、年齢制限とかあるもんじゃないの?」

「ヌードを欲《ほっ》するヌーディスト達にエロの心はないんですのよ!! 彼らはもっと真剣な心で、真面目に衣服を脱ぎ捨てているんですわ……」

「彼らの主張自体は尊重してやるが、アンタが言うと胡散臭《うさんくさ》く聞こえるからやめろ変態」

そんな事を言った美琴《みこと》だが、そこでふとこんな事を考えた。

白井黒子《しらいくろこ》は現在、エロ水着に飽きている。だったら普通の服でも着てろよと言いたいのだが、どうやら彼女の嗜好《しこう》はどこまで行っても丸出し方向らしい。

そこにきてのヌーディストビーチなのだが、逆に言えば、これを勝手に放っておけば白井《しらい》はやがてヌーディストビーチにも飽きるはず。しかも、素《す》っ裸《ぱだか》以上の露出は存在しないのだから、ここから先はどれだけ白井《しらい》が肌を求めたところで、ベクトル的に『布が増える方向』の変化しか望めない。

つまり、

（ここがUターンの基点《きてん》!!　今この馬鹿の御乱心《ごらんしん》に耐えれば、後は北風と太陽の巻き戻しみたいに、勝手に服を着込んでいくはず!!）

それは単に、この学芸都市のビーチだけの問題ではない。

白井《しらい》黒子《くろこ》の今後を左右する、彼女を真人間にするビッグチャンスかもしれない。

その結論に至《いた》り、御坂《みさか》美琴《こと》はニヤリ……と笑顔を作る。

彼女は超わざとらしくパチパチと小さく拍手し、白井《しらい》黒子《くろこ》を賞賛《しょうさん》する。

「い、いやぁ、そんなに言うんならもう仕方がないんじゃない？　た、旅の恥はかき捨て。そこまでアンタが信念と決意をもってヌーディストビーチに行きたいって言うなら、私はアンタの行動を止められないなぁ」

「……な、なんですの？　お姉様から攻撃的なリアクションがないなんておかしいですわ。さっきから笑顔がずーっと固定されっ放しですし、何か企《たくら》んでいるように見えますわ」

「なっ、なん、何の事かしら？　ただアンタが珍しく素晴らしい事を言うから、私は単に目から鱗《うろこ》が落ちているだけなんだけどなぁ……」

「ハッ!?　まさかヌーディストビーチで防御力が低下しているわたくしを、お姉様が背後から押し倒すという寸法では!?　わっ、わたくし、必要以上にサンオイルを用意してお待ちしておりますわ!!」

「ふざけんじゃないわよこの変態」

思わず素で反応してしまったその時、エレベーターホールの方から初春飾利《ういはるかざり》がやってきた。

ちょっと焦《あせ》っているのか、小走りの状態だ。

美琴《みこと》は露出《ろしゅつ》バカから視線を外し、初春《ういはる》の方を見て、

「おっすー。今日の朝ご飯どこにする？　私は和食で攻めたい気分なんだけど」

「お、おはようございます。えっ、ええとですね。そのう、佐天《さてん》さんはどこに行ったかご存じありませんか？」

「？」

美琴《みこと》と白井《しらい》が首を傾《かし》げると、初春《ういはる》はこんな事を言う。

「また寝坊しているかと思って、佐天《さてん》さんの部屋に内線で電話をかけたんですけど返事がなくって。部屋にいないなら、もうこっちに来ているかと思っていましたけど」

「見てないわね」

「……単に一人でどっかに行っているだけではありませんの？」

「一人でご飯を食べに行くなら、私達に連絡ぐらい入れてくれるものじゃないですか。何だか昨日から様子がおかしかったみたいですし、もしかしたらずっと前から体調を崩《くず》していて、部屋の中で倒れているとか、そんな事は……」

初春《ういはる》が妙に不安に駆られているのは、やはり前日からの友人の変化を気に留《と》めていたからだろう。

今も本当なら佐天《さてん》の部屋を訪ねたいと思っているかもしれないが、まさか根拠《こんきょ》のない事でホテルから合い鍵を借りる訳にもいかない。

と、そこで初春《ういはる》は恐る恐るといった感じで白井黒子《しらいくろこ》の顔を見た。

白井《しらい》は空間移動《テレポート》を扱う大能力者《レベル4》だ。

彼女の能力があれば、ドアが施錠《せじょう》されているかどうかは関係ない。

美琴《みこと》の能力でも電子ロックを解除する事もできるが、『強引にこじ開ける』美琴《みこと》と『ドアをすり抜ける』白井《しらい》では、どちらが穏便《おんびん》かは明らかだ。

初春《ういはる》の視線を受けて、白井《しらい》はぷいと横を向いた。

「面倒臭《めんどうくさ》そうですわ」

「黒子《くろこ》」

美琴《みこと》が短く言うと、白井《しらい》は『分かっていますわよ』と答えて、

「……お姉様がわたくしと一緒にヌーディストビーチへ出かけてくれるというのなら」

「ゲンコツでセルフ天国へ連れて行ってあげるわね☆」


ちょっと涙目で頭のてっぺんをさすっていた白井《しらい》黒子《くろこ》は、佐天《さてん》の部屋の前まで辿《たど》り着《つ》くと、念のためにドアを数回ノックした。どうやら、流石《さすが》の彼女でも他人のプライバシーを無駄に覗《のぞ》きたいとは思わないらしい。

しかし反応はない。

白井《しらい》がため息をついた直後、彼女の体が音もなく唐突に消えた。空間移動《テレポート》を使ってドアの向こうへ転移したのだ。
二、三分ほど経過すると、佐天《さてん》の部屋のドアが内側から開く。ロックを外した白井《しらい》は、美琴《みこと》

と初春《ういはる》に向かって首を横に振り、

「部屋にはいませんわね。どこかへ出かけたようですわよ」

「……？　やっぱ、一人で朝ご飯を食べに行っちゃったとかでしょうか？」

「それがですわね」

白井《しらい》は言うべきかどうか、少し迷った末、

「エアコンを切って長時間経《た》っているせいか、部屋の中は蒸《む》し暑《あつ》くなっていますわ。それに、シャワールームを使った様子もありませんの。寝起きの女の子が、顔も洗わずにそのまま表に出るとは思えませんけど」

「それって……？」

初春《ういはる》は首を傾《かし》げた。どういう状況なのか、全く予想ができていないからだろう。

逆に、美琴《みこと》の方が一歩前へ出て、詰《つ》め寄《よ》るように白井《しらい》に尋ねた。

「家具や内装の様子は？　暴れたような跡《あと》はあった？」

「お姉様？」

「良《い》いから答えて」

美琴《みこと》が思い浮かべているのは、二日前の夜に出会った『係員』の事だ。確かあの時、美琴《みこと》と一緒に佐天《さてん》も『見てはいけないもの』と遭遇してしまっている。

だが、白井《しらい》は首を横に振った。

「風紀委員《ジャッジメント》としての経験から言いますけど、おそらくそれはノーですわ。そもそも、いくら壁で仕切られているとはいえ、そんな騒ぎになっていれば隣の宿泊客が気づきますわよ」

「痕跡《こんせき》は全部覆《おお》い隠《かく》されている……とまで疑い始めるのはやりすぎか。だったらエアコンやシャワールームの方も、もっと自然に整えられているはずだろうし」

「？？？」

そんな美琴《みこと》の呟《つぶや》きにリアクションを取れない白井《しらい》と初春《ういはる》。

美琴《みこと》は白井《しらい》の方を見て、

「確か、広域社会見学《こういきしゃかいけんがく》って二〇人ぐらいの学生が参加してんのよね。読心系の能力者を捜《さが》して、何とか連れてきなさい。『風紀委員《ジャッジメント》』の名前でも何でも出して、とにかく大至急」

「え、ちょ、ま、待ってくださいよ御坂《みさか》さん」

初春《ういはる》が、ようやくそんな声を出した。

「それって、どういう事なんですか？　その、『風紀委員《ジャッジメント》』の名前を出して動くような事態なんですか？」

不安そうな声だった。無理もないだろう。『風紀委員《ジャッジメント》』とは、日本の学園都市の中では治安を司《つかさど》る者……つまり警察と似たようなものなのだから。居場所の分からない友人を捜すために、そんなものが出てきてしまったら、誰だって不安になるに決まっている。

「念のため、よ」

だから、美琴《みこと》の方も言葉を濁《にご》して言うしかなかった。

確証はないし、この場合、確証なんてない方が良《い》いのだから。

美琴《みこと》と初春《ういはる》が佐天《さてん》の部屋の中で待っていると、一〇分ぐらい経《た》って、白井《しらい》が空間移動《テレポート》を使って戻ってきた。彼女は見知らぬ女子生徒の手を握っている。おそらく美琴達《みことたち》よりも年上だろう。高校生ぐらいの少女は、所々をリング状のパーツで留《と》めるタイプのビキニをまとっている。

「馬鹿デカい施設の中で知り合いが迷子になったとかって話だったけど」

読心能力《サイコメトリー》の少女はそんな事を言った。

白井《しらい》はそういう風に説明したのだろう。事実、間違いではない。

「先に断っておくけど、余計な個人情報を読んじゃったとしても、それは私の責任じゃない。あなた達の方から頭を下げたっていうのを忘れないでよね」

「……色々苦労してんだ？」

「それなりにね」

少女は鼻で笑うと、どこからともなく複数のヘアピンを取り出した。何らかの法則性でもあるのか、彼女は水着の布の各所にヘアピンを挟《はさ》んでいく。

「ふうん。そういう精神集中法なんだ」

「……いつもは下着に挟むんだけど、こういう時、水着はありがたいわね。必要な情報だけを読み取るように、狙いを定めるの。同じ客室という空間であっても、ホテルマンの情報を読んじゃ意味がないでしょ」

言いながら、彼女はゆっくりと部屋を見回す。

その内に、ピタリと彼女の動きが止まった。地雷の大雑把《おおざっぱ》な位置でも摑《つか》んだように、彼女はベッドの方へゆっくりと近づいていく。

「何よ、これ……」

やがて、少女はポツリと呟《つぶや》いた。

彼女は美琴《みこと》の方を見て、

「あなた達、ここで一体何をやっているの？　社会見学にしては度《ど》が過ぎているわ」

「どういう意味よ」

美琴《みこと》が質問を質問で返すと、少女は指先でベッドを指差し、

「……この部屋の子、学芸都市に潜む秘密を突き止めてやるって考えて、ここから飛び出していったみたいよ」


佐天涙子《さてんるいこ》はガタガタと震えていた。

両手は後ろに回され、手錠をかけられていた。格納庫《かくのうこ》の片隅に座らされた佐天《さてん》の近くでは、壁に背を預けるように、大人の女性が立っている。

学芸都市の『係員』だ。

昨日も出会った、オリーブ＝ホリデイとかいう女だ。

ただし、この前見た時とは格好が違っていた。すっぽりと頭まで覆う黄色の防護服のようなものを着込んでいるのだ。耐火服も兼ねているのか、消防隊の装備のようにテカテカした素材のものだ。声はくぐもったものではなく、しっとりとした音域だった。おそらく一度防護服内部のマイクで拾った音声を、スーツ外部のスピーカーから発しているのだろう。

オリーブの足元にはプラスチック製のバッグのようなものが置いてあった。釣り具を収めるケースのようなものだ。手錠はそこから出てきた。おそらく他にも、人間の体を拘束したり、痛めつけたりする道具がたくさん入っているはずだ。

オリーブは小さな無線機に向かってささやく。

「夜が明けてしまいましたね」

『はい』

「『経営陣』はまだ協議を続けていると。この子を逃がすにしても警告するにしても『他の手段』を選ぶにしても、もっと早く結論が出るものだと思っていたのですが」

『彼らはいつでもあんな調子でしょう。とはいえ、流石《さすが》に今回は状況が状況ですから、慎重《しんちょう》な判断を要する場面であるのは理解できますが』

佐天《さてん》の肩がビクッと震える。

中一教科書レベルの英語しか分からない佐天《さてん》には、詳細な内容を知る事はできない。しかしそんな彼女にも、危機感ぐらいは伝わってくる。そう、前回、美琴《みこと》と一緒にここへやってきた時は、もっと早く解放されていたのだ。こんなに長く拘束される事もなかったのだ。

何かが違う。

前回行った事のある目的地と同じレールを走っていたはずの列車が、いきなり切り替えレバーを動かされて、全く知らない場所へ向かってしまっているような気がする。

『それよりリーダー。防護スーツを装着しているとはいえ、長時間そこに滞在するのは好ましくありません。やはりそいつは一度、我々に引き渡して、リーダーは職場に戻っていただいた方が……』

「ふん、汚染ですか。実際には何も分かっていないのでしょう。分からないままだから、数値の上では何の異常もなくとも、必要以上に怯《おび》えてそんな風に着ぶくれしている。本当にそんな事が起きているかどうか、あるいはこんな防護スーツ如《ごと》きで安全を確保できるのかどうか」

『……、』

「良く分からないものを、良く分からないまま研究しようとした報いかもしれませんね。とはいえ、それもまた、世界の警察としての責務ではあるのですが」

オリーブの口調はつまらなさそうだ。

ふと彼女は、本来の職務とは関係のない話を始めた。

「あなたは、以前はどこで働いていましたか」

『……、ロシアのパイプライン破壊作戦に。我々の益《えき》にならない石油の取り引きは、存在するだけ無駄という事でしたので』

部下の声は沈む。

世界中が原油高に苦しみ企業が潰《つぶ》れたり飢餓地域《きがちいき》が広まったりする中で、巨大なパイプの裂け目から湯水のように飛び出す黒い噴水を眺めるのは、決して有意義な経験とは思えなかったからだろう。

「私は南極基地の『ライン引き』に参加していました。新たな地図の作成作業です。温暖化の影響で氷が溶けると、各国の観測基地が氷の裂け目《クレバス》に呑《の》み込まれたり、地盤が緩《ゆる》んで倒壊したりするんですよね」

オリーブの口調が乾いていく。

「拠点《きょてん》を失い、南極を歩き続け、救援を求めて手を挙げる他国の研究者達を、端の方から順番に狙撃していきましたよ。まぁ、彼らを基地の中に保護するという事は、我々のテクノロジーを他国に持って帰らせてしまうようなものですからね」

『……、』

「結局、どこへ行っても変わらないものですね。てっきり、死体なんて特別な所にしか転がっていないものだと思っていたんですが」

『我々は世界の警察としての職務を全《まっと》うしたまでです』

「でしょうね。人を殺して反対意見を黙らせるだけで実現できると言うのですから、平和も案外安いものです」

自嘲《じちょうぎ》気味《み》に『係員』が微笑《ほほえ》んだ時、無線機の向こうで動きがあった。

部下が何やら複数の紙切れをめくっている音が聞こえてくる。学芸都市の取り決めに従ってマニュアル的な作業を消化しているのだ。

やがて、部下はこう言った。

『「経営陣」の結論が出ました』

「やっぱり？」

『ええ』

そう、とオリーブは小さく呟《つぶや》いてから、一度だけ佐天涙子《さてんるいこ》の方を見た。

壁際《かべぎわ》で震《ふる》える少女は、英語で呟《つぶや》かれた言葉を耳にする。

「悪《I'm sorry》いわね」

まだ戸惑《とまど》っている読心能力《サイコメトリー》の女子高生に向かい、美琴《みこと》は詰め寄る。

「佐天《さてん》さんはどこに行ったか分かる？　足取りは⁉　その能力を使って、佐天《さてん》さんが歩いたルートとかは辿《たど》れないの⁉」

「できないわよ」

少女は首を横に振ってそう答えた。

「私の能力はそういう使い方に向いていないし、無理にやったとしたって、おそらくホテルの一階ロビー辺りまでが限界。あそこ、一日にどれだけの人間が出入りしてると思っているの？　複数の残留《ざんりゆうじようほう》情報が混ざりすぎて、どうせ全部ノイズになってしまっているわよ」

役立たずが、という言葉をすんでの所で呑《の》み込《こ》んで、美琴《みこと》は白井《しらい》に指で合図。まだ何か言いたそうな読心能力《サイコメトリー》の少女には、穏便に退場してもらう事にする。

部屋の中に残されたのは美琴《みこと》と初春《ういはる》の二人。

そう都合良く、佐天《さてん》の行き先を示すものが部屋の中にあるとは思えない。かと言って、これだけ広い学芸都市の中を、ただ闇雲《やみくも》に走って佐天《さてん》を見つけられるとも考えにくい。

「そ、その、御坂《みさか》さん……」

初春《ういはる》が言葉を出そうとして、声を詰まらせていた。質問したい事はあるが、最悪の答えは聞きたくない。そういう心理が見て取れた。

だからこそ、美琴《みこと》は端的《たんてき》に先手を打つ。

「詳しい事は言えないけど、佐天《さてん》さんはこの学芸都市の機密情報に触れちゃった可能性が出てきたわ。おそらくこの部屋を出たのは自発的でしょうけど、そこから先の足取りは不明。もしかしたら、この街の『係員』って連中が関わっているかもしれない」

「そんな……」

「でも、連中はそう簡単に私達には危害を加えてこない。いや、そういう変なルールが作られているみたいだった。だから、そのルールが適用されている内は、今すぐ佐天《さてん》さんが危険な状況に陥《おちい》るって訳でもないわ」

言いながら、美琴《みこと》は状況を整理する。

この広域社会見学には、警備員《アンチスキル》所属の教師も引率している。彼らの力を借りるかどうか迷ったが、首を横に振った。大人の力は集団の力。だがここは日本の学園都市ではない。警備員《アンチスキル》の力など何の役にも立たない。その上で、大人は規則や原則を持ち出して、美琴達《みことたち》の行動を頭ごなしに封じてしまう。一分一秒が惜しいこの状況では、彼らの存在は足手まといになるだけだ。

しかし、どうやって佐天涙子《さてんるいこ》の足取りを追う？

以前対峙《たいじ》した『係員』オリーブ＝ホリデイの対応を考えれば、仮に彼女達に捕らえられたとしても、すぐさま命の危機に見舞《みま》われる事はないかもしれない。しかし断言はできないし、そもそも美琴《みこと》が出会ったオリーブ以外の『係員』に捕まり、全く異なる対応をされてしまうリスクは否定できない。

さてどうしたものかと少し考えた彼女は、

（そうだ……）

美琴《みこと》は部屋の中をざっと見回すと、部屋の隅へ向かった。そこには財布代わりのＩＣカードに料金をチャージするための、ＡＴＭのような機材が置いてある。

以前、美琴《みこと》はこの機材を使って学芸都市のネットワークに侵入した事がある。佐天《さてん》の失踪《しっそう》に係員達が関わっているなら、彼らはネットワーク上で何らかの連絡をしている可能性がある。

美琴《みこと》はチャージ機械を使って、前回と同じ方法で侵入を試みる。

相変わらず（日本の学園都市で暮らす彼女にとっては）時代遅れのセキュリティを素通《すどお》りし、いくつかの情報をチェックする。その内に、防犯システムのアラート情報の中から、佐天涙子《さてんるいこ》らしき人影の写った報告ファイルを発見する。

「見つけた!!」

ただし、佐天《さてん》が撮影された場所については、つまらない暗号が施《ほどこ》されていた。

「くそ、面倒ね……。解析するのに手間がかかる種類の暗号か」

理論自体は単純で、時間をかければ解読できるが、今はそれだけの余裕がない。ここを深く調べるか、別の角度から調べ直すか、判断に迷う美琴《みこと》だったが、

「……どいてください」

ふと、後ろからそんな言葉をかけられた。

美琴《みこと》が振り返るより早く、初春飾利《ういはるかざり》は美琴《みこと》を押しのけるように前へ出た。一体どこへ隠してあったのか、ボールペンより少し長い程度の棒がある。いや、違う。初春《ういはる》がボタンを押すと、まるで巻物のように透明なシートが飛び出した。高柔軟性プリント基盤で作られた、防水加工

の超薄型コンピュータだ。

ビュン！　という音が響くと、透明なシートに映像としてキーボードが浮かび上がる。特にケーブルで接続している訳ではないのに、旧式（に見えてしまう）チャージ機械と超薄型コンピュータが即座に連動する。

キーの上を一〇本の指が走る。

暗号は七秒で解読された。

さらに複数のウィンドウが連続表示され、ネットワークの各所が多角的に解析されていく。それはもう、侵入などという生易《なまやさ》しいものではなかった。このシステムの管理者や設計者以上の速度でもって、見えない王として君臨する。単に学園都市のマシンスペックに任せて手当たり次第に調べるのでもない。瞬時にネットワークの構造を分析し、最速かつ安全な近道、裏道を通って誰よりも早く最短の作業量で目的の情報に到達する。

力業によるランダムアクセスの速度を、人の知性が追い抜く瞬間を、美琴《みこと》は見た。天才的な職人の勘や指先が大企業の精密機械よりも優れた数値を叩《たた》き出《だ》す、というのをたまにテレビで放送しているが、それを目《ま》の当《あ》たりにしたような気分だった。

「見つけました」

当の初春飾利《ういはるかざり》は美琴《みこと》の驚きなど意にも介さず、こう言った。

「ネットワークから意図的に切り離されたコンピュータがあるため正確な事は言えませんが、おそらく現状得られる情報を総合的に判断するに、佐天《さてん》さんがいる場所はここしかありません」

一度格納庫から外へ出ると、自動車か列車のようなものに乗せられて長い道路かトンネルのような所をしばらく進んだ上、そこから下ろされて、今度は長い通路を随分と歩かされた気がする。

佐天涙子《さてんるいこ》の説明が曖昧《あいまい》なのは、乗り物に乗っている時は寝袋のような物に詰め込まれ、こうして歩いている現在も、目隠しをされたまま歩かされているせいだ。人間の感覚は視覚に頼る所が多いのか、それだけで距離やバランスといった判断までもが歪《ゆが》められている気がした。しかも両手は後ろに回され、手錠をかけられているため、余計に歩きにくい。人間は歩行する時に両手を振ってバランスを取っている、という単純な事実を、嫌というほど思い知らされる。

逃げたい。

今すぐ大声を上げて、全力で走ってしまいたい。

しかし、佐天《さてん》の背中に何か硬いものが押し付けられている感触が、そういった行動を食い止める。刃物のような尖《とが》ったものとは違う、しかし棒状の、金属ともプラスチックとも判断のできない、おかしな感触。正体が分からないために、余計に想像を掻《か》き立《た》てられ、佐天《さてん》は大胆な行動に移れないまま、ただ『係員』の誘導に従って歩き続けるしかなかった。

変化が訪れたのは、いつだったか。

最初に感じたのは嗅覚。潮の匂いが感じられたのだ。次に波の音。サンダル越《ご》しに伝わる地面の感覚が平らな床面から岩を踏むようなものへ切り替わり、最後に目隠し越しにも分かるほどの強い光があった。

施設の中から、どこか外へ出た。

そう思った時、唐突に佐天《さてん》の耳の辺りに『係員』の指先の感触が伝わった。ビクッと震える佐天《さてん》を無視して、『係員』は目隠しを外していく。演劇用のスポットライトを顔に向けられたように、強烈な光が目を焼いた。

早朝という時間帯のせいか、光は上というより正面から迫ってくるように感じられた。

「……っく……」

太陽を遮《さえぎ》るように片手を挙げ、チカチカと瞬《また》く視界を耐えると、しばらくして視覚が元に戻った。そこはやはり施設の外だった。

ただし、

「岩場……？」

学芸都市の至る所にある、きめ細かい白い砂浜ではない。これもおそらく人工物だろうが、ここにあるのは黒々とした岩場だった。海水と若干の砂の混じった硬い感触は、不安と不快感しか誘発させない。

岩場は単に足元だけではなく、陸地側に壁のようにそびえ、さらにひさしのように、天井側にまで広がっていた。佐天《さてん》が立っているのは、カタカナのコの字の中にいるようなものなのだ。

自分が来た所を振り返ると、岩場の中に銀色のパイプやコンクリートの構造物がいくつか埋もれている。テレビで見るような、魚の養殖場を彷彿《ほうふつ》とさせる施設群だが、おそらくはデコイ。単に施設の『出入口』を隠すための飾りなのだろう。

「まったく、やはり『汚染』なんて『経営陣』の誤判断だったようですね。過敏になるのは理解できますが、業務に支障をきたさないでほしいものです」

声のした方へ佐天《さてん》が振り返ると、そこにはオリーブがいた。いつの間にか、黄色の防護服は脱いでいる。今、彼女の体を包んでいるのは、スポーティな競泳水着と救命胴衣という格好だ。

「結構、自然な感じに作られているでしょう？」

得意げな声で、オリーブは言う。

彼女が眺めているのは周囲の岩場だ。

「ここは元々、ＳＦ映画を撮影していた最初期の学芸都市にはなかったものなんです。必要に迫られて、我々の手で急遽《きゅうきょ》こしらえたものなんですよ」

「……？」

「ここはですね」

オリーブはにっこりと微笑《ほほえ》んで話を続けた。

まるで、初めて遊園地に来た子供にアトラクションの楽しみ方を教えるように。

「海難事故の多発地帯なんですよ。我々『係員』一同が心からお客様の身を心配して、立入禁止の看板を立てているのに、それでも恋に恋したカップル達が、人目を避けてやってきてしまうような、そんな場所。素直に遊泳水域で楽しんでいれば良かったのに、変な所へ足を運んでしまうから、不幸な事故が起こってしまう。そんな場所なんですよ」

佐天《さてん》は。

佐天涙子《さてんるいこ》は。

自分の顔の筋肉が、不自然に動くのを感じた。いや、顔だけではない。危機感は知っても具体的な策を思いつかないせいか……全身の筋肉が迷うように、ボコボコと泡立つような、あるいは地殻変動で陸地が盛り上がるような……そんな風に、自分でも身震いするような触感が体の表面に広がっていく。

「我々が、何故《なぜ》こんな物騒な場所を意図的に構築したかはご存じですよね？」

オリーブは救命胴衣の内側に手を差し込み、ビニール製の手袋を両手にはめながら、そんな事を言った。

「……あ……」

「それはですね。仮にここで誰かが溺《おぼ》れたとしても、遠い国の旅行者の水死体がぷかぷかと浮かんでいたとしても、誰も不自然に思わないようにするためですよ。国境をまたいだ遺体は色々と面倒ですからね。こういう創意工夫が必要なんです」

「うああ⁉」

サラリと言われて、それが冗談でも何でもなく、ごくごく自然に繰り返されてきた事だと悟って、佐天涙子《さてんるいこ》は思わず後ろへ下がった。しかし足がもつれ、そのまま仰向《あおむ》けに転がる。固く鋭い岩場が、背中や後ろに回された両手を傷つけた。だが佐天《さてん》は、そんな痛みなど全く感じていなかった。それ以上の恐怖が、全身を残さず包み込んでいたからだ。

オリーブはゆっくりと笑みを広げながら、佐天《さてん》に言った。

「いけませんよ。余計な出血をすると、海水が染みます」

「いやだ……」

佐天《さてん》は無視して、まるで巨大なヤスリで背中を削るように岩場をズルズルと移動しながら、少しでもオリーブから遠ざかろうとする。

その努力を、オリーブはたった一歩で踏《ふ》み潰《つぶ》した。

近づいた『係員』は、佐天《さてん》の髪を掴《つか》んで強引に引き起こす。

「あぐっ⁉　や、やめて。やめてよ‼」

両手を動かそうとしても、手錠がガチャガチャと音を鳴らすだけ。オリーブを蹴飛ばそうとしたが、腰に力が入らない。佐天《さてん》はボロボロの顔で、どうにか自分が生き残る術《すべ》を考え続ける。

「あたしは日本の学園都市の学生なんだよ！　能力者がここで行方不明になったら困るんでしょ！　確か、軍事機密がアメリカ側に漏れた恐れがあるとか言って‼」

「ええ、それはもう一人の超能力者《レベル5》のケースですね。あなたに関しては『経営陣』の方でも多少意見が割れたようですが、結果として許容の範囲内という事で話がまとまったようです。まぁ、所詮は大した価値もない無能力者《レベル0》のようですし。あなたが消える事で生じる混乱の規模は、それほどではなかったという事ですね」

「ッ⁉」

錆《さ》びた刃物で心を抉《えぐ》り出《だ》すような言葉だったが、佐天《さてん》にショックを受けている暇はない。

「あたしの両手には、手錠をつけた痕がある！　ガチャガチャ動かしたから傷もできてる‼　今から手錠を外したって、詳しく調べれば分かっちゃうんだから‼」

「こうした岩場での海難事故の場合はですね、遺体は奇麗《きれい》なままとは限らないんです」

オリーブの表情は変わらない。

にっこりとした笑顔が、絶壁に見える。

「遺体が発見されるまでの間に、何度も何度も波にさらわれ、ゴツゴツした岩に擦《こす》りつけられたり……後は、魚やカニなどに食べられる事もありますね。すると、右手と左手で指の本数が合わなかったり、顔が損壊して判別がつかなくなったり、そんな事が起きてしまうんです。傷の一つ二つ、ごまかしてしまうのは難しくありませんよ？」

言葉が出なかった。

単に髪を掴《つか》んで海の中に顔を突っ込まされるだけでは終わらない。ぐったりと動かなくなった自分がその後にどういう『加工』を施《ほどこ》されるのか、それを知って佐天《さてん》の視界が真っ暗になる。単に殺されるのとは違う、もっと別種の陰湿《いんしつ》な悪寒《おかん》が走り抜けた。

『係員』は佐天《さてん》の髪を掴《つか》んだまま、ぐいっと自分の顔に近づけ、まるでキスするような距離で言う。

「さて、と。そろそろよろしいでしょうか？」

「ッ‼」

ボロッと、佐天《さてん》の涙腺から透明な液体がこぼれた。それが最後の一線だった。彼女は獣のように叫ぶと、目の前にいるオリーブの鼻の辺りに思い切り噛《か》みつこうとする。冗談でも何でもなく、本当に顔の真ん中を噛《か》み千切《ちぎ》ってやろうと考えていたが、実際にはオリーブは簡単に頭を後ろへ振ると、もう片方の手で佐天《さてん》の顎を打ち上げた。

パガッ‼　という鈍い音が佐天《さてん》の頭の中で炸裂《さくれつ》し、口の中にドロッとした鉄の味が広がる。勢いを失い、だらりと下がる佐天《さてん》の体を、オリーブは髪の毛だけを掴《つか》んで持ち上げ、岩場から海の方へとざぶざぶ歩いていく。

引きずられる佐天《さてん》は、朦朧《もうろう》とした意識のまま、自分の髪を掴《つか》む『係員』を見る。

「……あの、中には……」

「?」

「あの中には、何があったの……?」

佐天《さてん》が言っているのは、格納庫の巨大な扉の向こうにあった新たな空間だ。赤っぽい光に包まれた二重扉と、立入禁止を促《うなが》す大量の警告ラベル。結局、佐天涙子《さてんるいこ》はその秘密の中心点までは触れていない。

あれですか、とオリーブはそっけない調子で言った。

ここまで来てしまえば隠す事でもないと判断したのか、あるいは命乞《いのちご》いをしなかった佐天《さてん》に何らかの感心でもしたのか、さらに深い所へと進みながら、

「あそこは『行方不明』で処理された方々が入る場所です。一種の実験施設といったところでしょうか。あなたは死亡扱いですから、あそこには入れませんよ」

「……、」

「学芸都市はありとあらゆる事件、事故、その他イレギュラーな事態を『アトラクションショーの一環』として自然処理する機能が備わっていますが、どうしても消去できないものがあります。事件を起こした張本人です」

海水が、オリーブの太股《ふともも》まで上がってきた。

引きずられる佐天《さてん》は、もう胸の辺りまで水に浸《つ》かっている。

「我々は警察組織を頼らずに事件を解決する訳ですが、それは別に犯罪者を擁護している訳ではありません。我々の手で解決した以上、我々なりの方法で裁《さば》かせていただいているんです」

一際《ひときわ》大きな波が押し寄せ、佐天《さてん》は頭から海水を被《かぶ》った。

塩分のせいで鼻や喉に焼きつくような痛みが走るが、オリーブは気にも留《と》めない。

ゲホゴホと咳《せ》き込《こ》みながら、佐天《さてん》はさらに尋ねる。

「一体、何を……？」

「我々が研究しようと思っているものに関しては、いちいち回答する必要はないと思いますけどね。あなたはすでにその一部を、あの格納庫で見ているはずですが」

それは、死体袋のように並べられたトビウオ達の事だろうか。

木と布と黒曜石《こくようせき》で作られた、最先端のテクノロジーとは反する方向に進んだ特殊な機体。それでいて、学芸都市のラヴィーゼ飛行隊と互角以上に渡り合う性能を秘めた、異形の機体。

「不思議なものでしょう？　一応、水素燃焼型のエンジンを搭載しているようには見えますが、実態は不明。複数の墜落機を分解し、設計図の解析も済んでいるはずなのに、全く同じパーツを完璧に揃《そろ》えて組み立てたところでちっとも起動しないんですよ」

オリーブは首を横に振った。

自分の業務とは違う部署の話だからか、その口調はどこか他人事《ひとごと》だ。

「あれは本来、メカニズムとして成立していない機体なんです。いえ、成立していないというよりも、我々の知っているものとは全く違う法則で組み立てられているような……極めてイレギュラーな機構を搭載しているとしか思えないんですよ」

オリーブはそんな事を言った。

ような、という言葉を選んだのは、彼女自身その法則とやらを理解できていないためか。佐天《さてん》の足元が、危うくなってくる。足は届くのだが、岩場がぬめっているのか水流の影響か、サンダルでは足場を確保できない。

「しかしながら、あれらはあくまでも『装備品の一種』に過ぎません。我々が求めているのはですね、彼らの持つ力なんです。あの機体ではなく、あの機体を操る人間の持っている力。彼らもそこそこの組織力を秘めているらしく、なかなか人間そのものを捕獲させてくれないものでして。何とか撃墜した機体を回収するぐらいが関の山なんですけどね」

くすくすとオリーブは笑う。

「ただまぁ、戦闘が長引けば長引くほど、鹵獲《ろかく》機体《きたい》の数も増えるのですから、上の『経営陣』は無邪気に喜んでいますがね。……戦地で命を削っている者の苦労というものも理解していただきたいものです。流石《さすが》は研究対象だけあって、そこそこ手強《てごわ》い相手なんですよ、ヤツらは」

それは、ショチトル達の事か。

彼女達が学芸都市を狙っていた理由は、ここにあるのか。

何らかの力の『秘密』を探ろうとする学芸都市と、その『秘密』を死守しようとするショチトル達の攻防。結局のところ、それがこの街で起こっている一連の争《あらそ》いの正体なのか。

だが。

具体的に、その力とは……？

「学芸都市は、新たな映画撮影技術を模索《もさく》するため、世界各地から伝統的な技術を持った画家、彫刻家、陶芸家、浮世絵師、人形職人などを呼び集めています。すると、本来は美術や芸術とは関係のない、単なる『古くからの知識』までもが集まってしまう事があるのですが」

『係員』は言う。

力の正体を。

「そんな『古くからの知識』の端々に、登場するのですよ。一般的な物理法則とはかけ離れた、特殊な力や現象などが。最初は単なる誇張された伝承かとも思ったのですが、どうも調べてみると、個々の『報告』には何らかの法則らしきものが窺《うかが》える。そこで、我々は本腰を入れて研究してみる事にしたのです。古くからある漢方が、現代の抗生物質を超える効能を示す事もありますから、ね」

学園都市の能力者ですら分からなかったもの。

佐天涙子《さてんるいこ》には摑《つか》めなかった正体。

「そう」

オリーブは、海面に沈みつつある佐天《さてん》に言う。

にっこりと、微笑《ほほえ》みながら。

「我々は、学園都市《あなたたち》とは異なるアプローチで超能力を開発しようとしているのですよ」

思わず目を見開く佐天《さてん》。

そんな彼女に対して、オリーブ＝ホリデイはさらに告げる。

「そのために、あの機体を調べる必要があったんです。普通の法則では動きようのない、特殊な兵器をね」


御坂美琴《みさかみこと》と初春飾利《ういはるかざり》の二人は佐天《さてん》の部屋を出て、ホテルの建物からも飛び出し、学芸都市を走る鉄道の駅を目指して走っていた。白井黒子《しらいくろこ》の空間移動《テレポート》を使うのが手っ取り早い移動方法だが、読心能力《サイコメトリー》の少女を退場させるのに手間取っているせいか、連絡が取れなくなっているのだ。

「佐天《さてん》さんは、おそらく学芸都市にある一番東側のエリアにいると思います。施設の概要についてはネットワーク内に情報がなく、おそらく切り離されたコンピュータ内を調べないと出てこないでしょうが、位置座標自体は掴《つか》めています」

美琴《みこと》の隣を走りながら、初春《ういはる》はそう言った。

彼女達の宿泊しているホテルも東側に属するが、学芸都市のスケールを考えると、単なる徒歩で簡単に向かえるような場所ではない。佐天《さてん》の現在の状況は分からないままだが、わざわざ学芸都市の『施設』の中へご招待されているのだ。楽観している暇《いとま》はない。さっさと殴り込みをかけ、超電磁砲《レールガン》を使ってでも強引に問題を解決させた方が良いに決まっている。

駅はすぐに見つかった。

モノレールとジェットコースターが一体化したような、学芸都市の空中を走る特殊な列車が行き来している。駅も無骨《ぶこつ》な四角い建物ではなく、それ自体がガラスのビルに取り込まれ、ホームは縦横に並んでいる。

しかし、美琴達《みことたち》が駅の中に入る事はなかった。

ドガッ‼　という爆音と共に。

突如、ビルの壁面が容赦なく爆破されたからだ。

複数のガラスによって構成されたビルの壁面が、粉々に砕け散る。ジェットコースターのように曲線を描く複数のレールが千切れて落ち、下の段にあった別のレールをも巻き込んで地上へ落下する。構造物の塊が白い砂の上に直撃した途端、爆風のような砂嵐が四方八方へ撒《ま》き散《ち》らされた。

「きゃあっ⁉」

砂嵐に呑《の》まれた初春《ういはる》が短い悲鳴を発する。美琴《みこと》は磁力を操り、空中を舞う砂鉄を制御下に置き、それを振り回して砂嵐を吹き飛ばす。

青空を裂くように、宙の一点から爆破されたビルの壁面に向けて、飛行機雲の名残《なごり》のような白いラインが引かれていた。ヒュン、と美琴《みこと》の視界に何かが映る。二〇メートルほど上空。都市外側の海岸から内陸部を走る運河へと一息にジャンプしていく黒い影がある。

「トビウオ……ッ⁉」

カヌーを上下に二つくっつけて、前方左右に羽を四枚取り付けた異形の機体を睨《にら》みつけ、美《み》琴《こと》は思わず大声を出す。そうこうしている間にも、さらに風を切るように複数の『雲海の蛇《ミシュコアトル》』が海岸を飛び、陸地を挟《はさ》んだ運河へと着地して、高速で内陸部へ向かって爆走していく。

周囲にいる観光客からは、悲鳴は出なかった。しかし、そこには安堵《あんど》はない。今、目の前で起きたのが単なるアトラクションなのか、それとも本当の事件なのか。それすら判断できないまま、ポカンと突っ立っているという感じだ。

「……ッ」

奥歯を噛《か》み締《し》め、美琴《みこと》は砂浜の向こうに広がる水平線を見る。複数の飛行機雲が曲線を描き、ラヴィーゼ飛行隊が海上の『雲海の蛇《ミシユコアトル》』と戦っているのが分かるが、今回は襲撃者側に分があったようだ。本格的な侵入を許してしまった学芸都市のあちこちから、断続的な爆発音が響いてくる。

(なんてタイミングで……)

「とにかく、あの調子じゃ電車は使えないわ。全部のレールがやられた訳じゃないけど、少なくとも安全確認で全線足止めを喰《く》らうに決まってる!!」

「で、でも、そしたら佐天《さてん》さんは……ッ!!」

「大丈夫よ。移動手段は電車だけじゃないわ。その辺でタクシーでも拾って……」

美琴《みこと》が言いかけたその時、さらに複数の爆発と震動が巻き起こり、ついに街が決壊《けっかい》した。アトラクションショーの許容範囲を超え、ようやく本当の『恐怖』を知覚した人々が、一斉にパニックを引き起こす。

呆然《ぼうぜん》としている美琴《みこと》と初春《ういはる》の耳に、女の人の声が届いた。

「ちょっと、そこで何をしているのよ!?」

振り返ると、やってきたのは映画監督のビバリーだ。

「危ないからこっちに！　早く‼　これはアトラクションなんかじゃないの‼」

大声で叫びながら、ビバリーは美琴《みこと》と初春《ういはる》の手を掴《つか》んでぐいぐいと引っ張る。

慌てたのは美琴達《みことたち》の方だ。

「待って！　私達、これから行かないといけない所が……ッ‼」

「だからタクシーでも待つ？　そんなものを待っていたら圧死するよ‼」

ビバリーが叫び返したその時だった。

『雲海の蛇《ミシュコアトル》』のミサイルによってレールを壊された事で、駅から大量の人々が飛び出してきた。逆にレールを壊された事すら判断できなくなっている人達は『とにかく遠くへ逃げたい』とだけ考え、駅に向けて殺到してくる。二つの流れがぶつかって人の波は一気に動きを止めてしまい、後は無秩序に混乱を拡大させる。

川のようだった人の流れが、堤防《ていぼう》が崩れたように広がっていく。

騒ぎが美琴達《みことたち》の方まで広がってきたところで、ビバリーが彼女達の腕を強く引っ張った。三人が手近な物陰に隠れるのと、表の通りが全て人で埋め尽くされるのはほぼ同時だった。

ビバリーは汗を拭《ぬぐ》って息を吐きながら、

「……建物の中に逃げ込もうとしている人と、建物の中は危険だと思う人がぶつかり合っているよ。もう道路は機能していない。満員電車の中を歩けないのと同じよ。大勢の人達が、そのまま壁になってしまっているの」

「うそ……」

「人も歩けないような状態なのに、デカい車なんか動かせると思う？　これが巨大市場を狙ったテロ攻撃かどうかは知らないけど、少なくとも現実問題として、この街の交通は完全に寸断されているの」

頼みの綱の自動車も、こんな状態では使い物にならない。急いで逃げようとする車両の群れが逆に渋滞を誘発してしまっている。

美琴《みこと》は、自分が今までどれほど異様な空間にいたのか、改めて思い知らされた。学芸都市の係員達が作り上げた壮大な映画のセットが、音を立てて崩れ去っていく。

(車も駄目か……)

こんな状態ではタクシーも待てない。

それこそ災害モノの映画のような惨状に呆然《ぼうぜん》とする美琴《みこと》と初春《ういはる》。

と、逃げ惑う人々の群れが、こちらの方にも広がってくるのが見て取れた。それはまるで、人の体を使った巨大な津波のようだった。

吐き捨てるように、ビバリーは言う。

「……くそ、前から少しおかしいと思っていたのよ。他のアトラクションと違って、あの変な機体だけは、客の心理を意図的に誘導するギミックが何もなかった気はしていたの。でも、だとすると、この学芸都市は一体どうなっているのやら!!」

彼女も混乱しているようだが、それに付き合っている暇はない。

美琴《みこと》は率直に尋ねる。

「ビバリーさん。バイクとか運転できる？　どうしても行かなくちゃいけない所があるの」

「無理無理。免許なんて持っていないし、表を見てみなさいよ。もう道が道として機能していないの。冗談抜きに、下手すると圧死するかもしれないよ。手っ取り早く大きな建物に入って、騒ぎが収まるのを待たないと命に関わる」

くそ、と美琴《みこと》は思わず吐き捨てた。

電車も車も使えない。歩いて移動する事さえ困難。

こんな所で足踏みしている間にも、佐天《さてん》の身に危険が迫っているかもしれない。しかし、このまま無理に進んでも人の波に呑《の》まれて将棋倒しの被害に遭《あ》うリスクもある。

美琴《みこと》はこの辺りの地図を思い浮かべ、しばらく考え、それから初春《ういはる》に向かってこう言った。

「初春《ういはる》さん。一度ホテルに戻るわよ」

「そんな‼」

「勘違いしないで。佐天《さてん》さんを助けるためよ」

美琴《みこと》は初春《ういはる》の肩を掴《つか》んで、正面から顔を覗《のぞ》き込《こ》み、初春《ういはる》の精神が周囲の混乱に呑《の》み込《こ》まれないように、ゆっくりとした声で言う。

「多分、ホテルのどこかに黒子《くろこ》がいるはず。どうにかしてあいつを見つけて、空間移動《テレポート》を使って佐天《さてん》さんのいる場所まで向かうの。分かった？」

初春《ういはる》が二回頷《うなず》くのを確認すると、今度はビバリーの方を見た。

「ビバリーさんはどうする？」

「……私だって他のクルーが心配だけど、それにしても、もう少し騒ぎが収まってからホテルに向かうのが最良の選択ね。正直、今は厳しすぎる。できれば君達も全力で止めたいところだけど」

そこまで言って、ビバリーは一度言葉を切った。

「その、佐天《さてん》って子に何かあったの？」

「……ええ」

すると、ビバリーは一度だけ大きく息を吐いた。

「なら、仕方がないよね」

「？」

眉をひそめる美琴《みこと》に、ものすごく面倒臭そうな調子でビバリーは言う。

「事情は知らないけど、とにかくホテルまで戻れば策はあるという感じね。どうにかしてヘリを呼ぶ？　まぁ細かい事は尋ねない。……私にできるのは、観客の心理を読み取る撮影技術を応用して、人の波に呑《の》まれないように君達をホテルまで案内する事だけよ」

「ビバリーさん……」

美琴《みこと》は一度だけ、素直に頭を下げた。

ビバリーはそれを笑って受け流すと、美琴《みこと》、初春《ういはる》の二人と左右それぞれ手を繋《つな》ぐ。

表はすでに人の洪水。

阿鼻《あび》叫喚《きょうかん》の光景に目をやりながら、ビバリーはポツリとこう呟《つぶや》く。

「……しかしまぁ、正直これは真剣にマズいかもね……」

佐天涙子《さてんるいこ》は、オリーブの言った台詞《セリフ》が理解できなかった。

彼女は今、なんて言ったのだ？

「あのトビウオが、超能力の産物……？」

呟《つぶや》き、しかし、佐天《さてん》は首を横に振った。

違う。

確かにあのトビウオは、現代の航空や船舶の技術とはかけ離れた、全く違う法則で開発されたものかもしれない。だが、それは佐天涙子《さてんるいこ》の知る科学的な超能力とは違う気がする。別に佐《さ》天《てん》は天才的な科学者ではない。学園都市の学校に通っているだけで、厳密に能力開発関連の公式や化学式を一つ残らず完璧に頭に詰め込んでいる訳ではない。

ただし、佐天涙子《さてんるいこ》は『ただ学校に通っているだけ』であるが故に、そういう理論とは別の、もっと曖昧《あいまい》な『匂い』のようなものは感じ取れる。そういう感覚的な観点から判断するに、あのトビウオやショチトル達には、同類の『匂い』がしない。あれは日本の学園都市とは違う、何か独立した理論に従って動いているような気がするのだ。

「日本の学園都市は最先端技術を独占し、超能力開発分野をほぼ完璧に手中に収めてしまっています。そして技術情報の死守にも敏感です。例えば我々が日本の学園都市で開発された能力《あな》者《た》の体を解剖し、詳細な情報を入手しようとすれば、それだけで様々な引き金を引いてしまう事でしょう。……そういう展開は、『経営陣』の望むところでもありません」

オリーブ＝ホリデイは気づかない。

『部外者』であるが故に、この『匂い』の違いに気づかない。

「しかし、ようは、最先端技術を使わなければ良いのです。学園都市の技術情報に抵触しない回り道をしてしまえば、その技術情報は我々のものになる。だからこその、アナログ的な手法を再解析する必要性に迫られた訳です。古くからある伝統的知識を組み合わせ、新たな技術分野を築き上げる分には、誰にも止められないのですからね」

現在『最新』と呼ばれる科学技術のほとんどは、日本の学園都市が研究・開発に関わっている。

この学芸都市……いや、アメリカは、その制約から逃れようとした。

そのために彼らが行おうとしたのは、日本の学園都市が生み出したものとは別の、全く新しい『スタンダード』という基盤そのもの。

例えば、生活の基盤となっている電気……それを生み出す発電技術。単純に『発電技術が向上した』と言っても、その意味は二種類ある。

一つ目は、火力や原子力などの燃焼効率を上げて、少ない資源、少ない影響で多くの電気を作り出すための技術向上。

二つ目は、今まで注目されていなかった、新たなエネルギーを探し出すところからの技術向上。

後者の場合、ヒントそれ自体は昔から存在している事も珍しくない。例えば、人の足を使った二足歩行で余ったエネルギーを利用した発電技術も真剣に考案されている。

学芸都市はそうやって、基盤そのものが違う超能力開発を行おうとしているのか。

ただし。

この係員は、そもそも一番初めにある根本的なところを間違えている。

科学サイドに属しているために、佐天涙子《さてんるいこ》には分かる。

オリーブ=ホリデイは、そして学芸都市は。

超能力とは違う、もっと『別のもの』に触れかけている。

「ショチ、トルは……」

佐天《さてん》は口を開いた。

だが、そこからきちんとした言葉が出る前に、『係員』は無造作に髪を摑《つか》んだ手を動かし、佐天《さてん》の顔を海水に突っ込んだ。不意の行動に佐天《さてん》の口の中へ大量の海水が入り込み、むせたところで今度は鼻から海水が入ってきた。

両手の手錠のせいで満足に暴れる事もできない。

サンダルを履《は》いた足は岩場で滑り、蹴るどころか立つ事さえ難しい。

「そ……そろ……終……に……ましょ……う……ね……」

揺れる海面の上から、ゴボゴボと歪《ゆが》んだ音が聞こえてくる。どうにか首を動かし、摑《つか》まれた髪を頭皮ごと千切ってでも海面へ顔を出そうとする佐天《さてん》。現実にはそれほどの力がなく、首の辺りにミシミシとした嫌な痛みが出るのが限界だ。

しばらくの間、息苦しさはなかった。

鼻や喉に突き刺さる塩水の痛みによって、驚きが勝っていたからかもしれない。

しかしある一点で、苦しみがきた。

それは等間隔で増幅するのではなく、まるで二次関数の曲線のように、急激に跳ね上がる。

ビクン!! と佐天《さてん》の体が跳ねた。強引に海水に浸《つ》け込《こ》まれた首が、恐ろしい力を発する。今まで片手で対処していたオリーブが、思わず両手で佐天《さてん》の髪を掴《つか》み直《なお》すほどだった。

後ろに回された両手が、筋肉によって驚くほど膨張する。

ギチギチと音を立てているのは、手錠の鎖か。

だが、

(……、……)

ゴボッ、と。引き結んだ唇から透明な気泡が漏れた瞬間、佐天《さてん》の手足から急激に力が抜けていった。体を動かすために必要な酸素が不足した事で、体の末端から機能が停止してきているのだ。

唇が開く。

隙間を埋めるように殺到する海水を、押し出す事ができない。

自分で生み出した二酸化炭素のせいで苦しかったものが、体の奥まで海水で埋め尽くされ、今までとは違う感覚が全身を包む。

(……う、のに)

まぶたすら自由に動かせず、半開き状態のまま、佐天《さてん》はぼんやりと思う。

ただ意識の表面に置きっ放しにしていた疑問を。

(超能力じゃ、ないのに……。あれは、もっと違う……別の……)

投げ出された手足が、浮く。

佐天涙子《さてんるいこ》の命が消える。

その時だった。

キュガッ!!　という爆発音と共に。

佐天《さてん》を苦しめる大量の海水が、一気に吹き飛ばされた。

すぐ近くの海面に、爆弾のようなものが落ちた。

佐天涙子《さてんるいこ》がその事に気づくのには、かなりの時間が必要だった。衝撃波が伝播《でんぱ》するのは空気中だけではない。水中を進む衝撃波は、水中にいた佐天《さてん》の頰を思い切り叩《たた》き、消えかけていた意識を強引に呼び戻す。彼女の体はオリーブの魔の手から離れ、海面へと大きく投げ出される。

朦朧《もうろう》とする佐天《さてん》が見たのは、飛行機雲のような白いライン。

ただしそれは、飛行機よりもずっと細い、ミサイルのようなラインだ。

「ぐあああああっ⁉」

どこかでオリーブのものらしい、叫び声が聞こえた。

佐天《さてん》がそちらへ顔を向ける前に、さらに複数の爆発が巻き起こった。それらはひさしのように頭上へ伸びる岩場を容赦《ようしゃ》なく破壊し、落石の雨を大量に降り注がせる。コの字状の岩場の奥までミサイルの雲は突っ切り、養殖場に偽装した施設の出入口すら爆発させる。

仰向けに浮かぶ佐天《さてん》の頭上にも落石が迫《せま》るが、不思議と横から飛来した数発のミサイルが、的確に障害物を破壊してくれた。

「……、」

ぼんやりとしたまま、佐天《さてん》はようやく改めて体に力を入れて、サンダルのまま、どうにか岩場に立つ。腰ぐらいまでの高さまで海水が迫る。気分が悪くなって何度か咳き込むと、大量の海水で体の中を傷つけたのか、若干ながら赤いものが混じっていた。

オリーブはいない。

逃げたとは思えない。

どこかの落石の陰にいるのか、あるいは押《お》し潰《つぶ》されて沈んでいるか。

佐天《さてん》は無視した。

助けよう、という常識的な考えは、浮かばなかった。

感覚の麻痺《まひ》した体を無理矢理に動かし、ギクシャクと不自然な仕草で首を回すと、海岸の方にトビウオのようなものがあった。木製のカヌー二つを上下にくっつけ、四枚の羽を伸ばす不可思議な機体。それは一通り周囲を破壊すると、速度を落としてゆっくりと佐天《さてん》の方へ近づいてきた。

二枚貝のようにぴったりと合わさったカヌーの内、上半分の方が後方へスライドしていく。そこから顔を覗《のぞ》かせたのは、特徴的な民族衣装を着込んだ褐色の少女だった。

「ショチトル……？」

佐天《さてん》は思わず呟《つぶや》いたが、彼女は答えなかった。

ショチトルはトビウオから海水へ足を下ろすと、凄《すさ》まじい速度で佐天《さてん》の首を掴《つか》んだ。そのまま半回転し、自分の乗ってきたトビウオの側面に、佐天《さてん》の背中を勢い良く叩《たた》きつける。再び呼吸の止まりかけた佐天《さてん》のこめかみに、ショチトルは懐《ふところ》から抜いた刃物の切っ先を突きつけた。

「……深入りするなと言ったはずだ。こんな所まで連れ込まれた以上、余計な事を勝手に知ってしまったのか」

ショチトルは、怒っているようだった。

何故《なぜ》怒っているのか、佐天《さてん》には分からなかった。

「ショチトルは……」

だから、佐天《さてん》は自然にそう言った。

質問された事に対して、素直に答えてしまった。

「あたし達とは、違う世界の人……なんだよね。でも、その世界に踏み込んでくるヤツらが現れた。だから、ショチトル達は、戦っているんだよね」

長時間海水にさらされたせいで、真っ青になった唇を動かして。充血して真っ赤になった瞳をまっすぐに向けて。呼吸困難の軽いチアノーゼのためか、肌全体の色が白っぽく変色しているにも拘《かかわ》らず。

「多分、あいつらは、今までも、あたしみたいな人間を口封じしてきたんだと思う。ショチトルは、そういうのをやめさせるために、戦ってくれているんだよね」

くそ、とショチトルは吐き捨てた。

佐天《さてん》の首から、褐色の手が離れる。支えを失った佐天《さてん》が再び海水に没しかけたので、ショチトルは慌てて彼女の腕を掴《つか》む。

「もう学芸都市は終わりだ」

黒曜石《こくようせき》の刃で手錠の鎖を切りながら、ショチトルは言う。

「じきに『太陽の蛇《シウコアトル》』が動く。あれがここへ着弾すれば、学芸都市の八七%は焼き尽くされるだろう。悪いヤツも、そうでないヤツも、みんなまとめて海に沈む。この街と共にな」

「ショチ、トル……？」

「この街と米国本土をリニアモーターカーで繋《つな》ぐ、海底トンネルは爆破した。この街の各所にあるヘリポートも全滅だ。だが、学芸都市には巨大な救命艇がいくつもある。この街にいる、一〇〇万人の観光客全員を乗せてもお釣りがくるほどの数だ。一般人を死なせたくなければ、どうにかしてそれを動かすための手段を見つけ出せ」

「どういう、事。しうこあとるって、何……？」

「……、」

ショチトルはその質問に答えなかった。

佐天《さてん》の足腰に力が戻ってきたのを確認して、ショチトルは佐天《さてん》の腕から手を離した。それから、佐天《さてん》の胸を軽く押して、ショチトルは距離を取る。

再び『雲海の蛇《ミシュコアトル》』に乗り込みながら、ショチトルはこう言った。

「全ては話せない。だが、正しい選択をするためのヒントは与えた」

佐天《さてん》が何か言う前に、ショチトルは『雲海の蛇《ミシュコアトル》』を操作し、開いていたボディを再び密閉させた。機体を細かく動かして佐天《さてん》に背を向けると、それ以上は何も告げず、ショチトルを乗せた『雲海の蛇《ミシュコアトル》』は海上を高速で移動し、佐天《さてん》の視界から消えていく。

四枚の羽の先端四点を使い、『雲海の蛇《ミシュコアトル》』は海上を浮かぶ形で爆走する。

ショチトルの乗る機体の横へピタリと並走するように、別の『雲海の蛇《ミシュコアトル》』が近づいてくる。仲間の少女・トチトリの機体だ。

『伝言は終わった？』

「黙れ。職務は逸脱《いつだつ》していない。我々の目的は、学芸都市最深部で解析が進められている、我々の技術情報を完全破壊のはずだ。観光客の殺害まではオーダーされていない」

『はは。あの子、手を振ってくれてるよ』

「……、」

ショチトルはわずかに黙った。

そこへ、上空からラヴィーゼ飛行隊のステルス戦闘機が複数襲ってくる。ショチトルとトチトリの『雲海の蛇《ミシュコアトル》』はそれぞれ弾《はじ》かれるように左右へ移動し、ラヴィーゼ飛行隊の判断を鈍らせた所で、一気に逆襲に出る。

『それじゃ、本来の仕事をしようか』

「ああ。我々の技術情報を勝手に解析されているばかりか、その技術情報を巡って多くの人達が不幸になっているというのなら、これを阻止しない訳にはいかないだろう」

上空と海上の双方から複数のミサイルが交錯し、爆発が巻き起こる。

黒い煙を引き裂いて、二機の『雲海の蛇《ミシュコアトル》』が再び学芸都市へ迫る。

第六話

混乱《こんらん》は夜まで続いた。

佐天涙子《さてんるいこ》は現在も、ホテルの一室で眠っている。

ミサイルの爆発のあった海岸沿いの岩場で、佐天《さてん》は発見された。大量の海水を飲んでいたらしい彼女は、やってきた美琴《みこと》や初春《ういはる》の顔を見るとそこで安心してしまったのか、ふっと気を失ってしまったのだ。

白井黒子《しらいくろこ》の空間移動《テレポート》を使ってどうにかホテルまで戻ってきたが、こちらも正常に機能しているとは言い難《がた》かった。別に『雲海の蛇《ミシュコアトル》』のミサイルがホテルに直撃した訳ではないのだが、路上でパニックになっていた人達が、『とにかく屋根のある場所へ避難したい』という一心で押し寄せてしまったために、ホテルの人的許容量《きょようりょう》を突破してしまったのだ。よほど多くの人達が一斉に向かってきたのか、出入口は機能を失い、ガラス製の自動ドアは粉々《こなごな》に砕けていた。

誰もが惨劇《さんげき》に気づいている。

これが単なるアトラクションではなく、本当に人の命を奪いかねないものだと理解している。

そのせいか、目に見えない雰囲気のようなものまで不快なものに変質《へんしつ》しつつあった。

美琴《みこと》、白井《しらい》、初春《ういはる》の三人は、佐天《さてん》の眠る客室に集合していた。

ホテルがいつまで営業していられるか分からないし、これだけ人が集まると、建物の中で混乱が起こるリスクも出てくる。いざという時に離れ離れになるのは得策ではないと判断したのだ。

「ひどい事になってるわね……」

美琴《みこと》はポツリと呟《つぶや》いた。

昨日まで窓の向こうに広がっていた夜景はもうない。ライトアップの途切れた闇は、夜の海が本来持っている不気味さを際立《きわだ》たせている。その上、暗闇のあちこちには、今も炎のオレンジ色が点々と浮かび上がっていた。

どうやら『雲海の蛇《ミシユコアトル》』は公共交通機関や学芸都市《がくげいとし》の戦闘機用の飛行場などを集中的に狙ったらしく、これだけの騒ぎであっても、ミサイルの直撃を受けて死亡した人はいないらしい。ただし、連動《れんどう》して起きた騒動によって、重軽傷を負ってしまった人が出ているらしいのだが。

（……ったく、修学旅行みたいな感覚で、バカンスを楽しもうって思ってたのに。どうしてこんな戦争みたいな状況に巻き込まれんのよ）

思わず美琴《みこと》は歯噛《はが》みする。

そんな彼女の耳に、別の少女の声が届く。

「元々、アトラクションショーでお茶を濁《にご》すような人達ですから信憑性《しんぴようせい》には疑問がありますが、今回の騒ぎで学芸都市側も『ショー』の体裁《ていさい》を整える余裕もなかったみたいですね」

ＩＣカードのチャージ機械を通して、ネットワークから情報を入手していた初春飾利《ういはるかざり》がそんな事を言った。

「しかし、妙ですわね」

備《そな》え付《つ》けの冷蔵庫から果物を取り出しながら、白井黒子《しらいくろこ》は言う。

「ここまで有利に攻め込んでおきながら、一定の破壊だけを確認して立ち去るなんて。わたくしなら、相手に準備を整えさせる時間を与えず、このまま一気に叩《たた》き潰《つぶ》しますけど」

「白井《しらい》さんっ！」

初春《ういはる》が悲鳴のような声で抗議したが、美琴《みこと》としても白井《しらい》と同意見だ。これがゲームや試合ではなく本物の殺し合いである以上、フェアな精神に則《のっと》る必要はどこにもない。

となると、

「『雲海の蛇《ミシユコアトル》』を操る連中の目的は、単に学芸都市を破壊する事ではなかったとか？」

「あるいは、本当の破壊目標を発見する事ができず、補給のために泣く泣く一度引き返したとかですかしらね」

美琴《みこと》はさらに意見を言いかけて、呑《の》み込《こ》んだ。

その可能性は低いと思うし、仮にそんな可能性があったとしたら、もっと早い段階で壊滅的な危機は訪れているだろうから、だ。

それは、

（……連中はすでに圧倒的な戦力を保有していて、決着をつけようと思えばいつでもつけられるから、とか）

「そんな訳ないか」

「？」

思わず呟《つぶや》くと、白井《しらい》と初春《ういはる》は揃《そろ》って首を傾《かし》げた。

『雲海の蛇《ミシユコアトル》』が引き返した事で、街の混乱は収まりつつある。しかしそうなると、不満が噴《ふん》出《しゅつ》するのが人間だ。別にホテルマンが悪い事をした訳ではないのに、多くの人間が——下手をするとホテルの宿泊客でもない人間まで——フロントに殺到し、あるいは通路を歩くボーイを捕まえ、ほとんど八つ当たりのように手当たり次第に噛《か》みついている。

不幸中の幸いなのか、相手がそれを狙ったのか、現状では死人は出ていない。しかし怪我人《けがにん》もゼロではない。それがピリピリした空気に拍車をかけている。

いつまた『雲海の蛇《ミシユコアトル》』がやってくるか分からない。おまけに海底トンネルやヘリポートは破壊され、学芸都市から外へ逃げる事もできない。この状況で冷静になれというのは難しいだろうが、ちょっとした叫び声一つで大混乱が巻き起こりかねないこの空気は、居心地が悪い事この上ない。

「……やっぱ、ルームサービスを頼んでおいて正解だったみたいね」

美琴《みこと》はポツリと呟《つぶや》いた。

やや疲れた様子のボーイに多めのチップを弾《はず》んで元気づけると、美琴達《みことたち》は佐天《さてん》の客室に集まったまま、少し遅めの夕食を摂る事にする。

「混乱自体は、直接的な原因であるトビウオがいなくなったんですから、時間が経《た》てば収まるとは思うんですが」

「明日もトビウオがやってこなければ、ですけれどね」

「……白井《しらい》さん」

彼女達が頼んだのは、羊の肉を軸とした簡単なディナーだった。味は悪くないのだが、ルームサービス用のワゴンに乗せられる量は限られているので、どうしてもコンパクトにまとめられている印象がある。

と、食べ物の匂いにつられたのか、今まで身じろぎ一つしないで眠っていた佐天《さてん》が、ベッドの上でもぞもぞと動いた。ゆっくりとまぶたを開けた彼女は、まるで寝起きの子供のようにもたもたした動作で上半身を起こす。

「さっ、佐天《さてん》さん！　大丈夫ですか？　どこか痛い所とかありませんか？」

「いや、特に何もないけど。……ん、なんか美味《うま》そうなの食ってるじゃん初春《ういはる》」

「た、食べさせてあげても良いんでしょうか？　結構重たそうですけど」

初春《ういはる》は助けを求めるように、美琴《みこと》の方を見た。

「まずはこっちのサラダを食べてみて、胃が受け付けないとか、そういう事がなければお肉の方へ、って感じかしらね」

「初春《ういはる》、ちょっとこっちに来なさい。三人分しか頼んでいませんから、全員のを再シャッフルして四人前に仕上げますわよ」

と、こっそり美琴《みこと》の皿の料理だけを自分の皿に移し替えようとする白井《しらい》にビリビリが襲いかかり、改めて公平に分配していく事に。

そんなこんなで晩ご飯を食べ終えると、佐天《さてん》はこれまであった事を話し始めた。

「……昼間、変な女の子と会ったんだけど……」

佐天《さてん》の口がゆっくりと動き、彼女は一つ一つの説明をする。

ショチトルという少女に出会った事。彼女が『雲海の蛇《ミシユコアトル》』を操る側の人間だった事。彼女が本当に悪人なのかを調べるために、学芸都市の暗部へ潜り込《もぐこ》んだ事。そこで『係員』に見つかり、海難事故を装《よそお》って殺されかけた事。最後に、ショチトルが『雲海の蛇《ミシユコアトル》』を使って、佐天《さてん》を助けに来てくれた事。

話の途中で美琴《みこと》は佐天《さてん》の頭にゲンコツを落とし、白井《しらい》も佐天《さてん》の頭にゲンコツを落とし、最後には初春《ういはる》までも佐天《さてん》の頭にゲンコツを落とした。彼女の通ってきた道は、もはや冒険ですらない。ロシアンルーレットで五回連続で引き金を引いたけど、たまたま一発も出なかったよ。そんな話を聞かされたようなものだ。

あうう……と頭のてっぺんを両手で押さえて涙目になっている佐天《さてん》は、ふとこう言った。

「そういえば、学芸都市の救命艇《きゆうめいてい》って、どういう事なんだろう?」

「?」

「ええと、別《わか》れ際《ぎわ》に、ショチトルって女の子が言ったんです。もうすぐ、シウ……コア、トル……とかいうのが来るって。詳しい話は教えてくれなくって。うーんと、これまでとは違うヤツって感じの口ぶりだったような?　で、そいつがやってくる前に救命艇を使って逃げろって。なんか、どういう理屈を使っているのかはサッパリですけど、学芸都市にはでっかい救命艇があって、一〇〇万人の観光客を全員乗せられるって話だったんですけど」

「シウコアトル？」

美琴《みこと》は首を傾《かし》げた。確かトビウオの名前は『雲海の蛇《ミシュコアトル》』。まだ何か変な機体を保有しているという事だろうか。

「それにしても、一〇〇万人分の救命艇というのは、またスケールの大きな話ですわね」

「もしかして、これの事じゃないでしょうか？」

と言ったのは、ICカードのチャージ機械の前にいる初春《ういはる》だ。画面にはいくつかのウィンドウが開いている。

「学芸都市の海岸一二ヶ所に二〇〇メートルクラスの高浮力式船舶が格納《かくのう》されています。定員は、一隻あたり八万人前後だとか」

「……ちょっと、そんなにたくさんの人って乗せられる訳？」

「まぁ、ゆったりした豪華客船と違って、あくまで救命艇ですから。一人一人のスペースは寝袋ぐらいしかないみたいです。で、この寝袋状のスペース自体も独立したボートとして機能するようですけど」

「こんな所にいると忘れますけど、ここは米国本土から五〇キロも離れているんですものね。単に海に浮かべば助かるなんて話ではありませんのね」

周り一面に海水が広がっているのに、一滴《いってき》も水分を補給できないまま干上がっていく。想像するだに恐ろしいその光景を回避するために用意されたのが、この超大型救命艇なのだろう。

「船自体は専門的な知識がなくても、GPS制御で暗礁《あんしょう》や他の船を自動で回避しながら、米国本土へ向かえるそうです。ただ、これもやはり救命艇としての仕事を全うするだけですので、港での細かい停船作業は行えず、陸地近くまで接近して、そこから先は救助隊に助けてもらうって感じらしいですけど」

大型救命艇の名称はサーモンレッド。どうやら内部に乗員のいる小型のボートを大量に抱え込んだ格好が、卵を抱えたシャケのように見えるから、という事らしい。

ナメたセンスだ、と美琴《みこと》は呆《あき》れたが、今はそんな所に文句を言っている場合ではない。

初春《ういはる》は画面に目をやりながら、こんな事を言った。

「学芸都市の周辺海域は、映画撮影時の名残《なごり》で『五〇年後の動植物の環境』が整えられています。海域の中と外で魚などを行き来させせないために生物ガードという網のようなもので覆《おお》われているんですが、サーモンレッドを動かすと、この生物ガードを引《ひ》き千切《ちぎ》る必要が出てくるらしいんです。その辺りも、滅多に動かせない理由の一つになっているみたいですけど」

美琴《みこと》は初春《ういはる》の肩越しに、チャージ機械の画面に目をやりながら、

「……とりあえず、『雲海の蛇《ミシュコアトル》』の連中がもう一回攻め込んできたとしても、この救命艇があれば最悪、街と一緒にみんな沈《しず》められて全滅するとかっていう話はなくなるのかしら」

「どうでしょう……？」

初春《ういはる》は困ったような顔で、

「このネットワーク内の情報だけで完璧に判断するのは難しいですが……。現状、得られるデータによると、戦闘機用の滑走路を含めて、学芸都市の防衛性能は二〇％以下まで削《そ》ぎ落《お》とされています。普通は、こんな状態になったら救助を優先すると思います。にも拘《かかわ》らず、『係員』

の方ではサーモンレッドの慣らし運転などを行おうとしている様子はないんです」

「あくまでも、ここで戦おうって腹ですわね」

佐天《さてん》の話によると、ここでは何らかの実験・研究が行われているらしい。そちらの関係でここから動けないのか、あるいは無防備な救命艇に研究成果を乗せては、海上を戦闘機並みの速度で高速移動する『雲海の蛇《ミシユコアトル》』に弱点をさらすだけだと判断しているのか。

あの『雲海の蛇《ミシユコアトル》』の連中の思惑《おもわく》は不明だが、このまま終わるとは思えない。その上、ショチトルとかいう少女が言うには、シウコアトルという厄介《やっかい》なものまで戦線に投入される恐れすら出ているらしい。

今まで拮抗《きっこう》していた学芸都市と『雲海の蛇《ミシユコアトル》』だが、昼間、彼らに本格的な侵入を許した事で戦況は大きく動いてしまった。このままラヴィーゼ飛行隊に任せていても、学芸都市は破壊されるだけだ。

となると、

(やるべき事は見えてきたって訳か)

結論は簡単だ。

御坂美琴《みさかみこと》は、どちらの味方でもない。

佐天《さてん》の話を聞くとついショチトルの方をひいきしたくなるが……そもそも、学芸都市にしても『雲海の蛇《ミシユコアトル》』にしても、根本的に『人を傷つけ、殺す事もいとわない組織』である事に変わりはないのだ。

従《したが》って美琴《みこと》がやるべきなのは、どちらか一方に肩入れするのではなく、双方の組織の間を立ち回って犠牲を出さずにこの問題を収拾させる事だ。

ここに来ている普通の観光客の人達は、本当にただ巻き込まれただけなのだから。

(最悪……二つの集団と同時に戦う羽目になるかもしれないわね)

『雲海の蛇《ミシュコアトル》』の連中にも超電磁砲《レールガン》の一発でもお見舞いしてやりたいが、そういった実力行使に訴えるにしても、まずは学芸都市で立《た》ち往生《おうじょう》している人達を逃がしてやって、思いっきり暴れるための戦場を確保してからだ。

美琴《みこと》は初春《ういはる》に尋ねた。

「とにかく、学芸都市に留《とど》まってんのはヤバいんでしょ。『係員』の連中が自発的に動かないなら、私達の手で観光客達を大型救命艇サーモンレッドに誘導させたりはできないものかしら」

「……難しいですね。このサーモンレッド自体が、学芸都市の機密情報に含まれているんです。安全で快適な映画の街、というアピールをするために、『いざという時の救命艇』をあまり表に出したくないそうで」

「機密区画にある、存在しないはずの大型救命艇へ人々を連れ込もうとすれば、『係員』達がどういう手段に出てくるか。下手すると、立入禁止のラインを割った途端に水平射撃されるかもしれませんわね」

「……となると、やっぱ『係員』の連中に任せきりって訳にもいかないか。連中が動くのを期待していたら、島が破壊されるまで待たされるかもしれないわね」

現状を考えれば、学芸都市の人達をサーモンレッドに乗せた方が良《い》い。

昼間の襲撃では死人は出なかった。しかしそこに必然性はない。次の襲撃では死人が出るかもしれない。学芸都市の防衛網がダメージを受けた以上、今度はさらに苛烈《かれつ》な攻撃がやってくるだろうから。

ただし、『係員』達が妨害するため、観光客達を簡単に大型救命艇へ誘導させる事はできない。

(どうする……?)

サンダルのストラップに挟《はさ》んだ、超電磁砲《レールガン》用のコインホルダーに目をやる美琴《みこと》。

学芸都市の『係員』達を制圧して、サーモンレッドを始動できる状態にする。思わずそんな大雑把《おおざっぱ》な考えに囚《とら》われてしまうが、美琴《みこと》は首を横に振った。『雲海の蛇《ミシュコアトル》』の連中がダメージを与えたおかげで何だか学芸都市が弱く見えているような気がしないでもないが、あれはあくまでも『組織』と『組織』がぶつかり合ったからこその結果だ。美琴《みこと》という『個人』と『組織』が激突して、同じ結果が得られるとは限らない。

総合的な戦力の大小という問題ではない。

例えば、大型救命艇サーモンレッドは学芸都市の外周に一二隻停泊している。このドックを一つずつ美琴《みこと》が制圧していくのは、おそらく無理だ。複数のブロックで構成され、全体で直径一〇キロ前後もの広さを誇る学芸都市の外周をぐるりと回るだけでも息切れするし、各ドックにどれほどの『係員』が待機しているか分かったものではない。仮に一つのドックを制圧したところで、他のドックに攻め込んでいる間に別の『係員』達が補充《ほじゅう》されてしまったら元も子もない。

（……どこかに一発潰《つぶ》せば全部制圧できるような核があれば良いんだけど、そんなに都合良く話は進まないわよね）

街の不良集団を蹴散らすのとは規模が違う。

やはり、単純に両腕を振り回して暴れるだけで全部解決する事はない。

と、

その時だった。

「わっ⁉」

初春《ういはる》の叫びが聞こえた。

突然、美琴達《みことたち》のいる客室が停電したのだ。真っ暗になる室内。当然ながら、初春《ういはる》の操っていたＩＣカードのチャージ機械の電源も落ち、光らしい光が全部なくなってしまう。

「ッ‼」

美琴《みこと》はとっさに窓の外へ目をやる。

ライトアップもまばらで、オレンジ色の火の手すらある暗がりだが、ブロック全体の電気が消えている建物はない。ポツポツと、歯が欠けたように建物の明かりが見える。

このホテル、いや、この客室だけが突発的に電源を落とされた。

まるで、コンピュータの接続を強制的に断ち切るように。

（こんなタイミングで……ッ‼）

美琴《みこと》はとっさに、シルエットだけで判別できる佐天《さてん》の体を突き飛ばし、チャージ機械の前に座っている初春《ういはる》を床へ引きずり降ろしながら、叫ぶ。

「気づかれたわ‼ 伏せて‼」

言葉と同時だった。

敵は映画のように、わざとらしくロープで窓から飛び込んできたりはしなかった。

向こう側に直接爆薬でも貼り付けていたのか、轟音《ごうおん》と共に客室一面の壁がガラスのように砕けて吹き飛ばされた。

横合いの壁。

黒子《くろこ》、と美琴《みこと》は叫んだ。

砕けた壁の向こうから、複数のライフルの銃口が突き出される。警告も威嚇《いかく》もなし。それを構えた男達は、部屋の中にいる全ての人影に狙いを定め、そして躊躇《ちゅうちょ》なく引き金を引く。

だが、
その寸前。

ズォ‼ という凄《すさ》まじい音と共に、客室の天井《てんじょう》がシャッターのように崩れ落ちてきた。それは美琴《みこと》が磁力を使って、鉄筋や金属ダクトなどを強引に動かしたせいだ。ドタタタタッ‼ という銃声に身をすくませながらも、大量の建材を盾にした美琴《みこと》は、前髪から雷撃《らいげき》の槍《やり》を射出。爆薬で吹き飛ばされた壁の向こうにいた襲撃者達を一発ずつ丁寧に薙《な》ぎ払《はら》う。

(クソッ‼ こいつらの上層部は私を『殺すな』って命令していたんじゃなかったっけ⁉)

内心で毒づくが、学芸都市に関わる環境は激変している。この街の上層部……『経営陣』は方針を変えたのかもしれない。

しかし、そんな事に文句を言っても意味はない。

美琴《みこと》は暗がりの中、小声で名前を呼ぶ。

「(……初春《ういはる》さん！　佐天《さてん》さんも‼)」

この客室は停電状態だが、崩れた壁や天井からは光が漏れている。返事はなかったが、瓦礫《がれき》の欠片《かけら》が散らばる床の上で、もぞもぞと蠢《うごめ》く二つの人影を発見した。

とりあえず、二人は無事。

(黒子《くろこ》のヤツは……ッ⁉)

美琴《みこと》が瓦礫《がれき》の陰に隠れたまま、周囲を細かく見回して白井《しらい》の方を確認しようとするが。


ヒュン、という音が聞こえた。


その時、美琴《みこと》は自分で崩した天井の瓦礫《がれき》に身を隠していた。山のようになった瓦礫《がれき》は彼女の腰ぐらいまでの高さしかなく、彼女は床に屈《かが》むような格好をしていたのだ。

そこへ。

何かが美琴《みこと》の喉元《のどもと》へ迫《せま》った。それが非金属製のウォーピックで、ウォーピックとは片手で扱える戦闘用のツルハシのようなもので、その切っ先が迫るからには握っている人物がいて、その人物は瓦礫《がれき》の山を横から高速に回り込んで……と、目の前で起こった現象を逆回しに確認してしまうほど、素早く滑《なめ》らかな動きだった。

何者かが、自分を殺そうとしている。

その単純な事実に気づいた途端、美琴《みこと》はようやく動いた。

「ッ!!」

屈《かが》んだ体勢のまま、とっさに身をひねる美琴《みこと》。真《ま》っ直《す》ぐ迫るウォーピックは美琴《みこと》の首の皮を薄く裂き、背後にあった瓦礫《がれき》の隙間《すきま》に突き刺さる。しかし、無理に回避した美琴《みこと》の体は仰向《あおむ》けに転がってしまった。

襲撃者は障害物に刺さったウォーピックを無視して、腰の後ろへ手を回す。

そこからさらに非金属製のナイフを抜いた襲撃者は、そのまま倒れた美琴《みこと》の鼻の頂点へ、勢い良く刃物を振り下ろす。

しかし、そこでバヂィ!! という凄《すさ》まじい轟音《ごうおん》が炸裂《さくれつ》した。

美琴《みこと》の前髪から高圧電流が放たれたのだ。

吹き飛ばされる襲撃者を見て、美琴《みこと》は思わず安堵《あんど》の息を吐く。

「そうだ、黒子《くろこ》は……」

「こちらですわよ」

声は、ボロボロになった客室のドアの方からだ。何故《なぜ》か施錠《せじょう》してあるはずのドアが、外側からあっけなく開かれる。そこから中に入ってきた白井《しらい》の両手には、ぐったりした男達が引きずられていた。

「待機していた第二陣《スペア》を潰《つぶ》してきましたの。どうやら、初春《ういはる》のハッキングがバレたせいで、余《よ》計《けい》なものを呼んでしまったみたいですわね。いくら腕があるとはいえ、長時間アクセスしすぎですのよ」

ううう、という初春《ういはる》の声が暗がりから聞こえる。

直前に美琴《みこと》が床に倒したせいか、初春《ういはる》も佐天《さてん》も、目立った怪我《けが》はないようだった。とりあえず周辺の『係員』達の有無は白井《しらい》が空間移動《テレポート》を使って確かめてきたようだが、いつ増援がやってくるか分からない。とにかくここを離れよう、と考える美琴《みこと》だったが、

「……まったく、厄介な連中が現れてくれたものですね」

ふと、暗がりの中で、彼女達とは違う声が聞こえた。先ほどウォーピックを使って美琴《みこと》に襲いかかった襲撃者が吹っ飛んでいった方からだ。美琴《みこと》に緊張が走り、佐天《さてん》がビクリと震える。

聞き覚えのある女性の声だったのだ。

「ただでさえ、我々は邪悪な敵と戦っているというのに。その上、学芸都市の内側にもあなた達のような人間が入ってくるとは……」

競泳水着の上から救命胴衣を着ていた、あの女性の『係員』だ。

オリーブ＝ホリデイ。

改めて暗がりで目を凝《こ》らすと、ズタズタに裂かれたベッドにもたれかかるオリーブの体のあちこちには、痛々しく包帯が巻いてあった。佐天《さてん》の話によると、『雲海の蛇《ミシユコアトル》』からミサイル攻撃を受けて、瓦礫《がれき》の中に沈んでいったという事だったのだが……。

「邪悪な敵ですって……」

ポツリと呟《つぶや》いたのは、佐天涙子《さてんるいこ》だった。

わなわなと震《ふる》える彼女は、その小さな両手を固く握《にぎ》り締《し》めて、オリーブを睨《にら》みつける。

「ショチトル達へ勝手にちょっかい出して、あたし達の知らない所でおかしな事を繰り返して、それがバレそうになったらこんな風に何度も何度も暴力で解決しようとして!!　どっちが邪悪

だっつうんだよ!!」

「それが、世界の警察というものなんですよ」

真正面からの怒りを受けても、オリーブの表情は変わらない。

あちこちの包帯から、赤いものが滲《にじ》み出《で》てくる。

「我々は、今この瞬間だけ、世界を守っていれば良いという訳ではありません。一〇年先も、一〇〇年先も、世界中で起こる様々な危機に対応しなくてはならないんです」

「それが、そんなのが、隠れてコソコソ超能力の研究するのとどう関係してんのよ!!」

佐天《さてん》は叫ぶ。

実際にショチトル達の使っている『力』は超能力とは違うような気もするが、少なくとも学芸都市の連中はそういう風に判断し、そこから何かを得ようとしているのだ。

「日本の学園都市ですよ」

「……まさかと思うけど、私達が武力を使った世界征服を企《たくら》んでいるなんて言い出さないでしょうね？」

美琴《みこと》はそう釘《くぎ》を刺したが、オリーブは首を横に振った。

「あなた達は、そんな幼稚《ようち》な事は考えないでしょう」

しかし、とオリーブは続けてこう言った。

「日本の学園都市は、科学技術が二、三〇年ほど進んだ場所と言われています。分かりますか？　たった二、三〇年なんです。近い将来、世界中があなってしまうかもしれないんですよ」

「……、」

「超能力だって、例外ではありません。学園都市の中だけでも、七人もの超能力者《レベル5》が現れているんでしょう。それが世界全人類、六〇億人を上回る人々に広がったら、どれだけの数の怪物が野に放《はな》たれると思いますか？　単に銃や兵器の流通を監視するだけでは掌握《しょうあく》のできない、全く新しい戦乱の時代が幕を開けるとは思いませんか？」

実際には、超能力者《レベル5》とはそんなに単純なものではない。統計上のパーセンテージで才能を算出できるものではない。しかしそれをオリーブに説明したところで、おそらくは納得しないだろう。実感できるのは、リアルに『超能力《レベル3》』に触れている美琴達《みことたち》だけだ。

だが二、三〇年後の未来には、確かに強能力程度の力なら、珍しいものではなくなっているかもしれない。

未来の事なんて分からない。

大昔の人達は、コンビニなんて知らないだろう。携帯電話なんて想像もしなかっただろう。だけど、今では誰もが当たり前に使っている。それが当然という世界になってしまっている。

ならば、

「我々には、世界の警察という役割があります」

オリーブは誇らしげな調子で、そう言った。

「そんな我々は、時代の流れに取り残されてはならないのです。我々が舵取《かじと》りに失敗する事は、世界中に無用な混乱を誘発させてしまう事を意味しています。これまでかろうじて押さえられていた各種の問題が、一気に紛争《ふんそう》として噴出してしまうのですからね」

新しい時代の、新しい危機。

超能力のある世界での、これまでになかった問題。

世界の警察として、今後もそれらと戦うための礎《いしずえ》。自分達とは直接的に関係のない国や地域のためにも率先して戦い、平和を守るために死地へ向かう。

そこまで考えて、美琴《みこと》は笑った。

あまりにもつまらない考えに、思わず笑ってしまった。

「理由になってないわね」

その言葉に、オリーブは美琴《みこと》の顔を見た。

構わずに美琴《みこと》は言った。

「そんなもんは、人をさらったり、邪魔な人間を襲撃したり、佐天《さてん》さんの口を封じようとするような理由にはならない」

「必要な事なんですよ……」

オリーブは、美琴《みこと》の言葉を聞いて鼻で笑った。

「これからも、我々が世界の警察として君臨《くんりん》し続けるためには、仕方のない事なのです」

「ふざけんじゃないわよ」

バヂッ、という音が聞こえた。

美琴《みこと》の前髪から、青白い火花が散る音だった。

「こんな事を続けてほしいなんて、別にアンタらに頼んじゃいない。世界中の人達は、それぞれの世界できちんと戦ってる。そんな事も分からなくなってるから、こんな風にブルドーザーで全部ぶっ壊しちゃうようなやり方になっちゃうのよ!!」

言葉を放つごとに、美琴《みこと》の語気《ごき》は強くなっていく。

溜《た》め込《こ》んでいた内心の怒りが、外へと放出される。

「超能力の開発がしたけりゃ勝手にやってりゃ良《い》いでしょ!!　学園都市よりももっと優れた、本当に完璧な開発機関を作ってりゃ良《い》いのよ!!　それが、何で、こんな事になってんのよ？　一刻も早く問題を解決するんじゃない。目の前に迫る問題を利用して、何でもかんでも都合の悪いものをコソコソ隠して、世界の頂点に君臨したがるような組織になっちまってんのよ!?」

白井《しらい》と、初春《ういはる》と、佐天《さてん》の三人は、美琴《みこと》の言葉に思わず目を逸《そ》らした。

学園都市第三位の超能力者《レベル5》。

彼女の言葉は、単なる『係員』のオリーブに対する文句だけではないのだろう。

ちっぽけな子供が大人の世界に向けて放つ、願いのようなものだったのかもしれない。

「確かに、日本の学園都市だって完全にクリーンな組織じゃない。能力者が事件を起こす事だってある。だけど、本来、能力者っていうのは別に災《わざわ》いの種なんかじゃない!!　そんな風に、先手を打って封じられなきゃいけないような存在じゃない!!　機密保持のために一般人を巻き込んで問題を解決しなくちゃならないようなものじゃない!!」

そこまで叫んで、美琴《みこと》は語気を弱めた。

ギリギリと両手に力を込めながら、それでもゆっくりと、彼女は言う。

「それぐらい、分かりなさいよ……。暴力以外の方法でも何とかできるって事ぐらい、自分の頭で考えなさいよ」

「……、」

オリーブの唇が、わずかに動いた。

しかし、そこから出てきた言葉は、美琴《みこと》が期待していたものとは違っていた。

「状況は……変わりました」

掠《かす》れるような言葉。

しかしそこからは、揺らぐものが感じられない。

美琴《みこと》の言葉など、届かない。

「我々は、襲われています。もう、迎撃部隊を使ってあしらえるような事態ではなくなったんです。次はどちらが倒れるか、誰にも予測のできないほどに深刻になっているんです……」

それは、美琴達《みことたち》が薄々勘付《うすうすかんづ》いていた事を裏付ける言葉だった。

学芸都市は、本当に危ないのだ。

「奇麗《きれい》ごとを言っているだけでは、島ごと破壊されてしまうんですよ」

よほどダメージがかさんでいたのか、オリーブの体がぐらりと揺《ゆ》れた。ベッドにもたれていた『係員』が、そのままゆっくりと床へ崩れていく。彼女は最後まで笑っていた。美琴《みこと》の言葉に、一度も頷《うなず》く事はなかった。

美琴《みこと》はやりきれない思いで、オリーブの顔を見下ろしていた。

「……、」

以前、オリーブ＝ホリデイはこう言っていた。この街は『係員』の本拠地であり、襲撃が必要だと感じた場合はそれを成功させる材料を全て用意できると。しかし実際に襲撃は失敗している。つまり、今の学芸都市は完璧ではないのだろう。

美琴《みこと》はそれに救われたが、楽観はできない。

学芸都市が弱体化しているという事は、『雲海の蛇《ミシュコアトル》』の猛威《もうい》を退《しりぞ》ける術《すべ》も失われつつあるという事なのだから。

戦える人間は限られている。

そして御坂美琴《みさかみこと》は、日本の超能力開発機関・学園都市の中でも七人しかいない超能力者《レベル5》の一人だ。

しばらく動きを止めていた美琴《みこと》は、やがて迷いを振り切るように、客室の出口へ向かう。

呆然《ぼうぜん》としていた佐天《さてん》が、その背中に向かって慌てて言った。

「どっ、どこへ行くんですか？」

「大型救命艇よ。何とかしてくる」

美琴《みこと》はそれだけ呟《つぶや》くと、客室から出て行った。

いくら施設の大半を破壊されたと言っても、まだまだ大勢の『係員』がいるだろう。それら全てを片っ端から薙《な》ぎ払《はら》う訳にはいかない。いくら何でも、数が多すぎる。

ただし、『係員』の方にしても、余計な消耗《しょうもう》はしたくないはずだ。何しろ『雲海の蛇《ミシュコアトル》』の連中は絶対に来る。現状でも満足に戦えるか分からないのに、これ以上戦力を削《そ》ぎ落《お》とされれば、本命の敵と戦う事が難しくなる。

（……だから、逆にそこを狙う）

美琴《みこと》はホテルの廊下を歩きながら、サンダルのストラップからコインホルダーを取り出す。

（『雲海の蛇《ミシュコアトル》』と戦うための主力は、ラヴィーゼ飛行隊の戦闘機。なら、まだ生き残ってる滑走路や格納庫をいくつかぶっ壊して、ヤツらを揺さぶってやる）

その上で、大型救命艇サーモンレッドの使用を巡る取り引きを行う。

『係員』の全員を潰《つぶ》す事はできなくても、動かない施設を破壊するだけなら難しくはない。

同時刻。

学芸都市の一角で、『経営陣』と呼ばれる五人の男女は、体が深く沈み込むほど心地の良《い》い椅子に座っていた。彼らのいる会議室は、五人で使うにはあまりにも広い。

『経営陣』が行っている協議の内容は、文字通り、今後この学芸都市をどういう風に動かしていくか、というものだ。

『娯楽』と呼ばれる一大エンターテイメント財源を統括《とうかつ》し、アメリカどころか世界中の金融市場に影響を与えている巨大施設。しかし、その『動かし方』について五人の『経営陣』は他者から意見を求める事はない。

必要ないからだ。

それは彼らが全ての問題を一瞬で解決できるからではなく、彼らの意図や思惑を実行するにあたって、関係機関と意見をすり合わせる必要がないからだ。

そんな雑用は彼らの仕事ではない。

仮に必要な事だったとしても、彼らが手を動かす必要はない。

叶《かな》えるのは、働くのは、そのために金で雇っている連中だ。

今、学芸都市の外で誰と誰が戦っていようが、部下であるラヴィーゼ飛行隊の被害報告を聞こうが、『雲海の蛇《ミシュコアトル》』の性能を改めて思い知らされようが、施設の一部が壊れて観光客に怪我《けが》人《にん》が出ていようが、そんなものを気に留《と》める必要など全くない。

どうせ誰かが何とかしてくれる。

自分達が本当の意味で追い詰められるなんて事は絶対にありえない。『経営陣』はただひたすら成功の道を歩む事が仕事であり、周囲にいる者達はそのために努力をするのが職務というものである。

彼ら『経営陣』は、この世界に必要とされている人間なのだから。

しかし。

たった五人の『経営陣』は、かろうじて使用できる状態だった衛星回線を通して送られてきた『返答』を前に、愕然《がくぜん》としていた。

そこで行われていたプロジェクトは完全に凍結する。

必要とされるデータを全て破棄した上で、人員は全て脱出するべし。

「どういう事だ……？」

誰かが呟《つぶや》いた。それは全員の意見だった。

彼ら『経営陣』が連絡を取り合っていたのは、アメリカ本土の軍だ。劣勢《れっせい》に立たされた学芸都市は、世界の警察という言葉を形成する、世界最強の軍隊に応援を求めたのだ。

そして、その返答がこれだった。

「我々が行《おこな》ってきた研究は、アメリカ全体にとっても有益であるはずだ。放棄する理由が見当たらない。何故《なぜ》、軍は動こうとしないのだ……？」

まさか、軍が本格的に動く事で、観光客にも被害が及ぶなどというつまらない事を考えているのだろうか。馬鹿馬鹿しい、と『経営陣』の五人全員が思った。民間人一人一人に与えられた価値を考えれば、それは無視して構わない誤差のはずだ。

あるいは、学芸都市の主要研究施設を誤爆する事を恐れているのだろうか。そちらの方がまだ現実的だが……やはりおかしい。研究を重要視しているのなら、プロジェクトを完全凍結してデータを破棄しろとは言わない。最低でも、ここで得た研究成果をアメリカ本土まで持ち帰るよう求めてくるはずだ。通常、重要な研究データはハッキングを恐れてネットワークで送受信しないが、それ以外にも本土へ送る方法はある。

理屈が合わない。

だからこそ、『経営陣』の全員は首を傾《かし》げた。

「軍は、何故《なぜ》我々のリクエストに応じない？」

確かに、『雲海の蛇《ミシユコアトル》』の戦力は強力だ。今まで拮抗《きつこう》してきたと思っていたものが、こうも簡単に覆《くつがえ》され、攻守が入れ替わった現状を考えれば、認めざるを得ない。

とはいえ、具体的にどう解決するかは彼らの知った事ではないのだが。

実感を伴《ともな》う恐怖など、『経営陣』には不要なものだから。

　部下が送ってきた退屈な報告書によると、学芸都市もラヴィーゼ飛行隊を中心とした防衛勢力が戦っているが、先の襲撃ではそのラヴィーゼ飛行隊を運用するための滑走路や整備場にもある程度のダメージを与えられてしまっているらしい。

「ここ最近で、急激に襲撃の頻度《ひんど》が上がった事は確認しているが」

『経営陣』の中の誰かが言った。

「しかし、アメリカという国家そのものが退《ひ》くほどの事態なのか？」

　いや、ここで行われてきた研究の価値を考えれば、たとえ泥沼になってでも学芸都市は死守されるべき対象のはずだ。学芸都市はアメリカ国内において、特別なポジションを得ている。それはこの巨大な施設がアメリカという国家から必要とされているからだ。軍の上層部や上院議員の連中が、この街を簡単に見捨てるとは思えない。

　だとすると、

「圧力か」

　別の誰かが言った。

「我々の発言力をも上回るほどの、別の圧力が横から割り込んだのか」

　考えられるとすればそれぐらいしかないが、しかし、『経営陣』からの要請を押《お》し潰《つぶ》すほどの発言力を持つ者に、心当たりがない。いや、確かにアメリカ国内には『経営陣』よりも強力な人間が何人かいる。ただし、そういった連中は皆、学芸都市と利益で直結しているはずだ。この状況で、『経営陣』からの要請をわざわざ握《にぎ》り潰《つぶ》すとは思えない。

　何が起きた。

『経営陣』の全員が疑問を抱いた、その時だった。

ザザッ、という小さなノイズが聞こえた。

通常、衛星回線は外部と直結しない。間には秘書のような交換手が控《ひか》えていて、回線を繋《つな》ぐ際には必ず『経営陣』に断りが入るはずだった。

それらが全て無視された。

無遠慮な声が、『経営陣』達の耳に届く。

「お困りのようだな」

短い一言だった。

それを聞いた『経営陣』全員の表情が、全く同じタイミングで、全く同じように歪《ゆが》んだ。浮かんでいるのは、皆共通して不快の一言。

聞き覚えのある声だった。

ここにいる『経営陣』達よりも世界に大きな影響を与える人物だった。

日本の超能力開発機関・学園都市のトップ。

統括理事長、アレイスター。

『正体不明の敵からの襲撃で、相当堪《こた》えているそうではないか。よろしければ、我々が増援を送ってやっても良いのだが？』

言ってくれる、と誰もが心の中で思った。

このタイミングで、この提案。

一体どんな手段を使ったかは知らないが、どう考えても、アメリカ空軍の増援を封じたのはアレイスターだ。そもそも、日本の航空機がアメリカの領土で軍事的行動を取る、という提案がまともではない。よほどの下準備をしなければ、冗談でもこんな話は出せないはずだ。

「まさかと思うが」

『経営陣』の一人が言う。

「一連の事件の首謀者、それが貴様の差し金という訳ではあるまいな。例の『雲海の蛇《ミシュコアトル》』は、まともな科学技術で作られているとは思えん。今まで我々は、あれを日本の学園都市とは別系統のものとして捉《とら》え、利用しようと考えていた。だが、もしかすると……」

『ありえんな』

アレイスターの声は、淡々としていた。

あらぬ疑いをかけられて驚く。そんな様子さえ、感じられなかった。

『……だが、貴様達が世界の理《ことわり》に触れてしまった事は確かだと言っておこう』

「理だと」

『協定、とも呼ぶがね。ともあれ、貴様達では分からん世界があるのだよ』

完璧に見下した言葉だった。

曲がりなりにも『世界の警察』の国で特権を与えられてきた『経営陣』の五人に、露骨な嫌《けん》悪《お》が渦巻《うずま》いていく。

『そうそう、貴様達に質問があるのだがね』

取るに足らんと言わんばかりに、アレイスターは嫌な沈黙を無視した。

彼はただ、こう言った。

『例えば、学芸都市そのものが海の藻屑《もくず》となった場合、貴様達はそれでもアトラクションショーでごまかせるかね？』


日本、学園都市、第二三学区。

航空、宇宙産業の研究に特化したこの学区には、大小無数の滑走路が用意されている。そしてそんな滑走路の一角に、全長一〇〇メートルクラスの巨大な航空機が複数並べられていた。

HsB-02。

学園都市製の超音速ステルス爆撃機。

時速七〇〇〇キロオーバーで大空を切り裂き、日本からアメリカ西海岸までを、わずか二時間足らずで横断する怪物航空機だ。

今も巨大な爆撃機の中には、地中深くの施設を破壊するための特殊な爆弾や、多層同期爆弾と呼ばれる『一定のエリアのみを徹底的に破壊する』爆弾などが、多数積み込まれている。三式兵装と呼ばれるバリエーションだった。あれだけあれば、人工島など消滅させられるだろう。

「……本当にこんなもんを使う時が来るのかね」

ポツリと呟《つぶや》いたのは、爆撃機のメンテナンスを行っていた若い整備士だ。その横で冷めたコーヒーをすっていたパイロットが、そっけない調子で言う。

「準A級待機なんて、そうそう簡単に発令されるもんじゃないと思うけど」

「そりゃそうだけどさ」

「機体の鼻先になんか取り付けたの、お前だろ。ブリーフィングで聞いたんだが、ありゃ試作型のＡＩＭ検出装置《けんしゅつそうち》らしい。広い爆撃エリア内で、特定の能力者の位置情報を探るための機材だよ」

「やっぱ、学生だけは外して、精密爆撃《せいみつばくげき》するって寸法か？」

「だと良《い》いがな」

パイロットはコーヒーの不味《まず》さに耐えかねたのか、カップを逆さまにして、飲み残しをアスファルトの上にばら撒《ま》きつつ、

「装置の性能と、爆撃機の高度を考えると、よっぽど強力で特徴的なＡＩＭ拡散力場ぐらいしか検出できないはずなんだ。それこそ、超能力者《レベル５》クラスじゃないとな」

「おい、それって……」

「確か一人、そういうヤツが交じっていたろ。最低限、一番価値のあるものは絶対に回収しろって事だ。それ以外は知ったこっちゃないってお話さ。そもそもＡＩＭ拡散力場だけで仲間の位置を検出するって言うなら、引率《いんそつ》の教師についてはどうするんだ。ＡＩＭ拡散力場を放出するのは、学生の能力者だけなんだぞ。……その他大勢を助ける気がないんだよ、上の連中は」

パイロットはつまらなさそうな調子で、中身の消えたカップを軽く振った。

「ホント、クソッたれの出撃命令《アラーム》が鳴らない事を祈るぜ」

第七話

大空は青かった。

そこに渦巻《うずま》く人々の想《おも》いなど無視して、天候はひたすらに晴れ。今が九月である事を忘れさせるほどの、白く輝く光が早朝から頭上へ降り注ぐ。

アメリカとメキシコの国境線沿い。

太平洋の海岸近くに、中米に本拠地《ほんきょち》を置くとある組織『翼ある者の帰還』の前線基地は存在した。

現代風に言えば、いわゆる空母のようなものだろう。旧式の大型タンカーを一隻買い取り、その内部に大量の『雲海の蛇《ミシュコアトル》』を搭載《とうさい》したもの。軽く二〇〇メートルを超す平べったい甲板の上には偽装のための鉄鉱石が山のように積み上げられているが、『翼ある者の帰還』ならば誰もが知っている。この鉄鉱石の下に、彼らの究極兵器が寝かされている事を。

「『太陽の蛇《シウコアトル》』か……」

甲板の端に立っているのは、ショチトル。彼女はその褐色《かっしょく》の肌を陽射《ひざ》しにさらしながら、自分の身長の何倍も高い鉄鉱石の山を見上げる。

彼女の隣には、もう一人、別の少女が佇《たたず》んでいた。

ショチトルの同僚、トチトリだ。

「ようやく下準備が終わって、本格的に発動できる状態になったらしい。これで、あの忌々《いまいま》しい研究施設を木っ端微塵《こっぱみじん》にできる。まったく、最初からこいつを使えれば簡単に終わったのにな」

「鍵となる霊装《れいそう》を学芸都市《がくげいとし》の連中に奪われた訳だ。……まぁ、あれの仕組みを解析できたとは思えないが」

そっけない調子で言うショチトルは、どこか上の空だ。

トチトリはそんな彼女の横顔を見て、笑う。

「気になるのか？」

「何が」

「あの子だよ」

「……、」

「こんなものを持ち出したら、細かい狙いなんてつけられない。学芸都市は海の藻屑《もくず》となるだろう」

「だからどうした」

ショチトルは吐き捨てるように言った。

迷いを振り切るように。

「正しい選択をするためのヒントは全て与えている」

ガゴォン、という重たい鉄板が動くような音が聞こえた。

複数のアラームが鳴る。

「……霊装《れいそう》による駆動起点を確認！　動き出すぞ、巻き込まれるなよ!!」

甲板で作業していた『翼ある者の帰還』の連中が、一斉に鉄鉱石の山から遠ざかった。ショチトル達の見ている前で、黒々とした山が崩れていく。ザラザラという耳障《みみざわ》りな音と共に、その内側から威容《いよう》が顔を覗《のぞ》かせる。

全長一〇〇メートル以上の巨大兵器。

『翼ある者の帰還』の切り札。

太陽の蛇《シウコアトル》。

鉄鉱石の山の上をのたうち回る大蛇のように、遠隔操作で斜めにせり上がり、海面を睨《にら》みつける四機の切り札を見て、ショチトルは目を細める。


学芸都市の第三短距離滑走路で、フレーヴとオーバーは作業を行っていた。

「……結局、使い物になるのはいくつ残ったんだ？」

「第三、第五、第七、第八の四本。……あの電撃まとったお姫様、取り引きをしたいってのは本当だったみたいだな。本当に使う滑走路だけは残しておいてくれやがった」

「おいおい。格納庫の方なんかカミナリみたいなのでバカスカ吹っ飛ばされてただろ」

「そっちも、整備用の建物ばかりだった。実際に戦闘機を詰め込んでいた建物には傷一つない。思いやりすら感じるね。……本当に敵なのかどうか、そこから怪しく思えてくる」

「気が強い女が好きなのか？」

「子供は全般的に嫌いだよ」

パイロット二人が適当に話を続けていると、牽引用《けんいんよう》のトラクターに引きずられるように、格納庫の方から戦闘機が出てきた。ラヴィーゼ飛行隊の機体はF-35をベースに手を加えたものだが、数々の装備品を追加したおかげで垂直離着陸機能はほぼ確実に使えない状態になっていた。七〇〇メートル程度の、短距離滑走路を使って離陸するのが基本である。

特殊な形状のステルス機に目をやりながら、フレーヴは言う。

「……あのお姫様の要求、知ってるか？」

「無関係な観光客と従業員を、全員、大型救命艇サーモンレッドに乗せろって言うヤツだろ。大仰な願い事じゃないか。できる事なら俺達にも乗ってもらいたいらしい」

「できると思うかよ？　『雲海の蛇《ミシュコアトル》』ってのは、最大でマッハ二を超えるんだぜ。のろまな大型船を海に浮かべてみろ。どうなるかは目に見えているだろ」

「さてな。確かにこの状況で、大型救命艇を守り抜くのは難しいかもしれないが」

オーバーは首元にかかるドッグタグを指先で弄《もてあそ》びながら、

「だが、自分のプライドを試すチャンスでもある」

「お前、やっぱり気が強い女が好きだろう？」

その時、傍《かたわ》らのパイプ椅子に置かれていた無線機から、ザザッというノイズが響いた。

オペレーターの声が二人の耳に響く。

『学芸都市東側の洋上二〇キロ地点に機影を確認!!　「雲海の蛇《ミシュコアトル》」です!!』

「……仕事だな」

「それも、ちょうど学芸都市とアメリカ本土を塞《ふさ》ぐ形で現れやがった」

フレーヴとオーバーの二人は小さく笑いながら、航空機用のヘルメットを手に取った。

先日の被害によって、戦力の差は大きく開いた。手持ちの武装だけでは、形勢は明らかに不利。それでも彼らは、弾薬とミサイルを満載《まんさい》に積んで滑走路の一角に並べられた戦闘機へと走っていく。

「世界の警察か」

「もはやお馴染《なじ》みの言葉だが、悪くはない」

『皆さん、急いでください』

学芸都市に、英語のアナウンスが流れていた。

音源はテレビだ。

街中にある、大小無数のありとあらゆるテレビから、女性の声が聞こえてくる。

『この学芸都市の基盤構造《きばんこうぞう》に、重大な欠陥《けっかん》が発見されました。高低差七メートル以上の高波を長時間受け続ける事によって、人工の砂浜が一気に海側へ押し流される危険性が指摘されています。場合によっては、それに連動する形で人工島全体が崩壊するかもしれません』

映像はない。

最低限の通信機能しか保持《ほじ》していないのか、画面は真っ黒。テレビのスピーカーだけを利用して、丁寧な口調のアナウンスは続く。

『数時間前、学芸都市の南西四〇キロ地点に、熱帯低気圧が発生しました。状況によってはサイクロンに発達する恐れもあります』

ホテルの客室にいる者が、浜辺で遊んでいる者が、ショッピングモールで買い物している者が、ビルの壁面に貼り付けられた大画面から携帯電話の小さなモニタまで、様々な媒体を利用してそのアナウンスを聞いていた。

『このサイクロンの影響によって学芸都市の基盤にダメージが加わる可能性はありますが、それによって必ずしも転覆《てんぷく》するという訳ではありません。学芸都市を離れる事も強制ではありません。ただし、救命艇は二時間後に出港します。本土へ帰る判断をされた方は、できるだけ急いで行動してください。各地に停泊している大型救命艇サーモンレッドの位置情報は……』

金髪爆乳の天才少女・ビバリー＝シースルーは一通り原稿を読み上げると、マイクのスイッチを切ってこう言った。

「これで良かったの？」

「ええ、すみません。本来はこういう事に巻き込むべきではないのは分かっているんですけど、私や佐天《さてん》さんは英語ができないので……」

ぺこりと頭を下げたのは初春《ういはる》だ。

彼女達がいるのは、浜辺にある『係員』の管理事務所だ。普段はライフセーバーのように遊泳客の安全を確認するための施設のようだが、今は誰もいない。『戦い』のためにほとんどの人員を動員しているらしい。

初春《ういはる》はここにあるコンピュータを使って学芸都市のローカルなケーブル放送に侵入し、テレビの送信機能を利用して海賊放送を流した訳だ。

ここにいるもう一人の少女、佐天涙子《さてんるいこ》は事務所の窓の方に目をやって、

「でも、これでちゃんとみんなが救命艇に向かってくれれば良いんだけど……」

「いくら情報を流しても、真剣に聞いてもらわなければ意味がないですからね」

初春《ういはる》も心配そうな声で同意したが、対してビバリーはでかい胸を張ってこう言った。

「その点については大丈夫ね」

「？」

「そこの野暮《やぼ》ったい花柄ワンピース水着の少女よ。君は英語ができないから分からなかった？　私はもらった原稿通りには読んでいないのよ。自分なりにアレンジして、アドリブを混ぜてアナウンスしていたの」

「そ、そうだったんですか？」

意図が分からずに首を傾《かし》げる初春《ういはる》に、ビバリーは『うむ』と頷《うなず》いて、

「ここで重要なのは、私が映画監督だという事。お客さんを招き寄せ、繋《つな》ぎ止《と》め、心に残る作品を生み出すための技術だけを追求しているエキスパートよ」

つまりね、とビバリーは一度言葉を切って、

「この私が考えた言葉で、心を動かさないお客さんなんていないのよ」

ドォ‼　という轟音《ごうおん》が窓ガラスを震わせた。

初春《ういはる》と佐天《さてん》がギョッとして目をやると、今まで浜辺にいた男や女が、大人や子供が、一斉に一方向へ走り出したところだった。彼らの表情に余裕はない。相当焦《あせ》っているのか、全員が全力疾走だった。

「ポイントは、強制をしなかった事ね。最終的な判断を客自身に委《ゆだ》ねてしまう事で、『どうせ誰かが何とかしてくれるだろう』という楽観的な余裕を奪うの。そして、『助かる者』と『助からない者』を暗喩《あんゆ》する事で、『勝ち組のグループに入りたい』という意識に働きかけられればパーフェクトね。アメリカでは特に有効な方法よ」

浜辺にいた『係員』が何かを叫んでいた。

彼らは大型救命艇サーモンレッドや、その停泊ドックを一般には公開していない。そんな所に大勢の観光客を連れ込む訳にはいかないから、おそらく客を押《お》し留《とど》めようとしているのだろう。しかしその努力は無駄だ。あそこまで大勢の人間が一方向に向けて駆け出したら、もう暴《ぼう》徒《と》の群れを抑える術《すべ》はない。

佐天《さてん》は口をパクパクと開閉させながら、

「うわ、うわ、うわ、うわー っ‼　なんか大変な事になってるんだけど⁉」

「それじゃあ、もう一押しよ。……きゃあああー っ‼　なんかアスファルトにヒビが入っているうーっ‼」

「ビバリーさんやり過ぎですってば‼　その叫び声に触発されて『係員』の人が呑《の》み込《こ》まれちゃったじゃないですか⁉」

暴徒鎮圧《ぼうとちんあつ》のために銃弾が使われないかが心配な初春《ういはる》だったが、形勢不利な状況で、さらに美《み》琴《こと》が派手に暴れ回った後だ。ただでさえ貴重な戦力をこんなつまらない事で消費するとは思えない……というのが、この『アナウンス作戦』を立案した美琴《みこと》の意見だった。

一人二人の侵入者ならともかく、万単位の人間が押し寄せた場合は話は別。

大型救命艇サーモンレッド自体は機密《きみつ》エリアであるものの、学芸都市が躍起《やっき》になって研究している『日本の学園都市とは違う方式の超能力開発』とはあまり関係がない。救命艇について『妥協《だきょう》』してしまえば暴徒と戦う必要はないはずだから、向こうも徹底抗戦する事はないだろう、と。

とりあえず、映画監督スキルを発揮《はっき》しまくったビバリーのおかげで、学芸都市全域の観光客の心を動かす事には成功したようだ。だとすれば、初春達《ういはるたち》もここに残っている理由はない。

「じゃあ、佐天《さてん》さん、ビバリーさんも。私達も最寄《もより》の大型救命艇へ向かいましょう」

そだね、という佐天《さてん》の返事は聞こえなかった。

ギィイイイイイ!!　という凄《すさ》まじい戦闘機のエンジン音が炸裂《さくれつ》したからだ。

鼓膜《こまく》がビリビリと震えた。佐天《さてん》が思わず両手で耳を押さえてうずくまり、ビバリーは涙目で窓の方へ目をやった。初春《ういはる》もそちらを見る。学芸都市にある滑走路から飛び立って、そのまま低空飛行で移動しているのか、複数の戦闘機がひっきりなしに青空を突っ切っていく。

初春《ういはる》はうずくまった佐天《さてん》に手を貸しながら、ビバリーに言う。

「早く救命艇へ‼　いつ戦火が学芸都市まで伸びてくるかは分かりません‼」

「……そもそも、あれがアトラクションじゃないのは分かったとはいえ、何がどこへどう襲ってくるのか、具体的に何の説明も受けていないのよね」

ビバリーは協力の見返りを求めているようだが、今ここで一から説明している暇はない。そもそも、佐天《さてん》の言う通り『日本の学園都市とは違う方式の超能力開発』が行われていた場合、それは一般人であるビバリーに説明できるレベルの話なのかという疑問もある。

とにかく、考えるのは安全を確保してから、という事で、初春《ういはる》は佐天《さてん》の手を引いてビバリーと一緒に『係員』の管理事務所から出ていく。

ふと、佐天《さてん》がポツリと呟《つぶや》いた。

「ショチトル、来るのかな……」

御坂美琴《みさかみこと》はサンダルを履《は》いた足を波打《なみう》ち際《ぎわ》につけたまま、遠くの水平線近くで巻き起こる爆発や水飛沫《みずしぶき》を見て、思わず歯噛《はが》みした。

「もう始まっちゃったの⁉」

現在、学芸都市の外周一二ヶ所に配置された大型救命艇サーモンレッドには、この街にいたほぼ全ての観光客や従業員達が乗り込んでいる最中だ。もう少しで出港できる状態だが、アメリカ本土に繋《つな》がる海路を塞《ふさ》がれてしまえば、どうしようもない。

サーモンレッドは大型船だが、それでも基本的には救命艇。ＧＰＳ自動航法で最短ルートを通るために最低限必要なものが積み込まれているだけで、戦場を避けるように大きく迂回《うかい》したり、ハワイやグアム方向へ針路を取るといった回避策は取れない。

「あれをどうにか凌《しの》ぐまでは、身動きは取れませんわね」

傍《かたわ》らにいた白井黒子《しらいくろこ》は、ひさしのように片手を目の上に当て、遠くへ目をやりながら、

「まぁ、街中に大勢の人が万遍なく溢《あふ》れているよりは、戦いやすいとポジティブに考えましょう。ここに『雲海の蛇《ミシユコアトル》』が飛び込んできたとしても、被害は出ない訳ですし」

「そうね……」

美琴《みこと》は白井《しらい》の方へ向き直る。

いつもはエロ水着の白井黒子《しらいくろこ》だったが、今はその上から、蛍光色《けいこうしょく》のジャケットのような上着を着て、前もしっかり閉じている。おそらく『係員』の装備の一つなのだろう。素材を見る限り、ある程度の耐刃性能もありそうだ。

「どうせだったら、フル装備にした方が防御力が上がるんじゃない？」

「……この炎天下でそんな事したら、熱中症でぶっ倒れますわよ」

あっそう、と美琴《みこと》は適当に返事しつつ、

「初春《ういはる》さんと佐天《さてん》さんは？」

「もうサーモンレッドの方へ向かっていますわ。それより、わたくし達はいかがいたしましょう。『雲海の蛇《ミシユコアトル》』がここまでやってくる前に、今からでもできる事はありませんでしょうか」

白井《しらい》は言うが、こればかりは仕方がない。

美琴《みこと》の『超電磁砲《レールガン》』の射程距離は五〇メートル、白井《しらい》の『空間移動《テレポート》』を使った攻撃も、八〇

メートル前後が限界だ。水平線の辺りで繰り広げられる戦闘には手を出す事ができない。

と、その時だった。

「……伝える義務はありませんが、緊急です……」

背後から、そんな女性の声が飛んできた。美琴達《みことたち》が振り返ると、立っていたのは競泳水着に救命胴衣を着た、例の『係員』オリーブ＝ホリデイだった。度重なる戦闘で体のあちこちを痛めているのか、所々に包帯が巻かれているし、顔色も優れない。

オリーブはその手に小さな無線機を握ったまま、

「あなた達に協力を要請するのは癪《しゃく》ですが、事態が事態です」

「前置きは良《い》いわ」

美琴《みこと》は遮《さえぎ》るように言った。

「なに？」

「ここは反対側、学芸都市西側の洋上三〇キロの地点に、新たな敵機が迫っています……。高度なステルス機能でもあったのか、潜水機能でも備えているのか、どうやら知らぬ間に回り込まれたようです……」

美琴《みこと》はギョッとして、改めてオリーブの顔を見た。

「ちょ、ちょっと！　アンタ達の戦闘機はどうしたの⁉」

「ラヴィーゼ飛行隊を使って迎撃《げいげき》も行っていますが、別方向から攻め込まれては……」

オリーブはそこで一度言葉を切ると、

「……地対空ミサイルのＰＡＣ３も先日の戦闘で『雲海の蛇《ミシュコアトル》』に破壊されましたし。残存《ざんぞん》する戦力では、現状の東側に対処するのが限界です。このままでは素通りして、西側に停泊しているサーモンレッドのいくつかが潰《つぶ》されてしまうでしょう」

その大型救命艇には、今も多くの観光客や従業員が乗り込んでいる最中だ。今すぐ出港する訳にもいかないし、かといって、船の内部にいる人達を即座に全員退避させるのも難しい。とにかく人の数が多すぎるのだ。そんな所へ攻撃が加わったら……。

そこから先は、考えるまでもなかった。

美琴《みこと》は隣の相棒を目だけで見て、そして名前を呼んだ。

「黒子《くろこ》!!」

応じるように白井《しらい》は美琴《みこと》の手を掴《つか》み、『空間移動《テレポート》』で姿を消す。

彼女の『空間移動《テレポート》』の一回の移動距離は、八〇メートル前後が限界だ。ただしある一点まで移動したら次の一点へ続けて移動する、という方法を使えば、長距離でも素早く移動する事ができる。時速に換算《かんさん》すると、二〇〇キロオーバーといったところか。

「いつもこうやって能力に頼ってるから、自然と運動不足になってんじゃない?」

「ふぐぬ!?」

美琴《みこと》の余計な一言で精神が不安定になるものの、どうにか能力の制御だけは保《たも》ち続《つづ》ける白井《しらい》。

そんなこんなで、全体で直径一〇キロ前後の学芸都市の端から端まで、三分前後の時間で一気に横断していく。

西側の海岸は、今まで見てきた東側と違って、海面から何か柱のようなものがたくさん突き立っていた。等間隔で一面に並んでいるのは巨大なライトの群れだ。水平線の向こうまで等間隔に続く不可思議な光景を眺め、白井《しらい》が言う。

「……これも意図的な景観作《けいかんづく》りってヤツでしょうか。確か、元々はSF映画と同じ景色を作るための施設だったんですわよね」

そうかもしれないし、後から作られたものかもしれないが、今はそっちを気にしている暇はない。

美琴《みこと》は砂浜に設置されたライフセーバー用の見張り台へ向かう。そこにあった双眼鏡を使って、肉眼では届かない距離へ目を向ける。

「何よ、あれ……？」

呆然《ぼうぜん》と呟《つぶや》きながら、美琴《みこと》が眺めているのは、水平線ではない。

大空だ。

地球は丸い。本来ならもう見えなくなっている距離のさらに向こうに、空気に霞《かす》むように巨体が佇《たたず》んでいる。高度はどれぐらいだろうか。実際の速度はどれぐらいだろうか。あまりにも遠すぎて、区別がつかない。自分の頭上を流れていく大型旅客機が具体的にどれぐらいの速さで飛んでいるのか、肉眼では判別しにくいのと同じだ。

ともあれ、今まで戦ってきた『雲海の蛇《ミシユコアトル》』とは比べ物にもならない。

おそらくは、あれが連中の本命。

あんなものを、学芸都市に上陸させる訳にはいかない。

美琴《みこと》ははるか遠くを睨《にら》みつけながら、白井《しらい》に尋ねた。

「黒子《くろこ》。海面に立ってる飾りの柱を使って、あっちの方まで移動できない？」


そして、美琴《みこと》と白井《しらい》の二人は洋上へ向かった。

足場が不安定であるため、白井《しらい》は美琴《みこと》の腰の辺りへ両手を回し、万に一つも移動と移動のタイミングで彼女を手放さないようにする。

移動を白井《しらい》に任せたまま、後ろを振り返れば、黒煙が見えた。

はるか遠くにある学芸都市は、ここから見ると巨大なビルやジェットコースターのレールなど、大雑把に分かりやすいものが視界に入るだけだった。それより目立つのは、やはり煙。青空を汚すように、黒々とした煙があちこちから立ち昇っているのが分かる。

等間隔に並ぶ装飾用の柱は、洋上一五キロ前後の地点にある、学芸都市の敷地《しきち》を区切る生物ガードという目の細かい網の辺りでブツリと途切れていた。しかしその先にも、おそらくは学芸都市の調査機材だろう……まるで機雷のようにプカプカと浮かぶブイの上を転々と移動していき、遠くへ遠くへ移動していく。

さらに七キロほど進むと、遠い点だった巨大兵器の全貌《ぜんぼう》が目の当《ま》たりになった。

全長一〇〇メートルオーバーの、細長い機体が空を飛んでいる。

基本的には『雲海の蛇《ミシユコアトル》』と同じ、木と布と黒曜石《こくようせき》で作られた機体だ。ラグビーボールの端と端を掴《つか》んで無理矢理引き伸ばしたようなボディの側面や後方に大小の羽が取り付けられていたが、どう考えても航空力学の法則を無視している。まるで大空を泳ぐ巨大な魚のようだった。

しかも、一つだけではない。

美琴《みこと》や白井《しらい》の見上げる機体の後方から、三つ目、四つ目と同じものが飛んできている。

合計四機の巨大兵器。

「これが……佐天《さてん》さんの言っていた……『太陽の蛇《シウコアトル》』？」

そうだとすれば、学芸都市へ近づけさせる訳にはいかない。どんな攻撃を行うかは分からないが、佐天《さてん》がショチトルという少女から聞いた限りでは、とんでもない破壊力を秘めているらしいのだ。

「お姉様!!」

傍《かたわ》らの白井《しらい》に大声で呼ばれ、美琴《みこと》はようやく我に返った。

呆《ほう》けている場合ではない。

『太陽の蛇《シウコアトル》』は遠目で見るよりもずっと速く、気がつけば美琴達《みことたち》の頭上を通り過ぎてしまっていた。そうこうしている間にも、二機目や三機目が五〇メートルほど上空を飛び去ろうとしている。

ようやく最後尾の四機目で、美琴《みこと》は反応できた。

時速一〇〇キロ程度で大空を突き進む巨大な影を見て、美琴《みこと》はサンダルのストラップに挟んでいたコインホルダーを引き抜く。そうしながら、移動役の白井《しらい》へ言う。

「戻って！　とにかくあれを撃ち落とす！　アンタの足なら十分に追い着けるはずよ!!」

「ま、その言葉は信用されていると受け取りますわ」

白井《しらい》が片目を瞑《つむ》って応じたその時、二人の体が消えた。

再び海上に浮かぶブイを伝ってものすごい速度で転々と移動する美琴《みこと》と白井《しらい》。あっという間に最後尾の『太陽の蛇《シウコアトル》』に追い着いた美琴《みこと》は、腰の辺りに白井《しらい》をまとわりつかせたまま、親指を使ってコインホルダーから一枚のコインを弾《はじ》き出《だ》す。

(高度は五〇メートル前後……射程ギリギリか!!)

歯噛《はが》みしながらも、美琴《みこと》は親指を動かし、『超電磁砲《レールガン》』を発射。音速の三倍もの速度で空気中を突き進むコインは摩擦《まさつ》によってオレンジ色に輝き、一直線に引き裂いていく。

ドゴン!! という轟音《ごうおん》が遅れて炸裂《さくれつ》した。

真下ではなく斜めから射出したためか、コインは『太陽の蛇《シウコアトル》』に激突する直前で、溶けて消えてしまった。それでも、溶け残ったカスのようなものがわずかに届いたのだろう。『太陽の蛇《シウコアトル》』の側面にあった、布や黒曜石《こくようせき》で作られた羽の一本が、ボッ!! と強引に引き千切られる。

美琴《みこと》は舌打ちして、

「黒子《くろこ》、ここからじゃまだ遠い! あいつの真下まで何とか移動して!!」

その時だった。

羽を潰《つぶ》された『太陽の蛇《シウコアトル》』の側面が、唐突に閃光《せんこう》を発した。紅蓮《ぐれん》の輝きの正体は、炎。単純に『火』そのものというよりは、ドロリとした燃える液体を大量にばら撒《ま》いたような感じだ。

消防車の放水のように、鋭角的な射出ではない。

まるで巨大なハンマーで叩《たた》き潰《つぶ》すように、二〇メートル前後の不定形な赤い塊が、美琴達《みことたち》の頭上へ襲いかかる。

「⁉」

反応したのは白井《しらい》だった。

美琴《みこと》の腰へ両手を回したまま、次々と海上に浮かぶブイの上を移動していく。巨大な炎のハンマーは海へ叩《たた》きつけられると、大量の水を蒸発させながらも、そこで消える事はない。そのまま海面を埋め尽くすように、炎の海が広がっていく。

「何よあれ！　重油でもばら撒《ま》いてんのか⁉」

しかし驚いている暇はない。

羽を一本潰《つぶ》された事で『太陽の蛇《シウコアトル》』も本腰を入れて美琴達《みことたち》を排除する気になったのか、機体の左右八ヶ所から、同じように紅蓮《ぐれん》の塊が噴き出された。青空が何重にも覆われ、炎が落ちるたびに海面が燃え広がっていき、美琴《みこと》や白井《しらい》の逃げ場を奪っていく。

このままでは埒《らち》が明かない。

苛立《いらだ》った美琴《みこと》は叫んだ。

「上‼」

その意図を白井《しらい》は摑《つか》む。

彼女の『空間移動《テレポート》』は、別に前後左右へ動くだけのものではない。まるで迫り来る炎の塊を素通りするように、白井《しらい》は美琴《みこと》を摑《つか》んだまま、一気に大空へと移動する。

ちょうど『太陽の蛇《シウコアトル》』の側面から突き出た、別の羽に着地するような格好で。

炎の噴出口《ふんしゅつこう》が、グリン‼　と美琴達《みことたち》の方へ向いた。

美琴《みこと》にはそれが、人間が驚いて背後を振り返るようにも見えた。

しかし容赦はしない。

彼女の右手の親指には、すでにゲームセンターのコインが乗せられている。

ドゴン!! という爆音が炸裂《さくれつ》した。

『太陽の蛇《シウコアトル》』は真っ二つにへし折られ、美琴《みこと》と白井《しらい》は次の標的を目指す。


初春飾利《ういはるかざり》は、学芸都市東側のエリアにいた。

彼女はまだ大型救命艇サーモンレッドに乗り込んでいなかった。ドックの整備用コンピュータを使って、寸断されかかったネットワークに侵入し、防犯カメラを使って逃げ遅れた人がいないか調べていたのだ。

それは正義感や使命感といったものかもしれないし、あるいは美琴《みこと》や白井《しらい》だけに任せて自分だけが大型救命艇に乗り込む事に抵抗があっただけかもしれない。とにかく初春《ういはる》は、遠くから聞こえる爆発音や低い衝撃に指先を震わせながらも、こうして作業を続けている。

「初春《ういはる》！　そろそろあたし達も入ろうよ!!」

「もうちょっと……佐天《さてん》さんは、先に乗っていてください！」

「初春《ういはる》!!　だぁーもう!!」

地団太《じだんだ》を踏みながらも、なんだかんだで自分の事を待ってくれる佐天涙子《さてんるいこ》は、本当に良《い》い友達だと初春《ういはる》は思う。

（こっちは大丈夫。こっちも、こっちも……ホテルの中は。客室にはカメラがないから調べられないけど……大丈夫。大丈夫。従業員の確認済み報告はある。後は……）

そこから五分ぐらいかけて、めぼしい所は調べ終わった。やっぱり、逃げ遅れた人はいないようだった。所々で『係員』達が武器を持って残っているのが心苦しかったが、初春《ういはる》がここに残ってやれる事はもうなさそうだった。

「初春《ういはる》！　ほら、早く!!」

「わっ、分かりました」

佐天《さてん》の言葉に促《うなが》されるように、初春《ういはる》はコンピュータの側《そば》から離れようとした。

しかしその動きが止まる。

改めてコンピュータに顔を向ける。佐天《さてん》が頭を掻《か》き毟《むし》る音が聞こえたが、今はそれどころではない。高速でキーを叩《たた》くが、目的の情報は得られない。確か、『あれ』は佐天《さてん》の話によると、一番厳重な所にあったはずだ。となると、ネットワークから接続できる所には情報は保存されていないのかもしれない。

初春《ういはる》はコンピュータから離れると、今度は佐天《さてん》の肩を摑《つか》んだ。

「佐天《さてん》さん!!」

「なっ、何よ？」

「確か、『係員』の人はこう言っていたんですよね。施設の二重扉の向こうは、行方不明になった人達が入る場所だって!!」

「ちょ……」

佐天《さてん》も、初春《ういはる》が危惧《きぐ》している事に思い当たったようだった。

「あの人達が、まだあそこにいるって？　でも、『係員』の人達がきちんと誘導して、どっかのサーモンレッドに乗せてるんじゃ……」

「保証はありません」

「で、でも、そうだ。初春《ういはる》のコンピュータで調べる事は⁉」

「機密扱いの情報なのか、ネットワークからじゃ分かりません。彼らに通信で連絡しても、そう簡単には答えてくれないでしょう」

初春《ういはる》は肩を摑《つか》んだまま、佐天《さてん》の目を正面から見据える。

「佐天《さてん》さん。大雑把で良《い》いです。どこから施設に入って、どういう風に進んだのか。内部も含めて、地図を描いてください」

駄目だ、と佐天《さてん》は思う。

ここで初春《ういはる》の指示に従ったら、初春《ういはる》は本当に学芸都市へ引き返してしまう。ただでさえ危ない状況でそんな事になったら、本当に無事では済まないかもしれない。

しかし、

「佐天《さてん》さん‼」

正面から大声で名前を呼ばれた。

自分の友人の目を見て、迷い、それでももう一度彼女の目を見て、佐天《さてん》は覚悟を決める。

「……付き合うわよ」

「え？」

「良《い》いからっ!!　さっさと確かめて、戻ってくるの!!　今なら、ショチトル達はまだ学芸都市までやってきてない。このチャンスの内に、さっさとやる事やらなくちゃ!!」

「佐天《さてん》さん……」

初春《ういはる》はわずかに黙り、それから頷《うなず》き、佐天《さてん》と二人で大型救命艇のドックから走り出す。

仮初《かりそめ》の安全地帯を抜けて、彼女達も戦いを始める。


美琴《みこと》と白井《しらい》は海面のわずかな着地点を伝って、高速で海上を移動する。

標的は頭上の『太陽の蛇《シウコアトル》』。

先ほど一機は撃墜した。残りは三機。

全長一〇〇メートルを超すその巨体は、間近で見ると強烈な圧迫感を与えてきた。そして同時に、丸みを帯びた胴体が、巨大な虫の腹のような嫌悪感《けんおかん》をも伝えてくる。

しかし、美琴《みこと》にとって『太陽の蛇《シウコアトル》』は絶対に倒せない強敵、というほどではなかった。現在も白井《しらい》の『空間移動《テレポート》』によって巨体の真下へと潜り込み、美琴《みこと》は頭上に向けてゲームセンターのコインを音速の三倍で射出している。美琴達《みことたち》を押《お》し潰《つぶ》そうと大量の炎の塊が撒《ま》き散《ち》らされるが、『超電磁砲《レールガン》』は重油のような燃える液体を吹き散らし、相手の攻撃ごと『太陽の蛇《シウコアトル》』の下《か》腹《ふく》へ突き刺さる。

二発、三発と立て続けに『超電磁砲《レールガン》』が射出され、ドゴォ!!　と二機目の『太陽の蛇《シウコアトル》』のボディが破れた。木製の外装をバラバラとばら撒《ま》きながら、『太陽の蛇《シウコアトル》』の巨体が空中分解していく。

ヒュンヒュン、という音が聞こえた。

炎の塊を吐き出し続ける噴出口を備えたまま、破壊された『太陽の蛇《シウコアトル》』の側面外装が回転しているのだ。四方八方へ炎を撒《ま》き散《ち》らす残骸《ざんがい》は、そのまま近くを飛行していた三機目の『太陽の蛇《シウコアトル》』へ大量の炎を浴びせかけた。

「チャンス!!」

動きをわずかに鈍らせた三機目の『太陽の蛇《シウコアトル》』に、美琴《みこと》が目を輝かせる。このままトドメを刺すため、白井《しらい》に上空へ移動するよう指示。三機目の屋根に直接飛び乗って、至近距離から『超電磁砲《レールガン》』をお見舞いしようとする。

しかし、白井《しらい》は着地に失敗した。

足元には何もなかった。

上空五〇メートル近辺に放り出される美琴《みこと》と白井《しらい》。

もっとも、それは白井《しらい》黒子《くろこ》が『空間移動《テレポート》』の計算を間違えたのではない。

グバァ!! と。

『太陽の蛇《シウコアトル》』の形が大きく変わり、内側から傘のように開いたからだ。

今まで航空力学を無視して大空を飛んでいた『太陽の蛇《シウコアトル》』だったが、流石《さすが》にパラソル状に展開された事で空気抵抗が働いたのか、いきなりガクンと速度が落ちた。わずかに目測《もくそく》を誤った美琴《みこと》と白井《しらい》の二人は、巨大な花のようになった表面へと着地する。

「なに……？」

直径二〇〇メートルほどの円形。

中央には、細長い柱のようなものがそびえている。

それは、開いた傘を逆さまにして、柄《え》を空へ向けたようにも見える。

だが、

（違う、これは……ッ!!）

思わず頭上を見上げ、青い空の向こうを想像しながら彼女は叫ぶ。

「パラボラアンテナ!?」

地上から三万五〇〇〇キロメートル以上離れた場所、酸素も重力もない漆黒の空間に、巨大な物体が漂っていた。

木と布と黒曜石《こくようせき》で作られた、一般的なロケットやスペースシャトルの技術では考え難《かんが》い素材で構成された物体。それは、現代ならば人工衛星……いや、宇宙ステーションと呼んでも差し支えないものだった。情報の送受信を意味しているのか、所々に配置された丸い黒曜石《こくようせき》が不規則にチカチカと瞬《また》いていた。

本体の側面に刻まれているのは、古い象形文字。

意味は『太陽の蛇《シウコアトル》』。

五機目、そして真の『本体』だ。

それはまだ、とある古い神話が一つの『世界』を支配していた頃、高度な天文学の知識や技術を持った人々が物理法則を無視して強引に打ち上げた『文明の象徴』でもあった。

その神話では、太陽は壊れてしまう可能性があると信じられていた。何十万年もかけて、ゆっくりと恒星が寿命を迎えるのではない。太陽は今この瞬間にも壊れる可能性があるから、人の手を使って、その輝きを守らなくてはならない。……だからこそ、様々な方法で太陽に干渉しよう、とも。

彼らは色々な事をした。太陽に力を注ぐために多種多様な儀式を執行した。そういったプロジェクトの一つが、こうして宇宙に打ち上げられた『太陽の蛇《シウコアトル》』だった。

シウコアトル。

太陽を地面から大空へ運ぶ役割を持つと信じられていた神の名前。

その名を冠した人工衛星に与えられた役割は、力を失いかけた太陽へ大量の火打ち石を撃ち込む事で、弱った太陽に活力を与えよう、というものだった。今で言うなら、原子炉に新たな燃料棒をセットするようなものだろうか。

結果として、このプロジェクトは失敗に終わる。

しかし、本来の役割をなくした『太陽の蛇《シウコアトル》』にも、他の利用価値が残されていた。

つまり。

衛星軌道上からの大規模爆撃。

シウコアトルは、四〇〇の神々を薙《な》ぎ払《はら》った武器の名でもある。

青空が、チカッと瞬《また》いた。

一点ではない。

真夏のように燦々《さんさん》と陽射《ひざ》しが降り注ぐ青空が、満天の星空のように瞬《また》いたのだ。美琴《みこと》がその正体を看破する前に、破壊の豪雨は一気に地表へ襲いかかった。

「ッ⁉」

全てが音で埋め尽くされた。

キュガッ‼と一面的な轟音《ごうおん》が、美琴《みこと》の耳から情報を奪い去る。降り注いだのは、一〇〇〇発以上の純白の光線。それは大きく開いたパラボラアンテナを中心に、直径一〇キロほどをまとめて吹き飛ばす。

美琴《みこと》や白井《しらい》にとって幸運だったのは、それが一発の巨大な爆弾ではなかった事か。散弾銃のようにランダムに炸裂《さくれつ》するが故《ゆえ》に、白井《しらい》の『空間移動《テレポート》』を使って細かく移動を繰り返す事で、かろうじて回避できるチャンスはある。

大量の海水が蒸発した。

空中にあったパラボラアンテナが、味方からの攻撃で粉砕される。

今まで海面のあちこちに広がっていた火の海が、まとめて吹き散らされていく。

白井《しらい》は美琴《みこと》を掴《つか》んだまま空中へ移動し、どうにか第一陣を切り抜ける。しかし頭上の青空からは、第二陣、第三陣の豪雨が迫りつつある。

まだ、パラボラの役割を果たす『太陽の蛇《シウコアトル》』は一機残っている。

この爆撃の圏外を飛び、学芸都市へ向かっている最後の一機が。

「黒子《くろこ》、大丈夫⁉」

「任せて、おいて……くださいですの‼」

空中をゆっくりと落下していくパラボラの残骸を足場に、さらに不規則に『空間移動《テレポート》』で転々と移動していく白井《しらい》。

光の豪雨は永遠には降り注がない。

大空の様子を窺《うかが》う限り、次か、その次を回避できれば打ち止めのようだ。

(いけるか……ッ⁉)

水平線の方へ向かう、最後の『太陽の蛇《シウコアトル》』の方を睨《にら》みつける美琴《みこと》。追い着けるかどうかは五分五分。白井《しらい》には悪いが、ここは光の豪雨回避後も続けて頑張ってもらうしかない。

その時だった。

ギィイイイイッ‼　と空気を裂く音が聞こえた。

美琴《みこと》がハッとしてそちらへ目を向けた時には、光の豪雨に紛れるように高速で接近し、すでに海面から大きく飛んだ影が、美琴達《みことたち》の真横の一点でピタリと静止していた。

全長五メートル前後のカヌーを二隻上下にくっつけて、前方の左右両面に二対の羽を備えた特殊な機体。

『雲海の蛇《ミシュコアトル》』。

そのボディはくまなく木の板に覆われているため、誰が操っているかは見えない。美琴《みこと》がとっさに一つの名前を思い浮かべたのは、単に佐天《さてん》から聞いた『ヤツら』の名前を、それしか聞かされていなかったからだ。

「ショチトル⁉」

大空を裂く機体は、当然のように何も答えない。

ボディの側面に空いた穴から、ミサイルのようなものが飛び出した。ファシュッ‼　という発射音と共に、細長い飛行機雲が近距離で描かれる。

「ッ‼」

白井《しらい》は慌てて『空間移動《テレポート》』でミサイルを回避する。

しかし、頭上からランダムに降り注ぐ光の豪雨に気を配っていたため、白井《しらい》は大きく距離を取るよりも、細かく正確に移動しようとした。結果、ミサイルを避ける事には成功したが、爆発と共に四方八方へ広がった衝撃波をまともに浴びる羽目になった。

「ッがアアあああああああああッ⁉」

美琴《みこと》と白井《しらい》の体が、何もしていないのに、水平に三メートルもスライドした。体の中に溜《た》めていた酸素が丸ごと吐き出される。ボディブローどころのダメージではなかった。

その上、

「くろ……黒子《くろこ》‼」

美琴《みこと》は思わず叫ぶ。白井《しらい》は先ほどの一撃を受け、気を失っているようだった。当然ながら、その状態では『空間移動《テレポート》』の恩恵《おんけい》を受ける事もできない。美琴《みこと》と白井《しらい》の二人は、本来あるべき重力に従って、数十メートルの距離から海面へ落下していく。

何かを考えているだけの余裕はなかった。

高度があると言っても、墜落までは数秒しかない。

意識をなくした白井《しらい》を抱えたままの美琴《みこと》は、背中に強い衝撃を感じた。それは水面の感触ではなかった。大破した『太陽の蛇《シウコアトル》』だ。今まさに沈みつつある残骸の側面から生えた、木と布と黒曜石《こくようせき》で作られた、巨大な羽。それがトランポリンのように彼女達の体を守ったのだ。

美琴《みこと》はぐったりした白井《しらい》の腰に片手を回しながら、もう片方の手でコインホルダーを掴《つか》む。

不安定な足場も気にせず、ただ大空を睨《にら》みつける。

しかし、『雲海の蛇《ミシュコアトル》』の方は美琴達《みことたち》に興味がないらしい。最低限の足止めを済ませた事に成功すると、そのまま海面へ着地。最後の『太陽の蛇《シウコアトル》』が向かう方角……学芸都市へと針路を変更し、高速で水平線の向こうへと疾走《しっそう》していく。

「くそ、待ちなさい!! っと!!」

ぐらりと足場が揺《ゆ》れて、美琴《みこと》は思わずバランスを取る。

ここは学芸都市から二〇キロ近く離れた場所で、人工島のエリアからも大きく外れている。こんな所に、意識を失った白井《しらい》を抱えたまま入れば、溺《おぼ》れる事は間違いないだろう。

その上、先ほどから光の豪雨が降り注いだ影響か、大量の海水が蒸発していた。といっても大きな海の全体からすれば表面上の事だったらしく、今は下の方にある冷たい海水と混ざり合っているためか、沸騰《ふっとう》などはしていない。それでも掌《てのひら》をかざすだけで蒸し暑さが感じられた。水温は軽く七〇度ぐらいには達しているだろう。底の方にある冷たい海水の影響で熱が下がるまで、かなりの時間がかかりそうだ。

一面に広がる水平線が与えてくるのは、開放感や自然の壮大さなどではない。

それは砂漠の真ん中と同じ。

広大な空間の一点で身動きが取れなくなる、焦《あせ》りと恐れだ。

「黒子《くろこ》……」

美琴《みこと》は手足を投げ出したまま動かない白井《しらい》の顔を見る。

きちんと呼吸はしているようだし、目立った内出血などもない。命に別条はないようだが、今すぐ目を覚ます様子はない。

「黒子《くろこ》……ッ!!」

さらに、ぐらりと美琴《みこと》の足元が揺れた。

彼女達の乗る『太陽の蛇《シウコアトル》』の残骸は、少しずつ、少しずつ、角度を変えて沈み始めていた。

それは大きな板がゆっくりと水中に降りていくようなものだろう。ただし、この残骸が全て沈んでしまえば、美琴達《みことたち》は七〇度以上の海水の中へ放り込まれてしまう。

(どうする……)

美琴《みこと》は気絶した白井《しらい》の肩を揺さぶって良いものか迷いながら、辺りを見回した。当然ながら、橋やボートの代わりになるようなものはない。美琴《みこと》は電気を使って様々な現象を起こす事ができるが、二人分の重量を抱えたまま大空を舞うような事はできない。

このままでは、沈む。

学芸都市へ向かった最後の『太陽の蛇《シウコアトル》』も止められないまま、ただ沈む。

（どうする……ッ⁉）

と、忌々《いまいま》しげに青い空を睨《にら》みつけていた時だった。

美琴《みこと》は、気づく。

自分の手で撃墜した『太陽の蛇《シウコアトル》』の残骸が海面に散乱していたが、その中に、何やら楕円形《だえんけい》のタンクのようなものがあった。やはり金属製ではなく、木の骨組みと布を張り合わせて作ったような、奇妙なタンクだ。

（そういえば……『雲海の蛇《ミシュコアトル》』には、大量の水素が搭載されてたっけ……？）

攻撃用のミサイルの推進剤の他にも、おそらくは機体そのものの制御にも使われていたはずだ。

水素。

水素を使ったロケットエンジン。

「……、」

美琴《みこと》は、辺りを見回した。

一面に広がる海水……いや、厳密には水分子は、酸素と水素で構成されていたはずだ。そして電気分解を使えば、水の中から酸素と水素を取り出す事ができる。

彼女は迷わなかった。

前髪から青白い火花を散らし、海面へ雷撃《らいげき》の槍《やり》を放つ。

しかし、

（駄目。分解自体はできるけど、とても燃料になんかできない……ッ‼）

酸素と水素を取り出す事はできても、量があまりにも少なすぎる。もっと多くの水素を、一気にまとめて入手できない事には始まらない。

足場の残骸が、ガクンと揺らいだ。

もう水面まで、数分も保《も》たない。

沈む。

(……いや)

そこで、ピクンと美琴《みこと》は顔を上げた。

何か、様子がおかしい。

前述の通り、美琴《みこと》は電気を操る能力者だ。その副産物として、磁力やローレンツ力なども扱う事ができるが、基本的に『電気』を起点にした現象でない限り、彼女は何も干渉できない。

しかし。

何故《なぜ》だか、美琴《みこと》の『操れる範囲』がやけに広がっていた。まるで空間そのものへ見えない感覚的な触腕や神経を伸ばしているような状態。美琴《みこと》を中心に、前後左右、水平線の先まで何もかもを操れるような、不可思議な感触がある。

(これは……)

美琴《みこと》は周囲を見回した。

厳密には、自分の周りにある空気を。

(水蒸気……？　そうか、大量の海水が一気に蒸発したから、粒子状になった水の分子が空気中を漂っているんだ!!)

そして細かい粒子と粒子の間を繋《つな》ぐ、微弱な力が存在する。

静電気だ。

(細かい粒子同士の結合を、電気の力で実現している……。多少法則は違うけど、磁力で砂鉄を集めて剣にする計算式を応用すれば……)

ただの水分子では駄目だろう。

例えば、美琴《みこと》には水や霧を制御する事はできない。

ただし。

空気中に漂《ただよ》う水分子の『比率』が最適なのか、大量の水蒸気に潮風が混ざって電気の伝導率に変化が生じているのか……美琴《みこと》自身にも詳細は不明だが、今周囲に漂っている大量の水分子だけなら、おそらく操れる。

(水蒸気は冷めると水分子同士がくっついて、ただの『水滴』に戻っちゃう。伝導率の方だって、いつまで絶妙な比率を保っていられるかは分からない。チャンスはここだけ。でも、短時間でもロケットの出力を手に入れられれば!!)

薄く薄く引き伸ばされたような、奇怪な感覚。

美琴《みこと》はそれに抗《あらが》わなかった。

「……ッ!!」

改めて、『力を向ける方向』を大きく切り替え、空気中に漂う大量の水分子を一気に『捕らえる』。砂鉄の剣を生み出す計算式をベースに、数値や記号を入れ替え、静電気を使って空気中を漂う水の分子を制御する公式を新たに組み上げる。光の豪雨の降り注いだ一帯……直径一〇キロほどに広がっていたそれらを、一気に中心点である御坂美琴《みさかみこと》の元へと凝縮させる。

それ自体は、燃料ではない。

空気中を漂う水分子の集合体は、あくまでも電気と海水を繋《つな》げる触媒。

美琴《みこと》は大きなクッションを挟んだ上で、莫大《ばくだい》な水分子を経由して、周囲に広がる海水へと、今度こそ本命の命令を飛ばす。まるで、一つの現象から連鎖反応を生み出すように。

必要な物は全て揃《そろ》った。

美琴《みこと》は大空を睨《にら》みつける。

そして眉間に力を集中し、最後の指示を出す。

バォ!!　という轟音《ごうおん》が炸裂《さくれつ》した。

美琴《みこと》の背中から、バーナーのように青白い光の翼が飛び出した。

厳密には違う。

美琴《みこと》の背中に寄り添うように浮かぶのは、水でできた刃物のような翼だ。そして翼の側面全体が、光の刃のように青白い噴射を放っているのだ。

水の翼は美琴《みこと》の浮力を支える手助けをすると同時に、バーナーの熱の伝導を肩代わりする。本来なら数秒で蒸発してしまいそうなものだが、海水なら辺り一面に広がっている。その都度補給をしていけば問題はない。

二枚の翼を携えた美琴《みこと》は、両腕で白井《しらい》を抱いたまま、ゆっくりと足場を離れる。

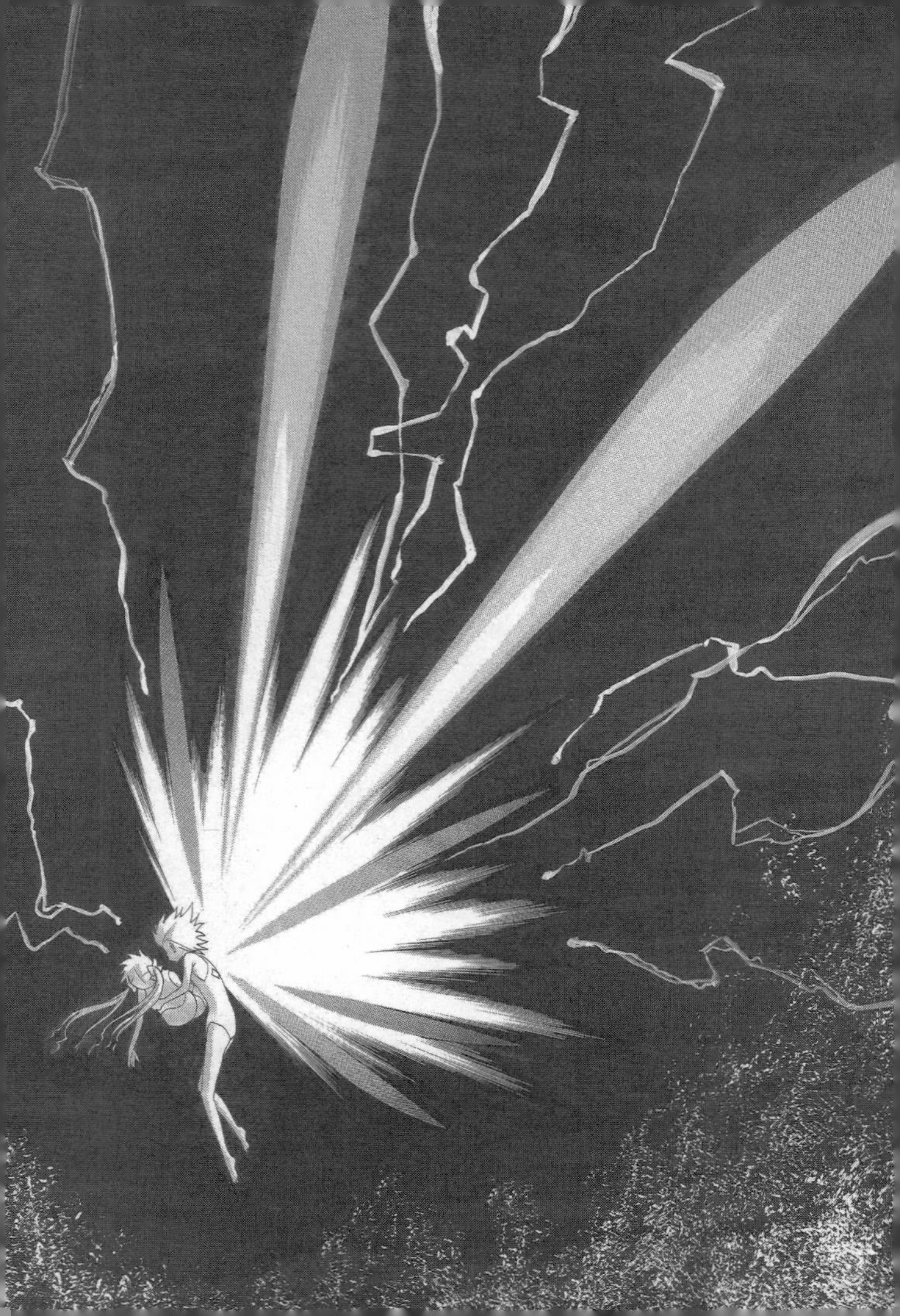

『太陽の蛇《シウコアトル》』の残骸は、そのタイミングを待っていたかのように海中へ沈んでいった。もう半端《はんぱ》な着地をする真似《まね》は許されない。

「……っとっと」

何とか空中へ浮かんだものの、バランスが悪いのか、右方向へふらふらと移動する美琴《みこと》。彼女は能力の計算式を即座に変更し、さらに短い羽を四枚付け加え、バーナーの出力と空力のバランスを調整し、真《ま》っ直《す》ぐピタリと静止する。

「これで、準備運動はおしまい……」

美琴《みこと》は、キッ!! と正面を見据えると、そのまま一気にバーナーを噴射。

青白い閃光《せんこう》が、美琴《みこと》の後方へ一気に飛び出す。

「待ってなさい！　ここから先が本番よ!!」

光の尾を引きずるように、一直線に学芸都市を目指す。一度空気中に漂う水分子を経由して海水を操ってしまえば、もう怖いものはない。

水の翼とバーナーの燃料を補給するため、遠い海面から巨大な人間の腕のようなものを飛び出させ、それを自分の背中に接続させたまま、学園都市第三位の超能力者《レベル5》は大空を引き裂いていった。

空気を吸い込む事も難しい速度で、御坂美琴《みさかみこと》は大空を舞う。

目的は一つ。

学芸都市へ向かった『太陽の蛇《シウコアトル》』を撃墜し、観光客や従業員達を守り抜く事。

第八話

四機目、最後の『太陽の蛇《シウコアトル》』は学芸都市《がくげいとし》へ突入した。

衛星軌道上からの攻撃範囲は、およそ直径一〇キロ前後。巨大な人工島である学芸都市全域を吹き飛ばすためには、学芸都市のちょうど中心点でアンテナを展開させなくてはならないのだ。

海上で『雲海の蛇《ミシユコアトル》』を操るショチトルは、宙を飛ぶ『太陽の蛇《シウコアトル》』を見送り、それからゆっくりと学芸都市から遠ざかろうとした。このまま巻き込まれるつもりはない。

(……これで、目的は達《たっ》せられたか)

ショチトルは思う。

『翼ある者の帰還』の技術情報を勝手に調査、研究し、多くの悲劇を生み出してきた施設。その末路《まつろ》に、ショチトルは特に深い感慨《かんがい》を持たない。彼女が考えているのは、『組織』としての成功とはもっと別の所にあるものだった。

結局、ここにいた観光客達はどうなるのだろうか。

ショチトルは少しだけ考えたが、やがて首を横に振った。

(……全ては話せなかった。だが、必要なヒントは与えたはずだ)

これ以上やれる事はない。

彼女は一度だけ息を吐くと、今度こそ『雲海の蛇《ミシュコアトル》』の機首を大きく動かし、究極兵器の攻撃範囲から離れようとする。

その時だった。

ギィイイイイ!!　という凄《すさ》まじい音が炸裂《さくれつ》した。ショチトルがそちらへ目をやると、輝く六枚の翼を携《たずさ》えた少女が、『太陽の蛇《シウコアトル》』を追うように海から学芸都市へ突入するところだった。

少女は一度手近なビルの屋上へ着地すると、両手で抱えていたもう一人の少女を下ろしたようだった。それから改めて、六枚の翼を広げて『太陽の蛇《シウコアトル》』へ突き進む。

「あいつ……ッ!!」

一度は海上で足止めしたはずの少女だった。

どういう法則の力を操っているのか、生身《なまみ》で三機もの『太陽の蛇《シウコアトル》』を撃墜した怪物。ショチトルは歯噛《はが》みし、迷い、それから学芸都市内部へ突入していく。最悪、味方の爆撃に巻き込まれる懸念《けねん》があるが、ここまできて最後の『太陽の蛇《シウコアトル》』まで撃ち落とされる訳にはいかない。

六枚の翼を広げた少女も、学芸都市内を走る運河《うんが》を伝って高速接近してくるショチトルに気づいたらしい。少女は『太陽の蛇《シウコアトル》』を追いながらも、横目でチラリとショチトルを見る。彼女は新たな敵を見て笑っている。

少女は何かを言ったが、ショチトルには聞き取れなかった。

ただし、少女の手にある物を確認する事はできた。

右手の親指に乗せられたもの。

それは、ゲームセンターのコイン。

もう警備も何もなかった。

混乱を続ける学芸都市は、機密区画《きみつくかく》の出入口にも大したセキュリティは張り巡らされていない。初春飾利《ういはるかざり》と佐天涙子《さてんるいこ》の二人はロックのかかっていない扉を堂々と開け放ち、立入禁止エリアから再び太陽の光が降り注ぐ海上の街へと飛び出してきた。

彼女達に先導されるように、ゾロゾロとついてくる人々がいる。

学芸都市の機密区画に閉じ込められていた人達だ。二、三〇人程度からなる人々は男も女も大人も子供も交じっていて、統一感は全くない。彼らも彼らなりに急いでいるようだが、体が疲れ切っているのか、全力疾走はできないようだ。佐天《さてん》の話によると、学芸都市で何らかのトラブルを起こした『犯人』であるらしいのだが……。

初春《ういはる》は青い空を見上げながら、

「今なら、まだ大丈夫かな……。とにかく大型救命艇のドックへ向かいましょう。『係員』の人達もいるでしょうけど、どのみちあそこ以外に逃げ場はありません!!」

浜辺から見える水平線の方では、今も複数の戦闘機とトビウオが激闘を繰り広げている。あれがいつこっちに迫ってくるか分からないし、流れ弾のミサイルなどが不意に飛んでくる可能性も否定はできない。

とにかく急がなくては。

彼らは『汚染注意』というラベルをベタベタ貼られた区画にいたのだが、実際には特に大した異常は見られなかった。どうやら学芸都市の人々は『自分達でもはっきりと答えられない事』を調べていたせいで、『具体的にどんなトラブルに見舞われるかも予測できなかった』ため、考えられる限り最悪の事態を想定して対処していたらしい。佐天《さてん》はオリーブから、『汚染』は『経営陣』の誤判断だった、といったような話も聞いている。

(ドックの方はやられていないよね。ううん、今は大型救命艇の所まで急がないと!! あれだけ大きな船なら、これぐらいの追加がいても問題ないはず!!)

と、その時だった。

二、三〇人の集団を身振り手振りで誘導していた佐天《さてん》が、不意にピタリと動きを止めた。初春《ういはる》がそちらを見ると、街の中でも戦闘が起こっていた。

風景はメチャクチャだ。ビルは崩れ、傾き、ひしゃげたジェットコースターのレールが大きく道を塞《ふさ》いでいる。大きな円形の観覧車は巨人の手で押されたように、そのまま倒れて複数の建物を潰《つぶ》していた。

そんな中で戦い続ける者がいる。

片方は、御坂美琴《みさかみこと》だろうか。どういう理屈《りくつ》なのか、六枚の輝く翼を使って大空を舞っている。そしてもう片方は、今まで見てきたトビウオ。彼女達は宙を浮かぶ全長一〇〇メートルぐらいの巨大な飛行物体を潰《つぶ》すか守るかで戦っているらしい。

そのトビウオを見て、佐天《さてん》はポツリと呟《つぶや》いた。

「ショチトル……？」

「え？」

「駄目だよ、その人と戦わないで!!　ショチトル!!」

気がついた時には、もう佐天《さてん》は走り出していた。

小型のミサイルと超電磁砲《レールガン》の飛び交《とびか》う戦場へと、ただの水着を着ただけの少女が駆け出してしまう。流れ弾が無人の建物を大きく崩《くず》し、道路を丸ごと吹き飛ばすような激戦地のど真ん中へと突っ込んでしまう。

「佐天《さてん》さん!!」

初春《ういはる》は叫んだが、佐天《さてん》は一度だけ振り返っただけだった。

行かないと、と佐天《さてん》の唇が動いた気がした。しかし初春《ういはる》がその言葉を聞き取る事はなかった。

佐天《さてん》は再び美琴《みこと》とトビウオが戦う最前線へと向かっていく。


美琴《みこと》とショチトルの戦いは続く。

しかしこの状況では、美琴《みこと》の方が断然《だんぜん》有利だった。何しろ、本来『雲海の蛇《ミシュコアトル》』は海上移動用の兵器だ。エアクッションの出力を一時的に増強する事で大空へ飛び上がる事もできるが、基本的にそれはオプション的な機能だ。大空を自由に飛ぶ敵から、同じく大空を進む護衛対象《ごえいたいしょう》を守り続けるのには向いていない。

（いや……）

運河から飛び、並行して走る別の運河へ着地しながら、ショチトルは自分の考えを素直に否定した。

（そんな小手先の事情じゃない。こいつ、地力が強すぎる……ッ!!）

いかに特殊な力を使って大空を飛んでいるとはいえ、敵は生身の人間であるはずだ。にも拘《かかわ》らず、『雲海の蛇《ミシュコアトル》』という兵器に乗り込んでいるショチトルと互角以上の戦いを繰り広げる。前髪からは雷のようなものが飛んでくるし、砂浜の砂鉄を使って巨大な剣のようなものを振り回すし、挙げ句にはちっぽけなコインを音速の三倍もの速度で放ってくる。

とにかく攻撃の種類が豊富で、しかも一発一発がやけに強力なのだ。攻撃方向も一方向だけではない。敵の少女の正面から逃れれば助かるという訳でもない。何度か背後に回り込む機会はあったのだが、そのたびに砂鉄の剣が鞭《むち》のようにしなり、ショチトルに決定的な攻撃を許さない。

ショチトルは運河から運河へ飛び移りつつ、機体の噴射機能をフルに使って何十メートルもの高度へ一気に飛び上がる。

そして複数のミサイルを同時に放つ。

美琴《みこと》は回避行動を取らなかった。

ミサイルの描く弧《こ》よりも遥《はる》かに鋭角的、直線的に、彼女は一気にショチトルの元へと突っ込んでくる。その背にある噴射の翼が、ギリギリの所ですれ違ったミサイルを少女の背後で爆発させていく。

真正面に迫る少女の前髪から、青白い火花が散る。

雷のような一撃が来る前兆。

ショチトルはとっさに新たなミサイルを放とうとするが、相手の方が明らかに早い。

しかし、
ガコォン!! という鈍い音が聞こえた。

まだ学芸都市の中心点に辿《たど》り着《つ》いていないにも拘《かかわ》らず、最後の『太陽の蛇《シウコアトル》』の傘が勢い良く開こうとしていた。アステカ天文学の粋《すい》を集めて作られた超大型パラボラアンテナ。どうやら遠隔操作している連中は、学芸都市全域を一撃で破壊できなくても、このまま撃ち落とされるよりはマシだと判断したらしい。

『太陽の蛇《シウコアトル》』を守ろうとしたショチトルもろとも、学芸都市の大半を吹き飛ばすつもりだ。

(構うものか……ッ!!)

ショチトルは奥歯を噛《か》み締《し》め、目の前の敵に集中しようとする。

だが、向こうは違った。

正面から撃墜するチャンスを得たにも拘《かかわ》らず、少女の注意は完全に『太陽の蛇《シウコアトル》』の方へ移っていた。直後、ショチトルの乗る『雲海の蛇《ミシュコアトル》』が美琴《みこと》の元へ突っ込む。少女は翼を動かし、横へ回避しようとしたが、『雲海の蛇《ミシュコアトル》』の羽の先へわずかに体を掠《かす》め、錐揉《きりも》み状《じょう》に吹き飛ばされていく。向こうも何かが起きたのか、六枚の翼の内の半数近くが消失し、速度を落としながら落下していく。

(これで……)

ショチトルは、もはや完全に開いたパラボラを後目に、わずかに思う。

今から全速力で脱出しようとしたところで、もう遅い。

(これで、終わりか)

機体の操作すら放棄し、ショチトルは両目を閉じた。

衛星軌道上から迫り来る一撃を想像するショチトルだったが、

「ふざけんじゃや、ないわよ!!」

その時、
確かに、ショチトルは少女の声を聞いた。

驚いて目を開くと、吹き飛ばされたはずの少女が、自分の体勢すらまともに制御できない状態のまま、それでも右手を『太陽の蛇《シウコアトル》』へと突きつけていた。ほとんど落下するような格好になっていたが、彼女の狙いだけはピタリと合わせられている。

その親指に乗せられたのは、一枚のコイン。

それを弾《はじ》くのは、最後まで諦《あきら》めなかった者の信念。

ショチトルは改めて舵《かじ》を握り直し、少女の迎撃に入ろうとしたが、間に合わなかった。諦《あきら》めた者と諦《あきら》めなかった者。両者の差を大きく引き離すように、少女の手から最後の攻撃が放たれる。


ドゴン!! という爆音が炸裂《さくれつ》した。

音速の三倍で射出されたコインは、一瞬でオレンジ色のラインと化した。

その一撃は大きく開いたパラボラアンテナの縁の辺りに直撃した。一点に集中した破壊の力は、そこから一気に全体へ広がっていく。まるで紙を突《つ》いたら皺《しわ》が走るように、円形のパラボラ自体に大きな亀裂が走り、全体の三分の一ほどが大きく吹き飛ばされていく。

直撃した衝撃で、パラボラ自体が大きく向きを変えた。

それでも、木《こ》っ端《ぱ》微《み》塵《じん》になった訳ではない。

『太陽の蛇《シウコアトル》』という原形そのものは、未《いま》だに大空を漂《ただよ》っている。

(どうなる……？)

ショチトルは急激に方向転換し、美琴《みこと》を照準に収めようと努力しながらも、意識の大半を『太陽の蛇《シウコアトル》』の方へ向けていた。

(どうなる……ッ!?)

成功し、自分もろとも学芸都市を吹き飛ばして欲しいのか。

失敗し、とりあえずこのまま無事に生き残りたいのか。

どちらを願っているかも分からないまま、ショチトルは成り行きをただ見守る。

そして。

何も起こらないまま、数秒の時間が経過した。

その待ち時間が、逆にショチトルの全身へ強い緊張感を与えてくる。

だが、何もない。

『太陽の蛇《シウコアトル》』の巨大なパラボラが、破壊の衝撃に流されるまま落下していく。パラシュートのような効果でもあるのか、地表へ向かう速度は意外なほどにゆっくりだ。

だからこそ、ショチトルは気づく事ができたのだろうか。


パラボラの残骸《ざんがい》の予想落下地点に。

ショチトルの良く知る、佐天涙子《さてんるいこ》が立《た》ち尽《つ》くしていた事に。


「……ッ!!」


その瞬間、ショチトルの腹の底からゾワリとした得体の知れない感覚が昇ってきた。それは緊張のような、怒りのような、様々な感情の混《ま》じり合《あ》った奇怪な奔流《ほんりゅう》だった。こんな所まで一体何をしに来たのか、一般人の少女は馬鹿みたいに水着のまま突っ立っている。

彼女が見上げているのは、頭上に迫る大量の構造物ではない。

大空を舞っている、ショチトルの『雲海の蛇《ミシュコアトル》』だ。

ブチリという音が聞こえた。

それは、ショチトルが自分の唇を噛《か》む音だった。

(あの野郎……ッ!!)

握《にぎ》り潰《つぶ》すほどの勢いで舵《かじ》を摑《つか》み、ショチトルは即座に急降下。『雲海の蛇《ミシュコアトル》』に残っているミサイルを確認していく。どう考えても、この機体を使って佐天《さてん》の体をさらう事は不可能。彼女を助けたければ、降ってくる残骸を吹き飛ばして障害物をどけるしかない。

『太陽の蛇《シウコアトル》』。

半壊したとはいえ、それは彼女達の力の象徴。

そして、まだ完全に機能を失ったとは断言できないのだが……、

「今は……」

ショチトルの唇が動いた。

わなわなと震える手で、舵《かじ》についたボタンに触れて、

「今は、単なるガラクタだ……ッ!!」

叫び声と共に、複数のミサイルが一気に飛んだ。

弧を描いて射出されるミサイルが、『太陽の蛇《シウコアトル》』の巨大な残骸へと直撃した。いくつもの爆発が連続する。巨大な木の構造物が砕け、弾《はじ》け、へし折られ、バラバラに散った。しかし足りない。残骸の一部分が破壊されているだけで、数十メートルクラスの大きな塊はそのまま佐天《さてん》の頭上へ向かっている。

そこへ、
先ほどの敵が、翼の大半を失った少女が、コインを音速の三倍で射出した。ドゴン!! という凄《すさ》まじい音と共に、残骸の側面が大きく吹き飛ばされる。機体は真っ二つになるが、まだ塊は木っ端微塵《こばみじん》にはならない。しかし、大きな塊の軌道そのものが、わずかに斜めに逸《そ》れた。今なら佐天《さてん》にぶつかるか、ぶつからないか。ギリギリのラインだ。

ぶつかれば終わり。

あるいは、『太陽の蛇《シウコアトル》』の残骸が地表に激突した際に撒《ま》き散《ち》らされる、大量の木片に巻き込まれるか。

「‼」

ショチトルは迷わなかった。

さらに『雲海の蛇《ミシュコアトル》』の高度を下げる。ほとんど地面に向かって真《ま》っ直《す》ぐ突っ込むような格好で急降下し、佐天涙子《さてんるいこ》の目の前で急激に機首を上げた。かろうじて機体の腹で浮かび上がる。

そこへ、『太陽の蛇《シウコアトル》』の残骸が容赦《ようしゃ》なく落下した。

大量の砂煙が巻き上げられた。猛獣の歯のような断面を見せる木片が四方八方へと撒《ま》き散《ち》らされた。しかし、佐天涙子《さてんるいこ》には傷一つなかった。『太陽の蛇《シウコアトル》』の残骸と佐天涙子《さてんるいこ》の間に割って入るように、『雲海の蛇《ミシュコアトル》』が盾になったからだ。

木片の雨は、ほとんど槍《やり》だった。

家の柱に使うような木材が、何本も『雲海の蛇《ミシュコアトル》』の側面に突き刺さった。

それを見た佐天《さてん》が悲鳴のような声を上げた。

「しっ、しょち……ショチトル‼　うああ、ショチトルッ⁉」

取り乱す佐天《さてん》の前で、『雲海の蛇《ミシュコアトル》』は動かなかった。

駆け寄る事もできず、その場にへたり込む佐天《さてん》。ついにそのまぶたからボロボロと涙が溢《あふ》れそうになったところで、カヌーを二つ合わせたようなボディが低く振動した。ちょうど上半分が後ろへスライドするように、ゆっくりと開いていく。

「くそ……」

吐き捨てた彼女には、目立った傷はなかった。

にも拘《かかわ》らず、ショチトルの顔には、深い皺《しわ》が刻まれていた。

「なんて間抜けなんだ。私は」

「ショチ、トル？」

ふらふらと近づいてきた佐天《さてん》に、ショチトルは思わずナイフを抜いていた。

黒曜石《こくようせき》という鉱物を材料にして作られた奇怪な刃物。それを佐天《さてん》に突きつけ、それ以上の接近を拒《こば》みながら、ショチトルは腹の底から叫ぶ。

「大破したにしても、手を加えれば最低限の機能ぐらいは回復させられたかもしれなかったのに!!『太陽の蛇《シウコアトル》』をもう一度動かしてみる価値ぐらいはあったのに!! 何で私はこんなのを助けてしまったんだ!!」

一見すれば、突き放したような言葉。

しかし佐天《さてん》は気づく。

今のは日本語だった。ショチトルは自分の仲間と話す時は、どこか別の外国語を使っていたはずなのに。わざわざ使い慣れない日本語を使って叫んだのだ。

その意味は、

「ったく、分かっているくせに」

聞こえた声に、ショチトルはハッとそちらを見た。

いつの間にか地上へ降りていた御坂美琴《みさかみこと》が、ショチトルの顔を見据えている。翼のいくつかを失い、失速していた事からも分かるように、やはり無傷では済まなかったのだろう。あちこちに傷のある美琴《みこと》の目を見て、ショチトルはわずかに言《い》い淀《よど》む。

「私は……」

「本当は、アンタだってこんなやり方がまともじゃないって事ぐらい、気づいてたんでしょ」

言葉を取《と》り繕《つくろ》おうとするショチトルを封じるように、美琴《みこと》は口を挟んだ。

「だから佐天《さてん》さんに大型救命艇の事を話した。ううん、それ以前に、ここの『係員』に殺されそうになっていたところを助けに入った。アンタ達の『組織』の本来の任務とは何ら関係ない事のために、わざわざ体を張って戦った」

「……」

「学芸都市の連中が腐ってる事ぐらい、私達だって分かってる。アンタ達の仲間だって、相当ひどい事されてきたんでしょ。でも、私達は、それを粛清《しゆくせい》しようとするアンタ達の『組織』が絶対的に正しいなんて思わない。アンタ達がこれ以上好き勝手に暴れて、学芸都市から外へ出る事もできない普通の人達まで皆殺しにするって言うなら、私はアンタとも戦わなくちゃならない」

バシュッ、という音が聞こえた。

美琴《みこと》の背に残されていた翼が、全て消えてなくなっていく。

ダメージはゼロではない。

それでも、美琴《みこと》は後ろへ下がる事を知らない。

「私は、佐天《さてん》さんを助けてくれたアンタとなら話が通じるって思った。暴力なんてふざけた方法以外でも解決の道はあるってね。……どうする？　アンタが助けた佐天《さてん》さんの前で、これ以上くだらないケンカを続ける気はあるの？」

「ショチトル……」

佐天《さてん》は、ゆっくりと、褐色《かっしょく》の少女の名前を呼んだ。

ショチトルは応じなかった。

俯《うつむ》いたままの少女は、『雲海の蛇《ミシユコアトル》』の舵《かじ》を握り締め、ブルブルと震えたまま、しかし動かない。それが、端的にショチトルの心情を示していた。戦わなくてはならないのに、戦いたくはない。ショチトルは、最後にどこの国のものか分からない言葉で大きく罵倒《ばとう》すると、まるで自分の芯《しん》を自分でへし折るように、『雲海の蛇《ミシユコアトル》』の舵《かじ》へ思い切り拳を叩《たた》きつけた。

ショチトルは機体上面《きたいじょうめん》が開いた『雲海の蛇《ミシユコアトル》』の中に体を沈めたまま、ぐったりと脱力していた。大空から降り注ぐ太陽の光に、ゆっくりと目を細める。

すぐ近くで佐天涙子《さてんるいこ》と御坂美琴《みさかみこと》が何やら話をしていたが、ショチトルは聞いてもいなかった。彼女はただ、ここで起きた事をぼんやりと考えていた。

学芸都市はもうここまでだろう。

連日にわたって行われた襲撃作戦によって、多くの建物は破壊されている。複数の爆発によって地面を掘り返され、決壊《けっかい》した運河から大量の海水が溢《あふ》れ返《かえ》っているエリアもある。根幹となる人工島の基盤こそ粉砕《ふんさい》していないが、これだけ騒ぎが大きくなってしまえば、もうこれまで通りの活動は行えないだろう。まだいくつかの機密エリアが機能している可能性もあるが、この混乱の中なら、ショチトルだけでも簡単に侵入して破壊できるだろう。そうすれば、彼らの研究成果も全て灰燼《かいじん》に帰《き》す。

それで良《い》いではないか。

わざわざ大勢の民間人まで巻き込んで、人工島を丸ごと崩壊させる必要などないではないか。

「……、」

そこまで考えて、ショチトルはわずかに息を吐いた。

その時だった。

ジリジリ、というノイズのような小さな音。

『雲海の蛇《ミシユコアトル》』に搭載《とうさい》された通信用霊装《つうしんようれいそう》から、『翼ある者の帰還』の男からメッセージが入る。

同僚《どうりよう》ではなく、上司にあたる男の声だ。

『聞こえるか、ショチトル。作戦の優先順位変更だ』

「……？」

『連中、街の外周部にいくつか、大型救命艇を隠してやがった。結構なサイズだ。学芸都市で培《つちか》ったサンプルをまとめて輸送するつもりかもしれねえ』

ショチトルの全身に、ぞわりという悪寒《おかん》が走った。

これから彼のやろうとしている事が、手に取るように分かった。

『お前、今、どこにいる？　これから三・五から三・七にかけて、小さな穴が空く。ここを突けば、後は連鎖的に学芸都市東部方面の防衛ラインは壊滅するだろう。俺達はヤツらの戦闘機を振り切ったら、そのまま一気に大型救命艇のドックを叩《たた》く。お前も動けるようなら参加しろ』

「待て……」

ショチトルは思わず通信用霊装《つうしんようれいそう》へ身を乗り出した。佐天《さてん》と美琴《みこと》がこちらを見るが、使っている言葉のせいか、彼女達には状況が掴《つか》めていないようだ。

「大型救命艇に乗っているのは学芸都市にやってきた観光客と、機密情報に触れていない一般の従業員だ。あの救命艇にサンプルを保管するような設備は搭載されていない!!」

『何故《なぜ》言い切れる？　実際に確かめたのか？』

「それは……」

『大方、お前の知っている情報はデータの図面だけだろうさ。そんなものが何の当てになる？　これだけの馬鹿げた施設を作り上げた連中が、救命艇には何も隠していないと何故《なぜ》言える？　そもそも、俺達がリニアモーターカー用の海底トンネルやヘリポートを真っ先に破壊したのは何故《なぜ》だ。……必要な物を、必要なだけ破壊するためだろ』

「だが、あそこには街中から普通の人達がかき集められているんだ！　分かっているのか。私達の事なんて何も知らない、『雲海の蛇《ミシュコアトル》』を直接見せてもどうやって動いているか想像さえできない、そんな人達で溢《あふ》れ返《かえ》っているんだぞ！　それを……ッ!!」

『知った事じゃないな』

男の上司は、簡単に切り捨てた。

『俺達は、そんなつまらないもののために戦っている訳じゃない』

失望を意味しているのだろう、通信は唐突に切れた。

ついてこないなら文句を言うな。

俺達は俺達で勝手にやらせてもらう。

口調《くちょう》一つに、そんな傲慢《ごうまん》さが窺《うかが》えた。会話のできない相手の典型だ。どうにかして食い止めたいのは山々だが、『翼ある者の帰還』の中では、彼らの方が立場は上。そして一応は、正式に与えられた作戦の範疇《はんちゅう》には収まってしまっている。この状況で無理に止めに入れば、裁かれるのはショチトルの方なのだ。

「くそっ‼」

ショチトルは思わず吐き捨てた。

佐天《さてん》が心配そうな顔で、何が起きたかを尋ねてくる。

答えるのは気が引けた。

かと言って、黙っていても問題は解決しない。

ショチトルは、わざわざ日本語を使って言葉を発する。

「……私の組織の人間が、もうすぐ包囲網を突破する。連中は海に出ようとしている大型救命艇に学芸都市の研究データが保存されていると判断し、これから沈めるつもりらしい」

「ちょ……」

「嘘《うそ》でしょ⁉」

美琴《みこと》と佐天《さてん》の二人が絶句する。

しかも、ショチトルから詳しい話を聞くと、どうやら『雲海の蛇《ミシュコアトル》』や大型救命艇サーモンレッドの位置の関係上、真っ先に狙われるのは初春《ういはる》が乗っている船体のようだ。

美琴《みこと》はショチトルの肩を掴《つか》んで大声で尋ねる。

「アンタと同じ組織の人間でしょ！　何とか止められない訳⁉」

「同じ組織といっても、階級は向こうが上だ！　言葉で止められるならとっくにやってる‼」

よほど苛立《いらだ》っているのか、ショチトルはその手を振り払うと、噛《か》みつくように叫び返した。

「研究データのあるなしなんて、本当の所はどうでも良《い》いんだろう。とにかく殺せればそれで満足なんだ。そんな連中を説き伏せる方法なんて存在しない‼」

佐天《さてん》は素人《しろうと》なりに、慌てながらも頭を使って、

「どっ、どっ、どうしよう⁉　そうだ、『係員』の人達に事情を話して、戦闘機をいくつか回してもらうとか……」

「そんな余力があれば、とっくに投入されてる！　学芸都市は東部洋上で現状の防衛ラインを守るのに精一杯だ。その上で、ヤツらは『穴が空く』と言ったんだ‼」

「みっ、御坂《みさか》さん……ッ⁉」

すがるような目で佐天《さてん》は美琴《みこと》の方を見たが、彼女は彼女で首を横に振った。

「駄目。なんか翼を作るために、空気中に漂っている水分子を使っているんだけど、そっちが限界に達してる。一定の比率で分布しているのが重要だったんだけど、時間の経過と共に水分子が集まって、ただの『水滴』になってきてる。平たく言うと飛べないのよ。黒子《くろこ》もダウンしているから『空間移動《テレポート》』は使えそうにないし」

「そんな……」

「とはいえ、別に私自身の能力が使えなくなっている訳じゃない。向かってくる連中を海岸線で待ち受ける事自体はできるけど……」

「海上を突き進む『雲海の蛇《ミシュコアトル》』の瞬間最高速度は、マッハ二に達する。複数同時に突っ込んでくる機体を一つでも見逃せば、後は大型救命艇まで一直線だ」

ショチトルは歯軋《はぎし》りしながら、そんな事を言った。

「当然、お前にも協力してもらう。『太陽の蛇《シウコアトル》』を撃ち落とすほどの、貴重な戦力だからな。だが、それだけでは足りない。お前が海岸線で迎撃態勢を取った上で、さらに海上で動きを止め、ある程度『雲海の蛇《ミシュコアトル》』の数を減らす必要がありそうだ」

「でも、そんなの……」

佐天《さてん》は言《い》い淀《よど》んだ。

「そんな都合の良《い》い戦力なんて、ないよ。だって、戦闘機はないんでしょ。白井《しらい》さんの『空間移動《テレポート》』も駄目なんでしょ？　あたしや初春達《ういはるたち》には、そんなにすごい能力なんてないもん。誰が、どうやって海上であいつらと戦……」

そこまで言って、佐天《さてん》の言葉が完全に止まった。

気づいたからだ。

ショチトルが、半壊した『雲海の蛇《ミシュコアトル》』に乗り込んでいる事に。

「そういう事だ」

「待ってよ!!」

あっさりと言ったショチトルに、佐天《さてん》は思わず叫んでいた。

「だって、こっちも向こうもおんなじトビウオなんでしょ!?　ショチトルのだけが、特別にすごい機体に乗ってる訳じゃないんでしょ!?　だったら、そんなの、数で勝負が決まっちゃうじゃない!!」

いや、むしろショチトルの『雲海の蛇《ミシュコアトル》』は、佐天《さてん》を庇《かば》うために家の柱のように太い木片がいくつも突き刺さっていた。こんな状態で、完全武装でやってくる複数の『雲海の蛇《ミシュコアトル》』と戦ったらどうなるか。佐天《さてん》は最悪の想像を頭に浮かべ、慌ててそれを否定する。

美琴《みこと》は、ショチトルの目を見て尋ねた。

「私が、アンタの『雲海の蛇《ミシュコアトル》』に乗せてもらうって方法もあるんじゃない？」

「断る」

ショチトルは即答した。

「私はお前の傍《そば》に寄り添っていたパートナーとは違う。即席でチームを組んだところで、二人《ににん》羽織《ばお》りの戦術がいきなり成功するはずがない。どちらも互いの足を引っ張り合って撃破されるのがオチだ。それなら、一人で戦った方がマシだ」

それは本心ではないだろう。

ショチトルは自分の戦いに美琴《みこと》を巻き込むつもりはないのだろう。直接言葉で聞かされた訳ではないが、目を見ればそれぐらいはすぐに分かる。

美琴《みこと》はわずかに息を吐いた。

ここでケンカをしてもどうにもならない。どのみち、『雲海の蛇《ミシュコアトル》』を操れるのはショチトルだけだ。力ずくで何とかしようとしたところで、ショチトルが首を縦に振るとは思えない。

「……本当にヤバくなったら、海岸線から五〇メートルの範囲内まで逃げてきなさい。そこからなら、私の『超電磁砲《レールガン》』で援護できるから」

「御坂《みさか》さん!! ショチトルも⁉」

佐天《さてん》は慌てて美琴《みこと》に食ってかかった。このままでは、本当にショチトルが行ってしまう。そういう風に思ったのだろう。

ショチトルは少しだけ黙ると、やがて『雲海の蛇《ミシュコアトル》』の舵《かじ》を睨《にら》んだまま、美琴《みこと》に向かってこう言った。

「頼めるか」

「何を」

「そこの大馬鹿野郎を、お前の電気で気絶させてやってくれ」

「ショチ……ッ⁉」

佐天《さてん》は何かを言い掛けたが、その時、美琴《みこと》が佐天《さてん》の肩に軽く手を置いた。

後ろから肩を叩《たた》いて振り向かせるような、何気ない仕草《しぐさ》。

しかし、直後に、バチン!! という火花の散る音が炸裂《さくれつ》した。繊細に調節し、人体に妙な影響を残さないようにした高圧電流。それをまともに喰《く》らった佐天《さてん》の体が、そのまま真下へストンと崩れていく。

美琴《みこと》とショチトルは、わずかに哀《かな》しそうに、佐天《さてん》の顔を見下ろした。

意識を失った佐天《さてん》は、おそらく偶然だろうが、まるで何かを摑《つか》もうとするようにその手を前へ伸ばしていた。

ショチトルは振り切るように佐天《さてん》から目を離し、そして言った。

「行くぞ」

「……本当に良《い》いのね？」

「お前も気絶するか」

「……単に戦力の問題じゃない。これから戦う相手は、アンタの仲間達なのよ」

「同じ事を二度言わせる気か」

短く、そして覚悟の決まった声に、美琴《みこと》はため息をつく。

こっちこそ、こいつを気絶させてやろうかとも思ったが、それは叶《かな》わなかった。ショチトルは『雲海の蛇《ミシュコアトル》』の上部カバーを操作すると、ボロボロになった機体を完全に密閉させて、すぐ近くにあった運河の水面へ浮かぶ。

『先に行っている。全てを迎撃できる保証はない。お前の事を信用する義理はないが、私達の究極兵器を撃ち落とした腕だけは認めてやる』

美琴《みこと》が文句を言う暇もなかった。

バォ‼　という轟音《ごうおん》が炸裂《さくれつ》すると、『雲海の蛇《ミシュコアトル》』はものすごい速度で運河を走り抜けた。あっという間に視界から消えていったショチトルの機体は、運河を抜けて海へと飛び出していく。

「……」

美琴《みこと》は一度だけ、倒れたままの佐天《さてん》を振り返った。

しかし、こちらもじっとしている訳にはいかない。

彼女自身も防衛ラインを築くため、そして最後の最後でショチトルを守る屋根を作るために、美琴《みこと》も海岸線へ走っていく。

ショチトルはボロボロになった『雲海の蛇《ミシユコアトル》』を操りながら、海岸線から急速に離れ、東の海を突き進む。もうすぐ、元の仲間だった『翼ある者の帰還』とぶつかる事が分かっていても、ショチトルの心は暴れ出したりはしなかった。

『翼ある者の帰還』を敵と認めた訳ではない。

これまでも、これからも、ショチトルは『翼ある者の帰還』に骨を埋《うず》める決意は変わらない。

しかし、だからこそ、ショチトルはここで抗《あらが》う。

骨を埋《うず》める決意があるからこそ、こんな所ぐらいではわがままをさせてもらう。

結果、組織の法に従って制裁を受けるのならば、それは構わない。

組織の法すらなく、ただ怒りに任せて理不尽な暴力を振るわれるようなら、その時こそ初めて『翼ある者の帰還』に失望するべきだ。

(たかが個人が組織を見定めるとは。私も、随分《ずいぶん》と尊大《そんだい》になったものだ……)

ショチトルがわずかに笑みを作った時、ふと、一機の『雲海の蛇《ミシユコアトル》』が近づいてくるのをショチトルは悟った。舵《かじ》を握るショチトルに緊張が走るが、そこで気づいた。あれは敵ではない。

同僚の少女、トチトリだ。

「何しに来た？」

『鼻持ちならない上司に命令されて、敵の防衛ラインの穴を一足先に潜《くぐ》り抜《ぬ》けてきたところ。

とはいえ、面白くないと思っているのは私も同じだ』

トチトリの『雲海の蛇《ミシユコアトル》』は一度ショチトルの機体の横を通り過ぎると、すぐさまUターンして、ショチトルと方向を合わせる。さらに、そのままショチトルの隣を並走し始めた。

「行き先を間違えていないか」

『いいや。私の道はこっちだよ』

トチトリは通信用霊装《つうしんようれいそう》越しに、含んだ笑みの吐息を洩《も》らす。

そう言ったからには、彼女も彼女で覚悟を決めてきたのだろう。

『腐れ縁だからな。こんな時ぐらいは付き合ってやる』

「まったく。大馬鹿野郎というのは、どこにでもいるものだ」

バォォ!!　という二つの爆音が海を引き裂いた。

水平線の向こうから、クソ野郎どもの乗る『雲海の蛇《ミシユコアトル》』がチラホラと見える。

突然の行動に驚くヤツらの前で、ショチトルはミサイルの安全装置を解除した。

『……なるほどな。それなら遠慮は必要ねえよなぁ!!』

「もちろんだ。私も本気で行くのだからな!!」

最後の戦いが、始まった。

複数の『雲海の蛇《ミシユコアトル》』が交差し、爆発音が連続する。

短い気絶から目を覚ました佐天《さてん》は海を見ている事しかできなかったが、海岸線で待ち構えていた御坂美琴《みさかみこと》は、たった一度も『雲海の蛇《ミシユコアトル》』とは戦わなかった。全てを迎撃できる保証はないと口では言っておきながら、ショチトルは本当に一機も『雲海の蛇《ミシユコアトル》』の侵入を許さなかったのだ。

戦いを終えたショチトルは、一緒に戦っていた仲間の『雲海の蛇《ミシユコアトル》』と共に、そのまま水平線の向こうへと去ってしまった。

学芸都市の経営は破綻《はたん》した。

表向きは、安価な旧式戦闘機を軸に戦う特殊なゲリラが学芸都市を襲ったものとして処理されたようだ。ゲリラの本部はすでに特殊部隊が強襲したという事で大衆《たいしゅう》は納得していたようだが、おそらくそれらは嘘《うそ》だろう、と佐天《さてん》は考えている。強襲した、というのが嘘《うそ》なのではなく、ゲリラの本部が存在する所から嘘《うそ》なのだろう、と。

当然ながらいくつもの目撃情報と合致しないのだが、そうした意見はUFO目撃談と同列視されたり、集団妄想《しゅうだんもうそう》の一種と判断されたりしているらしい。

去《さ》り際《ぎわ》、大型救命艇サーモンレッドの中で、映画監督のビバリーは何やら色々考えていたようだが、最終的には『やはり恋愛映画の方が良《い》いよね』とこぼしていた。どうやらハリウッドの方からは引き揚げて、今後はヨーロッパで活動するらしい。

広域社会見学《こういきしゃかいけんがく》は予定よりも早く切り上げられ、佐天達《さてんたち》は今、帰りの飛行機に乗っている。

窓の外に見えるのは、一面が太平洋の青い海。

その一点に染《し》みのように見えるのは、日本の学園都市の協力を受けて、本格的に解体作業を開始した学芸都市の人工島だろうか？

美琴《みこと》の話によると、どうやら解体作業に日本の学園都市が協力したり出資したりしている背景には、学芸都市で行われていた研究成果を完全に破棄するのを見届けたい、という狙いがあるらしい。

しかし、今の佐天《さてん》にはどうでも良かった。ショチトル達を無用な戦いに駆り立てていたものが壊れていくのは、本来なら喜ぶべき事柄《ことがら》なのだろう。だが、佐天《さてん》は戦いそのものになど、興味がないのだ。ショチトルがどこへ行ってしまったか分からないのでは、とても無邪気《むじゃき》に喜ぶ事などできない。同じ組織の人間に牙を剝《む》いた彼女は、今どこで何をしているのだろうか。

「ショチトル……」

佐天《さてん》は窓の外を眺めながら、ポツリと呟《つぶや》いた。

彼女は何故《なぜ》、最後の最後で自分を気絶させるよう、美琴《みこと》に頼んだのだろうか。素人《しろうと》で戦力にならない自分の言葉など、聞くだけ無駄だと判断したのだろうか。ショチトルにとって、自分の言葉などその程度の価値しかなかったのだろうか。

そんな事を、隣の席にいた美琴《みこと》に話してしまったのは、おそらくほとんど八つ当たりだろう。実際に佐天《さてん》を気絶させたのは、彼女だったのだから。

「違うわよ」

しかし、美琴《みこと》は佐天《さてん》の言葉に対して、首を横に振った。

「あの子はちゃんと、佐天《さてん》さんの言葉を聞いてくれていたわよ」

「でも、だって、結局、ショチトルはあたしの言葉なんて聞いてくれなかったじゃないですか。

御坂《みさか》さんに頼んで、強引に会話を打ち切っちゃったじゃないですか」

「そんなの簡単じゃない。ショチトルは、あれ以上佐天《さてん》さんの言葉を聞いていられなかったのよ。戦いに行くのを、迷ってしまうほどにね。本当はものすごく嬉《うれ》しかったのよ」

「……、」

その言葉を聞いていた佐天《さてん》は、しばらく黙っていた。

別に、美琴《みこと》だってショチトルに意志を確認した訳ではない。単なるその場限りの嘘《うそ》にすぎないのかもしれない。だが、佐天《さてん》はそれを真実だと思った。おそらく美琴《みこと》とショチトルは、佐天《さてん》とは違う形で繋《つな》がりを感じていた。だから佐天《さてん》の知らない事を知っているし、佐天《さてん》だけが知っている事を知らない。

「ちなみに、もし気絶しなかったら、あそこで何を言ってあげるつもりだった訳？」

美琴《みこと》にそんな事を聞かれたので、佐天《さてん》は素直に答えた。

すると、美琴《みこと》は何故《なぜ》かゲラゲラと笑い出した。

「ちょ、何なんですか」

「いやいやいやいや！　悪い悪い。だけどさぁ、佐天《さてん》さん。やっぱりショチトルは正しかったと思うよ。そんな台詞《セリフ》を聞いちゃったら、ショチトルがあそこで踏《ふ》み止《とど》まっても私は文句を言えなかった」

「……そんなに変な言葉だったですかね」

頬を膨らませながら、佐天《さてん》は笑い続ける美琴《みこと》から顔を逸《そ》らす。

再び窓の方を見ながら、もう一度、頭の中で呟《つぶや》いた。

先ほど、美琴《みこと》に答えた台詞《セリフ》を。

いつとも知れぬ時間、どことも取れぬ場所。

二人の少女は、適度な光に満たされた、長い通路をただ歩いていた。体の前に重ねられた両手には、木の板に穴を空けたような手枷《てかせ》がはめられている。

並んで歩く彼女達は小さな声で、二、三、言葉を交わす。どうやら軽い冗談のようで、片方は肩を震わせて笑っているが、もう片方は全く反応がない。

やがて、彼女達は立ち止まった。

特に広い空間に出た訳でもない。目の前に巨大な扉がある訳でもない。傍目《はため》から見れば、長い長い直線通路の途中にしか見えない場所。しかしここは彼女達、いや彼女達の所属する組織にとって大きな意味を持つポイントだった。

どこかから、声が響く。

反響しているような、音源のないような、不可思議な声が。

『始めるぞ。構わないか』

尋ねたくせに、少女達の回答を待つ時間は用意されていなかった。

直線通路を作っていた左右の壁そのものが、大きく奥へ移動していく。ただの通路だった場所が、大きな空間へと変わっていく。壁は一律に移動するのではない。奥へ進む距離が段階的に調節されていて、まるで巨大な階段のように展開されていく。

左右に広がる果てしない石の階段。

あるいは、それは大学の講義室にある座席を彷彿《ほうふつ》とさせる。

やがて、『階段』のはるか上部から、ゾロゾロと人影が現れた。独特の民族衣装をまとった老若男女《ろうにゃくなんにょ》。彼らは一人一人が決められた位置まで進むと、ゆっくりと段に腰を下ろしていく。

二人の少女は、改めて背筋を伸ばした。

しかし片方は何かを呟《つぶや》き、もう片方は呆《あき》れたように息を吐いた。

『余裕があるな』

そんな声が聞こえたが、二人の少女は応じなかった。

ただ彼女達は、間近にいる腐れ縁同士でこんな言葉を交《か》わしていた。

「はてさて。どんな制裁を喰《く》らう羽目になるのかな。ショチトル」

「トチトリ。くだらないのは分かるが、少しは真面目な顔をしろ」

能力実演旅行編

第一話

1

事の発端《ほったん》は七月一日まで遡《さかのぼ》る。

『デモンストレーションですの？』

携帯電話越《ご》しに、後輩の白井《しらい》黒子《くろこ》の声が飛んできた。いつもの夏服を着た御坂《みさか》美琴《みこと》は、電話を耳に当てながら適当な調子で答える。

「そ。学園都市で七人しかいない超能力者《レベル5》ってのが、一番分かりやすい開発成果《サンプル》なんだって。でもって、七人の中では私が最も能力の説明には向いていた。だから協力機関まで行って、大々的なパフォーマンスを行う必要が出てきたって訳」

実際には、白井《しらい》黒子《くろこ》の『空間移動《テレポート》』のような、明らかに普通の物理現象を超えている能力の方が『分かりやすい』だろう。しかし、そこはそれ。事情を知らない人達は、『最高位のグループ』とやらを御所望《ごしょもう》するものなのである。

白井《しらい》黒子《くろこ》はそういった事情を知ってか知らずか、

『まぁ‼　それはつまりお姉様を壇上《だんじょう》へ引きずり上げた上で行われる秘密の人間品評会という

ヤツですのね!!　全くいやらしい！　「露払い」を自称するわたくしとした事がとんだ不覚ですわ!!　ハッ、今からでも遅くはありません。すぐさまお姉様の元へ馳《は》せ参《さん》じて半裸着エロのちょうど良《い》い所でお姉様を救出せねば!!』

「意味分かんない事言っているから聞き流すけど、一週間ぐらいはそっちに帰れないからよろしくー」

『いっ、一週間も!?　休みなく!!　それはいくら何でもエロすぎですわよ!!　若さだけが取《と》り柄《え》で乗り切れるマラソンではありませんわ!!』

「うるさいなー。私だってこんな学芸会みたいな真似《まね》したい訳じゃないんだってば。それに、黒子《くろこ》が今から何を言ったところで、今回ばかりはこっちに来れないと思うけど？」

『お姉様、少々わたくしの能力を侮《あなど》っているのではございません？　わたくし、その気になれば核シェルターの中にでも潜《もぐ》り込《こ》めますわよ』

「うーん。それでも無理だと思うけどなあ」

美琴《みこと》はチラリと視線を投げる。

その先にあるのは道路標識《どうろひょうしき》だった。

ただし。

日本語ではなく、キリル文字を使った標識だ。

「いくらアンタでも、日本海を渡ってロシアまでやってくる事はできないでしょ」

2

学校のイベントでロシア東部まで行けるという話を聞けば、羨《うらや》ましいと思う人もいるかもしれない。しかもそれは一人にだけ与えられていて、他のクラスメイトは平常通り授業を受けているというオマケまでついたら、どんな特権かと文句が飛んでくるかもしれない。

しかし御坂美琴《みさかみこと》は憂鬱《ゆううつ》だった。

はっきり言う。楽しくない。

まず第一に、学校の行事という事は明確な目的が存在する。それも、美琴《みこと》個人の人格を考慮しない、学校の都合を合わせるための目的だ。

この時点で自由を剝奪《はくだつ》された上、学校行事の苦楽《くらく》を共有するための仲間もいない。

これで楽しめというのは無理な話だった。

せめて。

大人数で参加する学校行事か。

完全に自由な一人旅か。

そのどちらかであれば、楽しみ方もあったというものなのに。

(デモンストレーション、か)

ロシアに来る前、あの恐ろしい寮監《りょうかん》から聞かされた情報を、美琴《みこと》は思い出す。

今回の件は、学園都市と協力機関の連携《れんけい》を強化するための一環として企画されたものだ。つまり、勝手な失敗をすると色々な亀裂《きれつ》が生じる恐れがある。

背景には、技術情報の格差があるようだった。学園都市の『中』と『外』では、科学技術に二、三〇年分の開きがある。協力機関はある程度の恩恵《おんけい》を受けているものの、やっぱり学園都市からフルに情報を開示される事はない。情報漏洩《じょうほうろうえい》を防ぐための政策なのだが、協力機関としては面白いはずもないだろう。

(そこで中核の超能力者《レベル5》を提示《ていじ》して、別に隠している訳じゃないんだよと主張するって訳だ)

もちろん、実際に美琴《みこと》の何かが解析される事はない。

あくまでも見た目の印象を覆《くつがえ》すためのイベント。我々は隠し事などしていないとアピールするための手品。それが、今回のデモンストレーションである。学園都市でも七人しかいない超能力者《レベル5》の正確な情報など、そうそう簡単に伝えられるはずがないのだ。

御坂美琴《みさかみこと》の生物資源の価値は、おそらくその辺のジャングルひとまとめよりもはるかに重いだろう。

(……デカくて珍しい蜘蛛《くも》みたいな扱いよね)

と、その時だった。

美琴《みこと》は自分の方へ接近してくる人影を見つけた。

現地のガイドだ。

「これはこれはどうも！　初めまして初めまして!!」

陽気な声と共に美琴《みこと》の元へ近づいてきたのは、長身の女性だった。長い金髪に白い肌。スラリとしたスレンダーな体型だ。背は美琴《みこと》よりも高く、見た目は大学生ぐらいに思えた。

「『保安員』のセタリー＝S＝スキーニキヤです。学園都市協力機関の一員として、第三位の超能力者《レベル5》さんにお会いできて光栄ですっ」

勝手に握手どころかいきなり抱きつかれた。いつもの白井黒子《しらいくろこ》ならこの時点で高圧電流を放っているところだが、初対面なので少々対応に困る。

「いやー、それにしても、まさか本当にあの超能力者《レベル5》がお一人でやってくるなんて……」

「信頼の証《あかし》としてのデモンストレーションなんだから、ガッチガチに周囲を固めたら意味がないんでしょう？」

とりあえず美琴《みこと》は両手を使って穏便《おんびん》にガイドを遠ざけたが、セタリーはにゃははと意味不明な笑みを浮かべ、

「すでにホテルのチェックインは済ませていると聞いています。となると、街並みも多少は見学していかれたんでしょう。いかがでした？　学園都市ほどの技術はありませんが、それでも結構特色のある街だと思いますが」

「率直に言っても？」

「もちろん」

「目がチカチカしそう」

美琴《みこと》がビルの壁を指差して素直に答えると、セタリーはにゃははと笑った。

サイケデリックな色のペンキが塗《ぬ》りたくられている訳ではない。

そもそも、この街のビルにはペンキで色を塗るという概念など存在しないのだ。

「半公開型ARと呼んでいます」

セタリーは足元の歩道をタンタンと踏みながら、そう言った。そちらにも、やはりビルの壁面と同じ加工が施されている。

「平たく言えば、街の道路、壁面、看板、それら全てが巨大なモニタになっているという訳ですね。付近を歩く住人は、各々《おのおの》の知りたい情報が景色の中に上乗せされる事で、様々なサービスの提供を受けられるようになります」

こうしている今も、平面的なビルの壁面には様々な広告が流れ、歩道には複数の矢印が躍《おど》っていた。人の大雑把《おおざっぱ》な流れを表示し、スムーズに進むためのものらしい。

街の景観《けいかん》や地形そのものを巨大なタッチ式モニタに変えよう……というのが大雑把《おおざっぱ》な目的らしく、ビルや柱などにもそういった工夫が凝《こ》らされていた。平面、曲線、色々あるが、あまり凹凸そのものを利用した見せ方をする建物がないのだ。どこもかしこもツルツルしているような気がする。

「拡張現実《AR》って、普通は携帯電話とかPDAの画面が使われるものよね。カメラを通して景色を見ると、モニタの中に追加情報の文字が表示されているとかっていうヤツ。顔認識機能と組み合わせると、ヴァーチャルな名刺になるとか何とか言われていたけど」

「そちらの方が簡単なのですが、特定の機器を使わないと確認できない、という状況では、いわゆる『悪口の書かれた紙を背中に貼られる』問題が浮上してしまう訳で。だからこそ『平公開型』のARを開発しているのです。使っている技術自体は、学園都市にお借りしているものですけどね」

言われてみれば、常盤台中学《ときわだいちゅうがく》の運動場も、行う競技に合わせてラインが自動的に表示されるシステムを導入しているし、銭湯の壁面を巨大モニタ化している所もあると聞く。

美琴《みこと》は軽く周囲を見回し、

「しかし、自分が呼び出している情報を第三者に見られるという事に抵抗はないの？」

「にゃはは。映像は使用者にピントを合わせるように表示されますから、他者から見ると像《ぞう》がボヤけて良く見えません。情報の隔離《かくり》レベルも個人で設定できますよ」

要は、この街では、ビルの壁、道路、案内板、柱……それら景色を作る全ての物品・建築物がモニタとして機能していて、各々《おのおの》の住人を情報方面からサポートしているという事か。

普通の電光掲示板と違う点として、利用している個人個人によって表示される情報が変わるというのも挙《あ》げられる。率直に言って、同じ案内板を見ていても、眺めている情報はそれぞれで異なるのだ。

学園都市でも見ない技術だが、セタリーの説明の通り、技術支援は行われているだろう。

もしかすると、『本格的な実用化の前の大規模試験』というヤツかもしれない。

「……さっきの『半公開型』の利点と食い違っているように聞こえるんだけど」

「そこはそれ。『第三者の手で容易にチェックできるかもしれない環境』を作って、抑止効果《よくしこうか》を狙う方が大きいんです。実際に全てのARを常時チェックしている訳ではありません」

ふうん、と美琴《みこと》は適当に相槌《あいづち》を打った。

話題のARだが、特に専用の機器を使って操作する訳ではないらしい。美琴《みこと》が足元の歩道へ適当に目線を振ると。

びうん、と。

変な音と共に、歩道に映った美琴《みこと》がシルクの下着をまとって現れた。

「ぶふっ⁉」

美琴《みこと》は思わず咳《せ》き込《こ》む。

「がはげほっ‼　な、なん、何これ⁉」

「どうしました？」

「いやっ、あの、こ、これっ、下着っ、なんか下着専門店の広告がポップアップしたみたいで」

「んー？　にゃはは、全自動お着替えにでも引っ掛かりましたか」

「まっ、待って、ふざけんな！　こんな往来でいきなりこんなもん表示させるか普通⁉　消す消す今すぐ消す操作どうすんのよこれ‼」

「大丈夫ですよ。さっきも言ったでしょう。その手の電子広告は半公開型ＡＲの中でも隔離《かくり》レベルは高く設定されているものですから。他の人には見えていません。そこには違う広告があるだけです」

「そ、そんなもんなの？　……いや待って、説明する前にやっぱりこれの操作の仕方を教えなさいよ‼　私以外には見えていないとはいえ、恥ずかしいもんは恥ずかしいし‼」

「肌、髪、目の色なんかは入場時のＩＤの顔写真から判断しているんですよ。ほら、あくまでも『服の上からの予想図』ですから、実際とは胸の大きさが若干違っていたりするでしょう？

やろうと思えば厳密な測定もできるらしいですが、プライバシーもありますからね。あくまでも予想図に留《とど》める訳です」

「んな事は聞いてねぇよ!! っつか余計なお世話だよ! 実際はもっと小さくて悪かったわね!! そもそも半公開型ARなのに何でアンタにも見えてんのよ!!」

「にゃはは。それはですね、こう、こうやって、あなたの顔に頬《ほお》を寄せる形で目線の高さや距離を合わせると、ぼんやりと見えない事もなくなる裏技がある訳でして」

「ゼンブ見えてるぅーっ⁉ 一刻も早くこのARを取り消す方法を教えないと歩道のモニタごとぶち抜くわよ!!」

顔を真っ赤にした美琴《みこと》は、セタリーからの教えを受けて、近くのショーウィンドウにキーボード状のタッチウィンドウを表示させる事に成功。一〇本の指を使い、慌てて不要な電子広告を弾《はじ》くモードに切り替える。

「半公開型ARについては、お手数ですが滞在中に慣れていただくしかありません。信号、標識、横断歩道などもこの方式で表示されますので」

セタリーはビルの壁面をちらりと見て、おそらくは何らかの情報を確認しながら、

「他に何かあります?」

「そ、そもそも」

美琴《みこと》はため息をついて、

「世界最大のショッピングセンターがそのままデカい街になっている、っていう時点で、慣れる慣れないの問題じゃないでしょ」

「にゃはは」

笑いながら、セタリーはゆっくりと歩き出した。何かスケジュール的な問題があるのだろう。美琴《みこと》も彼女に従《したが》うように街を歩く。

「この辺りはまだ『普通』な方ですよ。ホテルや免税店など、『外向け』の施設は都市部と同じくビルの集合体ですが、メインとなる商業施設は『とてつもなく巨大な構造物』になっていますからね」

「……街の区画が丸ごと収まるサイズの体育館みたいなもんでしょ」

「元々は経済効果のための実験施設だったんです。試供品の見本市みたいな感じですかね。ただ、色々必要なものを詰め込んだ結果、サイズがドーム球場六五〇個を超えてしまう事が分かりましたので、いっそ一つの街として登録してしまった方が楽なのではないかという話になったんです」

「で、ロシア東部の原野のど真ん中に、突如として現れた訳ね」

「場所取りも結構揉《も》めたんですよ。これだけの規模の巨大商業施設でしょう？　周囲に及ぼす経済効果も馬鹿になりませんからね。全体として収益が増えたとしても、この施設にのみ集中してしまうと、地元の小店舗は生き残れません。あっちこっちで弾《はじ》かれていく内に、やっと受け入れ先が見つかったって訳です」

セタリーは美琴《みこと》にも映るように調整したウィンドウを壁面に表示させ、自分達の歩調に合わせてスライドさせる。そこにはロシアの地図が映っていた。

「おかげで、専用の鉄道網やハイウェイ、民間空港、滞在用のホテルなども建設する羽目になりましたから、さらに敷地面積《しきちめんせき》は増していく一方です」

つまり、そういったものが必要になるぐらい客が入っているという訳だ。数十キロ、数百キロの距離も無視してわざわざ日々の食材を買いに来るとも思えない。もはや一つのテーマパークとして機能しているのだろう。

施設の中を回る事そのものが大きなイベント。

食品コーナーと一口に呼んでも、莫大《ばくだい》な種類と量が『普段では絶対に見られない景色』を形作っている。

「……世界最大のウィンドウショッピング施設、ってところかしら」

「ですねー。何でも揃《そろ》っている超巨大店舗ですから、各業種のプロの道具など『普段は見られない』商品もズラリと並んでいます。そういった珍しいコーナーは、それだけでファンタジックなものに映るのかもしれません」

セタリーはウィンドウ内の表示を拡大し、街の中の大雑把《おおざっぱ》な区画リストを映す。

基本的な構造は、生活必需品をまとめたブロックと、娯楽や嗜好品《しこうひん》などをまとめたブロックで二分されている。空港やターミナル駅、ホテルといった交通・宿泊施設の要所は都市の外周部に集中していた。

メインとなる巨大商業施設を取り囲むように、ホテルや免税店などのビルが建ち並んでいる訳だ。

地図上にいくつかある光点は、彼女の言っている『専門性の高い商品のコーナー』なのだろうか。

日本の観光地と違って、案内板に複数の言語は表示されていない。全てロシア語だった。ひょっとすると半公開型ARの設定で変更できるのかもしれないが、美琴《みこと》としては特にその必要は感じなかった。

「でも、お客様はお客様で、遠路はるばるやって来てくださっている訳ですから。結局、ウィンドウショッピングでは終わらないのが実情ですね。『せっかく苦労して来たんだから、なんか買っていこう』となるみたいです。……空港などは、旅客より宅配の貨物の方が多いぐらいですよ」

「通販番組やディスカウントストアの社長が聞いたら、血眼《ちまなこ》になってシステムの分析に入りそうな話ね」

「そういった研究のための街ですからねえ」

お金が第一、と泥臭《どろくさ》い掛け声を発したセタリーは、

「同じ通りに複数デパートがあるのに、数百メートル違うだけで売り上げがガラリと変わるって事があるでしょう？　半径数十メートルの範囲に同じ系列のコンビニがダブっているのに、何故《なぜ》かそれぞれの店舗で順調に売り上げを伸ばしている事もある。割引サービスをした事で『安っぽい』と思われて商品が売れなくなったり、新品と中古のアクセサリーを並べると、値段は高いはずなのに新品の方が売れてしまったり……。まぁ、商売には色々ある訳です。同じ物を同じように作っているのに、何故《なぜ》か繁盛《はんじよう》と倒産を左右するほど売り上げが変動してしまう『何か』が。この街は、そういうお金に関する心理的効果を徹底的に研究する事を旨《むね》としている訳です。お客様には快適《かいてき》にお買い物をしていただいて、そのデータを基《もと》にお客様の集まりや

すい環境、集まりにくい環境を算出していく訳ですね」

分かりやすいと言えば、とても分かりやすい目的の街である。

世界的なテーマパークのように大勢の客を取り込んでいるという事は、その研究とやらは上々の成績を挙げているようだ。

やってきた客がウィンドウショッピングでは終わらなくなる、というのも、そういったタガを外すための工夫があちこちに盛り込まれているからだろう。注意しないと、ホテルの部屋が得体の知れないお土産《みやげ》で埋め尽くされる羽目になるかもしれない。

美琴《みこと》はため息をついて、

「そんな場所でデモンストレーションをやるって訳か」

「そんなトコです」

「(……まぁ、この私が学園都市の代表ってのは悪くはないんだけど、でもやっぱり大人の都合っていうのは基本的に面倒臭いわよね)」

「(……まぁ、学園都市からいただいた内申書を見る限り、この子が一番スタンダードで能力《レベル5》が見た目に分かりやすく、人格面でも穏当そうですしね。……というか他の超能力者がみんな破綻《はたん》しすぎ)」

美琴《みこと》とセタリーはそれぞれブツブツと口の中で呟《つぶや》く。

やがて、セタリーの方が話題を変える。

「先ほども言いましたけど、大型店舗の進出による地元小店舗の圧迫、というのも問題になっていますからね。その解決法の模索《もさく》も研究テーマの一つとして盛り込まれていますよ。……学園都市関連だと、意外に多いんですよ。『外』向けには技術レベルをダウングレードさせていますけど、やっぱりクオリティが違いますからね。学園都市と周囲の摩擦《まさつ》を軽減させるというのは、単なる経済効果以上の価値があるのです」

セタリーは軽く肩をすくめた。

「でも、それ以外なら案外そこらの街と変わりませんよ。保安員なんて仕事をしていますが、実際には派手な事件よりも落とし物や迷子の相談の方が多いですし。都市伝説だってあります」

「都市伝説？」

「にゃはは。色々あるでしょう。最近だと『とても価値のあるオレンジ』とか」

「？」

3

佐天涙子《さてんるいこ》はウワサ好きな中学生だ。

それも、悪趣味で悪趣味でPTA辺りが怒り心頭になるようなウワサばかりを追いかけるタイプである。

「ういはるー。まぁた風紀委員《ジャッジメント》の仕事やってんの？　バイト代も出ないのにご苦労な事だねえ」

彼女が呼んだのは初春飾利《ういはるかざり》という少女の事だ。頭に大量の花飾りをつけているのが特徴的で、今はPDAと格闘しながら、何らかの書類を作っているところだ。

「佐天《さてん》さんだって、お金出なくてもウワサを探しているじゃないですか」

「だってあたしのは趣味だもん。他人にやれって命令されたら絶対にやらないと思うな」

佐天《さてん》は適当に受け流しながら、

「そんなつまんない報告書とかどうでも良《い》いからさ、これから佐天《さてん》のお姉ちゃんと一緒に『とても価値のあるオレンジ』のウワサを追いかけようよー」

「……何ですかその明らかに裏がありそうなタイトルは」

「聞いてくれよ初春《ういはる》!! 海外旅行に行った旅行者が、某国のお土産屋《みやげや》さんで『とても価値のあるオレンジ』って売り物を見つけるの!! これが、持っているだけで自然と価値が上がるっていう不思議なオレンジなんだって!!」

また始まった、という顔の初春《ういはる》は、PDAの作業を続けるだけで顔を上げようともしない。

佐天《さてん》も気にせず語りまくった。

「で、幸運のお守りか何かかと思ってオレンジを買った旅行者だけど、旅行から帰って家の中に置いておいたオレンジが、何だかモゾモゾと蠢《うごめ》いている訳」

「……、」

「気になった旅行者がお土産屋《みやげや》さんのホームページのメールフォームで確認を取ってみると、こんな返信があったの。『そのオレンジにはとても価値のあるベニオオアシグンタイアリっていう蟻《あり》の卵が一〇〇個以上びっしりと産み付けられているので、育てば自然と価値が上がるんですよ』って。……で、そのメールを読んだ旅行者の背後で、オレンジがパァーン!! って破《は》裂《れっ》するオチなんだけど」

「ぎゃあああ!!　気持ち悪い!　相変わらずそういうえげつない話が大好きですね佐天《さてん》さんって人は!!」

「そのベニオオアシグンタイアリっていうのは日本のジメジメした環境が大好きらしくてねー。今ではひっそりと繁殖地域を拡大させているらしくて、早く見つけて駆除しないと日本列島を巨大軍隊蟻《きょだいぐんたいあり》が埋め尽くすんじゃないかって……」

「やめましょうよこの話!!　うっ、ウワサでしゅ!!　でしゅから大丈夫なんでびゅ!!」

「初春《ういはる》の頭の花とか虫が誘われそうだよねえ。こう、でっかくて六本脚の虫とか」

「ぎゃああああああああああああ!!」

4

美琴《みこと》も美琴《みこと》で『とても価値のあるオレンジ』の話をセタリーから聞かされ、ちょっと顔色を青くしていた。単なるウワサと分かっていても、気味の悪さは拭《ぬぐ》えない。

にゃは、とセタリーは特徴的な笑みを浮かべながら、

「外来種《がいらいしゅ》が土地土地の生態系を壊しているって話題が肥大したんですかねえ。早く見つけて駆除しないと……ってくだりは、典型的な脅迫《きょうはく》メッセージですし。それと、何でも売ってるショッピングセンターって土地柄のせいで、この街の中でだけ広がっていったんでしょうかね。都市伝説は『その話ができた土壌』が分かってしまえば、途端に炭酸が抜けたように恐怖が薄《うす》

らぐもんです」

「そんな楽しげな話でもないでしょうよ……」

ぐったりした調子で言う美琴《みこと》。

彼女が乗り気ではない事にセタリーも気づいたのか、話題を変えるために、近くの壁へ手をついた。指を使い、例のARで何かを検索しているようで、すぐに画面にレポートを表示させる。

「ええと、スケジュールの話でもしましょうか。日程表、警備配置、デモンストレーションの進行などは全てオンラインデータベースに保管されています。ゲストIDと、当都市へ入場した時に自己設定していただいたパーソナルなパスワードでいつでも閲覧《えつらん》できますよ」

「本番は三日目と四日目。で、予行演習として二日目にも動くのよね」

「三日と四日は、記者向けと一般向けで分けられるものだとお考えください。やっていただく事自体に変わりはありません。……警備についてはこちらの人員で構いませんか？」

「イエス以外に答えようがない質問ね」

学園都市と協力機関の技術情報の開示レベルで摩擦《まさつ》を軽減させるためのデモンストレーションなのだ。学園都市の人員だけで美琴《みこと》の周囲を取り囲んでしまえば、結局、『学園都市の能力者の側《そば》へは近づけない』という事になり、摩擦《まさつ》の軽減には繋《つな》がらない。

寮監を始めとした学園都市の大人が同行していないのは、こういう理由なのだ。

もちろん、学園都市の大人達も内心では気が気でないのかもしれない。何しろ学園都市第三位が誘拐されたり殺害されたりDNAマップが盗まれたりしたら一大事だ。単純な『生物資源』の損失のみならず、学園都市と協力機関の間の国際関係にも影響が出てくる。

その証拠に。

セタリーと別れる直前、ホテルへと向かう途中で、こんな事があった。

「で、これからの予定ってどうなってるの？」

「予定も何も、これより明日までは外出禁止ですよ。学園都市の方から、自由な行動は慎《つつし》むようにとお達《たっ》しを受けています。壁や床にタッチして情報を検索していただければ、学園都市から送られた『課題』を表示させられると思いますけど」

「まじで？」

「学園都市の細かい事情に関しては、そちらの方がお詳しいのでは？」

「あのう……。私はせっかくの観光街なので、一通り見て回りたいなぁなどと考えているんだけど」

「にゃはは。警備の者を部屋の前につけておきますので、私にまで責任が波及するような夜遊びは控《ひか》えてくださいね」

と、こんな感じだ。

保護者同伴《どうはん》で高級ホテルへ連れ戻された美琴《みこと》は、そのまま二〇階の一室へと放り込まれた。

正面のドアが閉まる直前、わずかな隙間から部屋の中を覗《のぞ》くセタリーは、

「……学園都市ほどじゃないとは思いますけど、ウチの警備もそこそこやり手ですから、あんまり無茶な事はしないように」

「はいはいかしこまりました」

オートロックのドアがガチャンと閉まる。美琴《みこと》の取り扱いは極めて分かりやすい。この部屋には他に出口らしい出口もないからだ。通気口のダクトは人が通れるようなサイズではないし、窓を開けた所で待っているのは二〇階の断崖絶壁である。

「ヴぁー」

一人きりになると、美琴《みこと》は適当に息を吐き出しながら、仰向《あおむ》けにベッドへ倒れる。

面倒臭い。

デモンストレーションをやりたくないのではない。ロシアに来た事も文句はない。しかし、だ。しかしなのだ。最初から最後までスケジュールは雁字搦《がんじがら》め。全部大人の都合。一分一秒たりとも時間を無駄にできないならともかく、こうして自由にできる時間があるのに、時間以外の理由で『今後の予定』ってヤツがガッチガチに固められてしまっている。

念のため、ベッドに転がったまま、壁の半公開型ARを使って『今後の予定』とやらをチェックしてみたが、やはり想像通り、あんまり面白そうなものではなかった。

どうも、当日は奇麗《きれい》なドレスを着てステージの上でいくつかの『実技』を行うらしい。あちこちにセンサーが取り付けられているようだが、美琴《みこと》が試算した限り、このスペックの機材では超能力開発に関する有益なデータは採取できないだろう。

つまり、学園都市側が与えているのは、あくまでも『学園都市と協力機関の間に摩擦《まさつ》はありませんよ』という意思表示だけで、実際に何かを与えたり開示したりする事はない。

そこにあるのは完璧に大人の事情。

実益ゼロ。

　これで文句の一つも出ないなら、生徒会長にでも立候補した方が良《い》い。

（ピーター＝ウェイルゴ、嵐緑珠《らんりゆうしゆ》、エクレック＝ソボージュ……。海外の協力機関の外交部門みたいなもんか。見学客もお堅い人間ばっかりみたいね）

　招待客のリストを天井に表示させつつも、彼女の顔はどんどん曇《くも》っていく。

（ヴァイナー？　何だこりゃ……。デモンストレーションと並行して兵器ショーまで開かれるのか。なんていうか、『外』の偏見が超能力をどういう風に捉《とら》えているかが分かる感じよね）

　ベッドに仰向《あおむ》けに転がったまま、御坂美琴《みさかみこと》はこう呟《つぶや》いた。

「お行儀良《ぎようぎよ》くなんてやってられるか」

　むくりと起き上がる。

　一度遊ぶと決めたらとことん遊んでやるのだ。

　美琴《みこと》は周囲を見回し、窓の方へ近づいた。

　二〇階。

「ったく、囚《とら》われのお姫様かっつーの」

　常識的に考えれば、まず脱出不能な高さ。壁にはベランダどころか、出っ張りや雨どいのようなものもない。おそらく半公開型ARの効果を高めるためだろう。無暗《むやみ》に平面垂直な壁は、古城や刑務所にあるような『人を寄せ付けないための高さ』すら感じられた。

　これでは足を引っ掛ける所もないし、ロープなどを結ぶポイントすら確保できない。

　ところが、

「……意外に気づかないもんよね」

美琴《みこと》は窓を大きく開けると、何のためらいもなく身を乗り出し、

「足場なんて、磁力を使えばいくらでも用意できるって事」

迷いなく飛んだ。

壁面に革靴《ローファ》の底を擦《こす》りつけ、まるでスキーの滑走のような格好で、学園都市第三位の観光旅行が始まる。

5

強い磁力のおかげでホテル壁面のAR効果が若干歪《ゆが》んだという弊害があったものの、基本的に大きな問題はなかった。

二〇階の高さから垂直に地面へ着地した美琴《みこと》は、軽く周囲を見回し、

「さて、と。どこから回るかな。……協力機関なんだからロシア限定のゲコ太とかってあるのかしらん」

呟《つぶや》きながら、目的地も決めずに歩き出す。

このホテルは街の外れに近い。周囲にあるビルは宿泊施設か免税店のものだろう。

高層ビルは中心部には建設できない。そういう『事情』がある。何しろ、この街の目的は『世界一巨大なショッピングセンター』だ。土地が広大である代わりに、高さはそれほどではない。せいぜい地上五階分ぐらいのものだ。

中心の巨大商業施設については、大きく分けて二つの建物に分かれていた。

それぞれがドーム球場をはるかに超えるサイズの、巨大な複合施設という訳だ。建物は完全な直方体ではなく、ある部分は五階建てのボックスで、ある部分はドーナツ状の巨大な中庭、別の部分は地下深くまで続く長大な吹き抜けになっている。

（……全体的に、巨大な箱の所々が虫食い状態になっているって感じね）

ドーム球場六五〇個。

あまりにも広大であるため、店の入口から別の入口に向けて地下鉄が走っているほどだった。駐車場の数も一つではない。一つ一つでサッカーの公式試合ができるサイズの駐車場が、巨大な店舗の東西南北に必ず一つは設置されている。

美琴《みこと》は試しに複合施設の一つに入ってみた。

まともな建物とは思えない。

とにかく広い。

内装を構成しているのは、そこらのスーパーやデパートと同じ、商品の陳列棚だ。ただし数が圧倒的に多すぎて、ある種の迷路のようになっていた。それら一つ一つが単なる装飾ではなく、実際の売り物である事に少しだけ感動する。

ペットショップは動物園のように広く、フラワーショップはガラス張りの植物園のようになっていて、小さな子供を預ける一時的な託児所は、もはや小規模の遊園地と化していた。店舗内を突き抜けるようにジェットコースターを用意された託児所など他に聞いた事がない。

夕暮れになっても、さも当然のように人は多い。

テーマパークなのだから正しいか。

そもそも、日没という雰囲気もあまりなかった。

ご自慢の半公開型ARは特殊なモニタだ。その表現にはCMYKではなくRGBを利用する。つまりビルの壁を見ても足元の道路を見てもピカピカ光っているのである。一般的な夜景は『光点』の集合体だが、ここでは『光の板』の集合体で構成されているようだった。単純に光量が多く、その分だけ薄闇《うすやみ》が駆逐《くちく》されてしまっている。

むしろ。

周囲の光が少なくなればなるほど、半公開型ARの存在感はいやが上にも増してくる。

行《い》き交《か》う人種もそれぞれだった。アジア系とかアフリカ系とか、そんな大雑把《おおざっぱ》なくくりだけではない。こうして眺めてみると、例えば金髪碧眼《きんぱつへきがん》の中でも骨格的な特徴を有したグループがいくつもあるのが分かる。

（なるほど）

巨大なショッピングセンターというより、商業地区を丸ごと封じ込めたような建物を見回し、美琴《みこと》は一人で小さく頷《うなず》く。

（これだけ広けりゃ迷子だ万引きだで大忙しになる訳だ。警察以外に、自治用の保安員なんてものを用意するのも頷《うなず》ける。店員兼治安維持要員、って構成は、ウチの警備員《アンチスキル》をヒントにしているんだろうけど）

それに、と美琴《みこと》は心の中で付け加え、

（……確かに、これなら都市伝説の宝庫になりそうな感じよね）

学校、病院、トンネル。都市伝説には『自然発生しやすい場所』というものがある。そして、広大な遊園地やショッピングセンターもその中に含まれるのだ。ほとんど毎日迷子が発生しているという土壌があるせいか、特に人身売買系の話が多い。そういったウワサにそれほど詳しくない美琴《みこと》でも二、三は知っているという事は、おそらくメジャーなジャンルなのだろう。

都市伝説。

とても価値のあるオレンジ。

(そのウワサも、『他の場所では売っていない物がたくさん並んでいる。あるいは、そういったものを見られるかもしれない』って願望を持った観光客が広めているものなのかもしれないわね。ま、根も葉もないウワサの事を考えても仕方ないけど)

昼から夜になって雰囲気を変えた外国の街で、見た事もない景色を求めて歩き続ける美琴《みこと》は、階段を上ったところでふと奇妙な一角へと入り込んでいた事に気づいた。これまでの広大で大規模なイメージとはかけ離れた、屋台のように小さな店舗がひたすら並ぶ場所だった。天井も低く、全体的にごみごみしたイメージがある。表通りから外れた所にある商店街を、丸ごと屋内へ引きずり込んだような区画だった。

「何だここ？」

周囲を見回すが、看板らしき物はない。不便な場所だな、と一瞬思った美琴《みこと》だったが、そこで思い直した。ここは半公開型ARの街でもある。必要な情報は自分で手に入れる場所なのだ。

太い円柱に手を付き、キーボードを表示させる。指を走らせ、区画の地図、と打ち込むと、即座に柱の表面に見取り図が浮かび上がった。

(ふうん……。街の外からいくつかの小店舗を招いているのか。地元商店街と最新大型店舗と

の融合を旨《むね》とする経済実験区画って感じかな）

細長い通路の左右にはズラリと小さな店が並んでいるが、まるでモールス信号のように、古びた店舗とピカピカのチェーン店が交互に収まっていた。ここでの実験は、どちらか片方に収益が傾くのではなく、双方共に均等に客が入るようにする事……なのだろう。

最新の店舗が必ず売れるという訳ではない。

例えば寿司《すし》やラーメンなどの店舗の場合、周囲をピカピカの店舗で固めると、一軒だけある古臭い外観の店へ、かえって客が流れる事もある。

その辺りを『何となくの通説』ではなく『実際の数値』のレベルで解析し、確実な効果を得る事。それを目的としている訳だ。

（……裏の目的を推測しながら歩くっていうのも、穿《うが》った楽しみ方ができる感じよね）

とはいえ、普段ではお目にかかれない特別なゲコ太はないかなーという単純な心理も嘘《うそ》ではない。

一期一会《いちごいちえ》で見つかったら確率論を超越《ちょうえつ》した運命を感じてしまう。

そんなゲコ太との出会いも悪くはない。

ひとまず適当な店に入ろうと周囲を見回す美琴《みこと》。今度は視線の動きに合わせ、周囲のARで案内を表示させるように設定を変更させている。彼女の注視に合わせて、様々な店の看板が次々と壁面へ広がっていった。

そこで、ふと美琴《みこと》の目線がピタリと止まった。

数多くある店舗の中、その一軒の看板データにはこう表示されていたのだ。

この街では珍しい、日本語で。

『軽食・土産物屋《みやげものや》　マグロヒロイ』

つい先ほど、都市伝説の宝庫だと思《おも》い至《いた》ったばかりである。

詳しく説明するつもりはないが、日本ではかなり有名な話なので特に詳しくない美琴《みこと》でもすぐ頭に浮かんだ。

「……ウケでも狙ってんのか……？」

そもそも日本で有名なウワサ話のはずだが、わざわざインターネットの日本語サイトなどで調べたのだろうか。それとも、寿司《すし》や鍋の店舗のように、日本からやってきた店主が経営しているのだろうか。

とはいえ、たとえギョッとしたものであっても、注目を浴びた方が勝ちではある。

しばし絶句していた美琴《みこと》だったが、最初のショックが抜けると、むくむくと好奇心が湧《わ》いてきた。元々、インパクトを求めて外国の夜の街を歩き回っている事もある。美琴《みこと》は吸い込まれるようにお店の方へ向かっていく。

スライド式の扉を開ける。

中も奇妙だった。日本のコンビニに近い。清潔で近代的な内装が逆に不自然に感じられた。ただし、商品の陳列棚の配置などがほぼ同じなのに対し、実際に並んでいる物は明らかに違った。

雑誌用のラックに収まっているのは、どこの国のものかも分からない謎の筆記体が記された羊皮紙の古書だった。

一面の壁を覆うように設置されたガラス張りの冷蔵庫には、ペットボトルの代わりに蛇や昆虫などが収まった謎の液体の瓶が詰まっていた。

レジ横にあるホットスナック用の保温容器には、何かしらの干からびた動物の小さな頭が並んでいる。

どれもこれもがまともではなかった。

オカルト、とでも言うのだろうか。

一つ一つは漫画雑誌の裏表紙にある通販広告に載《の》っていれば、まず間違いなく笑い飛ばされる程度の物だろう。ただしそれらがここまでの数を集められ、理路整然《りろせいぜん》と陳列されると、ある種の統一感があるように感じられた。

「やっほっほー」

レジで店番をしていた少女が、訳の分からない掛け声で挨拶《あいさつ》してきた。

美琴《みこと》より小柄だが胸はある、つまり癪《しゃく》な少女だった。

「お客さんは観光さんですかね。ま、この街なら観光客以外にゃ誰もいませんけどね。それにしても、あの看板を目にした日本人女性が入ってくるなんていうのは珍しい。よほど刺激に飢えているんですか？」

「そっちこそ」

美琴《みこと》はビニールに詰められた水晶らしきものを指でつつきながら、

れっさず

「あの店名といい、この内装といい……てっきり日本人がやってるもんだと思ったけど、予想が外れたわ」

そう。

店番の少女は、先端だけ三つ編みにした長い黒髪に白い肌をしていた。ただ瞳は青く、肌の色も一般的な日本人とは異なっていた。欧州の、アングロサクソン系の特徴があった。

美琴《みこと》は少女の胸の辺りにある、ひらがなで書かれた名札に目をやって、

「れっさー？」

「レッサーちゃんです。お土産全般《みやげぜんぱん》取り扱っていますよ。ここにあるレベルなら、税関であれこれ言われるような物じゃありませんので大丈夫です。安心して財布の紐《ひも》を緩《ゆる》めちゃってください」

「……と言われてても」

美琴《みこと》は悪趣味なコンビニを改めて見回す。

スナック菓子の代わりに並んでいるのは、ビニールに包まれた蝙蝠《こうもり》の干物などだ。

「何を基準に善《よ》し悪《あ》しを決めろって？」

「お守りみたいなもんで、基本的にゃお客さんの事情に合わせてフィーリングで、って感じですからねえ。私は美術や骨董《こっとう》みたいな付加価値をつけるのは好みじゃないですし」

「うーん……。ウケ狙いにしては気合いの入り過ぎたセレクションなのよね」

「お土産《みやげ》なんですしテキトーで良《い》いんじゃないですか？　どうせここらにあるのは単なる『材料』であって、きちんとした『霊装《れいそう》』を組めるとも思いませんし」

レッサーという少女は意味の分からない事を言った。

占い雑誌を真剣に熟読する層には常識の単語なのだろうか？

「悩みを埋めるための商品っていうなら、私には必要ないかな」

「んん？　おまじないには否定的ですかにゃ？　でも、普通のコンビニだって同じだと思いますよ。必要だと感じるからお店に行って、不足を補《おぎな》うために商品を買う。生活用品ってそういうものでしょう？　私のはそれが単純に『目に見えないもの』であるだけで、商売の本質に違いはありません」

「そっか。それでコンビニだったの？」

「そんなもんです」

「その調子だと、ここにはロシア限定ゲコ太はなさそう」

「知識も興味もないものを仕入れる予定はないですねえ。何しろ道楽なものでして。ともあれ、私はいつでもここにいます。基本的にコンビニですからね。熱帯夜に突然アイスクリームを食べたくなった時みたいに、不足が生じた際は何なりとどうぞ」

「そう。でも、悩みなんてないわよ」

「悩みってヤツは、流動的に浮沈《ふちん》するもんです。今は大丈夫でもいつまでも、とは限りませんよ」

「ご忠告どうも」

美琴《みこと》はスライド扉の方へ足を向けた。フロアマットを踏むと、柔らかい電子音が鳴る。こういう所までコンビニっぽかった。

ただし、レッサーという店員の少女の言葉だけが典型的ではなかった。

彼女はこう言ったのだ。

「そうそう。オレンジにはお気をつけて」

「は？」

「オレンジには、お気をつけて」

もう一度。

にっこりとした営業スマイルと共に、レッサーは念を押したのだった。

6

変な店だった。

それが美琴《みこと》の率直な感想だった。

学園都市の外、それも外国であればああいうオカルティックな店もありなのだろうか、とも思ったが、やっぱり変だ。自分も『世界最大のショッピングセンターは何でもあり』という根拠のない雰囲気にあてられているのだろうか。

とはいえ。

（……あんまり長時間留守にしていると、警備の連中に物音の有無とかで異状に勘付かれるかもしれないしなあ。そろそろ戻らないと駄目か）

明日からは予行演習、記者向け、一般向けとデモンストレーションの日程が立て続けに入っている。もちろん隙を見つけて抜け出すつもりではあるが、今日ほど遊んではいられないだろう。

あの店、携帯電話で撮っていれば良かったな、と思ったものの、美琴《みこと》は今日のところは速やかにホテルへ帰る事を選んだ。

そのはずだった。

だが、御坂美琴《みさかみこと》はホテルへ向かう道すがら、巨大な複合施設の出口近辺までやってきた所で、その足を止めざるを得なくなった。

別に出入口の扉が封鎖されていた訳ではない。

暴漢などが立ち塞《たふさ》がっていた訳でもない。

実際。

その時、その瞬間、美琴《みこと》以外の人物は何事もなく行き来していた。夕暮れ時なのに、多くの人達が施設の中に入り、または出て、大きな流れを作っていた。親子連れはヘリウムの入った風船を振り回しながらアミューズメント施設へ向かっているし、背の高い恋人同士は半公開型ARを使って施設案内でも呼び出しているのだろう、床のあちこちを指差しながら身を寄せ合って何かを話し込んでいる。足を止めているのは美琴《みこと》だけだった。

原因は一つ。

出入口の近くの床に置いてある、ほんの小さな違和感。

そう。

まるで何かの落とし物のように。

漠然《ばくぜん》と床の上に置かれた、一つの大きなオレンジ。

「……、」

嫌な符合だった。

お土産《みやげ》の入った紙袋をいくつも抱えている少年や、ハンバーガーにかぶりつきながら施設の奥へと歩いていく女性などに交じって、美琴《みこと》だけが意図的に呼吸を整えようとする。

美琴《みこと》はセタリーから聞かされた話を思い出す。とても価値のあるオレンジ。某国へ観光に出かけた旅行者が購入したオレンジの中に、巨大な蟻《あり》の卵がびっしりと産み付けられているという話。荒唐無稽《こうとうむけい》なウワサと一蹴《いっしゅう》するべきだろうが、どうしてもあの話が頭から離れない。

(そんな、本当に……ある訳がない、わよね……)

美琴《みこと》は頭の中で否定しようとしたが、やはり気になる。見過ごせない。

ゆっくりと周囲に目をやったが、近くに果物売り場や青果店などはない。

不自然なほどに孤独なオレンジがポツンと床に置かれているのを見て、美琴《みこと》は近くにある太い円柱へ手を添えた。

半公開型ARが反応を示す。

一〇本の指を走らせ、『ベニオオアシグンタイアリ』で検索《けんさく》を行う。

何故《なぜ》そんな事をしたのか、美琴《みこと》自身も明確な指針を持って行動していた訳ではない。

だが、円柱に映し出された情報は予想以上にグロテスクなものだった。

百科事典のページのようだ。

『ベニオオアシグンタイアリ。

体長二～三センチ。その名の通り長い脚が特徴である他、五ミリ程度の牙《きば》を持つ。

全体的に黒色だが、六本の脚は鮮やかな赤色となっている。また、オスには透明な翅《はね》がある。

肉食。

オスメス共に兵隊アリとなる珍しい種で、昆虫や節足動物よりも、哺乳類を好む傾向がある。

一方で、果物の果肉の中から発見された例もあるが、これは果肉を食しているのではなく、食糧問題によってコロニーが激減した場合、確実に獲物を得るために果肉の中に潜り込み、擬態《ぎたい》を行うものと推測されている。

軍隊蟻《ぐんたいあり》の例に漏《も》れず特定の巣を持たず、女王蟻《じょおうあり》を中心とした五万～二〇万匹程度でコロニーを構成し、一定のエリアを徘徊《はいかい》して獲物を得る。

潜伏中の果物が刺激を受けると女王蟻《じょおうあり》のリミッターが解除され、無尽蔵に卵を孵化《ふか》させ続ける特徴を有する。この際、通常は一匹のみを残すはずの女王蟻《じょおうあり》が大量に出没する事も報告されている。

タガの外れたコロニーによって、人里が襲撃される事件も複数報告されている。

第二回国際害虫被害防止会議において、一〇年間でその数を半数近くまで減らす努力目標が掲げられ、学園都市も技術提供を行っている。

↓関連、ヘンイス村虫害事件』

後悔しか待っていないはずのクリックを、何故《なぜ》か人差し指で行ってしまう。

リンクの先にあったのは、動画共有サイトだった。

場所はアフリカか南米か。詳しい場所は分からなかった。乾いた土の上に背の低い草が点々と生えているだけの場所だった。あちこちに、ボロボロになった木の建物が建っている。

黒と赤の砂嵐が舞っていた。

その下を、浅黒い肌の人達が逃《に》げ惑《まど》っていた。

火災で火の粉を避けようとしているようにも見えたが、違う。その大量の赤い光点は蠢《うごめ》いていた。それは鮮やかな色をした、昆虫の脚だったのだ。そして薄く透明な翅《はね》を動かしている。

次々とドアが閉まる。

運良くその前に建物の中に滑り込めた人は幸運だっただろう。

だが、目の前でそのドアを閉められた人は、

「……っ!!」

バン!! と美琴《みこと》は太い円柱に掌《てのひら》を叩《たた》きつけた。ガラスの板を叩《たた》き割《わ》るような勢いの打撃を受けて、半公開型ARはウィンドウ消去のコマンドを素直に受け取り実行する。

呼吸が荒くなる。

これ以上は見ていられない。

過去にあった『何か』の代わりに、美琴《みこと》は正面に目を向ける。

今もなお、不気味に孤立するオレンジを。

みぢっ……と、その皮がわずかに揺らいだような気がした。

「……え……っ⁉」

本当に気のせいかもしれない。

行き交う人々の足で床が微細《びさい》に震動しているのかもしれない。

だが。

みぢっみぢみぢ……と、心理的なエフェクトか本当に物理的に蠢《うごめ》いているのか、それすらもあやふやなほどの『見た目』は、一瞬だけの事ではなかった。継続して美琴《みこと》の視界を刺激する。得体の知れない悪寒《おかん》が背筋《せすじ》を走る。

もしも。

あの話が本当だったとしたら。

(……そうだ、密閉容器)

美琴《みこと》は周囲をキョロキョロと見回した。

(……何か、電子レンジみたいなものがあれば……。たとえオレンジが爆発しても『中身』があちこちに散乱する事はないはず)

このショッピングセンターには大抵の物が揃《そろ》っている。家電量販店にも置いてある程度の電気製品なら必ずあるだろう。問題は、あまりにも店の敷地《しきち》が広すぎてどこに並べてあるのかが分からないという事だが。

美琴《みこと》は床面の半公開型ARを操作し、家電製品のコーナーへの道筋を曲がりくねった矢印で表示させ、もう一度出入口近辺の床に置いてあるオレンジに目をやったが……、

「嘘《うそ》でしょ……」

思わず呟《つぶや》いた。

ない。オレンジがどこにもない。

バッ!! と慌てて周囲に目をやる美琴《みこと》。出入口近辺は大勢の人が行き交っていて、まるで休日の繁華街のような賑《にぎ》わいになっている。オレンジは踏み潰された訳ではなさそうだが、どこにあるのか分からなかった。誰かが蹴飛《けと》ばしたのかもしれない。

その時だった。

多くの大人達の陰に隠れてしまって見えないが、確かに子供の声が聞こえた。

ロシア語の、無邪気な声だった。

小さな男の子と女の子のものだ。

「何だこれー、ぶよぶよしてるぞ」

「そんなの拾ってどうするの? 食べるの?」

「落ちてる物なんか食べる訳ないだろ。車のトコまで蹴《け》っていくんだよ」

美琴《みこと》は顔を跳ね上げた。

やはり声の主は判然としない。美琴《みこと》は急いで声のした方……出口に向かって走り出す。

「待って」

誰に向けて言っているのかも分からない言葉を放ちながら、美琴《みこと》は人混みをかき分ける。いっそ弱めの電流でも撒《ま》き散《ち》らしてやろうかと思うほどの焦《あせ》りが生じるが、かろうじて踏《ふ》み止《とど》まる。

コロニーを構成する蟻《あり》が激減したベニオオアシグンタイアリは、果物の中に隠れ潜んで獲物を待つ。

そして果物が刺激されると女王蟻《じょおうあり》のリミッターが外れるため、一度繁殖を始めると無尽蔵《むじんぞう》にその数を増やす。通常は一匹しかいないはずの女王蟻《じょおうあり》も、その数に制限がなくなる。

そうなった末路は、動画共有サイトにあった……、

「待って!!」

美琴《みこと》は建物の外へ飛び出した。

表はサッカーの試合ができそうなほど広い駐車場だったが、出入口の辺りには家庭菜園用のスコップやバケツなどが並べられていた。いくつかのコーナーを迂回《うかい》する形で、人々は進行の流れを作り上げている。

（……声の調子は一〇歳ぐらいか？　男の子の方は声変わり前って感じだったけど）

見回す。

子供連れの親なんてたくさんいた。手を繋《つな》いでいる者、風船を振り回している者、肩車をしてもらっている者、一〇歳前後と当たりをつけても、まだ多すぎる。

蹴っていく、と男の子は言っていた。

美琴《みこと》は地面の辺りに目をやり、そこから遠くへ視線を一気に走らせる。

みかんに似た色彩が飛び込んでいた。

「いた!!」

二〇〇メートルほど先。複数の乗用車が並ぶ駐車場の一角に、四人家族が歩いていた。男の子の足元には例のオレンジがある。すでに何度か蹴《け》られたのだろう。皮の一部が裂けていた。オレンジは不気味に蠕動《ぜんどう》していた。潰れかけた心臓のようにも見えた。

みぢみぢみぢみぢみぢみぢみぢみぢっ!! と、中に息吹《いぶ》く何かが今にも飛び出してきそうだった。

もう時間がない。

オレンジ一つの中にどれぐらいの数のベニオオアシグンタイアリが潜むものなのかは知らないが、五〇匹、一〇〇匹であっても、至近で破裂すればオレンジを蹴《け》っている子供にどれほどの被害を与えるかは考えたくもない。さらに四方八方へ散らばる蟻《あり》を少しでも逃がしてしまえば、蟻《あり》はわずかな時間を挟み、無尽蔵《むじんぞう》の繁殖を始めてしまう。

雷撃《らいげき》の槍《やり》、あるいは超電磁砲《レールガン》。

いくつかの選択肢が脳裏をよぎるが、いずれも適切ではない。

オレンジを吹き飛ばす事はできるかもしれないが、その過程で小さな蟻《あり》が撒《ま》き散《ち》らされたら意味がないのだ。

能力だけでは足りない。

「……ッ!!」

美琴《みこと》は家庭菜園用の野外コーナーに置いてあったブリキのバケツを、サッカーのリフティングのように軽く蹴《け》り上《あ》げた。

磁力を操る。

まるで鎖に取り付けた鉄球のように、ブリキのバケツを見えない力で強引に振り回す。

ブォン!! と、バットを振るのと同種の重たい音が響き渡った。

斜め上から男の子の元へ飛来したバケツは、口を下にした状態で、彼の肩のすぐ近くを高速で通過し、駐車場のオレンジを包むように地面へ突き刺さった。ガンギン!!　という金属音と共に、オレンジ色の火花が散る。

「ひっ」

「どいて!!」

とっさに叫んでから、日本語じゃ伝わらないかと美琴《みこと》は舌打ちする。

不幸中の幸いだったのは、突然の出来事に四人家族が立ち竦《たすく》んだ事か。動きが止まってくれれば美琴《みこと》としてもやりやすい。

前髪から紫電《しでん》が散った。

眉間の辺りに加えた力を外側へ弾《はじ》くような感覚で能力を制御すると、帯電していた高圧電流を一気に解き放つ。

ズドン!!　という銃撃音に似た響きがあった。

美琴《みこと》は男の子とバケツの間に体を割り込ませ、強引に距離を取らせる。逆さまになったバケツに注視する。

(お、終《お》わっ……？)

カリッ、という小さな音が聞こえたのはその時だった。

爪で金属を擦《こす》るような音。

美琴《みこと》の眉が動いたその時、さらに音が連続した。

バケツから。

その中から。

かりかりかりかりカリカリカリがりがりがりガリかりガリかりかりかりかりかりかりガリガリか
内側から。

りがりかりガリガリガリがりがりがりかりかりカリがりがりガリガリ!!

(ま、さか……)

「金属製のバケツを、食い破ろうとしている……ッ!?」

一発程度では全滅させられない。

死に物狂いというシンプルなコマンドが、かえって蟻《あり》の統率力を高めていく。

美琴《みこと》は前へ踏み込み、さらに二発、三発と立て続けにバケツへ高圧電流を放つ。逆さまになった底を足で踏みつけた。さらに駄目押しのように、莫大《ばくだい》な電気を流していく。

ブリキのバケツは電気を通す。

内部は電気椅子よりもシビアな環境に変貌《へんぼう》している事だろう。

「……、」

二〇発以上雷撃《らいげき》の槍《やり》を放って、美琴《みこと》はようやく沈黙した。あまりの爆音と閃光《せんこう》に、野次馬さえも黙らせる勢いだった。

ブリキのバケツを踏みつけたまま、たっぷり三〇秒も静止する。

このままでは状況が分からない。

バケツをどかさなくては、オレンジの『中身』が何だったのか、それをきちんと駆除する事ができたのか、諸々《もろもろ》を確かめる事はできない。

爆弾処理は、仕掛けを止めるまではもちろんだが、処理が終わった後に、きちんと機能を封じられたかどうか確かめるのにも神経をすり減らす。それと似たような感覚だった。

逆さまになったバケツの底から、美琴《みこと》はゆっくりと体重を離す。

ごくりと喉《のど》が鳴る。

バケツの縁へ足の裏を移動させ、ほんの少しだけ力を加える。ずず、とそれだけでバケツはわずかに動く。この壁は絶対ではない。爪先で軽く蹴飛《けと》ばしただけで簡単に転がってしまう程度でしかない。

さらに力を増す。

ぐいっとバケツを大きく揺さぶる。その勢いで、ブリキのバケツがひっくり返った。中にあった物が露《あらわ》になる。

皮も果肉も高圧電流で弾《はじ》け飛《と》び、バケツの内側に張り付いていた。その大部分が黒く焦げているが、一部分は元の色が残っていた。マーマレードのような匂いが鼻についた。

そして。

何か黒いゴマのようなものが散らばっていた。ザラザラと、重力に負けて小さな山が崩れていた。美琴《みこと》はその正体をすぐに知った。それは虫だ。六本脚の小さな虫が、莫大《ばくだい》な電流にさらされて炭化していたのだ。

動いているものはいない。

それだけ確認すると、美琴《みこと》は磁力を操り、再びブリキのバケツを被《かぶ》せた。

ホッと息を吐き、駐車場の地面にヘナヘナと座り込む。

オレンジ。

ベニオオアシグンタイアリ。

何でも取り扱っている世界最大のショッピングセンター。

都市伝説の宝庫。

(まさか……本当に?)

四人家族が今さらのように、あれは何だったんだウチの子供に何をしたんだと騒ぎ始めたが、今の美琴《みこと》には答えるだけの元気はなかった。

彼女はロシア語の喚《わめ》き声《ごえ》を無視して、日本語でポツリと呟《つぶや》く。

「……一足お先に、とんでもないデモンストレーションをしちゃったわね」

7

日が暮れてから、時間が経《た》っていた。

夕食どころか、風呂《ふろ》の時間にしても遅すぎるような時間帯だ。

美琴《みこと》はホテルに戻っていなかった。巨大なショッピングセンターの一角に案内されていた。一般的な客が入るような場所ではない。スタッフのみが……それも『保安員』と呼ばれる特殊な従業員だけが入る区画だった。バックヤードと説明されたが、これは一般的に『治安維持機関の取調室』と呼ばれるような部屋だろう。

簡素なテーブルと椅子。録音用の機材。そして壁一面の『特殊』な鏡。居心地は大変よろしくなかった。こんな部屋であっても、壁や床、天井には半公開型ARの機材が導入されている事が、ちょっとアンバランスではあった。

「そうですか。オレンジの中に軍隊蟻《ぐんたいあり》やその卵が……」

呟《つぶや》いたのは、『保安員』の女だった。名前はエニーリャ＝G＝アルゴヌスカヤというらしい。二〇代後半の赤毛の女性だった。かっちりした挙動《きょどう》は、どことなく恐ろしい寮監を彷彿《ほうふつ》とさせる。

「そっちがやってくるまでの間、バケツを見張っていたけど、そこから漏《も》れた様子はなかったわね。全部死滅してた。ただ、子供がオレンジを蹴《け》っている間に二、三匹漏《も》れたかもしれない……と言われれば否定材料はない。念のため、辺りを殺虫処理した方が良《い》いと思うわよ」

「ご忠告どうも」

「……それにしても、一体何がどうなってんのよ。都市伝説そっくりの事件が起こるなんて。何にしても、犯人はよっぽど酔狂な野郎よね」

「さあ。見て分かる通り捜査中ですし、何とも言えません」

エニーリャはにこりともせずにそう言った。

「もっとも、そのベニオオアシグンタイアリがいればの話ですが」

「……何ですって？」

「現時点では回収された『死骸《しがい》』とやらは完全に炭化していて、『何とも言えません』しね。どこかの目立ちたがりが、ありもしない事件を演出した可能性も否定はできません」

「本気で言ってる？」

「可能性の一つ、ですよ。実際、我々としてはそれが一番ありがたい。ですが、もちろんありがたくない可能性についても考えなくてはなりません」

エニーリャは肩をすくめて、

「こちらも現在オレンジの出所を洗っています。が、青果店や果物売り場は大小合わせ八〇以上ありますからね。多少時間はかかりそうです。オレンジが外部から持ち込まれた物だとすると、さらに厄介な事になりそうですね」

「……、」

「そう言えば、ご存知ですか」

「何が」

「『とても価値のあるオレンジ』という都市伝説は、元々はサボテンの話として広まっていた有名なものだったんです。中米でサボテンを買った旅行者が、自宅に飾ったサボテンがぴくぴくと動いているのを不審に思って、花屋や土産物屋《みやげものや》に電話をすると……という話ですね。『中身』についても、軍隊蟻《ぐんたいあり》ではなかったはずです」

「???　それが何なのよ」

「サボテンがオレンジに変わったという例は、極めて稀《まれ》です。少なくともロシア国内では広まっていない。結論を言いましょう。『とても価値のあるオレンジ』っていう話はですね……日本の学園都市にだけ伝わる、極めてローカルな都市伝説なんですよ」

探るような目線があった。

美琴《みこと》は思わず眉をひそめて、

「……ちょっと待ってよ。まさか」

「そして、ちょうど本日、このショッピングセンターに学園都市からやってきた人物がいる。例のデモンストレーションのために。確か、護衛《ごえい》や引率といった人員は連れていませんでしたよね？」

エニーリャはゆったりとした口調で続ける。

「我々は協力機関ですが、本家学園都市のローカルな情報にまでは詳しくありません。今の話だって事件の情報を学園都市に報告した返信の中に記されていただけです。……となると、不思議だと思いませんか？　まるで都市伝説をなぞるように発生した今回の一件ですが、それを起こせる人物は、当然ながら『とても価値のあるオレンジ』を知っている人物でなければならない。違いますかね？」

「冗談じゃない‼　私だって、今までそんなウワサ知らなかったわよ‼」

「特殊な力を保有しているとはいえ、基本的には一般人の中学生。にも拘《かかわ》らず、偶然事件を解決したというのも、臭いと言えば臭いんですよね」

「例のオレンジが素通りしたのはアンタ達の怠慢《たいまん》でしょ！　私がそれを拾ったのに容疑者扱いってどういう事なのよ⁉『保安員』としてのプライドでも傷つけられたのか‼」

「おっと。今日のところはそこまで熱くならなくても大丈夫ですよ」

エニーリャは両手を広げて美琴《みこと》を制した。

「続きは弁護士を呼んでからにしましょう。本音を言えば、ここで畳みかけておきたいところですけどね」

「……、」

エニーリャは席を立った。そのまま振り返らずに取調室から出ていってしまう。

ドアの閉まる重たい音が響いた。

ホテルに帰すとは約束しなかった。このままここで一夜を過ごす羽目になるのか。それとも留置場のような所に入れられるのか。いずれにしても面白くはなさそうだった。

厄介な事になった。

それが率直な感想だった。

安物の椅子の背もたれに体重を預け、天井を見上げながら、美琴《みこと》は思案する。

これは偶発的な事件なのだろうか。それとも、デモンストレーションを失敗させて学園都市と協力機関の関係を悪化させる事を望む人間でもいるのだろうか。あるいは、この機に乗じて美琴《みこと》のDNAマップを採取しようとする陰謀か。今のままでは何も分からなかった。情報が少なすぎる。

とはいえ、それほど焦《あせ》ってもいなかった。

何しろ美琴《みこと》は本当にオレンジの犯人ではないのだ。うろたえる理由がない。例のオレンジにしても、すでに完璧に処理した。ベニオオアシグンタイアリで具体的な被害が出る可能性は低い。なら、後はじっくりと嫌疑《けんぎ》を晴《は》らせば良い。そもそも、護衛や引率もなしに貴重な超能力《レベル》者《5》を『外』へ派遣したのは、協力機関に対する信頼の証《あかし》だったはずだ。それがこんな形で一方的に拘束されれば、学園都市側だって黙ってはいないだろう。

と。

美琴《みこと》が暇潰《ひまつぶ》しのために携帯電話を取り出そうとした時だった。スカートのポケットに入れた手が、何かヌルリとした感触を得た。脂《あぶら》ぎった肌のような質感だった。

（う……っ⁉　なに？？？）

ぎょっとした美琴《みこと》が手を出すと、そこにあったのは、千切れたオレンジの皮だった。バケツの中身を確かめた時は足を使っていたはずだったが、何かの拍子に衣服にくっついていたのだろうか。

もう蟻《あり》はいないが、やはり気味は悪い。小さな卵が服の端にでもついていたら問題だ。美琴《みこと》は千切れたオレンジの皮を、簡素なテーブルの上に置く。できるだけ遠ざけようとする。

そこで、美琴《みこと》の動きがピタリと止まった。

オレンジの皮の表面に、小さなシールのようなものが貼り付けてあった。平面コードが印刷されていたものだ。ひょっとしたら、商品情報でも記されたウェブページに飛べるようになっているのかもしれない。消費期限の他に、最近の農産物には産地や農家の情報も表示されていると聞く。率直に言って、小さな表示シールだけでは情報を詰め込みきれないのだ。

美琴《みこと》は平面コードに釘付《くぎづ》けになった。

そう。

このオレンジが何かしらの商品だった場合、たった一個だけポツンと搬入《はんにゅう》する事はあるだろうか。仮に搬入《はんにゅう》する場合、一般的には箱詰めにして持ち込まないだろうか。

つまり。

オレンジは一個だけではない。

似たような物が一〇個以上、このショッピングセンターに入っているのかもしれない。

ベニオオアシグンタイアリの卵をびっしりと産み付けられたオレンジが。

「待ってよ……」

美琴《みこと》は呟《つぶや》いた。

慌てて椅子から立ち上がり、取調室のドアへと向かう。

「ちょっと!! 話を聞いて!! 例のオレンジの件はまだ終わっていないかもしれない!! 似たようなオレンジが搬入《はんにゅう》されているかもしれないの!! 仮にベニオオアシグンタイアリが入っていたら、ショッピングセンター中が蟻《あり》のコロニーの嵐に巻き込まれる羽目になるわよ!!」

しかし返事はなかった。ドアノブをひねってもびくともしないし、いくら叩《たた》いても人がやってくる様子はない。

美琴《みこと》は壁一面にある鏡の方へ駆け寄り、

「聞こえてんでしょ!! 別に私を今すぐ解放しろって言っているんじゃない!! ここにある平面コードを調べて!! それでオレンジの搬入状況《はんにゅうじょうきょう》が分かるかもしれないのよ!!」

反応はない。

一瞬、超電磁砲《レールガン》で取調室のドアを吹き飛ばしてやろうかとも思ったが、それをやるのは得策ではない。正面突破などすれば、脱出を妨害するために多くの人員が投入される。ハッキリ言って全員倒す事は不可能ではないと思っているが、今は時間が惜しい。雑魚《ざこ》に構っている暇はないのだ。

(平面コード……)

美琴《みこと》は自分の携帯電話のカメラを向けたが、反応はなかった。どうやら方式が違うらしい。

それから彼女は周囲を見回す。ここの壁や床にも半公開型ARが導入されていたはずだ。ネットワークが寸断されていなかったのは、美琴《みこと》が『白に近い辺りのグレー』であるという配慮《はいりよ》なのか。とにかく美琴《みこと》は壁に手をついた。いくつかの操作をしてから、オレンジの皮の表面にあるシールを、壁に直接押し付ける。

超音波で読み取る方式なのか、いくつかのウィンドウが大きく表示された。

「……今日付けで、東門から二〇個ワンセットのボックスを搬入《はんにゆう》。その内の一つが箱からこぼれたんだとしたら、まだ一九個もあるって事……ッ⁉」

あのベニオオアシグンタイアリは虫籠《むしかご》ではなくオレンジの中に仕込まれていた。あの蟻《あり》はコロニーを構成する蟻《あり》の数が減ると、大量の卵と共に果物の中に潜り込んで獲物を待つ習性があるようだが、どこかの誰かはおそらく意図的にその状況を作り出している。

何故《なぜ》か。

一つ目は、怪しまれずに蟻《あり》を持ち込むため。

二つ目は、女王蟻《じようおうあり》のリミッターを外し、無尽蔵《むじんぞう》の繁殖を促《うなが》すため。

いわば、『ブリーダー』はオレンジを使って時限式の生物爆弾を作り上げたのだ。

何かしらの『計画』の準備段階でオレンジが一つこぼれてしまったのか。それともすでに複数設置されていて、その中の一つが真っ先に孵化《ふか》・活発化したのが今日の事件なのか。

いずれにしても、言える事がある。

事件の規模はあんな程度じゃない。

むしろここからが本番だ。

とても価値のあるオレンジ。

このショッピングセンターでは、もはや都市伝説を笑い飛ばす事はできない。

「……、」

今のところ、他のオレンジは『起爆』していないだろう。もしそうであれば、『保安員』はもっと慌てているはずだ。

温度や湿度を調整すれば卵の孵化《ふか》や成虫の活発化の時期は調整できるだろうが、それでもベースになっているのは生き物である。その『ブリーダー』とやらは、完全に孵化《ふか》・活発化のタイミングを合わせる事はできなかったのかもしれない。

そこまで考えた時だった。

ドアの向こうが慌ただしくなってきた。やはり特殊な鏡でこちらの様子を眺めていたのだろう。動くのを待っていた、といったところか。しかしここで夜通し質問攻めにされるつもりはない。どうせ『保安員』は美琴《みこと》の言い分など聞かない。オレンジの捜索《そうさく》もしないだろう。となると、『保安員』は単なる障害物に過ぎない。

磁力を操作する。

テーブルを床に固定させていたボルトを高速回転させて外す。四角い部屋の角とドアに面した位置にテーブルをカッチリとはめ込み、その開閉を阻害させる。

これで『保安員』は部屋に入る事ができなくなった。

ただし、美琴《みこと》の方も部屋から出る事はできなくなったのだが……、

「意外に気づかないもんよね」

美琴《みこと》は取調室にある小さな窓に向かった。ここは五階だ。部屋にはロープの代わりになるものはないし、持ち物もかなり制限される。だから安心していたのだろう。窓に鉄格子《てつごうし》のような物は塡《は》められていなかった。

美琴《みこと》は窓を開け、身を乗り出し、

「磁力を使えば足場なんて簡単に作れるって事」

迷いなく飛び降りた。

壁面に革靴《ローファ》の底を押し付け、まるでスキーの滑走《かっそう》のように勢い良く下りながら、美琴《みこと》は考える。

この街で『とても価値のあるオレンジ』の話を誰から聞いたか。

『オレンジには、お気をつけて』と言っていたのは誰だったか。

残るオレンジは、生物爆弾は一体どこに仕掛けられているのか。

調べるべき事は山ほどある。

どうやら、本当にとんでもないデモンストレーションになりそうだった。

第二話

1

「逃げた、か……」

『保安員』の一人、エニーリャ＝G＝アルゴヌスカヤはモニタを眺めながら、ため息をついた。

小さな部屋だ。

取調室の隣、特殊な鏡の向こうにある部屋だ。

一度軽く追い詰めた上で、ある程度の行動の自由を敢《あ》えて与えた。半公開型ARに接続できる状態にしたのも、アカウントを消去しなかったのもそのためだ。冷静さを失った美琴《みこと》がネットでどこかと連絡を取れば、そこからボロが出るかもしれないと考えていたのだが……。

エニーリャの同僚《どうりょう》が、壁にファイルを伴《ともな》わせながらこんな事を言う。

「窓から壁を伝って逃走したようです。壁面のAR用モニタに、磁気によるトラブルが生じていました。やはり、『未成年に対する配慮』などするべきではなかったのでしょうか」

「能力者の拘束方法なんて心当たりがある訳ないだろう。情報だって、これっぽっちも開示してもらえない訳だし」

美琴《みこと》に対する口調とはガラリと印象が変わった声色で、エニーリャは呟《つぶや》く。

「……それとも、ギロチンみたいな木の手枷《てかせ》でもつけておけっていうのか」

「磁力でボルトを回すようなヤツですよ。鉄製品を高速振動させて鋸《のこぎり》みたいに使えるかもしれません」

「解決案なんてない訳だ。そして、その辺の鉄を鋸《のこぎり》だの弾丸だのにできるような危ないヤツが、街の中を逃げ回っている」

エニーリャはテーブルに肘《ひじ》をつき、頭を垂《た》れるようにしながら、同僚に質問する。

「追跡はどうなっている。逃走先の候補は？」

「不明です。監視設備にも映っていません」

「死角があるようなシステムではないはずなんだがな。……半公開型ARのアカウントはどうなっている。使用状況は」

この街のARは、使用者の位置情報を調べ、他の人物には利用している映像《サービス》を盗み見られないようにするための配慮がされている。逆手に取れば、人間の居場所を探る事もできるはずだ。

だが、

「逃走時から全く使用されていません。今もアカウントの監視を続けていますが……」

「向こうも『特性』については気づいている訳だ」

ヒントが失われたような状況だが、エニーリャは小さく笑った。

「逆にそこが狙い目だ」

「？」

「この街の人間は全員、半公開型ARを利用している。特に強制なんてしなくても、それを利用しないと不便だからだ。……そんな中で、一人だけサービスを使っていない人間がいれば目立つ。『反応の鈍いヤツ』を洗い出せ。街の監視設備だけじゃない。今現在、外を歩き回っている『保安員』へ通達を出せ。肉眼の監視がどれだけ重要かは、空港の不審物チェックを見れば誰でも分かる事だ」

同僚が壁面のARを使って連絡を取り合っているのを横目で見ながら、エニーリャはそっと付け加えるように思考を続ける。

(……あの能力者、取調室で何を叫んでいた?)

ARから独立されたモニタを操作し、彼女は目を細めた。

(……事件は終わっていない。一九個のオレンジが残っている)

テーブルを指先で叩《たた》き、その表面にARで捜査資料を表示させる。

(……夕方に被疑者《ひぎしゃ》が『押さえた』とされるバケツの中身については、その詳細は不明。ほぼ炭化しているため、問題のベニオオアシグンタイアリかも分からない)

鑑識《かんしき》がDNA情報を調べているので今後何か新しい事が判明するかもしれないが、それにはかなりの時間がかかるだろう。

もちろん、例の『炭化した残骸《ざんがい》』がベニオオアシグンタイアリではない、という可能性も否定できない。全ては中学生の悪戯《いたずら》だった、という訳だ。

だが、

(だとしたら、取調室から逃走するほどの大事に発展させる必要なんてあるのか？　はた迷惑

な話だが、あの時点で『危険性のない蟻《あり》』しか使っていないのなら、頭を下げれば済むレベルだったはずなのに）

となると、それでは済まないレベルの事態が本当に進行しているとでも言うのか。

（しかしまぁ、取調室から『逃げた』という時点で、一番穏当《おんとう》な悪戯説《いたずらせつ》は消えたようだ。事件は本物。しかし何の事件が進行している？　本当にベニオオアシグンタイアリなのか、それともそう主張しているあいつが別の事件を起こそうとしているのか）

しばらく考えていたエニーリャはカツッと人差し指の先端でテーブルを叩《たた》き、ARの捜査資料を追い払う。

（どちらにしても、捕まえる）

改めて、彼女は己の目的を確認する。

（事情を知っている者から情報を得るのが一番手っ取り早い）

2

日付は変わっていた。

御坂美琴《みさかみこと》は深夜のショッピングセンターを走っていた。

昼と夜では大違いだった。完全に区分けされている。夜まで営業しているナイトレジャー区画は煌々《こうこう》とした明かりを放ち続け、反面、日没で終業してしまう区画については一切の光が消え、闇に包まれてしまう。

ろうか。
無人の闇は、夜の学校にも似ているかもしれない。非常口や『保安員』の詰め所へ繋《つな》がる順路、消火器やAEDの位置などが、複数の色分けされた矢印で床面に表示されていた。天井にある等間隔《とうかんかく》の青い点はスプリンクラーの設置状況だろうか。

半公開型AR、というヤツである。

向こうのセンサーは美琴《みこと》の肉体を捉《とら》えていない（ように仕向けている）ため、パーソナルにピントを合わせる事はできないはずだ。おそらくこれらの表示は隔離《かくり》レベルが『全員公開化』されているのだろう。つまり普通のテレビと同じである。

いくつもの家電製品が並ぶ陳列棚に身を隠し、複数の足音をやり過ごす。

相手は三人一組で行動しているようだった。半公開型ARを応用し、床面に残る『足跡』を追跡しているらしい。

美琴《みこと》がセンサーをいじれなかったら、あっという間に追い詰められていただろう。

（……逆に言えば、電子機器に手を加える事ができれば、いくらでも相手を攪乱《かくらん》できるって事でもあるんだけどね）

デコイの『足跡』を追って、『保安員』達が見当違いな方向へ走っていくのを確認する。とはいえ、彼らもじきに『足跡』の不自然さには勘付《かんづ》くだろう。センサーを頼らなくなってからが本当の勝負だ。

ここで捕まる訳にはいかない。

こうしている今も、ベニオオアシグンタイアリの卵を仕込んだオレンジが『生物爆弾』としてこのショッピングセンターに入り込み、いつ一斉孵化《いっせいふか》・活発化の爆発を起こすか分からないのだ。その蟻《あり》がどれだけしぶといのかは知らないが、一度撒《ま》き散《ち》らされてしまえば、どこに隠れ潜んで人を襲うようになるか。想像するだけでも恐ろしい。

「……」

調べるべき事は色々ある。

この街に来て、すでに『オレンジ』という単語はいくつか耳にしている。それら一つ一つを再検証していくしかない。

(……このARを使えれば簡単なんだけど)

美琴《みこと》は陳列棚に身を隠したまま、床へ目をやる。

彼女は電気を操る能力者だ。それもただ単純に強力な高圧電流を生み出すだけでなく、精密《せいみつ》なハッキングなども可能とする。これだけ高度に人や物の流れが管理された街なら、防犯カメラや電子マネーなどの動きを追うだけでも、目的の人物の潜在先を探るのは難しくない。美琴《みこと》にとっては、アナログな田舎町の方が逆にやりにくいのだ。

とはいえ。

この半公開型AR。インターフェイスは『美琴《みこと》という人体のアクション』を必要とする。つまり、通常通り超音波のセンサーを活用すると、彼女の行方を追っている『保安員』に見つかってしまうのだ。

使用するには別のアカウントが必要になる。

今もハッキングを使ってカメラやセンサーをごまかしているが、やがてはこの問題が浮上する。誰もが使っている半公開型ARを一切使わずに生活を続けているだけでも、肉眼の目線では違和感に映《うつ》るだろう。

安全に活動を続けるためには、やはり新しいアカウントが欲しい。

だが、能力でハッキングを行える美琴《みこと》でも、流石《さすが》にいつでもどこでもアカウントを用意できるほど、ここのセキュリティも甘くはないようだった。

新しいアカウントを作るには、多数の情報を集中的に取《と》り扱《あつか》う大型サーバーへ物理的に接近する必要がありそうだ。

（まずは身の安全と利便性のためにも、そこらへんの準備から始めるか）

半公開型ARは使えないので、美琴《みこと》は記憶の中にある案内板を無理矢理に思い浮かべる。

周囲をぐるりと見回し、うっすらと光の漏《も》れている方角で首を固定させた。

3

ナイトレジャーと一口に呼んでも色々とある。

多数の照明で補強され、昼間とは別の顔を持つ遊園地。膨大な音楽とアルコールに満たされた若者向けのクラブ。礼服や品性を入場条件に指定されているオペラ劇場。ジャンルもランクもターゲットも様々な娯楽が、夜の闇を光で埋め尽くしたエリアの中で提供されている。

とはいえ、美琴《みこと》の求める条件を満たす場所は限られている。

他のエリアとは比較にならないほど、膨大なデータをやり取りするための大型サーバーが設置されている場所。

「カジノ、か」

（……ゲームセンターの方が馴染《なじ》みがあるんだけどなあ）

口と心で呟《つぶや》く美琴《みこと》は現在、常盤台中学《ときわだいちゅうがく》の制服を着ていない。赤を基調としたドレスをまとっていた。ここに来るまでにあった洋裁店の奥から引っ張り出してきたものだ。『御坂美琴《みさかみこと》・デモンストレーション用衣装』とあったので、多分問題はないだろう。

気合を全開にしてやってきた美琴《みこと》だったが、実際にカジノに踏み込んでみると、それほどフォーマルで厳《おごそ》かな雰囲気には満たされていなかった。ディーラーのいるルーレットやバカラなどのテーブルには礼服の紳士《しんし》淑女《しゅくじょ》が多かったが、反面、無人のスロットが並ぶ一角ではＴシャツにジーンズといった服装の東洋人も少なくない。こうして見ると、ちょっと豪華なパチスロをやっているようにしか見えなかった。

それと、ロシアの法律がどうなっているかは知らないが、少なくともこのショッピングセンターの中では、大人も子供も区別なくカジノのホール内を行き来していた。親の後をついている場合が多いが、これは同伴でなければならないという決まりがあるのではなく、そもそも観光客の場合、子供は家族連れでやってきているからだというのがその理由だろう。

という訳で。

チューガクセーの御坂美琴《みさかみこと》がカジノ内を練り歩いても、特に目立つ事はなかった。

むしろ馴染《なじ》みまくっている。

（……それって自慢できる事なのかしら？）

周囲にはカメラやセンサーと違って『能力ではごまかせない肉眼の目線』がたくさんある。とはいえ、現状の美琴《みこと》が指名手配犯として指を差されるような事はない。『保安員』が駆けつける事もない。

ドレスによって雰囲気が変わってしまっているからか、『保安員』は美琴《みこと》の情報を一般には伏《ふ》せた状態なのか、半公開型ARに慣れ過ぎた人々は、美琴《みこと》の頭の上に『危険』のアイコンが出ていないと注目を浴びせる事すらできなくなっているのか。

追い詰められる前に目的を達《たつ》せられれば何でも良い《い》。

行動できる内に行動しておかなければ、あっという間に手詰《てづ》まりになる。

（さて、と）

美琴《みこと》は周囲を見回し、

（これだけチップをジャラジャラ増やしたり減らしたりしているんだ。現金だけじゃなくて、クレジットカードのデータを直接チップに替える仕組みがあるはず。世界各地のカード会社と結びつくための大型サーバーがないって言ったら嘘《うそ》になるでしょ）

とはいえ、カジノの内装は貴族のお屋敷《やしき》っぽく整えてあるので、ビル用のエアコン室外機みたいな無骨で四角い機材がそのままデンと置いてある事はないだろう。地下か別室か、どこかにこっそりと保管されている可能性が高い。

壁、柱、床、テーブル、ショーウィンドウ。この街のありとあらゆる場所には半公開型ARの端末があるものの、それはまさに末端でしかない。そこからではアカウントを制御する管理コンピュータまでは遠い。単純に、途中にあるフィルターの数が多く、通り抜けられる情報に制限がかけられているのだ。

だが、大型サーバーから直接コマンドを発すれば、多少強引だが一気に防御をぶち抜ける。

正体不明のバニーさんからノンアルコールカクテルという名のミックスジュースを受け取りながら、美琴《みこと》は軽く辺りを見回す。

ホールの奥は階段になっていて、二階部分にVIP席があるようだった。

つまり、その真下の部分が丸ごと大きな四角いボックスになっている。

「あそこか」

カクテルグラスに軽く唇をつけ、美琴《みこと》はあくまでも人の流れと室内音楽に逆らわない程度の歩みで、VIP席の方へと近づいていく。

VIP席の真下は、ポーカーのテーブルになっていた。

カード自体は生身のディーラーが配り、チップのベットや配当については、テーブル全体が半公開型ARとなってデジタルでサポートしているらしい。

ディーラーが壁を背にしているため、流石《さすが》に壁へ張り付くのは難しい。

プレイヤーを見学するのは勝手だが、あまり後方でうろうろしていると、カードを覗《のぞ》いて他のプレイヤーに知らせようとしている、などとあらぬ疑いをかけられそうだ。

手っ取り早く、長時間壁際《かべぎわ》に接するためには、

(はぁー……。やっぱ、参加するしかないか)

しかし、このポーカー。ゲーム自体は（公平性を保《たも》つためか）ディーラーと紙のトランプを使用しているが、ベットや配当に関しては半公開型ARを利用している。

自分のアカウントを使用できない美琴《みこと》は、果たして参加可能なのだろうか？

「ひっひっひ。お困りのようですね？」

「うわっ⁉」

突然後ろから声を掛けられて、美琴《みこと》はビクリと肩を震わせた。

そこに立っていたのはオカルトコンビニの店員、レッサーだった。何故《なぜ》か黒いバニーの格好の少女は、銀色のトレイの上に色とりどりのチップを山のように積んでいた。

「一体何にお困りか知りませんけど。お小遣いでも足りなくなったんですか？」

「ちょっと待った。アンタ『オレンジ』の話をしていたわよね。一度詳しく話を聞き……」

言いかけた時、レッサーはにゅっと人差し指を伸ばしてきた。

美琴《みこと》の下唇に、指の腹が触れる。

「のんのん。ここでそんな話をしちゃって良いんですか？」

「(……アンタ、後でちゃんと顔貸しなさいよ)」

このレッサーという少女も素性の不明な人物だ。『オレンジ』についてのヒントはもらった。それによって一つ目のオレンジの爆発には何とか対応できた。ただし、レッサーが善人か悪人かはまだ見えない。彼女が事件と関わりを持っているのは間違いない。

だが、完全に安心のできる味方など一人もいないのも事実だ。

高望みをする必要はない。

(利用できるものは何でも利用する、か)

美琴《みこと》は方針の確認を行う。

(となると、やっぱり当初の予定通り、施設内を自由に歩き回れるように新しいアカウントの取得に励《はげ》みますか)

「アンタ今仕事？　それともその格好で遊んでんの？」

「幸運と必勝のお土産《みやげ》ショップマグロヒロイは、こういう場所でこそ真価を発揮する訳です。普段は胡散臭《うさんくさ》がっている連中がまぁ寄ってくる寄ってくる。いやぁ、確率論や統計学を捻《ね》じ曲《ま》げるほどの術者がいるとも思えませんがねぇ。一応質問に答えておくと、カジノの店員ではないので、特に仕事中の賭け事を禁じられている訳ではありませんよ」

「当然、半公開型ARは使えるのよね」

「それが何か？」

レッサーの質問に対し、美琴《みこと》は親指でポーカーのテーブルを示して言う。

「ぼろ儲《もう》けさせてやるから、私に協力しなさい」

4

結論を言うと、それは勝負とは言わなかった。

黒いバニーのレッサーが扇状《おうぎじょう》のテーブルの一角に腰掛け、美琴《みこと》は肩越しに彼女のカードを覗《のぞ》き込《こ》む形でスタンバイ。

後は配られる五枚のカードを基《もと》に、美琴《みこと》が軽く指示を出せば事足りる。

ちなみに。

どんな恐ろしい強運の持ち主であっても、数多くの経験を積んだプロのプレイヤーでも、全戦全勝はありえない。この手のカードゲームで必要なのは、最初の段階で勝てる勝負と勝てない勝負を明確に見極める事。最小の被害で負けを押さえ、最大の利益で勝ちを押さえる。この落差を広げる事で、最終的にプレイヤーは勝利と現金を得る事になる。

「いやぁ、ここまで簡単だと勘違いしちゃいますねえ。何だかいくら使っても中身の減らない貯金箱をもらっちゃったような気分になります」

「運も技術もいらないわ。数学ができれば誰でも勝てる」

「でもポーカーって確率論や統計学だけじゃないでしょう。むしろ心理戦こそ醍醐味《だいごみ》があると思うんですけどねえ」

「経済学って基本的に心の動きの学問よ。市場に不安が広まって株価が意味もなくガタ落ちしたりすんでしょ。勝負に乗るか降りるかの駆け引きなんて、それと一緒。一番難しいのは駆け引きのできないメダルゲームかな」

適当に受け答えをする美琴《みこと》だったが、彼女の目的はカードゲームで勝利する事ではない。

そちらは片手間。

本命は頭の中で、微細な電流を利用して行われる大型サーバーへのハッキングだ。

「でも良《い》いんですか？」

「何が」

「何度やっても何回やってもディーラーが意地悪しても一向にチップが減らないもんだから、他のお客さんはイライラディーラーはアワアワおまけにそろそろイカサマ疑惑で『保安員』でも呼ばれそうな雰囲気ですよ」

「目立ち過ぎたか。……ってか、私が追われている事は分かってんだ？」

「それなりには」

「私が今何をしようとしているかも？」

「逃走資金でも稼ぎたいとか」

「冗談。逃げるのは私の趣味じゃないわ」

どよめきが美琴《みこと》の背後で発生した。それは波のように、少しずつ彼女の元へと接近してくる。騒《さわ》いでいる人間が近づいてきているというよりは、何者かが人の波をかき分けているかのような調子だった。

「潮時《しおどき》か」

「どうします？　逃げるなら合法的に混乱を招く事をお勧めします。例えばこのチップの山を真上にぶん投げて桜吹雪状態にするとか」

（……混乱を招こうが何だろうが、大慌てで走って逃げるという構図がまずい。いくら何でも目立ち過ぎる）

ジリジリジリ‼　と美琴《みこと》は額の内側辺りに痺《しび》れる感覚を得た。

大型サーバーへの干渉は続く。

その間にもどよめきが近づいてくる。

人の波をかき分けてやってくるのは『保安員』か。

「（……デジタル身分証の提示を求められますから、半公開型ARを起動しないと怪しまれますねえ。かと言って、真正直に自分のIDを表示するのもアウトでしょうし)」

「(……やかましい。ちょっと黙る)」

レッサーは特に唾《つば》を飲み込む事もなく、むしろ美琴《みこと》と『保安員』の動向を、悪戯《いたずら》を好むような色の瞳で観察している。

美琴《みこと》は振り返らない。

その行為に意味はないし、やればやるだけかえって目立つ。

カツン、という足音が明確に聞こえた。

真後ろ。

美琴《みこと》の前髪が、わずかに、不自然に揺れる。

相手は躊躇《ちゆうちよ》しなかった。

美琴《みこと》の右肩へ手が置かれる。

彼女は何故《なぜ》か、左回りで応じた。

デジタル身分証を提示しなくても、御坂美琴《みさかみこと》としてのIDを提示してもアウト。

そのはずだった。

「何か？」

美琴《みこと》のスマイル。

同時に、ビウン!!　と床面に大きくデジタル身分証が映し出された。彼女はポーカーのテーブルにキーボード状のタッチウィンドウを表示させ、『保安員』の目にも見えるように半公開型ARのレベルを調整する。

やってきた男の『保安員』は二人。

彼らは怪訝《けげん》な目線を床に落とした。

目の前の少女に関する個人情報の記されたデータを眺め、ポツリと呟《つぶや》く。

「……紅咲絵李《べにさきえり》、さん？」


ニヤリと笑ったのはレッサーだけだった。

赤いドレスの少女は表情を整えながら、ゆっくりと尋ねる。

「ですけど、それが？」

ぱちぱちと、同性からすれば超わざとらしい瞬《まばた》きまで加えて、

「そもそも、皆様はどうしてこちらへ？」

『保安員』は怪訝《けげん》な目線を、赤いドレスの少女からディーラーの方へと向けた。おそらくこれ以上の一人勝ちで評判を落とされるのが困ったのでこっそり通報したのだろうが、

「カードの動きはテーブルの半公開型ARに保存されているはずだし、何なら天井の隅にあるカメラを調べてもらっても結構」

赤いドレスの少女はレッサーの肩に手を置き、立ち上がるように促《うなが》す。

慌てたのは男の『保安員』だ。

「え、あ、ちょっと！　どこへ行く気で……」

「ならこいつは置いていきましょう」

美琴《みこと》は今まで増やしてきたチップの山をドカンとテーブルの上に置く。

それから、人差し指でディーラーを指し示し、

「ただし、最後に損をするのはそっち。なぁんにも悪い事してないのに、都合が悪くなったら『保安員』と結託《けったく》してゲームは没収《ぼっしゅう》。ここで一時的でも私を拘束なんてしたら、カジノとしての評判は最低最悪になるわね。誰だって、いわれのない罪で捕まりたくないもの」

そこまで言うと、赤いドレスの少女はあくまでも強気に、それでいて不自然ではないレベルの早足で、レッサーと共にテーブルから離れる。

「（……さーて、こんなもんで逃げ切れますかねえ）」

「（……大丈夫。騒ぎを起こしたディーラーさんが、職を賭《と》して死にもの狂いで引き止めてくれるわよ）」

「（……どうやったか知りませんけど、せっかく苦労して手に入れた紅咲《べにさき》アカウント、チェックされちゃあ使い所はないのでは？）」

「（……あの時作ったアカウントは一つじゃないの）」

背中越しのトラブルを耳にしながら、赤いドレスの少女は悠々《ゆうゆう》とカジノの出口へ向かう。

バニーのレッサーが質問してくる。

「この後は？」

「話せる場所。オレンジについて聞きたい事があるわ」

「んー」

レッサーは適当な調子で相槌《あいづち》を打ち、

「それじゃあマグロヒロイに向かいますか」

「ちょ、ちょっと。別に良《い》いけど、どういうルートを通るつもりよ？」

「二人だと目立つので、一度別れて現地集合にしましょうかね」

「こら！　人の質問にはちゃんと……ッ!!」

カジノの扉を開け放つと、レッサーはさっさと人混みに紛《まぎ》れてしまう。

大声で呼び止めては、『保安員』の注目を集めてしまうかもしれない。赤いドレスの少女はため息をつくと、彼女も彼女で人の流れに逆らわず、静かに移動を開始する。

5

試着室以外で着替えるのはやはり勇気が必要だったが、とにかく美琴《みこと》は赤いドレスから制服に着替えていた。

そんな彼女がやってきたのは、例のオカルトコンビニだった。

観光地の土産物屋《みやげものや》なんて世界で一番さっさと店じまいしてしまいそうなものだが、一応コンビニを名乗るだけの事はある。日付が変わった今も、蛍光灯の白っぽい光に満たされていた。

ここで店番をしていたレッサーという少女は、『オレンジには、お気をつけて』という言葉を残していた。

何かを知っている。

その上、このオカルトコンビニは胡散臭《うさんくさ》い商品の宝庫だった。もしかしたら、悪趣味な蟻《あり》もペットとして取り扱っているかもしれない。

美琴《みこと》としては、ひとまずレッサーとやらと合流し、知っている事を聞き出した上で、その後にオカルトコンビニ内のスタッフ用の部屋など、あまり人目につかない場所をちょっと借り、半公開型ARなどを使って『生物爆弾』に関する情報を調べてみようと思っていたのだが……。

「ちょっと。レッサーってヤツはどこよ？」

スライド扉を開け、店内を覗《のぞ》き込《こ》んだ途端に美琴《みこと》はそんな事を言った。

つい数時間前まで店番をしていたはずの少女はどこにもいなかった。今は別の少女がレジカウンターの内側へパイプ椅子を持ち込んで、何故《なぜ》か日本語のスポーツ新聞をめくっている。

「んー？」

美琴《みこと》よりも背の低い少女だった。茶色の短い髪を、カチューシャで強引に持ち上げている。名札の所には『ランシス』とある。レッサー同様かなり色白の女の子だ。

何故《なぜ》か彼女はひとりでにぶるりと震えた後、

「……レッサーなら、戻ってきてないけど……？」

「あのガキ、ここで現地集合とか言っていたくせに」

思わず怨嗟《えんさ》の声を放つ美琴《みこと》。ランシスというらしき少女は、小さく首を傾《かし》げると、美琴《みこと》の胸の辺りに目をやって、

「……レッサーの方がまだオトナな気がするけど？」

「どこ見てナニを判断してんのかなこのクソガキ!!　あんなお子様に負けてるはずがないでしょ!!」

「うーん。レッサーはああ見えて、小四でブラをつけ始めて学校の最年少記録を塗り替えていたはずなんだけどなあ」

「うっ⁉」

たじろぐ美琴《みこと》。実は中一の半ばまで全くお世話にならなかった事は秘密である。

「と、とにかく、今ここにはレッサーはいないのね。それならオレンジについて話は聞けないか。アンタ、レッサーがいつ戻ってくるか聞いてない訳？」

「こんなの届いてるけど」

ひらひらと、ランシスは持っているものを軽く振っていた。訝《いぶか》しんだ美琴《みこと》はそれを摑《つか》み取《と》る。絵葉書のようだった。裏面全体に何かしらの絵画が印刷されている。宗教画だろうか。やたらデカい蟻《あり》に囚《とら》われた貴婦人という、かなり悪趣味な絵柄だった。

「……ちょっと待って。レッサーがここに戻ってきてないなら、この絵葉書は何なのよ」

「ショッピングセンター内なら特急速達っていうのがあるの。まぁ、メールの速さには勝てないけどね」

ひっくり返して表面を見ると、上半分が宛先、下半分が本文となっていた。送り主の住所の欄は完全に空白になっていたが、本文の所には黒の油性ペンでこんな事が書かれていた。丸まった文字の英語だった。

『人のウワサに従う形で起きた事件。しかし、ウワサそのものに作為《さくい》が込められているとしたら？』

「……、」

美琴《みこと》は絵葉書から顔を上げ、

「ナゾナゾに付き合ってる暇ないんだけど」

「知らにゃーい」

ランシスは実にやる気のない感じで答え、スポーツ新聞ごとレジカウンターに突《つ》っ伏《ぶ》した。どうやら深夜営業で眠たいらしい。

「……レッサーのやる事なんて私達にも予測不能だし。あいつ、この前もベイロープのヤツに尻を叩《たた》かれていたはずなのになあ……」

ぐー、という音まで聞こえてきた。そのまま寝落ちしてしまったようだ。

一瞬、このガキをしばき倒してレッサーの電話番号でも聞き出してやろうかとも思った美琴《みこと》だが、得策ではないと考え直す。どのみち、相手が本気で逃げるつもりなら、逆探知を許すほどの通話時間は与えないだろう。

（とにかく、すぐさま通報されるって訳じゃなさそうね。そもそも、私があのオレンジに関わっていて、『保安員』から逃げているって情報はどこまで伝わっているのやら）

この手のコンビニにはレジカウンター下に緊急通報用のボタンがあったりするので油断はできないが、『保安員』が来た場合はその時だ。

今は調べるべき事がある。

美琴《みこと》はレジカウンターの上に手を置き、半公開型ＡＲ操作用のキーボードを呼び出した。当然、使用するＩＤは先ほどカジノで手に入れた、複数のアカウントの一つだ。指を走らせ、必要な情報の検索を始める。

必要なのは、

(防犯カメラの記録。東門の出入口近辺)

あのオレンジは、人のごった返す出入口へポツンと置かれていた。前後の記録映像を調べれば、誰があそこにオレンジを置き、どこへ去ったかが分かるかもしれない。

当然、そんな情報は一般には公開されていない。

美琴《みこと》は自分の知識と能力を組み合わせ、本来であれば触れられない情報まで一気に探りを入れていく。

防犯カメラの記録をまとめたライブラリにはすぐに辿《たど》り着《つ》いた。

ところが、

『データが破損《はそん》しているため読み込めません』

出てきたのは簡素なメッセージだけだった。訝《いぶか》しんだ美琴《みこと》は、さらに別のファイルを開こうとする。一つの場所に設置されたカメラは一つだけではない。複数のポイントから監視を行っている以上、それらのファイルも複数あって当然だった。

にも拘《かかわ》らず。

『データが破損しているため読み込めません』

『データが破損しているため読み込めません』

『データが破損しているため読み込めません』

ここまで徹底していると、いい加減に美琴《みこと》も苛立《いらだ》ちではなく呆《あき》れが浮かんでしまう。何者かが該当する時間のデータだけを削除しているのだ。

一番怪しいのはこのショッピングセンターの人間だが、美琴《みこと》がこうして侵入できている以上、第三者が外部から操作を行ったという可能性も排除できない。この状況だけで防犯カメラのデータに手を加えた人物を特定するのは難しそうだった。

この記録からオレンジの行方を追う事はできない。

こうしている今も、孵化《ふか》のタイミングを利用した『生物爆弾』のカウントダウンは続いている。

（……となると、人の流れからオレンジを追うしかないか）

美琴《みこと》は再び絵葉書に目をやる。

ナゾナゾのような文章は、あの事件を示唆《しさ》するような内容ではあったものの、これだけでは具体的なヒントもクソもない。

裏面の蟻《あり》と貴婦人の絵柄も、何となくベニオオアシグンタイアリを連想させるものの、やはりそれ以上の『具体的な情報』とも思えなかった。

だが……、

美琴《みこと》は貴婦人の衣服に注目した。基本的には白と黒の模様だが、縁《ふち》の方になると意図的にバランスが崩してあり、まるでモノトーンのモザイクのように変化していた。

その一部分に目が吸い寄せられる。

見覚えがあった。

白と黒の正方形のランダムな配置に。

「この模様……？」

(平面コード……？)

携帯電話を取り出し、カメラのレンズを向けたものの、読み取りに失敗した。思い過ごしだったか、と諦《あきら》めそうになった美琴《みこと》だったが、ふと彼女はオカルトコンビニの壁へと目を向けた。

そう言えば、オレンジの商品管理に使われていた平面コードも超音波読み取り式で、半公開型ARでなければ読み取れなかったはずだ。

壁に近づく。

あの時と同じように、絵葉書を壁面へと押し付ける。

巨大なポスターのような、四角いウィンドウが広がった。一般的なウェブページとは違うようだった。検索サイトからは侵入のできない、直接IPアドレスからアクセスしなければ表示させられない種類のページだ。

ただし情報はない。

中央に、パスワードの入力を促す注意文が表示されただけだ。

(力業で突破するか？)

美琴《みこと》は自分の能力を考慮したが、その時、絵葉書裏面の端に、小さくサインがしてあるのを発見した。ただしそれは、ペンネームにしてはアルファベットの並びがランダム過ぎた。

美琴《みこと》はその表記に従い、壁に手をついてパスワードを打ち込んでいく。

一発で突破できた。

認証が終わり、巨大なポスターに改めて膨大な情報が展開されていく。

その先に広がっていたのは……。

6

プロジェクト＝コードＥＩＣ。

経済効果を前提とした集団心理への働きかけについて。

当ショッピングセンター内で試験運用しているこのプロジェクトは、マスメディアを利用した宣伝広報から、ネット・口コミを含む利用者間の情報交換まで、ありとあらゆるレベルの商品情報の制御によって、顧客へ心理面から適切な刺激を与える事を旨《むね》とする。

その性質上、我々は真《しん》に何もない所から、存在するはずもない商品を産み落とす事はできない。

我々はあくまでも、すでに存在している商品に本来以外の価値を付加《ふか》する事にのみ、専門に取り扱う。

本来より高い価値を付加された商品は稀少性《きしょうせい》が生まれて消費速度が増し、逆に低い価値を付加された商品は消費速度を落とす事になる。

ごく一般的な、プレミア感やレッテルなどを思い浮かべていただければ分かりやすい。

ある商品の売上を上げるものは正方向行為、逆に下げるものは負方向行為と呼ぶ。

この正方向行為と負方向行為を利用し、各々《おのおの》の商品の消費速度を調整する事で市場に大きな『流れ』を生み出し、一経済圏そのものを支配する事にこそ、プロジェクトの意義はある。

正方向行為、負方向行為のいずれにしても、我々は『すでに存在する商品』を軸に様々な情報を付加し、『自由度のある強迫』を提示《ていじ》する。

彼らは自分の頭で現在の一商品の価値を判断し、また未来の一商品の価値を予測する事で、最終的に購入するか否《いな》かの選択を行う。

降雨量が少なく水が枯渇《こかつ》すると予想すれば水を買い込もうとするし、逆に多すぎて作物の収穫に悪影響が出ると予想すれば野菜を買い込もうとする。

暖冬になると予想すれば雪道用のタイヤの購入を控《ひか》えようとするし、冷え込みが厳しく花粉の量が少なくなると予想すればマスクの購入数を減らそうと考える。

たとえ。

実は根拠のないデータによる予測であったとしても、だ。

これらの商品購入のために必要な判断材料のデータは、感覚的な信憑性《しんぴょうせい》ばかりが優先され、専門機関で高度な検証が行われた報告ニュースから、雑多に溢《あふ》れるウワサ話まで、あらゆるレベルの情報が区分なくまとめられるケースが多い。

我々は『流行』という形で指定の商品に正方向行為と負方向行為を実行する。

彼ら消費者の心理は情報によって制御される。

発信源については複数挙げられるが、重要なのはどのメディアという訳ではない。

人は複数のメディアに弱い。

ある一つのメディアで絶賛されていた事が、別のメディアで否定されていた場合、人は自分の頭で考えようと思ってしまう。

しかし一方で、例えばローカルなネットワーク上で噂《うわさ》されていた話が、テレビなどのマスメディアで取り上げられたりすると、そこに信頼や保証といったものを感じ取るのが人間というものである。

彼ら顧客自身が築き上げた情報判断の思考回路そのものを逆手に取り、複数のメディアから段階的に情報を発する事によって、我々は顧客に対して必要な流行を注入し、目標の商品を売り、目標の店舗に目標の売上を増減させる。

ピラミッド構造で言うならば、土台からの突き上げによって、微調整した振動で頂点を揺さぶる事が我々の最終的な目標となる。

当ショッピングセンター内の実験はウワサという形を取る。

我々が発した実験用情報が、どの程度の期間でどの程度拡散され、どの程度の期間で終息するか。また、拡散の過程でどの程度歪《ゆが》められるのか。

各年齢層の顧客の内、実際にその話を基に『動く』比率はどの程度のものなのか。

実験用情報の送信ルートを複数用意し、最適なルートの模索を第一次実験の目的とし……

7

美琴《みこと》はポスター状に広げられた巨大ウィンドウに目をやりながら、しばらく黙っていた。

プロジェクト。

コードＥＩＣ。

作為的にウワサを流して各々《おのおの》の商品の価値を増減させ、業務実績を操作するシステム。

本来手を伸ばせば誰でも掴《つか》み取《と》れるはずの当たり前の商品に、第三者が別の価値を付け加えていく。その概念《がいねん》は、どこか街の隅々まで浸透《しんとう》している半公開型ＡＲとも繋《つな》がっている印象が感じられる。

「……、」

仮にこのレポートが真実で、そういった『商売に利用するための特殊な広告システム』がこの街に組み込まれているとしたら。

コードＥＩＣが、あくまでも善意によって作られたものであったとしても、関係はない。その効力は絶大だ。

別に、コードEICには人間をマインドコントロールしたり、強制的に命令を実行させせるような機能はない。

あくまでも、操るのは各々《おのおの》の商品のプレミアやレッテル、そして、それらを生み出すためのウワサと、そこから発展する流行といったところか。

だが、それだけでも十分な力がある。

コードEICを利用する『どこかにいる誰か』は、どんなに荒唐無稽《こうとうむけい》なウワサであっても、好きな時に好きなだけ流せるという事になってしまうのだから。

例えば。

軍隊蟻《ぐんたいあり》の卵が大量に産み付けられたオレンジのウワサとかも。

となると、あの『とても価値のあるオレンジ』の都市伝説にまつわる不審な点の大半は解消されてしまう。学園都市と全く同時期に同じ都市伝説が流行したのも、誰かがそういうタイミングでウワサを流したから、という事になる。

そして実際に『オレンジ』を設置した連中からすれば、好きな時に事件の引き金を引けるのだから、これほど簡単な話はないだろう。

しかし、

（……根本的に、何で『連中』がオレンジを設置したのか。その理由は分からずじまいか。ウワサを流す方法が判明したって、『何故《なぜ》ウワサと関連性のある事件を起こそうとしているのか』が分からない事には、どうにもならないのよね）

どこの誰だか知らないが、ウワサを制御しているのはこのショッピングセンターに深く関わりのある人物のはずだ。その人物が、自分のホームグラウンドであるショッピングセンター内に大量の軍隊蟻《ぐんたいあり》を撒《ま》き散《ち》らして何の得があるというのだろうか。

「んー？」

と、今までレジカウンターに突っ伏して眠りこけていたランシスが、目元をごしごし擦《こす》りながら顔を上げた。

「……まだいたの？　まさか何か買ってくつもり？」

「客商売として最悪な台詞《セリフ》ね」

美琴《みこと》は周囲を見回した。

半公開型ARを使えば、大抵の人物の位置や滞在先は分かる。だが相手は一つの街の流行、ウワサ、都市伝説を集団心理単位で完全に操る『黒幕』だ。事件の計画など、素直に聞き出せるとは思えない。しかし、この街に設置された『生物爆弾』の行方を掴《つか》む必要がある。

「ここって、怪しげな物なら一通り揃《そろ》っているのよね」

「……変な期待をされても。せいぜい人間の頭蓋骨程度なら何とか調達できるレベルだよ」

「そう」

今のは軽いジョークだろうと適当に受け流しながら、美琴《みこと》はこう尋ねた。

「なら、『オレンジ』を一つもらえるかしら」

適当に言いながら、美琴《みこと》は床面の半公開型ARを操作し、セキュリティへ侵入し、防犯カメラや電子マネーの入金状況から、特定の人物の居場所をほぼ正確に割り出していく。

セタリー＝S＝スキーニキヤ。

この街のガイド役であり、『とても価値のあるオレンジ』の話をしていた女。

そして。

プロジェクトのレポートの最後に、執筆者として記されていた名前。

8

セタリーは地下へのエレベーターを下りると、長い通路を早足で歩く。

別に秘密基地へ向かっている訳ではない。

ロシア平原を開発して作られたこの巨大なショッピングセンターは、基本的に横方向に大きく延びた平べったい施設だ。だが、それだけでは五万人を超える従業員の居住スペースは確保できない。それらは地下に広がっていた。セタリーは自分のマンションへ帰ってきていたのだ。

思わぬ方向に話が動いた。

あの御坂美琴《みさかみこと》という少女は『保安員』の詰め所から脱走し、今もこのショッピングセンターを徘徊《はいかい》しているらしい。

避難した方が良《い》い。

このショッピングセンター内において、御坂美琴《みさかみこと》にとってセタリーはほぼ唯一《ゆいいつ》接点を持っていると言っても過言ではないほどの人物だ。

様々なトラブルを抱えてこちらへやってくる可能性は低くはない。

今ここであの少女に見つかるのはまずいと、わざわざ同僚の『保安員』に言われなくても分かる。

とはいえ、この時間では公共交通機関は止まっている。無理に車で街を出ようとすれば、その動きで逆に勘付かれる可能性も高い。セタリーがひとまずマンションで荷物をまとめ、最終的に向かおうとしているのは、観光客向けのホテルだった。同じ街の中だが、この街のホテル群は最大で二〇万人を収容するだけの許容量がある。偽名を使って紛れ込めば、まず発見される事はない。

必要最低限の物だけをマンションから回収し、速やかにホテルへ移る。

夜が明けて公共交通機関が動き出したら、旅客機にでも乗って街を離れる。

それでおしまいだ。

足取りは失われ、セタリーは安全圏への避難を完了させる。その間に『保安員』が動いて片を付ける。御坂《みさか》美琴《こと》の逃亡劇は長くは続かない。いずれ追い詰められて捕獲される。

万事順調にいく。

むしろ失敗する要素が見当たらない。

そんな風に思っていたセタリーだったが、現実には、何故《なぜ》か玄関の鍵を開けた途端にドアの隙間から白い手が伸び、いきなり部屋の内側へと引きずり込まれた。今の今まで施錠《せじょう》していたはずの部屋の内側へ、だ。

ダン!! と壁に背中を叩《たた》きつけられる。

呼吸が止まりそうになったのは、何も打撃のせいだけではなかった。

「……意外に気づかないものよね」

　こちらの襟首《えりくび》を掴《つか》み、至近距離で囁《ささや》いたのは、日本人の中学生だった。

「磁力を操れば、鍵穴の中のピンを自由に動かせるって事。せめて真鍮《しんちゅう》やステンレスにしておけば、こういうトラブルに遭《あ》う事もなかったのに」

「御坂《みさか》、美琴《みこと》……ッ⁉」

「私の顔を見て驚いているって事は、どうやら本当に『心当たり』があるようね」

　壁に背中を押しつけられた状態から、何とか美琴《みこと》の腕を振りほどこうとするセタリー。しかし美琴《みこと》の方が早かった。彼女はセタリーの足を軽く払うと、そのままセタリーを床へと押し倒した。

　手加減はしたが、それはやる側の意見だ。

　今度こそ、確実にセタリーの呼吸が数秒停止した。

「昨日の一七時前後に、東門から『オレンジ』が搬入《はんにゅう》された事は分かっているわ」

　美琴《みこと》は相手が咳《せ》き込《こ》むのも無視して、低い声で呟《つぶや》いた。

　続く質問は、一気に叩《たた》きつけるように叫ぶ。

「搬入《はんにゅう》されたオレンジは二〇個ワンセットだったわ‼　回収されたのはその内の一つだけよ！　残り一九個はどこへやったの⁉　その全部にベニオオアシグンタイアリの卵は産み付けられているの⁉」

「し、知らない」

「あれが一度『起爆』すれば、大量の蟻《あり》が辺りへ撒《ま》き散《ち》らされるわよ！　それは人間や他の動物の肉を食い潰しながらどんどん増殖していく‼ そうなってからでは遅いのよ！ 特に『生物爆弾』のベニオオアシグンタイアリは、意図的にコロニーを危機的状況下に置かれたせいで、おそらく女王蟻《じよおうあり》の数に制限がなくなっているわ。じっと活動の時を待っている蟻《あり》の群れが一度動き出したら、一つの街が呑《の》み込《こ》まれるほどの爆発的な増殖が起こるかもしれないのよ‼」

セタリーは床に押し付けられたまま、首を左右に振った。

「私はオレンジなんて知らない‼」

ゴン‼ という鈍い音が響いた。

仰向《あおむ》けになったセタリーの脇腹のすぐ横の床に、美琴《みこと》が膝《ひざ》を突き立てた音だった。

「私が疑われていたのは、学園都市とこのショッピングセンターで、全く同時期に同じウワサが流れたからだった。『とても価値のあるオレンジ』。両都市の間を行き来していた人物は私だけだったからこそ、私が意図的にウワサを流し、それに準じた事件を起こしたってこじつけられている訳」

危うく指先から高圧電流を弾《はじ》き出《だ》してしまいそうになる美琴《みこと》は、必死に自制しながら言葉を紡《つむ》ぐ。

「でも、それなら該当者は他にもいるわよね。何しろ、私は『とても価値のあるオレンジ』の話なんて知らなかったんだから。私は、昨日、この街に着いてから、セタリー＝S＝スキーニキヤという人物から初めてこの話を聞かされたんだから」

「……っ⁉」

「答えなさい。何であなたは学園都市にしか流れていない『とても価値のあるオレンジ』の話を知っていたの。そして、このショッピングセンターで進行しているオレンジ生物爆弾の事件にどこまで関わっているの」

「本当に知らないのよ……」

セタリーは、ボロボロと涙をこぼし始めた。

恐怖によるものか虚偽《きょぎ》によるものか、美琴《みこと》には分からなかった。

「あの都市伝説は数日前からネット内でささやかれ始めたものだった。私はあなたとの話題作りのために、学園都市のローカルな情報が欲しかっただけだった。何で、こんな事になっているのか私にも分からない。オレンジって何？　生物爆弾ってどういう事なの？」

「……、」

美琴《みこと》は馬乗りになったまま、セタリーの目をじっと見た。

セタリーは顔をくしゃくしゃにしたまま、首を横に振った。

「仮に、都市伝説をなぞるような事件が起こっていたとして」

真実か虚偽《きょぎ》かを見定めようとする美琴《みこと》は、ただセタリーの言葉を聞く。

その間も、涙と嗚咽《おえつ》の混じった声が続く。

「私に何ができるというの？　ウワサの蔓延《まんえん》と事件が深く関わっているとしたら、その犯人は一つの流行そのものを制御しなくてはならない。でも、私にそんな事ができると思う？　確かに、ウワサ話を流す事ならできる。でも、それを確実に蔓延《まんえん》させ、誰でも知っているメジャーな話にまで昇華させるなんて事、ほんの一握りの人間にしかできないわ。プロのテレビ関係者だって、時の運に頼らなくてはならないレベルの難事《なんじ》なのよ……？」

ああ、と美琴《みこと》は呟《つぶや》いた。

結論は出た。

たとえ、どれほどの涙を浮かべていても。恐怖でくしゃくしゃになった顔でこちらを見上げていても。必死に懇願《こんがん》し、自分も巻き込まれただけだと証言していても。

こいつは、やっぱり嘘《うそ》をついている。

ここから先は。

目を背けたくても、続行するしかない。

「プロジェクト＝コードＥＩＣ」

「ッッッ⁉」

今度こそ。

セタリー＝Ｓ＝スキーニキヤの全身が、電流でも浴びたかのように痙攣《けいれん》した。

「作為的にウワサを制御し、選択した商品へ自由にプレミアやレッテルを付加し、店舗単位の売上を完全に制御するプロジェクト。この街には、最初からウワサや都市伝説を統括《とうかつ》するシステムが内包されていた。知らないはずはないわよね？　レポートの執筆者には、アンタの名前が記されていたんだから」

「それは……ッ⁉」

返事は待たなかった。

いや、待てなかった。

気がついた時には、もう美琴《みこと》の指先から青白い火花が散っていた。電圧にして五〇万ボルトほど。護身用のスタンガンとしても、悪趣味と称《しょう》されるレベルの高圧電流だった。

ズバヂィ!!!!!!　という轟音《ごうおん》が炸裂《さくれつ》する。

襟首《えりくび》を掴《つか》んでいるセタリーには向かわないように調整しているが、向こうはそうと気づかないだろう。あるのは純粋な恐怖だけだ。

「ぎゃぎゃぎゃぎゃぎゃぎゃあああっっっ!?」

目の焦点がずれなかった事は、おそらく褒《ほ》めるべき事柄だろう。

だが美琴《みこと》は無視した。

「アンタがどういう目的でオレンジをばら撒《ま》いたかは知らないし、聞くつもりもないわ」

彼女は質問を行う。

もはや涙に騙《だま》される事はない。

「『生物爆弾』はどこにあるの!?　残り一九個のオレンジは!?　それさえ聞けばもういいわ。『保安員』にも突き出さない。だから答えて!!」

「知ら、ない……」

なおも、セタリーはそう言った。

「あんな都市伝説が、本当に事件となって表に出てきているなんて話、私は何も知らない」

「そう」

美琴《みこと》はため息をついた。

迷う。

これ以上やるべきか。

（方法……）

能力を使った暴力という、一線を越えるべきか。

（何かそれ以外の方法は……）

両手に力を込め、床に押し倒したセタリーを強引に起き上がらせる。

「なら、その話が本当かどうか試してあげる」

彼女はセタリーを引きずったまま、マンションの奥へ進んだ。バスルームを見つけると、扉を開け、その中にセタリーを放り込む。

「何を……」

言いかけたセタリーの顔が、一気に強張《こわば》った。

御坂美琴《みさかみこと》は、スカートのポケットから大きなオレンジを一つ取り出したのだ。あまりにも熟《う》れ過《す》ぎて、表面がぶよぶよしているような、奇妙なオレンジを。

何かを叫ぶ暇も、タイル状の床から起き上がる余裕もなかった。

美琴《みこと》はオレンジをバスルームへ放り投げると、容赦《ようしゃ》なく扉を閉めた。さらに洗濯機を引きずり、バスルームの扉へぴったりと押し付けてしまう。

セタリーは狭いバスルームの中、壁に背を付けるようにできるだけオレンジから遠ざかった。じりじりとドアへ移動するが、全く開かない。拳で強く叩《たた》いても、肩で体当たりしても、びくともしなかった。

「待って‼　待ってよ‼　何これ⁉」

「……あら。慌てる必要はないんじゃない？　私の話が全部デタラメで、アンタがオレンジに関する話を何も知らないって言うなら、そのオレンジがどれだけ危ないものかは分からないって事なんだからさ」

「冗談じゃない……。冗談じゃないわ!!　あなたさっき言っていたじゃない!!　このオレンジは、あれだって!?　中には卵が産み付けられているって!!　得体《えたい》の知れない蟻《あり》が活動の時を待っているって!!　その話が本当だったら……ッ!!」

「心配しなくて良いわよ」

美琴《みこと》の声は優しかった。

一瞬、オレンジは無害なブラフかと、心の逃げ道を探そうとしたセタリーだったが、

「確かにぶよぶよオレンジの中は幼虫だらけで、もう半分ぐらいが成虫になっているかもしれないけど、バスルームは密閉されているからね。たとえ『爆発』したとしても、そう簡単に蟻《あり》は外へは漏《も》れない。……換気扇と排水溝が心配だけど、逆に危険な箇所《かしょ》が最初から分かっていれば、罠《わな》を張れる。高圧電流を流しておいて、入ってきた虫は焼き焦《こ》がせるようにしておくとかね」

「やっやだっ。やだぁ!!　何考えているのよあなた!?　こんなのはまともじゃないわ!!　ベニオオアシグンタイアリってどんな蟻《あり》か分かっているの!?」

「さあ。でも不気味な名前よね、牛や豚ぐらいなら骨まで食い荒らす蟻《あり》なのかしら？」

「……ッ!!」

ガンバンゴン!!　とセタリーは拳でドアを殴り付けた。息が荒くなる。手の甲に赤い血が滲《にじ》む。だが駄目だ。ドアはやはり一ミリも開かない。完全にこの空間は密閉されている。

「暴れない方が良《い》いんじゃない？」

まるで楽しむような声で、ドアの向こうから聞こえてきた。

それが余計にセタリーの神経を逆撫《さかな》でする。

「私の予想では、『生物爆弾』は蟻《あり》の孵《ふ》化《か》や活動のタイミングを意図的に操る事でタイムリミットを設定している。保管時は保冷しておいて、使う時に気温や湿度の高い場所へ置くって形でね。……あまり息を荒らげると、体温のせいでバスルームの室温が上がっちゃうわよ？」

「ああああああああああ!!　ああ!!!!!!」

こんな所でオレンジが爆発したら。

一〇〇匹以上の軍隊蟻《ぐんたいあり》が、この狭い空間に溢《あふ》れ返《かえ》ったとしたら。

逃げ道なんてない。

たとえ天井に張り付いたって全身を軍隊蟻《ぐんたいあり》に蹂躙《じゅうりん》される。

「アンタはどこまで事件に関わっているの？」

最後の命綱を垂らすように、美琴《みこと》は告げる。

一言一句、聞き逃せば即地獄へ落ちる最悪の宣告を。

「残りのオレンジは一体どこにあるの？」

セタリーの目玉がグラグラと不自然に揺らいだ。

バスルームの中央に置かれたオレンジが、人間の肌のように汗をかいているように見えた。

そして。

じわり……と、その分厚い皮が、内側からゆっくりと蠢《うごめ》くのを目撃した。

そこが限界だった。

「知らない!!　私は知らない!!　確かにコードＥＩＣには関わっていた!!　研究は今も続いているし、作為的にウワサを流す事もあった!!　でもあんな都市伝説には関わっていない!!　そもそも、コードＥＩＣは『必要以上のプレミア価値をつけた商品情報』の流布《るふ》が目的であって、ああいう不気味な都市伝説を流す事は想定されていない!!」

自分が人の形をしたＩＣレコーダーのように思えた。個人の意思の有無など関係ない。どこかの誰かがスイッチを押したら、どんなに隠している事でもベラベラ吐き出さなければならない。その事がとてつもなく惨《みじ》めだった。二〇歳を超える自分が、中学生の少女に言い負かされて涙をこぼしている事も、どうしようもなく無様《ぶざま》だった。

「『とても価値のあるオレンジ』の話を私にしたのは？」

「知らない!!　私だって気がつけば口を開いていた!!　あんな話、どこで聞かされたか自分でも覚えていない!!　でも、どこかで耳にしたのかもしれない。ネットの検索履歴でもデジタル放送の番組欄《ばんぐみらん》でも何でも調べて、私がどこで情報を入手したか勝手に調べれば良いわ!!　とにかく私も知らなかった!!」

「仮に今回の件にコードＥＩＣが利用されているのだとすれば、『生物爆弾』をばら撒《ま》いた『黒幕』は、アンタ達ショッピングセンターの上層部が一番怪しい。何か心当たりは？」

「そんなのある訳がない!! 確かに私達は学園都市の協力機関の一つで、コードＥＩＣを代表とする、経済に関する実験や研究を行ってきた。だから非公開の組織の一つや二つは存在する。でも、それは人に害をなす事を目的とした怪しげなテロ組織なんかじゃない!! 分かりやすい悪の組織とか、全てを陰で操っているフィクサーとか、そんな映画みたいな悪役がいるような街じゃない!!」

「……、」

「待ってよ……。私は本当の事を話した!! これ以上の事なんて知らない!! だからっ、だから早くここから出してよ!! オレンジがっ、あのオレンジが変な風に動いているのよ!! お願い、お願いだから、私を助けてよ……ッ!!」

カタン、という小さな音がドアの向こうから聞こえた。

誰かが離れていく、とセタリーは思った。

この悪夢のようなバスルームに、取り残されると。

「う、うあ、おおおあああああああああああああああ!!」

絶叫した。

どうしようもなく。

この狭いバスルームが、丸ごと自分の棺桶《かんおけ》になったような気がした。

しかしそうではなかった。

美琴《みこと》はドアを塞《ふさ》いでいた洗濯機をどかしたのだ。

ドアを開け、美琴《みこと》はバスルームに踏み込みながら言う。

「……悪かったわね」

「あ、う？」

バスルーム中央にあったオレンジを美琴《みこと》が軽く拾い上げるのを、セタリーは信じられないように眺めていた。

美琴《みこと》は自分の手を使ってオレンジの皮を剝《む》き、中に何も危険な物が入っていないのをセタリーに見せながら、

「ナイフで皮を少し切って、中にマーガリンを入れておいたのよ。熱で溶ければ皮が揺れるようにね」

「……、」

しばし、セタリーはポカンとした顔のままだった。

やがて彼女は獣のように吠《ほ》えると、美琴《みこと》の顔を思い切り拳でぶん殴った。

美琴《みこと》は避けなかった。

壁に背中を叩《たた》きつけられた格好で、切れた唇の端から垂れる血を拭《ぬぐ》う。

「アンタの話が全部本当だったとしても、現にベニオオアシグンタイアリの卵を産み付けたオレンジを設置した人物は存在する」

「……この街には、分かりやすい悪の組織なんて存在しないと言ったはずよ」

「ええ」

美琴《みこと》は頷《うなず》き、

「だから、どこかの誰かが勝手に『闇の上層部』を名乗ってやりたい放題やっているって事よ。それが街の内部の人間かは知らないし、外部からやってきた人間かも分からない。でも、とにかく言えるのは、そういう人間が実際にいて、今この街で凶悪な事件を起こしているって事」

この街の『保安員』はまだその存在に気づいていない。美琴《みこと》やセタリーが話したところでまともに取り合うかどうかも分からない。コードEICについてどこで知ったか聞かれても困るし、そんな所で時間を割いていれば大規模な事件が起こってしまう。

蟻《あり》の卵を仕込んだ『生物爆弾』が爆発するという、最悪の事態が。

「どうするの？」

セタリーはそう質問した。

「どうやって『ヤツら』を止めるの？」

「与えられたヒントを一つ一つ追っていくしかないわ」

とはいえ、美琴《みこと》が自らの課題として用意していたのは、『防犯カメラの記録』『オレンジについて言及していたレッサー』『美琴《みこと》に都市伝説を話したセタリー』の三つしかない。その内の二つは空振りだった。

すると、残りは一つ。

「……事情を知っていそうな、レッサーってヤツから直接話を聞くしかないわね」

第三話

1

思えば、最初からレッサーという少女は怪しかった。

『オレンジには、お気をつけて』という捨《す》て台詞《ゼリフ》。そして、この街にはウワサを作為的に流して店舗単位の売上を自由に増減させるシステム『プロジェクト=コードEIC』が存在し、その研究にセタリー=S=スキーニキヤが関わっているという情報を美琴《みこと》に残したのもまた、彼女だった。

ストレートに、レッサーが全ての黒幕という訳ではないのだろう。

だが、彼女はかなり深い所まで知っている。

そんなものをいちいち出し惜しみされても困る。こちらは謎解きゲームで遊んでいる訳ではないのだ。知っている事は全部話してもらった方が手っ取り早い。残る『生物爆弾』の位置も未《いま》だに掴《つか》めていない事を考えても、状況に余裕がないのは明白だ。

まずはレッサーの居所を割り出し、詳しい話を聞く。

その上で、防犯カメラの映像記録に細工を施したり、セタリーが無自覚に『とても価値のあるオレンジ』の情報を知るよう仕組んだ手法から逆算する形で、黒幕を追いかけていくしかない。

「……くそ、時差ボケが地味に響いてきているわね……」

美琴《みこと》はゆっくりと首を振ったが、その程度で重たい眠気が晴れるとは思えなかった。

すでに夜は明けていた。

ここは外周のビルが並ぶ区画だ。まだ薄暗いが、そろそろ電車も動き出している頃である。美琴《みこと》としてはテーマパークのように人がごった返す前に決着をつけたかったのだが、予想よりもセタリーから話を聞き出すのに時間を喰《く》ってしまったのだ。

そのセタリーは、自分達が携わってきた研究に横槍《よこやり》を入れられて『生物爆弾』なんてものに悪用されている事に、憤《いきどお》りは感じているようだった。が、協力を申し出た彼女を美琴《みこと》は拒否した。セタリーの動きは他の『保安員』もチェックしている。本来であれば美琴《みこと》からの襲撃を逃れるため、速やかに行方をくらませる予定だったはずだ。急に変更すれば『保安員』に怪しまれる。そこから美琴《みこと》の行動が阻害されては意味がない。

「ともあれ」

柱の陰に身を隠し、周囲に『保安員』が巡回していないかどうかを確認しながら、美琴《みこと》はポツリと呟《つぶや》いた。

「……ひとまず、またあのオカルトコンビニに逆戻りか」

と、方針を決めたところで美琴《みこと》の動きがピタリと止まる。

すでに遊び気分全開になっているのか、それとも朝食を早く終えて遊びの時間を増やしたいからか、辺りにはそこそこの人の流れが構築されている。そして、老若男女《ろうにゃくなんにょ》様々な人々に交じって、明らかに異質な人影が見えたのだ。

『保安員』。

三人一組の男女が通りを歩いている。

大雑把《おおざっぱ》な見た目は肘や膝にプロテクターをつけた、『若者の間ではじわりじわりと浸透し始めているものの、食卓共通の話題にするにはまだまだマイナーな新スポーツのユニフォーム』といった、機能性重視の格好をしている。が、腰や胸のあちこちに取り付けられた警棒、拳銃、無線機などが物々しさを演出していた。別に日本と違って銃刀法などないのだから捕まる事はないのだが、あそこまであからさまな、『持ってますよ』と誇示するような位置に武器を携帯している人間は他にはいない。

常に人が動いて流れを作っている中、美琴《みこと》だけが一人でカチコチに固まっているのも逆に目立ちそうだ。美琴《みこと》はツルリとした表面の柱を見ながら、自分の前髪をいじくる素振りを見せつつ周囲を窺《うかが》う事にする。

(……特に私がここにいるって事を知って急行してきたって雰囲気じゃなさそうね)

定時の巡回なのか、それとも仕事場へ向かう途中なのか、三人一組の『保安員』の表情は気だるげだった。肩に力も入っていない。ロシア語で世間話をしながら徐々に美琴《みこと》の方へと近づいてきた。

向こうはまだこちらに気づいていない。

だからこそ、美琴《みこと》は細心の注意を払う必要がある。注意を払っている、という情報すら相手には伏せなければならない。

（……センサーやカメラはごまかせても、肉眼はどうにもできないからなぁ。真っ当な最短ルートを使ってオカルトコンビニへ向かうのは難しそうね）

『保安員』の視界に入らないよう、すすとさりげなく柱の陰へ回る美琴《みこと》。頭の中で簡単な見取り図を思い浮かべ、どう回り道するかと思案していたところへ、

「ん——……？　そこで何してんの？」

後ろから少女の声。

「むじゃうえ⁉」

「……おやこれは。女の子が人前では見せてはいけない顔になっているけど……」

「は……な……アンタ……？」

とっさに振り返った美琴《みこと》は、そこでわずかに固まった。

知り合いと言うほどではないが、見覚えならある少女だった。

オカルトコンビニで店番をやっていた……ランシスだったか。

短くて茶色い髪をカチューシャで持ち上げた、おでこ強調な女の子だった。服装はラクロスみたいなTシャツ、ミニスカート、スパッツのワンセット。表でも着ている所を見ると、どうやら特に店の制服という訳ではないらしい。

ランシスは一〇代女子限定といった調子で小さく首を傾《かし》げながら、

「……で、何してるの……？」

　美琴《みこと》は柱に背中を押し付け、何も知らずに接近してくる『保安員』の足音に注意しながら口を開く。

「いや、アンタんトコのオカルトコンビニに用事があったんだけどね」

「……？　マグロヒロイの事？」

「その店名、どうしても口に出すのに抵抗があるのよね」

　美琴《みこと》は唇をもごもごさせる。

　ランシスの方はあんまり気にしていないらしく、

「ウチにご用命なのと、そのコソコソアクションに何の因果関係が……？　んー、ひょっとしておまじないグッズを買うのを周りに知られたくない乙女タイプ？」

「どちらかと言うと、それは常識人タイプになるんじゃないかなー？」

　美琴《みこと》はやんわりと相手の存在意義を否定しつつ、

「正確には用があるのは店じゃなくて、レッサーって女の方。……なんだけど、そもそもアンタ、私に関するアレコレは理解してる？　何だかレッサーってヤツは理解している素振りを見せていたんだけど」

「『保安員』に追われているって話？」

「……分かってて何で普通に声掛けられるかね。いやまぁ、心当たりゼロだからそっちの方がありがたいんだけどさ」

　美琴《みこと》は自分が背にしている柱を、手の甲でコツンと叩《たた》き、

「その『保安員』がその辺を歩いてて困っていますって訳よ。直線ルートでオカルトコンビニに向かうのは難しそうだから、早いトコ迂回路《うかいろ》を探さなきゃって思っていたの」

状況の割に美琴《みこと》の態度から余裕が消えていないのは、究極、武力で蹴散《けち》らす事ができるという単純な事実が背中を押しているからだろう。ただし、その安易なカードを切ってしまうと、のちのち大変苦労させられるのは目に見えているのだが。

「ふむう」

ランシスはのんびりした……というより、どこか眠たそうな調子で息を吐いて、

「理由はどうあれ、来店予定のお客さんを放《ほう》ったらかしにするとベイロープ辺りが獅子奮迅《ししふんじん》の大爆発の予感……」

「？」

眉をひそめる美琴《みこと》の腕を、ランシスが唐突に掴《つか》んだ。

そのままぐいぐいと引っ張り始める。

「こっち」

「は、え？　ちょっと、どこに連れて行こうって言うのよ⁉」

「人混み」

ランシスは端的に回答する。

「単に回り道するだけじゃ駄目。肉眼を誤魔化しやすいルートを通って、人間っていう迷彩を施した方が良《い》い」

2

さて、このランシスというカチューシャ少女は一体何者なのだろう？

レッサーの知り合いという時点で『じんちくむがいのてぃーんえいじゃー』ではない可能性が浮上している訳だが、共に行動をする事で、その思いは美琴《みこと》の中でさらに膨らんでいった。

まるでスパイみたいだ。

と言っても、タキシードの内側から数々の秘密のグッズを披露し、一〇〇人のエージェント相手に華麗な銃撃戦をキメるような、ド派手できらびやかな個性を放っているのではない。

むしろ逆。

とにかく自然なのだ。美琴《みこと》が『保安員』に追われている事を考慮した上で、分かりやすく走って逃走するのでも気持ちを急《せ》かされて早足になるのでもない。ごくごく自然に人の流れに逆らわずただ歩く。

しかも、それでいて、いざという時のための配慮は忘れない。常に大通りから脇道や商業施設の入口へ飛び込めるよう、あちこちの出入口へ気を配る。なおかつ、角などで『保安員』と鉢合わせをしないよう、距離間に配慮する。ひょっとすると、何をどうすれば通行人がパニックを起こすか、パニックを起こすとしたらどの方向へ大きく人が流れるか、そんな事まで常時計算をしながら進んでいるのかもしれない。

美琴《みこと》としては些細《ささい》な棘《とげ》のようなものを残しつつ、当面の利便性だけは認めてやっても良いと

いった心境なのだが……、

「何でかな」

美琴《みこと》は胡散臭《うさんくさ》さ全開な感じでため息をついて、

「何でこんな朝っぱらから、よりにもよってレジャープールを目指すかなー？」

「水温はボイラーで調整されているし、昨日は熱帯夜だったから開園と同時に客がひしめく事は予想済み。レジャープールの出入口は五ヶ所あるから、人混みに紛れて施設を横断すればマグロヒロイはすぐそこ」

それに、とランシスは小さな手でカチューシャの位置を微調整しつつ、

「セキュリティ面でも実は有利」

「？」

「『保安員』のあの重武装では、プールの敷地内《しきちない》までは入ってこられない。プールの中と外で『保安員』の管轄が違う。女性専用のコーナーになればさらに管轄は細分化される。複数の管轄を渡り歩く事で、向こうは『継続した巡回』を行う事ができなくなる」

「ふうん」

男に追われている時は、とりあえず女性専用車両か女子更衣室に飛び込めといった感じだろうか。

「……更衣室を経由して『見た目の印象』をガラリと変えてしまえば、ますます人混みに紛れやすくもなる訳、か。うーん、アホっぽいけど理《り》には適《かな》っている。でも私、水着なんて持ってないわよ」

「じゃじゃーん」

「アンタ、何で二人分の水着を持ち歩いてんのよ……？」

「本来はお店の商品。お手軽簡単沐浴《もくよく》セット。師と弟を決めて君も洗礼ごっこにチャレンジ。裸身の記号を最大限に盛り込みつつ、単なる下品な布切れと揶揄《やゆ》されぬよう最低限の神聖さも加味している感じ」

訳の分からない事を呟《つぶや》きながら、ランシスは透明なビニールでパッケージされた水着を美琴《みこと》の方へぐいぐいと押し付けてくる。

三角形の布地を見る限り、

（……何でビキニかなー……？）

未練がましくランシスの手の方にある水着の方へ目をやる美琴《みこと》だったが、透明なビニールの中で折り畳まれている布地は、ランシスの方も紐《ひも》っぽかった。おそらく大差はないだろう。彼女の選択の基準は『こっちの色が好きだから』ぐらいのものでしかないと推測できる。

美琴《みこと》は色々と諦めて、パッケージ上部にある注意書きみたいな所に目を通す。

サイズを見る限り、

「くっ。推奨カップサイズが私の体には当てはまらない……ッ!!」

もちろん紐《ひも》の長さを調整すればどうとでもなるのだが、やはり『体に反してちょっと大きいんじゃないかなー？』感は絶対に拭《ぬぐ》えないだろう。

さて。

大きすぎるカップを無理に着ている女の子と、小さすぎるカップを無理に着ているお姉さんは、果たしてどちらがマシだろうか？

そんな事を考えている美琴《みこと》は、ふとランシスの瞳が気の毒そうな色を帯びているのに気づく。

カチューシャ少女が言うには、

「ベイロープやレッサー達と話し合って、最低基準は私のカップで十分だって事で屈辱的に丸く収まっていたのに。まさか、私のハートがこんな所でネガティブに救われてしまうなんて……」

「うっさいわ!! とにかくレジャープールの更衣室に行くわよ!!」

「？」

「……何故《なぜ》そこで首を傾《かし》げる……？」

不吉な予感に美琴《みこと》が背筋を寒くし始めると同時に、ランシスはこんな事を言ってきた。

「更衣室には行かない」

「は？」

「更衣室周辺は変質者対策として『保安員』が補充されている。現実的な必要性というより、信頼を得るためのポーズのようなものだけど。警備の目をかい潜るなら、ここを通るのは避けた方が良《い》い」

「じゃ、じゃあどうすんのよ」

「業務用の出入口からこっそりと入り、レジャープールのプールサイドを横断して、別の業務用の出入口から出ていく。でも、私服でプールサイドを横断するのは不自然だから、水着に着替える必要がある」

「うーん？　ちょっと待って。業務用の出入口を使って裏から回るって事は、一般客用の更衣室は経由しないって事よね。でも、業務用の更衣室って、つまり狭いロッカールームでしょ。誰が入っているか分からないし、いつ休憩にやってくるかも分からない。そんなトコで安心して着替えなんてできる訳？」

「だから、更衣室には行かないって言った」

ランシスは表情を変えず、勝手に締めくくる。

「一般客用も、業務用も」

「……、」

常盤台中学《ときわだいちゆうがく》のエース、第三位の超電磁砲《レールガン》は、一瞬だけ自分の口が×の字になる錯覚を覚えた。

「あの、じゃあ……どこで着替えんの……？」

「そこ」

指差された先は。

ビルとビルの間にある、細い細い路地の陰。

3

「意味分かんないよー。意味が分かんないよーう!!　表メチャクチャ人通ってるじゃん。一〇メートル先は天下の往来じゃん!!　何でこんな所で生着替えをしなくちゃならんのかなーっ!?」

絶叫する美琴《みこと》。実は昨日もドレスに着替えている訳だが、屋内と屋外ではハードルの高さが違う。

一方、ランシスの方はのんびりした声で、

「このまま路地を進んで角を曲がると、ちょうどレジャープールの業務用出入口の一つに繋《つな》がっているから。施設の中は人が行き交っているので、通路で脱いだら流石《さすが》に目立つ」

「いや合理的に考えればそうなんだろうけどね。でもさー一〇代を四捨五入したら前半方向へ逆戻りするほどの乙女さんとしてはさー表のざわざわとか足音カツコツとかすげー気になってスカートのホックに手を伸ばすどころじゃどげべぇ!?」

ぼそぼそと一人で愚痴っていた美琴《みこと》は、自分の腰の辺りからランシスへと目線を移した途端に激しく咳《せ》き込《こ》む羽目になった。

すぽーん。

という効果音が似合いそうなぐらい、すでにランシスは一糸も纏《まと》っていなかったからだ。

そして美琴《みこと》は絶叫した。

「何でだよーっ!? 何をどうしたら一〇代の女の子がそんな事できるんだよーっ!? 何で眠たそうな目のまま両手を腰に当てて仁王立ちなんだよーっ!!!!!!」

「?」

「傾《かし》げられちゃった小首ーっ!?」

どうやら本当にその道を進まなければ話は先に向かってくれないらしい。美琴《みこと》は半ばやけくそになり、スカートのホックに手を掛けた。プチンという小さな感触を得て、今度はファスナ

ーを真下に下ろす。

精神が何かの一線を越えた。

実際にはスカートが落ちた先にあったのは短パンだったので別にセーフというか本番はこれからなのだが、何となく気分の問題で緊張の糸がぶっちり音を立てた。そりゃそりゃー、という色気もクソもないセルフ掛け声と共に勢い良く行為を続行する。

と、下半身が妙にすーすーした状態で水着のパッケージを掴《つか》み直《なお》す美琴《みこと》だったが、どういう訳か、両手を縦に引っ張っても横に引っ張っても透明なビニールが破れる兆候がない。

(おおお!!　アホみたいな格好でアホみたいな事に悪戦苦闘しているなー私!!)

するとそんな獅子《しし》奮迅《ふんじん》を眺めていたランシスが、横からぼそっと呟《つぶや》いた。

「……そっちはビキニなんだから、上はともかく下はスカートを穿《は》いたままでも着替えられたのでは?」

「むぎゃーっ!!!!!!」

今さらのように指摘され、顔の赤さがマックス地点の先へ突き進む美琴《みこと》。しかし両手に余計な力が加わったのか、水着のパッケージがバリッと音を立てて、煎餅《せんべい》の袋のように破れた。

(さっさと穿《は》いてさっさと隠す!!　一秒でも早く!!)

と思ってガッと三角形の布地を掴《つか》んだのだが、ビキニとセパレートは、形は似ていても細部は異なるものなのだ。つまり両サイドは紐《ひも》のように細く、その上美琴《みこと》が身に着けようとしているのは紐《ひも》を縛って固定するタイプのものだった。

悪戦苦闘タイムはステージ二へ突入。

蝶結《ちょうむす》びを二回すれば良いだけなのだから別段大した事ではない……はずなのだが、今も路上で色々なものがチラチラと見え隠れしているという事実が想像以上に美琴《みこと》の頭を沸騰させているらしい。ガッガッガッガクガクガクガク‼　と微振動する指先が、何度やっても単純な作業を完成させてくれない。

一方、自分のペースでのんびりと着替えを続行している全裸少女ランシスは、

「チラリズムが新しい時代を迎えている……」

「オープンすぎてチラる所も存在しないような女にあれこれ言われる筋合いはない‼」

「じゃじゃーん。私の水着はエロ水着の鉄板、V字のスリングショットー」

「基が全裸だったから意外性もクソもない……ッ‼」

などと、罵倒《ばとう》をしたり羞恥《しゅうち》の壁を棒高跳びのように飛び越えたり『上』の着替えでさらなる悪戦苦闘タイムステージ三に突入したりしつつ、美琴《みこと》は何とか着替えを終える。

「……終わった。いやホッとしちゃダメだ。ホントは路上でビキニって時点で恥ずべき状況のはずなんだから。基準の軸がブレたらおしまいよ」

「むう。あれこれ角度を調整しないと、むだ毛が見えてしまいそう……」

ランシスが自分の両脚の付け根の辺りを凝視しながら、何やら布地を引っ張って生々しい事を口走っていた。同じ女性として、あんまり直視したくないポーズと行為だった。

そんな訳で精神をボロボロにすり減らしながらも、美琴《みこと》はランシスに案内されてレジャープールの業務用出入口へと向かう。ちなみに互いの衣類は水着を入れていた透明なパッケージの中に詰め直した。学校の制服というのは折り畳んだ状態でも個性が出てしまうため、『透明』

という部分に若干の不安を残すが、それでも素で持ち歩いているよりは目立たないはずだ。

業務用の出入口は特に鍵などはかかっていなかった。

通路の途中で従業員らしき競泳水着の男女と何度かすれ違ったが、軽く手を振っただけで特に呼び止められたりはしなかった。

「水着の系統は随分違うはずなのに、ぜんっぜん気にしないもんなのね」

「水着の従業員と言っても、色々な部署があるはず。多分、今のは監視員とかライフセーバーとかそっち系。ウェイトレスとかになると私達に近くなるのでは？」

「（……そのV字のスリングショットが怪しまれない部署ってどうなのよ？）」

「ふふふ。あらゆる娯楽と遊戯が集まる遊興施設《ゆうきょうしせつ》の中でサービスに色気を付加させると、水着はどこまでもサイケデリックに変質していくもの」

そんなもんかなあ、と不完全燃焼気味な感想を抱える美琴《みこと》は、ランシスと共に通路の先にあるプールサイドへと向かう。

実際に見てみると、それなりの敷地《しきち》はあった。

学校の校舎も校庭も体育館も全部取り潰して出来上がった更地《さらち》より、さらに二、三回りは広そうだ。

外郭は複雑なカーブを描く水路状のプール。頭上には曲がりくねったスライダーが何本も走っていて、水路状プールに取り囲まれた内側には、小さなプールがいくつも設置されていた。一つ一つに何かしらの特色が備えられているのだろう。

軽く全景を見渡し、水場仕様の『保安員』が巡回しないかを確認する美琴《みこと》。

「売店はないみたいね。怪しげなウェイトレスなんて出番なしって感じだけど？」

「注文は半公開型ARで出せば、送信位置の情報を参考にウェイトレスさんが自動出動する仕組み。特別な料金プランとかで格好は色々と変化するかもね」

「ふうん。で、どう突っ切る？　外郭に沿って大回り？」

「一〇時方向三〇メートル。……顔は動かさないで。救命胴衣を着ているのは『保安員』。今は迷子の相手をしているからこっちに気づいていないけど、プールサイドをそのまま進むと気づかれそう」

「対策は？」

「どっぼーん」

ランシスは無感動なまま外郭の曲がりくねったプールを指差し、

「水に入っても怪しまれないなら、素直に首だけ残して体を水の中に隠した方が見つかりにくい」

「なるほど」

言って、準備運動もしないまま水辺へと向かう美琴《みこと》とランシス。怪しまれないようにするにはお上品に水へ足を入れた方が良《い》いのかな、と思ったが、周りにいる同年代の男女を見ると、勢い良くダイブしてド派手な水飛沫《みずしぶき》を上げるのがこのレジャープールの作法らしい。

美琴達《みことたち》は衣服を詰めたビニール袋を持っていたが、周りの客もちょっとした荷物を透明なバッグに入れたままプールで遊んでいる。

郷に入っては郷に従え。

とばかりに美琴《みこと》とランシスは迷わずプールサイドから飛ぶ。

水の壁を突き破る感触。水を通して聞こえる、ややくぐもった水面を破裂させる音。籠《こも》った体温を逃がすべく全身を包む冷たさ。不覚にも、美琴《みこと》は一瞬だけ状況を忘れて心地良さを感じてしまった。

直後に我に返った。

理由は簡単で、美琴《みこと》の着ている水着は紐《ひも》と布地で構成されたビキニだったからだ。

つまり。

飛び込んだ直後、水の力を受けたビキニの『上』の部分がそのまますずるりと……、

「がぼがぼげぶ‼」

美琴《みこと》は水中に頭を突っ込んだまま、慌てて両手で胸元を覆って、布地がこれ以上の独り立ちをするのを全力で阻止し、カップの部分をずらして元の位置へと戻していく。

泡まみれの水の中で、美琴《みこと》はそれでも窒息も厭《いと》わずに両手を後ろへ回し、ビキニの紐《ひも》の結び目を感触で再確認する。結び目自体はダメージを受けていないようだった。

(ああやだ‼　こんな理由で九死に一生を得るエピソードなんてもう絶対やだ‼)

その時だった。

水中で誰かと目が合った。

超高速の手探りで自分の水着の状態を再確認する美琴《みこと》だったが、相手は同時に飛び込んだランシスだった。

Ｖ字のスリングショットは水の力でとんでもない事になっていて、見えてはいけないピンク

色が美琴《みこと》の視界でもはっきりと見えた。

「がぶげぼーっ!!」

ばんざーい、の姿勢のまま水の楽園を満喫しているランシスを全力で取り押さえる美琴《みこと》。この状態の女の子を放置しておくのは、同じ女性として絶対に許せるものではない。

色々と最低限の身だしなみを二人分整え、美琴《みこと》はようやく水中から顔を出す。

すぐ近くには、ランシスの頭が同じように浮かんでいた。

「……ひとまず、プールの流れに沿ってゆらゆらと」

「どこまで漂えば?」

「三番業務用出入口。ちょうど反対側。途中、『保安員』の詰め所の前を通るから、そこでは念入りに『自然』ってヤツを装《よそお》って」

という訳で、忍者の如《ごと》き水中移動の開始である。

獲物を求めてアマゾン川を移動するワニのように美琴達《みことたち》は進む。

水中に身を沈めてしまえば、ビキニもスリングショットも関係ないなと、美琴《みこと》は状況とはあまり関係のない感想を抱いていた。

4

外郭のプールをゆっくりと進み、業務用の出入口を潜《くぐ》り抜《ぬ》ける。

再び路地裏で一時の恥を経験しつつ美琴達《みことたち》は着替えを完了。元の制服姿に戻った美琴《みこと》に、ラクロス選手っぽくなったランシスがこんな事を言う。

「用心のため、一度バラバラに」

「そうね」

「マグロヒロイはそっちの通りを北に向かって、左手の建物に入ったらすぐ。二度も来ているならすぐに分かるはず」

「アンタはどうすんのよ？」

「私はそっちと違って手配はされていない。どこにも隠れる必要はない。だから、隠れないで進むのが一番怪しまれない方法。『保安員』の真ん前を通って、ついでに情報収集してくる。彼らの態度で、あなたの存在に気づいているか否《いな》かぐらいは察知できる」

「悪いわね」

「一応は、ウチもサービス業だから」

そんな訳でランシスと別れた美琴《みこと》は、最短ルートを通ってオカルトコンビニへと向かう。途中、不自然に濡《ぬ》れた髪が注目を浴びないか心配になったが、どうやら取り越し苦労だったようだ。

難なく目的の大型施設へと辿《たど》り着《つ》き、テナントの一角であるオカルトコンビニの前までやってこれた。

おそらくはこの中に、オレンジやコードＥＩＣの存在を知っていた、あのレッサーがいる。

自然と緊張が宿る。

スライド扉を開けると、中からにぎやかな声が飛んできた。

「にゃーっ‼　痛っ、マジで痛い‼　ベイロープ、女性の尻はもっと艶《なま》めかしく取り扱うものだと学校で習いませんでしたか⁉　私はいくら責められても開眼なんてしませんからね‼」

美琴《みこと》が店内を覗《のぞ》き込《こ》むと、目下最大の要注意人物が胴体を抱えられ、尻をビシバシしばかれていた。

件《くだん》のレッサーを引《ひ》っ叩《ぱた》いているのは、長身で短い銀髪の女性で、

「あれほど‼　民間人に‼　余計な情報を吹き込むなと‼　私は言っていたはずよねえ、レッサーッ‼　『保安員』のやり取りを盗み聞きした限りじゃあ、その女子中学生はまんまと罠《わな》に嵌《は》められて逃げ回らなくちゃならない羽目になっているって話じゃない⁉　それはつまり、私達もその責の一端を負う事になっちゃったって事よねえ‼　それの一体どの辺りが『イギリスのためになる』ってーのかしらあ⁉」

彼女達の使っている言葉は英語だった。

アメリカ式ではなくイギリス式のものだ。

「あのう……」

美琴《みこと》が申し訳なさそうに口を挟むと、二人のコンビニ店員がこっちを向いた。

銀髪の女性に抱えられたままのレッサーは、涙目の顔をパッと輝かせ、

「にゃーにゃーヘルプ！　にゃーヘルプ‼　私の情報は役に立ちましたか⁉　あの絵葉書がいかに有用であったかをこのドS教官志望のベイロープに伝えてやってください‼　そうすればこの不当な責め苦は終わりを告げるはず‼」

「ん？　ウチのレッサーが迷惑かけた女子中学生っていうのはアンタの事？」

銀髪の方の、豊かな胸にある名札には『ベイロープ』とあった。

美琴《みこと》はレッサーから受け取った絵葉書をひらひら見せつつ、

「アンタにもらった絵葉書に頼ってセタリー襲ったら意外に善人だったんで、ちょっとクレームつけに来たんだけど」

「レッサーァァァあああ!!」

「のう!!　私は事件に関するヒントを与えただけで、別に犯人の名を当てるとは一言も!?　ぎやあぎゃあぎゃーすマジ痛てえ!!」

摩擦熱《まさつねつ》で尻から煙が出そうになるほどの連続殴打《れんぞくおうだ》を受けたレッサーがようやく解放される。

ベイロープの手から離れた彼女は、そのままべちゃりと床に倒れ込んだ。

ミニスカートも下着も気にせず、何故《なぜ》か尻だけを高く突き上げた変則的うつ伏せスタイルで、レッサーはこちらの顔を見上げてくる。

「……そ、それで、今日は何の御用でしょうか？」

「根本的な質問タイムを。こんな絵葉書で中途半端《ちゅうとはんぱ》にヒントを残されるよりさ。知ってる事全部話してもらった方が手っ取り早いのよね」

「……、」

レッサーは潰れたまま首だけを動かし、恐る恐るベイロープの方を見る。銀髪の女性はわずかに息を吐き、

「もう『民間人は関わらない方が無難』なんて台詞《セリフ》で煙《けむ》に巻《ま》ける段階じゃないのは分かってい

るわよね？　レッサー、アンタの言葉でややこしくなったんだからアンタが説明しなさい」

「わ、分かりました。正直に言うと不満タラタラですが、私としてもこれ以上ベイロープにしばかれたくはないので、何なりと……」

「そうね。じゃあ最初は」

美琴《みこと》は腕組みし、少し考え、それから尋ねた。

「……小四でブラをつけ始めたって話、マジ？」

5

「そーですねー。当時はちょっとした動き一つでクラスの男子どもの目線を自由自在に集中できたのでちょっと面白くはあったんですけど、基本的にゃあ恥ずかしい方が大きかったですかねえ。何にしても、集団の中で自分一人だけが浮いているってのはキツいもんです。あとあと考えてみれば、こっちの方がスタンダードだったんですけどねえ」

ちょっとネタを振ったらまさかの上から目線タイムが始まってしまった。

どうやらレッサーは美琴《みこと》の体型を一瞬でスキャンし、大雑把《おおざっぱ》な道のりを把握してしまったらしい。明らかに乳サイズと人間としての格を比例させた口調だった。

「ただあれですね。当時はどれだけ大きくなるかうんぬんよりも、成長に伴って変な痛みがあった方が怖かったですよ。何しろ周りの女友達に聞いてもそんな痛みなんて知らないって言いますし、なんか私だけ変な病気になっているんじゃないかって悩んじゃって、思わずベイロープに相談して爆笑された事があります」

「いやあの、だからそろそろ本題に……」

「はっはっは。大きくなるコツなんて知りませんよ。こんなのは勝手に育つものですから。そうそう、牛乳を飲むと大きくなるって神話は特に根拠はなさそうだから真に受けないでくださいね？」

「うるせえ殺すぞチビ巨乳!!」

前髪から青白い火花を散らして怒鳴ると、ようやくレッサーは高くした鼻を戻して独演会を中断させた。

「……何でしたっけ？　本題って」

「オレンジ！　ベニオオアシグンタイアリの卵を使った『生物爆弾』!!　『とても価値のあるオレンジ』の都市伝説を利用した一連の事件の話よ!!」

「おー、そうでした。で、絵葉書の意味が分かったたって事は、『プロジェクト＝コードＥＩＣ』についても、もう摑《つか》んでいるって事ですよね？」

「作為的にウワサを操る事で、選択した商品へ自由にプレミアやレッテルを付加する事で、店舗単位の売上を自由に増減させる都市計画でしょ。実現すれば、商品の実際の価値なんて関係なく、過剰なプレミアや風評被害によって、第三者が一方的に収益を決めつける事ができる。本気で使えば、一つの国を超大国に押し上げたり、銃弾一発も使わずに敵対国を滅ぼす事だってできるかもしれないけど……」

「経済的情報制御《エコノミックインテリジェントコントロール》。略してＥＩＣ。資本主義クソ喰《く》らえって感じですよねえ。カルテルどころの騒ぎじゃありません。いや、でもロシアってお国の事情なら、かえって自然なのかな？」

よっこいしょ、とレッサーは床の上に座り直し、

「オレンジを使った今回の事件と、コードＥＩＣは何かしらの関わりを持っているでしょう。少なくとも、『とても価値のあるオレンジ』の都市伝説が急速に広まっている背景には確実に関連している。本来であれば学園都市でしか伝わっていなかった話が、このショッピングセンターでも流行《はや》っている事も含めて」

「誰が？　何のために？」

「セタリーを襲ったと言っていましたね。彼女はなんて？」

「この街には都合の良《い》い『黒幕の上層部』なんて存在しない。コードＥＩＣを使っているのは開発者とは関係のない第三者だって」

「……、ふうん」

レッサーはニヤリと笑った。

「となると、目下の敵は『自称上層部を名乗る第三者』って事になるんですかね」

「真犯人がいるって事？　それって……」

「さあ。でも、ストレートにショッピングセンター上層部と考えるよりは『自然』とは思えませんか？　自分で作った街を自分で破壊するより、どこかの誰かが横槍《よこやり》を入れていると仮定した方が」

「……、」

ここまでは、セタリーのマンションでも考えていた事だ。

推測だけなら、いくらでもできる。

欲しいのは、次の行動に移るための『確信』のある情報なのだ。

「コードEICについては、私よりも早く注目していたんでしょ？　具体的なプレミアやレッテル……それらを生み出すウワサの操作手順は？　『横槍《よこやり》』って簡単には言うけど、付け入るだけの隙は存在するものなの？　連中のやり方さえ分かれば、そこを辿《たど》って『黒幕』の位置を逆算する事もできるんだけど」

「うーん。ある程度の予想はできているんですけどねえ」

言葉を濁すように、レッサーは告げた。

お得意の調子だが、ここでまた煙《けむ》に巻《ま》かれるつもりはない。

「ちょっと。この話は『生物爆弾』が関わっているのよ。放っておけば、どこに設置されているか分からないオレンジから、大量のベニオオアシグンタイアリが撒《ま》き散《ち》らされる。いつまでも放っておく事なんてできないでしょ」

「……ですかねえ。意外と、設置箇所《せっちかしょ》は限定できると思えますけど」

「？」

「たぶんそっちも気づいていると思いますけど、『生物爆弾』のタイムリミットは、気温と湿度で調整されています。ベニオオアシグンタイアリの孵化《ふか》や活動に適した環境を人為的に整える事で、意図的な『爆発』を促す訳ですね。……となると、重要なのは『最初の爆弾がどこに設置されていたか』です」

「どこって……そりゃ東門の出入口近辺で……」

言いかけて、美琴《みこと》は気づいた。

「そうか」

「そうです。今は真夏日ですよ。絶えず自動ドアが開閉し、外の熱気と中の冷房が混じり合うあの出入口近辺は、気温も湿度も極めてイレギュラーな環境にあったはずです。にも拘《かかわ》らず、『生物爆弾』はあそこに設置され、そして起爆した。『孵《ふ》化《か》や活動させるために環境を整えなければならない』はずだったのに。……つまり逆に考えれば良いんですよ」

「環境が激変する状況でなければ卵の孵《ふ》化《か》や成虫の活動は促せない」

「かなり特殊な蟻《あり》ですよねぇ。自然界ではどうやって孵《ふ》化《か》しているんでしょうか。天候の変わりやすい山岳地帯《さんがくちたい》に生息しているとか？　まぁ、そういう性質があるからこそ、『生物爆弾』として安定した保管と使用ができるんでしょうけど」

その話が本当だとすれば、大きな進展だ。ドーム球場六五〇個を超える面積全てを調べろと言われても難しいが、あらかじめセットされる場所を予測できるのであれば話は変わってくる。建物の出入口を中心に、人工的な手法で気温や湿度が絶えず切り替わる場所を重点的に調べていけば『生物爆弾』を見つけられるかもしれないし、設置途中の『黒幕』と接触できる可能性だって出てくる。

「でも、それだけじゃ安心はできない」

美琴《みこと》はレッサーの目を見てはっきりと言った。

「クーラーボックスやドライヤーを交互に使えば、そういった環境は意図的に作り出す事もできる。だから完璧じゃない。やっぱり、『黒幕』を追うための情報は全部欲しいわ」

「ですよねえ」

「さっき言い掛けた話に戻すわよ。コードＥＩＣに横槍《よこやり》を入れる手順は知っているの？　『黒幕』のやり方が分かれば、そこを辿《たど》っていく事で居場所を探れるかもしれない」

「ふむ。別に出し惜しみをしている訳じゃないんですが……」

その時、マガジンラックをハタキでパタパタ掃除していたベイロープが、ピクリと顔を上げた。彼女はギョッとした表情で急いでマガジンラックから遠ざかると、

「伏せなさい!!」

「……詳しく説明している時間がなさそうなんですよねえ」

直後だった。


ゴッ!!　と。

何か巨大な物が、壁を突き破ってオカルトコンビニ内へと突入してきた。

それは圧倒的なサイズの、鋼鉄の塊だった。

一撃で建材はバラバラに破壊され、壁際《かべぎわ》にあったマガジンラックも乱雑に倒された。被害はそこに留《とど》まらない。商品の陳列棚を勢い良く薙《な》ぎ払《はら》い、鋼鉄の塊は容赦なく店の中央まで食い込んでくる。

「重機ですって!?」

美琴《みこと》は叫ぶ。

戦車のように分厚い履帯《りたい》と、前面の油圧のアームに巨大なバケットを取り付けた重機だった。おそらく除雪のためのものに付け替えたのだろう。バケットの幅は車体とほぼ同じ……異様に大きかった。直前まで接近に気づかなかったのは、動力に電気を使っているからだろう。

「何であんなもんが出てくんのよ⁉」

「世界最大規模のショッピングセンターですからねえ。何でも売ってるんじゃないですか？」

明確な襲撃。

巨大とはいえ、一応は屋内にある施設の一店舗だ。夜明け直後の人の少ない時間帯とはいえ、こんな所まで重機を操縦してきた時点で相手の神経は普通ではない。

「どう思います？」

傍《かたわ》らのレッサーが、不敵に笑いながら質問してきた。

「ストレートに件《くだん》の『黒幕』さんか。それとも『保安員』のもう一つの顔か。こちらの予想では、『黒幕』の可能性が七〇％ぐらい、残りが『黒幕』を装《よそお》った『保安員』ってトコですか」

「どっちでも良《い》いわよ」

バヂン、と美琴《みこと》の前髪から火花が散った。

「『生物爆弾』の事を知っていながら、阻止しようとする私達を妨害するってんなら、そいつは全部敵って扱いでオッケーよね？」

「はあ。超電磁砲《レールガン》だろうが何だろうが、死ぬ時は死ぬんだから、自ら進んでリスクのど真ん中に飛び込む必要はないのでは？」

「……アンタ、私の正体に気づいてたの？」

「むしろ、これまでの流れで気づかないのはおかし過ぎるでしょう」

「なら、私の邪魔をしないのが得策だっていうのも気づいているのよね」

「気合が入っているところ、申し訳ないんですけど」

レッサーは運転席の辺りを軽く指差しながら、

「誰も乗っていないのに、一体誰と戦うつもりなんですかね？」

「な……」

改めて運転席に注目した美琴《みこと》は、そこで目撃した。

空っぽの運転席にはいくつかの小さな機材やカメラ、無線装置などが取り付けられており、遠隔操縦で襲撃していたという事実。

そして。

複数のカラフルなケーブルに繋《つな》げられた、円筒形の爆薬らしき物を。

冷静に対処するための時間は与えられなかった。

直後に、オカルトコンビニの中央で除雪ショベルが起爆した。

6

その異常事態は、当然ながらショッピングセンターの治安を守る『保安員』の方にも即座に伝わった。

「爆破です!! 施設に突入した建設重機が店舗内で起爆した模様!!」

「蟻《あり》の次は移動爆弾か」

同僚に大声で質問しながら、エニーリャ＝G＝アルゴヌスカヤは施設内の開けた一角へと走っていく。

ショッピングセンターは極めて広大な商業施設だ。そして高さよりも広さに重点を置いた、平べったい構造をしている。現場へ最短距離で直行するためには施設内を突っ切るのが手っ取り早いが、流石《さすが》に客の行き交う『店舗』の中にパトカーを突っ込ませる訳にはいかない。

そこで、『保安員』ではパトカー代わりにヘリを使う。

後部スペースに八人以上の人間を乗せられる、かなり大型のモデルだ。これは逮捕した人間を連行するためという機能的な理由でもあるし、ロシアという国のヘリコプター開発の歴史も関連している。……いわゆる、『ハインド』と呼ばれる軍用機から民間用に枝分かれしたモデルなのである。

『保安員』ではこの大型ヘリを使って上空を最短距離でショートカットし、施設の広大な屋上へと人員を下ろす。後は施設内へ繋《つな》がる扉を通じてその内部へ突撃していく訳だ。これなら溢《あふ》れ返《かえ》る観光客の流れを無視して、迅速な行動が見込めるようになる。

捜査活動を円滑に進めるため、通信用のアンテナの数が多いのも特徴か。一般的な無線機の他に、携帯電話用の通信衛星にアクセスするためのものまで備わっている。

「場所は!?」

『上』に上がればすぐに分かりますよ。何しろ排煙装置が働いているおかげで、黒煙が目印になっていますからね」

同僚はそう答え、ヘリの運転席に乗り込みながらこう言ってきた。

「……蟻《あり》の件と繋《つな》がっていると思います？」

「この時点では何とも言えない」

エニーリャは運転席の真後ろにある、サポート用の座席に腰を下ろす。

「だが現場に被疑者がいるのだとすれば、詳しい話を聞く必要はあるだろうな」

7

ズズゥウウウン!!!!!! という低い震動がショッピングセンターの一角を揺さぶった。スペースシャトル発射直後のように、大量の粉塵《ふんじん》が通路に溢《あふ》れ返《かえ》る。炎よりも衝撃波による蹂躙《じゅうりん》を旨《むね》とした爆薬だったようで、オカルトコンビニの四方の壁は残らず吹き飛ばされていた。中にあった物がどうなったかなど、論じるまでもない。

しかし。

大量の粉塵《ふんじん》を引き裂くように、美琴《みこと》は全力で走っていた。

「くそ!! 派手にやってくれるわね!!」

ガランガラン、と低い金属音が続いた。磁力を使って店内の鉄板などをかき集めて作っていた『盾』を解除し、通路に捨てる音だった。

「便利なものですねえ」

しれっとした顔で隣を走るレッサーが、適当な調子で美琴《みこと》を賛辞していた。

「おかげでこっちは楽できちゃいました」

「ちょっと、他の店員は大丈夫な訳？　あのベイロープとかってヤツ」

「大丈夫大丈夫。別のルートから避難していますって。今も耳元でキンキン文句言っていますよ」

「？」

レッサーの耳にはそれらしい通信機材などはないし、電波なども感知できなかったが、どうやら彼女達は何らかの連絡手段を確立させているらしい。

（……赤外線でも使ってんのかな？）

「あの重機、やっぱ事件について嗅《か》ぎ回《まわ》っている私達を狙ったもんよね」

「でしょうねえ。デモンストレーションの妨害、という線もあるにはありますが、タイミングを考えると『生物爆弾』の方が妥当でしょう」

この状況でもレッサーはニヤニヤとした笑みを浮かべたままだ。

「けど、これでまた面白い事が分かっちゃいましたね」

「何が」

「仮にあの重機が『黒幕』の攻撃だった場合、連中の持っている兵器は『生物爆弾』だけじゃないって事ですよ。ああいう普通の爆薬を調達する事もできる。にも拘《かかわ》らず、ベニオオアシグンタイアリに固執している節がある。ボタン一つで起爆できる爆薬の方が、単純に騒ぎを起こすだけなら簡単なはずなのに、です」

「コードEICを利用した都市伝説絡《がら》みの事件って演出する事にこそ、連中の目的が隠されているって事？」

柱の陰に身を隠し、爆発音を聞いて駆けつけてきた『保安員』をやり過ごす美琴達《みことたち》。

「ま、そこらへんの事情は『黒幕』を捕まえて聞き出した方が早そうですけどね」

「どうやって？」

美琴《みこと》は眉をひそめた。

「連中はそういった足取りを隠すために、わざわざ遠隔操縦の重機なんて面倒臭いもんを用意したんでしょ」

「あなたを取り巻く環境を考えるに、『黒幕』ってのは、一つ目のオレンジの件であなたが強大な戦力を保有している事を知り、その上で計画を進めている気もしますけどね。正面からぶつかれば負ける事が分かっていたから、遠隔操縦で襲撃したって訳です」

「だから？」

「その強大な戦力ってのは、こういう時に使い物にならないんですかね」

レッサーは自分のこめかみに人差し指を当て、

「例えば、遠隔操縦に使っていた電波の送信元を追いかける、とか」

「なるほど」

美琴《みこと》は納得しかけたが、

「でも、重機はもう爆発しちゃったじゃない。いつまでも電波を放射しているとは思えないわよ」

「それならご安心を」

レッサーが呟《つぶや》くのと、耳障《みみざわ》りな音が聞こえてくるのは同時だった。

「……どうやら、二台目がやってきたみたいですよ」

ギュリギュリギュリ!! と履帯《りたい》が床を噛《か》む音だけが不気味に響いた。通路の角から巨大な重機が現れたのだ。相変わらず接近まで音を聞き取れない。電気自動車というのは、どうやら兵器に向いているらしい。

「伏せて!!」

美琴《みこと》が叫んでレッサーの頭を下へ押した途端、連続的な爆音と共に太い柱が吹き飛ばされた。七・六二ミリの銃弾の雨が、右から左へ横一直線に襲いかかったのだ。

周囲に客がいなかったのが、救いと言えば救いか。

「運転席。ガラスが取り外されてて、アームとモーターで固定された軽機関銃がこんにちは」

「椅子の所に固定されているドラム缶みたいなの、もしかして全部銃弾ですかね。だとしたら三万発はありそうな感じですよ」

「ありったけ銃弾ばら撒《ま》いてから爆発するつもりみたいね」

「あなた、電気や電波を操れるんですよね。だったら重機のバッテリーを潰したり、操縦用の電波に干渉したりもできるんじゃないですか」

「さっきのオカルトコンビニでそれやって起爆止めようとしたら、モード切り替わって爆発したのよ」

その時だった。

パパン!! という乾いた音が響いた。銃声のようだが、これまでのものとは違う。なんというか、もっと音は軽かったのだ。

重機の表面にいくつかの火花が散る。

どうやら何者かが重機に攻撃を仕掛けているようだ、と思って壊れた柱の陰から顔を出した美琴《みこと》は、そこでギョッと体を強張《こわば》らせた。

十字路状の通路の角に身を隠しながら拳銃を構えているのは、この街の治安を維持するための人間だったからだ。

つまり、

「嘘《うそ》ぉ……、この騒ぎに気づいて『保安員』が駆けつけてきやがった⁉」

「おやまぁ、指名手配を受けている身としては嬉《うれ》しくなさそうな増援ですねぇ」

しかも、その増援は必ずしも頼れる訳ではないようだ。

人間相手の治安維持のために支給されている拳銃では、重機を形成する鋼板に風穴を空ける事はできない。足回りも履帯《りたい》であるため、パンクを狙う事もできない。『保安員』は警告の銃撃をしながら制止を促そうとしたようだが、直後に気づいたようだ。運転席には、誰も乗っていないという事に。

そこで運転席に収められていた軽機関銃が動いた。

「下がりなさい!! 早く!!」

美琴《みこと》の叫びが届いたかどうかは分からなかった。

ドドドガガガガガガッッッ!!!!!! と、直後に軽機関銃の掃射が商業施設を襲った。

『保安員』が隠れていた通路の角の壁が、砂の山にシャベルを突き刺すように崩されていく。

『保安員』もとっさに身を翻《ひるがえ》したようだが、本当に無事かどうかは、美琴《みこと》の位置からでは確認できない。

「……今の内に逃げますよ」

しかも、この状況でレッサーがそんな事を言ってきた。

「何ですって？」

「相手は安全地帯からこっちを攻撃してくるネチネチさんらしいですけど、意外と頭に血が上りやすい馬鹿みたいですね。本来のターゲットであるはずの私達を放《ほう》ったらかしにしておいて、『保安員』に意識を割かれてしまっています」

レッサーは軽く人差し指を振って、

「でもまぁ、じきに目的を思い出すでしょう。その前にさっさと立ち去った方が賢明です」

「でも」

美琴《みこと》が言い掛けた時だった。

軽機関銃の掃射が一時的に収まった隙に、破壊された通路の角から再び『保安員』らしき人影が顔を覗《のぞ》かせた。拳銃を構えている人物には見覚えがある。確かエニーリャとかいう女の『保安員』だ。

建設重機相手にまだ無駄な反撃をしようとしているのかと思った美琴《みこと》だったが、

「おっと危ない」

「ッ⁉」

レッサーが飄々《ひょうひょう》とした声を出し、美琴《みこと》が慌てて破断した柱の陰へ身を隠した直後、エニーリャは重機ではなく、こちらに向けて拳銃を発砲してきた。

「この状況で何変な事に拘《こだわ》ってんのよあの馬鹿‼」

「だから言ったでしょう。重機にしても『保安員』にしても、本来の動きを取り戻せば私達の障害になるだけです。ここは共倒れしていただきましょう」

そうこう言っている間にも、除雪用ショベルの軽機関銃が再び『保安員』を攻撃し始めた。凄《すさ》まじい銃撃音が空気を振動させる。その上、重機は銃撃しながら履帯《りたい》を使って移動する。十字路状の通路の中央へと。『角を使った遮蔽物』を覗《のぞ》き込《こ》むような格好で。

そうなれば『保安員』に逃げ場はない。

かと言って、拳銃程度では重機の動きを止める事はできない。

「……、」

「ちょっと、何でスカートのポケットからコインを取り出しているんですか」

「これからやる事、口で言わなきゃ分かんない？」

「やめましょうよ……」

レッサーはうんざりしたような調子で口を挟んだ。

「それはやっても何の得もありませんよ。別にあなたが『保安員』を助けたって、彼らが容疑を取り下げる事はないんです。それに能力者って言っても、機銃の弾丸を受けたり爆風に巻き込まれれば死ぬ事は同じなんでしょう？　被《こう》るリスクの許容量を超えているんじゃないですか」

「私はやましい事なんか何もしてない」

美琴《みこと》はタイミングを計るため、いつ銃撃されるか分からない状況で、柱の陰からそっと顔を出す。

「だから、『保安員』を怖がる必要も、憎む必要もない」

オゥ、とレッサーは呟《つぶや》き天を仰いでいた。そんなレッサーに、美琴《みこと》は顔を向けないまま言う。

「アンタはここにいなさい。付き合う必要はないし、共倒れになったらどうしようもない。仮に、本当に私がやられるようなら、アンタが重機を操っている『黒幕』を捜し出しなさい。分かったわね」

返事は待たなかった。

『保安員』の方にも、それだけの余力は残されていないだろう。

除雪用ショベルの軽機関銃が『保安員』を狙うために微調整されているのを……つまり美琴《みこと》の方には向いていないのを確認してから、彼女は柱の陰から一気に飛び出した。

直後に軽機関銃が勢い良くこちらに向き、しかも『保安員』の方からも拳銃の銃弾が飛んできたが、美琴《みこと》は迷わず重機へと走っていく。

距離は数十メートル。

僅差《きんさ》だったが、軽機関銃が完全に美琴《みこと》を捉えるよりも、彼女が重機の懐《ふところ》へ潜り込む方が早かった。

そう、懐《ふところ》。

床に向かって飛び込み、ヘッドスライディングの格好で、美琴《みこと》は重機の右と左の履帯《りたい》の間、車体の真下へと滑り込んでいく。

うつ伏せのまま、握った拳で床へスタンプを押すように押し付ける。

親指は上に。

そこに乗ったゲームセンターのコインを。

真《ま》っ直《す》ぐ頭上へと弾《はじ》き飛《と》ばす!!


ゴッ!! という爆音と共に。

音速の三倍で放たれた『砲弾』が、建設重機を粉砕する。


風穴、というレベルではなかった。

車体が真下から数メートルも浮かび上がり、その上、空中でグシャグシャにひしゃげた。

美琴《みこと》は寝そべった状態のまま、横方向へ転がるように移動する。

数秒の滞空時間を経て、吊《つ》り天井《てんじよう》のように重機の残骸が落ちてくる。すんでの所で回避した美琴《みこと》だったが、そこで彼女は小さな電子音を聞いた。

ピッ、という小さな音。

そして運転席のあった部分で輝いていた赤い光点が、緑色に変化する。

(操縦不能と知って、爆破する方向に切り替えたか……ッ!?)

美琴《みこと》は慌てて起き上がり、近くにあった十字路状の通路の角へと飛び込む。飛び込んでから、しまったと思った。

こちらには『保安員』がいるはずだ。

「御坂美琴《みさかみこと》‼」

案の定、警告の声と共に拳銃の銃口がこちらへ向けられた。

通路の左右の壁……金属製のシャッターに背中を押しつけ、不安定に崩れた姿勢のまま、美《み》琴《こと》と『保安員』のエニーリャはそれぞれ睨《にら》み合《あ》う。

だが美琴《みこと》は銃口も気にせずにこう言った。

「そんな事してる場合じゃないと思うけど」

「何を……ッ‼」

エニーリャの言葉は続かなかった。

ドバン‼と。

直後に、美琴《みこと》が超電磁砲《レールガン》で破壊した除雪用ショベルが起爆したのだ。角を曲がって別の通路へ避難していたにも拘《かかわ》らず、トンネルの中を暴風が突き抜けるように衝撃波は襲いかかってきた。美琴《みこと》とエニーリャは、それぞれ横方向へ薙《な》ぎ倒《たお》される。本人は意図していなかったのだろうが、その衝撃で引き金にかかる指が動いて銃弾が発射された。美琴《みこと》の顔のすぐ横へ着弾する。

倒れた状況から起き上がろうとして、美琴《みこと》は動きを止めた。

同じように倒されていたエニーリャは、ぶるぶると震える手で、この期《ご》に及んでまだ拳銃をこちらへ向けていた。

「……なかなか強情なヤツね。ここへ駆けつけたって事は、私が除雪用ショベルに押されているところも目撃していると思うけど？」

「自作自演の可能性は否定できません。あれは遠隔操縦です。逃げ回っているあなたが自分で操る事もできるはずです」

「意味があるとは思えないけど？」

美琴《みこと》は体を硬直させたまま、それでも多少の余裕を持って告げる。

「本当に容疑の目を逸《そ》らすための演出だったら、もっと分かりやすくやるとは思わない？　ベニオアシグンタイアリのべの字も出てこないんじゃ、関連性に気づいてもらえないかもしれないじゃない」

「……、」

エニーリャが睨《にら》む目の前で美琴《みこと》はゆっくりと両手を挙げ、体を動かす。床の上に座り込むと、背中を金属製のシャッターへ押しつけた。

「これだけの騒ぎが起きているのに、店員達はかなりクールよね。被害が出ないように対策ばっちりじゃない」

「……国際的に見れば、あなたの国のサービス精神の方が普通ではないだけです。客は商品を買ってくれれば後はどうでも良《い》いし、文句を言って暴れる客はそのまんま追い出せば良いし、敷地《しきち》の一歩外に出たら相手にする必要はない。……通路の管轄は店舗ではなく『保安員』。だから関わる必要も解決する必要もない。そんな風に思っているのでしょう」

「でも、こっちが店員を見捨てる事はできないわよね」

「？」

眉をひそめたエニーリャは気づいただろうか。

美琴《みこと》の頬に嫌な汗が浮かんでいる事に。

直後だった。


ゴッ‼　と。

金属製のシャッターを内側から引き裂き、新たな重機が顔を覗《のぞ》かせた。

シャッターや店内の陳列棚をまとめて吐き出しながら、軽機関銃や爆弾を備えた建設重機が美琴達《みことたち》の前に現れる。

ちょうど、通路を塞ぐような形で。

「な、なん……ッ⁉」

「パワーに任せて店の中を突っ切ってきたんでしょ。中は今頃デカいトンネルになってんじゃない？」

手の甲で顔の汗を拭《ぬぐ》う美琴《みこと》は、さらに不気味な音を聞いた。

ギャラギャラギャラギャラギャラ、という履帯《りたい》の音と共に、十字路の角から別の重機が出てくる。

これで二台の重機に逃げ道を封じられた形になった。

敵は軽機関銃で狙い撃つなどという、回りくどい真似《まね》はしなかった。

確実に殺すため、即時起爆しようとする。

運転席にある赤いランプが緑に切り替わる。

「……ッ‼」

美琴《みこと》はとっさに磁力を使って、シャッターの残骸をかき集めようとした。

だが。

ドム‼　という鈍い音が炸裂《さくれつ》した。

十字路側の重機の無人の運転席に、真横から何かが突き刺さっていた。槍《やり》のような物だった。刃は四本に分かれていて、まるで機械で作った人間の腕のようだった。

横合いから、何者かが投げつけた。

美琴《みこと》がそう思った直後、小柄な少女が重機に飛びかかり、槍《やり》の柄の部分を強引に摑《つか》み取《と》った。

「レッサーッ⁉」

「ぐわー馬鹿‼　そこっ、『保安員』の前で人の名前を呼ばないように‼」

少女は嚙《か》みつくように叫びながら、四本刃の槍《やり》の柄を摑《つか》み直《なお》し、腰を勢い良く回した。

ありえない事が起こった。

分厚い鋼板で作られた重機の上半分が、容赦なく毟《むし》り取《と》られたのだ。まるでフォークに突き刺した人参《にんじん》のようになった残骸部分は、レッサーに振り回され、刃からすっぽ抜け、そのまま数十メートルも転がっていく。

直後に爆発があった。

運転席に仕掛けられていた爆薬が起爆したのだ。

「アンタ、わざわざ助けに来てくれたの？」

「そうそう」

レッサーは質問に応じず、美琴《みこと》の後ろを指差した。

「そっちの重機も爆発しそうですよ？」

「ッ⁉」

美琴《みこと》は磁力を操作し、エニーリャの着ている防弾ベストの鉄板を強引に動かす。まるで見えない腕でぶん投げるような格好で無理矢理に距離を取らせつつ、自分自身も転がるように除雪用ショベルから距離を取った。

レッサーに体を受け止められ、十字路状の通路の角を急カーブした美琴達《みことたち》。

直後に第二の爆発が巻き起こる。

煙と粉塵《ふんじん》の中、ギャリギャリという音を美琴《みこと》は聞いた。

手駒の数には余裕があるのだろう。

だからこそ、敵は躊躇《ちゅうちょ》なく自分の戦力を起爆できる。

「くそっ！　きりがないわ。これじゃいつまで経《た》っても『黒幕』まで辿《たど》り着《つ》けない‼」

「爆弾相手にじゃれついていても、こっちが消耗するだけですしねえ」

レッサーは四本刃の槍《やり》を肩で担《かつ》ぎながら、

「でもまぁ、見方を変えればチャンスって事でもあるんですけど」

「何よそれ？」

「あれ、結局は電波で操るオモチャですよね。さっきも言った通り、操縦のための電波の送信元を追いかけていけば、結構あっさり『黒幕』の所に案内してもらえそうですけど。向こうはいつまで経《た》っても攻撃の手を緩める様子はありませんし……あなたのご自慢の超能力なら、そういう事もできるんですよねえ？」

レッサーはジャケットの懐《ふところ》から透明なパッケージを施された変なおまじないのグッズをいくつか取り出し、

「(……『植物セットA』に『イノシシの骨ノート』、『簡単ルーン染色キット』、後は『別売り血糊《ちのり》カラー#3』と『気付けの香・魔草影響除去シート』。ふふん、これだけあればセイズと組み合わせて戦闘用自動思考補助術式も使えそうですねぇ)」

さてさて、とレッサーは呟《つぶや》いて、

「ここは私が遊んできます。その間に、あなたは電波の送信元まで一直線です」

「アンタ……」

「おっと。貸し借りの話はなしですよ。連中は私達の店舗へ躊躇《ちゅうちょ》なく突っ込んできましたからね。色々嗅《か》ぎ回《まわ》っていた私達も、標的の一つとして認識されていたんでしょう。なので、これは単に火の粉を払っているだけですので、お気になさらず」

ガッチ、という金属音が聞こえた。

磁力で投げ飛ばされた『保安員』のエニーリャが、拳銃のハンマーを押し上げた音だ。

「……どこへ行く気ですか、御坂《みさか》さん」

「決まってんでしょ。この騒ぎを起こしている馬鹿野郎をぶっ飛ばしてくるのよ」

「それはあなたの仕事じゃありません」

「あなたとじゃれるのも私達の仕事じゃありませんねえ」

口を挟んだのはレッサーだ。

「とはいえ、治安維持できるものならしていただきたいところですし、私はあなたを止めませんよ、『保安員』さん。……まぁもっとも、軽機関銃の掃射を潜《くぐ》り抜《ぬ》けて、自力で『黒幕』の元まで辿《たど》り着《つ》けるのなら、ですけど」

直後にレッサーは身を翻《ひるがえ》し、煙と粉塵《ふんじん》の中へと突撃していった。

止める暇もなかった。

応じるように、軽機関銃の連続した銃撃音が複数の方角から鳴り響いた。

重機が全部で何台あるかも分からない。だが状況は動いてしまった。今さらどうこう言っていられない。一刻も早く騒ぎを収めたいのなら、遠隔操縦している『黒幕』を叩《たた》き潰《つぶ》すべきだ。

美琴《みこと》はレッサーに背を向けるように、反対側へと走り出す。

エニーリャは迷ったようだが、軽機関銃に押されるように後退し、身動きを封じられていたようだった。そうこうしている間に、美琴《みこと》はエニーリャの拳銃の脅威から遠ざかっていく。

操縦用の電波を辿《たど》り、『黒幕』へと向かう。

通路を走り、窓から飛び、磁力で壁に足をつけながら一気に地面へ降下していく。

8

分かってしまえば簡単だった。

美琴《みこと》は複数のドアロックをこじ開け、長い通路をひたすら走り続ける。

ドーム球場六五〇個以上の面積を誇る巨大施設とはいえ、重機が席捲《せっけん》しているのは屋内だ。

遠隔操縦用の電波は相当強力な出力にして、強引に壁を貫くしかない。電気を自在に操る美琴《みこと》からすれば、それはお子様ケータイのGPS機能をオンにしているようなものだった。

道筋は分かっている。

だから、後はひたすら前へ進むだけで良《い》い。

「……あそこか」

やってきたのは、同じ巨大施設の一角だった。シャッターの閉じたテナントの一つ。そこから強力な電波が送信されている。

ドアを開ける、などというセオリーは無視した。

磁力を操り、正面にある金属製のシャッターをまとめて前方へ吹き飛ばした。

ぐわっ!! という爆音と共に、巨大な壁が丸ごと店内へと突っ込んでいく。強引にこじ開けた出入口から、美琴《みこと》は内部へと踏み込んだ。

明かりはなかった。

薄暗い店内の中央に、いくつかの発光ダイオードの瞬《また》きと、PDAらしき小さな画面の光が溢《あふ》れていた。

それだけだ。

人の気配はない。

そして、何か嫌な匂いがした。

「……、」

美琴《みこと》は壁際《かべぎわ》に寄り、照明のスイッチを押す。

パチン、という乾いた音と共に、蛍光灯の眩《まばゆ》い光が店内を照らし出した。

全貌が露《あらわ》になる。

壁際《かべぎわ》に、水槽のような物がいくつも並んでいた。ただし中に満たされているのは水ではなかったし、熱帯魚も泳いでいなかった。水槽の半分ほどを黒土が埋めていた。その上に、大量の、黒い小さな虫がいる。

反対側にも水槽のような物が並べられていたが、そちらには蟻《あり》の代わりに、多数のネズミがいた。ひょっとすると、餌《えさ》か何かなのかもしれない。

予想通り、部屋の中央には無線用の機材とPDAが接続されていた。小型だが出力の高いアンテナもある。おそらくここから除雪用ショベルを操っていたのだろう。

そして。

その全てが、徹底的に破壊されていた。

水槽のガラスは砕かれ、黒い土はいくらかこぼれていた。殺虫剤のような匂いが鼻につく。黒い蟻《あり》はピクリとも動いていなかった。餌《えさ》として飼われていたネズミだけが、身を寄せ合うようにこちらを警戒している。

かろうじて無線用の機材は使える状態だったが、PDAの画面にはエラーの表示があった。おそらくもう重機は動いていないだろう。

「……、これって」

極めつけに、壁や床どころか、天井にまで、ペンキの缶を振り回したように、何か嫌な液体がべったりとこびりついていた。尋常な量ではない。複数の人間が絶命していてもおかしくないぐらいだった。

この場には誰もいない。

しかし、残っていないという事が逆に不安を煽《あお》る状況だった。自発的に行方をくらませたとは、とても思えない状況だ。

（誰が……？）

美琴《みこと》は部屋の奥へ進んだ。

そこには一抱えほどの木箱があり、中には一九個のオレンジが収まっていた。

一つ一つ丁寧に潰《つぶ》され、中の果肉がはみ出ている。内部に蟻《あり》が入っていない事を確認しているかのような状態だった。

改めて、美琴《みこと》は思う。

（誰が？）

9

午前九時。ショッピングセンターは本格的な開店時間となり、今日も多くの観光客を呑《の》み込《こ》んでいた。

合計二〇個のオレンジは全て確認を終え、ひとまず『とても価値のあるオレンジ』にまつわる事件が犠牲者を生む事態は避けられたようだった。

美琴《みこと》は従業員用の搬入通路《はんにゆうつうろ》へ勝手に入り込み、相変わらず『保安員』の目をくらましながら、しばし思案していた。

（……もう、デモンストレーションどころじゃないわね）

『生物爆弾』については何とかなったが、それで美琴《みこと》は自由を取り戻した訳ではない。今も『保安員』のエニーリャなどは美琴《みこと》の事を捜しているだろう。ベニオオアシグンタイアリを繁殖させていた犯人の行方は分からなくなってしまったし、『保安員』の誤解を解くのはまだまだ先になりそうだ。

それに。

美琴《みこと》としても、この事件にはまだ引っ掛かる所が残っている。

重機による襲撃から、美琴《みこと》がテナントに向かうまでの短い間に、『黒幕』を強襲して事件を終わらせてしまったのは何者なのか。

いや、そもそも『黒幕』とはどこの誰だったのか。

「……、」

問題なのは、あの建設重機が無人だったという事だ。

つまり、誰のアリバイも成立しない。

たとえ、美琴《みこと》のすぐ隣にいた人物だったとしても。

そう。

可能性だけの話なら、完全に否定はできないのだ。

例えば。

あの重機を操っていたのは、レッサー達だったという仮説を。

美琴《みこと》は電波の送信元を追ってあのテナントへ突入した。あそこから重機が操られていたのは間違いない。だが、具体的に『誰が』やっていたかまでは断言できない。レッサーは難しかったとしても、他の店員……例えばランシスやベイロープといった人間が操っていた可能性までは排除できない。

美琴《みこと》はオカルトコンビニに、ひいてはレッサー達に深く関わり過ぎた。もしも彼女達が何らかの『計画』を企てていて、そのために美琴《みこと》との繋《つな》がりが邪魔になったのであれば、強引な方法でオカルトコンビニ自体を破壊して行方を晦《くら》まそうとした、という可能性も出てくる。

ただし、それを言ってしまえば、他の人間が怪しいのも同じだった。例えば『保安員』。右往左往するふりをしておいて、別の仲間が美琴《みこと》を騙《だま》すために重機を操っていたのかもしれない。

だが。

一方で、そうまでして美琴《みこと》の行動を操る理由に心当たりがないのも事実だった。単に美琴《みこと》が邪魔だというのなら、テナント内部に爆弾の一つでも用意しておけば良いような気もする。

『あのテナントに「黒幕」がいて、そいつは別の何者かの手で処分され、連れ去られた』と美《み》琴《こと》個人に認識させる事で、一体誰がどんな得をするというのだろうか？　街の治安を公式に取り締まる『保安員』の印象を操作するならともかく、美琴《みこと》個人の意識に働きかけて何が得られるというのだ？

『黒幕』は本当にいて、連れ去られたのか。

あるいは、そういう風に見せかけているだけで、最初からあのテナントでは『黒幕』の連れ去りなんて起きていなかったのか。

今のままでは何も分からない。

ただし、いずれにしても言えるのは同じ事だった。

あの場で『黒幕』が連れ去られていようが、そういう風に見せかけていようが、この事件の全容はまだ見えていない。

さらに奥深くに『何か』が眠っている。

終わっていない以上、事件はこのショッピングセンターで楽しく買い物をしている人達へ、再び牙《きば》を剝《む》くかもしれない。

だとすれば。

「まったく……」

美琴《みこと》は寝不足の頭を軽く振り、それから呟《つぶや》いた。

「退屈させないのは、学園都市だけじゃないみたいね」

第四話

1

エニーリャ＝G＝アルゴヌスカヤは不機嫌な様子で突っ立っていた。

大型商業施設の中にある、小さなテナントの一つ。

金属製のシャッターを破壊された、店舗用スペースの前だ。

もっとも、スペースのみを間借りしていただけなのだろう。まともな商売を行っているようには見えなかった。金属製の棚にはいくつかの大きな水槽があり、土で満たされた方には大量の蟻《あり》の死骸《しがい》が散らばっていた。

殺虫剤特有の匂いが鼻につくが、それより強烈な匂いが別にある。

鉄ではない。

血だ。

「公式記録はありませんね。おそらく空き店舗の鍵を勝手に開けて使っていたんでしょう」

体のあちこちに包帯を巻いた同僚《どうりょう》が、半公開型ARに捜査資料を表示させつつ、そんな事を言う。

「専門家に画像データを送付しましたが、水槽内の死骸《しがい》はベニオオアシグンタイアリで間違いないそうです。ここは兵器製造用のプラントのようなものでしょうか」

「……、」

「オレンジと組み合わせると、ここまでは『重要参考人』の証言していた通りになりますね。個数も一致しています」

「だが、彼女自身が仕掛け人だったという可能性を排除できない」

「中には遠隔操縦用の機材の残骸《ざんがい》らしき物も発見されましたし、我々の一部は『重要参考人』とその知人らしき少女の手によって、除雪用重機から救われています」

「それも含めてだ」

エニーリャは表情を変えず、思い浮かぶ可能性を適当に羅列《られつ》した。

「この店舗にある機材には、実際に除雪用の重機を操るスペックがあったとしよう。だが実際には別の所にある別の機材によって遠隔操作されていた可能性は否定できない。御坂美琴《みさかみこと》は除雪用の重機を使って我々の足を止めた上で、ここを襲って、我々に見られたくない人や物を持ち去ったのかもしれない」

エニーリャは顎《あご》で店舗内部の『汚れ』を示し、

「あれは人間のものか」

「おそらく。今、ロシア当局のデータベースと照合を行っている最中です。……しかし、これだけの量となると、どうやら『死体の出てこない殺人事件』っぽいですね」

「単に、日数を空《あ》けて一個人から輸血用の血液を複数回採血し、それをばら撒《ま》いていただけかもしれない。血液の量だけで死体を想像するのは尚早《しょうそう》よ」

そうは言いつつも、エニーリャも大筋では自作自演ではなく、実際に事件は起きたものだと考えている。

だが、

「仮にこれが本物の事件だったとして、どこに隠す」

「死体はかさばりますからね」

「このショッピングセンターは人工物の塊《かたまり》だ。どこへ行っても監視設備が機能しているし、『埋められる』ような場所も少ない。大概、地面を含めて『半公開型ARのモニタ』になるように設計されているからな。土のある場所は、街路樹用のスペースだけ。それは言ってしまえば、大きな植木鉢のようなもの」

「焼却、あるいは薬品処理などの可能性も考慮《こうりょ》しましょう」

「その方法にしても、骨の欠片《かけら》も残さないレベルまで徹底《てってい》するのは相当の手間だぞ。そんな手間をかければ、準備や作業の過程で監視設備に引っ掛かりそうなものだが」

だが現にここには血痕《けっこん》しかなく、人体の影はどこにもない。

「……個人の作業量を超えているとは思わないか」

「しかし、重機の現場では、『重要参考人』は別の人物と共闘しているようでしたが」

(そういう事を言っているのではないんだが)

エニーリャは心の中で呟《つぶや》きながら、通路の天井に目をやった。

この街の中で、他人やカメラの目をかい潜《くぐ》る形で人体を持ち去り処理するためには、相応の人数が必要になる。しかし大人数が現場の近辺をうろついていれば、今度はその事が監視設備に引っ掛かりかねない。

(件《くだん》の容疑者が『電気を操る』というのが難しい所だな。これまでは考えてこなかったが、ひょっとすると監視設備にも干渉できるのかもしれない訳だし)

だが、それ以外の『不可思議なものが絡《から》まない可能性』を考慮《こうりょ》してみると、

(何者かが、監視設備に干渉して『集団』の影を消した、か)

彼女の仕事は、容疑者となるその全員を徹底的に洗う事。

御坂美琴《みさかみこと》の捜査を継続《けいぞく》させつつも、目の前にある可能性には全て目を通す。

(だが誰ならできる？　超能力などという『不可思議なもの』が絡《から》まないとすれば、一体誰が)

2

小休止。

そう思って壁にもたれかかった美琴《みこと》は、そこから実に五時間以上爆睡していた。元々時差ボケのせいで体調に不備があったところへ、さらに事件のせいで一晩中そこらを走り回っていたのだ。疲労の度合は並ではなかった。目下の問題として、オレンジを利用した『生物爆弾』のタイムリミットがなくなり余裕ができた、という安心感もあった。

が、不用心ではあっただろう。

その報いとして、目を覚ましたらレッサーの顔のアップがあった。

「どわあ⁉︎」

「ちょっともう傷ついちゃう反応ですよ？　よくもまぁ、こんなセキュリティがっちがちの中で眠っていられますねえ。『保安員』の巡回とかち合ったらどうするつもりだったんですか。『生物爆弾』の事は伏《ふ》せられているにしても、昨日の除雪用ショベルの件は観光客にまで伝わっていますからね。あっちもこっちもざわざわざわざわ騒がしくなっているっていうのに」

「あれ？　寝てっ、眠ってた⁉︎　私、あれぇ⁉︎」

「……良《い》い感じに寝ぼけているようで何よりです」

呆《あき》れたように言うレッサーは、全世界どこにでもあるファストフード店の紙袋を美琴《みこと》の方へと差し出し、

「その調子じゃあ食事も摂っている暇はなかったんでしょう？」

「ありがたい。ありがたくはあるんだけど……寝起き一発目でこのジューシーさはいかがなものか」

「日本人が大好きな言葉で丸め込んであげましょう。へっ、欧米ならこんなの当たり前ですよ」

「……私は何でもかんでも後追いしてメタボになるつもりはないわよ。向こうじゃドアから外に出られなくなって消防車呼んだりするんでしょ」

言いながら、美琴《みこと》は紙袋の中を漁《あさ》り、メインのひたすら重たそうなハンバーガーや脂《あぶら》ぎったナゲット、ぶっといソーセージなどは回避して、サラダやポテトといった軽めのものだけを選

んでいく。ヘビーな肉料理はレッサーの小さな胃袋に収まる事になった。

美琴《みこと》はレッサーの胸の辺りへ目をやって、

「(……この食欲の差が勝敗を分けるのか……?)」

「……気になるんならちょっとぐらい揉《も》んでも構いませんよ。ただ乱暴には扱わないでください」

その余裕が気に入らねえんだよ!! と美琴《みこと》は己の怒りをポテトへ向け、ガツガツと食い荒らしていく。

「それにしても」

「何ですか」

「……アンタ、私のトコに戻ってきたわね」

「?」

首を傾《かし》げるレッサー。

美琴《みこと》は除雪用ショベルによる襲撃犯の可能性として、レッサー達オカルトコンビニの面々も挙げていたのだ。何らかの『計画』を企てる彼女達と関わり過ぎた美琴《みこと》との接点を潰《つぶ》すため、わざと派手にオカルトコンビニを破壊したのではないかと。

しかし、オカルトコンビニ破壊後にこうしてレッサーの方から接近してきてしまっては、その目論見《もくろみ》は意味をなくしてしまう。

やはり、美琴《みこと》の考え過ぎなのだろうか?

「今何時ぐらい?」

「もうお昼になります」

「……そんなに寝ていたつもりはないんだけどなあ。現に今も頭重いし」

「こんなトコで寝てりゃ当然でしょ。立ちながら眠っている人なんてリアルで見るの初めてですよ」

「私も狙ってやっていた訳じゃないんだってば」

ふぁあ……と小さく欠伸《あくび》をしながら美琴《みこと》は質問する。

「でも、私がここにいるなんて事、アンタは知らなかったでしょ。あれから、わざわざ私を捜すためにそこらじゅう走り回っていたの？」

「いやあ尻切れトンボなんですもん」

レッサーは肩をすくめ、

「何も言わずに消えたりしたら心配になるでしょ。まぁそっちもそっちでド派手にやってたようですけど。駄目ですよ、いくら自分を嵌《は》めた『黒幕』だからって、血みどろドロドロにして行方不明にしちゃうだなんて。どれだけブチ切れていたんですか？」

……ん？　と美琴《みこと》は眉をひそめた。

何か、自分とレッサーの間に認識の違いがあるような気がしてならない。

「ちょっと待って。アンタ何言ってんの？」

「何じゃなくて。あなたが突撃したテナント覗《のぞ》いたら、もう全部終わっているじゃないですか。あそこの見るからに惨劇《さんげき》ありましたって感じの廃墟《はいきょ》、あなたがやったんでしょ？」

「あ、え!?　ち、違うわよ!!　私が来た時にはもうああなってたの!!　私がブチ切れて暴れ回った訳じゃないわよ!!」

「へえ。やっぱり別行動していると情報の齟齬《そご》が生まれるもんですねえ。この辺で一度、お互いの情報をまとめて整理してみません？」

「ゆっくり世間話できるだけの安全な場所を確保できればね。私は今も『保安員』に追われている身よ。ここだって、今まで見つからなかった方が不思議なぐらいなんだから」

「それなら大丈夫」

レッサーは片目を閉じて、搬入通路《はんにゆうつうろ》の適当な出入口を指差した。

「良《い》い場所を知っています」

3

「いらっしゃーい。マグロヒロイ北門店へようこそー」

ベイロープの超適当な声を聞いて、美琴《みこと》は唖然《あぜん》とした。

彼女は口をパクパクさせ、傍《かたわ》らのレッサーとレジカウンターのベイロープを交互に見て、

「何これ。どういう事。だってあのオカルトコンビニ、ついさっき重機に吹き飛ばされたばっかりじゃ……」

「だからここは北門店ですよ。別店舗。道順全然違ったでしょ。まだ寝不足で頭がふわふわしているんですか？」

「……そうか。コンビニなのか。チェーン展開してやがるのか……」

こんな怪しげな店が世界に一つでも存在する事自体が怪奇《かいき》だと思っていた美琴《みこと》だったが、どうやらこの惑星の懐《ふところ》は彼女が考えているよりも二回りも三回りも大きかったらしい。

相変わらず蝙蝠《こうもり》の干物だの水晶の袋詰めだの、変な物ばかり並べられている陳列棚に目をやっていた美琴《みこと》だったが、そこでレッサーが口を開いた。

「話は裏でやりましょう。スタッフ用のバックヤードがあります」

「ああ。万引き犯が連れ込まれるトコね」

「休憩スペースとか言い方があるでしょう」

ブツブツ言うレッサーに連れられて、美琴《みこと》はレジカウンター奥の扉の、さらに向こうにある部屋へと案内された。

一つのソファで二人の少女が絡《から》み合《あ》うように眠っていた。

「ぶっ⁉」

「フロリス！　ランシスも‼　こんなトコで変な性癖《せいへき》に目覚めてないで起きてください！　今からここ使いますから‼」

「これは……ちょ……お邪魔すぎるだろ私達……」

「ドン引きしないで‼　大丈夫。彼女達は正常です！　ただランシスは眠たくなると他人の布《ふ》団《とん》に潜《もぐ》り込《こ》む悪癖があるだけですから‼」

レッサーが少女達の頭をバシバシ叩《たた》くと、フロリス、ランシスと呼ばれていた彼女達が面倒臭そうに目を開けた。ランシスというおでこ少女は以前にも会った事はあるが、フロリスは完全に初対面だった。色の白っぽい明るい金髪を肩まで伸ばした、色白の少女だ。

フロリスはけだるい感じでまぶたを擦《こす》りながら、美琴《みこと》の方を見る。

「んー。アンタが例の中学生？　レッサーが変な事に巻き込んだっていう」

「え、ええ。まあ一応」

「そりゃ悪かったね」

そこまで言うと、フロリスは未《いま》だに寝ぼけて抱きついてくるランシスを適当に引きはがし、首根っこを掴《つか》んでバックヤードから立ち去っていった。

「じゃあ適当に座っちゃってください。今、お茶を持ってきますから」

「……ここ座るのやだなぁ。ベトベトしたりしてないよね？」

警戒する美琴《みこと》だったが、異次元はここで終わりではなかった。レッサーが持ってきたお茶は色も匂いも明らかに理不尽ゾーンの代物だったし、お茶菓子として出てきたのは、黒いスルメを小さな板状に切り取ったような正体不明っぷりを見せつけていた。

美琴《みこと》は乾いたお茶菓子を、親指と人差し指で摘《つま》みながら、

「何これ」

「蝙蝠《こうもり》です」

ぎゃあ!?　と叫んだ美琴《みこと》の前髪から青白い火花が散った。

レッサーの方は気にせず、蝙蝠《こうもり》の干物をバリバリと咀嚼《そしゃく》しながら、

「確かにクセはありますけど、羽の所はそう悪くありませんよ。このパリパリ感とか。フライドチキンの脚と一緒でね、胴体よりこっちの方が人気あるんです」

「くっ、くっ、クセとかそういう事を言ってるんじゃない!!」

美琴《みこと》は全力でお茶菓子を遠ざけた。この分だとお茶の方も口にしない方が良さそうだ、と心の中で誓う。

「そんじゃまー、お互いの情報交換から始めますか」

「ええと、うん。分かった。……分かったから‼　何でも話すからその蝙蝠《こうもり》こっちに近づけないで‼」

洗いざらい、といった調子で美琴《みこと》は口を開く。話したのは、主に重機の遠隔操縦用電波の送信元であった、テナント内での事だ。レッサー達も変に疑《うたが》った、という余計な事まで口を滑らせてしまう。

「ま、そりゃそうでしょうね。根拠もなく無尽蔵に信用されてしまっても困ります」

「そ、そう？」

「こっちとしても、あなたの言葉を全面的に信じる根拠はない訳ですしね？」

「……、」

変な風に釘《くぎ》を刺されてしまった。やはりキレているのかもしれない。

「じゃあこっちの話をしましょうか」

「重機と戦っていた時の事？」

「いえいえ」

レッサーは正体不明なお茶を一口飲んでから、

「そもそも、何で私達がこんなコンビニを開いて、この街へ潜り込んできたのか、といった所からです」

「？」

「私達は、その、なんというか……。あなた達とは『方式』が違います」

「分かりやすく言って」

「オカルト、神話、精神世界……。そういった方向から自己を制御し、特異な力を行使する集団という事です。あなた達のような、量子論を利用した方式も『精神から物理へ』の一種とは言えるものの、私達とは違うものです」

「ふうん」

美琴《みこと》はひとまず頷《うなず》いたものの、

「オカルトと科学的な能力の区別もついていなかった頃の技術かあ。……ひょっとすると、魔女の薬とかは、薬草とか昆虫とかの生物資源的な活用法の助けになるかもしれないけど」

「……ええいちくしょう、ここまで言ってもそういう風に解釈しますか。ならもう良《い》いや。懇《こん》切丁寧《せっていねい》に説明する気が失《う》せました……」

レッサーはティーカップをソーサーの上に置き、

「ともあれ、私達はこの街で進行していた、とある計画の調査を行うため、こんなコンビニを開いて潜入していた訳です」

「それが、コードＥＩＣ？」

「いいえ。その先にあるものです」

レッサーは首を横に振って、

「コードＥＩＣは、大規模《マス》から小規模《ローカル》まで、様々なメディアを波状的に操る事で、望むウワサを望むレベルで自由に流布《るふ》させ、選択した商品にプレミアやレッテルを付加させるためのシステムです。ただ、仕掛けられる側には分かりません。言ってしまえば、集団心理を利用し、人の心のかなり『深い』所へ干渉する仕掛けと言っても良い」

「それが？」

「日常的に能力開発やってる人間なら分かるでしょう」

レッサーは蝙蝠《こうもり》のお茶菓子をモリモリ食べながら、

「心の深い所に干渉するっていうのは、人間の奥底に眠っている可能性を引き出せるかもしれないって事です。……例えば、物理法則を超えたレベルで」

「まさか」

美琴《みこと》は喉《のど》に渇《かわ》きを覚えて反射的にカップに手を伸ばそうとして、すんでの所で思《おも》い留《とど》まる。

「この街で流れているウワサによって、人々がいきなり能力が使えるようになるって言いたいの？」

「(……私達は、それを科学的な能力ではなく、魔術的な『メスメリズムにおける動物磁気を利用した精神の集合的連結と、生命力を魔力に精製《せいせい》する手法の確立』だと仮定していますがね)」

ボソッと言ったレッサーの言葉は、美琴《みこと》には聞き取れなかった。

「コードEICが単なる偶然なのか作為的なプロジェクトなのか。そして実際にウワサによるプレミアやレッテルの制御以上の効果はあるのか否《いな》か。調査活動を続けていた訳ですが」

「ですが？」

「芳《かんば》しい結果は得られませんでした。そこへさらに、『オレンジ』の事件です」

レッサーはハンカチで口元を拭《ぬぐ》いながら、

「都市伝説を模《も》したあの事件は、私達の考えていた方向とは別の、一般的な法則と怪奇現象の垣根《かきね》を越えた事態でした」

「でも、あれは本来のコードＥＩＣとは関係ないでしょ。何しろ、第三者が『上層部』を名乗って、コードＥＩＣに横槍《よこやり》を入れていたんだから」

「本当に？」

「……どういう意味よ」

美琴《みこと》は眉をひそめた。

レッサーは両手の掌《てのひら》を美琴《みこと》の方に向けて、

「別にあなたの証言を疑っている訳ではありませんよ。多分、あのテナントにはベニオオアシグンタイアリの卵をオレンジの中に産み付けさせて『生物爆弾』を作っていた、第三者とやらがいたんでしょう。それが誰の手で消されたかについてはさておくとして」

「だから、その第三者ってヤツがコードＥＩＣを悪用していた全ての黒幕なんでしょ」

「ただし」

遮《さえぎ》るように、レッサーは言った。

「第三者ってヤツが『生物爆弾』の実行犯だったとしても、コードＥＩＣを使って『とても価値のあるオレンジ』の都市伝説を流布《るふ》していた人物が別にいる可能性は否定できませんよね？」

バックヤードに、わずかな沈黙があった。

挑《いど》むように、レッサーは薄く笑っている。

美琴《みこと》は少し考え、自分の頭の中で状況を整理しながら、ゆっくりと口を開いた。

「結局」

「何です？」

「『生物爆弾』を設置した実行犯って、一体何だったの？」

「さあ。率直に言って、分からずじまいでしたねえ。何しろどこかの誰かが丁寧に処分してしまったせいで、私達は顔も名前も知らないままなんですし。ただ、金銭による解決を提案されていなかったって事は、シンプルにこのショッピングセンターに恨みでもあったんじゃないですかね」

「……、どこかの誰かが、何かしらの目的のためにコードEICを使って『とても価値のあるオレンジ』の都市伝説を流布《るふ》した」

「あれ、『保安員』のエニーリャは私が来た日に広まったって言ってたけど、セタリーは数日前からネットで見たって言ってたのよね」

「段階があるのかも？　最初はサボテンとかで、徐々に方向を整えるとか。ウワサなんてうろ覚えで当然ですし、変化していく話を『前から聞いてた』と思ってたんでしょう。……それはともかく、兎《と》にも角《かく》にも恨みを晴らしたかった実行犯は、その話をこの街のどこかで聞いた。

それで……」

「『具体的な方法』に選択した。どうやってベニオオアシグンタイアリを入手したのかは多少気になりますが……元々重度の昆虫マニアだったのか、それともショッピングセンターのどこかでは販売されているのか。そんなトコかもしれませんね。話を聞いてから実行まで時間がなかったので、実は最初からテロを起こすための覚悟や準備を整えていた人物だったのかも？」

『実行犯』のディティールについては、本人がいないためいくら考えても答えは分からない。

そして、最も重要なのは過去の『実行犯』ではない。

現在も進行している事態の方だ。

「……って事は、コードEICを使って『とても価値のあるオレンジ』の都市伝説を流布《るふ》している人物は、全く傷を負っていないって事になるわよね」

「あれだけ完璧に『実行犯』を消すぐらいですからねえ。どうやら、自分達の『計画』をなぞる形で妨害《ぼうがい》された事が、よっぽどご立腹《りっぷく》だったんじゃないですか。……うーん、それにしても都市伝説のセオリー通りですよねえ、遊園地やショッピングセンターで人が消えるなんて。対人身売買組織専門のマニュアルがあったり、試着室に入ったっきり恋人が消息不明になったり、ってトコですか？」

「『実行犯』を消す。本来の計画。……誰が？　何のために？」

「コードEICを操る権限を持つのはどこのだーれ？」

「この街の上層部……」

呟《つぶや》いたが、美琴《みこと》は首を横に振った。

「でも待って。セタリーはそんな『分かりやすい黒幕の上層部』なんていないって言っていたわよ。あの極限状況で嘘《うそ》を貫《つらぬ》き通《とお》せるとは思えないわ」

「単に下《した》っ端《ぱ》セタリーさんは闇の底に触れるだけの権限がなかったのでは？　ショッピングセンターで働いているからと言って、ショッピングセンターの全てを知っている訳ではありません。同じように、あなたを追いかけている『保安員』の皆さんも、自分達の上層部がそんな事になっているなんて気づかないまま、あなたを敵視《てきし》している可能性が高いです。そもそも、コードＥＩＣはウワサだの商品のプレミアやレッテルだのといった小さなレベルの積み重ねで『金融市場という巨大な流れを緩《ゆる》やかに決めていくためのもの』ですからね」

美琴《みこと》は最初の事件で自分を容疑者呼ばわりした、エニーリャとかいう『保安員』を少しだけ思い浮かべた。

レッサーの話が本当だとすれば、何だかエニーリャも可哀想《かわいそう》な感じだ。

「仮に街の上層部が都市伝説を流す『黒幕』だったとして」

美琴《みこと》は頭の中を必死に整理させせながら、口を開く。

「彼らは何のためにそんな事を？　当然、単に悪趣味な話を流しておしまいじゃない。彼らの狙いは予測できてる？」

「さあ。当初はコードＥＩＣを利用して集団心理の方から人間を突き上げる『人工的な精神の飛躍《ひやく》』の研究だと思っていたんですが、事情は違うみたいでガックリですし。ただ、コードＥＩＣを使うのもタダって訳じゃないでしょう。あなたの言った通り、大きな『計画』の下拵《したごしら》えって所じゃないですか」

それが危険なものかどうかは、『黒幕』のこれまでの動きで分かるだろう。やった事はどうあれ、ベニオオアシグンタイアリを使った『生物爆弾』の実行犯は、間違いなく人間のはずだ。その人間を、計画の支障になるという理由で『黒幕』は生死不明にまでしてしまった。その対応方法の冷たさから察《さつ》するに、『黒幕』はろくでもない連中だろう。そんな連中が考案する『大仰な計画』とやらに、不穏《ふおん》な空気を感じるのはそう難しくもないはずだ。

「何をどこでどうするのか、ヒントだけでもあれば……」

「あるじゃないですか」

あっさりと言われたレッサーの言葉に、美琴《みこと》は面食らった。

「どういう事?」

「『黒幕』の上層部が『実行犯』を消した理由は?」

「それは……自分達の計画を妨害したから……」

「ヤツらはこの街のトップですよ。治安維持機関である『保安員』を自由に動かせる立場です。単に『実行犯』の暴走を止めたいだけなら、『保安員』を使って拘束してしまえば良いはずなんです。何なら、公式の特殊作戦で『テロリストを射殺』する事だってできる訳ですし、隠す理由が思いつきません。……言っちゃあ何ですが、人体を一つ分完全に消すのは結構な労力を必要としますよ。少なくとも、やらなくちゃいけない理由もなしに実行したいと思うような事じゃあないですねえ」

「『実行犯』を捕まえるでも殺すでもなく、消す事に意味があった……?」

「ですねえ」

「何で、わざわざそんな半端《はんぱ》な状態を望むのよ」

「揉《も》めるから」

何が、と美琴《みこと》が詳細を尋ねる前に、レッサーは自分で用意した答えを提示する。

「中央の学園都市と、協力機関のショッピングセンターが」

今度こそ、美琴《みこと》は完全に押し黙った。

可能性として、考えようとも思っていなかったからだ。

「今回の事件の構図を考えてみましょうよ。学園都市と協力機関の間で、全く同じ都市伝説が流布《るふ》された。そのウワサに基づいた事件が発生した。犯人は両都市を行き来していた超能力者《レベル5》のみ。……とんだ言いがかりですよね？　トラブルの発生を望んでいるとしか思えません」

「……どっちが？」

美琴《みこと》は震える声で呟《つぶや》く。

「学園都市と協力機関。どっちが対立を望んでいるの？」

「私達、今はショッピングセンターの計画について論じているはずでしたよね？」

レッサーは簡単に断言した。

「学園都市と協力機関の間で共通の都市伝説を流布《るふ》するところまでは、ショッピングセンターの本来の計画だったんでしょう。実際に可能かどうかはコードＥＩＣの論文を読めば明らかです。さっきも言った通り、そのセッティングを、第三者の『実行犯』が感知して自分のテロに結びつけた。彼または彼女の人物像については不明。ショッピングセンターに恨みでもあったんでしょうかね」

ただし、とレッサーは付け加え、

「何のウワサを流すか、学園都市と協力機関のどちらの街で事件を起こすか。『生物爆弾』は蚊帳《かや》の外にいた『実行犯』が勝手にやった事ですので、あてにはできません。本来なら違うように事件はセッティングされていたのかもしれませんよ。……例えば、実は逆だったとか」

「逆って……つまり……」

「学園都市と協力機関の間で共通の都市伝説を流布《るふ》した後、学園都市内で事件を起こすつもりだった、とか」

「⁉」

「コードEICは、大規模《マス》や小規模《ローカル》、様々なメディアを波状的《はじようてき》に操る事で、作為的にウワサを流して『商品の価値』を書き換えるシステム。でも、例えば『海外のニュース』として学園都市に仕入れさせる事によって、ショッピングセンター外にまでその影響力をある程度は広げられるかもしれません」

「そのためには、まずショッピングセンター内で都市伝説を広めた上で、それを『今こっちで流行《はや》っている旬なニュース』として、学園都市へ送信する必要がある」

「オレンジの時は、学園都市の情報を拾ってから、ショッピングセンターで流す事で、細部を使いやすいように整え、再び情報を送り返したんでしょう。……黙ってこっそりテロを起こした方が手っ取り早いはずなんですけどねえ。まぁ、都市伝説が流布《るふ》すれば、それだけ事情を知っていて『動く』可能性のある『容疑者』の数も跳ね上がるから、疑いを逸《そ》らす効果はありそうですが」

両都市で同じ都市伝説が流れ、それに準じた事件が起こる。

その条件だけなら、確かに『逆』でも良いのだ。

「前にも言いましたけど、仮にショッピングセンター上層部が黒だった場合、自分で自分の街を攻撃する事になります。それって不自然ですし無駄ですよねえ。単に両都市間でトラブルを拡大させたいだけなら、相手の街を襲った方が理《り》に適《かな》っています」

その話が本当なら、計画が軌道修正された今、ショッピングセンター上層部は学園都市を襲撃しようとするため、本格的に動き出すはずだ。

「でも、何で？」

美琴《みこと》は質問する。

「このショッピングセンターは学園都市の協力機関でしょ。様々な技術情報の助力を受けて発展しているはずよ。対立しても恩恵《おんけい》を失うだけ。何の得もしない戦いを何故《なぜ》起こすの？」

「その関係から脱却したかった、とか」

すでに予測していたのか、レッサーはすらすらと答えた。

「『協力機関』は、どこまでいっても総本山である学園都市より高い利益を得る事はできません。そこに不満を抱くのはそれほど不自然な考えではないでしょう。技術情報が二、三〇年分開いている事の摩擦《まさつ》だってそうです。『独立』を望むショッピングセンター側は、何としてもこの『科学技術の開き』を縮めようとするでしょう」

レッサーはわずかに息を吐いて、

「もしも学園都市がなくなったら、協力機関にある断片的な科学情報が『世界で最も価値のあるもの』になります。機械にしても、超能力にしても」

「そのための、大規模テロ……？」

美琴《みこと》は首を横に振った。

「でも、そんなの不毛すぎるわ!! 学園都市を潰して差を縮めたりしたら、世界全体の科学のレベルがガタ落ちするだけじゃない！　そもそも、きちんとした超能力開発ができるのって、学園都市だけでしょ。このショッピングセンターにある技術だけじゃ、実用化なんてとてもできる状態じゃない。学園都市がなくなるって事は、超能力開発って分野が絶滅するのと同じなのに!!」

「そんなの、どうだって良《い》いんですよ」

レッサーは即答した。

「超能力なんて絶滅したって構わない。究極、断片的な科学情報から見当違いな方向へ研究が進んでいって、これまでとは違う分野が切り開かれたって良《い》いんです。超能力開発には、それを支えるための様々な科学技術がありますからね。むしろ、単に利益を上げるだけなら、そっちの分野を伸ばした方が効率的です」

「純粋な、利益だけを求めて……？」

「ま、超能力開発それ自体だって、大きな可能性があるのは確かですがね。彼らは必ずしもそこにはこだわらないって事だけを覚えておいてください」

「ビジネスモデルの確立」

美琴《みこと》は自分の脳に刻みつけるように、呟《つぶや》いた。

「このショッピングセンターって、学園都市みたいな研究機関は備わっているの？」

「さあ？　隅から隅まで調べた訳じゃないから何とも言えませんね。ただ、表面上は『金融・経済分野の思考実験』の場として整えられているようですけど」

レッサーは肩をすくめて、

「ただ、学園都市が壊滅的なダメージを受けてしまえば、全世界の『最新技術』の質は随分《ずいぶん》と下がります。少しでも恩恵を受けたい世界中の企業や研究組織は、学園都市の協力機関であるショッピングセンターの『断片的な知識』にすがりつくでしょう。ショッピングセンターはそれら一つ一つに莫大《ばくだい》な使用料を設定し、そこから派生する商品が売れるごとに儲《もう》けが出るような仕組みを作るだけでも、十分にうまみはあります。『誰にも追い着けないほどの収益』というメリットがね」

科学的な最先端が揺らぐ世界。

学園都市の壊滅とその後の状況が示すのはそれだ。

ショッピングセンターはその歪《ゆが》みを理解した上で、なお目先の利益のみを追い求めようとしている。

「元々、このショッピングセンターは金融や経済に対しては強固《きょうこ》に作られています。数々の実験データも残っていますし、学園都市が機能しなくなった後に起こるであろう大混乱も乗り切るだけの力があるでしょう。他の協力機関がダメージを受ける中でもね。そうなれば、科学的な市場の構造そのものが塗り替えられる可能性すら浮上します」

そうなれば、学園都市の復興《ふっこう》など立ち行かなくなる可能性だって少なくない。

世界中の企業や組織が欲《ほっ》しているのは、安定した状況だ。

学園都市以外の中心地ができるのならそちらへ移行してしまっても問題はない。わざわざ莫《ばく》大《だい》な資金を消費して学園都市を復興し直すぐらいなら、新しいシステムに乗ってしまった方が効率的だ、という『流れ』ができてしまえば、誰も学園都市を必要としなくなる。

「じゃあ」

「『とても価値のあるオレンジ』はどこかの誰かが『実行犯』としてすでに消費してしまった。だから連中は、次の事件を起こすために、両都市の間で共通する新しい都市伝説を流布《るふ》するはずです。実際には、そこに人為的な操作がなされている訳ですが。そして学園都市を潰すための大規模テロ計画を実行に移す」

「……、」

「両都市間で共通する都市伝説を流布《るふ》しているのは、先ほども言った『トラブルを誘発させるための言いがかり』『容疑者の数を増やして本物の犯人を隠す』の他に、『被害者と加害者をごちゃ混ぜにする』という効果もあるかもしれません。……そして、『黒幕』が何を計画しているにしても、『学園都市が壊滅的な被害を受ける』ような状況になってしまえば、学園都市側の手で精密な調査を行う事は不可能になります。このショッピングセンターや、同様に技術情報の利権を得られる可能性のある『協力機関』などの都合の良い意《い》見が、そのまま報告書に書かれてしまう可能性だって浮上してくる」

美琴《みこと》は自分の携帯電話を取り出し、画面に目をやった。

追われている身では、自分の携帯電話を使用する事そのものが危険を招く事態になる。だが、今から学園都市に帰っても間に合うかどうかは不明だ。なら、学園都市にいる人間に解決を託すしかない。

街の安全を守るための人間。

風紀委員《ジャッジメント》の白井《しらい》黒子《くろこ》に。

（……ヤツらは事件のための下準備として、都市伝説を利用している。だとすれば、そこから次に起こる事件の種類を予測する事もできるって訳かしら）

「ウワサの動向は？」

「ショッピングセンターの中では不自然なうねりがありますよ。おそらく作為的に流されています。学園都市内の情報は知りませんが、こちらの推測が正しければ、これから何らかの方法を使って学園都市にも広められていくでしょうね。おそらく次の事件に関わりがあります」

「どんな都市伝説なの？」

「少なくとも、オレンジよりはショッキングですね」

レッサーは悪魔のように笑って、街に浸透しつつある新たなウワサを口にした。

「……『輝くネックレス』。目に見えない怖さが出てくる有名な話ですけど、聞き覚えありま す？」

第五話

1

こんな話がある。

仲の良い二人《ふたり》の少女達、1と2がいた。その内の片方1に恋人ができた。恋人は少女1に、とても奇麗《きれい》な石のついたネックレスをプレゼントに贈る。

少女1はプレゼントを喜び、肌身離さず身につけていた。

しかしその日から彼女の様子がおかしくなった。顔色が悪くなり、体調は崩れ、寝たきりになり、ついには髪の毛がごっそりと抜けた。少女1はお気に入りのネックレスを手にしたまま、幸せだったはずなのに……と不運を呪った。少女1が死ぬまで時間はかからなかった。

死《し》に際《ぎわ》にネックレスを譲り受けた少女2だったが、彼女の知り合いによると、実はそのネックレスについた石からは物体を透過する電磁波が放たれていた。どういう経緯かは不明だが、恋人は少女1に結晶をプレゼントしたのだった。少女1は細胞を壊されて死亡したのである。

「……うひゃー。相変わらず悪趣味な話だねえ」

そんな事を呟《つぶや》いたのは、ウワサ好きの少女、佐天涙子《さてんるいこ》だった。

都市伝説に関するサイトを漁《あさ》っている最中だった。『幻想御手《レベルアッパー》』という、嘘《うそ》のようだがあったら嬉《うれ》しい、そんなウワサを追いかけていたのだが、手詰まりになり、あれやこれやと紆余《うよ》曲折《きょくせつ》やっている内に、こんな全然関係のない都市伝説を読み込む羽目になっていた。

都市伝説のサイト、というのは大体二つの目的を持つ。

一つ目は現在や過去に流布《るふ》されていた都市伝説の収集と紹介。だが、これだけでは『サイト』として不十分だと考える向きが強い。大抵、この手の都市伝説サイトには『自分なりの解釈』や『現実的にその話が実現可能か否《いな》か』の解説が入って、初めて一人前と見られているものだ。

ほとんどの場合。

都市伝説に対して、否定的な意見を付け加える形で。

（……もしかしたら本当にあるのかも、って所から始まったはずなのに、否定材料を探して優越感に浸《ひた》るっていうのは、何だか本末転倒な気がするんだけどなあ）

ただ、『科学的に考えてそれは不可能だから』と潰してしまいたくなるのも分かる気がする。

都市伝説というのは、とても不気味で、頭ごなしに否定しなければ安心できないといった時もあるのだ。

先ほどの『輝くネックレス』にも、こんな補足説明が付け加えてあった。

ネックレスにつける程度のサイズの結晶では、短期間で人を死亡させるほどの放出はしない。

よって、この話のような劇的な変化は訪れない。

この都市伝説自体は過去にも広がっていたが、最近になって再び浮上してきた模様。再燃の理由については調査中だが、『良くあるパターン』の一例と言える。

「……同じ都市伝説でも、もっと夢のある楽しそうな話の方が好きなんだけどなあ」

佐天《さてん》は適当に呟《つぶや》いて、ブラウザのウィンドウを閉じた。

幻想御手《レベルアッパー》は今日も見つからなかった。

いつか突き止めたら、初春《ういはる》のヤツにもたっぷり自慢してやろうと佐天《さてん》は思った。

2

「ええ、ええ!! 確認したらネットを中心に大流行《おおはや》りしているようですわ! しっかし、ほんっとーに悪趣味な話ですわね!!」

白井黒子《しらいくろこ》は学生寮から飛び出しながら、携帯電話に向けてそんな事を叫んでいた。

もう寮の門限は過ぎているが、空間移動《テレポート》の力を使えば割と簡単に出入りはできた。そして今はそんな門限など気にしていられる状況でもない。

携帯電話の向こうからは、御坂美琴《みさかみこと》の声が聞こえてくる。

『警備員《アンチスキル》は動きそう?』

「これぐらいの情報では苦しいですわね。むしろ、素直に話したらわたくし達の動きを阻害《そがい》されてしまいそうですわ」

白井《しらい》は自分の頭の中でも状況を再確認しながら、

「実質的に、動けるのはわたくしと初春《ういはる》ぐらいじゃありませんかね」

『ういはる？』

「お姉様はご存知ありませんでしたわよね。わたくしの同僚です。パソコンの前にいる方が多いタイプの風紀委員《ジャッジメント》ですけれど」

『……少ないわね』

「お姉様。その評価は些《いささ》か以上に人を傷つけていますわよ」

『とにかく、今説明した事が本当に起こりそうなのよ。敵は「輝くネックレス」の都市伝説を利用したテロを学園都市で実行するつもりだと思う』

「ええ。正直、わたくしもきちんと実感はできていないかもしれません。ですが、お姉様の言葉なら信じますわよ」

そこまで言った白井《しらい》はわずかに顔をしかめ、

「それにしても、その、協力機関のショッピングセンターというのも大概《たいがい》にしろって感じですわね。よりにもよって、お姉様に嫌疑《けんぎ》をかけるだなんて」

『こっちも参っているわ。変なオカルトコンビニに匿《かくま》ってもらっているから、何とかなっている状態だけどね』

「おかると？」

『まぁそこのレッサーだのランシスだの、変人どもにも別の意味で困らされているけどね』

「……おっ、お姉様！　何かわたくしの嫌な予感アンテナが三本立ってしまっている状態なんですけれど！　まさかお姉様の隣にわたくし以外の何者かを引き連れているという訳ではございませんわよね⁉」

『えーっと、うん。ウザッぷりは大体アンタと似たり寄ったり。とにかく、アンタがそっちでやるべき事は分かってるわよね』

「怪しげなネックレスなどが出回っていないかどうかを追っていけばよろしいんですのね」

『ネックレスである必要はない』

遮るように美琴《みこと》は言った。

『ようは、「そう見える」事件であれば構わないんだから。本物の物質を使わなくても良いの。下拵《したごしら》えの都市伝説がすでに広まっている以上、連中がいつアクションを起こすか分からない状況だわ』

可視光やマイクロ波など、電磁波の性質は波長の長さで決まる。超高周域の電磁波を発生させる事ができれば、輝くネックレスのような被害は出せる。

「……しかし、この警備厳重《けいびげんじゅう》な学園都市に、工作員が潜《もぐ》り込むなんてできるものなんですの？」

『できない事もないんじゃない？』

美琴《みこと》は少し考えるような間を空《あ》けてから答える。

『私だって、「協力機関」の中を逃げ回っている訳だし。……現に何かしらの「計画」は動いているわ』

「……ひとまず、ショッピングセンターから正規の手続きを踏んでやってきた人物をリスト化して調査する必要がありそうですわね」

白井《しらい》は携帯電話の通話を切り、今度は別の番号にかけ直す。

先ほど話に出てきたもう一人の風紀委員《ジャッジメント》、初春飾利《ういはるかざり》にだ。

「『検索』は済みました⁉」

『今も作業中です。分かっているのは、ショッピングセンターからは五二人、学園都市へやってきているって事ぐらいです。宿泊先のリストは出てきましたが、内五人については非公開扱いで突き止める事ができません』

「非公開？」

『おかしな事ではないですよ。第三学区の国際会議場のフォーラムの参加者ですから。いわゆるＶＩＰ待遇で、テロ防止の意味を込めて位置不明にしているのではないでしょうか？』

「……ふむ」

白井《しらい》は少し考え、

「初春《ういはる》。仮に都市機能を完全に壊滅させるほどの大規模テロを起こす場合、どれぐらいの人数が必要になると思います？」

『しっ、知りませんよそんな物騒な話。というか、これ、どういう状況なんですか？　調べろと言われたからとりあえず手伝っていますけど、そんなに危ない状況なんですか？』

（……ま、五人程度ではありませんわよね）

適当に計算し、白井《しらい》はさらに質問を続ける。

「『団体客』のグループはどれぐらいいますの?」

『ええと、三、四ぐらいですかね。物資空輸用のスタッフとか、研修用の派遣団とか……』

「リストを」

白井《しらい》は短く命じた。

「それぐらいなら、余計な事を考えずに足を動かした方が手っ取り早そうですわ」

3

白井《しらい》黒子《くろこ》は大能力《レベル4》の空間移動《テレポート》を扱う。

それは、電磁波や超音波を利用したセンサーなどに注意すれば、大抵の場所は自由に行《い》き来《き》できるという事も意味していた。

初春《ういはる》から携帯電話へ送ってもらったリストを基に、『団体客』の宿泊しているホテルに向かい、メンバーの客室へと入る。

もちろんノックなんてしない。

カードキーも使わない。

ホテルのような宿泊施設の場合、ロビー、ラウンジ、エレベーター、非常階段といった公共性の高い場所にはカメラが設置されているが、反面、それ以外の場所は手薄な事が多い。例えば通路や客室内は、プライバシーを考慮《こうりょ》して、敢《あ》えて排除されていたりするものだ。

よって、白井《しらい》の空間移動《テレポート》を見咎《みとが》める者はいない。

彼女はドア越しに物音の有無を確認すると、躊躇《ちゅうちょ》なく客室内へと転移する。

「さて」

スカートのポケットから取り出した薄手の手袋を両手に嵌《は》め、白井《しらい》は辺りを見回す。予想通り誰もいなかった。電気も点《つ》いていない。ペンライトを口に咥《くわ》え、彼女はクローゼットやベッドサイドを調べていく。

ヘッドセットのように耳に引っ掛けてある小型の携帯電話からは、初春《ういはる》の声が聞こえてきていた。

『白井《しらい》さん、気をつけてくださいよ。正体不明ですけど、輝くネックレスに近い効果のある物があるかもしれないんですから』

「そこまで簡単なら話はとっても早いんですけれどね」

『風紀委員《ジャッジメント》で支給される簡易検知ツールを使ってみたらどうです？　携帯電話の下部コネクタに接続して、空気中の成分や有害電磁波の有無をデータと照合するセンサーみたいなヤツ』

「ん？」

『ついこの間全体で講習受けましたよね⁉　お嬢様学校の成績上位者なのに居眠り授業スルー機能でもついているんですか‼』

初春《ういはる》にぎゃあぎゃあと説明を受けながら、白井《しらい》はひとまず指示に従って小型の携帯電話に見慣れない機材を取り付ける。

白井《しらい》はこうした『使い方も分からないけどとりあえず支給されている物品』を、そのまんま持ち歩く癖《くせ》があった。特に自ら学ぼうとしない理由は簡単で、

（……ま、空間移動《テレポート》で飛ばせば何でも武器になりますし。一石二鳥なんて無理に狙っていく必要もありませんものね）

適当に考えながら、白井《しらい》は小型の携帯電話を耳に戻し、周囲を見回す。

荷物らしい荷物は大きなスーツケースぐらいか。

鍵がかかっていたが、白井《しらい》は意に介《かい》さない。

外側のスーツケースだけを『移動』させる事で、中の荷物を取り出してしまう。

いかに下《した》っ端《ぱ》であれ計画の『外周』にいる雑用係であれ、本気でテロを起こそうとしているグループのメンバーなら、それなりの準備というものが必要になってくる。

大きく分けて二種類。

一つ目は火器や刃物など、物騒な攻撃力を補強するための道具。

二つ目は偽造パスポートや変装用のウィッグなど、身分を偽り安全性を高めるための道具。

しばらくガサゴソ漁《あさ》っていた白井《しらい》だったが、

（……空振り、みたいですわね）

空間移動《テレポート》を使って物品を一つ一つスーツケース内へと飛ばしながら、白井《しらい》は適当に結論付けた。問題となっている謎の物質どころか、銃弾一発見つからない。

そう簡単に本命にぶつかるとは思っていない。

白井《しらい》は空間移動《テレポート》を使って客室を出ると、次の『団体客』が泊まっている宿泊施設へと向かう。

空振りは続いた。

とはいえ、リストにある『団体客』の数は四つしかない。

すぐに追い着く。

白井《しらい》の予想は間違っていなかった。

「……、」

空間移動《テレポート》を使って客室の中に入った途端、違和感があった。

中には誰もいない。

センサーなどの罠《わな》もない。

だが、今まで空振りだった他のホテルとは、明らかに違う点がある。清潔すぎるのだ。もちろんホテルの客室なんてそんなものだが、一時間も滞在していればその人の匂いはつく。ベッドや洗面所などに少しは痕跡が残る。それらが何もなかった。モデルルームそのものだった。

スーツケースやコートなど、宿泊客の持ち物は一切存在しなかった。

白井《しらい》はスカートのポケットからいくつかの機器を取り出し、ドアノブの指紋を調べる。

何も残っていなかった。

（手袋を嵌《は》めていれば、ノブに指紋が付かないのは分かりますけど）

耳に引っ掛けた携帯電話を指で触れながら、白井《しらい》は結論付ける。

（ホテルの客室は毎日清掃員が掃除しているはず。彼らの指紋すらないという事は、単に『偶然』手袋をしていただけでなく、最低でも一度はドアノブを拭き取っているという事ですわよね）

「初春《ういはる》。ヒットしましたわよ」

『私はどうすれば？』

「ロシアのショッピングセンターからやってきたビジネス研修用派遣団。一八名の顔写真、身元、学園都市内でのスケジュール、現在の所在地……とにかく片っ端から情報を集めてわたくしに送り付けなさい」

4

風紀委員《ジャッジメント》活動第一七七支部では初春飾利《ういはるかざり》が作業を続けていた。

一見すると特徴のない少女であるが、頭にある大量の花飾りがその印象を丸ごと覆《くつがえ》してしまっている。

彼女はパソコンを操作しながら、スピーカーフォンに切り替えた携帯電話に向かって話しかける。

「一通りデータは手に入れましたけど、どれもこれも小奇麗《こぎれい》なオフィシャル情報って感じですねえ。ここから現在の居場所を特定させるのは難しそうです」

『顔写真は人数分手に入っているんですのよね』

「ええまあ一応」

『ならホテル前の防犯カメラや警備ロボットの映像記録を漁《あさ》りなさい。遡《さかのぼ》ればヤツらが映っているはず。そこから辿《たど》って、行く先々のカメラの映像を調べていけば現在位置までのルートが出てきますわ』

「良《い》いんですかねえ？」

　極めて適当な感じの許可を取り付けた初春《ういはる》は、言われた通りにキーボードを叩《たた》いていく。当然ながら、一般的な風紀委員《ジャッジメント》の権限だけで行える作業ではない。

（どっちが犯罪者か分からない状況ですよ）

「ありましたよ。古典的な手を使っています」

『？』

「カメラの記録から追われるのを防ぐため、行く先々の『死角』で着替えを行っています。上着を替えたりウィッグを着けたり。少しずつ個性を変化させる事で追跡を逃れようとしているみたいです」

　本来、このやり方は人混みの中で、肉眼の追跡から逃れるための手段だ。映像を記録され、いつでも何度でも細かく調査できる状況では『服装がころころ変わる人物』は逆に目立ってしまう。これでは怪しい事をしていますと宣伝しているようなものだ。

「これだと顔認識プログラムを誤魔化すクオリティでもないですねえ」

『当然、そんな手に惑《まど》わされたりはしませんわよね？』

「彼らはバス、地下鉄、タクシーなど複数の交通機関を利用して移動しています。人数も小分けして複数のルートを使っていますし、時折引き返したり同じ地点を大回りしたりしているのも、おそらく撹乱《かくらん》や尾行の確認作業なんでしょうね」

　初春《ういはる》はカメラに残っていた映像記録を繋《つな》げて、過去に移動していた人物の通行ルートを割り出し、デジタルな地図上へラインを引いていく。

「出ました。出ましたよ。小分けしたメンバー達が一ヶ所に集まっています」

『どこですの』

「第八学区の教職員向けマンション。ですけど、実質的な入居者はほぼゼロ。富裕層が倉庫の代わりに借りている『大きなクローゼット』ってヤツです」

5

風紀委員《ジャッジメント》の腕章というのは、基本的に便利なものだ。

例えば完全下校時刻を過ぎていても、意味深な顔をして街を歩いていれば、大人の監視から見逃してもらえたりする。喫茶店で長時間居座っていても、タクシーに『前を走っている車を追いかけて』と無茶ぶりしても、相手が勝手に得心して協力してくれる。

とはいえ、そういった事が通じない場合もある。

例えば、

(……あら。オートロックの玄関に管理人室、さらに巡回のガードマンまでついていますのね)

マンション前の歩道を歩きながら様子を確認した白井《しらい》は、適当に状況を確認する。元々は防犯をガッチリ固めて『安心』を売りにしようとしていたようだが、そのガードの堅さが『倉庫』としてつけ狙われるとは、何とも難儀《なんぎ》な話である。

(まぁ、侵入には空間移動《テレポート》を使うとして)

「初春《ういはる》。連中がどの部屋に入ったか分かります？　窓の数から考えて、一フロアに二〇部屋。それが二〇階ありますから、四〇〇前後はありそうですわよ」

『玄関付近にはカメラはありますけど、それ以降は厳しいですね。プライバシーの観点からも、マンション内からカメラを排除しようと考えるのは自然ですし』

「……連中、一八人でぞろぞろと入っていったんですのよね。どうやって入ったんですの？」

『え、どうやってって……普通に玄関から入っているみたいですけど？』

「……、」

ここはホテルではなくマンションだ。基本的には2DKの賃貸。一八人もの人間が入れるような所ではないし、普通は管理人が不審に思って止めようとする。

となると、

（……管理人もグル……？）

一瞬、白井《しらい》の瞳に攻撃的な光が宿るが、

「いやいや」

『？』

「倉庫代わりに使っているって話が浸透しているなら、荷物の出し入れのために、引っ越し業者みたいな団体がやってくる事も珍しくないって訳ですわね」

白井《しらい》はビルを見上げ、たくさん並ぶ窓に目をやりながら、

「一つ一つ調べていくのは面倒ですわね。連中がどこに入ったか、調べる方法はありませんの？」

『はぁ。でもさっきも言った通り、カメラの映像記録から追いかけるのは難しいと思いますよ』

「それ以外にも色々あるでしょう」

『例えば？』

「マンションはどうやって契約するんですの。倉庫として使えるぐらいですから審査も簡単でしょう。ネットで月単位で借りられるタイプのものなら記録を調べるのも簡単ではなくて？」

『んーと……』

「カメラにしても、馬鹿正直にマンション内部のものを使うのではなく、例えば周辺にある別の建物やATM、自動販売機などのカメラ映像の端にヒントがあるかもしれませんわよ。いくらプライバシー重視のマンション内でも清掃ロボットは出入りしているでしょうし、そうですわね。衛星から熱源探知をすればどこに何人いるか……」

『それよりも簡単な方法がありそうなんですけど』

遮《さえぎ》るように、初春《ういはる》がこんな事を言った。

『そこ、倉庫代わりに使われているマンションなんですよね。つまり普段は誰も住んでいない。窓から光の有無を確かめればすぐに分かるのでは？』

「……、」

一周回って初歩的な事を指摘され、コホンと咳払《せきばら》いをする白井《しらい》。

注意深くマンションを見上げてみると、蛍光灯は点《つ》いていないようだが、それとは別の淡い光が瞬《またた》いているのが分かった。懐中電灯のようなものだ。

三階。

右から一二番目の窓。

（すっごく簡単ですわね……）

ため息と共に白井《しらい》の体が虚空《こくう》へ消えた。

次の瞬間には三階の通路へと着地している。

こうして実際に内部へ入ってみると、すぐにターゲットの位置が分かった。音がするのだ。息を潜めている音が。通常なら気がつかないだろう。マンションと言っても様々な生活音があるため、そこに紛れてしまうレベルだ。だが倉庫としてほぼ無人であるが故に、小さな音がやけに耳につく。夏の夜に、耳元で蚊が飛んでいるのと同じぐらいに。

ドアへと近づきながら、白井《しらい》は携帯電話に向かって話しかける。

「仕掛けますわよ。初春《ういはる》はマンション周囲をチェック。逃げ出す人物がいないかどうかを確認。仮にそういった事があった場合は徹底的に追跡しなさい」

『ちょ、ちょ、白井《しらい》さん一人だけで大丈夫なんですか？』

「……、」

美琴《みこと》の話では、ロシアのショッピングセンターでは『とても価値のあるオレンジ』の都市伝説が広まった直後に、ベニオオアシグンタイアリを利用した『生物爆弾』の事件が起こったらしい。

その事件そのものは第三者が実行犯として介入したせいで、複雑な経緯を辿《たど》ってしまったようだが、本来の『黒幕』も似たような事を考えていたようだ。

つまり。

学園都市とショッピングセンターの双方で『輝くネックレス』の都市伝説を広めた後に、その話にまつわる事件を学園都市で起こそうとしている。

そういう事を考えている集団が、確実に存在するのだ。

となると、当然怪しいのはネックレスだが、高周波の有害電磁波などもありえる。目に見えないが故に対策の取りようがないものは確かに怖くはあるのだが……、

(まぁ、一応こっちにもこれがありますし)

白井《しらい》は耳に引っ掛けてある、簡易検知ツールを取り付けた携帯電話に軽く触る。

(連中だって安全に持ち運ぶための準備は整えているはず。常識的に考えて、鉛のパッケージか何かに収めているでしょう)

と簡単に判断できたのは、ひょっとすると白井《しらい》黒子《くろこ》が目に見えないものに対するリアルな危機感をイメージできなかったからかもしれない。

「始めます」

ドアの横の壁に張り付き、白井《しらい》はそう伝えた。

その時だった。

何か違和感があった。

白井《しらい》は部屋の前に辿《たど》り着《つ》く前から、この通路へやってきた時から、ターゲットの位置が分かっていた。それは誰一人住んでおらず、完全に倉庫として扱われているマンションの中で、ただ一ヶ所だけ人間の動く物音が聞こえていたからだ。

そう。

向こうの物音が聞こえるという事は。

こちらの物音も聞かれているという事になりはしないか。

（しま……）

玄関の横にあるすりガラスの窓が、内側から砕けた。窓一面に大きく広がる亀裂に反して実際に空いた穴は小さい。そして、その穴を潜《くぐ》り抜《ぬ》けるように、円筒形の物体が白井《しらい》のいる通路へと転がった。

白井《しらい》の耳に引っ掛けてある小型の携帯電話が、鋭い電子音を鳴らす。

簡易検知ツールが警報を発しているのだ。

『白井《しらい》さん！　ツールからの情報だと、ＳＣ３９が検出されています!!』

「？」

『有害電磁波検知剤の一種です。適量なら電磁波の有無や波長、強さに応じて変色するものなんですけど』

初春《ういはる》の説明を聞いている内に、白井《しらい》もその内容について思い出してきた。

やはり、風紀委員《ジャッジメント》の合同講習の時に知ったものだろう。

『大量の検知剤に超高周波の強い電磁波を浴《あ》びせると、発火や爆発の恐れがあるとして随分前に回収されているはずのものです!!』

その時だった。

砕けたすりガラスの窓に、何かぼんやりとした光が映った。ただの懐中電灯とも違う。紫系の不気味な光。

すりガラスなので詳細は分からないが、何らかの棒の先端のようなものが突きつけられているようだった。

ゾクリという悪寒《おかん》。

敵の狙いが正確に読めた。

とっさに空間移動《テレポート》を行うのと、紫系の不気味な光からのアクションはほぼ同時だった。


ゴァッ!!!!!!と。


突如として、マンションの通路に小規模な爆発が巻き起こった。

紅蓮《ぐれん》の炎《ほのお》が壁や天井を明るく照らし、無色の衝撃波が通路の端から端まで一気に駆け抜ける。いくつかの警報が甲高い音を鳴らすが、ドアを開けて確認しようとする住人はいなかった。やはり、倉庫として使用されているからだろう。そのうち管理人やガードマンがやってくるとは思うが、白井《しらい》の気にする事ではない。

先ほどから少し離れた所に立っていた白井《しらい》黒子《くろこ》の全身から、得体の知れない汗が噴き出していた。

危うくパニックを起こしかけるほどだった。

別に、今の爆発で大きな怪我《けが》を負った訳ではない。衝撃波は体を叩《たた》いたが、それも安全圏での出来事だ。鼓膜や内臓も、おそらく痛めてはいないだろう。

問題はそこではない。

今の爆発がどうやって引き起こされたのかを知っているからこそ、白井《しらい》は『大した痛みのない状況』であっても、全く安心感を得られない。

彼女は知っていた。

爆発の寸前、バシィ！　というカメラのストロボのような音が聞こえたのを。

そして。

心当たりがあった。

彼らが利用しようとしている都市伝説。

輝くネックレス。

有害電磁波検知剤ＳＣ３９を利用して爆発は引き起こされた。

という事は、

（……超高周電磁波兵器⁉）

『な、何ですか白井《しらい》さん今の⁉　衛星からの映像におかしなラインが走っています！　白井《しらい》さんの周辺を走査《そうさ》できません‼』

「チッ、電子レンジのお仲間みたいですわね‼　これはエックスだのガンマだのじゃありませんわよね⁉」

『違いますけど、にっ、逃げてください白井《しらい》さん‼　防護服がないとどうにもなりませんよ‼』

言われなくてもそのつもりだ。

有害電磁波検知剤を利用した爆発も恐《こわ》いが、やはり一番の脅威《きょうい》は目に見えない、障害物を素通りする死の攻撃だ。

だが相手の方が早い。

遠く離れているはずの部屋の中から、次の物音が聞こえてきていた。チーッ、という小さな電子音のようなものだった。単に周囲に人がいないからだけでなく、生命の危機が五感を必要以上に鋭敏にさせていると白井《しらい》は思った。

(……まさか、不測の事態に対する陽動のために、SC39をあちこちに配置しているんですの!?)

こちらを捕捉《ほそく》しているのであれ、単なる乱射であれ、このままではやられる。

向こうの兵器は電磁波……つまり物体を透過《とうか》するのだから。

白井《しらい》がどこへ逃げようが、その逃げた先に検知剤がセットされていれば意味はないし、そこに障害物を素通りして超高周電磁波を浴びせられれば、白井《しらい》の体はバラバラになって即死してしまう。

「……ッ!!」

よって、白井《しらい》は心理的な死角を突く事にした。

水平への移動ではなく、真下の二階へと一気に空間移動《テレポート》する。

直後に、バシィ!!!!!! という特有の発射音が真上から響いてきた。その後に派手な爆発音も続く。連中が、『ターゲットは順路通り、通路や階段、エレベーターを通って移動する』と思っている場合は、これでやり過ごせた事になる。

(……やはり、恐ろしいのは爆発物よりも、引き金となっている超高周電磁波！　痛みが全くない殺人兵器っていうのも、それはそれで不安を煽《あお》りますわね！　とりあえず、後で精密検査を受けなければなりませんわ!!）

ゴン！　ギシギシ……という複数の金属音が聞こえてきた。

まるで何かがベランダから飛び降り、自動車の屋根にでも着地したかのような物音だった。

白井《しらい》は位置関係を思い出した。ここは二階で、襲撃者がいるのは三階だ。

（敵の数は一八人）

「（……初春《ういはる》、ここから出ていくヤツがいます！　絶対に見逃すんじゃありませんわよ!!）」

『それより白井《しらい》さん！　超高周電磁波の他に、マンション内から別の電波が検出されています！』

「……？」

『彼らは人間の磁気で電磁波が揺らぐパターンを検出して照準を合わせているようです！　壁や天井を遮蔽物《しゃへいぶつ》にしても気づかれますよ!!』

「それを先に言ってくださいませ!!」

言葉を言い終わらない内に、白井《しらい》は慌てて空間移動《テレポート》を行う。

部屋から部屋へ。

バシィ!!　バヂィ!!　という謎の発射音がその後を正確に追っていく。

このままでは撃ち抜かれるのがオチだ。

6

反応が消えた。

（……？）

マンションの一室で奇怪なライフルを構えていた男は、訝《いぶか》しげな表情で照準装置から目を離す。銃身の左側に取り付けられている太い筒は、ＳＣ３９の入ったパッケージを射出するためのユニットだ。

彼は同じようにライフルで周囲を走査中の仲間へ声をかける。

「どう思う？」

「脱出したのかもしれないな」

回答は端的だった。

「死体でも磁気反応は検出されるはずだ。完全に消えるのは普通じゃない」

無論、もっと普通に考えれば、壁や通路を無視して人間の体が消えるような事はありえない。

だが、反応が消える前から、ターゲットはおかしな動きをしていた。機器の異常ではないと判断した自分を褒《ほ》めたいほどに、だ。

「これが学園都市、か」

「空間移動《テレポート》とかいうヤツだろう」

相手が撤退したという事は、まだ生きているという事をも意味している。確実に仕留められなかったのは減点だが、構わないと二人は判断した。今さら何をしたところでもう遅い。

ここにいるのは彼らだけだ。

残りはベランダから飛び降り、車を使って移動している。

このマンションは中継地点だった。

様々な手段を使って学園都市の内部へ送り込んだ『計画に必要な物品』や『その部品』を一ヶ所にまとめ上げ、組み立てたのちに別の中継地点へと運び出す。その繰り返しによって少しずつ『大きな重要アイテム』を完成させていく訳である。

現段階でも、すでに『主軸』の組み立ては終わっている。

後は小さな『支柱』を揃《そろ》えれば、彼らの計画は実行に移される。

「この中継地点の役割は終えた。俺達も痕跡を消して速やかに行方を晦《くら》ますぞ」

「それより、お前は少し無駄弾を撃ち過ぎだ。俺達のリスクもない訳ではないんだ」

彼らの着ている防護服は、とても簡易的なものだった。遠目に見ればツーピースのレインコートのように見えたかもしれない。自分で撃ったライフルの余波を受けないようにするためのものでしかないのだ。

彼らは適切に『掃除』を行い、レインコートに似た防護服のまま玄関へと向かった。

ドアノブを掴《つか》んだその時だった。

ビスッ!! と。

金属製の矢が、防護服の掌《てのひら》とドアノブをまとめて貫いた。

「お」

一瞬、痛みは感じられなかった。

そして感覚が正常に戻る前に、さらに続けて金属矢が襲いかかってきた。

「お、お、おォォおおお⁉」

両手両足。複数の金属矢に貫かれ、床へ崩れそうになり、そこでドアノブに縫《ぬ》い止《と》められた掌《てのひら》に阻《はば》まれる防護服の男。その手から超高周電磁波ライフルが滑り落ちるのが分かった。何者かからの、奇怪な襲撃。それだけは理解できた男は、傍《かたわ》らにいる仲間へと声をかける。

「おい、周りを走査しろ‼　せめて敵がどこにいるか……」

言いかけた男の言葉が呑《の》み込《こ》まれた。

仲間は床の上に転がされていた。彼の体のあちこちに、男と同じ金属矢が突き刺さっていた。

そして。

「駄目ですわよ。そんな物騒な物を振り回しちゃ」

少女の声が聞こえた。

部屋の中央からだった。

骨まで貫かれた腕を動かし、とっさに超高周電磁波ライフルを掴《つか》み取《と》ろうとする男だったが、その手を踏み潰される方が早かった。

激痛が走る。

だが少女一人分の重みをはるかに超えている。

呻《うめ》きながら襲撃者の顔を見上げた男は、

「なっ、なん……ッ!?」

「電波を使って、人間の磁気反応を検出する事で照準していたんですわよね」

少女は鈍色《にびいろ》に輝くボディをさらけ出しながらそう告げた。

「なら、こうしてしまえば反応を消せますでしょう？　わたくし、こう見えても一三〇・七キロまでなら自由に『持ち運び』できますし」

「鋼鉄製の、鎧《よろい》だと……ッ!?」

「一人で着られたところを考えると、どうやら『実戦用』ではなく、お飾りの置き物専門のようですわねえ」

「ま、待っ、何でそんな物が!!」

「いやあ、富裕層の倉庫ですもの。鎧《よろい》ってあれですわよね。思わず買ってしまうんですけど置き場がなくて、結局、物置の隅っこで埃《ほこり》を被《かぶ》っているものですわ」

「ないない!!　そんなあるあるネタは全くない!!」

理不尽すぎる状況に思わず抗議しかけた男だったが、

「鎧《よろい》パンチ鎧《よろい》キック鎧《よろい》ヘッドバット鎧《よろい》ボディプレス!!」

「ぐぼふぎゅえ!?」

冗談抜きで口から血を吐き出しそうになりながら、連続殴打《れんぞくおうだ》を受けた男は気を失った。

ゴツい鎧《よろい》の中で軽く息を吐いた白井《しらい》は、もう一人の共犯の方へ目をやる。と、こちらは金属矢で体を貫かれたショックで意識を失っているようだった。ピクリとも動かない。

白井《しらい》は鎧《よろい》の太い指先で器用に携帯電話を掴《つか》み、

「制圧完了。初春《ういはる》、逃げた連中の追跡はできていますわね。それと警備員《アンチスキル》に連絡。この超高周電磁波ライフルを見せれば、学生のたわ言では済ませられなくなるでしょう」

『しっ、白井《しらい》さん!!』

切羽詰まった初春《ういはる》の声が鼓膜を震わせた。

その音声に、チリチリというノイズが走った。

直後だった。

遠方から放たれた、莫大《ばくだい》な有害電磁波がマンションの一室を貫いた。

7

爆発は極めて分かりやすかった。

しかしその表面上の炎や熱よりも、水面下にあった超高周電磁波の方がはるかに恐ろしいだろう。

それは音もなく忍び寄り、生物の構造へ確実な被害を与えてくる。

大量の超高周電磁波は短時間の内に細胞分裂のサイクルを崩してしまう危険性が高いし、仮にその短時間の間は無事だったとしても、五年、一〇年のブランクを経て『危険』が突如再浮上する恐れもある。

そんな莫大《ばくだい》な有害電磁波が、マンションの一室を席巻《せっけん》した。

ただし……。

「ふう」

白井黒子《しらいくろこ》は息を吐いた。

もうその体は鎧《よろい》に包まれていない。

その両手には、二人の男が掴《つか》まれていた。

「ここが三階で命拾いしましたわね。流石《さすが》に男二人と一緒に空間移動《テレポート》はできませんもの」

つまり、三階から飛び降りたのである。

マンションの一室が狙われているのだから、そこから離れてしまえば超高周電磁波に命を奪われる事もない訳だ。

「……いくら指向性の高い照射方式とはいえ、随分と無茶をしてくれますわね」

ロシアのショッピングセンターからすれば、被害が拡大すればするほど嬉《うれ》しいのだから気に掛ける必要はないだろうが、白井達《しらいたち》としては大問題だ。

(検知剤や超高周電磁波ライフルはあれだけじゃない。メンバー全員に配るぐらいポピュラーな兵器でしかなかった。確かに、あんな物を使って音もなく乱射事件を起こされたら相当な被害が出るでしょうけど)

「初春《ういはる》。警備員《アンチスキル》は動きそうですの？」

『え、ええ。流石《さすが》に、衛星で超高周電磁波を確認できるレベルですからね。むしろ、何でもっと早く報告しなかったんだと抗議文が来ているぐらいです』

勝手な事を、と白井《しらい》は心の中で呟《つぶや》きつつ、別の内容を口に出す。

「なら、研究機関に連絡を入れて、核施設作業用の駆動鎧《パワードスーツ》を手配してもらうようにアドバイスしなさい。連中は超高周電磁波ライフルを使う事に躊躇《ちゅうちょ》しない。でも、逆に言えばそれだけの存在ですの。超高周電磁波の殺傷能力さえ打ち消せれば、怖い相手ではありませんわ」

有害電磁波検知剤を利用した爆発もあるし、他にも火器を所有している可能性もあるにはあるのだが、非戦闘用の駆動鎧《パワードスーツ》であってもライフル弾ぐらいなら簡単に跳ね返す強度を持つ。核施設作業用なら一片の隙間もなく搭乗者の体を覆《おお》うはずだから、単純な強度だけなら軍用モデルを超える場合もあるぐらいだ。

(制圧自体は簡単……。後は、ヤツらが破れかぶれになって玉砕覚悟の乱射事件を起こす前に、いかに迅速に片を付けられるかどうかですわ)

『白井《しらい》さんはどうします？』

「そうですわね」

スカートのポケットから手錠を取り出し、ぐったりしている男達の方へ向き直りながら、白井《しら》黒子《くろこ》は初春《ういはる》に向けてこう答えた。

「残りの連中の追跡データを出しなさい。わたくしもわたくしで捜査活動を続行しますわ」

8

エニーリャ＝G＝アルゴヌスカヤは『保安員』の詰め所で、壁の半公開型ARに表示させた捜査資料に目をやっていた。

御坂美琴《みさかみこと》は依然《いぜん》として発見されない。

そしてもう一方の可能性である、オレンジやベニオオアシグンタイアリの製造プラントにおける、『何者かを殺害して死体を持ち去ったとされる集団』についても、ヒントらしいものは何も出てこない。

二つは違うものなのか。

それともどこかで繋《つな》がっているのか。

「……、」

『保安員』であるエニーリャは、自分が治安の維持《いじ》に努《つと》めてきたこのショッピングセンターの中で、自分以上の抜け穴を知っている者がいる事に、内心では驚いていた。自分達『保安員』は、街の全てを把握していると思っていたからだ。

それはつまり、

(……この街には、私の知っている範囲よりも広く深い『何か』がわだかまっている)

現状の捜査活動とは直接繋《つな》がらない、漠然《ばくぜん》とした感想だった。だがそうでなければならない。ショッピングセンターの構造が、彼女達の想像できる範囲のものであれば、こんな風に『容疑者がすり抜ける』事はありえないのだから。

御坂美琴《みさかみこと》、死体持ち去り集団、いずれの可能性にしても、ヤツらはエニーリャの知らない所を通って知らない事をやっている。

今回の事件は、ひょっとしたら、その『エニーリャですら知らない部分』と照らし合わせれば、とても合理的なものに映るのかもしれない。

御坂美琴《みさかみこと》か、それ以外の人物か。

ベニオオアシグンタイアリを軸とした容疑者を追うのが『保安員』である彼女の仕事だが、ここに来て、彼女は回り道の必要性を感じつつあった。

（……『上』、か）

単純に天井を見上げ、それ以外の何かを思い浮かべるエニーリャ。

今までは大して意識もしていなかった……というより、彼ら以上に現場の自分達の方が街について詳しいと思っていただけだったのだが、こうなってくると、その存在が大きくなってくる。

街の設計から運営まで行っている彼らなら、エニーリャの知らない所まで知り尽くしているはずだ。

そして、その情報を得た上でもう一度考えてみれば、今回の事件の合理性が見えてくるのかもしれない。あるいは、その先。『容疑者』がどこへ向かうか、何をしようとしているか、そちらについても予測を立てられる可能性も出てくる。

（……しかし問題は、飼い犬にそこまでの自由を与えてくれるかどうかだ）

ひっそりとそんな事を考えていたエニーリャの耳に、同僚の声が滑り込んできた。

「ちょっと、良《い》いですか。これ、捜査と関係あるか分からないんですが」

「何だ？」

「これです」

言って、同僚は壁の半公開型ARを操作した上で、エニーリャにも閲覧できるようにレベルを調整した。表示されたのはネット上の掲示板だった。怪奇現象特集、という見出しがある。

「確か、ベニオオアシグンタイアリの事件はその当日に、『とても価値のあるオレンジ』の話が爆発的に出回った直後に起こったんですよね。元々数日前からサボテンやサソリの話はあったものの、重要参考人が来た当日、一気に『オレンジ』の話に細部が変化した。……ここ、この別の話。基本的に荒唐無稽《こうとうむけい》な作り話なんでしょうけど、あちこちの掲示板で一斉に書き込みが広がっていってるみたいで、ひょっとしたら……」

「その話をモチーフにした、次の事件が起ころうとしている？」

「可能性は、ゼロではないような……」

「書き込みをしている連中の送信元は」

「一応洗いました。でもおそらく白です。花屋の店員、ホテルの従業員、ブラジルからの観光客、あとウチの『保安員』も……。関連性は全く見えません」

「……、」

　オレンジの時もそうだった。書き込みはあっという間に広まっていったが、個々人の繋《つな》がりは見られない。そこで彼女達は『ショッピングセンターという、このローカルなネットワークに該当する話を持ち込める人物』として、御坂美琴《みさかみこと》の名を挙げたのが始まりだったのだ。

「都市伝説の内容は……」

　エニーリャは眉をひそめて、

「輝くネックレス？」

「いいえ」

同僚は壁面の掲示板をスクロールさせながら、

「その次です」

9

風紀委員《ジャッジメント》活動第一七七支部で、初春《ういはる》はゆっくりと伸びをした。

中学一年生で肩の凝りを意識するのは色々アレだとは思うが、長時間パソコンと向き合っている人間は老若男女《ろうにゃくなんにょ》を問わずそういう問題を抱える羽目になる。

どうなる事かと思ったが、事件は終息の兆《きざ》しを見せている。

椅子の背もたれに体重を預け、彼女はゆっくり息を吐いた。

(……それにしても、超高周電磁波って何なんですかもう。白井《しらい》さんも知っている事は全部話してくれれば良いのに)

ぶつくさ言っても始まらないし、どうせ白井《しらい》黒子《くろこ》の行動パターンはそうそう簡単には変わらない。大きな能力を持っている者特有の動きと言えば、まぁありがちではあるし。

その時だった。

携帯電話が鳴った。

通話ではなくメールの着信だった。

事件にまた動きがあったかと思った初春《ういはる》だったが、予想に反して相手はクラスメイトの佐天《さてん》涙子《るいこ》だった。初春《ういはる》はパソコンのモニタに気を配りながら、携帯電話を操作する。正直に言って、『普通の学校生活』に引き戻された気がして、少しだけホッとしていた。
メールの内容はこんな感じだった。
『送信元・佐天涙子《さてんるいこ》
件名・今すぐ観《み》てみ
本文・おー。初春《ういはる》、今何やってる？　ＣＳ１１９チャンの都市伝説特集がかなりアツいんだけど』
他愛《たわい》もないと言えばそれまでだが、本来学生同士のメールなんてこんなものではないだろうか。事件だの犯人の行方だの、見逃したら深刻《しんこく》な事になる内容がバンバン出てくる方がおかしいのである。
カチカチカチ、と初春《ういはる》は親指を動かし、
『件名・今？
本文・そんなマイナーな番組契約していませんよ』
とだけ返す。
一〇秒も待たずに返信が来る。この繰り返しになると、もはやメールというより一対一のチャットのようだった。
パソコン関連のキータッチなら初春《ういはる》の方が早いが、携帯電話の操作となると佐天《さてん》の方が早い。というより、親指一本であの速度を出せるのは彼女ぐらいだろう。
『送信元・佐天涙子《さてんるいこ》

件名・しつもーん
本文・えー？　放送用の光ケーブル自体は繋《つな》がってんだよね』
『件名・こたえー
本文・ええまぁ』
『送信元・佐天涙子《さてんるいこ》
件名・じゃあ希望はある
本文・ならさー、CSなんだからさー。お試しサービスがあるって。画面中央に「登録方法は～」ってうざいテロップ出るけど音声聞くだけなら問題ないから、ちょっと見てみ。CS119!!』
『件名・仕事中でして
本文・今、風紀委員《ジャッジメント》の支部にいるからどっちみち見られないんです』
『送信元・佐天涙子《さてんるいこ》
件名・今しか！
本文・えー、残念。今、輝くネックレスのアツい話をやってる最中なのに！　早くしないと次のコーナーに行っちゃうよ!!』
思わずギョッとし、携帯電話を操る親指の動きが止まりそうになる初春《ういはる》。
だが佐天《さてん》は、街に広まるウワサを取材して作られた、他愛《たわい》もないバラエティ番組の話をしているだけだ。超高周電磁波ライフルとか防護服とか、物騒な事件の話をしているはずがない。
いかにマイナーなCSとはいえ、そんな事を放送できる訳がない。

初春《ういはる》は相手に話を合わせようとした。

他愛《たわい》のない世間話として。

『件名・輝くネックレス？

本文・それってあれですよね。彼氏のいる女の子が、変な結晶のネックレスをプレゼントされて死んじゃうっていう』

『送信元・佐天涙子《さてんるいこ》
件名・惜しい‼

本文・そうそう、初春《ういはる》にしては鋭い！……と言いたいところだけど、それはもう古いのじゃよ。最新の都市伝説はもう次のステップに進んでいるのだ‼』

今度こそ。

初春《ういはる》は、自分の内臓が冷えるのを感じた。

親指が動かない。

質問をしたくても視野が狭窄《きょうさく》してまともに文字を打てない。

佐天《さてん》の方は気づかず、さらにこんなメールを送ってきた。

『送信元・佐天涙子《さてんるいこ》
件名・最新情報です
本文・ロシアには何でも売ってる謎のショッピングセンターがあってね。そこでは色んな物が取り引きされているんだって。武器、麻薬、奴隷、そして高濃度のあの物質‼　もう何でもありのブラックマーケットってヤツね』

やめてくれ、と初春《ういはる》は思う。

だが拒否するための文字すらも打てない。

そうしている間にも佐天《さてん》からの情報が入ってくる。

旬の。

刻一刻と、より刺激的に変化を続ける都市伝説が、初春飾利《ういはるかざり》の心へと無邪気に突き刺される。

『(本文の続き)で、そこで売買された高濃度の物質は、彫刻の形に整えた上で、表面に溶けた鉛をコーティングしてから学園都市へ運ばれてくるんだって。取り引きのために街の中のどこかに置かれているらしいんだけど、学園都市に潜むテロリストの手に渡る前に発見しないと核爆弾になっちゃうって話だよ‼』

第六話

1

「核爆弾ですって⁉」

オカルトコンビニのバックヤードで、御坂美琴《みさかみこと》は思わず携帯電話に向けて叫んでいた。

電話の向こうにいるのは白井黒子《しらいくろこ》だ。

『ええ。どういう経緯でウワサが変化したのかは分かりません。……元々、ネックレスの話にある物体を透過して細胞を壊すって、ようはアレの事でしょう？　安易《あんい》に核爆弾を連想しただけかもしれませんけど』

「……この変化も、『計画』の中に組み込まれていたのかしら」

問題なのは。

どこかの誰かが都市伝説に関連した事件を作為的《さくいてき》に起こそうとしている事。

そして。

現に、学園都市にはテロリストが潜んでいて、彼らは超高周電磁波を扱う兵器を保有しているという事。それもロシアのショッピングセンターから持ち込まれているという事だ。

超高周電磁波ライフルだけでも十分に脅威的だ。

だが、危険度はそれ以上に跳ね上がる可能性が高くなってきた。

何しろ、

「ショッピングセンターは、コードＥＩＣのシステムを応用して都市伝説を流した。キケンな置き物もヤツら上層部の計画の内だとすれば、それに準じた事件は起こる。学園都市に壊滅的なダメージを与え、自分達の持っている不確実な超能力関連の科学情報の価値を天文学的に跳ね上げようとしているショッピングセンターの連中の目的からすれば、事件の規模は大きければ大きいほど適しているはず……」

『確かに、超高周電磁波ライフルや有害電磁波検知剤でチマチマ被害を出すよりかは、シンプルに決着をつけられそうではありますわね』

「事件を起こそうとしている連中は、核を起爆させるために都市伝説の内容に手を加えたのかしら……」

人差し指でスマートフォンの画面をいじっていたレッサーが、機器の角でテーブルを軽く叩《たた》いた。そちらへ目をやった美琴《みこと》へ、レッサーは画面を見せつける。

検索サイトの検索結果だった。

『キケンな置き物』というキーワードをピックアップしたサイトや掲示板などがびっしりと並んでいた。件数はすでに一〇万件を超えている。

ロシアのショッピングセンター側でもウワサが広まり始めたか……と考えた美琴《みこと》だったが、すぐに間違いだと気づかされた。

レッサーの使っている検索サイトは、ショッピングセンターのみのローカルなものではない。全世界共通のワールドワイドなものだった。

(……どういう事? コードEICの効力が、拡張されている……?)

「黒子《くろこ》。学園都市の中で、具体的に物質や爆弾なんかは発見された?」

『まだですわね。ただ、連中の逃走ルートは初春《ういはる》……こちらの同僚《どうりょう》が追跡しています。「爆弾」に加工されていないのであれば、この逃走中に組み立てられるとは思えませんが』

「でも、可能性はゼロじゃない。制圧作戦の過程で濃縮された材料が容器の外に出るだけでも被害が出るリスクもある」

美琴《みこと》はわずかに考え、

「学園都市の住人の避難は?」

『できたら苦労はしませんわ。こんな情報を公表したら街中でパニックが起こって二次被害が拡大するだけです。二三〇万人が一斉に移動したら交通機関は麻痺《まひ》しますし、ゲート近辺は確実にパンクするでしょうね』

「……、」

『それに、警備員《アンチスキル》の方では核爆弾については懐疑的《かいぎてき》な意見が多数を占めています。超高周電磁波ライフルを持ったテロリスト達が、街を混乱に陥《おとしい》れる事で警備員《アンチスキル》の治安活動能力を奪《うば》い、パニックに乗じて街の外へ逃亡する……そういう風に解釈《かいしゃく》しているようですわ』

悠長《ゆうちょう》な……と美琴《みこと》は思うものの、確かに現状では、学園都市に核爆弾がある確証はない。都市伝説が流れているだけなのだ。

「分かったわ。警備員《アンチスキル》の制圧作戦が始まったら、また連絡をちょうだい」

『お姉様は？』

「できる事をやるわよ」

美琴《みこと》は一度息を吐《は》いて、

「真の黒幕はこの街の中にいる。そいつを叩《たた》けば、学園都市にいるテロリスト達が何を持っていて、どこで何をしようとしているのか。正確な情報が分かるはずでしょ」

携帯電話の通話を切った。

状況はより一層深刻《しんこく》になっていた。特殊な蟻《あり》を利用した『生物爆弾』が色褪《いろあ》せて見えるほどの事態だ。

「まずいですねえ」

レッサーが再びスマートフォンに指を走らせながら言う。彼女はどこか他人事《ひとごと》のようだった。

事実、外国人のレッサーにとっては遠い国の戦争みたいなものなのかもしれない。

「ショッピングセンターと学園都市の間だけで広がっていた共通の都市伝説が、全世界規模で広がりつつあります。こりゃあ明らかに人の手が加わっている。どういうつもりか知りませんが、コードＥＩＣが『外』への窓口を開いてしまったようです。……ショッピングセンター外のメディアまではそう都合良く波状的《はじようてき》に操れないはずなんですけど……『海外ニュース』として、時間差をつけて各メディアを刺激したりする事でも代用できるんでしょうかね」

ショッピングセンターの中だけでも、コードＥＩＣはこれほどの騒ぎを起こした。

これが全世界へ効果範囲を広げられるとしたら、事件の規模はどれだけ跳ね上がるか。

実体のないデータが物理世界へと影響を及ぼしていく。

データを挿入するだけで、人の心が壊れていく。

「アンタ、前にコードEICの具体的な操作手順を知っている、みたいな話をしていたわよね。説明したいけど時間がないとか言ってはぐらかしていたけど」

「いや、別にもったいぶっていた訳じゃないんですよ。だってあの時、無人操縦《むじんそうじゅう》の除雪用ショベルが突っ込んできていたじゃないですか」

「今なら大丈夫でしょ」

遮《さえぎ》るように美琴《みこと》は言う。

「コードEICの中枢、今すぐここで教えなさい。都市伝説の出処《でどころ》を直接叩《たた》いてやる」

2

美琴《みこと》がオカルトコンビニの外へ出ると、何か違和感のようなものを肌に感じ取った。チリッと突き刺さるような、嫌な感じだ。暴動寸前の民衆と警官隊が睨《にら》み合《あ》っている時にも似た、ほんの小さな物音一つで流血が撒《ま》き散《ち》らされかねない異様な緊張状態だった。

「ちょっと、これどうなってんのよ……？」

「都市伝説が浸透《しんとう》しているのは学園都市だけじゃありませんからね」

レッサーはにひひと嫌な笑みを浮かべながら、

「こっちのショッピングセンターにいる人間も、そろそろ精神的に飽和状態に陥っているはずですよ。嘘《うそ》と真実の区別がつかなくなって、『どこかにある核爆弾がいつ爆発するか分からない』ウワサを真《ま》に受け始める。そんな感じじゃないですか？」

その時だった。

ガサリという物音が聞こえた。

ここは小テナントが商店街のように並んでいる一角だったが、そういった店舗の一つから、大柄な白人の男が出てきたのだ。

瞳には異様《いよう》な光があった。

怯《おび》え、怒り、そして破壊を許可された喜び。

彼は美琴《みこと》の顔を見つけると、最初にロシア語で何かを呟《つぶや》いた。

それから続けて、爆発するように叫び声を放った。

「見つけたぞ、って叫んでいますね」

「言われんでもロシア語ぐらい分かってる!!　それよりあの反応ナニ!?　『保安員』の連中、オレンジの容疑者として私の顔でも公開したのか!?」

「うーん。例の『キケンな置き物』ですけど、学園都市には学園都市にとって、ショッピングセンターにはショッピングセンターにとって、一番伝わりやすいように細部はアレンジされているようなんですよね。これはコードＥＩＣによる制御ではなく、人から人へ伝播《でんぱ》する過程で変質したんだと思いますけど」

「何よそれ」

「ショッピングセンターの人間がブラックマーケットの悪役として一方的に描かれるとつまら

ないでしょ。だから、こういう風にアレンジされているんです。『この街では濃縮された物質が売買されているが、購入したのは学園都市の人間で、協力機関の中からこのショッピングセンターを切り離して処分するために核爆発を起こそうとしている』ってね」

「つまり」

美琴《みこと》が先を引《ひ》き継《つ》ごうとした時、喚《わめ》き散《ち》らしていた白人の大男が腰の後ろに手を回した。ズボンのベルトに取り付けてあったのはホルスターだ。

「デモンストレーション当日まで本人の個人情報は保護されていたはずですけど、それでも女の子だとか中学生ぐらいの子だとか、断片的な情報はウワサとして伝わっていた可能性もある訳ですし」

大男には似合わない、奇妙に小さな拳銃を眺《なが》めながら、レッサーがこう言った。

「今、この街じゃ、学園都市の東洋人の中学生の女の子はテロリスト扱いって事ですかね？」

弾《はじ》かれるように美琴《みこと》とレッサーは同時に動いた。

それぞれ左右へ移動し、手近な柱の陰へ飛び込んだところで、パァン!!　という乾いた銃声がいきなり炸裂《さくれつ》した。

「やだやだ銃社会!!　誰でも彼でも鉄砲持ってるなんてどうかしてるわ!!」

「コイン一発で音速の三倍叩《たた》き出《だ》す小娘が何言っているんですか」

「問題なのは」

話題を逸《そ》らすように美琴《みこと》は言う。

「あの陽気な拳銃男よりも、あいつが撒《ま》き散《ち》らしている銃声で周りの連中が刺激されないかって事よね」

「ならどうします?」

「もちろん」

盾にしている柱に複数の銃弾が火花を散らす中、美琴《みこと》は目を瞑《つむ》る事もなく冷静に『標的』の動きを観察しながら、

「さっさと黙らせる」

言った直後、白人の男のすぐ横で、ブゥン!!　という音が聞こえた。

彼の視界の端で、人影のようなものが躍《おど》る。

とっさに目線をそちらへ向け、拳銃を向けた男は、しかしそこで動きを止めた。

そちらにあるのは壁だったからだ。

半公開型ARで、美琴《みこと》の映像を白人の男の目に映《うつ》したのである。

(銃口が逸《そ》れた!!)

メキメキメキッ!!　と建材が砕《くだ》けるような音が聞こえたのは直後だった。

頭上からだ。

天井裏には親指ほどの太さの送電用ケーブルが走っている。そして、そのケーブルには等間隔に鉄の金具が取り付けられていた。

美琴《みこと》はその金具を磁力で操る事で、間接的に送電用ケーブルそのものを動かしているのだ。

破壊行為そのものより、『ケーブルが不自然に浮いている』という現象自体に驚いたように、白人の男の動きが一瞬だけ止《や》んだ。

ビュウン!! と空気を切る音が響《ひび》き渡《わた》る。

下からすくい上げるような一撃が、白人の手から拳銃を弾《はじ》き飛《と》ばす。だがそれだけでは無力化には至《いた》らない。美琴《みこと》はさらに立て続けにケーブルを振り回す。
四、五発の打撃が白人の男へ襲いかかる。
太い両腕を使って顔と上半身を庇《かば》うような格好をする男の元へ、美琴《みこと》は柱の陰から飛び出すと一気に駆け込む。両腕のガードをかい潜る形で、ウェストに抱きつくような格好で肩をぶつけ、白人の男を床へと叩《たた》きつける。

鈍い音が炸裂《さくれつ》した。

「おし!! これで……ッ!!」

配線用ケーブルで白人の男の手足を縛ろうとした美琴《みこと》だったが、そこで動きがギクリと止まった。

背中を勢い良く床へ叩《たた》きつけられたはずの男が、そのままギチギチと腕を伸ばしてきたのだ。

本来なら意識が奪われていてもおかしくないはずなのに。

少なくとも呼吸困難ぐらいにはなるはずなのに。

「暴徒化したせいで、理性と引き換えにアドレナリンが出まくっているんです!! コードEICのウワサで浮き足立っているんでしょう。普通の痛みが通用していない可能性があります!!」

離れた所から、レッサーの声が美琴《みこと》の鼓膜《こまく》を叩《たた》いた。

「……ッ!!」

足を掴《つか》まれるのを避けるため、後ろに下がって距離を取ろうとする美琴《みこと》。

白人の男は体を斜めに傾《かし》げながらも、ゆっくりと起き上がろうとする。しかも、その手は弾《はじ》いたはずの拳銃を再び掴《つか》もうとしていた。

「どうすんのよこんなの……」

人の意識を奪ったり、動きを止める程度の覚悟では足りない。

おそらく手足が折れても向かってくるだろうし、内臓にダメージを負っても心臓の動きが止まるその瞬間まで動き回る。となると、今の暴徒を確実に止めるためには、それ以上の暴力が必要になる。

それはつまり。

殺さない限り、暴徒は止められないという事だ。

その上、のんびり悩んでいる暇はなかった。

別の角から複数の男女が顔を覗《のぞ》かせていた。

おそらく銃声を聞きつけてやってきたのだろう。彼らは最初、美琴《みこと》と白人の男を見て驚いたような顔になったが、すぐに表情は豹変《ひょうへん》した。

まずい、と美琴《みこと》は背筋に冷たいものが走るのを感じた。

小さな焚《た》き火《び》が一気に周囲へ燃え広がる幻覚すら浮かんでくるほどだった。

「協力してくれ!!　こいつは化け物だ！　歩いていたらいきなり殴りかかってきた!!」

とどめとばかりに、拳銃を手にした白人の男が怒気を孕《はら》んだ声を発した。

抗議の声を上げる暇などなかった。

角からこちらを睨《にら》みつける男女（……すでに『眺める』『覗《のぞ》き込《こ》む』などとは表現できない）の表情が、同じ人間かと疑いたくなるほど歪《ゆが》んでいく。

「やっぱ」

一般市民が消火器やら災害時脱出用の斧《おの》やらを摑《つか》んだのを見て、美琴《みこと》は即断即決した。

足元の鉄筋を磁力で操り、強引に床面を崩《くず》す。

派手な音と共に、美琴《みこと》は下階へと一気に落ちた。

「逃げるなら合図をしてからにしましょうよ」

レッサーがやたらのんびりした声でそんな事を言う。一体いつの間にピタリと寄り添っていたのか、美琴《みこと》には全く分からなかった。

そして、気にしている暇はない。

「あらら。まずいまずい。……いや冗談抜きにこの一画は本当にまずいですよ」

「な、何よ」

「どいつもこいつも人生の一発逆転狙ってハッスルし過ぎですねぇ。銃砲店コーナー略奪され過ぎ」

「うげげっ!!　何で落っこちた先が銃ばっかり集めた区画になってんのよ!?」

美琴《みこと》は思わず目を剝《む》いた。

一応ショッピングセンターに登録されている銃砲店を片っ端から集めて隔離《かくり》しているような

場所らしいのだが、コーナーのすぐ隣にはアイスクリームが普通に売られている。せいぜい書店コーナーぐらいの扱いでしかない。銃器に対する感覚が日本とは全然違うのだ。

「確かショッピングセンターって、生活必需品と娯楽や嗜好品《しこうひん》の区画に分かれているはずだったわよね⁉」

「何を言ってんですか。ライフルなんて日用品でしょう？」

「……まじ？」

「この国で趣味や娯楽って言ったらあれですよ。ロケットランチャーとかガトリングガンとか？」

「あらまぁクソッたれ……。ひょっとして、超電磁砲《レールガン》も趣味の一つに入るのかしら」

「ただ、このまま略奪が進むとまずい事になりそうですが」

「これ以上何が起こるって言うのよ⁉」

「銃砲店コーナーの奥。頭に血が上っている連中に計画性があるとは思えませんけど、そこの地下スペースに大規模な金庫があります。サイズは大体私設空港の格納庫《かくのうこ》ぐらい」

「金庫の中身は？」

「ヴァイナー」

レッサーはあっさりと答えた。

「ここで行われようとしていた、陸上兵器専門の夏期兵器《かきへいき》ショーに出展予定の兵器がゴロゴロ。世界の主要一四社に学園都市のものまであります。表に飾《かざ》ってあるのが『日用品』だっていうのが嫌ってほど分かるぐらいの差がありますよ」

「冗談でしょ……」

元々はブランド物のカバンと同じように、大きなガラスのショーケースの中に複数のライフルがお行儀《ぎょうぎ》良《よ》く並んでいたのだろう。奥の倉庫には箱詰《はこづ》めされた銃器や弾薬などもぎっしりと詰まっていたのだろう。

だがガラスは粉々に砕けていた。

甲高い警報音が耳をつんざく。

美琴《みこと》が派手に建材を破壊しても誰も振り返らないのは、彼らも同種の音を作っているからか。

数十人分の手がバーゲンの摑《つか》み合《あ》いのように新品のライフルを握《にぎ》り締《し》め、弾薬を床にこぼしていた。ショッピングカートに複数の銃器を突っ込んで走り回る者、ズボンのベルトに挟《はさ》めるだけ拳銃を挟んでいる者、大量のライフルを抱えてご満悦《まんえつ》だったところを横から別人にぶん殴られて奪われている者。老若男女容赦《ろうにゃくなんにょようしゃ》なしだった。卵のパックはお一人様一パックまでだから子供もレジに並ばせよう、ぐらいの感覚で銃器が飛《と》び交《か》っている。

日本人の常識からあまりにもかけ離れた光景を前に、美琴《みこと》は顔を青くしながら、

「……馬鹿なのか。一丁二丁ならともかく、そんな両手にいっぱい抱《かか》えてどうするつもりなのよこいつら⁉」

「貴金属とおんなじ扱いで盗んでいるか、あるいはもっと価値あるお店を襲うためにステップアップしたがっているのか。いずれにしても穏便な感じじゃないですねえ」

思わず呟《つぶや》いたのが日本語だったのはまずかったか。

建材を破壊しても反応しなかった人々は、美琴《みこと》の言葉を聞いて一斉にこちらへ視線と銃口を

向けてきた。

「わお。やっぱり悪事を正当化するための敵には強気なもんですねえ！」

「呑気《のんき》に観察してる場合じゃないっ!!」

美琴《みこと》はレッサーの手を引っ張って、近くの陳列棚の陰へと飛び込んだ。飛び込んでから、弾薬を並べている棚だと気づいてゾッとしたが、今さらやり直す事もできない。

直後に射撃音が後を追った。

パン!!　タン!!　ガンガン!!　と、それなりに重そうな陳列棚が、中身の商品ごと容赦なく貫通させられる。相手が使っているのは拳銃ではなく軍用のライフルだ。こんな物では盾として機能してくれない。

弾薬用から三脚のようなものを並べている陳列棚の陰へと飛び込みつつ、美琴《みこと》は小声で愚痴《ぐち》る。

「ええいくそっ。鬼フェイスで撃ち込んできてんのおじいちゃんじゃん!!　高血圧でぶっ倒れる前に誰か止めてあげなさいよ!!」

「ダウングレード版の民間モデルで良かったですねえ。フルオート機能が健在だったら流石《さすが》にまずかったでしょう」

「いくらセミでも、これだけ銃口向けられたら連射とほとんど変わらないわよっ」

相手は統率された軍人ではなく、ただの興奮した暴徒達だ。何人かはこちらへ回り込もうとしているようだが、美琴《みこと》としては勝手に同士討ちしないかの方が心配だった。

棚の並ぶゾーンから、開けた通路を駆け抜けて別の棚の並ぶゾーンへと飛び込みながら、美《み》琴《こと》は周囲を見回す。

「『保安員』は?」

「今から火消しは間に合わないでしょう。もう火種は枯草に燃え広がっています。銃器を持った人数差が広がれば、いくら『保安員』でもどうにもなりません。彼らにできるのは、本当に重要な石油化学コンビナートに火が回らないように、隔離作業《かくりさぎょう》を進めるぐらいじゃないですか?」

一つの街が、音を立てて崩れていく。

治安を守る側と崩す側の力のバランスがひっくり返った瞬間、まるで床に撒《ま》いた油に火を点《つ》けるように、人が人を食い潰す、悪夢の舞台が幕を開ける。

ぶるり、と美琴《みこと》は全身に震えが走るのを自覚した。

学園都市の路地裏で不良に絡《から》まれるのとは、全く別次元の暴力。それがひとたび勢いをつければ、全てを吞《の》み込《こ》んでしまう。善人も悪人も、加害者も被害者も、誰一人例外なく、自分達の手で作り上げた血の海の中へと沈んでいく。

「止めないと……」

美琴《みこと》は陳列棚から陳列棚へと移動する足を止め、ポツリと呟《つぶや》く。

「あの銃器が街中に広がる前に、ここで止めないと!!」

「無意味だと思いますけどね」

レッサーは嘲笑《あざわら》うようだった。

もしかしたら、この得体《えたい》のしれない少女の人生では、こういう状況に陥《おちい》るのは初めてではないのかもしれない。

「すでに『流れ』はできています。街の隅々まで浸透しています。よしんばこの銃砲店を集めたコーナーを制圧できたとしても、そこで騒ぎが収まる訳じゃありません。元々拳銃を所持している人間だって珍しくないでしょう」

「だったら何？」

　緊張のあまり、早口になりながらも美琴《みこと》は断言した。

「確かに元々拳銃を持っているヤツだっているだろうし、銃砲店コーナーだけを潰したって、原始的な暴力を全部止められる訳じゃない。でも、ここにある大量の銃器がばら撒《ま》かれたら、暴力の密度が一気に増す。奇跡の生還なんて言葉が許されないほどに。だからせめて、あれだけは絶対に奪う。奇跡なんて言葉がかろうじて通用するぐらいに、暴力のレベルを落としてやる」

　はぁ、とレッサーはため息をついた。

「……あのう。根本的な問題を解決できない以上、それってただの自己満足だって自覚できています？」

「分かってるわよ」

「一個人の感情に決着をつけるというだけで、明確な凶弾へ命をさらすリスクを抱える羽目になるっていうのも？」

「それも分かってる」

美琴《みこと》はレッサーの目を見て言う。

「だから付き合えなんて言わないわ。アンタは当初の予定通り、ショッピングセンター内のコードEICを集中制御している施設へ向かいなさい。この暴動がこれ以上広がるのはまずい。でも、だからと言ってコードEICを野放しにはできないわ」

「……簡単に言ってくれますけどね」

レッサーは少し考えてから、静かに言った。

「二手に分かれるって言ったって、この状況でどうやって逃げろって言うんですか。あっちもこっちもライフル持った暴徒だらけ。そろそろ包囲されそうですけど」

「そうでもないわ」

「?」

眉をひそめるレッサーに、美琴《みこと》は靴底で軽く床を叩《たた》いた。

「真下に都合良くダクトが通ってる。でも、二人一緒に潜って『消えた』ら、頭に血が上ってる連中もすぐに気づくでしょうね」

だが、逆に言えば、ここで二手に分かれて片方が暴れ回れば、注意を引く事はできる。その間にもう片方が安全にコードEIC中枢へ潜り込んで破壊活動を行う事もできる訳だ。

「……この暴動にしたって、根っこにあるのは『キケンな置き物』の都市伝説から派生したパニック現象のはずよ。なら、コードEICを止めれば沈静化できるかもしれない」

「確証はありませんよ。あれだけの人数なら、いくらあなたでも消耗させられます。『止まる』事を期待しながら全力疾走した所で、実は『止まらない』事が判明した時には手遅れになるかもしれません」

「…………」

美琴《みこと》もその危険性については理解しているだろう。

何しろ、暴徒達の最優先ターゲットは彼女なのだ。仮にここで下手を打てば、原始的な暴力の洪水《こうずい》が長く苦しい死を与えるのは間違いない。

それを十分に理解した上で、美琴《みこと》はさらにこう言った。

「……それはアンタが心配する事じゃないわ」

「マジかよ。こういう熱血ノリは私のキャラじゃないから付き合いたくないんですけどねえ」

「なら、さっさと行きなさい」

ちえー、とレッサーは適当に呟《つぶや》くと、どこかから取り出した四本刃の槍《やり》のような武器を、床へ突き刺した。ダクトの四角い蓋《ふた》の隙間へ刃を通すと、てこの原理で簡単に開けてしまう。

「勝手にくたばっても涙は見せないので、そのつもりで」

「化けて出てやるからコードＥＩＣの中枢の場所だけ教えておきなさい」

「地下施設ですよ。株式売買センター。このショッピングセンターに登録されている大小無数の店舗の株の取引を一手に担《にな》っていて、国の内外問わず、世界規模の金のやり取りを行っている場所です」

「なるほど。大規模な通信網に、その膨大なデータを瞬時に計算するための演算装置。確かに、コードＥＩＣの中枢を設置するには適《てき》しているわね」

「場所柄を考えると、どうも最終的にはショッピングセンターの外にまで触手を伸ばそうとしていたっぽくていやーな感じはしますけどね。現に、今の騒ぎと合致《がっち》しますし」

言うだけ言うと、レッサーは四角い穴の中へと飛び込んだ。

　彼女は顔だけ出して、

「それでは、再会するなら幽霊以外でお願いします」

「生憎《あいにく》と、学園都市の人間は基本的に心霊現象は信じないのよ。化けて出るのも科学的にやるわ」

　レッサーが顔を引っ込めると、美琴《みこと》は足で四角い蓋を動かし、ぴったりと出入口を閉じてしまう。

　ぎしぎしという音が聞こえてきた。

　一ヶ所からではない。まるで美琴《みこと》の周囲を取り囲むように、近づいてくるように、少しずつ、複数の音が響いてくる。

「さて」

　バチン、と美琴《みこと》の前髪から青白い火花が散った。

「それじゃあ学園都市第三位がどの程度のもんなのか、楽しいデモンストレーションといきましょうか」

3

『保安員』のエニーリャ＝G＝アルゴヌスカヤは無線機に向かって怒鳴《どな》りつけていた。

「だから!!　動かせる分だけ全てのシャッターを下ろせ!!　通信関連も途絶《とぜつ》させろ!!　暴動に

参加している人数を一定以上集めさせるな！　相手はあくまでも民間人だ！　各個撃破し捕縛するだけの状況を作れれば怖い相手じゃない!!」

パパンパン!!　という乾いた銃声に、彼女は思わず身を低くする。

カーディーラーの展示用車両を無理矢理動かして作ったバリケードに、いくつもの火花が散る。

（……クソが。使っているのは拳銃だが、普通の弾丸じゃないな。車内に『詰め物』をしていなければ貫通していたところだぞ）

本来ならゆったりとした空間を演出しているはずの車内には、ありったけの鉄クズを詰め込んでいた。その正体はリサイクル用に集められていた、潰れた空き缶を固めた四角い塊だ。こんな物でも数が集まればそれなりの効果が期待できる。

そう。

今も暴れている、民間人の暴徒と同じように。

『暴動の発生地点、今もなお増加傾向にあります!!　北門、東門を中心に、内部へと移動中。このままでは全域に拡大します!!』

『こちらC班。鎮圧用のゴム弾を使用している事に向こうが勘付いたようです！　明らかに動きが大胆になっています!!　この装備では連射性のある拳銃に対処できません!!　防弾ベストでも立て続けに喰《く》らえば行動不能になります!!』

（限界か……）

エニーリャは苦い顔になる。

治安維持とは、基本的に『大多数の人間がルールを守っている中で、少数の違反者を追う』状況で、効果を発揮する。仮に街の中にいる全員が制止の声を聞かなくなれば、それだけで機能は麻痺《まひ》してしまう。

そうなれば、後はどちらかが黙るまで武力を行使するしかない。

挙句《あげく》の果てに、

(装備の質よりも、人数の差で押し切られる……。現状の戦力はヤツらの方が上だ。その事実に気づかれれば、『多数派の優越感』に浸った暴徒達には言葉も行動も通用しなくなる!!)

「ちくしょうが……」

吐き捨てるように、エニーリャは言った。

「こんな時に私達は何をやっているんだ!! 優先事項のマニュアル? ＶＩＰ様を安全な所までエスコート? 自分達の保身しか考えない老人達を庇《かば》う間に、どれだけの民間人が犠牲になると思っている!!」

「その『上』とも連絡がつきません」

展示車両のバリケードに身を寄せる同僚が、そんな事を言った。

「退路Cを確保し、暴徒に気づかれぬまま優先人物を安全地帯へ移送せよ。この命令が出たっきり、うんともすんとも。本来、彼らは居場所を伝えるための発信機を装備しているはずなのですが」

「暴徒に呑《の》まれたと思うか」

「そこまでの馬鹿だとは思いたくありません。今まで素直に従っていた自分を殺したくなる」

「私もだ」

エニーリャは予備のマガジンの数を確かめながら、

「どうせ『上』とやらは私達には伝えていない事を私達には内緒のまま実行している最中なんだろう。暴動を止めるつもりもなく、私達を見殺しにしたまま、大層ご立派な『計画』でも進めているんだろう」

「どうします？」

同僚は慎重に言葉を選びながらも、エニーリャへと切り込んでくる。

「飢え死にするまで『待て』に従う飼い犬を貫きますか？」

「私達が任されているのは、この街の治安維持だ」

エニーリャは間を置かずにそう答えた。

「老人の機嫌を取るために、捜査官辞めて転職した訳じゃない」

来るはずもない上層部の退路を死守するための現状待機さえ無視してしまえば、エニーリャ達の戦術の幅も大分広がる。先ほども言った通り、暴徒の正体は民間人なのだ。トラップを仕掛けつつ後退するだけでも、それなりの数を行動不能へ追い込む事はできる。

同僚に犠牲を強《し》いず、暴徒達の波に呑《の》み込《こ》まれないように、なおかつ民間人を殺さずに戦意を奪うためにどうすれば良いか。

施設の構造を頭に思い浮かべるエニーリャの耳に、同僚が新しい情報を運んできた。

「銃砲店エリア近辺で鎮圧活動を行っていたG班からの報告です!!」

「クソ、あそこを落とされたのか!?　あそこは兵器ショーに出展するための陸上兵器をまとめて保管していたはずなのに!!」

「いいえ。ヴァイナー用の見本品は無事のようです」

発言している同僚の方も、信じられないといった調子で、

「監視設備やカメラでは確認できていませんが……銃砲店エリアを襲っている暴徒達を抑《おさ》えるため、独立した民間人が交戦しているとの事です!!」

「民間、人……?」

「御坂美琴《みさかみこと》です」

唖然《あぜん》とするエニーリャに、同僚はさらに続けて言う。

「あの女……自分を追い詰めていたショッピングセンターに凶弾が拡散するのを防ぐために行動しているみたいです」

「……、」

その時、エニーリャはいくつかの事を考えた。

「……銃砲店エリアまでの道筋はつくか?」

「あれを戦力として利用するつもりですか? 曲がりなりにも『重要参考人』ですよ!?」

「そうじゃない」

一言でエニーリャは切り捨てた。

「この暴動は、確か『キケンな置き物』の都市伝説が火種となっていたはずだったな。そして暴動は『核を起爆しようとしている少女の殺害』で幕を下ろす……という名目になっているはずだ」

「……まさか」

「大量に発生した暴徒達の目線は、全てあの女に向かっている。なら、最悪の事態が発生する前に私達の手で押さえてしまえば良い」

おそらく、御坂美琴《みさかみこと》が本当に殺害されても、もう暴動は止まらないだろう。一度勢いのついた原始的な暴力は、その欲求が収まるまで延々と続けられるはずだ。

だが。

同時に、現状の暴動の中心点に、あの少女がいる。

あの少女の言動一つで、暴動の方向性が大きく変わる、いや、変えられるかもしれない。コントロールのための糸口。それは失われるべきではなく、最大限に利用するべきだ。

「対象は交戦の際、一ヶ所に留《とど》まらずに動き続けているようです」

「当たり前だ。そうでなければ人の波に呑《の》み込《こ》まれるだけだろうからな」

エニーリャはくだらなさそうな顔で告げる。

「監視設備を使って、暴動の最も激化しているエリアを割り出せ。どうせあの女はそこに現れる」

4

御坂美琴《みさかみこと》はボロボロになった陳列棚から飛び出す。

同時に複数の射撃音が後を追った。

美琴《みこと》の前髪から全身へ、強烈な青白い火花が走る。閃光《せんこう》と轟音《ごうおん》はまさしく落雷のそれだった。

カッ!!　という凄《すさ》まじい光と音は、照準越しにそれを眺めていた暴徒達の心へ、極めて原始的な恐怖を叩《たた》きつける。

言ってしまえば、スタングレネードのようなものだ。

だが問題だったのは、彼らの手にはライフルや拳銃が握られていた事だ。閃光《せんこう》や轟音《ごうおん》は確かに暴徒達を怯《ひる》ませ、五感のいくつかを奪う事には成功したが、しかし同時に、引き金にかかった指をほぼ反射的に引かせてしまった。

さらに多くの弾丸がばら撒《ま》かれる。

近くの陳列棚へ向かおうとしていた美琴《みこと》はそれを諦め、磁力を使って陳列棚の方を強引に引き寄せる。

ライフル弾は棚程度なら簡単に貫く。

しかし美琴《みこと》が磁力を使って陳列棚をグシャグシャに押し潰して密度を高めた結果、かろうじて凶弾を押さえつける事に成功した。

美琴《みこと》はそのまま潰れた陳列棚を暴徒達の一団へ放り投げる。

まるでボウリングのように複数の人影が薙《な》ぎ倒《たお》される。

だが、

「があああああああああああああああああああああああああッ!!」

万国共通の咆哮《ほうこう》と共に、額《ひたい》から血を流す複数の男女がそのまま突っ込んできた。手に銃器があるかどうかなど関係ない。美琴《みこと》を唯一《ゆいいつ》絶対の悪と見定《みさだ》め、そう定める事を楽しんでいるかのように、彼らは躊躇《ちゅうちょ》なく向かってくる。

(思考力の低下に痛覚の鈍化《どんか》……くそ、これじゃほとんどゾンビ映画じゃない!!)

ズバチィ!! という青白い火花が炸裂《さくれつ》する。

真《ま》っ直《す》ぐ飛んだ高圧電流は、今度こそ突撃暴徒の手足の自由を奪い、意識を途絶させる。

そのはずだった。

「ぎ、ぎ……」

倒れてなお、もぞもぞと指先を動かす暴徒に、流石《さすが》の美琴《みこと》もわずかに息を呑《の》む。

そこへ、

(……っ?)

ミシミシミシミシッ!! という音が美琴《みこと》の横合いから聞こえてきた。

そう思った直後、銃砲店の複数の陳列棚が、まるで建設重機で薙《な》ぎ払《はら》われたかのように、一気に崩れてきた。

その原動力は、数十人にも及ぶ人の波だった。

「なん……ッ!!」

その時、美琴《みこと》は南の海をテーマにしたドキュメンタリー番組を思い出した。

より正確にはイソギンチャク。

そう思わせるほどの、手、手、手、手、手、手、手、手、手、手、手、手、手!!!!!!

「ツッツ!! アンタら銃とかどうした!?」

美琴《みこと》は薙《な》ぎ倒《たお》された陳列棚を磁力で操り、まるで氷のように床の上を高速で滑らせる。足をすくわれた暴徒達が一斉に薙《な》ぎ倒《たお》された。

だが足りない。

今度は真後ろから、ガチッという金属音が鳴る。

「別に銃を期待している訳でもないんだけど⁉」

パンパンパパン‼　と複数の銃声が炸裂《さくれつ》した。

美琴《みこと》は上に挙げた手を下へおろし、天井の鉄筋を磁力で強引に操る。シャッターのように落ちた大量の建材が、銃弾を防ぐ盾となる。

そうしながらも、美琴《みこと》の全身に嫌な汗が浮かぶ。

射線上には美琴《みこと》の他に暴徒もいた。やはり彼らは他人の集まりであり、同士討ちを気にするような連中ではないのだ。

一ヶ所に留《とど》まり続《つづ》ける訳にはいかない。

この銃砲店の一角から銃器が拡散するのは止めなくてはならないが、人の波に呑《の》み込《こ》まれては元も子もない。

「……ッ‼」

美琴《みこと》は奥歯を噛《か》み締《し》め、しかし迅速に動いた。さらに何回かスタングレネード代わりの閃光《せんこう》と轟音《ごうおん》を発しながら、全速力で銃砲店の一角を飛び出す。

食料品コーナーを突っ切り、何発もの銃弾を間近に撃ち込まれながら、日曜大工のコーナーへと飛び込んでいく。

(あいつらの持っている銃を無力化しない事にはどうにもならない)

身を低くしたまま棚と棚の間にある通路を走り抜け、ライフル弾に吹き飛ばされた商品の残骸を頭から被《かぶ》りながら、美琴《みこと》は考える。

(私の能力はいろんな事ができるけど、単品よりも周りからアイテムを拾って強化した方が扱いやすい。代名詞である超電磁砲《レールガン》だったり……)

目的のコーナーへほとんど滑り込むような格好で突入し、美琴《みこと》は目的のパッケージを手に取る。それはちょっとした米袋に匹敵するほどのサイズの、巨大なビニール袋だった。

(砂鉄を操るような磁力の制御だったり)

その正体は、業務用のカイロ。

数十の商品をひとまとめにしたパッケージを、美琴《みこと》は磁力を使って内側から強引に引き裂く。

そう。

カイロの内訳はいくつかあるが、その代表的なものに鉄粉がある。

「個人的にゃ砂鉄の方が扱いやすいんだけど、贅沢《ぜいたく》なんて言ってられる場合じゃないか」

ブゥン!! と羽虫が耳元を飛ぶような音が鳴る。

砂鉄や鉄粉の利点は、磁力によって容易《たやす》く干渉できる事だ。高速振動させればチェーンソーのように物体を斬る事ができるし、こちらの意思に応じて剣でも槍《やり》でも鞭《むち》でもお構いなしにデザインを変えられる。

例えば。

豆粒より小さな塊を発射し、銃口やエジェクションポートから潜り込ませ、ライフルの内部機関を引き裂くような命令を下す事も難しくない。

パパパパパン!!!!!!　という空気を引き裂く音が連続した。

ただしそれは銃声ではない。

美琴《みこと》の方から放った鉄粉の弾が、暴徒達の銃口へと吸い込まれていった音だ。

（いける）

彼女は再び走りながら、そう確信した。

今度は逃げるためではない。戦うための疾走だ。

（これであのエリアから強奪されそうになっている銃器を全部無力化できる！　最悪の事態だけは回避できる!!）

そう思った時だった。

美琴《みこと》の肌は目に見えない『空気の流れ』を敏感《びんかん》に感じ取った。それは単なる気体の流れ、という意味ではない。この暴動が生み出し、空間全体へと広がっている感情の流れのようなものだ。

今までは密閉された部屋の中で、巨大な風船が限界まで膨《ふく》らんでいくかのような、無秩序《むちつじょ》な広がりがあった。

しかし、そこに隙間が生まれたかのようだった。

感情の流れがどこかへと抜けている。張りつめていたものが遠ざかりつつある。

最初、美琴《みこと》はそれを『こちらからの反撃によって暴徒達が怯《ひる》んだからだ』と思った。

だが違う。

これは。

この『空気の流れ』は……、

(暴力の矛先が……別の所へと流れつつある?)

なおも暴徒達の持つライフルを内側から削《けず》り飛《と》ばしつつ、美琴《みこと》は眉をひそめる。

(『キケンな置き物』のロシアバージョンでは、私は最大の悪役として機能しているはず。その最優先ターゲットを放《ほう》ったらかしにするなんて、一体何が……?)

もう暴動は本来の建前などどうでも良くなるレベルにまで進行してしまったのだろうか。だとすれば、それはそれで面倒極まりないのだが、

(待てよ)

美琴《みこと》はハッとする。

(この暴動もコードEICによって引き起こされている可能性もある。もし、事件の核心に迫る私達を妨害する目的で発生させられているのだとすれば)

思わず走る足すら止めて、彼女は思う。

(暴動のターゲットは、より核心に近いレッサーの方に向けられる!?)

実は、一番危険なのは美琴《みこと》ではなかった。

コードEICの中枢へと向かっているレッサーの方だった。

今さらながらその事に気づいた彼女だったが、そこへ数十の暴徒達が雪崩《なだれ》のように突っ込んできた。

「道を開けろォォおおおおおおおおおおおおおおおおおおおおおおおおおおッ!!」

大量の鉄粉が、まるで生き物のように蠢《うごめ》く。

バチッ、と美琴《みこと》の周囲で火花が散った。

「どきなさい……」

5

レッサーもレッサーで、細長い通路を走っていた。

狭いダクトは目的地まで一直線で結んでいる訳ではない。途中で地上部分に出なければならなかった。それに、たとえ一直線で繋《つな》がっていたとしても、馬鹿正直にそのまま目的地まで進もうとはしなかっただろう。あんな狭い場所を移動している事を万に一つでも暴徒達に気づかれたら、それこそ袋の鼠《ねずみ》だ。

そんな訳で、ある程度ダクトを進んだ上で、一階床上へ再び上がったレッサーだったが、

「困難だってのは大体予想できていましたけど……」

チラリとも後ろを振り返らず、彼女は全力で走り続ける。

「やっぱり実際に味わってみるととんでもないもんですねぇ!!」

冒険モノのアクション映画にありがちな、巨大な鉄球に追われるシーンのようだった。

ただし鉄球の代わりに使われているのは数十の老若男女《ろうにゃくなんにょ》。二本の足があるのだから転がる必要はないはずなのに、最前列が押し倒されて踏みつけられ、次の列が同じように足を取られ

て転倒していく様は、人肉を丸めて作った巨大な球体に追われているかのような錯覚を生む。

背筋に若干の寒いものを感じつつ、心のどこかではそのスリルを楽しんでいるかのような含み笑いを浮かべて走り続けるレッサー。

(やっばいヤバい。コードEIC中枢のある株式売買センターって、まだまだ先だったと思うんですけど)

単純な追っ手だけではなく、もっと漠然《ばくぜん》とした、ざわざわとした『暴虐《ぼうぎゃく》の空気』が背中を追いかけてくるのを自覚する。

(これってやっぱり、私の接近を感知して暴徒達を振り分けているって事ですかねえ)

もっとも、それも含めて『予想』できていたからこそ、レッサーは美琴《みこと》とあっさり別れてこちらへ向かっているのだが。

その時だった。

長い通路の先からも、大量の暴徒達が溢《あふ》れ出《だ》してくるのをレッサーは見た。これでは挟み撃ちだ。彼らの手にしている包丁や消火器は、いっそ一発で簡単に死ねる銃弾よりも危険な匂いがした。

(わお！　指先が超ぞわぞわってしますねえ!!)

レッサーは走る方向を急激に変え、通路の途中にあった鉄の扉の向こうへと飛び込んでいく。中にあったテーブルなどで扉を封じてから、ようやく自分がどんな状況にあるかを知ってうんざりした。

狭い部屋だった。

客を招《まね》くような所ではない。おそらく清掃用具などをまとめておくための部屋だろう。出口らしい出口は他に見当たらない。

孤立。

しかしレッサーは、そんな見取り図の問題を全て忘れていた。

それ以上の困難が目の前にあった。

「何で……」

思わず、ポツリと呟《つぶや》く。

「何で、こんな科学の街に、魔術的な爆弾が設置されているんですかねえ」

部屋の中央。

一抱えもあるほどの岩が転がっていた。いや、それは厳密には岩石ではない。羊皮紙《ようひし》を何枚も何十枚も何百枚も何千枚も接着させて作り上げた、符《ふ》の岩だった。

(……使われているのは黙示録《もくしろくけい》系の曲解。硫黄《いおう》の炎《ほのお》を利用した大規模な爆弾ってところですか。まあ、記述内容を攻撃方法へ変換するやり方としてはポピュラーですが)

硫黄《いおう》の炎《ほのお》、と言っても、もちろん物理や化学の話ではない。

この場合、『肌に焼けるような痛みを与え、同時に体内の器官にもダメージを与え、長く苦しい痛みを与えるもの』と考えた方が良《い》い。

目に見えない。

障害物を無視する。

それでいて、広範囲の人間に確実な傷を負わせる攻撃手段。

殺すためではなく、癒《い》えない苦痛を与えるための爆弾である。

(街に潜む何者かが核爆弾を起爆させようとしている、ってウワサが流れている中、こんな『見えない爆発』が起こったら、ただでさえ判断能力の鈍っている暴徒達がどんな勘違いをする事やら)

巨大な符《ふ》の塊となっている『硫黄《いおう》の炎《ほのお》』を眺めながら、レッサーはポケットに手を突っ込んだ。中から出てきたのは、厚紙状のカードで作った通信用の霊装《れいそう》だ。

「もしもしベイロープ?」

『何よレッサー』

「今ちょっと黙示録っぽい爆弾を見つけたんですけど、これひょっとしてベイロープ達の仕業《しわざ》ですか?」

『もう一度言ってみ? 尻を一〇〇発叩《たた》くから』

「うーむ。となると……」

『私達以外の「結社」が潜ってるかもって話?』

「ですねえ」

あちゃー、と額に手を当てるレッサー。

バン!! ゴン!! という轟音《ごうおん》が響いてきた。鉄の扉を破るため、暴徒達が涙ぐましい一致団結をしているためだろう。

「となると、ちょーっと状況がややこしくなりそうですよねえ」

『レッサー』

ベイロープが思考を遮るように割り込んできた。

『ヒートアップしているところ悪いんだけどさ。これ、そろそろ私達のリスクとメリットの計算が合わなくなってきているよ』

「事が科学サイドだけの問題ならともかく、魔術サイドの関与まで見え始めたっていうのに？」

『そういうのは公的機関の「必要悪の教会《ネセサリウス》」辺りのお仕事でしょ。私達の目的とは合致しない。この街では何かしらの事が計画されていて、そこには私達以外の魔術師が関与しているのかもしれない。だからと言って、その尻拭《しりぬぐ》いを私達でやる必要はないはずよ。リスクに見合うメリットがなければ、速やかに退《ひ》くべきね』

「……、その調子だと、支援はあんまり期待できそうにないですねえ」

『この街の人間助けても、私達の利益には繋《つな》がらないしねえ』

じゃあ仕方ねえや、とレッサーも認めた上で、

「ベイロープ」

『何よ』

「後でちょっと本気で喧嘩《けんか》しましょう。お得意の『知の角杯《ギャッラルホルン》』でも何でも使って構いませんから」

言うだけ言うと、一方的に通信を切るレッサー。

符《ふ》の塊になっている『硫黄《いおう》の炎《ほのお》』の構造を、目視で大雑把《おおざつぱ》に分析していきながら、

(……構造自体は単純ですが、その数で解体の手間数を増やしている。これだとざっと一五分から三〇分はかかりそうですが)

ドン!! という轟音《ごうおん》が鉄の扉の方から聞こえてきた。扉そのものが、内側に少しずつ歪《ゆが》み始《はじ》めている。

(問題なのは、それだけの時間を向こうが与えてくれそうにないところですよねえ)

とはいえ、このまま放置して『起爆』を待つ訳にはいかない。

レッサーは懐《ふところ》からマグロヒロイの『お土産《みやげ》』をいくつか取り出す。黄色い薬品を親指に塗り、口の中で呪《じゅ》を紡《つむ》ぎ、それから岩のような塊を作る符《ふ》の一枚を、横一直線になぞる。

はらり、と。

枯れ葉のように、符《ふ》が落ちる。

(推定で三万枚程度。解体儀式を可能な限り簡略化しても、間に合うかどうか)

バラバラバラバラ!!!!!! と、レッサーが指を走らせるごとに、次々と符《ふ》は剝離《はくり》していく。

だがやはり遅い。

ゴン!! ゴゴン!! という鉄の扉に響く暴力的な轟音《ごうおん》が、タイムリミットを明確に告げてくる。すでに扉は歪《ゆが》み、その隙間から複数の眼光がこちらを貫いている状態だ。

みしみしと音を立てているのは蝶番《ちようつがい》か。

そう思った直後、壁と扉の間にできた隙間に突き入れるように、L字の釘抜《バール》きが突き込まれた。てこの原理を使ってメキメキと隙間が広げられていく。

（まずい……ッ!!）

このままでは扉が保《も》たない。

『硫黄の炎《いおうのほのお》』を解体する前に暴徒が雪崩れ込《なだこ》んできてしまえば、この近辺にいる民間人全員が魔術を使った爆弾の被害をまともに受ける羽目になる。

そう思っていたレッサーだったが、

パァン!! という銃声と共に。

L字の釘抜き《バール》が弾《はじ》かれた。

銃声は部屋の外ではなく、明らかに中から響いてきていた。しかし室内にはレッサー以外に誰もいない。

驚いたレッサーが、音源の方向に顔を向けると、

「……上？」

「ダクト移動はアクションモノの基本です」

天井の一角が四角く切り抜かれていて、そこから逆さまに女が上半身を突き出していた。ロシアの機関のはずなのに外国製の拳銃を握っているのはご愛敬《あいきょう》というヤツなのだろうか。

（この街は上にも下にもダクトが走っているんですかね）

「どちら様でしたっけ？」

「『保安員』のエニーリャ＝G＝アルゴヌスカヤ」

赤毛の女は簡単に自己紹介し、

「御坂美琴《みさかみこと》がいると思って急行したんですが、どうもあてが外れたようですね。ともあれ、この状況は袋の鼠《ねずみ》でしょう。身柄を保護しますので私の手を摑《つか》んでください」

「そうしたいのは山々なんですけどねえ」

「？」

「解体中のこれ、分かります？　んー、分かる訳ないか。そうだなあ……液化爆薬を染《し》み込《こ》ませた時限爆弾みたいなものを連想してください。このまま放っておくと、血気盛《さか》んな暴徒ででも民間人な彼らがまとめて吹き飛ばされてしまうんですよ」

「爆弾？　……クソッたれが」

エニーリャは吐き捨てると、一度ダクトの中に上半身を引っ込めた。すると今度は下半身を下にして、ダクトから小部屋の中へと落下してくる。

「解体の技術は？　すでに触れているのなら、専門家である事を願いたいですが」

「その辺はご心配なく。それよりも」

ゴン!!　という轟音《ごうおん》が再び鉄の扉の方から響いてきた。

「あっち、どうにかなりますかね」

「何とかします」

言うなり、エニーリャは鉄の扉と壁の隙間に銃口をねじ込み、躊躇《ちゅうちょ》なく引き金を引いた。

パパパン!!　という乾いた銃声が鳴り響き、扉の向こうから何かが怯《ひる》むような気配が伝わってくる。

「具体的に解体にはどれぐらいの時間がかかりますか⁉」

「早くて一五分。下手すれば三〇分」

そう言っている間にも、レッサーの両手の中では岩のような塊から次々と符《ふ》がこぼれ落ちている。バラバラバラバラ！　と散らばる大量の羊皮紙は、羽毛のようにも見えた。

エニーリャは扉の隙間から銃撃しつつ、どこかに無線で連絡を入れているようだった。おそらく扉の外の通路へ、『保安員』の部隊をけしかけるつもりだろう。だが間に合うか。そもそも純粋な力の勝負で、暴虐の塊と化した民衆を押さえつけるだけの戦力は用意されているのか。

その時だった。

ギャラギャラギャラギャラ、という新たな音が響き渡ってきた。

壁の向こうから。

扉とは正反対の方から。

「うー。とんでもなくやばーい予感がするんですが」

「？」

「『あの時』、現場にいた『保安員』の方ですよね。なら、聞き覚えありません？　ほら、無人の重機が突っ込んできた時に聞こえた……」

「履帯《りたい》の、音……？」

エニーリャも思わず銃撃の手を止めて、扉とは反対側の壁の方を振り返った。

直後だった。

ゴッ!!!!!! と。

鉄筋コンクリートの壁を突き破り、粉塵《ふんじん》と共に重機が顔を覗《のぞ》かせた。

その正体は小型の除雪車だった。

今度は軽機関銃は取り付けられていないし、爆弾も搭載《とうさい》していない。純粋に、頭に血が上った暴徒の一人によって運転されているものだった。

轟音《ごうおん》と同時にレッサーとエニーリャは左右の壁際《かべぎわ》へ飛《と》び退《の》き、暴徒のひしめく通路まで向かってしまう。

邪魔な障害物を突き破り、除雪車はその真ん中を突っ切った。反対側にあるテーブルや鉄の扉を突き破り、暴徒のひしめく通路まで向かってしまう。

にも拘《かかわ》らず、次に響いたのは歓声だった。

邪魔な障害物を突き破り、待ちに待った暴力を再開できるという喜びの声だ。

エニーリャは何発か発砲したが、意味などなかった。

壁に空いた二つの穴から無数の暴徒達が飛び込んでくる。

解体作業の手を止められないレッサーは、まるで爆弾を庇《かば》うように両手で抱える羽目になった。

喉の奥が干上《ひあ》がるような感覚がしたが、すでに逃げ道はなかった。

呑《の》み込《こ》まれる。

エニーリャに助けを求めても無駄だろう。彼女も同じように、人の中へと消えていくのが分かった。

手が。

足が。

飛んでくる。痛みが皮膚のすぐ裏側で爆発する。その感覚が抜ける前に次の一撃が飛び、飛び、飛び、飛び、飛び、あっという間に蓄積《ちくせき》していく。可能な限り体を丸めて内臓を保護しようとしたが、効果はどれほどあったか。唯一《ゆいいつ》の救いは暴徒達の密度が高すぎて、鈍器を振り回すスペースはなかった事か。しかし、じわりじわりと素手で死に追い詰められていくのは、それはそれで地獄だろう。

今度こそヤバいかもしれない。

喉の奥から鉄のような味がこみ上げてくるのをレッサーは自覚する。思考が鈍化していくのが分かる。痛みが一定値を超え、ぼんやりとした熱にしか感じられなくなってきた。

（……炎《ほのお》……）

ぼんやりとした頭が、そんな事を思う。

（硫黄《いおう》……の炎《ほのお》は……）

両手の中にあった塊は、バラバラに散らばっている。爆発を引き起こす符《ふ》の最後の一枚が、効力を失って手の中から滑り落ちた。

痛みすら曖昧《あいまい》になった状態で、レッサーはわずかに笑う。

その時だった。

ドバッ!!!!!!　と。

四方の壁の内、残った左右の壁を貫くように、超高速で何かが飛来した。

それは音速の三倍で空気を引き裂いた。

壁の天井近い部分を突き抜けた極小の砲弾は、壁の全てを粉砕し、コンクリートの散弾を撒《ま》き散《ち》らす。

オレンジ色に輝く軌跡だけが、その場の全員の網膜《もうまく》へと焼き付いた。

直後。

ようやく思い出したかのように、狭い空間にひしめいていた暴徒達がまとめて薙《な》ぎ払《はら》われた。あるいは衝撃波に、あるいはコンクリートの破片の渦《うず》に体を叩《たた》かれて。猛烈《もうれつ》な暴力を、さらに壮絶《そうぜつ》な暴力で上書きするかの如《ごと》く、場の趨勢《すうせい》が一瞬でひっくり返されてしまう。

ずずん、という低い音響を聞いた。

四方の壁を砕かれ、支えるものを失った天井が崩れてくる音だった。

まだ身動きの取れる暴徒達は慌てて部屋の外へ飛び出していくが、彼らの想像したような悲劇は起こらなかった。

重力を無視して、天井部分のコンクリートが空中に浮かんでいたからだ。

まるで、磁力で操られているかのように。

「……ちぇー。美味《おい》しい所を持っていかれました……」

倒れたまま、レッサーは呟《つぶや》く。

彼女の視線を目で追いかける形で、エニーリャも『支配者』の正体を知った。

「御《み》、坂《さか》……美《み》琴《こと》……」

口の中から血の混じった唾《つば》を吐き捨てたエニーリャは、血まみれの手で拳銃を握り直した。何度も繰り返された暴力のせいで立ち上がる事もできない状態で、それでも右腕だけは前へ伸ばしている。

対する美琴《みこと》は、銃口を向けられても表情を変えない。

「向ける相手を間違えてんじゃない？」

「いい……え。これが、最、優先……です」

その手は震えていたが、眼光だけは鋭さを保っていた。

エニーリャは奇妙に静まり返った中、拳銃の照準越しに容疑者を睨《にら》みつけ、そして質問する。

「御坂《みさか》、美《み》……琴《こと》。あな、た、は……今回の、件を……主導《しゅどう》し、ている……張本人、ですか」

その問いかけに、美琴《みこと》は小さく笑った。

そして迷わずに答える。

エニーリャどころか、この場にいる暴徒達全員へ向けて発するように。

「そんな人間が、『保安員』を助けるためにこんな所までやってくると思う？」

今度は、美琴《みこと》の方が言葉を突きつけた。

「アンタの方こそ、『黒幕』に心当たりはない訳？」

「それ、を……今、追って……います。御坂美琴《みさかみこと》……だけ、じゃない。……疑い……の、ある人物、を……一人……残らず、徹……底的に」

体力的に限界だったのだろうか。

そこまで言ったエニーリャの右手が、床へ落ちた。意識を失ってしまったらしい。

沈黙があった。

それを打ち破るように、美琴《みこと》の前髪から青白い火花が弾《はじ》ける。

「……私は今、それなりにムカついてる」

彼女は逃げる事なく、暴徒達の方へと真《ま》っ直《す》ぐに突き進む。

自らが正しいと知っているからこそ。

躊躇《ちゅうちょ》なく。

「進んで殺すつもりはないけど、間違って死んだりするんじゃないわよ」

6

突き刺すような痛みで、エニーリャの目は覚めた。

これまでの、熱と区別のつかなくなったようなものとは違う。

それが消毒液によるものだと気づき、彼女は床から体を起こそうとする。

「まだ動かない方が良《い》い」

そう告げたのは、『保安員』の同僚だった。

「ここ、は……」

血が固まって表面がカサカサとする唇を動かすエニーリャ。

見たところ、暴徒達に襲撃を受けた地点から、それほど離れていない場所のようだ。細長い通路には、銃器を持った『保安員』が何人か待機している。

（……どう、なった……？　私は、制圧作戦で救助され、たのか……）

と考えかけたエニーリャだったが、直後に違うと思い出した。

意識を失う直前に現れたのは、『保安員』ではなかったはずだ。

エニーリャは、同僚の襟首《えりくび》を半ば掴《つか》むような格好で、状況の説明を求める。

「どうなった」

「御坂美琴《みさかみこと》です」

「その重要参考人はどうなった⁉　ここにいたはずだろう⁉」

しかし同僚は首を横に振った。

「分かりませんよ。何がどうなっているのか……」


一ヶ所の戦闘が終わったからと言って、全ての暴動が幕を下ろす訳ではない。

何しろ騒ぎはショッピングセンターの全域へ拡大しつつあるのだ。それはもう、美琴《みこと》という『強い個』だけではどうにかできるレベルを超えていた。集団としての力がなければ収める事はできない。

「詰めが甘かったんじゃないですか？」

レッサーは傷口に消毒薬を塗りながら、

「あの『保安員』、まだまだ牙を剝《きばむ》いてきそうな雰囲気ですけどねえ」

「気にかける必要はないわ。あいつが本当に『事件の黒幕』を追っているんなら、私の邪魔はしてもの敵にはならないもの」

言うだけ言うと、美琴《みこと》は話題を変えた。

「それにしても、ショッピングセンターの上層部っていうのは、どういう連中なんだか」

「ここまでの被害は上層部も望んでいないでしょう。もしかすると、意外と向こうの手札もそう残っていないのかもしれません。煙草《タバコ》の吸殻から燃え上がった山火事を、自分で消火できなくなっているとか」

「あいつら、コードEICを掌握《しょうあく》して、好き勝手に情報を送信できるのよね。……だとしたら、ニュース番組とかバンバン使って、暴動の規模や流れをコントロールできるはずじゃないのかしら」

「民衆はコードEICの存在を知らないんですよ。あれは人間の行動を強制するような命令を飛ばすのではなく、気づかれないように方向性を整えるための装置です。無理に行動を捻《ね》じ曲《ま》げようとすれば、齟齬《そご》に気づかれてしまう恐れもあります。そうなったら、民衆の怒りはどこへ向くでしょうね。人は騙《だま》されやすい生き物ですが、好き好んで騙《だま》されたがる人間は珍しいはずですよ」

レッサーが案内したのは、ショッピングセンターの地下施設の一つだった。

強化ガラスの透明なパーティションで区切られた、いくつものブース。スクリーンやモニタの他にも、壁や天井などの半公開型ARさえ埋め尽くすように、大量の数字が流れていく広大なスペース。サイズは大体、ちょっとしたコンサートホールほどか。薄い青を基調とした、直線的な構造の目立つ施設だった。

「男子便所みたいな配色ですね」

レッサーはコメントに困る感想を漏《も》らした。

なので美琴《みこと》は無視して、

「ここって、あれよね」

「以前にも言った通り、ショッピングセンター内のテナントを軸とした株式売買センターですね。この街の企業の株を一手に引き受けている、全世界とネットワークで繋《つな》がった『市場《しじょう》』ってヤツです。ショッピングセンターのパンフレットにも、観光名所の一つとして紹介されていますよ。『本物』の臨場感を肌で体感してみませんかって」

言われてみれば、劇場の二階席のように、壁際《かべぎわ》の高い所をぐるりと取り囲むスペースが確保されているのが分かる。日本の魚市場が外国客に大ウケなのと同じようなものだろうか。

美琴《みこと》は考え込むように俯《うつむ》き、

「膨大な計算を行う巨大なコンピュータに、全世界からの売買データのやり取りを秒単位のラグもなく処理するための大規模なサーバー……」

「コードEICをショッピングセンターの『外』にまで伸ばそうとする上層部からすれば、これほど使い勝手の良《い》い設備はないでしょう？」

「それは分かるんだけど」

美琴《みこと》は周囲を見回す。

こうしている今も、床、壁、天井、パーティション、モニタ、スクリーン、それら全てに、眩暈《めまい》がするほど細かい数字がびっしりと這《は》い回《まわ》り、折れ線グラフを細かく上下させている。世界中の投資家達がこのわずかな数字の変動に一喜一憂《いっきいちゆう》し、場合によっては首を吊《つ》る者や札束の風呂《ふろ》を作る者も出ているのだろう。

が。

その数字の変動の激しさに反して、この株式売買センターには誰一人として人間を確認できなかった。これだけの数字が動き続けているという事は、取引が終了している、という訳ではないのだろう。そもそも、たとえ取引時間外だったとしても、警備の人間が一人もいないなんて話はおそらくないはずだ。

「どういう事？　何でビジネスマンやオペレーターが一人もいないのよ」

「さあ。街が制御不能になったから放棄《ほうき》したのかもしれません。それ以外だと、私達が向かってくるのが分かってシェルターへ撤退《てったい》したとか」

「ショッピングセンターにとって、コードＥＩＣは要《かなめ》みたいなもんでしょ。普通は徹底抗戦するもんじゃないの？」

「他にもサブのシステムがあるのかも？　あるいは、遠方から横槍《よこやり》を入れるための回線が用意されていたり」

「可能性だけを考えても仕方がない、か」

美琴《みこと》は施設の中央にある、巨大なコンピュータを見上げる。

面積だけで学校の教室八つ以上、高さは三階建てに匹敵する。中央にこの装置があるせいで、施設全体の間取りがドーナツ形になっていた。

「なら、もらえる情報は全部もらっちゃいましょう。考えるのは、材料を揃《そろ》えてからで良《い》いわ」

レッサーは美琴《みこと》から離れた所で調査を始める。

美琴《みこと》はスカートのポケットからPDAを取り出す。

学園都市の協力機関の装置だからか、コネクタには共通の規格が使われていた。巨大なコンピュータとケーブルで繋《つな》ぎ、美琴《みこと》は『覗《のぞ》き見《み》』を実行する。

（……ちぇっ。実際の株取引に使われている計算領域《けいさんりょういき》はたったの三分の一。残りはコードEIC関連か。膨大《ぼうだい》な防犯カメラから人の挙動《きょどう》を読み取って感情を予測し、自動的にニュースソースを作成、最適のタイミングで波状配信する事で、人間を個人としてではなく、集団の塊として制御する……ね）

コードEIC関連のプログラムも見つかったが、安易《あんい》に停止させて良いのか、それがさらに予想外の混乱を招《まね》かないか、その辺りのマニュアルがないので今は触れられなかった。

今は、ショッピングセンターの上層部が何を計画しているのか、その詳細を調べる事を優先する。

何しろ、連中は学園都市の内部へ核兵器を持ち込んだのかもしれないのだから。

（……ショッピングセンターはコードEICを利用し、『キケンな置き物』の都市伝説を流布《るふ》している。なら、学園都市で何を起こそうとしているか、『都市伝説をモチーフにした事件』の詳細も、このコンピュータの中に入っているかもしれない）

PDAを利用して巨大な記憶領域を次々と調べていった美琴《みこと》は、やがて指先を止めた。

あったのだ。

『学園都市壊滅時における、科学情報の価値の増減について』

……概《おおむ》ねは、美琴達《みことたち》の予想した通りの内容だった。

学園都市の都市機能が壊滅し、科学世界の総本山として機能しなくなった場合、全世界の『最先端科学』の質は大きく下がる。そうなった場合、世界中の企業や組織は、ショッピングセンターの持っている断片的な知識にすら莫大《ばくだい》な値をつけるようになる。

超能力開発がそこから進めばそれでよし。仮に頓挫《とんざ》したとなっても、超能力を支えている『枝分かれした技術』が伸びて、利益が出れば構わない。

学園都市の損失はもちろん全世界的に大きな痛手になるが、即座に地球全人類の破滅とはならない。

何故《なぜ》なら学園都市はそれら最先端の技術情報を、今の今まで隠し通してきたからだ。当然、開示のされていない一般地域では『自分達の知らない技術情報が勝手に損失した』としても、即座に生活が立ち行かなくなる訳ではない。

もちろん金融や経済の面では『目に見える大ダメージ』はあるだろう。だが、ショッピングセンターはそういった分野のエキスパートである。被害を最小限に食い止め、しかも混乱の中で自分達の都合の良いように市場のネットワークを組み替えるぐらいの事はできる。

ビジネスモデルの確立。

ショッピングセンターが掲《かか》げているのは、そういう事だ。

問題なのは、どうやって学園都市を『壊滅』させるか、という事なのだが……。

（……ソーンツェ型水素爆弾の運用法）

読み上げて、思わず眩暈《めまい》のようなものを感じる美琴《みこと》。

何が『キケンな置き物』だ。

もはや事態はただの分裂の領域を超え融合の方に進んでいる。

「……一次計画は学園都市内部にソーンツェを配備したのち、タイマー式起爆装置を作動。工作員の脱出後に起爆」

これが、白井《しらい》とぶつかった、超高周電磁波ライフルで武装した襲撃者達の正体だろうか。

「仮に一次計画に支障が生じた場合、二次計画へと即時移行。この旨《むね》に関し、一次計画に動員された工作員との協議は必要ない。こちらで判断し次第、一方的に移行できるものとする」

背筋に冷たいものが走る。

この株式売買センターに人がいない、という事実が意味深に美琴《みこと》の胸へのしかかってくる。

「二次計画は……」

と、そこまで読み上げて、美琴《みこと》は眉を動かした。

二次計画についての文書が見当たらなかった。閲覧権限を持つ者にのみ開示する、とだけ書かれている。

（他に文書がある？　あるいは、ここから先は全て口頭説明で、一切記録は残さない方向？）

これだけではどう判断する事もできない。

美琴《みこと》は一度そのレポートを諦め、巨大なコンピュータ内の別のファイルを漁《あさ》る事にした。

二次計画を説明する文書はやはり見当たらなかったが、『見えない主軸』を補足するための参考資料のようなものがいくつか出てきた。複雑に暗号化されたファイルを覗《のぞ》き込《こ》んでみると、共通する項目が露《あらわ》になる。

(MIG-21改良機……?)

どうやらロシア製の飛行機の型番みたいなものらしい。

美琴《みこと》は参考ファイルの一つに目を通す。

資料の他に、写真、動画なども収められていた。

(……元々は冷戦時代に開発された戦闘機。一機当たりのコストが異様に安いのが特徴。性能については旧式の一言に尽きる)

美琴《みこと》はPDAに表示された情報を目で追いかける。

(冷戦終結と共にソ連製兵器の大半が安く買い叩《か》《たた》かれるようになり、MIG-21もその例から漏《も》れなかった。一機当たりの値段は暴落。米国製の戦闘機が一機一億ドルを超すところと比べても、あまりにも安価で誰の手にも届く戦闘機となった)

と、ここまでは、通常のMIG-21のスペックだ。

ショッピングセンターの上層部も、その値段の安さ、手に入れやすさに目をつけて購入し、独自の改良を施した、という事だろう。

今回の計画に合致できるような形で。

美琴《みこと》は『改良機』の図面を開き、要求スペックに目を通す。

そして。

今度こそ、本気で貧血になるかと思った。

そこにはこう書いてあったのだ。

核兵器懸架《けんか》能力《のうりょく》の付加。

ソーンツェの搭載《とうさい》を可能とするための改良を施《ほどこ》す。

たとえ一次計画が失敗したとしても、ごり押しで確実に起爆させるためだろう、と美琴《みこと》は結論づけた。

7

レッサーは軽く拳を握ると、手の甲を使って、まるでノックをするように壁を叩《たた》いた。

ゆっくりと、等間隔で、正確に。

跳ね返ってくる音を耳にしながら、レッサーは壁際《かべぎわ》に沿って移動していたが、やがてその足をピタリと止める。

音の調子がおかしい。

返ってくる音が弱い。まるで、薄い壁の向こうへ衝撃が逃げてしまっているかのように。

レッサーは口元を緩《ゆる》めると、壁際《かべぎわ》にあったガラスのケースを肘で割った。中に収まっていたのは、災害時脱出用の斧《おの》だ。日本では珍しいかもしれないが、海外では消火器と並んでポピュラーな道具である。

斧《おの》を振り回し、躊躇《ちゅうちょ》なく壁へと叩《たた》きつける。

半公開型ARの画面が火花を散らした。だがレッサーは気に留《と》めない。さらに三発、四発と続けて斧《おの》を振るう。メキメキと音が響き、やがて壁が向こう側へと倒れた。斧《おの》で切ったというより、鈍器で殴り倒したようなものに近い。

「おやおや、スライドドアだったんですか。馬鹿正直に押しちゃいました」

適当に斧《おの》を投げ捨て、レッサーは呟《つぶや》く。本来は厳重な電子ロックでもあったのだろうが、そんなものはお構いなしだ。

中へと踏み込む。

懐《なつ》かしい匂いがした。

薄暗い空間は、直線的な通路のようだった。何かしらの秘密施設か、それとも単なる非常口か。レッサーはニヤニヤと笑いながら、通路の奥へと進んでいく。

通路は直角に折れ曲がっていた。

「これは……」

彼女がその奥を覗《のぞ》き込《こ》むのと同時に、株式売買センターの方から美琴《みこと》の声が飛んできた。

「ちょっと！　ちょっとこっち来て!!　すごいデータ見つけたっ」

「そりゃ大変」

「ヤツら、旧式戦闘機に核兵器懸架《けんか》能力《のうりょく》を付加させようとしていたみたい!!　そっちはどうだった？　何か見つかった!?」

「いいえ」

レッサーはもう一度、通路の曲がり角の向こうを覗《のぞ》いて、

「何もありませんよ。今すぐそっちへ行きます」

……まぁ、そう報告しておいた方が良《い》いだろう、とレッサーは思う。

通路の角の向こうに広がっていたもの。

そちらにあったのは、さらに長い直線の通路と、その通路を駆け抜ける事も許されずに絶命させられた、首なしの死体が九つ。

どれもこれも、サラリーマンとは思えないほど高級なスーツを着込んだ死体だった。そして中途半端《ちゅうとはんぱ》に残った首からは、最高ランクのＩＤカードがぶら下げられている。切り離され、持ち去られた頭部の代わりとでも言うように、カードの中の証明写真は皆不気味に微笑《ほほえ》んでいた。

壁、床、天井。

その全てに、悪い冗談のように鮮血がこびりついていた。

上層部の死。

それも、彼らが導いていた暴徒達とは完全にレベルの違う、あまりにも鮮やかな切り口。

だが、レッサーが懸念《けねん》したのは、死体そのものではない。

その首にあった印。

（……剣のエンブレム。他に巻き物の装飾が施されていたという事は、聖パウロあたりのものですかね）

悪趣味な、とレッサーは呟《つぶや》き、

（確かに、守護聖人の象徴《しょうちょう》には『抉《えぐ》られた目玉』や『切り取られた乳房』など、守護聖人が迫害を受けた部位が指定される事も多い。ですが、それにしても……断頭された聖パウロのエンブレムを利用して人の首を落とすとは……いかにも裏技好みの近代西洋魔術って感じですねえ)

しかし。

だとすると、不可解な事が浮かび上がる。

科学の街を軸に進行してきたこの事件に、明確な異物が混じり込んでいる。

魔術という、もう一つの法則が。

そして。

(上層部が皆殺しにされているにも拘《かかわ》らず、核まで使った計画が続行されているという事実
宙ぶらりんのまま歯車が回り続けているという事は、もう、ちょっとやそっとの事では実行部隊を止める事はできないだろう。少なくとも、中止命令を出して穏便に済ませるという選択肢は消えた訳だ。

(となると、『計画』を引き継いだのはどこの馬鹿か)

通路を引き返し、美琴《みこと》の元へ向かいながら、レッサーは薄く笑う。

「こりゃあ、ちょっとは楽しくなってきたようですねえ」

第七話

1

学園都市では、核施設作業用駆動鎧《パワードスーツ》をまとった警備員《アンチスキル》による、掃討作戦《そうとうさくせん》が始まった。

テロリスト側が持っている兵器は超高周電磁波ライフルと大量の検知剤。あらゆる遮蔽物《しゃへいぶつ》を突き抜け人体の細胞を致命的に破壊する特殊な電磁波火器と、それを利用した爆発物といったところだ。

現代の銃撃戦の防御方法は『飛んでくる弾丸を目で見て避ける』ではなく『盾になるもので身を隠す』事である以上、ありとあらゆる遮蔽物《しゃへいぶつ》を貫通させる超高周電磁波ライフルの存在は、とてつもない脅威《きょうい》になるだろう。

だが。

その超高周電磁波を完全に遮断する防具があれば、両者の立場は一転する。

白井黒子《しらいくろこ》は携帯電話を耳に当てながら、

「お姉様。今、鉛の装甲で覆《おお》われた兵隊達のドンパチが終わりましたわ。無事、制圧完了。核が起爆する兆候《ちょうこう》もなし。かなり詰めの部分まで組み上げられていたようですけれど、タイマ一回りが未完成だったのは救いだった……と報告を受けていますわ」

『待って黒子《くろこ》!!　切らないで!!』

「お姉様？」

『ロシアのショッピングセンターは、タイマーによる核起爆が失敗した時の第二プランを考えているみたいなの。おそらくもうプランは移行しているわ。早く警備員《アンチスキル》にこの事を伝えて!!』

美琴《みこと》は、わずかに躊躇《ちゅうちょ》したようだった。

だが、意を決してこう告げる。

『水爆を搭載した戦闘機が、ロシアから学園都市に向かってる。至急、防空部隊を出撃させないと、頭の上に核が落ちてくるって!!』


日本海。

波打つ海面ギリギリの所を、三機の旧式戦闘機が突き抜けていた。低空を飛ぶのは、基本的に少しでもレーダーに引っ掛かる確率を引き下げるためのものだ。とはいえ、流石《さすが》にこれだけで空の監視網を完全に欺《あざむ》く事はできない。それができていれば、誰も高価なステルス技術など開発しようとは思わないはずだ。

『クリューチサマリョートより各機。複数のレーダー波をキャッチした。おそらく自衛隊の広域レーダーがこちらの機影を捉《とら》えている。ここから先は簡単にはいかないぞ』

『プリスルーガサマリョートよりクリューチサマリョート。連中も馬鹿ではないさ。とっくに気づいていたはずだ。外交問題に配慮《はいりよ》し、ロシア領海を越えるまでは我慢してくれていたんだろう』

『ノーチサマリョートより各機。そのロシア側もそろそろ動くぞ。および腰の空自よりも、後ろから追いすがってくるスホーイの方が心配だ』

『クリューチサマリョートより各機。一番の敵は学園都市だ。ヤツらもそろそろこちらの狙いに気づく。ここが正念場だ』

これ以上の低空飛行に意味はない。

三機の旧式戦闘機はゆっくりと高度を上げると、低空飛行時の慎重さをかなぐり捨て、一気に全速力を叩《たた》き出《だ》す。

目的地は日本国首都、東京。

核兵器懸架《けんか》能力《のうりよく》を備えた戦闘機が、科学サイドの中心地、学園都市へと向かっていく。


美琴《みこと》はショッピングセンター地下の株式売買センターをうろうろしていた。どこか目的地があって足を動かしているのではなく、逆立った神経を抑えるための仕草《しぐさ》である。

「……コードEICの中枢には辿《たど》り着《つ》いた。でも、装置は所詮装置。これを操っている人間を見つけない事には、ショッピングセンターの計画を止めるには至らない」

自分で自分の意見をまとめるためにブツブツと呟《つぶや》く美琴《みこと》の言葉を聞きながら、レッサーはひっそりと思う。

（ええ。その意見には全面的に賛同できますが……）

隠し通路の奥。レッサーだけが目撃したものを思い出し、

（問題なのは、その首謀者《しゅぼうしゃ》らしき連中がまとめて首なし死体に変わっていた、という事ですかね。しかも死因には魔術。さて……今回の計画、今は誰がどう手綱《たづな》を握っている事やら）

数々の思惑《おもわく》が交差し、最後の計画は進行される。

ソーンツェ型水素爆弾。

あまりにも馬鹿馬鹿しい破壊力を持った、最低最悪のジョーカーを使った計画が。

2

「提案があります」

考え込む美琴《みこと》に、レッサーはそんな事を言った。

美琴《みこと》は怪訝《けげん》な目を向けて、

「何よいきなり」

「MIG-21改良機は、順当に進めば一時間もしない内に学園都市の中心部へ到達します。この際、なりふり構っていられません。今は一刻も早く、この計画を主導している人物を捜索する必要があると思います」

「で？」

「ソーンツェの破壊力は絶大です。そして上層部はパイロットの裏切りを防ぐ機構を用意して

いるはずです。簡単に言えば、パイロットの一存で投下はできても起爆はできないと思われます。パイロットが投下し、上層部が起爆信号を送る。こういうシステムが構築されているのではないでしょうか」

そうでなければ、とレッサーは前置きし、

「パイロットが上層部を裏切り、このショッピングセンターにゾーンツェを投下するリスクが生じますからね。仮に旧式戦闘機が編隊を組んでいる場合、一発をここに落とし、追っ手を完全に排除した上で、残りを手中に収めようと考えられる恐れがある訳ですし」

ふむふむ、と美琴《みこと》は頷《うなず》きかけたが、

（……あれ？）

何かが引っ掛かった。

だが、それが具体的に何なのかが掴《つか》み取《と》れない。

そうしている間にも、レッサーは話を先に進めてしまう。

「つまり、仮に学園都市や自衛隊の防空部隊がしくじったとしても、上層部が起爆信号を打ち込まなければ、投下されたゾーンツェが爆発する事はないんじゃないでしょうか？」

「だとすれば、指を咥《くわ》えて見ている以外に、私達にもやれる事がある」

「計画を主導《しゅどう》している上層部を見つけて拘束する事」

言いながら、レッサーは指先で何かを弾《はじ》いた。

フライングディスクのようにくるくると回って美琴《みこと》の方へ飛ばされたのは、一枚のＩＤカードだった。

「これって……」

「さっきの通路の奥で見つけました。最高ランクの権限を持つカードです。まずはこいつの周辺や資料を漁《あさ》って、見えない上層部の輪郭を浮き彫りにしましょう。素性や隠れ家なんかも分かるかもしれません」

嘘《うそ》はついていない。

ただし。

その『計画を主導している上層部』が、丸ごと第三者と入れ替わっている可能性があるだけで。

3

ＩＤカードには、持ち主の氏名と顔写真、所属部署、権限のランクなどが貼り付けてあった。

「名前や写真はともかく、所属についてはダミーでしょうねえ。首からぶら下げているカードに、馬鹿正直に『暗部組織』の名を印字するとは思えませんし。ここを追っても隠れ家には辿《たど》り着《つ》けなさそうです」

「そんなのどうでも良《い》いわよ。別の切り口から攻め込めば良い」

「？」

「最高ランクってのは仇《あだ》になっているわよね。これだけ広いショッピングセンターの中でも、そこまで厳重な区画は限られている。だから地図を開けば」

美琴《みこと》は壁の半公開型ARを操作し、地図をセキュリティレベルごとに区画を自動で色分けさせていく。

最高ランクの色は赤。

出てきたのは、たった五ヶ所だけだった。

「ほら、このどこかにこいつは頻繁《ひんぱん》に出入りしていて、何かしらの情報を残しているって訳よ。あるいはご本人様が隠れているとかね」

実際に向かってみると、その扉はいかにも厳重な銀行の大金庫といった風情《ふぜい》ではなく、職員用の狭い通路にある、小さな扉だった。一応スタッフオンリーという札が掛けられているものの、せいぜい店員の休憩所ぐらいの印象しかない。

「ここがそうなんですか」

「そう。でも、普段だったら流石《さすが》にさりげなく『保安員』とか配置されていそうなもんだけどね。あるいは、『保安員』にも知らせたくないのであれば、私服の別働隊とか」

「ベイロープやランシスからの報告だと、暴動は小康状態《しょうこうじょうたい》みたいですが、それでもやっぱり色んな対応に追われているんですかねぇ」

だがノブの近くにある読み取り機にIDカードを通すと、ガキガギバギンッ!! と複数の鈍い金属音が響いた。自動で内側に開いた扉は、厚さが一メートル以上ある。人間どころか気体の出入りすら禁じているのか、ドアの縁《ふち》にはゴム製のパッキンまで備えられていた。

「まさに秘密基地って感じね」

「何で男の子ってこういう雰囲気作りが好きなんですかね？」

そんな事を言い合いながら、二人は部屋の中へと入っていく。

広さは大体教室二つ分といったところか。だが伸び伸びとした印象はない。本棚のようなものがびっしりと並んでいたからだ。その正体はスチールラックで、本の代わりに大量のハードディスクが収められていた。

「オフラインのストレージ……」

美琴《みこと》は周囲を見回し、

「コードEICは常にネットワークと繋《つな》がっているから、外部から攻撃を受ける可能性はゼロじゃないし、ハードに起因したデータの破損・損失のリスクも考えられる。ここはそういった場合に備えたスタンドアローンのバックアップ、ってところかしら」

「紙の資料も散らばっていますね」

「データを印刷して確認する癖《くせ》でもついていたか、あるいは見られたくないものは全て厳重な部屋へ放り込む方針だったのか。ともあれ、こっちにとっては好都合ね」

美琴《みこと》とレッサーは、それぞれ分担して部屋を調査する事にした。美琴《みこと》はストレージ内のデータへ、レッサーは紙の資料へ向かっていく。

（……ここの主がすでに死亡している事は分かっていますが）

半公開型ARを操る美琴《みこと》の横顔をチラリと見ながら、レッサーは一人で考える。

（あの首なし死体を作った魔術師。ただの部外者とも思えません。隠し通路を発見するまでならともかく、正規の『科学サイドの方法』で扉の開閉を行っているところを見ると……おそらく、当初は繋《つな》がっていた可能性が高い）

となると、最優先で行うべきは、

（ここが秘密のデータ保管庫なら、ショッピングセンター上層部と繋《つな》がっていた魔術師の情報も残っているかもしれません。その情報を足掛かりに追いかけるしか……）

「……これですね」

山積みにされた紙束としばらく格闘していたレッサーは、山の中から一通の巨大な封筒を抜き取る。中に入っていたのは一枚の写真と、複数のコピー用紙。中身は興信所などが行う人物素行調査レポートのような書式だった。

（おそらく、ショッピングセンター側が手を組む相手の安全性について、独自に調べたものでしょうが）

写真と名前ははっきりしているものの、それ以外については奇怪《きかい》な内容が多い。なんというか、文章に統一感がないのだ。例えば宿泊先についても、あるページではホテルAが、別のページではホテルBが書かれている。

レッサーはほくそ笑む。

本来であれば、『ちぐはぐな内容の報告であっても、周囲が違和感なく受け入れる』ような術式で、この人物は保護されていたのかもしれない。

だが一度デジタルなデータ化を行った事で、効力が切れてしまったのだ。

結果として、ちぐはぐな報告はちぐはぐなまま提出され、ショッピングセンター側からも『注意する必要あり』という評価を受けている。

アナログとデジタルで情報量が変質する、というのはありがちなミスだ。とはいえ、踏み込み過ぎれば魔術と科学の『協定』に触れるため、扱いの難しいところでもある訳だが。

（……名前はカリーチェ＝I＝ニーキノシ。ま、この名前についても怪しいもんですが、写真については失敗しましたね。細かい装飾と、首なし死体に残されていた痕跡から、ロシア成《せい》教崩《きょうくず》れである事は丸分かりです）

ただ……とレッサーは心の中で呟《つぶや》き、美琴《みこと》の横顔をチラリと見た。

科学サイドの学園都市の中では相当に優秀なようだが、だからと言って不用意に魔術サイドの事件に踏み入れさせて良いものではない。レッサーは別に『治安を守る側』の人間ではないが、厳密なルールに縛られていないからこそ、こういった曖昧《あいまい》なマナーを忘れるとどこまでも脱線していく事を良く知っている。

事実。

上層部の首を切ったカリーチェが良《い》い見本だ。

「ご提案があります」

「また？」

「ちょいと別行動をしましょう」

レッサーはニヤニヤと笑いながらそんな事を言う。

「正直、この馬鹿デカいストレージの調査はあなた向きの仕事です。私に協力できそうな感じじゃありません。学園都市もそろそろ本気でピンチっぽいですし、手持ち無沙汰《ぶさた》でのんびり待機しているより、少しでも行動した方が良《い》いと思います」

「そりゃ、動いてくれるならありがたいけど……心当たりってあるの？」

「いいえ。あるなら出し惜しみなんてする訳ないでしょう」

「……あっそ。見回りよろしく」

「ついでに食品売り場で試食品だって食べてきますよ」

適当に言って外へ出て行こうとするレッサーだったが、

「ちょっと」

「何ですか」

「何か見つけても、一人で突っ走るんじゃないわよ。実際やってみて分かったけど、あれはあんまり面白くない。ヒントがあっても一度下がって、私の所まで戻ってくる事。分かった？」

「……、」

一瞬。

レッサーは虚《きょ》をつかれたような顔になった。

が、やがていつもの意地の悪い笑みを浮かべると、

「了解しました」

とだけ答え、今度こそ確実に部屋から出る。

（やれやれ。あれを言われた後に保身第一で動く人間なんていているんですかねえ？）

レッサーはため息をつきながら、これからの行動について考える。

ロシア国内の主要な魔術結社の名前をいくつか思い浮かべる。こうしている今も美琴《みこと》は科学サイドによる調査を続けているが、おそらくその方法では手詰《てづ》まりだ。ここから先は、レッサーが先陣を切るしかない。彼女は自分のやるべき事を順序立てて整理していく。

もちろん。

魔術サイドのやり方で。

4

レッサーがまず向かったのは、食料品コーナーだった。

暴動は小康状態になっているはずだが、それでも爪痕《つめあと》のようなものはまだ残っている。陳列棚の多くは倒れ、商品の数もかなり減っていたり、床の上で踏み潰されていたりする。店員は見当たらなかった。給料と照らし合わせてリスクが割に合わないとでも判断したのだろうか。

彼女はかつて調味料が並んでいた棚があったであろう場所をうろうろする。床に屈《かが》み込《こ》み、転がっている小さなビンを観察しながら、

「おっ、セージにパセリ、こっちはターメリックですか。山椒《さんしょう》と唐辛子も発見発見、と。これだけあれば作業を短縮できるかもしれませんねぇ」

いくつかの商品を拾い上げるレッサー。

そこで軽く首をひねりながら、

「しっかし暴動ダメダメって大はしゃぎした片割れが、目的のためとはいえ商品かっぱらうなんて、皮肉ですねぇ」

とはいえ、レッサーは特に金銭を支払わない事に躊躇《ちゅうちょ》しない。

この辺りの半端《はんぱ》さが、『治安を守る側』でない事を示している。

レッサーは立ち上がらない。屈《かが》み込《こ》んだまま、調味料のビンの蓋《ふた》を開けた。そのまま腕をゆっくりと大きく回し、床の上にマンホールほどの円を描く。

他の多くの文化圏と同じく、北欧の女も植物を利用する。大仰で危険性の高い魔草はもちろん、一般でも販売されている香草や調味料も、彼女達は魔術の道具として取り扱ってきた。適切な知識があれば、魔術の材料はコンビニで揃《そろ》えられる。

「まぁ、あのガッチガチの科学脳（笑）なら民間療法的な自己暗示法とか何とか、ものすごーく適当な納得のされ方をされそうですけど」

適当に呟《つぶや》きながら、レッサーはミニスカートの中から伸びている『尻尾』を揺らす。彼女は『十字教《じゅうじきょう》によって意図的に歪《ゆが》められた北欧神話』の術式を好んで使う。悪魔化された神秘を取り扱う事で、ただの北欧神話では起こし得ない現象を制御する事ができるという訳だ。

そんな事を考えながら、レッサーは調味料の円の内側へ、さらにいくつかの図形を描いていく。

（十字教《じゅうじきょう》が混ざるとにかく簡単ですねえ。何しろ現代文のアルファベットをそのまま使えますから、いちいち古代のルーンに翻訳し直す必要がありません。アルファベットは一文字一文字に複雑な意味はないため、並べて単語を作るだけで陣を作れますし。文字同士の記号や意味が変な競合を起こして染色《せんしょく》に失敗する事もない）

オカルティックな魔法陣を完成させたレッサーは、その円の縁へ人差し指を置く。

直後だった。

人差し指を触れた箇所《かしょ》から、青白い炎が発生した。それは油に燃え移るように、複雑な魔法陣の上を走り回る。レッサーの表情に変化はない。人差し指の先端は青白い炎の中にあるが、熱さはなかった。

「さてさて」

レッサーは楽しそうに魔法陣の中央を覗《のぞ》き込《こ》みながら、

「これで外部への『窓口』が開いてしまった訳ですが、向こうはどう動きますかねえ」

直後に、彼女は魔法陣から指を離す。

ようやく熱さが伝わったから、ではない。


ガキン!! と。

突然虚空《こくう》から現れた氷のナイフが魔法陣の中央に突き刺さり、炎と調味料が四方八方へ吹き散らされたからだ。


明らかな妨害行為。

あと一瞬でも指を離すタイミングが遅ければ、魔法陣と一緒に人差し指を失っていたかもしれない状況。

しかしレッサーはこれまで以上に笑う。

スロットマシンで七が二つ並んだ時のように。

「そうするしかないですよねえ!!」

おもむろに立ち上がると、

「何しろこっちはロシアの主要な魔術結社五つに、アンタらの縄張りでどっかの魔術師が勝手な事をやってるよー、って通信を名前と顔写真つきで送信しまくってる訳ですから!! 居場所を逆探知されると分かっていても、魔術的な横槍《よこやり》を入れるしかないですよねえ!!」

レッサーは迷わず走り出した。

調味料は妨害行為によって吹き散らされた……ように見えるが、そうではない。まるで磁力線によって砂鉄がラインを描くように、正確に襲撃者の居場所までの道のりを提示してくれている。

(逆探知成功!! 向こうも気づいているでしょうが、基本的に襲撃犯は大衆に紛《まぎ》れていられる内が華です。この距離で取り逃がすはずがない!!)

食料品コーナーを一気に通り抜け、従業員用の扉を開け放って裏手の通路へ飛び込んでいく。途中、曲がりくねった通路の角から氷のナイフが高速で飛んでくる事もあったが、レッサーは上半身をひねるようにして回避する。

肌から数ミリの所を刃が通過するが、レッサーの表情に恐怖はない。

デメリットよりもメリットを優先してしまうこの性格は、昔っからベイロープやランシスといった『仲間達』からは不評だった。

この場合におけるメリットとは、

(近い)

さらに二本の足に強い力を込めながら、レッサーは狭い通路を駆け抜ける。

(そうでもなければ、焦《あせ》って足止めをしようなんて考えません!!)

次の角を曲がると、通路の先に逃げる女の背中が見えた。

カリーチェ＝I＝ニーキノシ。

（ビンゴ!!　やっぱり怪しいヤツは怪しい事をしているもんですねぇ!!）

待て、などと間抜けな声をかける事はない。

その警告は、より正確には『死にたくなければ待て』だ。元からやるかやられるかの勝負を前提とした人間には通用しない。

よって、レッサーは肺の中にありったけの酸素を取り入れ、全力で駆ける。

ドン!!　という足音を自らの後方から聞いたような気がした。

距離はおよそ三〇から五〇メートル。

よほど愉快な落とし穴でもない限り、ここから振り切られる事など絶対にありえない。

大きな音が聞こえた。

それが扉を開け放つ音だとレッサーは勘付き、ぐらぐらと揺れるドア板の隙間へ体を潜らせるように、一気にその先へと踏み込んだ。

屋外だ。

どうやら資材搬入《しざいはんにゅう》用の業務用駐車場のようだった。一面の平面。等間隔に並ぶ街灯。それ以外の何もない空間。カリーチェはすでに駐車場の端を囲むように生えている背の低い街路樹をまたごうとしていたが、レッサーの方に焦《あせ》りはない。

いつの間にか、その手には槍《やり》のようなものが握られていた。

『鋼の手袋』。

先端に四本の刃を取り付けた、ロボットのアームにも似た形状の武器だ。

レッサーはその刃の指を使って、小さな布袋《ぬのぶくろ》を摑《つか》む。中身は先ほどの調味料を一定の比率でブレンドしたものだ。

布袋《ぬのぶくろ》を先端にぶら下げたまま、細長い武具を、レッサーは両手を使って頭の上でぐるりと回す。

弓が開発されるより以前から、腕力以上の飛距離と威力を発揮するために使用されていた、おそらく人類最古の飛び道具。

最も古い型はおそらくU字にした紐《ひも》やベルトのような本体に握《にぎ》り拳大《こぶしだい》の石をセットし、遠心力を利用して射出するものだ。しかし後世になると、取り扱いの簡略化やてこの原理などを組み込むため、棒の先端にカップを取り付けた、ラクロスのような形のデバイスが開発される。

(三回転……いや五回転もあれば十分ですか……っと!!)

頭の上の回転の軸を徐々に下へずらし、ハンマー投げのようなスタイルに移行させるレッサー。そして十分な遠心力を得ると、調味料の袋を摑《つか》んでいる四本の刃を大きく開く。

ビウン!! と、小さな袋は山なりの弧《こ》を描いて頭上から標的を襲った。

感覚としては、銃弾というよりグレネードに近いか。

そして実際の効果も。

おそらくは、カリーチェも飛来してくる弾体には気づいたはずだ。虚空《こくう》から氷のナイフを数本出現させたところを見ると、撃ち落とそうとしたのかもしれない。

だが遅い。

それより先に空中で布袋《ぬのぶくろ》を縛る紐《ひも》がほどけたし、仮に迎撃できていたとしても、その後に待っていた結果は同じだっただろう。

パン、という小さく弾《はじ》ける音と共に、中身の調味料が空中に撒《ま》き散《ち》らされた。それは一定の法則性をもって漂《ただよ》い、複雑な魔法陣を一気に完成させる。

そこでレッサーは親指を横一直線に動かし、小さく呟《つぶや》いた。

「右方の火、後方の水、方位に伴《ともな》い色をつける風の交《まじ》わりよ」

それは『黄金』と呼ばれる結社群で利用される、四種の力の応用法。

方位磁石もないのに正確に一方向を指し示した親指に導かれ、見えざる力が渦を巻く。

「能動と受動、互いに相反する後右の風は災難と転機を示すものなり!!」

直後だった。

カッ!! と。

カリーチェの頭上に咲いた魔法陣から、閃光《せんこう》が炸裂《さくれつ》した。

生まれたのは爆風。

上からの力によって逃走犯の体は地面へ叩《たた》きつけられ、駐車場の縁を囲む背の低い街路樹はベキベキとへし折れ、路上からいくつものスパークが炸裂《さくれつ》した。大型トラックの通行を前提とされた路面用の半公開型ARだが、レッサーの一撃には耐えられなかったようだった。

「声を掛けるのは慈悲《じひ》の一つとでも思ってください」

新しい布袋《ぬのぶくろ》を『鋼の手袋』の四枚刃で摘《つま》み、棒状の本体を肩で担《かつ》ぎながら、レッサーはそんな事を言う。

彼女は駐車場を横断しながら、

「あなたがショッピングセンター側に関与しているのは、コードEICの中枢から調べはついています。さぁて、上層部を丸ごとぶっ殺して『計画』を乗っ取った理由についてお話していただきましょうか」

「……、」

もぞもぞと、地面の上でカリーチェは蠢《うごめ》いていた。

髪の毛で隠れかけた顔の、口のパーツが微《かす》かな笑みを作る。

悪寒《おかん》を感じたが、行動に結び付かせる時間が足りなかった。

ドッ!! と。

轟音《ごうおん》を耳にした直後、レッサーは大男に押《お》し潰《つぶ》されていた。

大空から降ってきた人間が、小柄なレッサーの体をクッションにして着地した。

それだけの事に気づくのに、数秒必要だった。

衝撃で、頭を揺《ゆ》さぶられたせいだ。

(ちくしょ……ッ!! 一人じゃ、なかった……ッ!?)

ほぼ馬乗りにされつつある状況だが、まだこちらの重心は押さえられていない。

（っつーかどうなってんですか！　どこから飛んできたんだ⁉　そもそもだだっ広い駐車場の真ん中だっつーの‼）

どうにか左右へ転がって大男を振り落とそうとするレッサーだったが、そこで大男は一度背を大きく仰《の》け反《ぞ》らすと、岩のような額を勢い良く振り下ろしてきた。

バゴッ‼　という鈍い音が耳のすぐ近くで炸裂《さくれつ》する。

頭はレッサーではなく、そのすぐ近くの路面へと落ちた。その硬い建材を砕きかねないほどの勢いだった。そしてレッサーは、大男が頭を持ち上げた事で、ようやく彼の狙いを知った。

棒状の『鋼の手袋』の柄を、犬が骨を咥《くわ》えるように顎《あご》で摑《つか》んでいたのだ。

（やっべー……）

素直な感想を抱くレッサーの耳に、おそらく初めてだろう、カリーチェの言葉が耳に入る。

「ありがとう、イワン」

それからさらに、彼女は別の名を呼んだ。

「セルゲイ、ドラグ、ミリー、ウェンゴ、マリアン、セヴチェ、アリア。……皆もやっちゃって」

（くそが‼）

重心を押さえきれなかった大男を振り落とし、レッサーはとっさに真横へ転がる。

バン！　ボン‼　という小さな爆発音が遠方から連続した。

（屋根の上‼）

音源に目をやり、そしてレッサーは複数の足の裏がミサイルのように迫ってくるのを目撃した。

おそらく相手は足元の空気を爆発させて、建物の屋根からレッサーまで、水平距離で二〇メートル以上ある距離を一気に跳躍《ちょうやく》している。落下時の衝撃も同じ方法で緩和《かんわ》できるが、下にいるレッサーからすれば、それは単なる『爆発力を伴った攻撃』に過ぎない。

(ちぇ！　全員分避けられますかね!!)

ドカカカカッッ!!　と、転がるレッサーを追って、まるで機銃の掃射《そうしゃ》のように一直線に大量の足が降ってきた。

横方向の回転だけでは安全圏まで逃げられない。

が、不幸中の幸いだったのは、彼らが着地時の衝撃を緩和させるために、空気を爆発させていた事か。レッサーの小柄な体はその風の力を借りて、本来の運動性能以上の距離を稼ぐ事に成功したのだ。

結果、最後の一人の靴底がレッサーの顔のすぐ横を貫《つらぬ》くに留《とど》まった。

まるでブレイクダンスのような格好で、レッサーは転がりながらも流れるように立ち上がる。

敵側の攻撃は回避できたが、安堵《あんど》の息を吐いている暇はない。

(さっきのカリーチェと大男を合わせて一〇人前後。おまけに『鋼の手袋』も奪われたままま)

見れば、イワンとか呼ばれていた先ほどの大男が、咥《くわ》えていた『鋼の手袋』を横合いへ吐き捨てるところだった。

広い駐車場、という立地も、数の暴力を仕掛けるには格好の条件だ。

「誘い込まれた、っていうのには気づいた？」

カリーチェがゆっくりとこちらへ近づきながら、そんな事を言う。

レッサーはジャケットの内側から新しい布袋《ぬのぶくろ》を二、三ほど取り出しながら、

「……魔法名を名乗るつもりもなさそうですね」

「必要ないもの」

声と共に、カリーチェは何か細長い杭《くい》のような物を軽く振った。

今さらながら、レッサーはそれがボールペンだと気づく。とはいえ、中身は単なるインクではないだろう。これまでの術式から判断するに、おそらく聖油か何かを詰め直している。

彼女一人の現代風アレンジというよりは、結社全体のフォーマットなのだろう。他のメンバーも、ボールペンや他の文房具を術式構築用の霊装《れいそう》に組み替えている。

「という訳で、ひとまず死んで」

「だ、そうですよ」

何故《なぜ》かレッサーはのんびりとした調子で勝手に言葉を引き継いだ。

怪訝《けげん》に眉をひそめるカリーチェを無視して、レッサーはさらに口を開く。

「ええ、ええ、そうです。そんな感じ。霊装《れいそう》の質から察するに、こいつらの他にも後方支援用の人員が潜んでいそうですけど、ひとまず戦闘部隊はこんな感じじゃないですか？　はい、ええ、まあ、そんな訳で、ちゃちゃっとお願いします」

そう、無視して。

今のレッサーの態度は、まるで目の前の人物を無視して携帯電話で通話をしているようだっ

た。

そんな印象を得たカリーチェは、直後に危機感を覚えた。

「まさか……ッ!!」

「遅すぎ」

んべっ、とレッサーが小さな舌を出した直後だった。

ズバヂィ!!!!!! と。

轟音《ごうおん》と共に無数のルーン文字が躍り、緑色の不自然な落雷が一帯へ襲いかかる。

真上から真下へ一直線に落ちる、自然災害の落雷とは圧倒的に違った。地平線の辺りから大きく弧を描いた太いスパークが、立て続けに駐車場へ降り注いだのだ。

危機感を自覚したカリーチェはとっさの回避行動を取ったが、周りの男女は追い着けない。次々と体を貫かれ、膝《ひざ》から落ちるように地面へ倒れていく。

「これが元々の役割なんですよ。チョロチョロ動く私が斥候偵察《せっこうていさつ》、敵の位置情報を正確に摑《つか》んだところでベイロープが遠方から高威力の砲撃。後は必要ならランシスが広域へ各種ステータス異常攻撃を行って敵の回避性能を削《そ》ぎ落《お》とし、フロリスが翼を使って敵陣深くへ入り込んだ私を回収するってトコですか」

一方で、緑の落雷は絨毯爆撃《じゅうたんばくげき》に近い性質を持っているらしく、レッサーの方も弧を描くスパークを時折回避しながら、カリーチェの方へと向かっていく。

「それにしてもベイロープやりすぎー。あの『知の角杯《ギャツラルホルン》』さえなけりゃあケンカも何とかできそうな感じなんですけどねえ。こりゃ暴徒相手に援護射撃とかしてもらわなかったのは正解だったのかも」

「……あなた……」

緑色の閃光《せんこう》が乱舞する中、レッサーとカリーチェが向かい合う。

動揺を隠せないカリーチェとは対照的に、レッサーの笑みに好戦的な色が加わった。

「シンプルに行きましょうよ。ルール無用な側の魔術師らしく」

「そうね」

何かを吹っ切るように、カリーチェは応じた。

その頭上に緑色の雷撃が降り注いだが、彼女は動かなかった。

ただ聖油を詰めたボールペンを頭上に掲げ、それだけでスパークを四方八方へ散らした。

ガヂン!!　という異様な音と共に、虚空《こくう》から羊皮紙が生まれる。

薬莢《やっきょう》のように紙片を舞わせ、霊装《れいそう》を天に掲《かか》げたカリーチェの唇が言葉を紡《つむ》ぐ。

「シンプルに、共食いと行きましょうか」

レッサーとカリーチェの二人が、同時に前へ駆ける。

ドン!!　という爆音のような足音を伴い、緑色の閃光《せんこう》が無数に躍る中、二人の魔術師は最短距離で激突する。

レッサーの手には複数の魔術効果を生み出す、手榴弾《しゅりゅうだん》のような調味料の袋。

カリーチェの手には氷の刃を自在に生み出す、聖油を詰めたボールペン。

一発の攻撃を生み出す速度は、カリーチェの氷のナイフの方が早い。

ガシュン!!　と。薬莢《やっきょう》のように羊皮紙を舞い上げながら、いくつもの刃が生じる。

「……ッ!!」

喉元《のどもと》を狙って飛来するナイフを上半身の動きだけで避け、回避行動の途中で布袋《ぬのぶくろ》を前方へ放り投げるレッサー。

彼女は自分が巻き込まれる事も厭《いと》わずに呪を紡《つむ》ぐ。

「左方の土、後方の水、方角に伴い色をつける風の交わりよ。共に受動を示す後左の風は安寧と停滞を示すものなり!!」

ボッ!!　という爆発音が炸裂《さくれつ》した。

ただし投石機を用いた先ほどの爆発とは違う。どちらかと言うと、とてつもなく頑丈なエアバッグで顔面を叩《たた》かれるような衝撃が、レッサーとカリーチェ双方に激突する。

ただし、事前にそれを知っているかどうかで次の行動までの早さが変わる。

レッサーはさらに唇を動かし、

「追儺《ついな》」

より前へと踏み込み、

「後左の風よ速やかに失われるべし。其《そ》は後左の風とは逆に安寧と停滞を遠ざけ、災難と転機を招き寄せるものなり!!」

ドン!!　と握り拳を前へ突き出す。

それは小柄な少女一人分の腕力というより、レッサーとカリーチェの体が猛烈な磁力で互いに吸い寄せられているような格好にも近かった。

当然、互いに吸い寄せられているのだからカリーチェに回避できる術《すべ》はない。

だが、

「遅い」

カリーチェの言葉と共に、地面から逆さにギロチンの刃が生じた。

画板ほどのサイズの刃は、まるで金属製のシャッターのようにレッサーの拳を阻《はば》む。

ガヂン！　という音と共に、再び羊皮紙が舞う。

レッサーはさらに布袋《ぬのぶくろ》を取り出し、アンダースローで前方へ放り投げる。あまりにも敵と密着していたせいで布袋《ぬのぶくろ》はカリーチェの後方へと流れていったが、レッサーは構わず唇を動かす。

「右方の火、後方の水、方位に伴い色をつける風の交わりよ。能動と受動、互いに相反する後右の風は災難と転機を示すものなり!!」

今度こそ、爆風を生み出す光の炸裂《さくれつ》が生じた。

真後ろで起きた爆発によってレッサーの側へ吸い寄せられる事へ危機感を抱いたのか、カリーチェは身をひねるような格好で強引に右側へと体を逃がしていく。

しかしレッサーの狙いはそこではない。

彼女が求めていたのは、カリーチェが術式を発動した直後に薬莢《やっきょう》のように排出される、羊皮紙の方だ。

爆風に乗って流されてきた羊皮紙を、レッサーは人差し指と中指で摘《つま》む。

「やはりエクス＝ヴォト。歴史上の守護聖人に代願する事で、第三者を迂回《うかい》して『神の子』へ要求を伝え、奇跡を起こしやすくしてもらうための手法……ってトコですか。物品ではなく羊皮紙にしたのはロシア系結社らしく、イコンにでも対応させるつもりだったんですか？」

「……ッ!!」

地面から材木を裁断するような、巨大な回転刃が生じた。

だがレッサーは無視して言う。

「エクス＝ヴォトは代願が叶《かな》った証《あかし》として、守護聖人の祭壇へ代願に関連する対価を奉納《ほうのう》する事で儀式を終わらせるはず。例えば、代願の内容を記した書物とか」

ただし、とレッサーは付け加え、襲いかかる回転刃へ人差し指を添《そ》える。

そのまま、言う。

「その代願の書面さえ手に入れれば、そこから術式を解除する方法を逆算するのは訳ないでしょう？」

クリアな音と共に、回転刃が砕け散った。

レッサーは驚く暇を与えない。

ある種の装飾のように輝く氷の破片の中を突っ切って、彼女はカリーチェの懐《ふところ》へと踏み込んでいく。

その手にあるのは布袋《ぬのぶくろ》だ。

「右方の火、前方の風、方位に伴い色をつける風の交わりよ。共に能動を示す前右の風は攻撃と変化を示すものなり!!」

間に合わない。

眼前で起爆する。

そう思ったカリーチェは、無駄と知りながらも虚空《こくう》から氷のナイフを生み出した。

そこへ、

「追儺《ついな》」

さらなる言葉が紡《つむ》がれる。

「前右の風は速やかに失われるべし。其《そ》は前右の風とは逆に攻撃と変化を遠ざけ、防御と不変を示すものなり!!」

しまった、とカリーチェが思った時には決着がついていた。

自らの術式で放った氷のナイフ。

それはレッサーには突き刺さらず、砕け散って、大量の破片がカリーチェ自身の上半身に突き刺さった。

防御と不変の象徴。

まるで、反射するように。

5

美琴《みこと》はストレージの中にあるデータを調べていた。

未《いま》だに見えない、『計画』を主導《しゅどう》しているとされる『上層部』の詳細と、その居場所について調べるためだ。

旧式戦闘機を使って学園都市を核攻撃しようとしているショッピングセンターだが、レッサーの予想では、ソーンツェの起爆コードはパイロットの裏切りを防止する意味でも『上層部』が握っているとの事だった。

美琴《みこと》も概《おおむ》ね賛成だ。

そしてソーンツェの起爆を止めるためには、それが投下されるより早く『上層部』を見つけ出し、起爆コードの入力を阻止すれば良い。

という話だったのだが、

「……見つからないわねえ」

美琴《みこと》はPDAの画面を眺めながら、ついそんな事を呟《つぶや》いてしまう。

書類上の最高責任者の名前は見つかったのだが、どうも周辺の資料を追う限り、この人物はお飾りでしかないようで、実際の業務にはほとんど関わっていないようだった。この調子では、ショッピングセンターの闇にすら気づいていない可能性もある。

かと言って、ではそれに代わる『闇の支配者』が存在するのかと言われれば、こちらも怪しい。徹底的に記録を残さないように努めているのか、影も形もない。名簿のようなものはもちろん、各種の資料の中に人名らしい人名が全く記載されていないのだ。

美琴《みこと》はレッサーから受け取った、最高権限らしきIDカードに目をやる。

少なくとも、このカードを首から提げていた人物がいないとおかしいのだが、その存在すら怪しんでしまいそうな状況だった。

（……セタリーが『分かりやすい上層部なんていない』って言ったのが頷《うなず》けるわね）

だが、確実にいる。

現に学園都市にはソーンツェが持ち込まれたし、今も旧式戦闘機に同じ水爆を搭載して、学園都市へ投下するための計画が続行されている。

一刻も早く『上層部』を見つけなければ、それらが成就《じょうじゅ》されてしまう。

そう思い、ストレージの中のデータを調べ続ける美琴《みこと》だが、やはり成果は出てこない。

ため息をつこうとしたところで、ふと美琴《みこと》の指先が止まった。

『上層部』に関するものではないが、気になるデータを見つけた。

「これは……？」

（……二次計画に関するデータ……）

コードEICの中枢であった大型コンピュータの中には、学園都市にソーンツェを持ち込んで、タイマーで起爆するといった一次計画までしか書かれていなかった。それが失敗した時の二次計画については、ファイルそのものが存在しなかったのだ。

その二次計画についての文書が、出てきた。

（おそらくその二次計画っていうのは、MIG-21改良機を利用した、ゾーンツェの投下作戦の事なんでしょうけど）

ショッピングセンター側の詳細な文書に目を通せば、美琴《みこと》のまだ知っていない有益な情報が得られるかもしれない。例えば、MIG-21改良機の飛行ルートや時間が判明すれば、迎撃だって容易になる可能性もある。

そう思ってファイルを開いた美琴《みこと》だったが、

「え……？」

一瞬、呼吸を忘れた。

美琴《みこと》はＰＤＡに目を落としたままもう一度、

「え……？」

6

白井《しらい》黒子《くろこ》の頭上を複数の飛行機雲が突き抜けた。

第二三学区から緊急発進した最新鋭の戦闘機だろう。一機二機ではない。一度に一〇機以上の機影が大空を引き裂いていくのが分かる。

学園都市を横断《おうだん》しながら高度を上げているのか、地上にいる白井《しらい》の耳にもかなり大きな爆音が届いた。

（……『外』に向けて、一体どんな建前を提示している事やら）

まさか完全にレーダーから消えているとは思えない。たとえそうだとしても、地上から目視で確認できる以上はしらを切り通すのは難しいだろう。学園都市は何かしらの『公式発表』を用意しているものと推測できた。

が、今はそんな事に呆《あき》れている暇はない。

美琴《みこと》からの情報が正しければ、日本海からは核兵器懸架《けんか》能力《のうりょく》を有したMIG-21改良機が向かって来ている。水素爆弾なんて馬鹿げたものを学園都市に落とさせる訳にはいかない。

最初は白井《しらい》の言葉に懐疑的だった警備員達《アンチスキルたち》も、今ではすっかり身にまとう雰囲気を一変させていた。超高周電磁波ライフルを使用していたテロリスト達が、本当に水素爆弾を保有していた事が判明したからだ。

警備員《アンチスキル》が捜査活動を主導しているため、白井《しらい》は黄色いテープを張られた内部へと足を踏み入れる事はできない。

彼女は外から中の駆動鎧《パワードスーツ》へ声をかけた。

「回収した『キケンな置き物』……水爆は、もう問題ありませんの？」

「幸い、タイマー起動前に確保したので危険度は低い。とはいえ、回路を完全にカットするのは骨が折れそうだ。核技術者と爆弾処理班、二人羽織《ににんばおり》で解体作業を行うようなものだからな」

学園都市の『中』と『外』では、科学技術に二、三〇年の開きがある。本来であればこちらの方が技術的に有利であるはずだが、それでも慎重さが覗《のぞ》けるのは、やはり取り扱うのが水素爆弾であるからか。

そもそも、学園都市における爆弾処理は、映画やドラマのようにニッパーでカラフルなコードを切るような事はしない。特殊な薬品で爆薬を化学反応させて『爆発しない物質』に変えてしまったり、戦車並の装甲を持つ特殊車両のカーゴに放り込んで『安全に爆破』したりする。そういった作業ですら人の手では行われず、アームのついた作業ロボットを遠隔操縦して実行するケースが大半だ。

だが、モノが水素爆弾となれば話は変わってくる。

これはもう、『安全に爆破』などという方法論が通じる爆弾ではない。

「より破壊力があり、より危険度の高い爆弾であればあるほど、旧来の方法に頼らざるを得なくなる……。大した皮肉ですわね」

「だが映画のようにカウントダウンの中で解体作業を行わなくても済むというところだけ、まだマシかもしれない」

駆動鎧《パワードスーツ》の警備員《アンチスキル》は、頭上に残る爪痕のような飛行機雲へ目をやって、

「……それより、今問題なのはあっちの方だ。MIG-21改良機に懸架《けんか》された向こうの水爆は、まだいつでも起爆できる状態のままだぞ」

白井《しらい》としても同じ思いだった。

「脅威が確実に近づいてきているのは分かるのに、わたくしの手では何もできない……。まったく、胃袋に優しくない状況ですわね」

7

氷のナイフは、レッサーの眼前で砕け散った。

いくつもの破片になった氷のきらめきは、まるで散弾銃のようにカリーチェの上半身を叩《たた》いた。

血の飛沫《しぶき》を撒《ま》き散《ち》らしながら、カリーチェの体が数メートルも飛ばされる。

「ま、こんなトコですかね」

レッサーが周囲を見回すと、カリーチェの仲間達もあらかた緑色の雷撃に撃ち抜かれて行動不能になっているようだった。『ふり』をしているヤツが交じっていれば大したものだが、そこまで計算をする余力のある者もいないようだ。

レッサーは疲れの残る体を引きずるように歩き、地面に転がっていた『鋼の手袋』を拾い上げる。それから、今度は地面の上で潰れているカリーチェの方へ向かう。

流血も気にせず、レッサーはうつ伏せのカリーチェを強引に仰向《あおむ》けにさせた。

屈《かが》んだまま、その顔を覗《のぞ》き込《こ》む。

「黙秘をしたってある程度なら『覗《のぞ》き込《こ》む』方法はあります。だから強情《ごうじょう》になっても意味はありません」

「……、」

「あなた達がショッピングセンターの『上層部』を皆殺しにして『計画』を引き継いだ理由

は？　核の起爆コードはあなた達が持っているんですか？」

「霊装《れいそう》の……」

カリーチェの、血まみれの唇が動く。

だが、出てきた言葉はレッサーの質問に対応したものではなかった。

「私達の霊装《れいそう》の数と精密さから、直接的な戦闘部隊の他に、後方支援用の要員も潜り込んでいる事には気づいているはずよね……」

「何を……」

「そこまで分かっていて、何故《なぜ》気がつかない。霊的な工作や建造を得意とする彼らを残している方が、戦闘部隊の活動よりもはるかに危険だという事に」

レッサーが息を呑《の》むのと同時だった。


ゴッ!!　と。

大型商業施設の壁を突き破って、何か巨大な構造物の塊が駐車場へと飛び出してきた。


「ちえー……」

もうもうと立ち込める粉塵《ふんじん》の向こうに見える巨大なシルエットを目にして、レッサーは屈《かが》んでいた状態からゆっくりと立ち上がった。

それは、なんと表現すれば良いのだろうか。

巨大な車輪、が近いか。基本的には大理石のような白い石で、地面と接する外殻だけが金色の金属で補強されている。

小さなものでは直径三メートル、大きなものでは直径一五メートル。

車輪はシンプルなものではなく、マウンテンバイクのギヤのように、同心円状にサイズの違う車輪をまとめてあるものもあった。

それら大小の車輪が互いに噛《か》み合《あ》いながら、大蛇のように繋《つな》がっていた。

みちみちぎしぎしと軋《きし》んだ音を立てながら、車輪の大蛇はその巨体をゆっくりと曲げる。まるで、レッサーの方へ狙いを定めるように。

あんな巨体に突っ込まれたら、彼女の体など紙より薄くプレスされてしまうだろう。

「何ですかーもう。なんか『天使の力《テレズマ》』を強引にかき集めている感じですけど」

「元々は『保険』のための仕掛けよ」

カリーチェは起き上がる事もせず、ただ首だけを動かし、レッサーの方を見て笑う。

「ショッピングセンター側が私達に報酬を支払わなかった時のための、ね。状況に流されて使うタイミングを逸《いっ》してしまったが、思わぬところで役に立った」

粉塵《ふんじん》のカーテンを割って現れたのは、全長だけで軽く七〇メートル以上はありそうな巨体だった。重さで潰す兵器といったところか。

いくらショッピングセンターの商業施設が巨大だからといって、これだけの兵器を隠すだけのスペースはない。おそらく遠方から『呼び出す』ための陣を巧妙に隠していたか、バラバラにしておいたパーツが自然と組み合わさるように、必要な物を必要なだけ集めていたか。とにかくそういった細工が施されていたはずだ。

縦横無尽《じゆうおうむじん》に走り回り、適当にUターンをするだけでも相当な被害が出そうな兵器だが、当然、カリーチェが呼び出したからにはそれだけでは済まないだろう。

何かしらの魔術的な力が加味されると考えるべきだ。

「まさかこれも売り物ってんじゃないですよね？」

皮肉のように呟《つぶや》くレッサーに、やはりカリーチェは応じない。

口は開くが、彼女は全く繋《つな》がらない話を切り出した。

「私達じゃない」

「？」

「私達はオレンジにも高濃度の物質にも興味はない。……コードEICは、純粋な科学の産物。だけど、『コードEICによって、人の心がどう変化していくのか』の調査については、科学だけでは不十分。よって、私達は彼らから秘密裏に接触され、オカルト方面の心の観測を求められた。数あるセンサーの一つとして、私達は契約を結んだのよ」

「……、」

「そして私達は、その見返りとしてコードEICを利用した、『集団心理の面から人の精神を突き上げる改良法』を自らに施そうとしたけど……その約束は反故《ほご》にされた。報復として『上層部』を皆殺しにし、自分達だけでもう一度コードEICに触れようともした」

ブツブツと、目の前にいるレッサーが見えていないような調子でカリーチェは言う。

実際に、失血で意識が朦朧《もうろう》としてきているのかもしれない。

確かに。

コードＥＩＣの掌握は、神話や宗教に応用すればかなり有益に働く。流行や都市伝説といった不正確な情報で一つの集団を隔離《かくり》し、そのコミュニティの中で人間の優劣を自在に調整できる。『総本山』も『指導者』も『天敵』も、思った通りに製造する事ができるのだ。

商品にプレミアやレッテルを貼り付けるように。

そのコミュニティの中では、ある人間は光り輝いているように見え、ある人間は影の中に身を落としているように暗く澱《よど》んで見えるだろう。

事実。

現状のコードＥＩＣも、掲げている目標は『金融宗教』とでも呼ぶべき性質のものだった。中心にあるものをすげ替えるだけで、コミュニティの色はガラリと変わる。

レッサーや、カリーチェ達が住んでいる世界のような色に。

「でも、私達じゃない」

ふらついているのに奇妙に芯のある声で、カリーチェは呟《つぶや》いた。

「『計画』を引き継いでソーンツェを起爆させたがっているのは、私達じゃない」

「なん、ですって……？」

レッサーは大量の車輪が組み合わさった巨大兵器よりも、カリーチェの方へ意識を傾けた。

彼女は笑っているだけだった。おそらく詰め寄ってもこれ以上は話さないだろうし、それが原因で死んだって死体のまま微笑《ほほえ》み続けるだろう。

そして何より。

商業施設を突き破って現れた巨大な敵が、そんな悠長な押し問答を許さなかった。

「ヤバいヤバい」

魔術的な通信を使ってベイロープに追加の砲撃をオーダーしつつ、レッサーは『鋼の手袋』を構え直す。

「こりゃあ、他人事《ひとごと》な核起爆阻止なんて言っている場合じゃなくなってきましたねえ」

8

『保安員』のエニーリャ＝G＝アルゴヌスカヤは包帯だらけになったのも気にせず、未《いま》だに職務を遂行していた。

「暴動は宿泊施設や空港などの大型交通機関より、中心の商業施設に移りつつある、か。どさくさに紛れて利益を得ようとするヤツが増え始めたな……」

半公開型ARで状況を確認しながら、エニーリャは思案する。

元々『水爆を爆発させようとしている学園都市の危険人物を排除し、安全を守るために』という名目で始まったはずの暴動だったが、その上っ面《うわつら》の建前は崩れてきているという事か。

だが逆に言えば、これは暴徒達が冷静な思考能力を回復させつつあるという事でもある。武力をぶつけるなり言葉で警告を発するなり、精神的な揺さぶりが通用する状況になってくれれば、事態を打開する一歩になるかもしれないのだが……。

その時、同じように怪我《けが》を負っている同僚が声を掛けてきた。

「報告です」

「今さら、大抵の事では驚かないぞ」

「商業施設敷地内《しきちない》に七〇メートル規模の巨大構造物が出現。建物を破壊しながら走行を続けている模様です」

「何だそりゃ⁉　構造物って、正確な形は⁉」

エニーリャは同僚に食ってかかったが、同僚の方も状況を正しく理解できている訳ではないようだった。

大量の巨大な車輪を組み合わせたような外観……という、兵器にしても乗り物にしても不可解な構造物の説明を受けたエニーリャは、思わず呻《うめ》き声《ごえ》を出す。

「……『上』の秘密兵器のロードローラーとかで、暴徒をまとめて踏み潰すつもりか？」

「詳細は不明ですが、各所の暴動を食い止める効果はあるようです。『危険な状況に参加する』から、『ついていけない状況を見学する』へ思考が変化しつつあると思われます」

その時だった。

エニーリャが眺めている半公開型ARに、別の情報が割り込んできた。眉をひそめたエニーリャは、その画面を同僚にも見えるようにレベルを調整し、

「戒厳令《かいげんれい》の使用許可……のようだな」

「上層部の承認が必要なものですよね」

確かに、楔《くさび》を打ち込むならチャンスはここだ。暴徒達の意識が巨大構造物に向いているこの隙に戒厳令《かいげんれい》を出し、情報を遮断する事で暴徒達の繋《つな》がりを断つ。後は個別に撃破していき、戦力を一定以下まで削《そ》ぎ落《お》とす事ができれば、暴動を保つ事はできなくなるはずだ。

同僚はどこか安堵《あんど》した様子で、

「暴動の折に行方が分からなくなっていましたが、どうやら無事だったようですね。しかも、ある程度はこの街の機能を回復させるための手を打つだけの力も健在です」

だが、

「ちょっと待て」

エニーリャが遮るように言った。

「確か、戒厳《かいげん》・緘口《かんこう》を含む『特別処理』の実行には、『上』の半数以上の電子サインが必要だったはずだな」

「え、ええ。それが？」

「その電子サインはセキュリティの面から、『上』のホームである『支配人室』に置いてある機材で署名しなければ有効にはならないはずだ。そして『行方不明』の『上』の面々は、当然ながらホームになんていなかった」

そこまで言うと、エニーリャは一度だけ言葉を区切って、

「……この電子サインは、誰が、どこから発したものなんだ？」

「そ、それは、緊急事態だからではないですか。『上』がどこに避難しているか分かりませんが、一ヶ所に集まっているのだとすれば、『支配人室』を経由しないで『特別処理』の命令を出してきてもおかしくはありません」

「問題なのはそこじゃない。たとえ『上』であったとしても、セキュリティの問題を白紙にする事はできない。仮にどこかのシェルターに本物の『上』が固まっていたとしても、彼らがこ

のレベルの電子サインを送る事はできないはずなんだ」

「では……」

「またもや『我々の知らないシステム』というヤツだろう」

何か諦めたような調子でエニーリャは言う。

「しかしだとすれば、この電子サインが『上』の手によるものであるという保証も失われてしまった訳だ。だから正しく状況を判断するためにも、私達はこの電子サインが誰の手によって行われたものであるかを確かめる必要がある」

「……、」

「徹底的に調べろ」

エニーリャはウィンドウを映している壁を指差し、

「誰が、どこから送ってきたものか」

9

商業施設の壁を破り、屋外へと巨体を現した車輪の大蛇。

とはいえ、レッサーには楽観している部分もあった。

確かに車輪の大蛇は破壊力最優先のダイナミックな兵器ではあるが、おそらく本来の用途は魔術師という個人を倒すためではなく、敵対者の本拠地を地形ごと薙《な》ぎ払《はら》うために用いられるものだ。

だからこそ、レッサーには勝機がある。破壊のレベルが『広範囲に大雑把《おおざっぱ》』なタイプなら、その隙間に潜り込む隙は必ずある。車輪の大蛇は巨大な円と円の組み合わせで構成されている。四角い箱の中にぴったり収まるボールを入れた場合、角の部分に隙間が生まれるだろう。そういう所を狙って移動を続ければ、敵の攻撃を回避するチャンスはある。と。

そのはずだったのだが。

その時、レッサーは砕けた建材の瓦礫《がれき》が、巨大な車輪の表面へ吸い寄せられていくのを目撃した。

これは単なる巨大な車輪の集まりではなく、魔術結社の手で作り上げられた大きな霊装《れいそう》である。

その単純な事実を失念していたレッサーは、まさに虚《きょ》をつかれた。

直後だった。

メキメキメキメキメキ!! という轟音《ごうおん》と共に、大小無数の車輪の塊がレッサーの元へと勢い良く突っ込んできた。

その自重によって砕けた路面の残骸を巻き込み、車輪と車輪が接するポイントで確実に砕きながら、レッサーの小柄な体をもその犠牲《ぎせい》とするために。

その巨体が駐車場を突き抜けた時には、すでにレッサーの姿はどこにもなかった。

何もかもが、巨大な車輪に咀嚼《そしゃく》されるように粉砕されていた。

視界が定まらなかった。

ぶらぶらと揺れる両足は重力も大地も感じていない。

血液の流れすらも不安定で、頭から正常に思考する能力すらも失われつつある。

そんな中、レッサーはパチリと瞬《まばた》きをした。

「……あれ？　私何でフロリスに抱き締められているんでしたっけ？」

「そりゃアンタ、ワタシに助けられたからだよ」

受け答えをしたのは、同じマグロヒロイで働いている同僚の少女・フロリスだった。レッサーがミニスカートの中から『尻尾』を伸ばしているのと同様、フロリスは両肩の辺りに小さな羽のような飾りを取り付けていた。今はその飾りからさらに大きな光の翼を飛び出させ、地面すれすれの所を高速で飛行している。方向を調整する時だけ、時折地面を軽く蹴るような動作をする。

建物と建物の間を潜《くぐ》り抜《ぬ》け、街路樹の木々のすぐ横を突き抜ける。しかしレッサーはあまり恐怖を感じていなかった。バスや電車に乗っている時と同じく、運転手のいるアクロバットにはあまり現実味が湧かない。

むしろ、後をついてくる形で街路樹や街灯を押し潰し、吸いつけ、車輪と車輪の間に挟み込んで粉々に砕く車輪の大蛇の方に意識が向く。

フロリスは姿勢の安定に努めながらも、

「しかしまぁ、ありゃ何だ。重さと大きさだけでグッシャグシャにする兵器なんてさ。敵対者の本拠地を、撃ち漏らしなく真っ平らにするための制圧戦でも想定してんのか」

「っていう事は、うえー……。カリーチェ達って、自分で用意した霊装《れいそう》で新聞紙みたいになっちゃったって訳ですか」

「自分の味方は踏み潰さないように設計されてんじゃない？　例えば味方だけは『重さを受けない』ようにしているとか」

「どう思います。術式のベース的に」

「遠方から観察してたけどさ。これまで使ってきていた守護聖人系とは違うみたいね。『天使の力《テレズマ》』で車輪って事は、基礎の部分はソロネ辺りかな」

「でも使われている力の質は『神の如き者《ミカエル》』辺りでしょ。確かあれ、大天使であると同時に、何故《なぜ》か守護聖人としても登録されていましたよねぇ」

「記号のズレているはずの霊装《れいそう》へ、強引に力を注《そそ》ぎ込《こ》んでしまっている。その巨体以上に力のロスが大きそうな構成よね」

「『神の如き者《ミカエル》』を使っているのって、鎖とかのエピソードが関係してそうな気がするんですけど。円を連ねてるのとか」

「最大級の堕天使を一〇〇〇年縛るってアレの事？　んー、言われてみれば瓦礫《がれき》を吸い寄せているのはそっち系かもね。味方だけはダメージなしってのも、『悪を縛る鎖が信徒を拘束する事はない』とかって意味を拡大解釈で付加させているのかも」

「で、ここからどうするんです」

レッサーはフロリスに摑《つか》まれたまま、自分達の進行方向の逆へ目をやり、

「巨体で押し潰すだけの兵器。って事は、その部分については徹底的に追求しているはずです。速度も破壊力も行動時間も、フロリスの翼だけでは振り切れないかもしれませんよ」

「もちろん、途中で引き返すよ」

フロリスは適当な調子で返事をした。

「ただあ、向こうも向こうで待っててくれる様子はないんだよね」

「？」

首を傾《かし》げる暇はなかった。

ゴバッ‼と。手近な壁を突き崩すような格好で、車輪の大蛇の巨体がレッサー達の方へと突き出されてくる。相手は道順など気にせず、建物を直接崩しながらこちらへ接近してきているのだ。

「えーうそーっ⁉　ありゃあ、いわばたくさんの歯車を嚙《か》み合《あ》わせて移動させているようなものでしょ。あんなたくさんの瓦礫《がれき》を巻き込んだら、布を嚙《か》むような感じになって身動き取れなくなるものなんじゃないんですか‼」

「こいつはオカルトだからねえ」

「オカルトならしょうがないですけど」

遠方から緑色の雷が弧を描いて車輪の大蛇へ襲いかかったが、あまり効果があるとは思えなかった。スパークの尾をまとわりつかせながら、それでも巨体をレッサーやフロリスの方へと

押し付けようとする。

ガシャガシャガシャ!! という硬質な音が連続した。

車輪の大蛇の構成が変化しつつある。まるで自転車のギヤを変えるように、パターンを組み替える事でより効率的にレッサー達を追おうとしているのだ。

「弱点の見当ってついてます!?」

「多分そっちと同意見」

急速にターンをして、無数の車輪が切り崩した瓦礫《がれき》の隙間を縫うように、さらに街を突き進むフロリス。建物や街路樹を突き崩しながらこちらを追ってくる車輪の大蛇を、レッサーは改めて注目する。

より正確には、巨大な車輪と車輪の接触地点を。

「大きすぎる瓦礫《がれき》を呑《の》み込《こ》んだりギヤ組み替えたりする時、重力を無視して車輪と車輪が一時的に距離を取っているみたいですねぇ。当然、不可思議な現象を起こすには不可思議な力がいる。この場合は『天使の力《テレズマ》』ってヤツです」

「だね」

「そのタイミングに合わせて横槍《よこやり》を入れたら、本来の車輪の組み替えパターンは失敗して、とんでもない事になるかもしれませんねぇ。巨大な構造物を動かすには巨大な力がいる訳ですから、その力が暴れるだけでも破壊力は生み出せます」

「だねだね」

フロリスは光の翼の出力をさらに上げながら、

「ただ困ったちゃんな事に、ありゃあ単純な車輪や歯車とは違うんだよね。こっちから布を噛《か》むように動きを止めるためには、あの車輪がどんな魔術的記号を使って、どういう手順で車輪を組み替えるかを解析しないといけない」

「方法は二つ」

　レッサーは唇を動かして提案する。

「一つ目はこのまま攻撃され続ける事。向こうの突撃を全て回避するだけの腕があれば、少しずつですが確実に解析作業を進める事ができます。ただまぁ、フロリスにもそんな余裕はなさそうですし、学園都市じゃあ旧式戦闘機を使った核投下作戦の真っ最中ですから、長引かせても得はないでしょうけど」

「二つ目は？」

「そりゃもちろん。直接あれに乗り込んで、馬鹿デカい車輪に近づく事です」

　その言葉を受けて、フロリスはわずかに沈黙した。

　高速で低空飛行を続けながら、彼女はやがて口を開く。

「……言っている事の意味分かってる？」

「分かってますよ。霊装《れいそう》の解析作業は、斥候偵察を専門にしてきた私にしかできません。フロリスじゃあ無理でしょうね」

「このままワタシが手を離せば、レッサーは真っ逆さま。よしんば追いすがってくる車輪の大蛇の上に着地できたとしても、アンタそのまま車輪の吸着機能に足を掴《つか》まれて『谷間』へ真っ逆さまよ」

「ところが車輪の軸の部分は回転していないんですよ、これが。周りの車輪だけが高速で空回ってる。あそこへピンポイントで着地する事ができれば、巻き込まれずに済む訳です」

「あれだけの速度で？　急カーブされたら慣性で振り落とされるって思わない？」

「距離さえ近づければ、解析自体は極めて短時間で済ませられます。振り落とされる前に車輪の間隔調整に使われる魔術的記号や象徴を解析できてしまえば、フロリス達は必ずあの車輪の大蛇に勝つ事ができますけどね」

「いくつもある手順を一つでも間違えばそれだけで死ぬ!!　しかもその勝算にはそもそも推測でしかないデータを参考にしている！　前提が一つでもズレていたら、アンタは自分で袋小《ふくろこう》路《じ》に飛び込んでいるようなものになんのよ!!」

「フロリス」

ゆっくりと、レッサーは遮《さえぎ》った。

「私達には目的があります。そうでしょう？」

「……、」

「それはこんな所で死ぬ事じゃありません。仮に死ぬ事になったとしても、全滅だけは避けなくてはなりません。分かりますか？　あの車輪の大蛇を潰すためには魔術的記号や象徴を解析する必要があって、それができるのは私だけであって、そのためには車輪へ触れられるぐらい接近する必要がある。そういう事なんです」

「クソッたれ」

「それが分かったら、私を抱えているこの両手を、合図と共に放してください。行きますよ。

「三、二、一……」


　レッサーの口調には迷いがない。

　そして現実的に、それ以外の方法もない。

　フロリスは低空飛行を続けた状態から一度大きく地面を蹴ると、一気に高度を一〇メートルほどにまで上昇させ、レッサーを抱えていた両手を、

10

　携帯電話が繋《つな》がらない。

　美琴《みこと》はプラスチックのボディを握り潰すほどの勢いで掴《つか》んでいたが、やはり通信状況は変わらない。

　最初はストレージが分厚い壁に覆われているせいかと思って部屋から出てみたりもしたのだが、やはりどこへ行っても携帯電話が繋《つな》がらない。

　暴動のせいで都市機能がそこまでやられたのか、あるいは作為的に通信網を遮断させられているのか。

　とにかく学園都市へ、白井黒子《しらいくろこ》へ連絡が繋《つな》がらなければ意味がない。

　現在進行しているのが『二次計画』である以上、この連絡の有無は文字通りの死活問題になってしまう。

（ええいくそ!!　まずはどのレベルで通信が遮断されているかを調べるしかないか。こうして

いる今もソーンツェが爆発するかもしれないっていうのに!!)

その時だった。

今まで繋《つな》がらなかったはずの携帯電話が、いきなり着信音を鳴らした。

(何で……？　いや、街の中だけならまだ繋《つな》がっているの？)

画面を見ると登録した事のない番号だったが、この際気にしていられない。

とにかく出る。

『やっほーお久しぶり、って言って分かる？』

「あら素敵。振り込め詐欺って日本以外でも流行《はや》っているのね」

『嬉《うれ》し恥《は》ずかしランシスです。一緒に裏路地で素《す》っ裸《ぱだか》になって水着に着替えた仲』

「……うわ最も思い出したくないメモリーがサムネイルになってるよこの子。そもそも何で私のケータイの番号知ってる訳」

『ケータイのお財布モードってどこまで情報が抜き取られているか知っている？』

ホントにどこからどう流れて番号知ったんだよ!!　と美琴《みこと》は叫びそうになる。

「で、本題は何なの？　念のために尋ねるけど、アンタのケータイって街の外と繋《つな》がる状態？　こっちは何だか通信障害で全然ダメになっちゃってんだけど」

『試してないから分かんない。そして本題はアンテナの数じゃない』

「？」

『んーとねー』

「ちょっと、何でいきなりスローペースになってんのよ」

『言いづらいんだけどねー、レッサーがねー』

11

靴底が滑った。

それでもレッサーが巨体を進める車輪に踏み潰される事なく、回転のしない軸の上へ着地できたのは奇跡に近いだろう。

そして一度着地してしまえば、後は早い。

確かに、この兵器の威力は強力で、一回でも巻き込まれれば取り返しのつかない傷を負う羽目になるだろう。

ただし、それは逆に言えば、その制御にはかなりの念を入れるはずだ。可能な限り、魔術的記号や象徴は、色濃く、分かりやすく、はっきりとしたものを選択するはずである。

近づけばすぐにでも解析できる。

そして、その作業さえ終われば車輪の大蛇の破壊は難しくない。

その時だった。

鈍い振動音が伝わった。足の裏で感知したレッサーは素直に自分の足元へ目をやったが、直後に間違った事に気づく。

車輪の大蛇全体が大きく揺れたのだ。

ガシャシャ!!　と車輪を組み替えた大蛇は、そのシルエット全体を、一直線の『蛇』から三角形に近い状態へ変更させる。

しかし自転車の変速式のギヤがそうであるように、この車輪も厳密には『一直線』ではなく、噛《か》み合《あ》わせるごとに若干横へとズレていく。

まるで。

巨体の側面についた『汚れ』を、巨大構造物で擦《こす》り合《あ》わせてすり潰すように。

頭上にある三角形の『頂点』をこのまま下ろせば、軸の部分に立っているレッサーは間違いなく車輪に巻き込まれてしまう。

レッサーの喉が急激に干上がる。

生と死の二つでしか物事を考えられない思考になる。

その時。

彼女には二つの選択肢があった。

片方は、とにかく振り下ろされる車輪に巻き込まれるのを防ぐため、一刻も早く飛び降り、少しでも遠くへ逃げる事。ただし、車輪の大蛇はすぐにでもUターンしてくるだろう。徒歩で走った程度で逃げ切れるとは思えないし、フロリスが都合良く拾い上げてくれるとも限らない。

もう片方は、巻き込まれるのを覚悟で、少しでも車輪の魔術的記号や象徴の解析を行う事。ただし、たとえ解析作業を終えても、『布を噛《か》み合《あ》わせるように動きを阻害させる術式』をさらに組み上げなくてはならず、成功する確率はかなり低い。

そして彼女が自らの手で選んだのは、

「ですよね」

小さく笑い、呟《つぶや》く。

彼女の顔から微《かす》かな恐怖が消える。

「どうせどっちもくたばる可能性が大だっつーなら、寝覚めの良い《い》方を選ぶに決まっていますよねぇ!!」

叫び。

踏み込み。

手を伸ばし。

高速回転する車輪側面ギリギリで掌《てのひら》をピタリと止め、口の中で何かを唱える。

レッサーは車軸から降りる選択肢を切り捨て、魔術的記号や象徴を解析するために全力を注ぐ。

何かを掴《つか》んだような気がした。

だがその間にも、三角形にシルエットを変えた車輪の大蛇は、頭上から確実にその車輪を下ろしてくる。それは鈍器などで勢い良く殴るというよりは、材木を切断するための丸型の鋸《のこぎり》を、ゆっくりと正確に動かしていくような挙動《きょどう》だった。

死という単語が強く印象付けられる。

あらゆる物体を呑《の》み込《こ》み、噛《か》み砕《くだ》く車輪が迫る。

レッサーは、直撃までのカウントダウンを明確に掴《つか》み取《と》った。

それでいて、彼女は最後の最後まで車輪の大蛇を吹き飛ばすための突破口を掴《つか》むために抗《あらが》い続《つづ》けた。

そして。

ゴッ!!　という巨大な爆発音が辺り一面を揺さぶった。

車輪の大蛇の巨体がビリビリと震えている。

ただでさえ曲がりくねっていたシルエットが、さらに大きく歪《ゆが》められる。

ただし。

その歪曲《わいきょく》は、車輪の大蛇が自らの力を使って行ったものではない。

外部からの。

魔術とは対となる『もう一つの力』によって、強引に歪《ゆが》められたものだった。

つまり。

常盤台中学《ときわだいちゅうがく》の超電磁砲《レールガン》が。

レッサーは、その爆音を、一瞬遅れて耳にした。

そして横合いから大きく捻《ね》じ曲《ま》げられた車輪の塊は、その状態からでも無理矢理にレッサーへと振り下ろされた。

だが、超電磁砲《レールガン》によって曲げられた車輪の列は、レッサーのいる場所よりもさらに外側へと大きく逸《そ》れた。外部からの力によって、本来の攻撃ポイントを外されてしまったのだ。

そして。

当たりだろうが外れだろうが、一度攻撃を行ってしまえば、次の攻撃を放つために相手は時間をロスする。複数の車輪を組み替えて再びレッサーを襲うためには、わずかだが確実な隙が生じるはずなのだ。

(いける、これで向こうの霊装《れいそう》の中身は読み取った……ッ!!)

「ベイロープ、フロリス、ランシス、補助を!! やはり『神の如き者《ミカエル》』関連です! 武力によって世界の均衡を保つ性質を応用し、常に車輪と車輪の間隔を『安定』『保持』『調整』しようとしています!!」

だとすれば、暴発の条件は簡単だ。

他の多くの天使と同じく、『神の如き者《ミカエル》』の破壊も無秩序ではない。何をどういう条件で『安定』とみなすかをインプットされた上で、最適な行動を取って結果を出す。しかし、現状のレッサー達に牙《きば》を剝《む》いているのは『神の如き者《ミカエル》』そのものではなく、単なるエネルギーに過ぎない。

何を『安定』とみなすかは、『天使の力《テレズマ》』を封入した術者によって都合良く書き換えられている。

なら、その部分に干渉し、『安定』のための条件を破滅的に上書きしてしまえば、この車輪の大蛇はあっさりと自壊する。

車輪の大蛇は、レッサーを確実に粉砕するため、ガチャガチャと車輪を組み替えてシルエットを変更させようとしている。

　そこをレッサーは見逃さなかった。

　チャンスは今しかない。

「大天使にして守護聖人たる聖ミカエルは鎖と鍵を持つ。鎖は最大級の堕天使を縛りつけ、鍵は悪魔の王を投じた穴を戒め、これらの封によって一〇〇〇年の安定は設定された」

　呪を紡《つむ》ぐ。

「しかし今こそその鍵を再確認せよ‼　鍵は真《しん》に穴を戒めるか、悪魔の王を封じるに足るか、一〇〇〇年の安定を設定するに相応《ふさわ》しいか‼　ここに提示する条件と照らし合わせ必要な出力の再計算を行え‼」

　のちに起きた現象は極めてシンプルだった。


　破壊が巻き起こった。

　巨大な車輪が勢い良く落下し、瓦礫《がれき》も路面もまとめて粉砕した。

　通常であれば、誰も彼もが呑《の》み込《こ》まれ、嚙《か》み砕《くだ》かれるように潰されていただろう。辺り一面、建物も樹木も全て薙《な》ぎ払《はら》われ、後には何も残らなかったはずだ。

　だが。

　その直前で、レッサーは『条件』を書き換えていた。車輪と車輪の間隔や組み合わせを『安定』させていた効果が失われ、大小無数の車輪がバラバラに散らばっていく。あるものは立てたコインを倒すように路面を砕き、あるものはそのまま転がって商業施設の壁へと突っ込んだ。

「っとっとっと……」

レッサーはそんな事を言いながら、車軸の上から地面へ跳んだ。高さは大体五メートル前後。素人《しろうと》では骨折する危険のあるレベルだったが、しかし同時に、訓練を積んだスタントマンならクッションなしで跳ぶレベルである。

この辺りの路面も半公開型ARの機材になっているはずだが、流石《さすが》にこの重量は支えきれなかったのだろう。所々からスパークを出しているだけで、反応を示す様子はない。

着地すると、美琴《みこと》が腰に手を当てて仁王立ちしているのが見えた。

何か嫌な予感がした。

「一人で突《つ》っ走《ぱし》るなって言わなかったっけ？」

「いやぁ……」

曖昧《あいまい》な態度を取ったら火花が飛んできた。

12

「ショッピングセンターの『上層部』はどうやら空振り。あの車輪の大蛇を操っていた……えーと、外部組織の連中が一枚噛《か》んでいたようだけど、あっちもあっちでゾーンツェを使った学園都市への攻撃計画は引き継いでいないと言っていました。つまり……」

とレッサーは言う。

ショッピングセンターの『上層部』が全員首なし死体になっている事は伏せておいたが、それでも事情はある程度伝わるだろう。

「まだ別の……『引き継いだ』ヤツが残ってる？」

「そういう訳です」

美琴《みこと》は頭を抱えた。

彼女がストレージから見つけてきた『二次計画』を考えると、これはあまり面白い状況ではない。

「ところで、その二次計画っていうのは何なんです？　MIG-21改良機にソーンツェを積んで投下作戦を行う事じゃないんですか」

「ええ。その事なんだけどね……」

13

日本海上空では、複数の爆発音が炸裂《さくれつ》していた。

MIG-21改良機はチャフやフレアなども搭載していたが、やはり限度はある。学園都市側が用意した最先端の戦闘機は、もはや時代が二回り以上も違っていた。しかも数にも差があり過ぎる。

後ろを取られないように飛行するのは不可能だった。

ロックから逃れる事ができない。

ミサイルを発射されたらおしまいだ。

急旋回などの特殊挙動を行っても、チャフやフレアなどで欺瞞行動《ぎまんこうどう》を取っても、鋭角な軌道で迫り来る爆発物を永遠に避け続ける事はできない。

『クリューチサマリョートよりノーチサマリョート‼　もう良《い》い、十分だ‼　今すぐ脱出しろ。被弾した主翼から煙が出ている。これ以上無理に粘ると爆発に巻き込まれるぞ‼』

『ノーチサマリョートより各機‼　まだだ！　全滅しない限りは我々の勝利だ‼　敵機はこちらで引きつける‼　その間にお前達は……ッ‼』

海が広すぎる。

学園都市が遠すぎる。

ジリジリと胃袋を焼かれるような想《おも》いで、クリューチサマリョートのパイロットはコックピット内の計器に目をやる。

あと少しだ。

時間は迫っている。

どんなに蛇行しても宙返りを行っても、冷や汗は止まらなかった。四方八方から取り囲まれつつある。長持ちはしない。それが率直な感想だった。機体の数や性能に違いがあり過ぎる事はもちろん、MIG-21改良機は大きすぎる錘《おもり》をぶら下げていた。これで空戦を行えと言うのが無理なのだ。

こちらの尻を追う最新鋭機から機銃が放たれ、曳光弾《えいこうだん》のラインが幅を寄せてくる。金属を噛《か》み千切《ちぎ》るような嫌な音が響き渡った。

『くそっ‼　右の補助翼をやられた‼』

ここをやられれば機体を傾ける事ができなくなる。平たく言えばハンドルが利《き》かなくなるのに近い。そして、ただでさえ逃げ切る事の難しい状況で、さらにペナルティがついてしまえば、あっという間に撃ち落とされているのは目に見えている。

だが。

計器の一つに目をやったクリューチサマリョートのパイロットは、そこで口元に笑みを浮かべた。

勝った。

『クリューチサマリョートより各機』

これでこちらの勝ちだ。

『定時になった。これ以上粘る必要はない！　速やかに幕を下ろそう!!』

叫ぶと、クリューチサマリョートのパイロットはレバーを強く引き、脱出装置を作動。コックピットを覆っていた透明な風防の縁が火薬で切り離され、真後ろにスライドするように吹き飛ばされていく。直後に椅子ごとパイロットが射出された。

プリスルーガサマリョート、ノーチサマリョートのパイロットもまた、旧式戦闘機から脱出し、パラシュートを開かせる。

『何だ?』

戸惑ったのは、学園都市側のパイロットだった。

『ヤツら、頼みの綱の水爆をまとめて捨てやがった。あれはヤツらの切り札だろう。海に落ちたってロシアまで泳いで帰れるとは思えない。こちらの艦艇に回収されるのがオチだ。わざわざ捕まりたがるようなものだぞ』

『……見ろ、クソが。海面に潜水艦が浮上してくるぞ。最初っからあれでパイロットを回収する算段だったんだ』

『沈めるか?』

『空戦しか想定していない。爆雷や魚雷に手持ちはないぞ』

そうこうしている内に、海に落ちたパイロット達は回収されてしまった。

潜航を始めた潜水艦に舌打ちしながら、学園都市側のパイロットは疑問を口にする。

『水爆を手放させた事に、ひとまず喜ぶとするか。サルベージ班に連絡を入れて、予定通り、落ちた水爆の回収作業を始めさせろ。敵が潜水艦を保有している事が分かった以上、掃海作業は念入りに行えと伝えておけ』

最後に未練がましく潜水艦が潜航したポイントの上空を旋回しながら、学園都市側のパイロットはこう呟《つぶや》いた。

『ヤツら、結局何を狙っていたんだ』

14

「冗談、ですよね……」

美琴《みこと》の持っているPDAを覗《のぞ》き込《こ》んでいたレッサーは、そんな事を呟《つぶや》いた。

だがこれが事実だ。

一次計画……学園都市内部に持ち込んだソーンツェ型水素爆弾のタイマー式起爆に失敗した場合の、二次計画の詳細が記されていた。

そこにはこうあった。

『「キケンな置き物」として扱うソーンツェは一発しか用意できない。よって、この一発を最大限に活用するべく全ての計画を組み込む必要がある』

『二次計画では核兵器懸架能力《けんかのうりょく》を備えたMIG-21改良機を三機、陽動として出撃。こちらには、ソーンツェと同サイズのダミー爆弾を懸架《けんか》させる。この三機を用いて防空網の集中を割く事で、本命から目を逸《そ》らさせる』

『本命は小型無人航空機《UAV》。これを学園都市上空まで飛行させ、「キケンな置き物」として扱うソーンツェの起爆信号を伝えるための移動型アンテナとして使用する』

『仮にタイマーを止められたり、起動前に回収されたとしても、UAVに送信・内蔵させた起爆信号を受信次第、ソーンツェは即時起爆する』

『UAVの離陸ポイントは学園都市から近ければ近いほどリスクが軽減されるが、あまりにも近づけさせると離陸前に察知される恐れもある。よって、東京湾洋上のクルーザーから離陸させるものとする』

「MIG-21改良機は、ただの囮《おとり》だった……？　核兵器懸架《けんか》能力《のうりょく》を持っているだけで、実際に水爆を搭載していた訳ではなかった……？」

レッサーが、呆然《ぼうぜん》とした調子で呟《つぶや》いた。

美琴《みこと》も顔色が青くなっていたが、しかし一方で納得できる部分もあった。

レッサーはかつて、こんな予測をしていた。MIG-21改良機から投下されるソーンツェは、パイロットの一存では起爆はできないのではないか、と。裏切りを防止する意味も込めて、上層部が持つ起爆信号を送信しない限り、爆発はしない可能性が高い、と。

だが、それでは駄目なのだ。

学園都市は技術情報の流出を防ぐため、外壁周囲から垂直方向に、強力な妨害電波を発している。ロシアのショッピングセンターから電波を送信しても、それだけで学園都市の内部にあるソーンツェが確実に受信してくれる保証はない。

そのためのＵＡＶ。

『黒幕』の意向に合わせ、スイッチ一つでＵＡＶの内部へ起爆信号を送り込み、必要であればそれを削除できるよう、遠隔通信用の環境を整えておく。

その起爆信号を腹に抱えた小型航空機を学園都市の内部へ潜り込ませれば、この妨害電波の影響を受けずに、起爆信号を送信する事ができる。

そう。

タイマー起動前に回収され、警備員《アンチスキル》が解体作業の準備を進めているソーンツェにも。

「という事は」

「旧式戦闘機を撃ち落としたって、危機は終わらない」

美琴《みこと》が重ねるように言葉を発した。

「起爆信号を中継するＵＡＶが学園都市に到着したら、跡形もなく街が吹き飛ばされる……ッ!!」

今から学園都市に舞い戻ろうとしたって間に合わない。

ここにいる美琴達《みことたち》にできるのは、やはりこの計画を『引き継いだ』黒幕を見つけ出し、トップダウンで計画を中止に追い込む事だろう。

だが、その黒幕はどこにいる？

すでにロシアのショッピングセンターの『上層部』はリタイヤした。それを裏で操っていたらしき『外部組織』の連中も、核を使った計画までは引き継いでいないという。では、これだけの計画をどこの誰が主導している？　そうそう何組も、『裏の裏の裏の裏』というほどたくさんの組織が、本当にこの事件に深く関与しているのか？

「まさか、と思うんですけど……」

その時、レッサーがポツリと呟《つぶや》いた。

「これ以上の黒幕なんて存在しない……なんて展開じゃあないですよね？」

「核まで使った計画が、主導者もなしに宙ぶらりんのまま進行しているって事？」

「いえ、そうではなくて」

レッサーはとても言いにくそうな調子で、

「私は科学の方はそれほど詳しくないので、もしかしたら学園都市のエリート学生さんには笑われてしまうかもしれませんが」

「何よ」

「この街に限って言えば、明確なボスなんか存在しなくても、大きな組織を丸ごと動かすための方法があると思いますけど……」

嫌な予感がした。

美琴《みこと》にも思い当たる節があった。

思えば、最初の事件から深く関わっていたもの。都市伝説を流布《るふ》し続けたもの。暴動まで引き起こしたもの。カメラや半公開型ARなどを駆使し、人々のリアクションを読み取り、自動的にニュースソースを作り出して波状配信する事で、集団心理を一つのオモチャの車のように操るもの。

そう、

「黒幕は……コードＥＩＣ、そのもの……？」

呆然《ぼうぜん》と、美琴《みこと》は呟《つぶや》いた。

普通に考えれば、その回答は『ない』だろう。いくら何でも、機械の反乱なんてお粗末すぎる。現実にあるコンピュータやプログラムがそうした振る舞いを見せない事ぐらい、普段からコンピュータに触れている現代の人間なら誰でも分かる。

だが。

そもそも、コードＥＩＣとは、選択した商品にプレミアやレッテルで付加価値を与えるために、ウワサを使って人の心に干渉するためのシステムなのだ。

人類のいなくなった世界ではコードＥＩＣは何の役にも立たないし、人類に満たされた世界ではコードＥＩＣは最大限の力を発揮する。ならば、『人類に対する憎悪《ぞうお》』だの『世界を新しい秩序で満たす』だのといった大仰な『意思』はなくとも、例えば『機能性の拡張』や『選択可能範囲の拡大』といったごくごくシンプルなコマンドに従うだけで、結果として人間に牙《きば》を剝《む》いてしまう可能性は否定できない。

美琴《みこと》も、レッサーも、オカルトコンビニも、ショッピングセンターの人達も、その上層部も、外部組織も、その全てはコードＥＩＣによって操られていた？

機械的な機能を拡張させるために、学園都市を攻撃するというコマンドが必要であっただけ？

そこまで考えた美琴《みこと》は、しかし首を横に振った。

「……そんな訳があるか……」

「?」

「ショッピングセンターの『上層部』は、学園都市と『協力機関』の間にある技術情報の開示レベルの差に、齟齬《そご》を感じ取っていた。そして超能力開発分野なんて絶滅しても良い、とにかくビジネスモデルを確立できれば成功だって考えで……『自分達の持っている不確実なデータを世界最先端扱いにする』ために、わざわざソーンツェなんてものを用意して、学園都市に大ダメージを与えて『二、三〇年分の差』を縮めようとした」

美琴《みこと》は話しながら、自分の頭の中にある意見を整理していく。

「でも、それで恩恵を受けるのはロシアのショッピングセンターだけじゃない!!　『協力機関の持っている科学情報が、学園都市壊滅後にその価値を跳ね上げる』のなら、恩恵を受けるのは複数の協力機関になるはず。だとすれば、やっぱり得をする人間がいる。コンピュータが勝手に人間を操って機能性の拡張を始めたなんて言い出すより、そっちの方がよっぽど現実的よ!!」

「じゃあ……」

「ええ。人間の『黒幕』がいる。そいつはコードEICの陰に隠れて、全部の責任を機械トラブルのせいにしようとしているのかもしれない。でもそんな真似《まね》はさせない。そいつが計画を主導しているなら、何が何でもこの手で止めてやる!!」

学園都市に運び込まれたソーンツェ型水素爆弾の再利用を目的とした二次計画。
未《いま》だに見えない最後の黒幕。
東京湾から学園都市へ向かう、起爆信号送信用アンテナのＵＡＶ。
そのいずれか、あるいは全ての動きを食い止める事。
それが最後の戦いだった。

第八話

1

学園都市を破滅に導《みちび》く者。

それは、全長八〇センチ、主翼の先端まで含めても全幅五〇センチ程度の機体だった。バッテリーとモーターを内蔵し、プロペラによって推進力《すいしんりょく》を得るオモチャのようなフォルム。基本的には電波を使って操縦するのだが、仮に電波の送受信状況が悪くなったとしても、内蔵プログラムによって自律飛行を継続させる機能を持つ。

小型無人航空機《UAV》。

ソーンツェ型水素爆弾の起爆信号を抱え込み、学園都市の領空へ突入次第、警備員《アンチスキル》に回収された爆弾を容赦なく爆破させる存在。

どこかの誰かが、軽く放った。

まるで、死神のラブレターを折って作った紙飛行機を飛ばすような仕草で。

美琴《みこと》は携帯電話を取り出した。

先ほども、学園都市への連絡はつかなくなっていた。今も状況は改善していない可能性が高いが、それでも一縷《いちる》の望みは捨てられない。

レッサーはカリーチェや彼女の組織の人間の応急手当を行っている（レッサー自身はかなりしぶしぶな感じだった）。美琴《みこと》は従業員用の細い通路を抜けて、電波状況の良さそうなフロアに出てから、アドレスを操作する。

白井黒子《しらいくろこ》の番号に合わせ、通話ボタンを押す。

急いで伝えなければならない。

日本海での旧式戦闘機迎撃《げいげき》の成功だけで満足してしまっては、ひっそりと迫《せま》り来《く》るＵＡＶを阻止する事はできなくなる。

そうなった場合、全てが終わる。

学園都市という一つの街が、閃光《せんこう》の中に消えてしまう。

（出ろ出ろ出ろっ、さっさと出ろ‼）

コール音が続く。

向こうも向こうで混乱が続いているのだろう。まさか馬鹿正直に水爆接近の報を流しているとは思えないが、緊急用の回線のやり取りだけで通信系がパンクしてしまう恐れもある。そうなる前に、何としてでもこの情報だけは伝えなければ。

そう思っているのに。

絶対に伝えなければならないのに。

やはり、どれだけ試しても、携帯電話はショッピングセンターの外部との通信ができなくなったままだった。

「くそっ!!」

美琴《みこと》は叫び、もう一度通話ボタンを押すが、いつまで経《た》っても繋《つな》がらない。メッセージセンターに切り替わる事さえなかった。

胸の奥に嫌な予感をわだかまらせながら、美琴《みこと》は通話を諦《あきら》めて親指でメールを打った。送信ボタンを押した直後に返信のメールがあった。あまりにも早すぎる。受信ボックスを見ると、『先ほどのメールは送信に失敗しました』という無機質な件名が増えていた。

(さっきはランシスとかいうヤツと繋《つな》がっていたのに!!　街の『外』とは繋《つな》がらないままなのか!?)

美琴《みこと》の能力はネットワークにも有効だ。だが、強引に回線を開こうとしても、失敗してしまう。よほど特殊な方式で遮断されているか、あるいは直接コネクタが抜かれているのかもしれない。

その時、レッサーが従業員用通路から続く扉を開けて、こちらへやってきた。

「どうなんです?」

「どうもこうも」

美琴《みこと》は今あった事をかいつまんで説明する。案の定、レッサーの顔色がわずかに曇《くも》った。

「ソーンツェの起爆装置は解体されたのかされていないのかも分からない。学園都市も学園都市で、UAVが迫って来ている事を全く知らない。……そんな状況で、本当に危機を回避できるんですかね」

「難しいわ。向こうだって当面は警戒を続けるでしょうけど、それは学園都市内部に残党がいないかどうかっていうレベルだと思う。まさか、自分達が安全に確保したソーンツェがさらに起爆の機会を窺《うかが》っているなんて所までは予測していないでしょ」

「で、私達はどうします？」

レッサーの質問に、美琴《みこと》は携帯電話を軽く振る。

「こいつを妨害して得をするヤツは限られているわ。まだこのショッピングセンターの中に、『誰か』が潜んでいる。まずは妨害の手順やルートから、そいつを炙《あぶ》り出《だ》す。……黒幕なら、UAVの位置情報を逐一《ちくいち》知るための方法があるかもしれない。それを黒子《くろこ》に伝える事ができれば、迎撃の確率は格段に上がる」

「……さっきのカリーチェ＝I＝ニーキノシには、あれ以上の味方がいるような雰囲気じゃなかったんですけどねえ」

レッサーは少し考え込むように俯《うつむ》き、

「もうちょっと、叩《たた》いて埃《ほこり》が出ないかどうか確かめてみます？」

「あの出血量でこれ以上やったら心臓が動かなくなるわよ。確実に情報を引き出せないなら、それはただの時間の無駄よ」

（……まぁ、今回の妨害はカリーチェのものとは『毛色』が違うようですしねえ）

「？」

美琴《みこと》は怪訝《けげん》な顔になるが、余計な事に拘泥《こうでい》している暇はない。

意識を集中し、携帯電話に能力の指先を向ける。

「どこから調べるんです？」

「ショッピングセンターから学園都市への情報送受信網。この電話からの情報が、どこをどう経由して目的地まで運ばれていたのかを再チェック。そのどこかに、第三者が割り込む『隙』が用意されているはずよ」

答え、電気を操る能力で直接携帯電話の『中身』を操作しながら、しかし美琴《みこと》の中には強い不安があった。

もうクライマックスだ。何をするにしても時間がない。ここでさらに巨大で物騒な秘密組織が出てくると対処できない可能性が高い。東京湾からのUAVが学園都市に届く前に、何とかできるサイズの敵であってくれ、と願わずにはいられない。

と、そんな事を考えていた美琴《みこと》は、そこでふと眉《まゆ》をひそめた。

「どうしました？」

「いや……携帯電話からの情報が、どうやって学園都市に向かっているか確認していたんだけど、ショッピングセンター内の電話通信関連の情報は、一度全て一ヶ所に集められてから『外』へ送信されているみたい」

それ自体は珍しい事ではない。

ある程度の価値を持つ情報を取り扱うエリアでは、四方八方へ蜘蛛《くも》の巣《す》のように電話線を延ばす事はない。全ての情報を巨大なサーバーにまとめ上げ、そこでリアルタイムで情報の精査《せいさ》をしながら遠方へ送る。いわば、関所のようなものを設けているのだ。

るらしい。

カジノのクレジット情報など独立したサーバーもあるようだが、非常時扱いで遮断されてい
少し話が脱線したが、問題なのは、通話やメールの関所がどこに設置されていたか、という事だ。

美琴《みこと》は怪訝《けげん》な顔を崩さないまま、レッサーに言う。

「……株式売買センターのメインコンピュータ。つまり」

「コードEICの中枢?」

あのコンピュータは世界中から集められた株売買の情報を高速処理するという名目で設置されているものだ。裏の目的にしても、コードEICは大規模《マス》や小規模《ローカル》、様々なメディアへ波状的《じょうてき》に情報を送信する事で、ショッピングセンター内の大衆を自在に操ろうとするものだ。

いずれにしても、携帯電話で送受信される情報の中継地点としては、申し分はない。

だが、このタイミングは妙《みょう》だった。

すでに制圧され、操る者のいなくなったはずのコードEICに、学園都市の危機を伝える通信を妨害された。

その意味について、しばし考える美琴《みこと》だったが、その思考は寸断された。

きっかけはレッサーだった。

正確には、彼女の衣服の中から聞こえる音だった。

彼女はラクロスのユニフォームみたいなシャツの襟元《えりもと》から、無理矢理に自分の手を突っ込んで、

「おっとっとっとっと。こっちもこっちで通信が大忙しです」

「……いくら何でも、その服のその場所に差し込んでおくのは不自然じゃない？」

「ふっふっふ。こう見えて、挟めるサイズなんですよ」

やかましい、と美琴《みこと》が噛《か》みつくのと、レッサーが服の中から『無線機』を取り出したのはほぼ同時だった。

ただし、

「……あのう。厚紙の板を携帯みたいに構えて何してんの？」

「分からなければそれで良《い》いです」

何故《なぜ》そんなに勝ち誇っているのかも説明してくれないレッサーである。

「はろはろー。そちらはベイロープでよろしいですかー？」

『うんそう。こっちは今、グランドホテルの屋上にいるんだけどさ』

美琴《みこと》はギョッとした。厚紙が微振動《びしんどう》して人の声を発《はっ》している。

（？？？　新素材のケータイ……？）

エコロジーではあるのだろうが、あれは生活環境には不向きなんじゃないだろうか、と美琴《みこと》はいらない心配をする。ちょっといじり回したら角の所からめくれてしまいそうだ。

「ホテルの方ってどうなってます？」

『暴動？　いや比較的こっちはまともだよ。一番ひどいのは商業施設の方らしいけど、えー、何だっけ？　変なデカい車輪が暴れ回ったせいで、みんなポカンとしてるみたい』

ベイロープと言うらしき女性は、そこで話題を変えた。

『そっちから見えてる？』

「何がですか」

『街外れの空港の一角がさ、パカーッて開いてんの。ありゃあ、象を落とすための落とし穴でなければ、ロケットかミサイルの発射施設なんじゃないかなあ？』

美琴《みこと》とレッサーは互いに顔を見合わせた。

「ミサイルって……まさか、ソーンツェ関連の、でしょうかね？」

「複数の水爆を運用できるなら、旧式戦闘機にも搭載《とうさい》されていると思う。一度学園都市に回収され、どこまで解体作業が進んでいるかも分からない水爆をわざわざ再利用しようとしているぐらいなんだから、ソーンツェは一発だけしかないと考えるべきよ」

『……となると』

「ロケット？」

美琴《みこと》はしばし考え込む。

この局面で、兵器化されていないロケットを飛ばす理由と言えば……、

「この計画を動かしている黒幕は、まだ見つかっていない」

「じゃあ、追い詰められたそいつがロケットを使って逃走しようと……？」

レッサーは怪訝《けげん》な顔で言う。

「でも、仮に宇宙に出たところでどうするんですか？　一時的には、私達の手の届かない所まで逃げ切れるでしょうけど、宇宙ステーションなどで補給を受けられない宇宙船なんて、せいぜい数日の滞在が限界ですよ。しかも落下予想地点は地上でも計算できる。……いいや、通常

弾頭の弾道ミサイルで撃ち落とす事だってできるんじゃないですか？　そんな逃走手段を選択しても、自らを行き止まりへ追い込むようなものですよ」

『地球に降りてこなければ良い』

ベイロープと言うらしき女性の声がそんな事を言った。

『補給を受けなくても問題のないヤツが黒幕だったら関係ない』

「なるほど」

美琴《みこと》は横から口を挟んだ。

ご丁寧に、彼女達に合わせてイギリス寄りの英語で話す。

「黒幕はコードＥＩＣ……そう思わせたい『人間』が暗躍しているって事ね」

「自分達に火の粉がかかるのを恐れて、あれは全部コンピュータが暴走して起きた事なんです、っていう事にする。でも、そんなのは中身を詳しく調べれば小細工したのがバレてしまう可能性がある。だから調査不能な状況を作るために、当のコンピュータには太陽系の外まで脱出してもらう……ってトコですか」

「でも、『計画』はオフラインのストレージにも保管されていたんじゃ……」

「『余地』があるんですよ、きっと。書き込みに意図的な不自然さを作っておいて、それすらもコードＥＩＣが人を操るためのダミーだったって」

「となると」

美琴《みこと》は一度区切ると、自信を持ってこう言った。

「本当の『黒幕』は発射場の管制室で準備を進めている。そいつを捕まえて計画の全貌《ぜんぼう》を聞き出せば、この一件に片《かた》を付ける事ができるって訳ね」

2

日本の首都を、模型飛行機に似た機械が飛んでいた。

空、と呼ぶほど高くはない。

信号機と同じ程度の高さ、電線や線路の高架《こうか》の下をギリギリで潜《くぐ》り抜《ぬ》ける程度の所を、風を切って突き進んでいる。

注目を浴びない訳ではない。

よほど人生に余裕のない人でなければ、目線を上方に上げて、プロペラで推進力を得る飛行機械へ怪訝《けげん》な目を向けている。

確かに、建物や人間が密集している景色の中には相応《ふさわ》しくない。浮いている。厳密に禁じるルールが制定されているかどうかまでは知らなくとも、常識的なマナーの範疇《はんちゅう》には収まらない、と誰もが思っているだろう。

しかし。

一方で、その玩具《おもちゃ》のような機械が軍事兵器であるとまで見抜いている者はいない、というのも事実だった。

実際問題、リアルタイムで情報を送受信できるカメラを備えた精密機械は、それだけで軍事兵器に分類される。

軍事衛星と呼ばれているものの大半は偵察用であり、得体の知れないレーザー兵器などは搭載されていない。それぐらいは平和ボケしたこの国の住人でもはっきりと分かるはずだ。

情報は兵器となる。

あるいは、直接的な鉛弾や爆弾よりも重宝されるほどに。

そう。

そして。

この小さな飛行機械の胴体に詰め込まれた、預金通帳の口座番号程度の数列が、一度は回収された水素爆弾の息を吹き返させ、首都圏を吹き飛ばすほどの価値があるほどに。

UAVは多くの人々の目に留《と》まりながら、一直線に学園都市へと突き進む。

到達予想時間は三〇分後。

街の外壁を突破すると同時に、一つの都市が地図から消える。

3

エニーリャ＝G＝アルゴヌスカヤはヘリポートに停《と》めてある大型ヘリへと向かっていた。

様々な方法で連絡を取るため、アンテナの数が多い。中には携帯電話用の通信衛星とアクセスするためのものまであった。

「やっぱりな」

同僚《どうりょう》を伴《ともな》いながら、彼女は呟《つぶや》く。

「戒厳令《かいげんれい》の電子サインは『上』ではなく、第三者の手で作られたものだった。これがどういう意味か分かるか」

「……、」

同僚は答えない。分からないのではなく、認めるのが嫌なのだろう。だから代わりにエニーリャが最後まで言った。

「どこかの誰かは、『上』に代わってこの街の権限を摑《つか》んでいる状態だ。そして本来の『上』がそれを止める気配がないという事は、おそらく『上』は丸ごと『退場』していると考えて良い。その第三者が直接退場させたのか、何か別の理由で退場したのかは分からないがな」

「情報の発信元は、ロケット発射場でした」

「暴動を止めるために私達に戒厳令《かいげんれい》の命令を出してきたのは、発射場で何かを行おうとしている計画が、暴徒達に妨害されるのを防ごうとしたのかもしれないな」

エニーリャは歩きながら同僚の方を見て、

「発射場と連絡は取れたか」

「職員は暴動の際に施設の施錠《せじょう》を行い、比較的安全な地下居住区へと避難していたはずです」

「まぁ妥当《だとう》なところか。発射場には燃料や酸化剤が大量に収められているからな。その辺の乱暴者がちょっと暴れただけで火の海になりかねない」

「従って、あそこは現在無人のはずなのですが」

「誰かがいるのは確かだ」

エニーリャは断言する。

「アカウント調査の方はどうなった」

「結果が正しければ、おそらくはこの人物が」

足元のウィンドウに表示された情報によると……。

4

ショッピングセンターという、一つの巨大な街の外れ。

国際空港のある一角へと、美琴《みこと》とレッサーは踏み込んでいた。

ロケット発射場である。

この街にとっては、宇宙開発もまた金銭で売買されるビジネスの一つでしかなかったのかもしれない。『人員・物品を宇宙へ飛ばす事』なのか、『宇宙へ飛ばした衛星から得られる情報』なのか、どちらが市場の主役だったのかは知らないが。

「それにしても……」

美琴《みこと》は走りながら、一面の平坦《へいたん》な地面へ目をやる。

「学園都市の第二三学区も似たようなモンだけど、どうして空とか宇宙が関わると馬鹿デカいスケールになるのかしらね!!」

「発射用のモジュールは一基だけではないようですよ」

隣を並走するレッサーは大して疲れた素振りも見せず、

「全部で二五基。五×五の正方形状に配置されているそうです」

「……どこにコードEICの中枢を積んだロケットがあるかは把握《はあく》できてるのよね？」

「ベイロープがホテルの屋上から観察して得た情報によると、縦四横四のモジュールだそうです」

「ちなみに私達が今いるのは？」

「縦一横二」

「ほぼ対角線上かよ‼　距離的に一番面倒な状況ね‼」

そうこう言っている内に、彼女達はロケット発射場の区画へと突入した。

発射場のモジュールは、地下に空いた大きな円形の穴だった。直径も深さも三〇メートルほどか。穴の縁には手すりもないためあまり近づきたくはないが、どうやら円の中心にロケットを立てて、その周りにデータや燃料をやりとりするためのケーブルやチューブなどを取り付けるための、クレーンのような設備が取り囲むようにできているらしい。美琴達《みことたち》が迂回《うかい》しているモジュールの中には、主役であるはずのロケットだけが存在していない状態だった。

こんな巨大な物が、お行儀良く五×五で並んでいる訳だ。

と、そこで隣を走るレッサーが何かに気づき、懐《ふところ》をまさぐった。

どうやら、例の厚紙でできた携帯電話みたいなものに、着信があったらしい。

『やっほー、こちらフロリス。今、株式売買センターの奥の方に潜り込んでいるんだけど、面白いもん見つけたよ』

「？」

『コードＥＩＣのでっかいコンピュータの一部分がジグソーパズルみたいに抜けてるの。大きさは……そうだな。大体、ちょっとした冷蔵庫ぐらい？』

「どうやらそいつがロケットの方に運び込まれているみたいですね」

『だねー。四角い箱から脚が生えて自分で歩き出すって訳じゃあるまいし。大方、コードＥＩＣで操られた人間が乗せたんだって主張したがる連中がいるんだろうけど』

「フロリスって言ったわね」

美琴《みこと》は英語で割り込んだ。

「株式売買センターにいるなら、電話回線の復旧ができないかどうか試してみてくれない？どうも、この街の電話は一度そこを経由してから『外』と繋《つな》がる仕組みみたいだから、小細工されているとすればその辺りが怪しい」

『専門的な知識はないよ』

「できるレベルで良《い》いわ。機能の復旧も、とにかく『外』と繋《つな》がる事ができればそれ以上は求めない。……こっちで情報を集めても、それが学園都市に届かないんじゃＵＡＶの迎撃はできない。だから、やれるだけやってみて」

りょーかい、という返事と共に通信は途切れた。

と、間髪入れずに次の通信が入る。

今度はオカルトコンビニの別の店員のようだった。

『くすくす』

が。

流石《さすが》に笑い声だけで誰だか分かるほど、美琴《みこと》も物分かりは良くない。

『うふふ、にゅはは、く、くしゅぐっ、にゃー』

「もしもし、この緊急事態にどこのどなたさんが遊んでるんですかね？」

『ランシス。こちらランシしゅ。にゅふ、うう駄目だ、やっぱり魔力は、その、くしゅぐっちゃい……』

訳の分からない事をブツブツ呟《つぶや》いているランシスだったが、少しずつ自力で沈静化してきたらしく、

『ふ、ふ。この街に潜んでいた、例の結社経由で新しい情報が入ったから伝えておく』

「あの連中がしゃべるとは思えませんけどねぇ」

『人間じゃなくて、にゅふ、車輪の大蛇の方に残っていた情報を抽出《ちゆうしゆつ》しただけ』

「でも、結社の連中は本当の『黒幕』ではないんですよね」

『ヤツらはヤツらで、くすくす、自分達の計画の障害になるかどうかを見極《みきわ》めるため、ショッピングセンター回りの情報を片っ端から調べていたみたい』

「その中に、『黒幕』と思《おぼ》しき連中の情報もいくつかあった、と」

『フランス系の学園都市協力機関が深く関わっているみたい。にゅは、今回、第三位のデモンストレーションの見学という名目で、ピーター＝ウェイルゴという男が招《まね》かれているけど、彼はショッピングセンターの上層部とそれ以外の繋《つな》がりもあるようだと記載されているね』

「ピーター＝ウェイルゴ……？」

美琴《みこと》はわずかに眉をひそめ、それから地面の半公開型ARを起動させた。ウィンドウは影の

ように彼女の足元をついてくる。別のアカウントで『御坂美琴《みさかみこと》』用のデータに触れるため多少の小細工をすると、デモンストレーション用のデータが出てきた。

そこに同じ名前があった。

協力機関の代表として、デモンストレーション見学のためにやってきた一団の一人だ。

「それにしても、協力機関ですか」

レッサーは走りながら、美琴《みこと》の方をチラリと見た。

美琴《みこと》も頷《うなず》く。

「その情報が私達を混乱させるために意図的に配置されたものではない限り、どう考えてもそいつが『黒幕』って感じね。たとえ計画が露見して学園都市とショッピングセンターが共倒れになっても、フランスの協力機関は『自分達の持っている科学情報を使ったビジネスモデルを確立できる』っていう恩恵を得られるはずよ」

ベニオオアシグンタイアリの詰まったオレンジから始まり、コードEICのレポート、無人操縦の除雪用重機の横槍《よこやり》、キケンな置き物、ビジネスモデルの確立……。一つの大きな計画を軸に、様々な人間が関わったこの一件。『事件』も『犯人』も一人ではなく、最後には計画を立てていたショッピングセンター上層部の手から離れてしまった。

色々な事があった。

だが、ようやくこれが最後の黒幕だ。

ピーター＝ウェイルゴ。

コードEICの中枢をロケットに搭載し、宇宙へ放り出そうとしている目的も明快《めいかい》だ。

おそらく核の起爆用コードやUAVの飛行ルートなどを正確に把握しているのも彼だろう。

つまり、

「そのピーター＝ウェイルゴってヤツを捕まえて計画の詳細を学園都市に伝えれば、ほぼ確実にUAVを撃ち落とし、ソーンツェの起爆も阻止できる!!」

『ウェイルゴは、こにひ、少人数の護衛を連れてショッピングセンターにやってきているけど、おそらく「計画」に関わっているのは彼だけ。できるだけショッピングセンターとの繋《つな》がりを示すものを少なくする事で、いざという時にフランス系協力機関に火の粉がかかる可能性を低く抑《おさ》えようという意図でもあるんだと思う』

その時だった。

ボバッ!!!!!! と。

突如、真横の発射場モジュールから、噴火のように炎の柱が上がった。

直径、深さ共に三〇メートルの大穴を満たすほどの大爆発だ。真っ赤な炎の柱は美琴達《みことたち》の頭上を大きく越え、地上から五〇メートル以上も噴《ふ》き上《あ》がったところで、ようやく上への広がりを止め、今度は四方八方へとその矛先《ほこさき》を変えていく。

「なん……ッ!?　一体何なのよあれ!?」

「発射場の液体燃料でも爆発したんじゃないですか！　液体酸素だか水素だか知りませんけど!!」

レッサーは爆発の衝撃で厚紙の携帯電話を落としてしまったようだが、引き返す事はなかった。

すでに頭上の炎は、美琴達《みことたち》を追い抜いて『炎の屋根』を築きつつある。

「あのモジュールにはロケットなんて設置されていなかったでしょ!!」

「燃料を爆発させるだけなら、補給用のタンクやパイプだけでも事足ります。そいつをどこかの誰かさんが遠隔操作で爆発するように仕向けたんじゃないですか!?」

「あくまでも、人の手は汚さない。その場の機材や設備を利用する事で、コードEICの暴走を演出したがっているって訳か」

炎の屋根が、ぐらりと揺れた。

ようやく重力を思い出したかのように、その先端が、落ちる。

「そうでしょう、ピーター＝ウェイルゴ!!」

美琴《みこと》の叫びと共に、炎の屋根が瓦解《がかい》した。

それはいくつもの灼熱《しやくねつ》の塊《かたまり》となって、美琴達《みことたち》の走る発射場へと降り注いでくる。

美琴《みこと》は走り、レッサーは飛び跳ね、それでも間に合わず、二人してAR用の地面の上を転がった。間一髪のところを爆炎が埋め尽くす。

騒ぎはそこで終わらない。

今度は、前方の硬い地面が震動と共に砕け散った。両腕を使って細かい破片から顔を庇《かば》う美琴《みこと》は、腕の隙間から眩《まばゆ》い光が入り込んでくるのを知覚する。

それは地下に埋まっていた補給用のパイプだった。

鋼鉄で作られた太い管は半《なか》ばから引き裂かれ、火炎放射器のように直線的な炎を撒《ま》き散《ち》らしながら暴れ回っている。

「さらに来ます!!　上!!」

レッサーが叫ぶのと、タンクローリーよりも巨大な容器が、炎を噴きながら野球の遠投のように美琴《みこと》の頭上へ降ってくるのはほぼ同時だった。

だが今度は焦《あせ》らない。

何故《なぜ》ならば、今もひとりでにのたくっているパイプは、

「鋼鉄製なら問題はないわよ!!」

叫び、磁力を使って強引にパイプを抑え込む。火炎放射器のようになった口を真上に向け、さらに、その莫大《ばくだい》な炎を落下してくる巨大なタンクへと叩《たた》きつけた。

高温の炎が一気にタンクの内部温度を上昇させる。

今までは破れた一部分のみから炎が噴き出していたが、タンクの全域が一気に着火される。

結果、起きたのは爆発だった。

空中で起きた新たな爆発は、瓦解《がかい》し、なおも降り注いでくる炎の屋根の残骸を一気に吹き散らす。

その間も、美琴《みこと》とレッサーは全力で走った。

路面の半公開型ARは炎にやられたのか、複雑なノイズを撒《ま》き散《ち》らす。

複数の発射場モジュールの円形の穴から炎の柱が噴き上げられ、複数の補給用パイプが引き千切れ、火の点《つ》いたタンクがまるでミサイルのように襲いかかってくる。

だが彼女達はその足を止めない。

足を動かし続ける事こそが、次々と向かってくる炎の攻撃から身を守る最善の策だという事が分かっていたからだ。

「見えた!! 縦四×横四!! あそこにコードEICの中枢があります!!」

「あと、『黒幕』のピーター=ウェイルゴもね!!」

炎のオレンジと壊れたARのノイズで満たされた発射場を、美琴達《みことたち》はひたすら走り続ける。

隣を走るレッサーが、槍《やり》のような物を抱えながら質問してくる。

「ロケット発射場の出入口ってどこだか分かります!?」

「だから縦四×横四!! アンタのお仲間がホテルの屋上から確認したんでしょ!?」

「そこじゃありません! それはロケットが発射される場所でしょう? 人間が出入りするための扉は別の所にあるはずです!!」

「それだけ分かってりゃ十分よ」

美琴《みこと》は笑って、灰色の平面の上を駆け抜ける。

得体の知れないミステリーサークルのように、前方には巨大な穴が空《あ》いている。

迷わず飛んだ。

「ようは、飛び込みゃそこが目的地なんだから!!」

直径と深さが三〇メートルに届く巨大な縦穴。その中央には、ドーナツの型のように大きな柱が通っていた。柱が倒れるのを防ぐためか、何かしらのデータのやり取りを行うケーブルでも渡しているのか、横から何本かのクレーンが伸びていて、中央の柱に取り付けられている。

ロケットだ。

美琴《みこと》は足の裏に磁力を集中させ、重力を無視して跳躍し、その側面部分へと張り付いた。まるで急斜面を滑走するスキーヤーのように垂直な壁を移動する。

前髪から火花が散る。

その時、頭上、縦穴の縁から顔を覗《のぞ》かせたレッサーが、慌てたように叫んだ。

「ロケットの大部分は液化燃料です!!　迂闊《うかつ》に攻撃すると大爆発に巻き込まれますよ!!」

(分かってる)

美琴《みこと》だってここで黒焦げになるつもりはないし、そもそも単純な破壊だけでは解決しない。このロケットに搭載されたコードＥＩＣの核となるコンピュータを、解析できる状態で確保しなくてはならないのだ。

美琴《みこと》はロケットの側面を滑り降りながら、周囲へ視線を巡らせる。

円筒状の縦穴。その内壁には、ロケットを観察するためのものだろうか、いくつもの分厚い窓が設置されていた。発射用、あるいは発射後の管制のための設備なのか、家電量販店では絶対にお目にかかれない巨大な機器がいくつも見える。

その中に、一つの人影を見つけた。

デモンストレーションの見学予定者のリストに載っていた人物の一人。

ピーター＝ウェイルゴ。

初めて出会うその人物の名を、美琴《みこと》は自然と言い当てる事ができた。

そして、彼女は迷わなかった。

「……ッ!!」

磁力の流れを変更。

分厚い壁の向こうにある、鉄製の扉へとポイントを定め、自分の体を一気に目的地へ手繰《たぐ》り寄せる。

人間の体が、水平に飛んだ。

間に分厚い強化ガラスの窓があったが、美琴《みこと》は無視して突っ込んだ。

甲高い音と共に、彼女の体が施設の内部へ突入する。

中にいた人物は、砕け散った無数のガラス片からとっさに身を守ろうとしたようだった。両手で顔を庇《かば》い、体を丸めたその人影へ、美琴《みこと》はノーバウンドで『着地』する。ボディブローどころの衝撃ではなかったはずだ。彼女は磁力をカットし、そのまま馬乗りになるように人影を床へ押し倒す。

(こいつは……?)

美琴《みこと》が拘束した人物は、年齢は五〇歳前後だろうか。長身の白人だった。色の濃い金髪の所々に、芯《しん》の抜け落ちたような白髪が混じっている。オーダーメイドの高級なスーツを着込んでいたが、それはまるで、衰《おとろ》え始《はじ》めた筋肉を必死に隠そうとしているようにも見えた。

「ピーター＝ウェイルゴね。チェックメイトよ」

美琴《みこと》は初老の男の喉元《のどもと》へ親指を突きつけ、皮膚に触れるか触れないかの所で、青白い火花を散らした。

「私がここにやってきた時点で、アンタの思惑は透けて見えているって事。アンタがフランス系の協力機関の人間だっていう事も分かってる。ショッピングセンターの反乱をサポートして、『自分の持っている科学情報を使ったビジネスモデルを確立させる』恩恵を一緒に手に入れたがっていた事も含めてね。さらに、コードＥＩＣの暴走なんてダミーの結末に踊らされるほど、私は甘くはない」

「……、」

「あのロケットにはコードＥＩＣの主要部分が搭載されていて、アンタはそれを外宇宙へ飛ばす事で、これ以上の調査活動を行えないように工作しようとした。でも、それもおしまい。さあ、ロケットを止めなさい。さもないと、高圧電流で人格が物理的に壊れる瞬間に立ち会う羽目になるわよ」

やっと終わった、と美琴《みこと》は思った。

この状態からピーターが逆転できるとは思えない。ざっと見た限り、彼以外の人物が隠れている様子はないが、仮に部下が潜んでいたとしても、この状態のまま対処できる。正真正銘のチェックメイトなのだ。コードＥＩＣの核となるコンピュータは無事に確保し、ピーターから情報を聞き出して、学園都市に向かっているＵＡＶの位置情報も把握する。黒幕がいなくなり、通信妨害も解除されれば、後はその情報を学園都市に伝えて、的確にＵＡＶを破壊してもらう。『どこを飛んでいるか分からない小型航空機』ならともかく、『あらかじめどこからやってくるか分かっているターゲット』なら、発見も撃墜《げきつい》も難しくはないだろう。

そう考えていた美琴《みこと》だったが、

「……わたしじゃない……」

奇怪な音が、鼓膜を震わせた。

それを声と認識するのに遅れた理由は、あまりにも予想から外れ過ぎていたからだろうか。

ピーター＝ウェイルゴは、押し倒されたまま、もう一度呟《つぶや》いた。

「わたしじゃない」

笑みが張り付いていた。

皮膚の裏側に細かい虫がびっしりと蠢《うごめ》いていて、その動きによって肌が引っ張られているのかと疑いたくなるほどの笑顔だった。

美琴《みこと》は思う。

打算や合理性など無視して、ただ純粋に、心の奥底から湧《わ》き上がってきた意思を、言語野《げんごや》を使って出力する。


こいつは一体何を言っている？

こいつは本当にピーター＝ウェイルゴなのか？


分かり切っているはずの大前提だが、そこの部分に訳もなく不安を覚えるほど、初老の男の言動や雰囲気は奇怪《きかい》だった。彼自身が、ピーター＝ウェイルゴかと問われてイエスともノーとも答えていない事も、その不安に拍車《はくしゃ》をかける。

だが惑《まど》わされるな。

ここでこの男が真実を話す事で、所属するフランス系協力機関に生まれるメリットなど何もないのだ。だとすれば、ピーター＝ウェイルゴは沈黙を守るか虚偽《きょぎ》で煙《けむ》に巻《ま》くか、この二つを優先するに決まっている。

何しろ。

学園都市を破壊する計画は今もなお続行されており、ソーンツェの起爆とコードＥＩＣ中枢の追放さえ終われば、勝利の美酒はフランス系協力機関の手に渡る事になるのだから。

（こいつ、どうやってしゃべらせれば良い）

美琴《みこと》の頬《ほお》に、得体の知れない汗が伝う。

（仮にしゃべったとして、それが嘘《うそ》の情報じゃないとどうやって見極めれば良い⁉）

同時だった。

砕けた窓の向こうから、爆発音のようなものが響き渡った。

それも、一発で終わるものではない。ガガガガゴゴゴゴゴッ‼　と、連続的にいつまでも炸裂《さくれつ》が続く。防音の恩恵が失われたせいか、壁や天井がビリビリと震動していた。道路工事どころの騒音ではない。

ロケットエンジンの点火が始まったのだ。

「……止めなさい」

美琴《みこと》は、唇を動かした。

すでにチェックメイトであるはずなのに、美琴《みこと》の方が小刻《こきざ》みに震えていた。

キングを取られても勝負を続行するような人間相手に、一体何をすれば勝てるというのか。

「今すぐロケットを止めなさい‼　強化ガラスの窓は私が割った！　このままロケットが発射

されれば、噴射炎と熱風が部屋の中を蹂躙《じゅうりん》するわ。そうなったら私もアンタも助からない。絶対に死ぬ!! この状況でコードEICを宇宙へ放り投げる事は、アンタの勝利になんか繋《つな》がらない!!」

その言葉を聞いて、ピーターはより一層笑みを深くした。

あの笑みの先に、さらなる深みが存在する事そのものに、美琴《みこと》は戦慄《せんりつ》する。

「……わたしのせいじゃないんだ」

呪文のような言葉。

一〇億ボルトの高圧電流でも、二〇〇〇〇度を超える噴射炎でも、決して折る事のできない、歪《ゆが》みに歪《ゆが》み切《き》った正当性の主張。

「全部機械に操られていたんだ。ただの駒だ。全部駒なんだ。だから、わたしになんか止められるはずがないじゃないか」

そういう事にしたいのか。

何があってもそれ以外の事実を世界に認めさせたくはないのか。

(こいつは自分の命や立場が惜しくて、こんな工作を行っている訳じゃない……)

ようやく、美琴《みこと》は勝敗条件の一端を垣間見《かいまみ》た。

(自分の所属しているフランス系の『協力機関』に繁栄《はんえい》をもたらし、降りかかる火の粉を全て払ってしまう事。こいつは、それだけなんだ。それだけしかないんだ!!)

『協力機関』とは、フランスの何を指しているのか。

ピーター＝ウェイルゴはその統率者なのか、それとも単なる末端の一人に過ぎないのか。

何もかもが分からない。

そして、圧倒的に情報が足りないまま、事件は結末の時を迎えてしまう。

ガガガガガガガガガガガガガッ!!!!!! と、いよいよ施設内の震動が増してきた。間もなくロケットは発射されてしまう。そうなったら事件の『黒幕』を証明する調査材料が、太陽系の外へ放り出されてしまう。美琴《みこと》もピーターも噴射炎に巻き込まれ、水爆やUAVに関する情報も得られないまま。UAVの到着と共に学園都市内部でソーンツェが起爆し、世界のどこかにいる『黒幕』の狙い通り、『ビジネスモデルの確立』という名の富が分配されてしまう。

阻止しなくてはならない。

だが、無暗《むやみ》にロケットを攻撃しても、大爆発が巻き起こるだけだ。そうなれば、ロケットに搭載されているコードEICも灼熱《しゃくねつ》の中に放り込まれ、必要な情報が手に入らなくなる恐れが出てくる。何より、爆発は美琴《みこと》やピーターも死んでしまう。それでは結果は同じだ。

（どうする……？）

美琴《みこと》はピーターを拘束したまま、周囲を見回した。

管制の役割を負っているのか、数多《かずおお》くの機器が並んでいる。彼女はコンピュータにも詳しいが、流石《さすが》にここまで専門的になると手の出しようがない。単純にプログラムを停止したぐらいでロケットが止まるとも限らない。

（どうする⁉）

ロケットは今まさに発射され、UAVは学園都市へ突入しようとしていた。

リミットなどという都合の良《い》い猶予《ゆうよ》は、もはや存在しない。

そして。

5

カウントダウン・ゼロ。

三段式ロケットの側面に取り付けられていた、姿勢制御用のクレーンが、横方向へ折れ曲がる形で次々と切り離されていく。

液体酸素と液体水素を混合させた燃料が、最大級の爆発力を生み出す。

同時に、発射施設の側面からシャワーのように大量の水が噴き出した。

エンジンの高い熱が施設を破壊しないようにするための処理だ。発射映像などでたびたび目にする、綿菓子のように膨らんでいく白い気体の正体は、煙ではなく水蒸気なのである。

機体が、浮いた。

ほんの数センチ。だが確実に。複数のロケットエンジンの力を受けて、ロケットはゆっくりと持ち上がる。最初の数十秒が最もデリケートだった。そしてひとたび重力の戒《いまし》めを引き千切るほどのパワーを得れば、後はもう誰にも止められなくなる。

先端部分に巨大なコンピュータを搭載し。

衛星軌道上に乗せるための計算など一切行わず。

ただ、単純にロケットの中身を地球の外側へ放り捨てるために。

ぶわっ、と。

巨大な人工物の塊が、上方へと大きく動き出す。

ロケットエンジンが生み出す推進力が、大質量を地上へ縛り付ける重力の力に打《う》ち克《か》ったのだ。

発射、という単語が躍る。

この星の中では当たり前の現象を破った三段式ロケットは、まるで伸ばしたゴム紐《ひも》の端から手を離したように、一気に大空を目指そうとする。

そして、

ガクン!!　と。

唐突に、莫大《ばくだい》なエネルギーを生んでいたロケットエンジンから、光が消えた。

三段式ロケットが、五メートルほど浮き上がった直後だった。

唐突に噴射が止まり、巨大なロケットが本来の重力に引かれて地下発射場の床へと激突した。下部のエンジンが大きく潰れ、そしてロケット本体が垂直の状態からぐらりと揺らぐ。支えを失った巨大な乗り物は、自らのバランスを保《たも》つ事すらできなかった。そのまま施設の側面に向かって大きく倒れかかり、機体そのものがくの字に折れ曲がる。

くの字の中央部分の亀裂から、しゅうしゅうと、白い煙のようなものが溢《あふ》れていた。

燃料に使われていた液体酸素か液体水素、そのどちらかだろう。

それらの燃料が液体の状態を維持できるのは、マイナス一〇〇度より低い低温下のみだ。常温にさらされれば、即座に気体へ戻る。空気中に漂《ただよ》っているものと同じように。

「……、」

御坂美琴《みさかみこと》は、強化ガラスの割れた窓に向かって立っていた。

その掌《てのひら》を、発射場の方へとかざしていた。

「無駄よ。もう、ロケットが飛ぶ事はない」

何かしらの理由で、ロケットの発射は失敗した。

あるいは、阻止された。

しかしピーター＝ウェイルゴは倒れ伏したまま、笑顔を崩さなかった。確かにロケット自体は落下したが、まだ彼の思惑は生きている。こんな雑な方法で発射を阻止すれば、必ず液化燃料に火が点《つ》いて大爆発を起こす。学園都市の解析技術がどこまでのものかは推測しかできないが、長時間にわたって高温にさらされれば、コードＥＩＣの核は十中八九、解析不能の状態に陥る。

一〇〇％の安全が九〇％の安全になっただけ。

それで勝利だ。

学園都市への水爆攻撃計画は依然《いぜん》として進んでいる。

あの街が壊滅し、そして首謀者《しゅぼうしゃ》である『協力機関』を正確に割り出せないのであれば、『ビジネスモデルの確立』という恩恵は確実に入手できる。

仮にロケットの爆発に、彼自身が巻き込まれたとしても。

やはり、この勝負の結末は、紛れもなくピーターの勝利だ。

だが、

「無駄って言ったでしょ」

美琴《みこと》は初老の男の思考を遮《さえぎ》るように、言葉を突きつけた。

「液体酸素も液体水素も、もう爆発しない。だからロケットが発射される事も、ロケットが爆発する事も……アンタが勝利するための条件は、何一つ適用されない」

最初、ピーターは言葉の意味が分からずにポカンとした表情を浮かべていた。

やがて、本当に何の爆発も起こらない事を察《さつ》すると、その表情が激変した。

一体どこに力が残っていたのか。

ピーター＝ウェイルゴは勢い良く起き上がると、懐《ふところ》へ手を突っ込んだ。美琴《みこと》の髪から青白い火花が散り、ピーターの体を激しく撃ち抜いたが、初老の男の動きは止まらなかった。絶叫と共に、懐《ふところ》から抜き出した物を投げつける。強化ガラスの砕けた窓の、その先へ。

それは火の点《つ》いたオイルライターだった。

放物線を描いて落下するライターは、そのまま発射場の一番底に叩《たた》きつけられる。そこには壊れたエンジンから漏《も》れた、大量の燃料がわだかまっているはずだった。液体酸素に液体水素。空気の存在しない空間でさえ爆発的な推進力を与えるために用意された燃料は、ほんの一瞬で発射場地下施設全体を炎で包むほどの大爆発を巻き起こすはずだった。

しかし、

「何、故《なぜ》……？」

「言ったでしょ」

「何故《なぜ》だ。何故《なぜ》何も起こらない⁉」

「たとえ火炎放射器を使ったって、もう爆発なんて起こらない。そうならないように、私が全部手を打った」

窓の縁《ふち》に立って慄《おのの》くピーター＝ウェイルゴの背中へ、美琴《みこと》は淡々とした調子で答えた。

「液体酸素と液体水素を使ったロケットエンジンの仕組みは簡単よ。物を燃やすには酸素が必要で、それは爆発力を生み出す水素にしたって同じ事。だから、液体酸素と液体水素を混合させて、『空気のない場所でも酸素を使った水素の爆発』を起こせるように調整する」

「……、」

「そして、酸素分子は電気の力で簡単に分解できる。酸素原子は二つ結合すれば酸素分子になるけど、三つ結合させればオゾンになる。当然、酸素とオゾンは性質が違う。オゾンと水素を混合させても、火が点《つ》く事はない」

ピーターは発射場の底を覗《のぞ》き込《こ》んだ。

オイルライターから、火が消えていた。火が燃えるための条件が、整っていないからだ。

「ま、ギリギリの手だけどね。さっきみたいに、広大な発射場全域をボーボー燃やされたら流石《さすが》に対処できないし、何より、私自身が酸欠で死んじゃうかもしれないから使えなかった。でも、あの円形の発射場モジュール一基の底だけなら、ある程度は密閉されているし、私の呼吸にも影響はない」

美琴《みこと》は手の甲で顔の汗を拭《ぬぐ》いながら、

「これでコードEICを宇宙へ飛ばし、事件の責任を有耶無耶《うやむや》にする計画は破綻《はたん》したわ」

美琴《みこと》は刺すような調子で言葉を放つ。

「さあ、ソーンツェを起爆するためのＵＡＶについて、知っている事を全部話しなさい。どこから発射されて、どの飛行ルートを通って、どのタイミングで学園都市へ突入するか。それさえ分かれば迎撃できる。アンタが学園都市を攻撃するメリットは、もう存在しないはずよ」

「ふ」

ピーター＝ウェイルゴの肩が、わずかに動いた。

笑っているようだった。

直後だった。

彼は、振り返る事すらしなかった。

そのまま、壊れた窓から飛び降りたのだ。

ビニール袋が風に流されるような、あまりにも自然な挙動だった。それ故に、美琴《みこと》の反応がわずかに遅れた。そしてようやく事態に気づいた時には、すでにピーター＝ウェイルゴは美琴《みこと》の視界から消えていた。

「く……ッ‼」

慌てて磁力を操作する美琴《みこと》だったが、手応《てごた》えのようなものは何も感じられなかった。そして、耳に嫌な音が響き渡った。

窓の縁から下を覗《のぞ》く。

モジュールの底では、傾《かたむ》いたロケットに寄《よ》り添《そ》うような格好で、人の形をしたものが倒れていた。漏《も》れ出《だ》した液化燃料の水溜《みずた》まりには触れていないようだが、手足に動きはなく、生き物が生き物としてまとっているものが薄らいでいくのを美琴《みこと》は感じ取った。

その時だった。

頭上、発射施設上部の縁から、レッサーの叫び声が聞こえてきた。

「UAVはまだ止まっていません!! このままではソーンツェが起爆します!! あなたは早く、UAVの飛行ルートを調べてください!!」

「でも、あいつは!?」

美琴《みこと》は叫び返す。

「下はライターの火すら点《つ》かないほどの無酸素状態なのよ！ 酸素分子は全てオゾンに変換してある!! 仮に息があったとしても、あんな環境じゃ数分も保《も》たないわ!!」

「ええい！ だったら私が回収します！」

「どうやって!?」

「酸素を吸わなくても行動できるようにすれば良いんでしょう!! こっちで何とかしますよ!!」

何だかオカルトめいた事を叫びながら、レッサーは発射場の壁面へと跳んだ。そのままスキーのように最下層へと滑走していくのが見える。苦しんでいる様子がないところを見ると、どうやら本当に『方法』があったらしい。

(UAVの飛行ルート……)

美琴《みこと》は考える。

黒幕だったピーター＝ウェイルゴは自ら身投げする事で、その情報を封じた。他に、UAVの飛行ルートや事件の全容を把握しているものはあるだろうか。

(待てよ)

美琴《みこと》は顔を上げた。

割れた窓の先。

くの字に折れたロケットの先端部分に目をやる。

(黒幕は事件の全ての責任をコードEICの核へと押し付けようとしていた。なら、偽装を完璧なものにするため、コンピュータの中に事件の全容を収めたデータを入れておいてもおかしくはない。コードEIC自身が計画を立案・実行し、その記録を取っていた、という風にするために!!)

実際には、『黒幕』はコードEICが回収される事を恐れていたはずだが、相手も使える手は全て試したはずだろう。ロケットに搭載されたコンピュータの中に、事件のファイルが収められている可能性は高い。

美琴《みこと》は砕けた窓から、真下へ向けて大声を張り上げた。

「フロリスとかいうヤツからの連絡は!?　電話回線は復旧したの!?」

「分かりませんよ！　通信用の霊装《れいそう》……ええと機材は炎の中に消えちゃいました！　それにフロリスは自分でも言っていた通り、機械関連にそれほど詳しい訳でもありません!!」

(くそ、細い糸が繋《つな》がっているかどうかも分からない状態で綱渡り続行か!!)

美琴《みこと》は即座に磁力を操作した。

窓から飛び、ほぼ水平に跳躍《ちょうやく》し、くの字に折れ曲がったロケットの側面へと着地する。

そのまま上部目指して走る。

(間に合え……)

PDAを取り出す。

ロケット最上部の装甲を砂鉄の剣で切断し、美琴《みこと》は内部のコンピュータと対峙《たいじ》する。

「間に合え!!」

6

その時。

東京湾から飛来した小型無人航空機《UAV》は、わずかに高度を上げた。

学園都市の外壁を乗り越えるために。

外壁は、情報の漏洩《ろうえい》を防止するため、垂直方向に極めて指向性の高い妨害電波を発するように作られていた。

よって、外壁の外側から電波を発したとしても、それが学園都市の内部に届く事はない。

UAVが外壁の真上を通ったその瞬間、わずかに飛行が不安定になった。

だが、機体をぐらつかせたまま、UAVは空を飛び続ける。

その内部に、水素爆弾を起爆するための信号を抱え込んだまま。

一度警備員《アンチスキル》に回収されたソーンツェを再び爆発させるため、UAVは最後の行動に出る。

外壁を。

妨害電波のエリアを。

一気に突き抜ける。UAVが、学園都市の内部へと突入する。信号を遮断するものが何一つないクリアな領域へと到達する。UAVとソーンツェを繋《つな》ぐ線が、明確に浮き彫りになる。

そして。


爆発が。

7

美琴《みこと》は、ぺたりと床に座り込んでいた。

ロケットの最上部、その内部だ。

巨大なコンピュータとPDAはケーブルで繋《つな》がっていて、小さな画面にはいくつかの情報が表示されていた。

彼女のもう片方の手には、携帯電話が握られていた。

じじじ……と、聞き慣れないノイズが電話の向こうから響いていた。

まともな通話状況ではない。

美琴《みこと》も平均的な日本の中学生と同じぐらいの頻度で携帯電話を利用していたが、こんな奇怪な状況は初めてだった。

声が聞こえない。

息遣《いきづか》いが感じられない。

電話の向こうの景色を想像できない。

まるで。

何もかもが。

突如として。

消失してしまったかのように。

「……、」

しばらくの間、美琴《みこと》は一言も発しなかった。

全身から力が抜けていた。

手にしていたPDAが、滑り落ちる。

かろうじて携帯電話を手放さなかったのは、『向こう』との繋《つな》がりを信じていたかったからか。

そして。

『……ぇ……さ、ま……』

ようやく、電話の向こうから声が飛んできた。

しかし、普段聞き慣れているものとは随分《ずいぶん》と違っていた。ひどく掠《かす》れて、聞き取れなくて、喉の奥の水分まで丸ごと奪い尽くされたかのような声色だった。

彼女は。

白井黒子《しらいくろこ》は。

最後の報告を行う。

『UAVの……撃墜、成功しましたわ……。それも……これも、お姉様が……与えてくれた情報の……おかげです……』

その声を聞いて、ようやく美琴《みこと》は呼吸の方法を思い出したような心地になった。

対して、白井《しらい》の方は怪訝《けげん》そうな調子で、

『それに……しても、随分と声が……遠いですわね』

「アンテナがちょっと急拵《きゅうごしら》えだからじゃない？」

言いながら、美琴《みこと》は自分で切り取ったロケットの側面出口から、頭上の空を見上げた。

美琴《みこと》が手にしている携帯電話は、彼女の物ではなかった。

カウントダウンの最中、真上から落ちてきた物だ。

バタバタバタバタバタ!!　と空気を叩《たた》く音が耳に届いた。

頭上を見上げると、大型のヘリコプターが旋回していた。機体側面のロシア語を読む限り、

『保安員』のものであるらしい。

ヘリの扉は開いていて、そこから顔を覗《のぞ》かせている人物には見覚えがあった。

（エニーリャ……だっけ）

どうやら別の情報を辿《たど》ってここまでやってきたようだったが、それが最後で美琴《みこと》や学園都市を救った。

大型ヘリには通信用の機材が搭載されていた。円滑な捜査活動のためだろう。単純な無線機のためのアンテナの他にも、携帯電話用の通信衛星とアクセスするための装置もあった。

エニーリャは携帯電話を投げ、美琴《みこと》はそれを受け取った。

ひょっとすると、カウントダウンの最中に美琴《みこと》が学園都市へ伝えようとして失敗した通信をヘリで傍受し、協力するべき状況だと判断されたのかもしれない。

「で、状況は？」

美琴《みこと》が尋ねると、音質がクリアになった。

ヘリのアンテナが何かしらの調整を行ったのかもしれない。

『先ほども申し上げた通り、ＵＡＶは外壁近辺で迎撃しました。ソーンツェが起爆する様子もありません。可能性は低いと思われますが、二機目、三機目のＵＡＶが同時に放たれている可能性も考慮《こうりよ》して、ソーンツェは密閉された地下施設へ送っています。仮にＵＡＶが飛来したとしても、もう信号を受信する事はないでしょう』

「ひとまずは……危険は回避できたってトコかしらね」

『そちらの状況はいかがですの』

「こっちは……ロシアのショッピングセンターが抱えていたスパコンの心臓部を確保。でも、これはデコイね。本命の黒幕は」

美琴《みこと》はロケットの縁から下層を見下ろした。

そちらではピーター＝ウェイルゴを抱えたレッサーがこちらを見返している。

「一応、生きてはいるみたい。あいつから詳しい話を聞けば、色々な背後関係が浮き彫りになりそうね。この街には熱心な『保安員』がいるようだし、これで私にかかった一連の容疑も何とか晴れそうね」

終わった、と美琴《みこと》は安堵《あんど》の息を吐いた。

これでロシアのショッピングセンターを巡る事件も、学園都市を狙っていたゾーンツェも、ひとまずの幕を下ろした。

爽快感《そうかいかん》よりも疲労感の方が強い印象を抱く。

実際の事件とは、ＲＰＧのエンディングのような達成感を与えてくれるものではないらしい。

8

「で、結局どういう事だったの？」

と呟《つぶや》いたのは、ベイロープという銀髪の少女だった。

彼女は一般的な大型旅客機ではなく、チャーター用の小型機に乗り込んでいた。今は滑走路の使用順の関係で、空港の一角で待機しているところだ。

ベイロープと対峙《たいじ》しているのは、先端だけを三つ編み状にまとめた黒髪の少女。レッサーである。

「何がですか？」

「ラストのUAVの事じゃないの」

と付け加えたのは、マッサージチェアに沈み込んでいる金髪の少女、フロリス。彼女は膝の上に乗っている別の少女ランシスを、鬱陶《うっとう》しそうに押しのけながら、

「御坂《みさか》美琴《こと》だっけ？　あの日本人が四苦八苦していたようだったけど、本当にタイミングは間に合ったのかって話」

「そうそう」

ベイロープは壁に背中を預けつつ、

「コードEICの核から事件の情報を抽出してUAVの飛行ルートを割り出して、その情報を学園都市に伝えたとしても、すぐさま防衛部隊って動くものかね。何を言った所で、結局は中学生一人の証言よ。即座に全軍が対応するとは思えないんだけど」

「普通なら、もたもたしている間にUAVが起爆信号を送ってドカーン、だよね」

ベイロープとフロリスはそれぞれ好き勝手に言い合っていたが、そこでレッサーが、何の事はないように付け足した。

「だから、最初っから、それが向こうの思惑だったんじゃないですか？」

「？」

「例えば、学園都市の上層部は以前から『協力機関』の中に不穏分子がある事を予測していて、

具体的な炙《あぶ》り出《だ》しの機会を窺《うかが》っていた、とか。ロシアのショッピングセンターを徹底的に観察する事で、あの組織を取り巻く危険な人物を片っ端から洗い出そうとしていた、とか」

「って事は……」

「ソーンツェやUAVの動向についても、別の情報を経由してモニタし続けていたんじゃないですか。ギリギリまで状況を進行させる事で、不穏分子の総力がどの程度の規模なのかを、完璧に見極めるために。……おかげで、ショッピングセンターだけでなく、あそこに加担していた『協力機関』の割り出しもできたはずです。その上、ピーター＝ウェイルゴも捕まった訳ですし」

うえ、と誰かが呻《うめ》き声《ごえ》のようなものを上げた。

代表するように、ベイロープが口を開く。

「そこまでやる？」

「あそこなら」

「ソーンツェって、水素爆弾でしょ？」

「学園都市なら、それもありでしょ」

レッサーは淡々とした調子で答えた。

「上層部の頭がどこまで切れるかは知りませんけど、この先の動き……魔術と科学の戦争まで見越しているのだとすれば、内側の敵は可能な限り除去してから開戦したいでしょうしね」

四人全員が、黙り込んだ。

戦争という言葉を強く意識したのだ。

「大戦となれば、主戦場の候補はやっぱりロシアか」

「今回の黒幕の『協力機関』も、フランスっていう危険な立地でした」

「あらかじめ地均《じなら》しをして、必要のない施設を撤収させてから戦いに臨《のぞ》むって訳。このショッピングセンターも、上層部を軒並み失って『完全閉鎖』は確実って流れだし」

ベイロープは呟《つぶや》いてから、ニヤリと笑う。

「イギリスの『協力機関』が排除されなかったのは、私達にとっては救いかな」

「どうでしょうね。今回の事件に関して、解決に協力した事で、少しは誤魔化してもらえると助かるんですけど」

と、そこで今まで黙っていたランシスという少女が口を開いた。

彼女はまるで見えない手で腋《わき》でもくすぐられているかのように身をよじりつつ、小さな本のようなものをめくりながら、

「……くしゅ、くひゅひゅ、見つかったって」

「?」

「『戴冠の剣』。自動で……ひゅひゅ……発掘作業を進めさせていた霊装《れいそう》からの、ふふ、信号があった。ヒット。これから……ひっひ……具体的な掘り出しに入るけど、十中八九間違いなさそう、ひゅふ」

「ふうん」

レッサーは微《かす》かに笑う。

小悪魔のように。

悪意は自覚しているものの、それをオブラートで包む事のできる笑みを。

「イギリスの『変革』が成功すれば、学園都市との『協定』もそれどころではなくなると思いますが、まぁ、その時はその時ですよね。私達は、最もイギリスのためになる事を実行する集団ですから」

滑走路の使用許可が下りた。

パイロットはチャーター機をゆっくりと移動させる。

直線的な滑走路の端へ到着すると、離陸のための加速を開始した。

飛び立つ飛行機の中で、レッサーはこう呟《つぶや》いた。

「それじゃあ、こっちも本格的な戦争の準備を行いましょうか」

9

『お姉様。まだ携帯電話は大丈夫なんですの？』

「離陸前だからね。あと一〇分ぐらいなら何とかなりそうよ」

携帯電話を握っている美琴《みこと》は、旅客機の中にいる。大型の飛行機は滑走路の順番待ちをしているようで、今は小型のチャーター機が飛んでいくのを見送っている形だ。

『それにしても』

電話相手の白井《しらい》黒子《くろこ》は不機嫌そうな調子で、

『そのロシアのショッピングセンターというのは、とんでもない所でしたのね。自分達の抱えている中途半端《ちゅうとはんぱ》な科学情報を使ったビジネスモデルを確立するためにテロを起こそうとするわ、そのために水爆まで持ち出すわ、あまつさえお姉様を追いかけ回して捕まえようとするわ!! ……警察代わりの「保安員」とやらも全くあてにはできなかったようですし、洒落《しゃれ》になっていませんわよ』

「ま、まぁ、最後は『保安員』も頑張ってたし、そのおかげで私の容疑も晴れた訳だし、これ以上突っつく必要はないと思うけど」

『いーえ!! 本来なら「保安員」ってのは民間人のお姉様を守って当然のはずですわ! それがこの引っかき回しっぷりとなったら、プラマイゼロとはいきませんわよ!!』

ぎゃあぎゃあと喚《わめ》く白井《しらい》の声を聞きながら、美琴《みこと》はふと思う。

別に学園都市が理想郷だとは思わない。あそこが全世界の正義を担《にな》っているとも思わない。しかし、それでも、『学園都市の敵対者』が明確に現れた事は、美琴《みこと》にとってそれなりにショックだった。

そして。

ショックを受けている理由は何なのか。

それはシンプルに、学園都市の敵というものが存在した事に驚いているからか。

あるいは。

学園都市というものには敵なんていないと、今の今までそう信じ込まされてきた事に、初めて気づかされたからか。

完璧なシステムなんて存在しない。

無条件で永遠に背中を預けられる体制なんて存在しない。

このショッピングセンターと同じように。

もしかしたら、学園都市にも相応の闇が広がっているのかもしれない。

これほどの敵対者を生む、その土台となるような闇が。

『ちょっと、お姉様聞いていますの？』

「聞いているわよ」

美琴《みこと》は適当に答えながら、旅客機の窓へ目をやった。

間もなく立ち去るロシアの大地に向けて、指で拳銃の形を作って軽く差す。

「……しかしまぁ、随分とド派手なデモンストレーションになっちゃったわね」

コールドゲーム

0 (the_fool)

都市社会学教授・アルフォンソ＝ブルックマンはこう語る。

学園都市《がくえんとし》には奇妙な秩序が存在する、と。


人口二三〇万人、その八割が何かしらの学生。圧倒的に未成年の数が多いが、だからといって高齢者対策のバリアフリー通路などがおろそかにされている訳ではない。車産業が衰える事もない。喫煙可能エリアは驚くほど広く設けられているし、コンビニやスーパーでは普通に酒類が販売されている。

人口分布に拘《かかわ》らず、この学園都市は全年齢問わず幅広いサポートを実現している、という訳だ。その圧倒的な数の暴力で大が小を押し潰す事もない。これだけ聞けば美談に思えるかもしれない。だがここにちょっとした落とし穴が存在する。

外の世界と同じような社会システムが構築されているという事は、この街の大多数がその義務を負う事とイコールで結ばれる。たとえそれが雷に打たれるような低確率の抽選だとしても、当たってしまったら最後、その役割を全力で全うしなくてはならない。

例えば、そう。

……この街の裁判制度などはどうなっているのだろうか？

1 (the_magician)

　正直に言って、柵川中学《さくがわちゅうがく》と聞いてもピンとくる人は少ない。この名前を検索エンジンに打ち込んでも出てくる結果は微々たるもので、学校公式のホームページも月に数百程度のアクセスがあれば良い方だ。多分ここに通っている全校生徒すら存在を知らない。そんな平々凡々とした公立の中学校にも、ちょっとしたイベントは存在する。

　社会科見学である。

「うおー、うおー。やってきちゃったじゃないの警備員《アンチスキル》の中央詰め所に」

「佐天《さてん》さん、目も声も死んじゃってますよ。ここで働いている警備員《アンチスキル》さん達に罪はないんですからそういうのやめましょうね」

　長い黒髪にセーラー服の友人に向けて、大量の花飾りをつけたショートの初春飾利《ういはるかざり》が呆《あき》れたように呟《つぶや》いていた。

　書類上はこっちから頭を下げて見学させてもらっている身の上だが、思春期の感性は残酷なまでに正直で、興味がないと言ったらそれまでなのだ。佐天涙子《さてんるいこ》としてはスマホにゴムバンド引っ掛けた簡易VRで剣と魔法の世界でも覗《のぞ》き込《こ》んだ方がまだしも燃える。せいぜい、平日なのに授業が潰れている、という事実だけが彼女のテンションを持ち上げているくらいである。

「大体佐天《さてん》さん、事件とかそういうの好きじゃないですか」

「おいおい。あたしの専門は街のウワサ、都市伝説だよ。あやふやだから無責任に楽しめるんじゃん。ネットニュースどころか古めかしいテレビや新聞に載っちゃってる、確定情報として誰かが苦しんでいるのが丸分かりな本物の事件を眺めてよだれを垂らすほど見境なしじゃないってば」

ちなみに警備員《アンチスキル》中央詰め所は、学園都市の外で言えば県警本部くらいの扱いだろうか。佐天《さてん》が見上げてみた感想としては、分厚い鉄筋コンクリートでできた四角い塊、といった風情《ふぜい》。お役所なのだから余計な装飾は必要ないのだろうし、テレビの中の刑事ドラマと違って表でバンバン鉄砲撃ってる訳でもなければダンプが正面玄関に突っ込んだりもしない。率直に言えば、退屈なビジュアルであった。

パンパン！　と両手を叩《たた》いて同じ制服姿の少年少女達の注目を集める女性の警備員《アンチスキル》がいた。多分制服ではないだろう。ジャージ姿のその女性は、

「はいはいそれじゃあ案内始めるじゃんよ！　まずは正面ロビーから。警備員《アンチスキル》の詰め所って言ったってそう緊張する事はない。落とし物の届け出や免許の更新、その他諸々《たもろもろ》でお世話になる人も多いじゃん。何も邪《よこしま》な犯罪者にだけ用があるって訳じゃないからな」

好奇心旺盛《こうきしんおうせい》または注意散漫な中学生が一〇〇人以上。彼らがバラバラになる事なく案内に従っていくのは、やはり基本的に警備員《アンチスキル》は教師との兼任だからだろうか。

分厚いガラスのドアを潜って中に入ると、待っていたのは役所か銀行に似たロビーだった。長椅子がいくつかと横一列に並んだカウンター。それらのブース一つ一つには番号が振られている。順番待ちの整理券を吐き出す機械なんかも置いてあった。

銀行や病院だとしれっとテレビが設置してあったりするものだが、流石《さすが》に警備員《アンチスキル》の詰め所と

なるとそういう事はできないようだ。街の治安を守る彼らがＺＡＳＲＡＣとかに怒られたら面目が立たなくなるだろうし。

「ここは一般受付。さっきも言った通り、落とし物だの免許だのごくごくありふれた事情で訪ねてくる人達のための正面ロビーじゃんよ。ドラマなんかじゃ逮捕された犯人が手錠をつけて真正面からご案内されるが、実際には一般人と容疑者が同じ空間で交差するようにはできていない。それではいよいよ奥へ向かってみるとしようじゃん」

掲示板には振り込め詐欺防止や火の用心などの標語のポスターがたくさん貼ってあった。スマホでＶＲができる時代になっても、未《いま》だに似顔絵は手書きなのが印象的だった。いつかゴーグルかけてぐるぐる回して観察するような日がやってくるんだろうか。

「初春《ういはる》って警備員《アンチスキル》の方には来た事あるの？」

「ほとんど面識ないですけど」

と、その時だった。

案内に従ってぞろぞろと進む列の中、佐天《さてん》はふと足を止めていた。

「どうしたんですか佐天《さてん》さん？」

「いや……」

警備員《アンチスキル》の詰め所としては、やはりお決まりの掲示なのだろう。

……放火殺人、大至急情報求む。あなたの傍《そば》にいませんか。最後に確認された時の顔。懸賞金の有効期間が更新されました、最大六〇〇万円。許すな強盗！　ニチマルデパートでのスタンガン事件について。防犯カメラの映像を広く一般に公開します……。

警備員《アンチスキル》が一般から情報を募る場合でも、失踪した未成年の目撃情報から路上で保護した老人の身元照会まで様々なものがあるが、佐天《さてん》が眺めているのはいわゆる懸賞金のかかった手配犯に関する情報だった。赤、黒、黄、白……。掲示板には極端なコントラストで人目を引くポスターがベタベタと重ね貼りされていて、免許証や防犯カメラから引き出したと見られる人相の悪い顔写真が乱舞している。

「ほえー、ケンショウキンですってよ奥さん」

「滅多に捕まらないから何百万とかに膨れ上がっているんですけどね」

「いや実際にゲットしたいとかじゃなくてさ、カメラカメラ。こういうの撮っておくと、よっと、何だかゲームの中に出てくる賞金稼ぎみたいじゃないっ⁉」

「いや現代でも普通にあるお仕事なんですけどね」

と、その時だった。

佐天《さてん》のスマホから変な電子音が聞こえてきた。

眉をひそめて二人が画面を覗《のぞ》き込《こ》んでみると、写真管理用のアルバムアプリの右上で何か点滅していた。アプリ内のお知らせ機能だ。

「何だ何だ、アルバムが勝手に写真を整理し始めたぞ」

「って事は……顔認識が作動したんですかね。え？　凶悪犯のポスターと……佐天《さてん》さんが集めてきた写真が……？」

アプリの中を見てみると、自動的に新規作成されたフォルダの中に二枚の写真が放り込まれていた。

一枚目は、先ほどのポスター。

防犯カメラの映像を引き延ばしたと思《おぼ》しきポスターの写真は、パーカーのフードを被《かぶ》っているのもあり、その奥にあるであろう顔の部分はほとんどざらついたノイズのようにしか見えない。

自分達の目で見てもどんな顔かははっきりしないが、機械の方は勝手にあれこれ補整して闇の奥の顔を捉えているようだ。

そして二枚目。

元々佐天《さてん》のスマホに入っていた、何の変哲もない写真だ。

季節の変わり目に必ず出てくるコンビニの新商品を真っ先にSNSで自慢するためだったのだろう、毒々しいほどピンクの液体をストローですすっている佐天自身《さてんじしん》を写した自撮りの写真だった。

が、

「あっ、ここだ！　カーソルがついてる……」

「？」

「後ろの方にチラッと見えてる、バイクにまたがってるヤツ。そっちのポスターに載ってる、防犯カメラの映像のヤツと一緒じゃない？」

2（the_priestess）

『ええ、こちら第七学区警備員《アンチスキル》中央詰め所前となります！　今、たった今、緊急逮捕された少年Aが移送されてきたとの事で、取材陣も殺気立っております!!』

『ネット上で活動していたループホールというハンドルネームの方が独り歩きしているかもしれませんな。法の抜け穴、という意味を持つこの語からも分かる通り、彼は常に法制度や社会システムの欠陥を訴えるような形で数々の凶悪犯罪を実行し、そこに対応のできない警備員《アンチスキル》や風紀委員《ジャッジメント》への不満を集中させる格好で多くの信奉者を集めていたと推測されております』

『テレビはダメだ！　くだらねえ報道管制敷いてやがる!!』

『院内契《いんないちぎり》容疑者（一五）に関する情報のまとめ』

『ループホールが関与した線が濃厚な事件。自殺幇助《じさつほうじょ》動画投稿事件（難病患者に乞われて安楽死を実行した事件。苦痛からの解放は是《ぜ》か否《ひ》か）。闇金事務所放火事件（多重債務者名簿を狙った放火事件。不当な方法で借金を負わされた多くの債務者に自由を与えた行為は是《ぜ》か否《ひ》か）。宝船銀行《たからぶねぎんこう》大金庫監禁事件（銀行員を脅迫して大金庫に閉じ込め、徐々に空気を抜いていった事件。個人を助けるために大金庫の構造を外部のレスキューに洩《も》らす行為は是《ぜ》か否《ひ》か）』

『コールドスリープ殺人事件。学園都市最大の繁華街として知られる第一五学区のスケートリンクの真下から、氷漬けの少女の遺体が発見される』

『情報は正確にな。冷凍少女の本名は朝霜冴美《あさじもさえみ》』

『テレビ観《み》た？　加害者は少年Aなのに被害者は本名丸出しとか、この国やっぱり壊れているんじゃないかしら……』

『まっつー∨あれ？　冷凍睡眠だからまだ生きてんじゃなかったっけ？』

『ANZEN∨脳も心臓も活動してないし、安全に解凍する方法なんかあんのかよ。生物学的には不定で、法的には死んでいる線が濃厚。何日放置されようが医者が書類にサインするまでは心肺停止状態ってヤツだ。この辺りもループホールらしい「抜け穴」ってヤツだろ』

『この記事に対するコメント／／でっでーん☆　てかこいつ能力的には勝ちなの負けなの。インテリな高レベル？　それとも無能力《レベル0》？』

『未《いま》だに断片的な情報しか公表されておりませんが、有識者の間では特異な能力を持つが故に周囲との疎外感を膨らませていったとの見方も広がっており……』

『本部長！　捜査は難航し一部では迷宮入りも囁《ささや》かれていたこの事件ですが、今回の逮捕の決め手となったものは何だったのでしょう⁉』

『ええ、こちらの質問に対しては多くの捜査官が行ってきた地道かつ膨大な仕事の結果、不断の努力が実を結んだと答える他ありません。また、民間提供の写真の中に、容疑者の所有物と思《おぼ》しきバイクがあったのも大きかった。ナンバープレートから現在の容疑者が使っていた偽装身分が明らかになり、そこから隠れ家を割り出す事に成功しました』

『少年Aについては今後専門家による精神鑑定を経たのち、検察からの逆送によって刑事裁判で起訴される線が濃厚なようです。以上、第七学区警備員《アンチスキル》中央詰め所前よりお送りいたしました』

3（the_empress）

「……うへえ。何だかすごい事になっちゃったねえ」

翌日。たった一日で世界は変わる。

究極のスピード裁判の時代に、まるで他人事《ひとごと》のように佐天涙子《さてんるいこ》は呟《つぶや》いていた。

行政機関の集まる第一学区。普段あんまり見慣れないその場所に、彼女は黒塗りのバンで連れ込まれていた。目的地は学園都市汎用裁判所《はんようさいばんしょ》。いわゆる『一審』だが、表の出入口には近づこうともしない。いわずもがな、テレビや新聞の記者はおろかネットニュース気取りの盗撮家までわんさか待ち構えているからだ。

同乗していたのは検察官。いわゆる裁判の席では被告人を追い詰めて有罪に導いていく側のはずなのだが……、

「い、一緒にがんばりましょうねっ！　あれだけ世間を騒がせたループホールをようやく逮捕起訴まで持ち込めたんだもの。犠牲となった人々の無念を晴らして、一刻も早く遺族の方々に元の生活を取り戻してもらわないと‼　えいえいおーっ‼」

（ええええええーっ⁉　これから世紀の裁判が始まるっていうのに慌て気味で敬語も壊れちゃう大人なのお⁉　検察官ってもっとこう、頭に『鬼の』とかいう冠はつかないのかよう‼）

アヤシイ敬語でお馴染《なじ》み女子中学生佐天涙子《さてんるいこ》が顔を真っ青にするようなら世の中はもうおしまいである。

とはいえ、ドラマの中で弁護士はコクセンだのシセンだの色々選ぶ事はできたようだが、検察官をチェンジする話はあんまり聞かない。ぶっかぶかのリクルートスーツを纏《まと》うその女性は上目遣いの子犬系。無理矢理フォーマルなオトナ感を出そうとアップにした髪からは七五三の空気すら漂う。下手したら佐天《さてん》よりも背が低い有り様であったが、始まってしまった以上このまま最後まで突っ走るしかないのだ！

超不安そうな視線をどう受け取ったのか、わんこ系検察官（しかもドーベルマンとかじゃなくてトイプードル系）はかく語りき。

「万が一だけど、証言者の素性を知られる事で不利益を被《こうむ》るリスクが発生するからね。可能な限り個人情報は隠す事。基本だよう」

「あ、あの、だったらそもそもあたしが証言台に立つのって……」

「あなたが提供した写真が院内契逮捕《いんないちぎり》・立件の決め手となったので、その写真の撮影状況については証言してもらう必要があるんだよ。辛《つら》いだろうけどよろしくね！」

「……、」

こんなはずじゃなかったと、佐天涙子《さてんるいこ》は内心頭を抱えそうになっていた。

時の人になりたかった訳ではない。懸賞金もいらない。きちんと辞退したはずなのに、警備員《アンチスキル》だか検察官だかは離してくれなかった。佐天涙子《さてんるいこ》、断り損で涙目である。そもそも彼女は何もしていない、アルバムアプリの中からスマホが勝手に怪しい顔を見つけ出しただけ。なのに気がつけばこの騒ぎだ。ならこのスマホが取調室に入ってかつ丼を食べれば良いではないか。少々本気でそう思う。

「はあ」

まだ佐天《さてん》の名前はネットに出ていないが、この数日、掲示板やSNSに『決め手となった情報提供者』の話題が浮上するたびに、心臓が縮む想《おも》いを繰り返してきた。

焼く側と焼かれる側とでは心境が全く違うのだ。

顔も名前も知らない人間が大挙して自分の事を探ろうとしている。十分以上に恐怖を覚える

状況である。まして……、

「る、ループホールには信奉者、でしたっけ？　なんか隠れファンがたくさんいるって話でしたけど」

「院内契《いんないちぎり》被告人。それ以上でも以下でもないもん」

（もんって……）

「あたしが話をする事でほっ、報復とか、そういうのはないですよね⁉　ねっ⁉」

「リスクについて考えるなら院内契《いんないちぎり》を確実に有罪とし、少年院に投獄するのがベストだよう。逆にヤツが野放しになるケースが最も危険だと思うけどね」

いよいよ本当に頭を抱える事になった佐天涙子《さてんるいこ》に、ぶかぶかスーツのわんこは何かを放り投げてきた。透明なビニールで包まれたそれは……、

「えと、何ですかこれ？」

「逆に尋ねるけど、在学校がそのまま分かる制服で出廷するおつもりだったの？　個人情報は極力隠すのが基本だって言ったでしょ、もお！」

なんかもう食欲をなくして痩せる新手のダイエット法なのか、と文句を垂れながら佐天《さてん》は透明なビニールを破いて中身を広げてみた。

真っ黒な分厚いゴムでできたラバースーツだった。

この分だと首の下から手足の先までぴっちりとしか思えなかった。どうやったって体のラインが丸分かり。このメス犬、検察官だってのに女怪盗みたいな服装を持ってくるとは何事か。

「……まじですか？」

「マジだよう。ここ最近の取材陣はちょっとしたストラップ一つから購入店や生活半径を探り当てるから。どんな小物であっても排除しておいて損はないはずだよ」

黒塗りのバンは一度裁判所の裏手に向かうと、緩やかなスロープを降りて地下駐車場へと入っていく。その先では似たような黒服が何人か控えていた。幸い、ミニマムなわんこだけで構成された一〇一匹愚連隊ではないようで、ここだけはホッとする佐天《さてん》。どうやらスーツを纏《まと》うドーベルマン達はスタッフを装《よそお》って侵入してくる記者達を事前に排除していたようだ。

「それじゃあ行っくよー」

「わっ、ちょ！　ファスナー、今ファスナー上げますから‼」

つんのめるようにして、顔を真っ赤にした佐天《さてん》が駐車場へ転げ出る。

子犬検察官は背伸びすると、佐天《さてん》の頭についていた花の形の髪飾りを取り上げた。

「ストラップ一つでアウト、だよ？」

大統領みたいに周りを黒服に固められ、勧められるままに打ちっ放しのコンクリートでできた空間を歩いていく佐天《さてん》はおっかなびっくり辺りを見回しながら、

「こっ、これからどこ行くんですか？」

「証人用の控室があるんだよ。軽食や飲み物などは一式用意してあるから、開廷まで極力表には出ない事。トイレとかどうしても用がある場合は、内線電話を使って私達に連絡入れてよね。安全なルートを構築するから」

「うぇえ」

「実際の法廷では曇りガラスの仕切りで区切って、被告人や傍聴人とかからは顔を見られない

ように配慮するよっ。実は危険なのはそうした裏方の待機中なんだ。今は色んな人種が勝手に記者を名乗る時代だもん。内部スタッフや小型のロボットなどを使うケースも珍しくない。当たり前の顔で屋内を歩いているからと言って、安心したりはしないようにね」

受け答えはすらすらしているのだが、相手がわんこなのでいまいち安心感が湧いてこない。本当にこのレールの切り替えは正しいのか。ついうっかりで、扉を開けたらいきなり報道陣のど真ん中に放り出された、なんて地獄の展開にならない事を祈るしかない。

普通のものとは違う小さなエレベーターを使って上に上がり、何度も折れ曲がる細い通路を通って、最終的にはなんかホテルみたいな場所に連れて行かれた。もしくはテレビ局の控室か。長い直線通路の両側に、等間隔にカードキー式のドアがずらりと並んでいる。

黒服の検察官はドアを開けてくれたが、カードキーは渡してくれなかった。

「ノックをされても、時間が来たと言われても、火事だと叫ばれても、不用意にドアを開けないように。必ず内線電話で確認を取ってね。分っかりましたかー？」

「はい以外に選択肢があるのか……」

「よろしい」

「あのっ、ええと、ドアの前に誰か立ってくれたりって事は……？」

「あのう。ずらりと並ぶドアの中、ここが一番怪しいと宣伝して回っても良いんだったらそうするけど」

顔の位置で小さな拳を二つぐっと握り、鼻から息を吐いてわんこ検察官は言った。

「それじゃあ裁判の方、一緒に頑張りましょうね！」

（不安……）

「えと、他には、おいしくなーれっ!!」

（超不安!!）

黒服の連中がぞろぞろと出ていくと、ぽつんとした孤独、寂寥感《せきりょうかん》が全方向から押し寄せてきた。

本物の事件に巻き込まれる事、それ自体が異次元の話だ。

まして今回の事件は普通じゃない。

「……、」

映画やドラマと違って、現実の裁判は検察側と弁護側が様々な証拠を隠し持ち、ぶっつけ本番で激突する訳ではない。事前にこういう主張をするからこういう証拠を請求します、と打ち合わせをしておくのだ。後になってから別の証拠が必要になっても、ここで請求し損なった場合は法廷に持ち込めない。つまり、『衝撃の新証拠』によるどんでん返しは通じない。

よって佐天《さてん》もループホール・院内契《いんないちぎり》の起こした事件についてあらましは聞かされていた。

今回の焦点となるのが、コールドスリープ殺人事件。

一四歳の少女・朝霜冴美《あさじもさえみ》を誘拐して一糸まとわぬ姿で冷凍処理を施し、第一五学区のスケートリンク中央の氷をくり貫《ぬ》いてから、『棺《ひつぎ》』を丁寧にはめ込んでおいたらしい。その後で水を撒《ま》いて細かな隙間を埋め、翌朝の営業時間には完全に奇麗なリンクができていたようだ。

遺体の第一発見者はスケートリンクの係員……ではなかった。

あまりにも違和感のない滑らかな氷の表面を眺めて、いつも通り問題なしと考えてリンクを開けてしまったらしい。実際に悲鳴を上げたのは、一番乗りでやってきた客達だったようだ。

現在は現場検証も終わり、分厚い氷は最低限少女を詰めた部分だけ切り出されて大学病院で保管されている。

深夜のスケートリンクの出入りについては、犯人がカメラの監視エリアを巧妙に避けていたため分からなかったが、ここで佐天《さてん》が登場する。彼女がたまたま撮った自撮り写真の後ろに、スケートリンクから出てバイクにまたがろうとする犯人の姿が写っていた、という訳だ。

「はあ……」

佐天《さてん》はため息をついた。

携帯電話自体は没収されていない。不安と寂しさから画面に目をやってみると、いくつかメールや通話の着信があった。御坂美琴《みさかみこと》、白井黒子《しらいくろこ》、初春飾利《ういはるかざり》……。事情を知る友人達の名前に顔がほころぶが、ふと疑問がよぎる。

(……あれ？　あたしのケータイがここにあるっていう情報は、周りに知られちゃまずいんだよね。その、電波的な話で)

癖で返信しようとして、その指が止まった。息を吸って、吐いて。もう一度考えてみる。

……リスクは少ない方が良《い》い気がする。返信を諦め、彼女は携帯電話の電源そのものを切った。

検察官はお役所の人間だ。被告人は弁護士が守ってくれる。

でも、証人は？

意外な隙間に落っこちている事に今さらながら気づかされた佐天涙子《さてんるいこ》は、誰もいない部屋で重たい重たいため息をついた。

多分今日は大冒険になる。

でも、どこにも書き込みできない大冒険なんて何の価値があるんだろう？

4　〈the_emperor〉

「おっ、列が動いた。なんか周りもざわざわしてきたわね」

一方の御坂美琴《みさかみこと》である。

長い長い人の列は、最初、裁判所の外まで延びていた。

行政施設ばっかりでお堅い印象のある第一学区は、じっとしていると空気の中で溺れてしまいそうだった。色合いを抑えたコンビニの看板一つ取っても、自己主張の許されない窮屈さを感じる。普通のドラム缶型清掃ロボットとは違う、四本脚の装甲ロボットを軍用犬代わりに引き連れた警備員達《アンチスキルたち》も、よその学区よりも高圧的に見えてくる。

「し、しかし持ってますね御坂《みさか》さん。今回の裁判って過去最高、倍率二〇八倍とかって話じゃありませんでしたっけ？」

「風紀委員《ジャッジメント》の特別学習枠とかでしれっと入ってきちゃう黒子《くろこ》や初春《ういはる》さんの方がすごいと思うけど……」

美琴《みこと》は美琴《みこと》で、当選券を手にした傍聴人達の列に加わっていた。金属製のゲートを通ってボディチェックを受け、裁判所の中へ踏み込んでいく。

「うー、なんかイライラする……」

「今の、ゲートから遠赤外線が出ていたんですよ。わざとこっちの体温をいじって、元から不安定な不審者がボロを出してくれれば職質も簡単になる、くらいの設備ですね。不眠兵器の民間応用バージョンだそうで。たかだか体温を〇・五度上げる程度のものですけど、全身へグリッド状に遠赤外線のビームを出して各臓器を刺激し最も心を不安定にさせるとかで、結構高い技術が使われているそうですよ」

ガジェットマニアの初春飾利《ういはるかざり》がそんな風に説明していた。

美琴《みこと》の隣を歩く白井黒子《しらいくろこ》は呆《あき》れたような顔で、

「……今日は平常授業ですわよお姉様。常盤台《ときわだい》のエースがサボりかましたかと思えばお堅い法廷にやってくるとか、世の中の仕組みはどうなっていますの」

「司法制度の仕組みを学ぶための校外学習ってちゃんと書類を通したけど。ま、後でレポート書いてまとめなくちゃならなくなっちゃったけどね」

「そういう事が言いたいのではなく」

「あっちの連中に比べりゃマシじゃない？」

ビビーッ！　という太い電子音が鳴り響いた。金属製のゲートに引っかかり、俯《うつむ》いて顔面に前髪が垂れ下がった女の子が、デジカメやボイスレコーダーを没収されている。

「自称報道人のウェブライター？」

「単なるループホール信奉者かもしれませんけど」

「……にしても、カメラやレコーダーはダメなのに、ケータイスマホは素通りっていうのもおかしな話よね？」

「電源は切っておいてくださいまし」

裁判の様子を撮影してはならない、未成年が関わる事件ならなおさら。……なのだが、この街の八割は何かしらの学生である。

後ろからついてきた初春《ういはる》はおどおどした調子で、

「る、ループホール絡《がら》みの連続事件はネットを中心にカルトな人気を博していましたからね。傍聴人席の倍率も過去最高の二〇八倍、チケット転売や身分証の偽造なんかでしょっぴかれた人達もいるようですし」

「そもそも抽選に弾《はじ》かれた方々が裁判所の周りを取り囲む事態になっていますものね。まるで有名人のライブやコンサートのような有り様ですわ。……それにしても凶悪犯がアイドル教祖扱いとは、今日も電子の世界はイカれていますわね」

「ま、ある意味助かったかもしれないけど」

ここで佐天涙子《さてんるいこ》、と名前を出してしまうほど美琴達《みことたち》は愚かではないが、木を隠すなら森という言葉もある。佐天《さてん》一人が学校を休んでいたら怪しまれてしまうかもしれないが、これだけ多くの人間がサボっていたら紛れてしまうだろう。

『傍聴人の皆様は係員の指示に従って、103号法廷へ移動願います。繰り返します……』

アナウンスが流れるが、わざと迷ったふりして立入禁止の控室へ向かおうとした若者達が何人か拘束されていた。

美琴達《みことたち》は大人しく目的地へ歩いていく。

両開きの扉が開く。法廷の中に入ると、初春《ういはる》はこんな風に呟《つぶや》いていた。

「なんか、まるでドラマのセットみたいですね」

「……ドラマのスタッフの方がそれだけ勉強していたのではなくて？」

手前側には、映画館のように長椅子が何列か並んでいた。これが美琴達《みことたち》の腰掛ける傍聴人席。奥は鉄柵で遮られており、その向こう側が非日常の法廷だ。

中央に証言席。

美琴《みこと》から見て左側にあるのが検察側の席。

やたらと小柄な検察官の真後ろの壁は、曇りガラスでボックス状に遮られていた。おそらく扉を囲っている。佐天《さてん》のように顔を出したくない証人への配慮だろう。両開きのドアが開いて誰かがボックスに入ったらしいが、ここから見ても佐天《さてん》かどうかは分からない。まさか呼びかけたり手を振ったりする訳にもいかないのだし。

そして右側が弁護・被告人席。

つまりループホールの名で活躍していた、院内契《いんないちぎり》の座る場所だ。

「……、」

場違いな黄色い歓声があった。

メガネの女性弁護士からの最終確認を耳打ちされながらも、リラックスした調子で椅子の背もたれに身を沈めている少年がいた。男女どちらとも取れない、中性的で、非現実的な妖精めいた整った美貌の持ち主。美しく艶《つや》やかな黒い髪に光り輝く白い肌は、浮世の人間が軽く触れれば掌《てのひら》に乗った雪のように溶けてしまいそうなほど線が細い。

能力は不明。

高いのか低いのか、そもそもの系統も含めて。おそらく報道陣から未成年の個人情報を守るための一環で『書庫《バンク》』がロックされているからだろうが、それがまた奇妙なカリスマを演出している訳だった。

事実、ライブで彼を見るためだけに傍聴人の抽選倍率は過去最高、二〇八倍まで跳ね上がったのだ。得体の知れない中世の拷問具に似た、人を魅了し狂わせる何かを備えているのだろう。

「(……犯罪者のカリスマ、か)」

ループホールもそうだが、傍《かたわ》らにいるメガネの女性弁護士もサマになる。まるで八頭身の男性アイドルと美人マネージャーのような組み合わせだ。

「(……辻中京果《つじなかきようか》でしたっけ、あんまりテレビでループするから名前覚えてしまいましたわ。あの弁護士もすっかり有名になりましたわよね。動画サイトを中心に、まるで毒舌コメンテーターとファッションリーダーを足して二で割ったような大活躍ですわ)」

「(ネットでシリアルキラーのSNSをフレンド登録するだけで成り上がりのチャンスが転がり込んでくるって事？)」

「(そりゃ無責任な信奉者が増えていく訳ですわね……)」

ちなみに一番奥、壁に沿ってずらりと横一列に並ぶのが裁判官や裁判員のための席。いわゆる裁判長は中央に腰掛ける。裁判長含む本職の裁判官が三人、抽選で選ばれた裁判員が六人。セーラー服やブレザーを纏《まと》う人もいれば、学校名も隠したいのか黒っぽい全身タイツみたいなのに着替えた人もいる。

美琴《みこと》は眉をひそめて、

「やっぱり裁判員って私達と同じくらいなのね。まあ八割が学生ならそれも当然か……」

「未成年でも問題なく公務を果たせるよう、かなり大型のコンピュータが補助してくれるらしいですけどね」

初春《ういはる》の言う通りだった。どの席にも薄型モニタはあるが、裁判員の席だけ設備が大掛かりになっている。墓石みたいな箱は演算機器そのものではなく、巨大なスパコンに繫《つな》ぐための中継設備だろう。

白井《しらい》は呆《あき》れたような調子で、

「……ケータイの文字予測変換みたいなツギハギ感覚で裁判が進んでいきますのね。お手軽過ぎるのもどうなんだか……」

カンカン、と木槌《きづち》を打つような音が響いた。

日本の裁判ではハンマーは使わないという豆知識が美琴《みこと》の脳裏をよぎるが、よくよく見てみると裁判長はキーボードに指を置いて電子音を鳴らしたようだ。

マイクを通して、初老の男はこう告げる。

『静粛に願います。時間になりました、これより本刑事裁判を開廷し、宣誓から始めたいと思います』

そのまま裁判長は右手を軽く挙げてこう続けた。

『我々裁判官並びに裁判員は公正かつ厳格な司法機関の理念に則《のっと》り、本件コールドスリープ殺人事件において一切の虚偽や誇張なく万人に平等な判決を決める事を誓います』

左右両側に並ぶ裁判官や裁判員が全く同じ文言を繰り返した。民間から選ばれた中高生の裁判員達はちょっとおっかなびっくりな感じだ。何となく、学年全員参加の合唱コンクールを彷《ほう》彿《ふつ》とさせる。

次に検察側へと移る。

『我々検察官は公正かつ厳格な司法機関の理念に則《のっと》り、本件コールドスリープ殺人事件において一切の虚偽や誇張なく万人に平等な判決を求める事を誓います』

こちらも要所を差し替えただけでほぼ同じ。特に気負う事もない流れ作業のようだった。どうやら実際の裁判はいきなり指先でメガネを押し上げながら金切り声を上げるものではないらしい。

だが、だ。

退屈な通過儀礼のようだった最初の宣誓が、ふと途切れた。

レコードの針飛びを耳にした時にも似た不快な緊張が、法廷全体を包んでいく。

たっぷりと時間をかけてから、であった。

被告人の隣に腰掛けていたメガネの弁護人はゆっくりと口を開く。

「……裁判長」

まるで舞台女優だ。

人の注目を集め、大衆の感情を押し流してしまう術《すべ》を心得ているような。

「いきなりで申し訳ありませんが、我々はその宣誓には応じられません」

『異議の申し立ては検察官による論告や弁護人による弁論の過程において行われるものです。宣誓の段において被告人にその権利はありません。あなたも弁護人ならルールは分かっているはずでは?』

「しかし誤りのある内容を誓う事はできません。何故《なぜ》なら私は誠実に弁護を行うよう被告人と契約を結んでおり、虚偽の証言を行う事は許されないからです」

『これ以上は退席を勧告します。あなたはあくまで一人の私選弁護人であり、この裁判に必須の人材ではありません。代わりの国選弁護人を立てて裁判を再開させても構いません。我々は拙速な結論よりも間違いのない確実な審理を求めています。この点をお忘れなく』

度が過ぎれば法廷侮辱や審理妨害などで退席もありえる発言だ。

一口に弁護士と言っても実力や姿勢は様々だ。多くの被告人が高い金を払って自分で弁護士を選んでいるところからも分かる通り、普通は結果によって報酬の変わる私選の方が国から一律で報酬をもらう国選よりも積極的に裁判へ参加してくれる、とされている。

だがメガネの弁護士の言葉は止まらない。

それは彼女自身のカリスマなのか、隣に座る美しい少年から借り受けたものなのか。

「そもそも結論として、『コールドスリープ殺人事件』などという事件は存在しません」

結論。

わざとその単語を持ち出した事に、さて耳にしている全員は気づいていたか。

あまりにも突飛な意見は、怒りや反感よりまず空白、混乱を生む。

「冷凍保存されている被害者・朝霜冴美《あさじもさえみ》さんは脳も心臓も動いていません。脳波や心拍数を見るだけなら生きてはいないかもしれませんが、コールドスリープを施されているのなら適切な手順で解凍すれば再び息を吹き返すはずです。故に、これは殺人事件ではないのです。私は最初から存在のしない罪状を巡って被告人に不利となる行動は取れません」

その空白の隙間に流し込むように、美しい少年の代理はゆったりと語る。

代理ですら埋めて、固める。

「そしてこう『助言』をしておきましょう」

これは原初の人間が火を手にする事で闇を拭って安心したがったのと同じ。

不気味な人物が何を言っているか分からないままだと不安になるが、理屈を知れば納得できる。乗り越えたと錯覚する。だから、歴史的な凶悪犯の言葉には奇妙な力が生まれる。相手を理解すれば次の行動を予測し、頭を押さえ付けられる。そういう常識人の安心感を逆手に取って。

「もちろん彼はこの件に全く関与していませんが、頭の中には使える技術が眠っているそうです。彼なら哀れな被害者をきちんと回復させる事ができます。ただし罪状を間違えた無意味な裁判が長引き、有罪判決が下ればその限りではありません。彼は不当に自由を奪われ、氷漬けの少女は回復の機会なく死亡する。……冷凍睡眠って言ってもピンキリですからね。モノによっては長期保存の過程で細胞が傷ついていき、一定時間の超過で解凍不可能なレベルに達してしまうタイプもあるのです。ま、冷凍庫の中に置いたマグロの赤身ブロックから汁が漏れ出てくるようなイメージで問題ないと思いますけど」

メガネの弁護士は三日月のように口を裂いて笑い、こう締めくくったのだ。

「……哀れ被害者を生かすか殺すかを決めるのは彼ではありません。この場にいる全員の決定で、どちらかに決まるという訳です」

と、その時だった。

誰かが静かに手を挙げた。

ループホール・院内契《いんないちぎり》。

法の抜け穴という異名を冠する美しい少年が、初めて口を開く。

「裁判の結果は尊い。だからこそあなた達は慎重に選択するべきだ」

たったの一言だった。

なのに吸引力が違う。借り物ではない本物のカリスマが、牙《きば》を剝《む》く。

「たとえ罪には問われなくても、人を殺した事実は永遠に公的機関に保存され、誰でも閲覧できる形で残されるのだから」

5 (the_hierophant)

被害者はまだ死んでいない。

氷漬けにされた一四歳の少女を生かすか殺すかは、裁判を行う全員の手に委ねられている。

『おいどうすんだ？　どうすんですかこれ。ぜっ、前例とか⁉　何か背中を預けられるものは……？　全部の責任こっち持ちとかじゃないですよね⁉』

『静粛に、静粛にお願いします‼』

『ころっ、え、なに？　えつらん、冗談じゃ……何で私達の時だけこんな、すみません、ちょ、お手洗いに、気分が……うっ、うぶっ、げぇぇッ!!』

このシンプルな事実がもたらした重圧はこれまで想定されていたものとは次元が違う。いきなり民間から選ばれた裁判員の一人が椅子から転げ落ちてケイレンを始めてしまった。凄惨な殺人現場の写真資料を眺めて嘔吐《おうと》するのと同じ。なお間が悪い事に、大きく崩れた体が端末を薙《な》ぎ倒《たお》してしまったのも問題だった。学園都市で行われるスピード裁判には、機材のサポートは必須となる。おかげで開廷早々いきなり裁判そのものが一時休廷されてしまう。

「ちょ、どうすんの黒子《くろこ》!?」

裁判官に裁判員、検察側に弁護側。主要な人物が全員退席してしまった後では、傍聴人席に残っても意味はない。美琴《みこと》、白井《しらい》、初春《ういはる》の三人は法廷の外に出て、通路にある休憩用のロビーで作戦会議を始める。

「もちろん、まずは事実の確認が最優先でございますが……」

白井《しらい》黒子《くろこ》は自分の顎に手をやって、

「そもそも被告人・院内《いんない》契《ちぎり》側《がわ》が裁判の流れを無視してまで突飛な弁論を始めたのは、コンピュータへの妨害目的でしょうね」

「コンピュータ？」

美琴《みこと》の疑問に、初春《ういはる》の方が頷《うなず》いて、

「えと、民間から選ぶ裁判員なんて言っても学園都市の場合は住人の八割が学生じゃないですか。私達は未成年でして、人の一生を背負う重たい選択ができるとも限らないでしょう。だから判断能力をサポートするため、かなり大きなコンピュータの力を借りられるんですけど」

「別に自我を持ったAIなんかじゃありませんわ。中身については過去何十万件という裁判の判決結果を網羅したラーニングマシン。何しろ裁判はとにかく『前例』が全てですからね。過去にこういう判決が出た、だから良く似た今回のケースでもこうしよう。この作業を迷惑メールの仕分けみたいにコンピュータに学習させれば、パパッと予測変換感覚で懲役何年罰金おいくらと画面に表示してくれる訳ですわね。中高生の裁判員は、その数字が軽いか重いかだけジャッジすれば良い。ただし……」

「全く前例のない事態には対処できない、か」

美琴《みこと》は思わずそう呟《つぶや》いていた。

初春《ういはる》は自分のこめかみを指先でぐりぐりしながら、

「専門のコンピュータがなくなれば、後に残るのは私達と同じ、剝《む》き出《だ》しの中高生です。そこに人を殺した事実や永遠に閲覧できるなんて言葉を上乗せされてしまったら、大きな混乱も起こるでしょうね。元々一方的に選ばれてやってきた裁判員の皆さんは、みんながみんな乗り気という訳でもありませんし」

「先ほども言った通り、裁判は『前例』が全て。という事は、司法界では『悪い前例』ができてしまう事を最も嫌っているのですわ。迷惑メール対策で間違った学習をさせてしまうようなものですもの。この一件が有罪無罪になるかより、今後一〇年の裁判全体への影響の方が憂慮されるかもしれませんわ。機械の補助がない中、ループホールという過去最悪の凶悪犯を正しく裁けるのか。ひょっとしたら、間違った判決を恐れてお役所の方からもストップがかかるかもしれません」

「……えと、その、うろ覚えなんですけど。ち、痴漢事件のですね、裁判の途中で詐欺目的の冤罪《えんざい》だった可能性が浮上してきた際、被告と原告の立場が入れ替わった事実をコンピュータが処理しきれずにシステムダウンした、というエラー報告もあったような？」

「裁判員に人を殺すとか結果は尊いとか物騒な単語をぶつけたのもそのためか……」

「こういう難しい裁判では民間人が参加する裁判員制度から除外して、プロの裁判官だけで審理を進める事もありますの。ですが今回のケースではすでに開廷してしまった後で、変更は利きません。……簡単なように見せかけて、ひっくり返す。脆弱性《ぜいじやくせい》を調べ上げてシステムダウンまで狙ってきたとしたら、院内契《いんないちぎり》も横に張り付いてる弁護士もかなりのタマですわ」

しかしそもそも根本的な問題がある。

御坂美琴《みさかみこと》は眉をひそめて、

「そんなの真面目に受け取るだけ、院内契《いんないちぎり》？　あいつの思うつぼじゃない？　大体、この街なら医者だって教授だって専門家は山ほどいるでしょ。その人達に任せて解凍作業はできないのかしら」

白井《しらい》と初春《ういはる》は互いの顔を見合わせていた。

何かを知っている顔だった。

「……ちょっと深く突っ込んだ話をすると、そもそもコールドスリープって国で認められた医療行為じゃないみたいなんです」

「えと、それが？」

「つまり医療行為でない以上、病院で処置する事はできないのですわ。技術があろうがなかろうが、お医者様が手術室でピアスやタトゥーを扱う事はないでしょう？」

「なら大学の先生とかは!?」

「挑戦はできますわ。ただし失敗して本当に朝霜冴美《あさじもさえみ》が死亡した場合は、手術をしたけど間に合わなかった、とは毛色が異なります。えと、扱いが治験や人体実験になりますので、業務上過失致死の罪に問われるでしょうね」

だから、誰も危険な解凍には踏み込まない。

本当は手持ちの技術で助けられるかもしれないのに、見て見ぬふりをすれば『とりあえず』自分達に累が及ぶ事はないから。

バヂッ！　と美琴《みこと》の前髪から火花が散った。

意図してゆっくり息を吐き、気を落ち着けてから彼女は話を先に進める。

「……つまり、ループホールは最初からこうなる事が分かっていたって話なのかしら」

「逮捕そのものは、その……『彼女』の自撮り写真が決め手となったのでしょう？　そこまで予測したとは思えませんわ。ただ、逮捕されてから使えるピースをかき集めて今回の構図を作った所までは否定しませんけれど」

院内契《いんないちぎり》が求めているのは無罪判決ではない。

事件そのものをなかった事にする、免訴だ。

「狙い通りに話が進んだら、えと『あの子』はどうなるのかしら」

注意しないと佐天《さてん》と口に出してしまいそうだ。

どうしても一拍置いて、言い直すプロセスが必要になってくる。

「検察サイドが証人を保護しているのは、有罪判決を取るのに必要だからですわ。裁判自体がご破算になれば、その必要もなくなってしまう」

これは有罪・無罪で掌《てのひら》を返す話ではない。

裁判そのものがなくなってしまえば、証人という席もなくなってしまうという訳だ。

「加えてループホール・院内契《いんないちぎり》が自由を手にしますわ。『彼女』は被告人をここまで追い込んだ唯一《ゆいいつ》の人物。言い方を変えれば、完全犯罪のレコードをキズモノにした。自由を手にした院《いん》内契《ないちぎり》が次に誰をターゲットに選ぶかは自明の理でしょうね」

プライバシー保護を兼ねて能力が不明となっているのも不気味だった。自由を得たらどんな手を使ってくるか分かったものではない。

「そ、その、院内 契《いんないちぎり》本人から解凍方法を聞き出す事はできないんでしょうか」

「初春《ういはる》。それでは順番が逆ですわ。逮捕、取り調べ、起訴の順です。起訴してから警備員《アンチスキル》や風紀委員《ジャッジメント》が取り調べをする機会はありません」

いったん裁判に送ってしまった事で、逆にこちらが手出しできない状況に陥った。

向こうは平気な顔して特別、例外、ルール違反を繰り出してくるのに、こっちはその枠の中で何とかしないといけない。考えるだけで胃袋の底がムカムカしてくる話だ。

「……当然、万が一なんてあっちゃいけない事だわ。ループホールに自由を与えて『彼女』を襲わせる機会があるなんてもってのほか。揺れに揺れてる裁判官だの裁判員だのを放っておいたら危ないわ」

「でも、人の命は重たいですわよ。今のまま民間選出の裁判員の辞退が相次いだら裁判そのものが成立しなくなるのは事実です。検察も念願の院内契《いんないちぎり》を法廷に引きずり出せたんだから粘りたいでしょうが、『お前達のせいで助けられるはずの命が助からなかった』という事実を作るのはよしとしないはずです」

「……ネックなのが、ループホールには結構な数の信奉者がいる事なんですよね。面白半分でも何でも良《い》いからネットを騒がせてベストワードを埋め尽くしたら、上の判断がブレる可能性だってゼロとは言えませんよ」

初春《ういはる》は不安そうな顔で、

「一事不再理という言葉があります。いったん結果の出た裁判をもう一度繰り返す事はできないとする仕組みです。これは有罪・無罪の他に、今回のような『打ち切り』でも起こり得るものですね。でも、ループホールはコールドスリープ事件以外にも重大犯罪をいくつも犯していると推測されています。今回は見逃しても、他の事件で有罪を取って少年院に突き出す。そういう『言い訳』に走る可能性もある、という事です」

ただし、コールドスリープ事件以外はめぼしい証拠や証言は出ていない。

院内契《いんないちぎり》を表に出してしまえば、実質自由の身になるのを止められなくなる。当然、有志がこっそり監視くらいは続けるかもしれないが、彼は自由に街を徘徊《はいかい》し、次の獲物を追い求められる訳だ。おそらくその視線の先には佐天涙子《さてんるいこ》がいる。底の見えない能力に、顔の見えない信奉者達。向こうが具体的な行動に出た場合、事前対策を講じるのは至難となる。

ハードルは何か。

できる事はないか。

頭の中で情報をまとめ、そして美琴はこう切り出した。

「……そうね。問題点は明らかになっているんだから、一つ一つ切り崩していくしかないか。黒子、ループホールが揺さぶったおかげでしばらく裁判は再開されないわよね。今なら外に出ても問題ないはず」

「お姉様？」

「まずは実際に使われたコールドスリープがどんなものか確かめましょう」

自分の舌で唇を舐めて、美琴はこう言い放った。

「その上でどうにかして院内契に頼らず、解凍する方法を探し出す。被害者、朝霜冴美さん？ の救出からあいつを締め出す事ができれば、取引材料もなくなる。通常通りに裁判は回って院内契は有罪判決を叩きつけられるはずなんだから」

6　(the_lovers)

第一学区はかっちりとしたお役所の空気が隅々まで行き届いているような場所だった。裁判所の外に出ても息苦しさは取れない。街のあちこちにAIスピーカーに似た電子音声のガイド柱が立っている一方で、完全武装の警備員が四本脚の装甲ロボットを引き連れてあちこちを巡回している。

「ひゃー。コンビニまでくすんだ色でまとめられてんのね」

「シックな色調とでも言ってやってくださいまし。京都《きょうと》や伊勢《いせ》辺りでもこういう配慮はありますし、さして珍しいものでもないのでは？」

そんな風に言い合う美琴達《みことたち》が目指しているのは、地下鉄駅だった。

やっぱり身内に風紀委員《ジャッジメント》がいると強い。

コールドスリープ殺人事件（？）に巻き込まれ、分厚い氷ごと切り出された被害者の少女・朝霜冴美《あさじもさえみ》は第二学区の大学病院に搬送されたらしい。

自動改札にICカードを置いて駅の構内へ。美琴《みこと》は一段高い脚立《きゃたつ》の上に上って行き交う人々を睥睨《へいげい》している警備員《アンチスキル》へ物珍しそうな目をやりながら、

「低温化学、って結構メジャーな学部だったのね」

「『冷やす技術』は現代社会の要《かなめ》ですわ。今日び冷蔵庫や冷凍庫のお世話にならない人はいませんし、エアコンも以下略。パソコンだって車だって冷却装置はございます。もう少し専門的になれば、お姉様の超電磁砲《レールガン》にも関わる超伝導技術、細菌や微生物の安全な保管方法、人工気象変化、宇宙船やステーションの外壁設計、分厚い氷に包まれたマンモスの取り出しなんかもそうですし」

分厚い氷、というフレーズに美琴《みこと》、白井《しらい》、初春《ういはる》の三人はわずかに黙る。

やってきた列車に乗って、別の学区へ向かう。

第二学区の病院が拡充されているのは、この学区全体が車両開発や火薬の扱いに特化した場

所だからだろう。物騒な患者の搬送には慣れている、という訳だ。

多くの患者を収容するためか、縦に長い小洒落《こじゃれ》た観光ホテルみたいになっている大学病院の周りには、何人か不自然な若者達がうろついていた。ひょっとしたらあれもウェブライター気取りでスマホを忍ばせている暇人達だろうか。

「黒子《くろこ》、アポは取ってあるんだよね」

「こちらから提案を投げただけで回答はございません。普通に考えれば拒む理由もなさそうですけれど。とはいえどうせお姉様の事です、許可がなければ黙ってセキュリティを無効化させるつもりだったのでしょう？」

三人は正面から大学病院に入り、受付で話を聞く。

外には胡散臭《うさんくさ》い連中もうろついていたのに、意外とあっさり取次には応じてもらえた。

正面ロビーにはテレビが置いてあった。午前中の情報番組ではしたり顔で男性司会者がこんな事を言っている。

『次はSNSのベストワードを深掘りする人気のコーナー。今日は前代未聞《ぜんだいみもん》、前代未聞《ぜんだいみもん》ですよっ。現在公判中の裁判が被疑者にコンピュータの脆弱性《ぜいじゃくせい》を突かれた上、急遽《きゅうきょ》休廷に追い込まれたというもので……』

「……何でもう情報が出回ってんの？」

「記者クラブを介して報道各社に制限をかけても、これはネット上に転がっていた情報を取り上げているだけだから、という抜け穴を使われるケースもあるのですわ。掲示板からネガティブな意見を恣意的《しいてき》にかき集めておいて、これはみんなの意見をまとめただけだから私の発言じゃありませんと言い張るのと同じ理屈ですわね」

そうなると、氷漬けの少女を保管する大学病院側にも厄介な事情が伝わっている事になる。ループホールがやってくるのかこないのかをライブで確かめるため、じきに大勢の野次馬が殺到するかもしれない。白井《しらい》や初春《ういはる》といった風紀委員《ジャッジメント》にあっさり応じたのも、病院側の不安の表れという線もあった。

液体窒素を使って水虫をやっつけるような診療科もあるようだが、美琴達《みことたち》が案内されたのは病院というより研究者が巣くっている、奥まった一角だった。

「どうぞ」

ノックに対する返事を耳にしてから、美琴達《みことたち》は扉を開ける。

そしていきなりギョッとした。

普通に椅子に腰掛けていた。

分厚い氷の中に閉じ込められているはずの黒髪の少女が、だ。

「……どうかしましたか？」

ブラウスにタイトスカート、その上から白衣を羽織った朝霜冴美《あさじもさえみ》からかえって怪訝《けげん》な目で尋ねられ、美琴《みこと》はとにかく口を動かさなくてはと思ってしまった。

「えっ、あ……だって……？？？」

「ああ、私は姉です」

そっと息を吐いて、少女は付け足すようにそう言った。

白衣の胸にあるIDカードを指で弾く。

そこには確かに、朝霜芽吹《あさじもめぶき》と刻印されていた。

「妹なら奥の冷凍処置室にいますよ。格好が格好ですので、あまり見せ物にはしたくありませんが」

奥にあるのは……レストランの厨房《ちゆうぼう》とかにある、銀色の冷蔵庫みたいな設備だ。ただし業務用のものよりも、さらに大きい。扉の大きさだけで美琴《みこと》の背を越えていて、真ん中には船にあるような丸い小窓がついていた。

二重の断熱ガラスの向こうに、死の世界が広がっていた。

デジタル表示を見る限り、氷点下三〇度。特別な処置が施されているのか、普通の冷凍庫にあるような霜はついていない。ただただ無機質な箱の中に、棺《ひつぎ》のように切り出された分厚い氷の塊が収まっている。

朝霜冴美《あさじもさえみ》。

一糸纏《いつしまと》わぬ冷たい少女。

生きているのでも死んでいるのでもない、全く不可解な状態。

そのせいか、奇妙な神々《こうごう》しさすら覚える光景だ。少し考え、博物館に並べてあるいやに生前の面影を残すミイラやデスマスクを見るような気持ちだと考えてから、美琴《みこと》は首を横に振って不快なイメージを追い出した。

「我々は双子でしてね、昔から良く間違われる事がありました」

「その、失礼ですけれど……」

「メールでは分かりにくかったかもしれませんね。双子という事は、歳《とし》は同じ一四。ですがこれでもれっきとした大学教授ですよ、専攻は低温医療と化学、それから物理学。ま、海外の大学を飛び級してから教授として学園都市入りし、再びこちらの技術を生徒として学び直している最中ですけど」

無気力な調子で言いながら、朝霜芽吹《あさじもめぶき》はスチールデスクの上にあったデジタル写真立てを手に取った。いいや、充電スタンドに乗せていたスマートフォンらしい。

親指をスライドさせるようにして生体認証を解くと、アルバムアプリを指先で操作してこちらへ見せてくる。

全く同じ顔の少女達が一つのフレームに収まっている一枚だった。

横文字の賞状のようなものを広げて笑っているが……どうやら、卒業証書のようだ。

「ちなみにこちらは妹のスマホです。その、まだ解約には早いと思いまして」

それを認めてしまうという事は、家族の死を受け入れるという事を意味する。

自分と全く同じ顔をした少女の……その死。

美琴《みこと》もまた苦い記憶をまさぐられるように眉間へ皺《しわ》を寄せたが、ふとそこで気づいた。

「……あれ？　でもさっき、指先で生体認証を解除していたような……？」

「双子ですからね」

一言だった。

「一卵性でも指紋や虹彩《こうさい》は同じものにはならない、という説もあるようですけど、私達の場合は普通のケータイくらいならすり抜けてしまうんです。まあ、法人契約のプレミアモデルとかだとダメかもしれませんが」

写真の中だと、どちらがどちらかを見分けるのは難しい。卒業証書を手にしている方が朝霜《あさじも》芽吹《めぶき》なのだろうが、横から抱き着きながら笑っている冴美《さえみ》の方が喜んでいるようにも見えた。仲の良《い》い姉妹だったのだろう。

一方で、だからこそか。白衣の少女、朝霜芽吹《あさじめめぶき》は疲れたような淡い笑みを浮かべてから、

「状況は大まかにですが理解しているつもりです。警備員《アンチスキル》や風紀委員《ジャッジメント》より、朝のワイドショーの方が早かったというのは些《いささ》か困惑していますが」

が、やはり白井黒子《しらいくろこ》は風紀委員《ジャッジメント》なのか。こういう場面でも疑問に思った事は突きつける性分らしい。

「あら？　ですけど、当人は氷の中なのでしょう。良く携帯電話だけ取り出せましたわね」

「事件があったとされる夜も、連絡は入れていたんです」

白衣の少女はゆっくりと首を横に振って、

「その日に限ってスマートフォンを部屋に忘れて出かけていたようですね。だから返事がなかった。おかしいなとは思ったんですけど、私も深くは考えなかった。……あれは、何かのサインだったのかもしれない。それで何が変えられた訳でもなかったのかもしれないけど、今でもこう思ってしまいます。すぐに部屋を飛び出して外へ捜しに行けば、氷詰めになんてされなかったんじゃないかって」

氷詰め。

専門家、そして当事者からのリアルな言葉。そこには得体のしれない圧があった。かえって美琴《みこと》の方がごくりと喉を鳴らしてしまう。単語自体はありふれたものなのに、人間に向けて使うだけでこの衝撃だ。

「……実際には、どう、なの？」

美琴《みこと》が恐る恐る尋ねてみると、氷漬けの少女と同じ顔を持つ別の誰かは、ゆっくりと息を吐いた。

双子の姉妹、血を分けた家族なのだ。

氷の中から確実に取り出せるのなら、わざわざ現状維持で足踏みする理由などない。

と思っていた美琴《みこと》だが、少し事情は違うらしい。

「一面的に眺めるだけでは分かりにくいかもしれませんね」

「？」

「分厚い氷が邪魔するせいで精密検査にもかけられない状態ですが、少なくとも、外から観察した限り異変が見て取れます」

朝霜芽吹《あさじもめぶき》は棚の中から取り出したカルテを机の上に広げてから、

「……背中側に、縦に大きな傷があるようなのです。おそらくメスなどを使った鋭い切創。平たく言えば、着ぐるみのファスナーみたいに切り込みを入れてから、特に縫合もしないでそのまま急速冷凍に入ったようですね」

「ちょっと待ってください。それじゃあ仮に解凍方法が分かったとしても……ッ⁉」

「ええ。今は傷が閉じているように見えますが、氷が溶けた途端思い出したように妹は大出血を起こすでしょうね。これではまともな方法で解凍プロセスに入る事はできません」

カルテには白い部分がないくらい、細かい文字や矢印がびっしりと書き込まれていた。

今日まで何もしてこなかった訳ではない。

わらにもすがる気持ちで、少しでも思いつくものは片っ端から並べていった。助けたくても助けられない、苦悩の歴史が刻みつけられていた。

「仮に彼女がまだ生きているとしても、氷を溶かす事で私達がトドメを刺してしまう。つまり、彼女を助けようとした者が決定的な殺人犯となるよう状況が組み上げられているのです」

法の抜け穴、ループホール。

いかにもあの悪魔が好みそうな、背反的なセッティングだ。

「でも……」

「どうぞ」

「でも、解凍を先延ばしにしたら、それはそれで危ないんでしょう？」

「そうです、もちろんそう。犯人は生理食塩水ベースの保存液を細胞に染《し》み入《い》らせる事で冷凍・解凍時の細胞膜の損傷を抑えようとしているようなのですが、正直に言ってこれは古い方法です」

「生理、食塩水？」

「濃度〇・九％の食塩水の事ですが、そういう疑問ではありませんよね」

一四歳の教授はゆっくりと息を吐いて、

「物体は液体から固体へ、固体から液体へ変化させると体積が変わります。ペットボトルの飲み物を冷凍庫で凍らせると容器が破裂する、といった話は聞いた事があるのでは？」

「はあ、まあ、ん？　ああなるほど」

「理解が追い着いたようで何より。人体の七割は水分です。細胞の中と外で膨張・収縮率に大きな誤差があると、冷凍・解凍のタイミングで細胞膜が破裂してしまう恐れがあります。そこで、人体とできるだけ似た生理食塩水を使ったんです」

もっとも、と朝霜《あさじもめ》芽吹《ぶき》は間を空けてから、

「生理食塩水はコールドスリープの触媒としては最初期と言えるほど古い方式です。今では卵白の構造から出発した合成保存液の方が主流派ですね。人工血液や火傷《やけど》治療《ちりょう》用のコラーゲンシートなど、ここから派生して独自の方向に伸びていった医療研究分野も多々あります」

「古い……というのは、それだけ弊害があるって事？」

「ええ。博物館に飾ってある江戸時代の手術道具で自分のお腹《なか》をいじくって欲しい人がいるとでも？　詰めが甘いせいか、こうしている今も妹の肉体は傷つき続けている可能性があります。無理に解凍に挑戦してもダメ、今のまま結論を先延ばしにしてもダメ」

美琴《みこと》の言葉に、白衣の少女も頷《うなず》いた。

その上で、

「ただし手を出さなければ、それは自然死。一方で手を出せば法的責任を問われます。おかげで上から許可も下りません」

まるで人の命を使ったパズルだった。

答えのない意地悪問題ではない。死の芸術を作ったループホールには、この知恵の輪が解けるという。

しかし具体的にはどうやって？

7 (the_chariot)

いったん大学病院の正面ロビーまで戻ってきた美琴達《みことたち》は適当なベンチに腰掛けながら、四角い柱に貼ってあったポスターに目をやる。

「へぇ。最近は病院でもケータイ使っても大丈夫になったのね」

「一応手術室や検査室の周りでは禁止されておりますけど。でもケータイ電波で医療機器が壊れるって誰が言い出したものなんでしょう」

一度情報をまとめる必要が出てきた。

「あら、お姉様はスマホじゃありませんのね」

「この二つ折りには思い入れがあるの。ネット関係はこっちでできるし」

美琴達《みことたち》は携帯端末やスマホなどの多目的モバイルにゴムバンドをつけると、ゴーグルのように画面を目線の位置に合わせる格好で装着していく。

ここで表現される姿形は、別のカメラから撮影したものを参考に再構築している。美琴達《みことたち》の場合は、お互いの機器のレンズを活用していた。

美琴《みこと》は辺りを見回して、

「あれ？　ウチの教室？？？」

「私が設定したんです。常盤台《ときわだい》とか長点上機《ながてんじょうき》とか、名門校の教室や体育館って結構人気の背景なんですよ」

すでに初春《ういはる》が情報整理をしていたのか。正面の黒板にいくつものファイルが貼り付けられており、赤や青の光のラインで関連項目が結び付けられていた。

と、

「あれ、佐天《さてん》さん？」

「どもー」

ここにいないはずの誰かがいた。

裁判所の控室で椅子かソファに腰掛けているのだろうが、こちらのデータにはないのでにこやかな笑顔を浮かべて空気椅子でもやっているようだった。

美琴《みこと》は目を白黒させながら、

「大丈夫なの、ケータイ使うと位置情報バレちゃうかもしれないでしょ。裁判所の中で反応があったら……」

「ああこれ、検察官の人のモバイルとウェブカメラを借りているんですよ。だから位置情報の話は問題ないって」

……それとは別に色々と問題ありそうな話だが、今は裁判が止まっている。被告や原告ではなく、証言者の一人でしかない佐天《さてん》ならさほど監視はきつくないのだろうか？

「ほうほう、初春《ういはる》さんや。これはどういうテクノロジーなのですかな。こんな所までなかなかの再現度ではないですか」

「ぎゃわー!!　こんな時までどこ覗《のぞ》き込《こ》んでいるんですか佐天《さてん》さん⁉」

「……あの這《は》いつくばって下から覗《のぞ》く動作も、リアルの裁判所では一人芝居になっているのよね？」

「このモーションに対してツッコミが入らないのですから、ある意味安全が保たれている証拠かもしれませんわね」

変態は変態の行動では動じないのだろう。

白井黒子《しらいくろこ》はさっさと本題に入ってしまう。

「さて、専門家の話は一通り伺いましたけれど。かえって糸が絡《から》まってしまったような印象ですわね」

「ハードルの数が明確になっただけでもマシですよ。少なくともテレビやレコーダーの配線でできた鳥の巣状態みたいな一塊ではなくなった訳ですし」

裁判所から出られない佐天《さてん》も含め、情報共有が始まる。

低温化学のスペシャリスト、朝霜芽吹《あさじもめぶき》の話はこうだ。

まず分厚い氷を溶かして朝霜冴美《あさじもさえみ》を取り出すだけである種のギャンブル。しかも順当に氷を溶かせば、少女の背中に刻み付けられた大きな傷が開いて確実な大出血を起こす。

傷を塞ぐには包帯を巻いたり糸で縫ったりといった手段が一般的だが、これは凍ったままでは行えない。

氷を溶かす前に傷の手当てが必要で、傷の手当てには氷を溶かす必要がある。

まるでオートロックのホテルの部屋に鍵を閉じ込めたような状況だ。

美琴《みこと》は正面の黒板に目一杯貼り付けた資料を眺め、うんざりしたように息を吐きながら、

「……分かってはいたけど、想像以上にこじれているわね」

「でも逆に言えばですよ。ループホール・院内契《いんないちぎり》は恐れていたのかもしれませんよ」

「何がですの初春《ういはる》？」

「だって、背中の傷で保険をかけていたという事は、コールドスリープを解凍される可能性も考えていた訳ですよね？　安全に溶かす方法だけなら、本当に存在するのかもしれません」

ちなみに、モバイルを使った簡易VRと言っても完全にのめり込むほどの没入感はない。こうしている今もざわざわとした病院ロビーの喧騒《けんそう》は美琴達《みことたち》の耳にも届いていた。

そんな中。

ロビーにある大きなテレビでは、相変わらずSNSのベストワードについてああだこうだと有識者どもが語り合っていた。テレビの先細りだのネットの台頭だの騒いでいるが、テレビ番組の方が自分でオリジナルの番組を作らず、ネットの話題や動画に頼り切りではもはや抵抗にもなっていないように思えてならない。

そして発言の責任を取る気がない連中はこんな風に言い合っていた。

『SNSベストワードが更新されましたよ。おっとこれは、一位に気になる情報が出てきました。少年Aは、冤罪《えんざい》、かも？　これはどういう事でしょう先生⁉』

『情報筋の話によりますと、報道各社に向けてループホールから新たな犯行予告のメールが送られたようですな。当然、裁判所にいるはずの少年Aにはできない行動です』

『ははあ。でもイマドキならタイマー設定でSNSに投稿するような事もできるのでは？』

『ですからタイマーを使えば分かるだろって話です。機械投稿は表面上に出てこないコンマ○○秒まできっちり統一されてしまいますからね。実際にはそうした痕跡もありません。これはネットを流れる憶測ですが、一定以上の意見が集まっていますよ。真犯人は他にいる説が』


　耳を疑った。

「ち、ちょっとどうなってんの⁉」

「あっ御坂《みさか》さん⁉」

　佐天《さてん》が引き止めるような声を出したが、彼女はゴムバンドで固定した携帯端末を取り外していた。

　現実の風景、病院の正面ロビーが視界いっぱいに広がるが、特に何も変わらない。

　テレビの中では本当に無責任な内容が読み上げられていた。

「ふざけてる……」

「言っている内容は最悪ですけど、でも間違いでもなさそうですよ」

　白井《しらい》や初春《ういはる》も目線の位置で固定していたモバイルを取り外していた。一昔前と違って最近は

病院の中でのモバイル使用は緩くなっている。初春《ういはる》は携帯ゲーム機に似た携帯端末を取り出してブラウザ画面から情報を集めつつ、

「ループホールを名乗る人物から、動画サイトや掲示板にも書き込みが見られます。哀れで間抜けな少年Aにかける言葉はないが私はこれからも思うままに犯行を重ねていく、彼に全てを押し付けて大人しく逃げ切るつもりはない。……かなりの数の人物がこれを真犯人とみなし、裁判所で拘留されている少年Aは冤罪《えんざい》だと考えているようです」

「でっでも！　あくまでもコンピュータとかプログラムとかの話でしょう？　時間差を空けて投稿するような仕組みを用意しておけば、捕まっている院内契《いんないちぎり》がメッセージを投げ込む事だってできるんじゃありませんの⁉」

「少なくとも、簡単なタイマーではないようですけど」

「院内契《いんないちぎり》？　あいつの能力は不明なんでしょ。そういうのを使った線は？」

「どれくらいのレア度か分かりませんけど、あまり特殊な能力を使うと名刺を残すようなものですからね。現にループホールの起こした事件でも、能力の痕跡はないみたいでしたし」

初春《ういはる》はいったんそう呟《つぶや》いてから、

「……ただ、そもそもループホールにはネットを中心に多くの信奉者がいるんですよね。つまり院内契《いんないちぎり》本人ではなくても、彼の信奉者が動画やメッセージを投稿し、仲間達の中で賛同する意見を立て続けに追従させていっている可能性もあります。今の報道からでは変化が速すぎます、こうまで瞬間的にベストワードまで上り詰めるとは思えません」

……もし仮に信奉者とループホールの間にダイレクトな繋《つな》がりがあると、最悪、邪魔な証言

者を消せという命令が飛ぶ可能性もありえる。

全部で何人信奉者がいるかは警備員《アンチスキル》や風紀委員《ジャッジメント》でも把握できていない。よって、全てをとっ捕まえて安全を確保するのはほぼ不可能だ。

残る手はループホールの罪を速やかに暴き、完全犯罪など存在しない事を明かして、信奉者達に幻滅させるしかない。そもそも悪のカリスマなど成立しない事をきちんと証明するのだ。

美琴《みこと》はロビーに置いてある大きなテレビに目をやり、自分の細い顎に手をやる。

制作丸投げで全部ネット頼みの有識者達にまともな意見がないのはさておいて、だ。

「信奉者が勝手に始めた『暴走』だとしたら、これってループホールにとっても想定外の出来事だったりするのかしら」

仮に偽りの『真犯人説』をばら撒《ま》いて、それがあっさり嘘《うそ》だとバレてしまったら、院内契《いんないちぎり》への疑いが増すばかりだ。今のこの状況は院内 契《いんないちぎり》本人をも追い詰めている、と言えるのだろうか？

「それにしては、実際に大きな効果は見込めているようですわよね」

「自称ループホールの犯行予告へ最初に飛びついたのは自作自演の信奉者達でしょうけど、今では関係ない人達まで集まっている印象ですね。何のお店か分からなくても、とりあえず行列を見て美味《おい》しそうだから自分達も並んでみる、といった現象と同じでしょうか」

「……つまり場当たり的な『暴走』じゃない。メールの文面も覆面の動画も、事前に準備していたって見た方が良《い》いのかしら」

少し考え、美琴《みこと》はそう言った。

「ある種の保険、だったのかな。院内契《いんないちぎり》はこれと決めた信奉者達に『素材』だけ渡しておいて、何かの合図で一斉にばら撒《ま》くようセッティングしていたのかもしれない」

「実際、有罪無罪以前の問題として裁判そのものを免訴で打ち切ってしまいたい院内契《いんないちぎり》側からすれば、一番欲しいのは『圧力』のはずです。この騒ぎが社会現象にまで大炎上してしまえば、この裁判は一層継続が難しくなるかもしれませんよ」

「でっでも、合図と言いますがどうやってですの⁉　院内契《いんないちぎり》自身は監視拘束されて表には出られませんし、未成年対応の少年Aなのでカメラの前に姿を現す事もありません。モバイルやパソコンに触れる機会もないでしょう。事前に信奉者を待機させられたとしても、起動のスイッチを押す方法がありませんわ！」

「佐天《さてん》さんみたいに、誰かから携帯電話をお借りしたんでしょうかね？」

「ガチの被告人なら扱いは全然違うと思うけど」

美琴《みこと》は息を吐く。

だが、今の初春《ういはる》の台詞《セリフ》が妙に引っかかった。

「……裁判が中断された事自体が合図だった？　いや、でもそれだと不測の事態で『暴発』の恐れが出てくる。私はねちねちした第五位と違って心理戦って得意じゃないけど、細かい押し引きが大事なんでしょ。だったらいざという時にブレーキをかけられないような方法は使わない。状況に合わせて効果的に波状攻撃を積んでいくなら、やっぱりじかに指示は出したいはずよね」

ループホール・院内契《いんないちぎり》へ実際に接触できる人物は限られている。

まさか警備を担当する者達の中に伝達役の信奉者が紛れているとは考えたくない。実際の配置については上のお役人が決めるため、狙った通りの日時で院内契《いんないちぎり》の警備を担当できるとは限らないからだ。そんなギャンブルを『保険』に据えるとは思えない。

もっと確実で、状況がどう転がっても必ず院内契《いんないちぎり》の傍《そば》を離れない人物。

だとすると、

「……弁護士だ」

美琴《みこと》はそう言った。

「辻中京果《つじなかきょうか》？　だっけ？　ループホールが弁護士に耳打ちして、その弁護士が電話を使って外の信奉者達に合図を送る。これならループホールの意志が末端まで届くはずよ」

これには風紀委員《ジャッジメント》の白井黒子《しらいくろこ》や初春飾利《ういはるかざり》が眉をひそめた。

「仮に不正工作が露見すれば弁護士資格を取り上げられるどころじゃ済みませんわよ。いくらやり手と言ってもそこまで肩入れするものでございましょうか」

「携帯電話の匿名性も言うほど便利なものでもありませんしね」

「……だったらケータイなんか使わなければ良い。公衆電話から指示を出せば済む話よ。裁判所の中……は、流石《さすが》に聞き耳立てられるかもしれないから、外に出るか。初春《ういはる》さん、裁判所の周りにある公衆電話について調べてもらえる？」

「え、ええ。構いませんけど」

「ですが、公衆電話ならどこに掛けたかは分かっても、誰が掛けたまでは分からないはずでしょう？　仮に会話データが手に入ったとしても、例の弁護士、辻中京果《つじなかきょうか》を追い詰める手立てにはなりませんわよ」

「果たして本当にそうかしら」

8 (strength)

とにかく裁判そのものが打ち切られたらおしまいだ。

ループホール・院内契《いんないちぎり》は自由の身となり、ほぼ確実に佐天涙子《さてんるいこ》が狙われる羽目になる。それを防ぐためにはコールドスリープの件もそうだが、今騒ぎになっているネット上の大炎上もどうにかしなくてはならない。

行き詰まっていたのは事実だった。

美琴達《みことたち》は第二学区の大学病院から第一学区へととんぼ返りしていく。

普通のパトカーとは違う、大型バスの周りを装甲板と金網で覆った護送車みたいなのとすれ違いながら、動画サイト用にスマホ片手にレポートをまとめている暇人達に交じって裁判所の中に入っていった。

「うー」

「御坂《みさか》さん、ゲートから出ているグリッド状の遠赤外線ですっ。不審者対策なんですから慣れてくださいよう！」

「……お姉様自身やっぱり暴発因子なのではなくて？」

ここで行われている裁判は一つだけではないらしい。

意外な事に、行き交う人は多い。

『検察の中村です。これ、例の振り込め詐欺の裁判で使う証拠なんですけど。ケータイばっかりゴロゴロと三〇個ほど』

『ご苦労さん。場所は同じだよ、規則だから口頭で説明するけど一時保管庫は左の通路の角を曲がった先です』

『はいどうも。サインは受け取りましたー』

有罪か無罪かで人の一生が決まるにしてはのんびりした大人達のやり取りを横目で眺めながら、美琴達《みことたち》は正面ロビーを横切っていく。

被告人院内契《いんないちぎり》の弁護を担当しているメガネの女性弁護士、辻中京果《つじなかきょうか》は、裁判所内の通路にある休憩用のロビーでソファに腰掛け、呑気《のんき》にスマホを眺めながら煙草《タバコ》を吸っていた。いや、あるいは監視の厳しい院内契《いんないちぎり》の傍《そば》を離れていた方が、モバイルを好きにいじって外へ『指示』を出しやすいのか。

「アンタ……ッ!!」

「おっと、どちら様ですかな？」

聞かれて、美琴《みこと》は口を噤《つぐ》んだ。後ろ暗い連中の情報網があれば証人の素性なんて調べ上げられるのかもしれないが、ここでわざわざ敵方に『佐天涙子《さてんるいこ》の知り合いです』と名乗るのは生贄《いけにえ》を捧《ささ》げるのと変わらない。

代わって、白井黒子《しらいくろこ》が前に出た。

「失礼、風紀委員《ジャッジメント》ですの」

「被告人の身柄は検察に移されていますから、そちらの出番はないのでは？」

「起訴された段階での罪状については。ただし起訴後、現在進行形で虚偽の情報を撒《ま》き散《ち》らして裁判の進行を妨害しているとしたら話は変わってきますわ。わたくし達は必要な情報を集めてしかるべき対抗措置を取り、混乱を終息させなくてはなりません」

白井《しらい》に続いて、同じ風紀委員《ジャッジメント》の初春《ういはる》が口を開いた。

この分野ではやはり彼女は強い。

「辻中《つじなか》さん。あなたはこの休廷中、三回ほど携帯電話の電源を切っていますね？　時間はいずれも一〇分程度」

「そこまで調べがつく事自体捜査機関の悪用技術には驚きを禁じ得ませんが、お風呂《ふろ》とお手洗いの際には電源を切る癖がありますので。それとも何階のトイレのどの個室に入ったかまで正確に証言する必要が？　プライバシーです」

「……あなたが電源を切っていた間、裁判所前のコンビニにある公衆電話に不審な通話があります。公衆電話からどこかへ掛けたのではなく、誰かが公衆電話に掛けてきた通話で受話器を取っている。時間帯はピタリと合っていますが、心当たりについては？」

「なるほど……」

くすりと笑って、メガネの女性弁護士は手にしていたスマホの画面を美琴達《みことたち》へさらした。

現在進行形で様々なメッセージがポップアップを続けている、SNSの画面だった。

「これもまた被告人の仕業だと？　何でもかんでも言いがかりをつけるのは結構ですが、大勢の監視がついて小部屋の中に閉じ込められている彼に社会現象を起こせるとは到底思えません」

「だからアンタが院内契《いんないちぎり》の指示を聞いて、外の信奉者達に伝言を伝えた中継役なんでしょうが！　わざわざ記録に残さないよう公衆電話を使って‼」

美琴《みこと》が勢い込んで叫ぶと、辻中《つじなか》は軽く両手を挙げた。

脅《おび》えるような素振りは微塵《みじん》もなかった。

「おっと保安官さん。勇ましいのは結構ですが、当方としては別にそれでも構いませんよ」

「何ですって……？」

「思い出しました、傍聴人席でその顔を見た覚えがあります」

くすりと笑って、辻中京果《つじなかきょうか》はそう続けた。

「事件関係者のお知り合いですよね？　今はもう裁判員を監視し、威圧する目的で法廷に顔を出す輩《やから》も珍しくなくなりました。どうやらあなた達は、何があっても被告人に有罪判決を出してほしいらしい。あるいは弁護人であるこの私を恫喝《どうかつ》し、身を退《ひ》かせてでもね？」

「こいつっ、自分のやってる事は棚に上げて人を犯罪者みたいに……ッ‼」

「ダメですよ御坂《みさか》さん、摑《つか》みかかったら本当にこっちが加害者になります‼」

初春《ういはる》が止めに入ると、底が見えたといった表情でメガネの女性弁護士は肩をすくめて見せた。

しかしもちろん初春《ういはる》も風紀委員《ジャッジメント》だ、こんな女を守りたい訳ではない。

「……不自然な社会現象は必ずボロが出ます。海外ではUFO研究を禁じる法案を通すために無人のBOTを使って一〇〇万件以上の投稿を行いベストワードを操った人もいましたが、仕組みが分かってしまえば支持は離れていきました。あなたの余裕もいつまでもは続きません」

「根拠のない憶測で人を糾弾するのは良くない。ここが法廷なら罪に問われている発言ですよ？」

辻中《つじなか》は再び煙草《タバコ》を口に咥《くわ》えて、

「あなた達がどう悪足《わるあ》掻《が》きしようがここは文民が統制する法治国家であって、結果は誰にとっても平等です。この裁判は、継続できない。最後までコマを進めて判決を出せない以上、推定や憶測で有罪にはならない。これが今の仕組みです、お疲れ様」

ほとんど噛《か》み付《つ》くような勢いで美琴《みこと》は口を挟んでいた。

「ケータイの電源を切って公衆電話を使えば、本当にあらゆる痕跡を残さずに済むとでも？」

「あら。今度はハッキングでも使うんですか？　不当行為で得た、捏造《ねつぞう》された情報に証拠能力は宿りませんよ」

「……この裁判は注目されている」

その舌で、唇を湿らせる。

ここからが本番だ、と美琴《みこと》は気を引き締める。

「傍聴席の抽選倍率は二〇八倍。当たらなかった人達も流行の波に乗っかるため、学校を休んでまで裁判所の周りを取り囲んでいる。人の目はたくさんあるのよ。モバイルやレンズの数だって。アンタがどれだけこそこそしたって、どこかに痕跡が残っているはずよ」

「まさか、SNSの写真を隅から隅まで顔認識していけば、私が背中を丸めて公衆電話の受話器を口元に当てているところが写っているとでも？」

いやにすらすらとした調子だった。

ひょっとすると、最初からその可能性を想定していたのかもしれない。

「写真なら難しいかも、ね」

　ニヤリと笑って美琴《みこと》は指摘する。

「でも、音声ならどうかしら」

「……？」

「スマホ、カーナビ、電子案内のガイド柱、ＡＩスピーカー。今やネットに繋《つな》がった音声認識サービスなんてそこらじゅうに溢《あふ》れているわ。まったくおぞましい時代よね。家、車、外出先まで、あらゆる時と場所に自分から盗聴器を置いて回っているようなものなのに。そして指紋と一緒で声紋は生体認証に使える。顔認識は有名になったから、対策グッズもちらほら出てきているわ。風邪でも花粉症でもないのにゴーグルやマスクをしている人も珍しくなくなってきたしね。だけど、声は？　受話器に機械を当ててトーンを変えたって、周囲に洩《も》れているのは地声のままでしょ。つまり、どこかに素のままの会話データが迷い込んでいる可能性は極めて高い」

　あれだけ滑らかだった弁護士の言葉が、途切れた。

　レコードの針飛びのような居心地の悪さは、おそらく本物の証《あかし》だ。

「ヘリウム吸った程度の変声処理なら機械の力で補整できる。いいえ、こうして話している限り、そんな細工を行った様子もなさそうね。あなたが本当にコンビニ前の公衆電話で怪しい会話をしていたとしたら、街中に溢《あふ》れるスピーカーのどれかが拾っている。……会話データはない？　そう信じているなら安心してくつろいでいなさい。ウサギとカメの話みたいに。私達はゆっくりと、着実に、あなたを追い詰めていく。ここ最近のプログラム分析はすごいわよ。犯罪サイトや掲示板向けの対策ソフトなんかはサーバーが溜《た》め込《こ》んでいる何十万件っていう書き込みをぱぱっと仕分けてくれるみたいだしね」

言うだけ言ってから、美琴《みこと》はパチンと指を鳴らす。

携帯端末を手にした初春《ういはる》の注意を引き付けてから、細かく区切るように口に出していく。

「アレ、例の件、ブツ、アイス、砂糖、フクロにする、始末、消す、気持ち、汲《く》み取《と》る、よろしくお願いします、お礼、いつもの所へ、相談よろしいですか、調整」

半分も言う前に風紀委員《ジャッジメント》の機材から分かりやすい電子音で警告が飛んできた。

構わず最後まで言い切った美琴《みこと》は片目を瞑《つむ》って、

「ね？　文字でできるという事は、音声でもできるって事。直接を避けた隠語であっても、逃げられるなんて思わない方が良《い》いわ」

「……何を言われたところで、結論は変わりません」

口元にある煙草《タバコ》の炎が、不規則に明滅していた。

呼吸に乱れがある証拠だ。

「被告人は不当な経緯を経て起訴されており、一切の罪に関与しておりません。私は私の倫理と信条に基づき彼の生活と尊厳を守るため正当な弁護を行うまで」

「たった一つの証言を基にループホールの伝説は途切れた。顔と名前が判明した後は警備員達《アンチスキルたち》も的を絞って集中砲火できた訳だから、家宅捜索だ何だで物的証拠だってボロボロ出てきた。いくら何でもここから無罪放免はありえない‼」

無罪を勝ち取るのではなく、裁判そのものを継続不可能にしようとしているところからも分かるだろう。真っ当な方法では無罪放免にできない事を、この弁護士だって理解しているのだ。散々悪どい手を熟知しているこの女であっても。

しかし動じる気配はなかった。

（っ？）

適切な手札を切ったはずだ。公衆電話の会話データの件は向こうにとっても無視はできないくらい膨らんでいるはず。にも拘《かかわ》らず、手の中から感触が逃げていく。外した、というのとは何かが違う。相手はダメージを負ったはずだ。なのにそこから回復した。

起死回生。

向こうも向こうで、まだ奥の手を隠している。

甘ったるい煙を吐きながら、弁護士は笑ってこう答えたのだ。

美琴達《みことたち》にというより、自分の心の安定を取り戻すためのおまじないのように。

「……その家宅捜索で持ち出した段ボールの山も、いつまで保《も》つのやらね」

9 (the_hermit)

ジリッ……と。

御坂美琴《みさかみこと》のこめかみの辺りで何か言いようのない感覚が走った。

思わず目の前の辻中京果《つじなかきようか》からよそへ目線を投げた美琴《みこと》に、すぐ近くにいた白井《しらい》が怪訝《けげん》な顔で尋ねる。

「お姉様、どうしましたの？」

「何をした……？」

美琴《みこと》はポツリと呟《つぶや》いた。

おそらく後輩に対する返答でないのはすぐに分かる声色だった。

「……アンタ達一体この裁判所に何を持ち込んだッッッ!!⁉??」

間近の落雷のような怒号を耳にしても、メガネの女性弁護士は気に留《と》めなかった。最初からそういう反応があるのを知っていたかのような素振りであった。

「何の事だか分かりませんよ」

舌打ちし、『違和感』に従って歩き出した美琴《みこと》に、慌てて白井《しらい》と初春《ういはる》がついてくる。

「全体的にやり過ぎですわよお姉様っ」

「わざと乱暴者のふりした方が油断するでしょ。現にあのインテリメガネを途中までは揺さぶる事ができた。これがなければ、こっちは向こうに切り札を切られた事にも気づかず後手に回っていたはずよ！」

「き、切り札っていうのは一体何なんですか、御坂《みさか》さん……？」

おどおどした初春《ういはる》の言葉を耳にして、美琴《みこと》は意図してゆっくりと息を吐いてクールダウンに努めながらも、

「私が発電系では最強っていうのは大体分かっているわよね。ビンビン反応がきてる。この嵐の中に立っているような感じ……。前に喫茶店でサラリーマンのノートパソコンが燃え上がったのを見た時とそっくりなのよ。何かがショートしてる。ううん、リチウムイオンバッテリー

から花火みたいに火花が噴き出さないとこんな風にはならない！」

「バッテリー、燃え上がる……？」

わざわざ声に出すまでもなかった。

あのメガネの女性弁護士は言っていたではないか。その家宅捜索で持ち出した段ボールの山もいつまで保《も》つのやら、と。裁判所の中で火災が発生すれば物的証拠なんぞまとめて焼失してしまう。そうなればますます裁判の継続は困難になるし、ネットで大騒ぎの冤罪説《えんざいせつ》を退けるのも難しくなる。コールドスリープ、捏造《ねつぞう》された冤罪説《えんざいせつ》、問題が解決していないのに次から次へと積み上げられていく。まるでにっちもさっちもいかなくなったオチモノパズルを見るような気分だ。

「ですけど、バッテリーの破損って必ず大火災になるほど確実性はございませんわよね？　それに裁判所の中にだってスプリンクラーや防火扉など防火設備はあるはずです。どこで火災が発生するか分かりませんが、厳重に保管された証拠品にまで届くものなんでしょうか」

「……火の手が建物全体に回る必要なんかない。そもそも検察の人達が裁判所へ持ち寄った証拠品をまとめて守っている一時保管室から直接火が燃え上がったら？」

「……、」

「保管室の中に人がいるかどうかは知らない。だけど外に警備の人間が立っているだけで中が無人だったら、実際に燃え広がってドアの外へ煙が洩《も》れ出《で》るまで誰も気づかないわよ。証拠を守るのが最優先だとしたら、逆にあそこだけは大量の水を撒《ま》き散《ち》らすスプリンクラーなんてつけないでしょうし」

通路の途中にあった掲示板には、今日の裁判予定が並べられていた。

その内の一つ。

コールドスリープ殺人事件とは別の法廷で、振り込め詐欺の裁判が行われる予定だったらしい。美琴《みこと》はその表示を指先で軽く弾《はじ》いて、

「おそらくこれね。振り込め詐欺は大量の携帯電話を使う。一時保管庫の中に細工されて発火装置と化したケータイが送り込まれているのよ」

「な、なら御坂《みさか》さん。係員の方にすぐ連絡しないと！」

「証拠品を守っているって事は身内でもホイホイ中に入れる訳じゃないんでしょ。しかも根拠は私の感覚だけ。もうすでにバッテリーは漏電してるの。書類の手続きだ何だで時間を喰《く》っていたら手遅れになるわよ」

「具体的にどうしますのお姉様⁉」

「決まってるわ」

断言するしかなかった。

「やるべき事をやりましょう」

10 (wheel_of_fortune)

今日の裁判で使う証拠品をまとめて守っているのだから、当然ながら一時保管庫の警備は厳重だ。カメラやセンサーなど電子的なセキュリティなら美琴《みこと》や初春《ういはる》が何とかできるが、施錠《せじょう》さ

れたドアの前に立つ二人の警備担当だけはどうにもならない。

「白井《しらい》さんの空間移動《テレポート》で直接中に入る事はできないんですか？」

「狭い小部屋でそこらじゅうに棚があるんでしょう。飛んだ途端に棚へめり込むなんてごめんですわよ」

ただし、すでにヒントは表に出ている。

「黒子《くろこ》、それに初春《ういはる》さんも。とりあえず二階に、この通路のちょうど真上に向かってもらえる？」

「構いませんけど、一体何をしろと？」

「とにかくドアを守るあの二人を排除したい。しかも暴力は抜きで。連中を慌てさせるために必要なものはどこにでもあるわ」

そう。

一時保管庫にはどうしてスプリンクラーがついていないのか。

もう一度その理由を思い出してみれば良い。

「水道でもトイレでもジュースの自販機でも何でも構わない。とにかく二階の床を水浸しにして、こっちの一階まで水漏れさせてちょうだい」

二メートルを超える大男達の心臓を縮めるのは、たった一滴で良かった。

ぴちょんと鼻先にぶつかった水滴に訝《いぶか》しみ、真上を見上げた途端、彼らは揃《そろ》って総毛立つ。

「おいっ、何だ？　水漏れしてるぞ!!」

「冗談じゃない、どこからだ？　ここには証拠品が溜《た》め込《こ》まれているってのに!?」

無線に向かって叫ぶも、すぐさま天井からの水が止まる訳でもない。激しい焦《あせ》りに駆られたのか、彼らも現場を確かめるべく階段に向かって走り出してしまった。

「……、」

美琴《みこと》は通路の角から顔を出し、それから誰もいなくなったドアの前に向かう。掌紋を使う電子ロックがついていたがお構いなしだった。能力で解除しようと思ったところで、眉をひそめる。

反応がない。

そしてプラスチックが焼けるような、嫌な匂いが鼻についた。

（まさか……熱で壊れ……？）

慌ててドアを開けた直後だった。

余計な酸素を送り込んでしまったためか、くすぶって黒煙を上げていた段ボール箱の一つが焼けた鉄のように赤熱した。

「まずっ……」

ゴアッッッ!!　と一気に火柱が燃え上がる。

どれが何の事件に使う証拠品なのかは流石《さすが》に分からない。いちいち段ボール箱のラベルを読み上げている暇もなかった。とにかく通路に置いてあった消火器を掴《つか》む。ピンを抜いてホースを向けて、もたもた準備を進めている間にも火の手が広がっていく。

うっすらピンク色に着色された粉末を一気に撒《ま》き散《ち》らす。

バシュシュッ!! と圧縮されたガスが弾《はじ》ける音と共に消火剤が炎の根元に叩《たた》き込《こ》まれた。途中、何度か炎が盛り返すような動きを見せるが、結局はその息の根を止めていく。どこもかしこも黒い煤《すす》だらけだったが、意外にも焼け焦げた箱そのものは少なかった。初期段階で消火できたのが強かったのかもしれない。

(……コールドスリープ殺人事件。よし、こっちのラベルの箱は問題ないみたい。これなら裁判そのものに影響は)

「おっと」

その時だった。

真後ろからわざとらしい声が聞こえた。

美琴《みこと》が振り返ると、例の弁護士、辻中京果《つじなかきょうか》がにやついた笑みを浮かべていた。

「証拠品の保管状況に難があるようだ。こいつは裁判長に報告して、証拠調べの段階から異議を申し立てる必要がありそうですね」

「……?」

「分かりやすく言えば、そこにある証拠品はもう信用に値しないという訳ですよ」

「何を……。だって、コールドスリープ殺人事件についての段ボールは無事に残っている！　多少の煤《すす》が撒《ま》き散《ち》らされたかもしれないけど、元から証拠品ってビニール袋に入れて密閉されているはずでしょ。それくらいじゃ汚れはつかないわ!!」

「そもそも、片方に肩入れしているあなたが一時保管庫に踏み込んだ時点で証拠品の公平性は失われているのです。あなたは被告人に不利な情報を破壊したかもしれないし、余計な情報を埋め込んだかもしれない」

「そんなの……ッ!!」

「そう、分からない。分からない以上は分かるまで精査するしかないのです。ただ、一つ一つの証拠品を精査している間に、被害者のリミットがやってきてしまうでしょうけど」

もちろん院内契《いんないちぎり》や辻中京果《つじなかきょうか》にとっては、証拠品は残らず燃えてしまうのが第一希望だった。

ただし狙った通りに火の手が上がらず不発に終わってしまったとしても、第二希望を用意していたのだ。

「素人《しろうと》の裁判員は人の死に耐えられず、世論は冤罪説《えんざいせつ》に傾き、頼みの証拠品も怪しくなってきた。こんな裁判、打ち切ってしまった方が気が楽なんですよ。誰にとっても」

「……、」

考える。美琴《みこと》は考えるしかない。

イカサマは効果を発揮している間は無敵だ。だけどタネを暴かれてしまえばそれまで。これまで築いてきた全てを失う羽目になる、悪魔の取引である。

だとしたら、

「……これはアンタにとっての第二希望なのよね。あくまでも、第一希望ではなく」

「何を……？」

「一見完璧を装《よそお》っているけど、アンタはヘマした状況でリカバリーしたに過ぎない。だからこの場には、アンタにとってとても困るものが残っている」

答えは単純だった。

御坂美琴《みさかみこと》は中途半端《ちゅうとはんぱ》に焼けた段ボール箱を指差す。

ピンク色の消火剤にまみれた、振り込め詐欺の事件で証拠となるはずだった品々。リチウムイオンバッテリーを詰めた大量の携帯電話だ。

つまり、

「発火装置が残ってる」

「ッ⁉」

「この手のオモチャに教科書はない。みんな独学だから、何かしらのクセがある。調べてみれば面白いものが見つかるかもね。……発火装置の製作者を締め上げる事ができれば、誰に依頼されたのかも分かる、とか」

変わる。

空気の流れが。

「ありえない、ありえない。これは絶対にありえない事だと思うけど」

今度は美琴《みこと》の方が挑みかかる番だった。

身動きの取れないメガネの女性弁護士に、彼女はゆっくりと語りかける。

「アンタが関わっているとしたら、院内契《いんないちぎり》の弁護はできなくなるわね。今度はアンタが被告人になる番よ」

11 (justice)

「これ、『ファイアバグ』です」

初春飾利《ういはるかざり》はそんな風に言った。

焼け残った携帯電話そのものは別の事件の証拠品なので持ち出す事はできない。そこで美琴《みこと》が撮った様々な写真を初春《ういはる》が学園都市のデータベース『書庫《バンク》』と照らし合わせて突き止めたのだ。

「もちろんネット上の通称ですけど。御坂《みさか》さん、喫茶店でノートパソコンが燃え上がるのを見た事があるって言っていましたよね。その言葉で思い出したんです。あれも事故を装《よそお》った『ファイアバグ』の事件だったなって」

「ちえっ。ループホールの能力だったら一発でチェックメイトだったのに」

「そこまで短絡的なら大々的な劇場犯罪はできなかったはずでございますわ」

白井《しらい》は息を吐いてそんな風に付け足した。

初春《ういはる》も携帯端末を手にしたまま肩をぐるぐる回して、

「『ファイアバグ』はミクロなイオン交換を自在に操る電解取引《イオントレード》という能力の使い手でした。バッテリー発熱はもちろん、人体に直接触れるだけで心筋梗塞《しんきんこうそく》や瞬間加齢なども起こせたようですね」

「レベルは三から四くらい？　結構ヤバそうに聞こえるけど」

しかし高い能力を保有していれば、学園都市から手厚いサポートを受けられるはずである。暗部連中が自ら泥沼へ落ちていこうとする考えは、ちょっと美琴達《みことたち》には理解できない。

「撮影ドローンの発火・墜落事故が相次いだ『火の玉事件』の際、家電メーカー側があらぬ罪を押し付けたようですね。大量リコールが起きれば何十億っていう損害が出るので、それを避ける工作として犯人にでっち上げられたみたいです」

「……また見え見えの手を」

「こうして明らかにされている事からも分かる通り、すでに冤罪事件《えんざいじけん》を捏造《ねつぞう》したとして企業側は民事再生法の憂き目《うめ》に遭っておりますわ。ただしそれで心の傷が癒える訳でもございません。『ファイアバグ』は動画サイトを中心に、『能力を使わなくても発火・爆発は起こせる』という危険なマニュアル動画を次々に投稿していきました。かなりの数の模倣犯も出たそうですわよ」

何ともやるせない話だが、今の『ファイアバグ』が潔白とも思えない。

企業の脆弱性《ぜいじやくせい》を糾弾するだけでなく、金を受け取って仕事をこなすように変貌してしまったのだから。

「バッテリーへの小細工は燃料や爆発物と違って派手さや確実性に欠けますが、逆に言えば事件か事故かも分からない曖昧《あいまい》な状況に持っていきやすいんですの。自己主張のための爆破や放火と違い、世間を騒がせないようひっそりやるにはうってつけなんですのね」

白井《しらい》はそこで一拍を空けて、

「……ただ、『ファイアバグ』については不審な点も多いのですわ。いったん逮捕されたものの結局は不起訴処分。さらには警備員《アンチスキル》や風紀委員《ジヤッジメント》の監視の目を潜《くぐ》り抜《ぬ》けて失踪」

「失踪、って？」

「おそらく整形手術でもしたんでしょうね。しかしそうなると使えるＩＤがなくなりますから、学園都市での生活にも苦労しますし、外壁のゲートに遮られて街の外へも出られません。まったく、自分から社会の隙間に落っこちるとは暇人の嗜好《しこう》は分かりませんわね」

元から犯罪への高い指向性があり、しかも自力での社会生活は困難。……金銭犯罪を繰り返すケースの典型例にハマっている。

「なので当然ながら、今すぐ自宅のドアを蹴破って突入する事なんてできませんわよ」

「調べるのはそっちじゃないわ」

そう言われる事を折り込んでいたのか、美琴《みこと》は半ば被《かぶ》せるように切り返した。

「黒子《くろこ》。バッテリーを使った『ファイアバグ』の事件は、普通の爆弾や火炎瓶と違って確実性には欠けるのよね」

「え、ええ。それがどうかしまして？」

「初春《ういはる》さん。喫茶店の件が『事件』だって確定しているって事は、その時の資料なんかもまとめてあるんでしょ。ノートパソコンが燃え上がった瞬間の防犯カメラの映像なんかはあるかしら」

「はあ。それはまあ、一応一通りは」

「『ファイアバグ』は事故を装《よそお》って事件を矮小化《わいしょうか》する事で捜査の目を誤魔化すのが得意な代わりに、狙った標的を確実に仕留められる保証はない。だとすれば、ヤツ自身も自分で作った仕掛けがきちんと機能したかどうか、気が気でないんじゃないかしら。自分の趣味ならともかく、人に頼まれた件ならなおさらね。……例えば、自分の目で確かめないと気が済まない、とか」

「あ」

「ヤツは現場に現れる」

美琴《みこと》はそう断言した。

「例の喫茶店と今回の裁判所。……それだと私も容疑者入りか……。念のため『ファイアバグ』が関わったのが確定してる事件を他にいくつか。その全部に顔を出している人間がいたら、そいつが『ファイアバグ』の正体よ」

12 (the_hanged_man)

だんっ!! と。

美琴《みこと》は磁力を操ってビルからビルへ、白井《しらい》は空間移動《テレポート》で断続的に。

二人とも学園都市を飛び回りながら、逃げる作業用のバンを追いかけていた。いったん目星がついてしまえば顔認識だの何だので個人の居場所を特定するのは難しくない。何より信号無視して街中を爆走している暴走車がスリップ音を響かせて右に左に尻を振っていたら、それだけで怪しいと見て良い。

「初春《ういはる》！　ほんとにナビは合っていますの⁉　あの作業バンはおそらく放火魔の移動ラボですわよ、あっあーッ！　よりにもよって水素工場の敷地《しきち》に入っていきますけれど!!」

『そっちに誘導しないとヤツのホーム、リチウムイオンバッテリー工場に突っ込むコースだったんですッ！　爆発物を専門に扱う施設なら炎に対するダメージコントロールも想定済みでしょう』

「その心は？」

『「ファイアバグ」松陸雷太《まつおからいた》の電解取引《イオントレード》があればバッテリーを使った放火も爆破もやりたい放題です。火種をばら撒《ま》かれる前に早く何とかしてくださーい!!』

相性の問題で言えばこちらの方が有利だった。

一番恐ろしいのは直接掌《てのひら》で触れられて、体内細胞をいじくり回される展開だ。白井《しらい》や美琴《みこと》は空中戦も遠距離戦もできるため、地上での取っ組み合いは避けられる。

いくつかの四角い鉄筋コンクリートの建物と、それらを結ぶ大小無数の金属パイプが歩道橋のように道路をまたいでいた。ガソリンに比べてエコだ何だともてはやされる水素燃料だが、その生産自体は全くの無公害という訳ではない。電気分解で地球のどこにでもある水を酸素と水素に切り分ける、と言葉にするだけなら簡単だが、例えばこれを川の水でやったらどうなるだろう。答えは単純、酸素でも水素でもない不純物がコンソメスープの素みたいに濃縮される。海水なら塩と砂と魚のフンが、水道水ならカルキと殺された微生物の死骸と知らなきゃ良かったその他諸々《たもろもろ》が。そうした汚染物質に対応するため、どうやったって工場には様々なオプション設備が取り付けられて大型化されていく。

空中から追いかける少女達だが、実戦現場に完全な安全地帯は存在しない。

パパパンパパン!!　と乾いた破裂音のようなものが逃げる車からいくつも響いた。

「っ!? ペンシルミサイルか何かですの!?」

「そっちは陽動よ、どさくさに紛れて大きく迂回《うかい》するように飛ばされたライトプレーン型のドローンに警戒！　バッテリーを吹っ飛ばす自爆式と近接信管の組み合わせなら接触しなくても破片の雨を撒《ま》き散《ち》らすわよ!!」

電波で操る方式なのは幸いだった。

この分野で御坂美琴《みさかみこと》が反応を取り逃がす事はありえない。前髪から雷撃《らいげき》の槍《やり》を解き放ち、次々に撃ち落としていく。

「黒子《くろこ》！　ヤツはどこに陣取ると思う!?」

「どこだって酸素と水素の塊ですから大問題ですわよお!!」

「なら、酸素でも水素でもないものをぶつけましょ」

バヂッ！　と美琴《みこと》の前髪から小さな火花が散った直後だった。

猛スピードで爆走する作業バンの真横で、圧力制御を奪われた円筒形のタンクがいきなり爆発した。中から噴き出したのはとびきり濃い茶色の何か。間違ってもクリーンな酸素や水素ではない、濃縮に濃縮を極めた廃棄物であった。

横っ腹に鉄砲水のような一撃を喰《く》らって横滑りを始める作業バンはバランスを取り戻せない。タイヤと地面の間に滑り込んだ粘液が摩擦の力を奪い、スピンを加速させたからだ。コースアウトして横転し、さらに金属製のフェンスを巻き込む格好で何度か転がって、公園の入口にあるようなU字を逆さにした太い車止めに激突して動きを止めた。

美琴《みこと》は道路の上を走る太いパイプの群れに対し、コウモリみたいに逆さに張り付いたままこう宣告した。

「無駄な抵抗はやめて出てきなさい‼　お得意のバッテリー使った発火物を振り回しても良いけど、汚泥《おでい》に燃え広がれば枯葉剤に使われたダイオキシンを生み出す事になるわ。自分の撒《ま》いた猛毒の煙のど真ん中でのた打ち回りたくなければ大人しくする事ね‼」

「うっぷ、うぇえ……。は、反応ありませんわね」

「ナマイキにも根性出して籠城《ろうじょう》するつもりかしら」

「あの、単に猛烈な刺激臭にやられて車内で気絶しているだけでは？」

「……、」

「……。」

美琴《みこと》と白井《しらい》は思わず視線を交わしていた。

嫌な空気が漂う。

ヤツが自分の足で出てこない、という事は……？

「……おねえさま、あれあのクソのやまみたいになってるスクラップからどこのだれが『ファイアバグ』をひきずりだすんですの……？」

「ほ、ほほほここはジャンケンで決めましょ公平にジャンケンで。ねっねっ目を逸《そ》らさないでほら行くわよ……あっ⁉　空間移動《テレポート》で逃げやがった‼」

13 (death)

イラついているのは美琴達《みことたち》だけではなかった。

第一学区にある学園都市汎用裁判所《はんようさいばんしょ》。被告人側の控室で悠々と時間の経過に身を任せているように見えて、実際にはメガネの女性弁護士、辻中京果《つじなかきょうか》のはらわたはとっくに煮えていたのだ。

「……まずい。まずいですよ、実際」

「何がだい？」

「『ファイアバグ』の件からボロが出そうになっているんです‼」

叫んでから、弁護士は閉じたドアの方へ目をやった。

改めて声を潜め、彼女は自分の緊張の圧をゆっくり逃がすように口を開く。

「……今度は根拠の薄い会話データの話じゃない。あれは逮捕された際、私の力で不起訴に持ち込んだ人材です。私に恩があるし、整形後は使えるＩＤがなく困窮状態に陥った彼を金で飼い慣らしてきた。分かりますか？　あれがそう簡単に捕まるとは思いませんけど、万に一つが起きたらご破算です。ホットラインから私の下まで辿《たど》られます‼　そうしたら、私はあなたの弁護を継続できなくなる。税金暮らしで勝っても負けても報酬の変わらない国選弁護人に切り替わったらどんな末路が待っているか、あなたも分かっているはずでしょう」

有罪判決が下ればこの美しい少年も破滅だ。

だが彼の表情は逆に不気味なくらい変わらなかった。

「セーフティは一つじゃない。どれかが破られてもどれかが残るよ」

「では『ファイアバグ』が破られた場合を想定しましょう。私が警備員《アンチスキル》に拘束されると外の信奉者を使った捏造動画《ねつぞうどうが》と賛同意見の件も明るみになります。三つあるセーフティの内、すでに二つが破られた事になる!!」

「……、」

「残るは例のコールドスリープの解凍交渉ですが、正直これは怪しい。誰だって無実の人間の生き死にに関わりたくはない、結論を先延ばしにしたいと考える。ここまでは良《い》い。ですが、下手するとこういう考え方もありえます。まだ生きている人間を死なせるのが忍びないなら、すでに氷漬けの被害者は死亡している事にしてしまえ。完全な暴論ですが、医師の診断書一枚あれば罪悪感を振り切る効果は見込めるでしょう」

それは最初に議論した事だった。

コールドスリープを軸に交渉を進めても、必ず裁判が潰れるとは限らない。

だからこそ波状攻撃が必要だった。直接の理由は明示できませんが、総合的に判断した結果、この裁判は維持できるとは思えません。そういう『なあなあ』の結論が欲しかった。

一点張りではこの辺りが怪しい。

そして中断されていた裁判が何事もなく再開されてしまったら、院内契《いんないちぎり》や辻中京果《つじなかきょうか》にとっては相当まずい展開にコマを進める羽目になる。弁護士とて、もはや受け取っているのは単なる金だけではない。今あるステータスは、悪のカリスマを庇《かば》っているからこそなのだ。

と、その時だった。

「……実を言うと」

「？」

「セーフティはその三つに留《とど》めていなかった。君の言った通り、何事にも万が一、もしもの展開はありえるからね。命綱の数は多ければ多いほど安心できる」

「何かまだ手はあると……？　そっ、それならそうと言っていただければ！」

今までの苦悩が嘘《うそ》だったようにパッと顔を明るくするメガネの女性弁護士。そんな現金な運命共同体に、ループホールはうっすらと笑いながらこう続けた。

「ところで、今回の件は全て君に任せていた。まあ僕は被告人であって常に監視を受ける身だから、自由に動ける訳ではなかったんだけど」

「ええと、それが……？」

「分からないかい。誰かが口を噤《つぐ》んでくれれば、大抵の事は闇に葬《ほうむ》る事ができる。疑惑だけが残り、答えの出ない状況が。疑わしきは罰せずとは素晴らしい考えだ、是非とも利用させてもらおう。最初からそういう風にきちんとセッティングしてあるから、何も心配はいらない」

言われた事の意味が分かっていれば、その弁護士はキョトンとなどしていられなかっただろう。だから辻中《つじなか》が異変に気づいたきっかけは、すぐ近くにいる美しい少年の言葉ではなかった。

逆だ。

無言、静寂、沈黙。

……ようやっと違和感を覚えたのだ。ドアの向こうが、いやに静かな事に。いいや、本来なら常についていなければならないはずの監視の目が、束の間《つかま》、奇麗に消え去っている事に。

学園都市のステータスである能力の有無など関係ない。

今、この場を支配しているルールはもっと別のものだ。

「信奉者は不特定多数。それこそ学園都市のどこにでもいる」

躊躇《ちゅうちょ》なくドアノブが回った。

外から作業服を着た男達が数人入ってきた。

「そしてこの裁判を完全に止める方法は単純明快。現行の裁判制度では被告人に必ず一人は弁護士をつけなくてはならない。逆に言えば、数を減らせば裁判の流れは止まる。つまり、だ」

あまりにも予想外過ぎて、思考に空白が生じたのだろう。

真正面から粘着テープで口を塞がれてようやっと恐怖が追い着いたのだろうが、もう遅い。

まるで引っ越し業者の梱包《こんぽう》のように手足の関節を折り曲げられ、粘着テープで縛られていく。

ワゴンの上に乗せた樹脂製のボックスに詰め込まれながら、彼女の目は大きく見開かれていた。

それは仲間を見るような目ではない。ここにきて、辻中京果《つじなかきょうか》は基本中の基本を思い出したのかもしれない。院内契《いんないちぎり》が何者なのかを。

人の命など何とも思わない。

そんな凶悪犯は言った。

「君が消えれば、解決する」

14 (temperance)

嫌な感じがした。

『ファイアバグ』と呼ばれる発火物の製作者を捕まえて、ようやっとあの弁護士、辻中京果《つじなかきょうか》が一線を越えた行いをしていた事を暴けそうな、その矢先。こちらが摑《つか》んだ切り札が紙屑《かみくず》に変わっていくような、奇妙な焦燥感。

「……初春《ういはる》のヤツ、捕まりませんわね。あのハイテクフリークが自分からモバイルの電源を切るとは思えませんけど」

「裁判所だし、色々禁止区域もあるんじゃない？」

ほんの数時間の取り調べで『ファイアバグ』が全て自供するなんてハナから期待していない。鍵となるのは松陸雷太《まつおからいた》が持っていたモバイルだ。初春《ういはる》に調べさせて弁護士との繫《つな》がりを見つける事ができればトドメを刺せる。

それは、凱旋《がいせん》のはずだった。

なのに裁判所へ近づいていくにつれて、美琴《みこと》は自分の心臓が気味の悪い鼓動を膨らませていくのを確かに感じていた。無線充電ステーションのマットの上で身を伏せている四本脚の装甲ロボットの横を通り抜けながらも、

「なに……なんか、向こうの方、ざわついてない？」

「もうこれ以上のトラブルはごめんですけれど」

願っても事実は変わらない。

結論はこうだった。

『落ちたってよ!!　屋上からだ!!』

『押さないで、どいて!　救急車を通してください!!』

『……このタイミングで弁護士が自殺かよ。この裁判どうなってんだ……?』

ざわざわとした音の塊が人の声として認識できた途端、その悪意の塊に直接頭をぶん殴られたような気分になった。

弁護士。

この場合、思い浮かぶのは一人しかいない。

ここで辻中京果《つじなかきょうか》の名前を出さないとしたら、よほどの大物かただの馬鹿だ。

「ちょっと待ってよ、冗談でしょう!?」

美琴《みこと》が叫んでも時間が戻る訳ではない。担架を積み込んだ救急車が派手なサイレンを鳴らして敷地《しきち》の外へと飛び出していく。

まだ無事なのか、もう手遅れなのか。それすらも確認できなかった。

「何が起きたっていうの……?　まさか私達が追い込み過ぎたからプレッシャーに負けて……?」

「あの女がそんな繊細なタマとは思えませんけれど」

先ほどから初春《ういはる》と連絡がつかなかったのも、こちらの混乱で手一杯だったからか。

裁判所の中に入る。

こんな時までいちいち金属探知にグリッド状遠赤外線の体温コントロールを受ける。平素は些細《ささい》な変化でも、焦《あせ》っている時は想像以上にイライラさせられた。ある意味でテロリストを炙《あぶ》り出《だ》すには確かに効果的なのかもしれない。

屋内では腐っても司法機関だからか、多くの人達がバタバタ走り回っていた。とはいえやはり管轄の問題なのか、検察官が直接乗り出すのではなく警備員達《アンチスキルたち》が現場検証に出向いているらしい。

『自殺で決まりか？』

『分からん！　近々の書類を引っ張り出せ。これから筆跡鑑定だ！』

筆跡、という言葉が引っかかった。

美琴《みこと》は行き来の邪魔にならないよう柱へ寄り添うように背中を預けて、

「……つまり手書きの何かが屋上に残っていたって事かしら。例えばその、遺書とか」

「それがほんとに辻中《つじなか》とかいうあの弁護士が書いたものかはまだ分かりません。むしろ、追い詰められた院内契《いんないちぎり》が次の手を打ってきた、と考えた方が妥当と思われますけれど」

『ファイアバグ』を捕まえた事で追い詰められるのは、あくまでもあのメガネの女性弁護士であって院内契《いんないちぎり》本人ではない。辻中京果《つじなかきようか》が口を噤《つぐ》んでしまえば、『ファイアバグ』から芋づる式にてっぺんまで釣り上げるのは困難になる。

それどころか、

「偽装がチャチならチャチなほど、逆にまずい展開になるかもしれませんわ」

「黒子《くろこ》、それってどういう事？」

「わたくし達は『ファイアバグ』を捕まえて、辻中《つじなか》との繋《つな》がりを吐かせる段階まで漕《こ》ぎ着けました。ですが弁護士周辺の情報全部が『自殺だったと誤認させるための罠《わな》』と疑われたら？　せっかくわたくし達が正しい情報を持ち込んでも、被害者の弁護士にとって不利になる証言・証拠は全て怪しいと疑われるのではなくて？」

苦労して一粒の砂金を見つけたのに、その上からダンプで大量の土砂を被《かぶ》せられたような気分だった。手の中にあったはずの真実が、後追いの嘘《うそ》にまみれて価値を失っていく。これまで重ねてきた努力の分だけ疲労感がのしかかってくるが、立ち止まってはいられない。ここはまだループホール・院内契《いんないちぎり》の掌《てのひら》の上だ。

「逆に言えば、あの凶悪犯も自分の片腕を犠牲に捧《ささ》げるくらいには追い詰められていたって事よね？」

「お姉様……？」

「ループホール、法の抜け穴。大胆な手口を使って出し抜いたつもりかもしれないけど、実際には逆なのよ。院内契《いんないちぎり》だって何の意味もなくこんな綱渡りに挑戦しようとは思わなかったはず。もちろんその瞬間を押さえられたら、犠牲は出さずに済んだかもしれなかったけど……」

ループホールはこの厳重な監視下でも『やれる』事が明らかになった。弁護士の件は悪党同士の内輪揉《うちわも》めかもしれないが、次の標的がどこの誰になるかは分からない。次は証人か、裁判員か。いいや、もう被害は出させない。美琴《みこと》は決意を新たにしていく。

残るハードルは何だ？

院内契《いんないちぎり》は、捏造動画《ねつぞうどうが》を使った世論誘導も一時保管室の小火騒《ぼやさわ》ぎも全部弁護士の独断による暴走だった、で区切りをつけようとしている。搬送された辻中京果《つじなかきようか》が回復するかどうかは未知数だが、少なくとも今すぐ証言が取れる訳ではない。『ファイアバグ』から追い詰める方法はいったん脇に置くしかなさそうだ。

「まだ終わっていない」

美琴《みこと》はそう搾り出した。

「あの弁護士、辻中京果《つじなかきようか》は私が証拠品の一時保管室に踏み込んだ時点で証拠品に細工をされた恐れが出てきたなんて言っていたけど、全ての証拠品はビニールでパッケージされているんだもの。袋を開けたか否《いな》かなんて精密検査ですぐに証明できる。あの小部屋を全焼できなかった時点で、ループホール側はすでに破綻が始まっていたんだから」

『ファイアバグ』から弁護士を追い詰める方法以外で、あの凶悪犯をどう追い込む？

ヤツのアキレス腱《けん》はどこにある？

……考えてみれば、原点回帰するしかなかった。

一番初めのハードルは、そもそも逃げも隠れもしないで目の前にそびえている。

「コールドスリープの解凍だわ……」

裁判は継続できる。

そう考えてみると、やはりここにぶち当たる。

「……ループホール・院内契《いんないちぎりぬ》抜きで氷漬けにされたあの子を助け出す。朝霜冴美《あさじもさえみ》の問題をクリアできれば、裁判を続けるか打ち切るかの風向きを大きく変えられるはずよ」

15　(the_devil)

一番怖いのは、何もできない事だ。

今や無味乾燥な四角い箱にしか見えない控室に一人ぽつんと取り残されたまま、全身ぴっちぴちのラバースーツに身を包んだ佐天涙子《さてんるいこ》は重たいため息をついていた。

壁掛け時計を眺めたのは何度目か。

暇を見つけるととりあえず携帯電話をいじくる、という癖が裏目に出た。位置情報がどうたらこうたら大変なのは分かるのだが、いつもと同じリズム、サイクルを守れないというのは地味に重圧を与えてくる。こんな事なら検察官にすぐモバイルを返すんじゃなかったと思う。

暇を潰せず、空いた時間を持て余す。

テレビを点《つ》けてもこの時間帯はワイドショーばっかりだ。気が滅入《めい》るような事件ばっかり並べ立てる悪趣味な番組の中に、自分も関わった案件が大映しにされている。証言者の顔や名前こそ出ないものの、間にあるのはまるで薄皮。いつ何の間違いで情報が表に出るか分からない、そんな想像を頭に巡らせるだけで息苦しくなってくる。

コンコンコン、と表から控えめにドアがノックされたのはその時だった。

例のわんこ検察官だろうか。

こんな状況を作った張本人に近い立ち位置の人物だが、とにかくこの窒息しそうな空気をどうにかしてくれれば今は誰でも構わない。佐天《さてん》はドアの方に向けてこう声を掛ける。
「はーい。今開けま
『ダメです‼　そのドア絶対開けないでッッッ‼‼‼』

ビクッと少女の肩が震える。

訳が分からずに体を強張《こわば》らせている佐天《さてん》をよそに、現実の時間は進む。

何かがひっくり返るような振動が薄いドアの向こうから響き渡った。誰かと誰かが取っ組み合いでもしているのか。あるいは逃げようとしているのを取り押さえているのか。

全く聞き覚えのない、野太い男の声が響いていた。

『うるせえなっ、離せ、離せよ‼　ホードーの自由の侵害だ！　オレぁニュースフォームの管理人だぞっ、ふざけんな、テレビの時代なんか終わったんだ‼』

『早くこの人を連れて行って。早く‼』

『ムキんなってんじゃねーよ、いちいち熱くなってバカじゃねえの？　お前らのオーボーもきちんと書いてやっからなあ‼』

意味不明で、支離滅裂。

もしも無警戒でドアを開けていたら、どうなっていただろう……？　カメラやマイクを向けられて質問攻め、では済まなかったような気がする。深夜にいきなりインターフォンが鳴ったかと思ったら、魚眼レンズの向こうに包丁を手にした男が待っていた。そんなのと同種の恐怖心がじわじわと指先から這《は》い上《あ》がってくる。

まな板の上に載るとは、こういう事なのだ。

もちろん今の連中が根っからの悪人とは思わない。しかし一方で、おそらく彼らはもう佐天《さてん》涙子《るいこ》を同じ街で暮らしている命を持った人間だなんて思っていないのだ。『話題性』という記号としてしか見ていない。ボーナスポイント感覚で他人の人生を奪いに来る群衆。まるで生きたまま自分の臓器が一つ一つ競《せ》り落《お》とされていくのを眺めるような気分にさせられる。

ややあって。

もう一度、抑えめなノックがあった。

しかも今度は鍵のつまみが勝手に回ってしまう。

「ッ!!」

「はあ、何とかなったようね……って待って待って!!　そのフロアスタンドゆっくりと下ろしてっ、ゆっくり!!　ねっ？」

ドアの隙間から顔を出したわんこ検察官の頭を危うくかち割るところだった。

佐天《さてん》はモップくらいの長さの照明器具を握る手から力を抜こうとして、

「あ、れ……？　指が固まって、取れない」

「ああもう」

死後硬直みたいにびくともしない指先を、小さな検察官が一本一本引《ひ》き剝《は》がしてくれた。

彼女も彼女でゆっくりと息を吐いてから、

「……機を見計らって部屋を移りましょ。人は排除したけど、彼らがどさくさに紛れてウェブカメラなどを通路に残していった可能性があるので。一通り除染を行わないとね」

「そんな、そこまでしなくちゃいけないんですか……？　だってあたし、悪い事なんか何もしてない！　安全な裁判所で一言二言話をすれば済むって、それだけの事だったはずなのに!!」

「もう少しだけ頑張って。院内契《いんないちぎり》に有罪判決を下して、ループホールが起こした一連の事件に決着をつけなくちゃならないの」

「それがあたしの人生にとってどんなプラスになるっていうのよ!!」

言ってて自分で涙が出るほど情けない台詞《セリフ》だった。

だけど知らない間に人生丸ごとポーカーテーブルにぶん投げられているのだ。得体のしれないギャンブルで負ければ全部失うかもしれないのに、勝っても何も得られない。正義、義務、達成感？　形のないもののために、こんな話を続ける方がまともではない。

「どうやったら耐えられるの……」

被害者の無念を晴らす。

次の犠牲を未然に防ぐ。

言葉で言うのは簡単だが、そのなんと薄っぺらな事か。今の佐天《さてん》は嵐の海で揺さぶられる小船だ。錨《いかり》を下ろして必死に耐えたいところなのに、錘《おもり》が軽過ぎてどこまで流されるか分かったものではない。

「……一体何を支えにしたら良《い》いのよ」

子犬のように小さい検察官も、ゆっくりと息を吐いた。

それから彼女はこう言った。慣れない敬語を放り捨てて。

「佐天《さてん》さん。何も特別な事をする必要はないんだよ」

奇麗ごとだ。

薄っぺらなその言葉に、佐天《さてん》は見捨てられたような気分になった。

「二本の足で立つ事に勇気は必要かな。お箸を握ってお茶碗《ちゃわん》を摑《つか》む事は飽きるかな。当たり前と思う事をただ行う。それが社会の平和を守る。そう考えれば、怖いのも緊張するのも吹き飛んでくれるはず」

「こっちは……命も、人生も、全部狙われているんですよ」

「それでも、だよ。たとえ溺《おぼ》れていたって空気を求める事はやめない。火事で辺り一面煙で包まれたって息は吸って吐くもの。緊急を要する事態だからこそ、いつもと同じ事をするの。決してブレずに、毅然《きぜん》とした態度で」

それができたらどんなに素晴らしい事だろう。

だけどもう喉元まで刃は迫っている。

ループホールや信奉者だけではない。社会全体が面白半分でこちらの抱えている持ち物を奪っていこうとしている。

結局、分からないのだ。

政府行政の手で手厚く守られている検察官には、裁判所を出れば一人ぼっちで学生寮に帰り、暗い夜を震えて堪えるしかない佐天《さてん》の気持ちなんて理解できるはずもないのだ。判決が出るまで保《も》てば良い。その後の人生なんて知った事じゃない。証言者なんて使い捨ての部品でしかなかったのだ。

「佐天《さてん》さん」

そう思っていた。

しかし、だ。

「実を言うと、検察官ってドラマで観《み》るほど格好の良い仕事じゃないんだ」

ふと、わんこ検察官がそんな風に言《い》った。

これまでの奇麗ごととは、何かが違った。

「事件を捜査して犯人を逮捕するのは警備員《アンチスキル》や風紀委員《ジャッジメント》のお仕事。私達は、その後始末のような裁判をするだけ。もちろん必要な資料は一式揃《そろ》えるけど、日本の裁判は起訴されたらその時点で高確率で有罪が決まったようなものだもん。そんなに手に汗握るような職場じゃない。……一部の経済事件なんかは検察が特捜部を設置する事もあるけど、それだって大金星なんかほとんどない。大抵の場合は不起訴処分、ただし理由は明らかにせず。そんなのばっかりだよ」

「……だからあたしの事も守れないって言うんですか」

ほとんど投げやりな佐天《さてん》の言葉に、検察官は首を横に振った。

否定したのだ。

「なら、どうして私達はこんなままならない職場に留《とど》まっていると思う？　さっさと辞めて探偵業やシンクタンクに再就職しないんだと思う？」

一歩だけ、わんこ検察官は佐天《さてん》から距離を取った。

自分の体全体を、改めて少女の視界に収めるために。

「……？」

「当たり前と思っている事を、当たり前に行うため。そうする事が、世の中の安定を保って平和に繋《つな》がると信じているから」

ゆっくりと。

小さな検察官リクルートスーツの内側、白いブラウスの裾に手を掛けたのだ。そのまま上にめくり上げ、おへその辺りを佐天《さてん》にさらす。

ひきつったような、刃物の傷跡があった。

思わず佐天《さてん》は息を呑《の》んだ。

職業的な敬語を外したのは、そこからさらにもう一歩踏み込んできてくれた証だったのだ。

……検察官だから犯罪者から命を狙われない。そんな理屈は通じなかったのだ。いいや、一回限りで元の世界に戻れる佐天《さてん》と違って、わんこ検察官は今までも、これからも、ずっと事件と関わっていく。自分が起こした訳でも目撃した訳でもない事件に首を突っ込んで、様々な恨みや興味を引いていく。

「それでも私は生きている」

見た目とは全然違った。

何度も何度も修羅場を潜《くぐ》り抜《ぬ》けてきた検察官は、真《ま》っ直《す》ぐ佐天《さてん》の目を見て断言したのだ。

「今まで積み重ねてきた私の『当たり前』が、保証します。佐天《さてん》さん。あなたの命は、人生は、こんな所で奪わせたりはしない。すでにその道は通ってきたから、私にはそれが断言できる。

いきなり刺された事はあった。車に爆弾を取り付けられた事だって。それでも、これまで証言者を消される失態だけは一度もなかった。みんなが一丸となって作ってきた『当たり前』は、ループホールなんかに壊させたりしない。その重みが、蛮行を萎縮させる最大の武器になると分かっているから」

「……、」

「そして次の協力者にも、その次の証言者にも同じ事を言うために、私は絶対に折れる訳にはいかないんだよ。佐天《さてん》さん、あなたを無事に帰して、私は次の事件へ向かう。だから後悔せずついてきてほしい。この事件には、あなたの協力が必要なんです」

おそらく、ひょっとしたら。

この検察官にとっては、初めての経験ではないのかもしれない。

前の事件でも、その前の事件でも。同じような人から同じような問いかけをされてきたのかもしれない。そしてその都度同じように答え、同じように事件に終止符を打って、そんな事をずっとずっと積み重ねてきたのかもしれない。

犯人を逮捕するのは警備員《アンチスキル》や風紀委員《ジャッジメント》だ。

判決を言い渡すのは裁判長だ。

正義の執行者でありながら、検察官にはどこにも晴れ舞台がない。エリート揃《ぞろ》いというイメージだけは先行していても、実際にはその顔なんて誰も知らない。だけど、そんな検察官の道を彼女は歩いてここまで来た。時には見知らぬ人間から刺され、撃たれても。決して自分の仕事を曲げずに今日この瞬間まで。

ずしりという重みがあった。

嵐に翻弄される小船をしっかりと支える、錨《いかり》の重さが確かにあった。

「どうして、そこまでできるの……？」

ぽつりと洩《も》らした佐天《さてん》の言葉に、わんこ検察官は顔色を変えなかった。

もしかしたら、それさえも。

すでに何度も何度も繰り返してきたやり取りの一つに過ぎなかったのかもしれなかった。

「当たり前の事をするのに、理由なんかいらないから」

16 (the_tower)

情報をまとめよう。

美琴《みこと》は裁判所のロビーにある柱へ背中を預けながら、

「……お抱えの弁護士がいなくなったって事は、代わりとなる人を呼びつけてくるはずよね」

「車でこちらへ向かっている国選弁護士が到着してしまえばそれまでですわ。予期せぬ出来事の連続でプロの裁判官も民間から選ばれた裁判員も及び腰です。ネガティブな前例を作りたくないのでしょうね。今のままだと、そのまんま丸投げ、打ち切り状態の『免訴』で決着もありえない話ではありませんわ」

有罪か無罪かもはっきりさせずに打ち切り。上告もない。そう聞くと確かに丸投げのような印象もあるが、一方で免訴には既判力が存在する。つまり一事不再理が適用されるので、決まってしまえばもう院内契《いんないちぎり》がコールドスリープ殺人で罪に問われる事はなくなる。永遠にだ。

「で、でも、そしたらループホール……院内契《いんないちぎり》は大手を振って外を歩き回るって事ですよね。あの人にとっては完全犯罪のレコードにキズをつけられた訳で」

顔を青くした初春《ういはる》の言葉に、美琴《みこと》も重たい息を吐く。

最悪を乗り越えるためには、問題から目を逸《そ》らす訳にもいかない。

「ヤツが抱いているのが憎悪《ぞうお》にしても興味にしても、そのきっかけを作った佐天《さてん》さんに危険が及ぶ可能性が極めて高い、と」

美琴達《みことたち》は、この流れを止めたい。

それが最優先。

「コールドスリープからの解凍で必要なのは、速度の調整です」

初春飾利《ういはるかざり》は携帯端末をいじくりながらそんな風に言った。

「液体から固体に、固体から液体に。この過程で物体の体積も変わる訳ですから、細胞の中と外の誤差が大きくなれば大きくなるほど細胞が破裂してしまう確率が上がります。つまり、急激な変化は厳禁という訳です」

「なら逆に、ゆっくりじわじわやれば問題ない訳？」

「その場合も問題アリです。解凍作業が遅過ぎる場合は、単純に息を吹き返した血肉が寒さに耐えられず凍傷などを起こす確率が上がります。氷点下何十度という環境に、裸のまま放り出される訳ですからね」

細胞が壊れない程度にゆっくりと、それでいて凍死しない程度に迅速に。

何事も適温適量と言ってしまえばそれまでだが、実際に担《にな》う側としてはこれほどアバウトで面倒な注文もない。

多過ぎても少な過ぎても命にかかわる。まるで大気圏への進入角度の問題だ。

「また、実際に難しいのが人間一人分の体積をくまなく、一律、均等に溶かしていく作業です。普通の四角い氷をテーブルに置いておくと、外からじわじわ溶けて角が丸まっていくでしょう？　あれではダメという事ですね」

「ふむ……」

「戦闘機のパイロットは強烈なGの中でも頭へ血液を回すよう、太股《ふともも》を締め付けて足に回る血液を遮断するみたいですね。全身の解凍にむらが生じると、それと似た効果が生まれます。水の入った袋をぎゅっと外から押すのと同じで、中の圧力……血圧が急激に上昇するんです。こうなると命にかかわる事態になります」

ここまででもう難題だ。

実際、コールドスリープは肉体を凍らせるより溶かす方が問題なのである。

「これを回避するにはＣＴやＭＲＩなどで精密な輪切りの写真を撮って、内臓、脂肪、筋肉、骨格などの正確なマッピングが必要になるでしょう。図面さえあれば、各部位に合わせて精密に加熱・解凍していけますよ。もしも、そんなものが手に入ったらですけど。氷漬けのあの状態で精密検査が成立するかどうかは未知数です」

その上、

「例の、背中の傷の問題があります」

まさに山積み。

初春《ういはる》は携帯ゲーム機に似た携帯端末を使って情報を眺めながら、

「左右の肩甲骨《けんこうこつ》の間から、尾てい骨の辺りまで縦一直線に深い切り傷があります。仮に順調にコールドスリープを解いていくと、この傷もまた開いてしまいます。出血多量は避けられません。解凍前の凍結段階で縫合や輸血などの対策を練る事も不可能です」

「……、」

「ここでもさっきの血圧の話が出てきますね。今度は逆に、全身から血が抜ける事で急激に血圧が下がっていきます。いわゆるショック症状を誘発する事になるでしょう」

ここで、問題はダブルスタンダードに枝分かれしていく。

コールドスリープを解凍しなければ少女は死ぬ。

だがコールドスリープを解凍すれば少女は死ぬ。

「ループホールはこの知恵の輪に答えを用意している。それは何かしら。生理食塩水ベース、わざわざコールドスリープ環境を整えたのはどうして？　単に凍った状態でリミットを設けるためだけだったのか。ただ凍らせるだけで満足せず、念を入れて背中に傷をつけたのは？　ループホールは、一体どんな展開を恐れているというの……」

「それ、なのですが」

と、その時だった。

今の今まで口を噤《つぐ》んでいた白井黒子《しらいくろこ》が、おずおずと喉を震わせて声を作ったのだ。

「……お姉様。ループホール・院内契《いんないちぎり》の発言に頼り過ぎてはいないでしょうか。自分なら氷漬けの朝霜冴美《あさじもさえみ》を助けられるという前提は、ヤツの証言以外に具体的な根拠はありません。もしかしたら、ヤツ自身にも救う方法はないのかもしれませんわ」

「えっ、でも、だって。そこがあいつの生命線でしょ。リミット付きの氷漬けの少女を助けられないなら、そもそも裁判を早々に打ち切る必要がなくなる訳だし」

「一事不再理の原則が、どの時点で発生するかにもよりますわ。自由の身にならなければ朝霜《あさじも》冴美《さえみ》を助けに行けない、というお題目ですから、つまり、まず裁判を打ち切ってから難題に挑戦するつもりなのです。言い換えれば、氷漬けの少女が助かろうが助かるまいが、すでに裁判は終わっていますわ」

「そんなの！　約束を守らないなら裁判所へ身柄を突き返してやれば良い‼」

「言ったでしょう。一事不再理。どんな理由であれ、いったん結論の出た裁判はやり直しできません。これは有罪無罪はもちろんとして、結論を出せずに途中で裁判を打ち切られた免訴であっても適用されます。理屈の上ではですけれど」

「つまり……ブラフであっても構わないって事？」

「裁判官なり裁判員なりがプレッシャーに負けてしまえば」

白井《しらい》は息を吐いて、

「あれだけ散々振り回してきた相手です。仮にコールドスリープ解凍に失敗して朝霜冴美《あさじもさえみ》を死なせてしまったとしても、その辺にいる人間を指差してこう叫びますわよ。理論は完璧だったのに周りがヘマをした。だからこれは僕の責任じゃない、とかね」

それではメチャクチャだ。

何も持たない、何も知らないずぶの素人《しろうと》がしたり顔で囁《ささや》くだけで、本職の専門家達がいとも簡単に振り回される。世の中の仕組みが壊れていく。法の抜け穴を指摘するよう不可解な事件を次々起こし、社会システムの不備に憤《いきどお》るよう大衆を煽《あお》る凶悪犯、ループホール。院内契《いんないちぎり》の悪意が極まっていた。

「院内契《いんないちぎり》の最初の発言がすでにブラフなら、わたくし達はかなり初期の段階から迷いの森に踏み込んでいた事になりますわ。いったん間違った方へ枝分かれしてしまった先をどれだけ探しても、この問題には答えはない。分岐の先がいくつあっても、その全部を見て回っても。氷漬けの朝霜冴美《あさしもさえみ》は、最初から誰にも救えない。見た目の時間が止まっているから分かりにくいだけで、すでに死亡しているものとみなすべきなのかもしれません」

「……、」

確かにそうなら、話は早い。

院内契《いんないちぎり》の交渉材料が存在しないなら、その時点で裁判は速やかに元の軌道へ戻るだろう。ネットで広まる冤罪説《えんざいせつ》、証拠品の一時保管室の小火《ぼや》騒《さわ》ぎもあるにはあったが、単体で裁判を止めるほどの効力はない。一番大事なのはどう考えたって人の命だ。ここの枷《かせ》さえ外れてしまえば、後は雪崩《なだ》れ込《こ》むように状況が動いてくれるはず。

ただし、

「……でも待って。それはブラフが前提の考え方よね。本当に院内契《いんないちぎり》が氷漬けのあの子を助け出す方法を知っていたとしたら？」

「お姉様……」

「その場合は助けられるはずだった人間をそのまま見殺しにする羽目になる。他の誰でもない、私達の手で！　結論を急ぐ前に、やっぱり考えてみるべきよ。ループホールの手でできるかどうかじゃない、自分なりのパズルの答えを‼」

「あるかもしれない、できるかもしれない。他の人には思いつかなくても、自分だったら。その希望がすでにループホールの術中なんですのよ。だって希望にすがる方が簡単でしょう？　目を覆いたくなる真実から逃避するにはちょうど良《い》いでしょう⁉」

白井《しらい》はわざと大きな声で、威圧的に言葉を被《かぶ》せていく。

崖に向かっていく知り合いを必死に呼び止めようとするように。

「確かに今の司法制度では氷漬けの朝霜冴美《あさじもさえみ》の死亡確認は取れませんわ。死の定義は心停止ではなく脳死、脳の主要な機能が停止し二度と戻らなくなった状態を指します。冷凍睡眠で見た目の時間を『止めて』保存されている被害者は、つまり結論を先延ばしにしている状態になります」

「なら……ッ」

「ただし忘れましたの、そもそもループホールは法の抜け穴、現行法ではジャッジのできない事件を作って喜ぶ変態なのだと！　脳死ベース説では定義のできない死体を世に投げ込む事がヤツの目的かもしれないんですのよ⁉」

「ダメよ黒子《くろこ》、どっちが逃げているかはまだ分からないわ。だってそれを言ったら、助ける方法はないと諦めてしまうのだって気が楽でしょう⁉　これから生きるか死ぬか、完全無抵抗の被害者の命を抱える重圧に囚《とら》われるんじゃない、すでに最初から死んでいた事にしてしまえば、自分で選択する怖さから逃げられる。朝霜冴美《あさじもさえみ》っていう肩の荷が下りる！　何を選んでもダメだったって事にしてしまえば、ただただ無責任な憎しみをループホール一人にぶつければ良いだけなんだから！　すでに死んでしまったと諦める事でもメリットは発生するのよ‼」

「お姉様！　目を曇らせてはなりません‼」

「黒子《くろこ》！　選択の恐怖から目を逸《そ》らすな‼」

至近距離で、ほとんど噛《か》み付《つ》くような格好で睨《にら》み合《あ》う。

美琴《みこと》も白井《しらい》も、間違った事は言っていない。そもそも彼女達は善と悪に分かれて対立するような関係ではない。

悪いのはループホール・院内契《いんないちぎり》だ。

だがその世界一信用ならない相手の発言を信じるか否《いな》かで、本来ならば必要のない負の感情が激突を始めていた。

二人の少女は互いに背を向ける。

「……わたくしは検察官や裁判官と話をつけてきますわ。どうか愉快犯のゲームに屈する事なく強い心でもって公正で平等な裁きを下しますように、と。お姉様の妥協案が通ってしまうと、ありもしない救いに気を遣って犯罪者との取引が始まりそうですし」

「私は大学病院の方に行ってみる。黒子《くろこ》の強硬策がそのまま通ると、死んだ事にされたあの子のスイッチが切られるかもしれないから」

それっきりだった。

間でおろおろしている初春《ういはる》を放って、美琴《みこと》と白井《しらい》はそれぞれの決めた道を行く。

彼女達は、お互いを信じていない訳ではない。

信じているから、激突できる。

人の命がかかっている以上は気を遣って出し惜しみなんてしていられない。何がどう転がっても、最後には一番の結論に辿《たど》り着《つ》けるよう、少女達は互いの意見をぶつけ合っていく。

17（the_star）

御坂美琴《みさかみこと》は一人で第一学区を走り、ステンレスでできた蛇腹状の検問ゲートを動かしている警備員達《アンチスキルたち》から怪訝《けげん》な視線を受けながらも地下鉄駅へ飛び込む。そのまま第二学区の大学病院までやってきた。

彼女だけだと風紀委員《ジャッジメント》という肩書きは使えなくなるのだが、一度人脈ができてしまえば信頼は継続するようだった。特にガードマンなどに止められる事もなく、彼女は一般患者や見舞客は立ち入らない、奥の奥へと踏み込んでいく。

ドアはノックしたが、気づいていないのか。

白衣の少女、朝霜芽吹《あさじもめぶき》は誰もいない研究室で椅子にも座らずに立ち尽くしたまま、冷凍処置室の分厚い銀色の扉と向かい合っていた。

「……リミットまで三時間を切りました」

ぽつりと、そんな言葉があった。

「仮に犯人が正しい解凍方法を知っていたとしても、手続きその他諸々《もろもろ》の準備を考えれば、もう間に合わないでしょう。これで正しいのかもしれませんね。学園都市は、いかなる理由があっても犯罪者とは交渉しないという姿勢を世界に示した訳ですから」

「ループホールを待つ必要なんかないわ」

そもそも院内契《いんないちぎり》は正しい解凍方法など知らない可能性さえ浮上しているのだ。

「今ならまだ間に合う。誰かや何かを待つのでなく、今ここで始めれば!! あなただって救える技術や設備に囲まれながら、何もしないで指を咥《くわ》えているのは嫌でしょう!?」

「ですが、どうやって……？」

ようやっと、一四歳の大学教授は振り返った。

ゆっくりと。

泣いているような笑っているような、ぐずぐずに壊れた表情があった。

「ヒロイックに感動的に、家族のために姉妹のために全力を出せたらって思いましたよ！ アルバムを眺めて日記を読んで思い出を反芻《はんすう》して絶対に失いたくない誰かがいるって事を胸に刻みつけようともしましたよッ!! ……でも、罪に問われるんです……。挑んで試してほんのちょっと坂の上から鉄球を押したら、もう戻れなくなる。失敗したら私は人殺しとして手錠をかけられるんですッ!! 怖いに決まっているでしょう、そんなの。舌は固まって、指は震えて、どんなに奇麗ごとを並べたって『現実』ってヤツは揺るがない！ 事情があるからって壁の高さを低く抑えてくれる訳じゃあない‼　どうしろって言うんですか。いっそ私の命と引き換えにあの子が助かるなら、失敗したらそこで私が死んでぷっつり途切れるなら、躊躇《ちゅうちょ》なんてしなかったのに‼　失敗して転落して底の底を這《は》いずって、それでも人生が終わらないなんて話になったら怖いに決まっているじゃあないですかッッッ‼‼‼」

それは決して美談ではなかった。

本来誰もが守るべき家族の絆《きずな》を、即物的なリスクと天秤《てんびん》にかけるような醜い話だった。

だけど、美琴《みこと》はこう思う。

……この人は、悪い人じゃない、と。

刻一刻とリミットの迫るこの瀬戸際《せとぎわ》で、まだ体面を気にして心にも思っていない美辞麗句を並べ立て、無駄に時間を浪費させ続けるとしたら、そちらの方がよっぽど問題だ。朝霜芽吹《あさしもめぶき》は時間の価値を理解している。だから全てかなぐり捨てて本音をぶちまけたのだ。一分でも一秒でも、決断するための時間を大切に扱うために。

気にしていない訳がない。

大切な妹を助けたくないはずがない。

長々とした言い訳は、自分自身でも本音を覆い隠そうとする防御行動に過ぎない。そして白衣の少女は氷漬けの妹を見捨ててリスクを回避する正しさについて、延々と講釈を垂れていた。それだけ言葉を並べながら、実際には諦める決断もできずに足踏みしていた。後ろ髪を引かれて、歯を食いしばって。逆に言えば、それだけ理論武装しなければ見捨てる選択肢を並べる事はできなかった。いいや、理路整然と話をまとめても、心の奥の奥、魂の部分が絶対に納得できなかった。それは前述の無駄な行為とは違う。耐えて、命を守ってきたのだ。

それなら自分がやるべき事は何だ。御坂美琴《みさかみこと》は自問自答する。

朝霜芽吹《あさじもめぶき》の口から溢《あふ》れ出《で》た醜い言葉について糾弾を始めるなど愚の骨頂。それでは問題の本質をまるで理解していない。今、本当に必要な言葉はそんなものではない。

思い出せ。

ここに来るまでかき集めてきた情報の全てを並べ立てろ。

きっとみんなで笑える結末に繋《つな》がる鍵があるはずだ。

「……氷漬けの妹さん、朝霜冴美《あさじもさえみ》を助ける方法はない。だから諦めるしかないのよね？」

「何を……？　いちいち確認するような事ですか」

「言質《げんち》は取ったわよ。逆に言えば、きちんと助ける方法さえあればあなたは妹を見捨てない、何があっても！　自分の口で言った事くらいは守ってもらうわよ‼」

さあ、『答え』を示せ。

長々とした言い訳などいらない。本当にやりたい事を、朝霜芽吹《あさじもめぶき》の胸から引きずり出せ‼

18（the_moon）

「できない……」

白衣の少女は呪うような低い声を出した。

それはすぐにひび割れた叫びへと変化していく。

「……そんな都合の良い選択肢なんかある訳ないッ!!　コールドスリープの解凍は製氷機の四角い氷をその辺に放《い》り出すのとは話が違う。体組織を壊さずに取り出す方法なんて皆目見当もつきません!!」

「本当にそうかしら」

むしろ、美琴《みこと》は挑みかかるようにこう切り返した。

「できない、できない、ある訳ない。全体を評してそう結論づけているけど、そのせいで私は何ができないのか、どこがある訳ないのか、ハードルの数や種類も分からない状態なのよ。そのところを説明する気はないのかしら」

「言っても分かりませんよ……」

「自分で決めた結論を覆《くつがえ》されるのが怖いの?」

「外からストーブやドライヤーで氷に熱風を浴びせれば済む話じゃないんです!　熱の伝わり方は骨格、筋肉、脂肪、臓器、それぞれで違います」

「それが本当に専門家の言葉?　私はもう答えを見つけているわよ。素人《しろうと》なんかの意見に屈服したい!?」

「ええ、ええ。遠赤外線を網の目のように放ってグリッド状に熱を通す機材は確かにあります。例えば金属探知機のゲートについている、不眠兵器をダウンサイジングさせた不審者探知とか。ドットで塗り絵を描いていくように、人体各所へ細々と調整した熱を与えていく事もできるでしょう。ですが『図面』がないんです。それだってあの子の、朝霜冴美《あさじもさえみ》の『図面』がなければどうにもならない‼」

「……グリッド式なんてオモチャがあるなら話は早い。現物はどうする？　この研究室にもあるのかしら」

「馬鹿なんですか。何の解決にもなっていませんよ！　あの分厚い氷ごと、どうやって妹の体をスキャンしろって言うんですか⁉　ＣＴ？　ＭＲＩ？　何にしたってマッピングはできません。輪切りの写真を並べた『図面』がない事にはどうにもならないッ‼」

つまり、これが最初のハードルだ。

確かに分厚い氷の中に閉じ込められ、血肉をシャーベットみたいに変化させられた被害者の少女には、普通の医療行為や精密検査は通用しない。暗闇の中、手探りで手術を強いられるような状態だ。扱う命が大切なら大切なほど、軽率な判断はできないだろう。

しかし、だ。

これまであった情報をカードのように並べていこう。本当に『図面』を手に入れる方法は存在しないのか。離《はな》れ業《わざ》ではあるが、まだ可能性は残されている。

「確認するけど、ＣＴやＭＲＩ……普通の病院にある設備を使えば、『図面』自体は手に入るのね？　それさえあれば、あなたは自分の人生を賭けた大勝負に乗り出すと」

「だからッ‼　分厚い氷の中にいる彼女の『図面』なんか……ッッッ‼」

「問題なのはあっちの朝霜冴美《あさじもさえみ》じゃないわ」

美琴《みこと》はお行儀悪く人差し指で指し示した。

そう、白衣の少女、一四歳の大学教授、朝霜芽吹《あさじもめぶき》の鼻先を。

「生身のあなたが精密検査を受ければ良い。だって二人は一卵性の双子、つまり遺伝子レベルでのそっくりさんなんでしょう？　いいえ、指紋や虹彩《こうさい》さえ一致するあなた達はただの双子なんてレベルじゃない。初めて会った時、私だって戸惑ったくらいだった。つまり朝霜芽吹《あさじめぶき》の体をスキャンして作り上げたマッピングは、そのまま氷漬けの朝霜冴美《あさじもさえみ》に重ね合わせて使えるはずよ」

「……、」

わずかな空白があった。

しかし白衣の少女は首を横に振る。

「ッ、騙《だま》されない、もう振り回されない！　仮に『図面』を手に入れて、グリッド状の遠赤外線で数式通りに氷を溶かしていったとしても、そこで終わりじゃありません。あの子の背中に刻み付けられた、大きな傷口は⁉　もしも通常通りに解凍処理を続ければ、そのまま大出血が起こりあの子は死亡してしまいます。凍結でも、解凍でも、どちらにしても助からない。これじゃあ誰にも触れられないじゃないですかッ‼」

リミットまでに少女を解凍しなければ死んでしまう。

リミットまでに少女を解凍すれば死んでしまう。

このダブルスタンダードが、次のハードルだ。……でも、本当の本当に？

「……今回のコールドスリープで使われている触媒、氷の部分は生理食塩水ベースなのよね」

「ええ、それが？」

「できるだけ人の体と同じ成分にした方が都合は良《い》い。だから生理食塩水から始まった触媒の研究も、卵白から再出発した人間用の人工保存液の方が主流派を奪う形になっていった」

「だから何なんですッ⁉」

「血が失われる事で怖いのは、急激に血圧が下がってショック症状が起きてしまう事のはずよね。逆に言えば、どれだけ血が失われてもショック症状さえ起こらなければ当座の危機は乗り切れる」

美琴《みこと》はゆっくりと息を吐く。

「浸透圧の同じ液体の中では、皮に守られてなくて、血肉や内臓はそのまま揺蕩《たゆた》っても問題ないはずよ。得体のしれない培養液や雛鳥《ひなどり》を守る卵の卵白なんかをイメージすると分かりやすいと思うけど。そしてそもそも、コールドスリープのガワは濃度〇・九％の生理食塩水でできていた。まだ分からない？　カチコチに固まって四角く形を整えられているからイメージしにくかったかもしれないけど、あなたの妹さんは最初から大きな卵の中に閉じ込められていたのよ」

「ま、さか？」

「濃度〇・九％。生理食塩水でできた大きなプールの中に氷の棺《ひつぎ》を沈めてから、改めて探知機のゲートにも使われているグリッド状遠赤外線発振器で溶かしていけば良い。必要なら諸々《もろもろ》の不純物を足していった、人体用の人工卵白に近づけていって。濃くても薄くてもダメ。浸透圧を人の細胞とぴったり均一に調整して、血液の圧力、血圧さえ大きく動かさなければショック症状で即死する事はないわ。プールの中で氷を溶かし、肌が柔らかくなったところで改めて針と糸で傷を塞いでいけば血は止まる。朝霜冴美《あさじもさえみ》は助けられるッ‼」

壁を砕け。

ハードルなんか蹴倒してしまえ。

まだあるか。この期《ご》に及んで朝霜芽吹《あさじめぶき》が血を分けた姉妹を唇を噛《か》んで見限らなくちゃいけない理由などこの世のどこかに転がっているか!? ループホール・院内契《いんないちぎり》の良《い》いように操られなくちゃならない合理だ効率だそんなものが一つでも残っているか!!

「できない……」

震える声があった。

しかし、これまでとは何かが違った。単なる脅《おび》えではない。大切に想《おも》う人がいるからこそ、軽率に踏み切る事はできない。そんな現実的なハードルの話へと移っていく。

「探知機のゲートでさえ業務用の電源が必要です。あれだけの分厚い氷を精密かつ安定的に解凍していくグリル規模の熱量を用意するには、一体どれだけの電力が必要だと思っているんですか!? 戦艦クラスのディーゼルでも独占できない限り不可能です!!」

「それって、艦砲レールガンを支える程度の電力があれば問題ないって話よね」

びくりと白衣の少女の全身が震えた。

無理難題のはずだった。

だがこちらは立っている場所が違う。

言質《げんち》は取った。御坂美琴《みさかみこと》は親指で自分の胸の真ん中を指し示すだけで良《い》い。

「なら、私が何とかする。学園都市第三位、発電能力系《エレクトロマスターけい》では最強の超電磁砲《レールガン》が」

「じゃあ……」

呆然《ぼうぜん》と。

荒野に立ち尽くすように頼りなく、白衣の少女はわななく唇を動かしてそう呟《つぶや》いた。

「……じゃあ、あの子は本当に？」

さあ、結論だ。

ここまでくればもう分かるはず。

たった一つの真実。朝霜芽吹《あさじもめぶき》が本当にやりたかった事を、ほんの少しだけ背中を押す言葉は何か。言ってやれ。理想の決断と現実のリスクの狭間《はざま》ですり潰され、それでも今の今まで踏《ふ》み止《とど》まり続けてきた少女が本当に求めていた言葉を!!

御坂美琴《みさかみこと》は宣告した。


「あなたなら助けられる。いいえ、あなたの協力がなくちゃ助けられない!!!!!!」

19 (the_sun)

裁判所の控室では、弾《はじ》かれたように佐天涙子《さてんるいこ》が顔を上げていた。

ある報告をしたわんこ検察官が、鼻から息を吐きながらこう力説してきた。

「ただのブラフのカンフル剤じゃない。どうやら本当にやったみたい！」

言いながら、彼女はテレビのリモコンを摑《つか》んでいた。

画面いっぱいに広がったそれを眺め、佐天涙子《さてんるいこ》もじわじわと実感が湧いてきた。

「これって……」

「裁判は、続く。続けられる！　今度こそループホールを追い詰められるんだよ。あなたの証言さえあれば!!」

その言葉の意味を、佐天《さてん》も理解した。

それから彼女は自分の全身を包んでいたラバースーツを勢い良く脱ぎ捨てた。

「わひゃあ!?」

「あたしの制服どこ？」

「えっ、あ、あのう！　個人情報を守る意味でも、学校を特定されかねない制服で出廷するのは……」

「衝立《ついたて》もラバースーツももういらない。正装以外に何がある。みんな命も人生も賭けて裁判を繋《つな》げてくれたんだ。今度こそ、今度の今度こそ、あたしが賭けに出る番よ!!」

20 (judgement)

ループホール・院内契《いんないちぎり》の控室に、そのツインテール少女はやってきた。国選弁護士なのか、陰気なメガネの青年は押し留《おとど》めようとしたが、院内契《いんないちぎり》がそれを制する。

中へと招いた美しい少年はくすりと笑いながら、

「……おや、いつもの検察官ではないようだが。こちらの準備は終わったよ。いつでも氷漬けの少女を助けに行ける。さあ、裁判を再会させ、免訴で打ち切りと行こうじゃあないか」

「今のあなたと顔を合わせると衝動的に殴りかねないそうですわよ。ですので風紀委員《ジャッジメント》のわたくしが言伝《ことづて》を預かって参りました」

「舌戦を繰り広げるまでもなく白旗宣言かい？」

「逆ですわ。間もなく裁判は再開します。通常通りに、あなたの罪を裁くため」

院内契《いんないちぎり》はわずかに目を見開いた。

その後に観察の構えに入ったのは、ハッタリかどうか見定めるためか。

「……本気で裁判官や裁判員が公正な裁判を継続できる心理状態だとでも？ 彼らを補助するコンピュータだって不具合が起きたままだろう」

「だからあなたが有利になるとでも？ ご安心を。人はあなたが思っているほど弱くはございませんわ。誰もが辛《つら》いからこそ、良き前例を作らなくてはならない、だそうで」

「証拠品の一時保管庫は火災に遭い、原告に肩入れする傍聴人が不当に踏み込んだ。証拠品の公平性はすでに失われている」

「ビニールパッケージされた証拠品に煤《すす》や消火剤が付着する事はありませんのでご心配なく。また、何としてもお姉様が小細工したと主張したいようですが、ビニールパッケージは口の部分を熱で溶かしてシールドしてあり、開封したか否《いな》かは検査キットで簡単に分かるそうですわ。つまり、この手は使えない」

「ループホールはこうしている今もネット上で犯行予告の動画を流し続け、多くの者が僕の冤《えん》罪説《ざいせつ》を支持している。このまま裁判を続けるなど世論が許さない」

「一応裁判官の方々にお尋ねしてみましたが、裁判とは法によって運用されるものだそうですわよ？　別に人気取りのために開廷しているテレビ番組ではございませんので、外がどれだけ騒がしかろうが粛々と判決を下す方針だとか」

「コールドスリープの件はどうなった？　僕がいなければ、僕の方法でなければ、被害者の朝霜冴美《じもさえみ》を救い出す事はできない。それとも何か、裁判官も裁判員も検察官も、正義の味方が雁首《がんくび》揃《そろ》えて罪もない被害者を見殺しにするとでも言うのか」

「さぁて、どうなったと思います？」

今度は白井黒子《しらいくろこ》の方が笑う番だった。

儚《はかな》く、可憐《かれん》に……それでいて、酷薄な一〇代の笑み。

いやに饒舌《じょうぜつ》なのは、それだけ内心の焦《あせ》りを隠そうとしているからだろう。本当に絶対負けない自信があるなら、そもそも会話に応じる必要はない。密室の中で、相手の感情を揺さぶって情報を引き出そうとする手間をかけなくても構わないはずだ。

「……これればかりはわたくしも想定外でしたけれど、お姉様はやってのけたようでございますわね。ですのでわたくしも後味を気にする必要なく、こうして思い切り突き付ける事ができましたの」

「なに、が？」

「この世界も捨てたものじゃない。そういう話をしているのですが、さて。この言葉、あなたにはどう響くのでしょうね。これより世界から捨てられる側へ転落していくあなたとしては」

言いながら、白井黒子《しらいくろこ》は控室にあったテレビのリモコンを手に取った。

命を吹き込まれた液晶画面はこんな風に告げていた。

『ただいま大学病院より声明がありました。医師の診断によりコールドスリープ状態だった朝《あさ》霜冴美《じもさえみ》さんの生存を確認。繰り返します、朝霜冴美《あさじもさえみ》さんの生存が確認されました！』

『こちらは現場の病院前です。献花のため詰めかけた群衆も戸惑いの表情を隠せないようですが、どうやら無事解凍作業が完了したようで、現場周辺から緊張の糸が緩んでいくのが確かに感じられます』

『本件についてはループホールを自称する少年Aの取引材料でもありましたが、こうなると今後審理の流れはどうなるのでしょう？　心証含め、専門家の方々にお聞きしていきましょう』

…………………………………………………………

「…………………………………………………………」

もはや、言葉もなかった。

まるで当人が猛烈なカメラのフラッシュにさらされているような表情だ。

負のカリスマ、鉄錆色《てつさびいろ》の蠱惑《こわく》、前人未到の歴史的シリアルキラー。全知全能を気取りその罪でもって社会の不備を浮き彫りにする知能犯、ループホールはもういない。そこにいるのは、自らに下されるであろう判決に脅《おび》えて震える、ちっぽけな感情の塊でしかない。

不気味で未知なるヴェールに包まれた能力の使い手でもない。

ここにいるのは、ただのゼロだ。

「ぼくは、しゃかいからひつようとされている」

「本当に？」

「どうせ何も変わらない。誰も彼も責任に押し潰されてジャッジを下せず、結局免訴に逃げる！　ここで審理は閉じて、『打ち切り』のまま一事不再理の原則が僕を守ってくれる‼」

「さあて、これを五分後のあなたが聞いたらなんて思うでしょうねえ？？？」

とっさに院内契《いんないちぎり》は陰気なメガネの青年の方へ振り返った。

しかし国選弁護士は特に加勢しない。彼はあくまでも国民の税金で一律に報酬をもらう人間だ。私選と違って、働きに応じて報酬が変わる訳でもない。危ない橋を渡る理由がなかった。

ループホールは口をパクパクと動かしてから、

「これで終わりじゃないぞ。たっ、たとえ一審で有罪になったって次がある。判決が確定したって少年院でじっとしているものか。僕には無数の信奉者がいる。彼らはどこにでもいるんだ。良《い》いか、そこで待っていろ。僕はその顔を覚えたぞ‼」

「何しろ今は大量消費社会ですからね。刺激がなくなれば人は驚くほどいなくなっていくものですわ。そのシエアが、いつまでも続けば良いのですけれど」

仕上《しあ》げに、スピーカーからアナウンスが入った。

裁判長はこう語りかけた。

『諸般の事情により長らく予定が遅れた事をここにお詫《わ》び申し上げます。ただ今より休廷していた本件の審理を再開します。関係各位は１０３号法廷までいらしてください！』

21 (the_world)

ぱんっ、と。

ようやく再会した二人の少女が、互いの掌《てのひら》を軽く叩《たた》き合《あ》った。

あとがき

鎌池和馬《かまちかずま》です。

そんな訳でまさかの二冊目。外典書庫の二冊目ですよ!

御坂美琴《みさかみこと》を主人公とした科学サイドのお話、主にアニメ禁書目録の特典小説です。実は特典小説はこちらの掲載分が初挑戦となります。禁書目録(魔術サイド)のアニメには超電磁砲(科学サイド)の小説を、というルールができたのもここ(まあ科学だけには収まらないのですが……)。逆に超電磁砲のアニメに禁書目録の小説を、などの共通ルールもここから派生しています。余談ですが、なので実は一方通行のアニメ特典はどうしよう? というのがアニメ関係では結構大きな転機でした。結果、魔術と科学とは別の軸として『あの話』を解禁しています。

今回は主役がずっと美琴《みこと》なので外典書庫①より見た目はポピュラーかもですが、扱う題材は特濃。宇宙兵器や水爆など、対レールガン用の大火力もバカスカ投入しています。これが私から見た御坂美琴《みさかみこと》、超電磁砲です。なので原液のままの文章をお読みいただくと、冬川《ふゆかわ》さんをはじめ漫画を手掛けている皆様がどれだけ読みやすく努力に努力を重ねられているかが分かるかもしれませんね。ショチトル、トチトリ、レッサーなど何気に直近のアニメにも登場するキャラが顔を出しているのでその辺りも要チェックです。一方、コールドゲームは超電磁砲連載一〇周年の雑誌企画として電撃大王側に合流させてもらったという経緯があります。小説では追われる立場の方が多い美琴《みこと》ですが、こちらでは逆に追う側に。単純な火力強化以外で美琴《みこと》と真っ向から鍔迫《つばぜ》り合《あ》いするにはどうすれば良いか、と考えたらああいう形になりました。

イラストの冬川《ふゆかわ》さんとはいむらさん、文庫の担当編集の皆様、そして今回は電撃大王編集部とアニメ関係者の皆様にも感謝を。学園都市の景色が無尽蔵に増殖し、半ばオープンワールド化しているのは皆様のおかげです。ありがとうございました！

そして読者の皆様にも感謝を。特典小説をまとめる、という機会そのものが極大のイレギュラーだと思います。特典という特殊なフィールドに何度も挑ませてもらい、試行錯誤の機会をいただけた事、感謝しかありません。本当にありがとうございます!!

それではここで本を閉じていただいて。

今回はこの辺りで筆を置かせていただきます。

この大火力がコミュニケーション感覚で上条《かみじょう》へ飛んでいく訳か……

鎌池《かまち》和馬《かずま》

◉鎌池和馬著作リスト

「とある魔術の禁書目録《インデックス》①〜㉒」（電撃文庫）

「とある魔術の禁書目録《インデックス》SS①②」（同）
「新約　とある魔術の禁書目録《インデックス》①～㉒　㉒リバース」（同）
「創約　とある魔術の禁書目録《インデックス》①②」（同）
「とある魔術の禁書目録《インデックス》　外典書庫①②」（同）
「ヘヴィーオブジェクト」シリーズ計17冊（同）
「インテリビレッジの座敷童①～⑨」（同）
「簡単なアンケートです」（同）
「簡単なモニターです」（同）
「ヴァルトラウテさんの婚活事情」（同）
「未踏召喚://ブラッドサイン①～⑩」（同）
「とある魔術のヘヴィーな座敷童が簡単な殺人妃の婚活事情」（同）
「最強をこじらせたレベルカンスト剣聖女ベアトリーチェの弱点①～⑦
その名は『ぶーぶー』」（同）
「とある魔術の禁書目録×電脳戦機《バーチャロン》　とある魔術の電脳戦機《バーチャロン》」（同）
「アポカリプス・ウィッチ①②　飽食時代の【最強】たちへ」（同）
「マギステルス・バッドトリップ」シリーズ計3冊（単行本　電撃の新文芸）

本書に対するご意見、ご感想をお寄せください。

ファンレターあて先
〒 102-8177　東京都千代田区富士見 2-13-3
電撃文庫編集部
「鎌池和馬先生」係
「はいむらきよたか先生」係
「冬川　基先生」係

初出

『学芸都市編』／『とある魔術の禁書目録』Blu-ray&DVD初回限定版
『能力実演旅行編』／『とある魔術の禁書目録II』Blu-ray&DVD初回限定版
『コールドゲーム』／月刊コミック電撃大王2018年2月号付録
電撃大王文庫『とある科学の超電磁砲 コールドゲーム』

文庫収録にあたり、加筆、訂正しています。

電撃文庫

とある魔術《まじゅつ》の禁書目録《インデックス》 外典書庫《がいてんしょこ》②

鎌池和馬《かまちかずま》

2020年8月7日　初版発行

発行者　青柳昌行
発行　株式会社KADOKAWA
〒102-8177　東京都千代田区富士見2-13-3
0570-002-301（ナビダイヤル）
装丁者　荻窪裕司（META＋MANIERA）
印刷　株式会社暁印刷
製本　株式会社暁印刷

●お問い合わせ
https://www.kadokawa.co.jp/（「お問い合わせ」へお進みください）
※内容によっては、お答えできない場合があります。
※サポートは日本国内のみとさせていただきます。
※ Japanese text only

※定価はカバーに表示してあります。

ISBN978-4-04-913202-1　C0193　Printed in Japan

電撃文庫　https://dengekibunko.jp/

電撃文庫創刊に際して

文庫は、我が国にとどまらず、世界の書籍の流れのなかで〝小さな巨人〟としての地位を築いてきた。古今東西の名著を、廉価で手に入りやすい形で提供してきたからこそ、人は文庫を自分の師として、また青春の想い出として、語りついできたのである。

その源を、文化的にはドイツのレクラム文庫に求めるにせよ、規模の上でイギリスのペンギンブックスに求めるにせよ、いま文庫は知識人の層の多様化に従って、ますますその意義を大きくしていると言ってよい。

文庫出版の意味するものは、激動の現代のみならず将来にわたって、大きくなることはあっても、小さくなることはないだろう。

「電撃文庫」は、そのように多様化した対象に応え、歴史に耐えうる作品を収録するのはもちろん、新しい世紀を迎えるにあたって、既成の枠をこえる新鮮で強烈なアイ・オープナーたりたい。

その特異さ故に、この存在は、かつて文庫がはじめて出版世界に登場したときと、同じ戸惑いを読書人に与えるかもしれない。

しかし、〈Changing Times,Changing Publishing〉時代は変わって、出版も変わる。時を重ねるなかで、精神の糧として、心の一隅を占めるものとして、次なる文化の担い手の若者たちに確かな評価を得られると信じて、ここに「電撃文庫」を出版する。

1993年6月10日
角川歴彦

女子高生同士が
また恋に落ちる
かもしれない話。
杜奏みなや
Minaya Morikana
Illustration
小奈きなこ
Kinaco Cona
普通の女子高生がある日物語の主人公になる、
初恋やり直しストーリー。
八年前。ひとりぼっちで泣くわたしを助けてくれた、満月みたいな丸い瞳の、背が高くてかっこいい女の子。わたしの特別な、初恋の相手——。
わたしは、小学生のとき一緒に星を見た、あの女の子が今もまだ忘れられない。もう二度と会えない、ただの思い出……だけどある日寮を移った先の部屋で待ち受けていた女の子・佑月こそ、まさに初恋の彼女で——!? 昔とは違って、小動物みたいで背も小さくて、すこし変わり者の佑月。好きだったのは昔のこと。このドキドキは、恋じゃない……はず。
電撃文庫

可愛いかがわしい
お前だけが僕のことを
わかってくれる（のだろうか）
鹿路けりま
イラスト◆にゅむ
同窓会で東大生だと
ウソをついた浪人生の僕。
もしウソがばれたら……よし、
死のう!　死んで異世界転生だ!
そんな人生絶望中の僕の前に
銀髪ロリ悪魔が現れ、『尊死』するまで
死なせてくれない!?
ってどんなラブコメだよ!?
電撃文庫